Pawel Weshinow

Nachts mit weißen Pferden

Edition Unsere Welt

Pawel Weshinow
Nachts mit weißen Pferden

Roman

Deutsch von
Henny Tschakarowa

Verlag Neues Leben
Berlin

Titel des bulgarischen Originals: Нощем с белите коне

ISBN 3-355-00893-1

2. Auflage, 1989
Lizenz Nr. 303 (305/222/89)
LSV 7241
Schutzumschlag und Einband: Klaus Herrmann
Typografie: Walter Leipold
Schrift: 10p Garamond
Gesamtherstellung: Karl-Marx-Werk Pößneck V 15/30
Bestell-Nr. 642 820 5
01120

Erster Teil

1 Im Arbeitszimmer brannte immer noch Licht. Mitternacht war längst vorüber. Draußen war es still, nur ab und zu hörte man ein verspätetes Auto. Gegen zwei fuhr der Straßenreinigungswagen vorbei, dessen Wasser den abgenutzten Granitrücken des Straßenpflasters aufglänzen ließ. Danach herrschte wieder Stille.

Der Professor saß an seinem ein halbes Jahrhundert alten Schreibtisch auf einem bequemen Stuhl mit gebogenen Beinen. Zwei Jahrzehnte lang hatte er keinen einzigen Gegenstand in seinem Arbeitszimmer verrückt, hatte nichts als Bücher hinzugefügt und nichts als Manuskripte weggetragen. Allerdings waren die beiden Stuhlkissen neu, seine Frau hatte sie gekauft. Anfangs war da nur ein Kissen gewesen, das zweite war etwas später hinzugekommen. In den letzten zwei, drei Jahren hatte der Professor stark abgenommen und war ein paar Zentimeter kleiner geworden, so daß die Tasten der alten Remington ohne Kissen zu hoch für ihn gewesen wären. Sein Gesicht nahm immer mehr die Farbe schlechten Papiers an, seine Augen verloren ihren Glanz und ihre Farbe, lediglich das Haar weigerte sich zu altern: es ergraute, wurde aber nicht weiß. Der Professor, Akademiemitglied und Spezialist für klinische Gerontologie, bemühte sich, diese Dinge zu übersehen. Er vertrieb sie aus seinen Gedanken, obwohl er sich schon längst mit dem Altwerden abgefunden hatte.

Als der Straßenreinigungswagen den Boulevard entlangfuhr, legte der Professor den Füllhalter beiseite und lauschte. Dieser starke und lebendige Lärm, so unerwartet in der warmen Stille, ließ ihn plötzlich an etwas Fernes, Schönes und zugleich Leidvolles, denken, an etwas, was mit den ruhigen Jahren seiner Kindheit zu tun hatte. Damals wohnten sie in einem großen Haus mit gußeisernem Zaun. Es war sehr solide gebaut, aus gelben Ziegelsteinen, und es hatte Regenrinnen aus Zink. Ja, die Regenrinnen, daher kam wahrscheinlich die Erinnerung. Eine davon sang das ganze Jahr über genau unter seinem Fenster – hell wie eine Zimbel oder auch leise und einschläfernd wie eine Harfe. Wundersame Regenrinnen waren das, sie glichen Orgelpfeifen, und die Jahreszeiten schienen darin zu klingen. Lieb war ihm auch die Überdachung aus undurchsichtigem Glas über den Steinstufen vor dem Eingang, die mit den Jahren eine grüne Färbung angenommen hatte. Unter dem Glasdach brannte die ganze Nacht hindurch eine starke elektrische Lampe, und wenn es regnete, schienen die Regentropfen im Lichterschein zu tanzen. Die Erinnerung daran hatte den Professor bis heute nicht verlassen und würde es auch nie tun. Es war eine schöne Erinnerung, die ihn aber auch quälte, denn sie ließ ihn an den Tod seiner Mutter denken. Ihr Gesicht hatte er vergessen, aber er erinnerte sich an ihren Tod und an den Regen, der an diesem Tag wie wild auf das Glasdach getrommelt hatte. Er dachte auch an sein verzweifeltes Weinen, das alle Verwandten erschüttert hatte. Er entsann sich der schwarzen Regenschirme, der steifen Kragen, des Kerzengeflackers und des verrußten Weihrauchfasses, das neben dem Sarg hin und her geschwenkt wurde und leise klirrte. Seine Mutter war bei der Geburt ihres dritten Kindes gestorben, eines winzigen Mädchens, das auf die Welt gekommen war, ohne von jemandem erwünscht gewesen zu sein. Kurz darauf war sein Bruder im Kampf bei Tscherna gefallen. Von da an verschloß sich der Vater ganz und gar und sah den Jungen kaum noch an. Auf dieser Welt schienen ihn nur noch seine Patienten zu interessieren, obwohl er auch ihnen gegenüber kurz angebunden war.

Der Junge haßte diese Kranken, die oft nicht nur den Warteraum, sondern auch noch den kleinen Flur bis zur Eingangstür füllten. Er haßte sie wegen ihrer traurigen Gesichter, wegen ihres erloschenen Blicks und ihrer hoffnungslos herabhängenden Schultern. Unter diesen Menschen wuchs der Junge einsam und freudlos heran. Nur ein einziger lichter Strahl tauchte auf, den er nie vergessen würde.

Eines Abends hielt eine schwarzlackierte Kutsche vor ihrem Haus. Er hatte noch nie so eine Kutsche und so wunderbare Pferde gesehen – stämmig, tomatenrot, mit weißen Mähnen und weißen Hufen. Der Kutsche entstieg ein Mann wie aus dem Märchen – in einer Livree mit Goldtressen, mit besticktem dreieckigem Hut und weißen Kniestrümpfen. Auch sein Haar war weiß und seine Wangen sehr rot und die Augen so blau wie bei einem Mädchen. Der Mann stieg langsam und würdevoll die vier Stufen empor und läutete, ohne die weißen Handschuhe abzulegen. Gewöhnlich öffnete der letzte in der Reihe der Patienten, aber dieses Mal sprang der Junge schnell herbei und starrte den seltsamen Gast verwirrt an.

„Ist dein Vater da?“ fragte der Mann.

Er sprach ein wenig hochmütig, mit leichtem Akzent.

„Er ist hier“, erwiderte der Junge. „Er hat Patienten.“

Der Mann sah über ihn hinweg. Der Anblick der im Korridor dicht nebeneinander stehenden Kranken schien ihn anzuwidern.

„Übergib ihm dieses Kuvert! Aber sofort!“

Der Briefumschlag hatte eine längliche Form, Goldränder und eine eingeprägte Goldkrone in der Ecke. Der Junge ging zum Behandlungsraum. Vor der Tür zögerte er ein wenig, dann klopfte er sacht an. Er war noch nie in das Sprechzimmer gegangen, aber der Befehl des Fremden mußte ausgeführt werden. Der Junge drückte auf die große bronzene Türklinke und trat ein.

An der Schwelle blieb er wie angewurzelt stehen. Unmittelbar vor ihm saß auf einem Drehstuhl ein bis zur Taille entblößtes junges Mädchen. Es hatte blondes Haar, und ihre klaren blauen Augen sahen ihn erschrocken an. Nie hatte der Junge etwas Sinnverwirrenderes und Schöneres gesehen. Die weiße Haut glänzte wie Perlmutt, und das zarte Oval ihrer Brüste schien das Vollkommenste auf dieser Welt zu sein.

Der Vater zog das Stethoskop aus den Ohren und sah den Jungen ärgerlich an.

„Komm schon rein! Und mach die Tür zu."

Der Junge betrat das Zimmer und reichte dem Vater den Briefumschlag. Er wagte nicht mehr, zu dem Mädchen zu sehen. Der Vater entnahm dem Kuvert eine mit Goldbuchstaben bedruckte Einladung, las sie und zog die Stirn in Falten. Danach riß er die Einladung samt Umschlag langsam entzwei und warf alles in den Papierkorb. Nun drückte sein Gesicht Erleichterung aus.

„Das war's, du kannst gehen", sagte er sanft.

Der Junge verließ das Sprechzimmer wie betäubt, er ging in sein kleines Zimmer hinauf und ließ sich aufs Bett fallen. Dort blieb er bis zum Abendessen.

Die Erinnerung an das Mädchen war von langer Dauer, sie ging ihm keinen Augenblick aus dem Sinn. Später, als Gymnasiast und sogar als Student, verhielt er sich Mädchen gegenüber schüchtern und zaghaft. Männer waren für ihn Menschen aus Fleisch und Blut, gut und herzlich oder feindselig, gierig und böse. Frauen dagegen verbargen unter ihrer Kleidung, ganz gleich, ob sie arm oder prachtvoll war, eine ungekannte Vollkommenheit und Schönheit, jede glich einer Königin. So dachte er, und daran glaubte er. Als er, viele Jahre später, zum erstenmal einen nackten Frauenkörper in den Armen hielt, kam er sich plötzlich unglaublich enttäuscht und beraubt vor. Es war nicht das gleiche, auf gar keinen Fall war es das gleiche. Das war zwar etwas Warmes und Lebendiges, unter seinen zitternden Fingern Gleitendes, aber auch etwas unermeßlich Unvollkommenes. Seine Illusion schwand dahin, und er konnte sie sein ganzes Leben lang durch nichts ersetzen. Nur einmal dachte er, das gefunden zu haben, wonach er gesucht hatte, aber auch das erwies sich als Irrtum.

Draußen fuhr wieder der Straßenreinigungswagen

vorbei, dieses Mal mit zugedrehten Hähnen. Der Professor stand auf und ging langsam zum Fenster. Er wußte, daß er jetzt nur schwer würde einschlafen können. Wahrscheinlich müßte er sich ablenken, an etwas anderes denken, aber woran? Schon jahrelang ereignete sich nichts in seinem Leben – es gab nichts außer der täglichen Arbeit, dem faden Essen, das seine Frau zubereitete, der Nachtruhe, aus der er gefühlstaub erwachte. Nichts Erfreuliches, keinerlei Schicksalsprüfungen. Vielleicht ab und zu eine kleine Gewissensprobe beim akademischen Rat, wenn es abzustimmen galt.

Das letzte schreckliche Ereignis war der Tod seines Vaters gewesen. Er hatte ihn im Schlafzimmer rücklings ausgestreckt vorgefunden. Gehirnschlag. Zwei Tage und Nächte verbrachte er in der Klinik an seinem Bett. Der Vater starb, ohne noch einmal das Bewußtsein erlangt zu haben. Es war eine abscheuliche Nacht. Die amerikanischen Flugzeuge brachen in Wellen über die Stadt herein; in der Nähe stehende Häuser stürzten mit höllischem Getöse zusammen. Die ganze Klinik bebte, und der Putz von der Decke fiel auf das Bett des Sterbenden. Dann wurde es unheimlich still. Ein schwerer Geruch von Rauch und verschmortem Gummi verbreitete sich. In der Nähe brannte ein Lagerhaus, eine Fontäne von Funken erhob sich zum Himmel. Die ganze Stadt war vom Schein der Brände erhellt.

Später machte er sich auf den Weg nach Hause. Der Morgen war grau, kalt und furchterregend. Die Stadt bot einen chaotischen Anblick. Zerfetzte Stromleitungen, zusammengestürzte Mauern, in die Erde gebohrte Straßenbahnschienen. Es brannte immer noch; dichte Rauchschwaden lagen über den gefrorenen Straßen. Aber kein Mensch war zu sehen. Er schritt wie eine Vision in dieser leeren, gespenstigen Stadt dahin. Als er sein Heim, das alte gelbe Haus, erreicht hatte, sah er, daß eine Bombe es in zwei Teile gespalten und den Anbau mit den Stufen und dem Glasdach darüber dem Erdboden gleichgemacht hatte. Von seinem Zimmer war nur der Winkel mit dem Bett und einem Stück der gelben Wand übriggeblieben.

Aber es war besser, jetzt nicht daran zu denken, sondern schlafen zu gehen. Solchen Prüfungen würde er nicht noch einmal ausgesetzt werden. Außer seiner Frau gab es niemanden mehr, den er verlieren könnte, und sie war um vieles jünger als er und erfreute sich bester Gesundheit. Er löschte das Licht im Arbeitszimmer und ging zum Schlafzimmer, wobei er unterwegs alle Lampen ausschaltete. Schon früher war ihm aufgefallen, daß das elektrische Licht spät nach Mitternacht leblos wirkte und das Gefühl der Hoffnungslosigkeit und Einsamkeit verstärkte. Im Schlafzimmer machte er wie gewöhnlich kein Licht, um seine Frau nicht zu wecken. Er zog sich geräuschlos aus, streifte sich den Schlafanzug über und kroch unter die kühle Bettdecke. Er war weder müde noch abgespannt; sein Bewußtsein war so klar, als ob der Tag gerade erst begonnen hätte. Erneut kamen ihm Probleme in den Sinn, die er im Arbeitszimmer zurückgelassen zu haben glaubte. In den letzten zehn Jahren hatte er sich mit der Struktur der Antikörper beschäftigt, und immer häufiger wurde er von dem unsinnigen Gedanken geplagt, daß sie sich eines Tages in Caligulas Garde verwandeln könnten, bereit, den Imperator anzugreifen.

Es überlief ihn kalt.

Aber er wollte an etwas anderes denken. Heute morgen hatte er seine Frau gebeten, ihm ein Paar Sommerschuhe zu kaufen, egal was für welche; sie sollten nur durchbrochen sein, damit Luft an die Füße kam. Natalia hatte ihm geantwortet, daß ein Akademiemitglied nicht irgendwelche Schuhe tragen könne. Trotzdem war sie in die Stadt gegangen und wie immer finster und verärgert zurückgekommen. Sie sagte, daß die Sommerschuhe in den Geschäften nur für Gemüsehändler und Kellner aus den Gartenlokalen taugten. „So teuer?" hatte er gescherzt. Sie hatte diese Bemerkung gar nicht verstanden und weitergeschimpft. Wenn er schon jedes Jahr zu allen möglichen Kongressen und Symposien führe, warum kaufte er sich nicht dort diese Kleinigkeiten. Er hätte nicht einmal ein Paar anständige Manschettenknöpfe und kein einziges ordentliches weißes Hemd für offizielle Empfänge. Und keine ... Er hatte geschwiegen. Er hätte ihr erwidern können, daß er bei seinen Auslandsreisen gewöhnlich seine Valuten für alle möglichen Kosmetika, Pomaden und Biokrems ausgibt, für solche, die sich Jacqueline Kennedy kauft, aber er hatte es vorgezogen zu schweigen ...

Er lächelte und sah zu ihrem Bett hinüber. Das Dunkel im Zimmer schien sich erhellt zu haben, denn er unterschied jetzt alles viel deutlicher. Seine Frau schlief wie immer auf dem Rücken, mit aufgedeckten Schultern, und hatte ihren Kopf fest mit einem Tüllschal umwikkelt, was sie manchmal tat, wenn sie von Migräne geplagt wurde. Sie schlief immer sehr ruhig, so daß er nicht einmal ihr Atmen hörte. Bald hatten sich seine Augen ganz und gar an die Dunkelheit gewöhnt, er konnte schon ihr schönes Profil mit der etwas starken Nase und den streng geformten Lippen erkennen – so stark und herrisch, wie sie tatsächlich war, wirkte sie auch im Schlaf. Aber gleichzeitig schien sie jetzt bleich und leblos wie eine Statue. Manchmal war er morgens über ihre Blässe erstaunt, es war, als ob sie keinen Tropfen Blut in ihren Venen hätte. Erst nachdem sie eine Viertelstunde lang vor dem Spiegel mit Pinselchen und Farben gearbeitet hatte, bekam sie wieder ihr normales Aussehen.

Er seufzte und schloß die Augen. Doch auf einmal wurde er von einer unbegreiflichen Unruhe gepackt. Er sah erneut zu ihrem Bett hinüber – es war nichts, sie schlief wie immer. Der Gedanke an den Tod war ganz grundlos, es war so leicht, ihn zu widerlegen. Leicht, aber überflüssig. Er lag noch einige Minuten, kämpfte gegen sich selbst an, doch dann stand er auf und schlich leise zu ihrem Bett. Natürlich machte er sich lächerlich, denn gleich würde sie die großen Augen aufschlagen und ihm mit ihrer tiefen und vollen Stimme etwas vormurren. Wahrscheinlich werden alle Frauen auf der Welt unausstehlich, wenn jemand sie beim Schlafen stört. Allerdings nur, wenn es ein Fremder tut, dachte er plötzlich, nicht die eigenen Kinder zum Beispiel, nicht die Babys, die nachts schreien, nicht die Söhne, die bei Tagesanbruch betrunken lärmen, und auch nicht die Töchter, die weinend und mit zerkratzten Wangen nach Hause kommen.

Den Atem anhaltend, berührte er ihre Stirn. Sein Herz vereiste augenblicklich. Sie war tot. Dann versuchte er, ihren Puls zu fühlen. Aber das war völlig unsinnig, sie lebte sicherlich schon seit einigen Stunden nicht mehr.

Die Knie wurden ihm plötzlich weich, und er sank auf den Hocker neben ihrem Bett. Später konnte er sich nicht mehr erinnern, wie lange er so zugebracht hatte – Minuten oder Stunden? Als ob er die Welt und alles um sich vergessen hatte. Das schrecklichste war jedoch, daß sein Herz nichts verspürte, weder Schmerz noch Trauer, noch Leid. Nicht einmal Wehmut. In diesen Minuten glich er einer leblosen, verwitterten Vogelscheuche, in der es nichts gab als Heu, gefühlloses Heu.

Endlich hatte er sich ein wenig gefaßt. Das erste Gefühl, das sich in ihm regte, war Schrecken. Aber bald war es ebenso unvermittelt verschwunden, wie es gekommen war. In seinem Leben hatte er schon viele Tote gesehen, sie erschreckten ihn nicht mehr. Trotzdem hatte er jetzt keine Kraft, sich von der Stelle zu rühren. Grenzenlose und quälende Einsamkeit ergriff ihn. Er mußte hier weg, jemanden rufen, irgend jemanden, ganz gleich, wen. Seine ganze Willenskraft zusammennehmend, erhob er sich und knipste das Licht an, das ihn trotz der milchigen Lampe blendete. Er drehte sich nicht um, um sie nicht im Lichtschein zu sehen. Wie ein Blinder tappte er vorwärts, wobei er unterwegs die Lampen eine nach der anderen einschaltete, bis er sie alle zum Leuchten gebracht hatte. Er setzte sich wieder an seinen

Schreibtisch und zog das Telefon zu sich heran. Dann hielt er hilflos inne. Er hatte keine näheren Angehörigen und keine Freunde mehr auf dieser Welt. Die meisten von ihnen waren gestorben, und das Alter hatte die Verbindung zu den letzten noch Lebenden gelöst. Der alte Mensch mag es nicht, sich selbst in den erloschenen Augen und dem steifen Gang der anderen zu erkennen. Im Alter ist man einsam, außer wenn man etwas in sich selbst findet. Der Professor besaß nicht einmal mehr ein Notizbuch mit Rufnummern. Er könnte natürlich den Neffen anrufen, aber wäre das nicht ungerecht, wäre es nicht zu grausam? Er war doch immer noch ein Junge, warum sollte er sich fremde Leichname ansehen?

Er schluckte trocken und wählte die Nummer. Das Freizeichen ertönte. Er wartete, wobei er den Hörer mit seiner kraftlosen Hand kaum am Ohr halten konnte. Dann hörte er eine verschlafene Männerstimme.

„Ja, bitte?“

„Sascho, bist du es?“ fragte der Professor.

Der Mann am anderen Ende der Leitung erkannte seine Stimme nicht, so sehr hatte sie sich verändert.

„Ich bin’s. Mit wem spreche ich?“

„Mit deinem Onkel“, erwiderte der Professor.

„Ach so!“ Der Neffe schien erfreut. „Es ist doch nichts passiert?“

„Doch“, sagte der Professor. „Deine Tante ist gestorben . . .“

Etwas knackte, als ob man den Hörer aufgelegt hätte. Doch einen Augenblick darauf erklang die Stimme von neuem, dieses Mal erschrocken:

„Was sagst du da? Wann ist sie gestorben? Woran?“

„Ich weiß es nicht . . . Wahrscheinlich Infarkt . . . Sascho, entschuldige, du mußt sofort kommen.“

„Natürlich komme ich!“ entgegnete der junge Mann bereitwillig.

„Mußt du früh aufstehen?“

„Nein. Denke jetzt nicht daran . . . Soll ich Mutter wekken?“

Der Professor schwieg. Er fürchtete seine überaus neugierige Schwester.

„Das ist noch nicht nötig. Laß sie schlafen, sie kann uns doch nicht helfen. Du kannst ein Taxi nehmen."

Der Professor legte den Hörer auf. Erneut wurde er von dem unerträglichen Gefühl der Öde ergriffen. Er wollte Schmerz verspüren, aber es gab keinen. Er wollte Leid empfinden – es war keins vorhanden. Und das war viel quälender, als Schmerz und Leid gewesen wären. Mochte es doch irgendwelchen Lärm oder wenigstens eine kleine Bewegung geben, wenn auch nur vom Pendel der Wanduhr, die schon seit Jahren nicht mehr tickte. Aber alles um ihn herum war leblos wie das mitleidlose Lampenlicht. Kein Laut war zu hören, es war, als ob er in die Sternenöde geraten oder plötzlich taub geworden wäre. Er griff sich unwillkürlich an die Schläfe, und das Haar knisterte leise unter seinen Fingern.

In diesem Augenblick fiel sein Blick auf die Schreibmaschine, die etwas zur Seite gerückt war. Darin war ein weißer Bogen mit einem einzigen Wort, „Aufruf", in Versalien und mit Zwischenräumen geschrieben, eingespannt. Ganz mechanisch ging ihm durch den Sinn, daß er diesen Aufruf völlig vergessen hatte. Dann schienen sich seine Gedanken zu verdichten, und in seinem Bewußtsein tauchte eine Phrase, immer noch fern und dunkel, auf. Ohne sich bewußt zu sein, was er tat, zog er die Schreibmaschine zu sich heran. Der Satz nahm langsam Gestalt an. „Wir leben in einer stürmischen und revolutionären Zeit, in der das Schicksal der Menschheit für Jahrhunderte entschieden wird ..."

Das vertraute metallische Klappern der Schreibmaschine wirkte auf ihn wie Sauerstoff auf einen Erstickenden. Er holte tief Luft und fuhr fort. „Die Kräfte des Fortschritts und die Kräfte der Finsternis stehen im Kampf auf Leben und Tod." Weiter ging es leichter. Er schrieb so lange, bis ihn das Klingeln seines Neffen unterbrach. Der junge Mann war vom Treppensteigen noch außer Atem. Es war ihm anzusehen, daß er sich auf die Schnelle angezogen hatte. Sein glattes Gesicht, immer ein wenig spöttisch, sah jetzt erschrocken und ängstlich aus. Er sah sich um und fragte erstaunt:

„Wer hat eben auf der Schreibmaschine geschrieben?"

Sein Onkel schien ihn nicht gehört zu haben. Er lehnte die Tür nur an und sagte natürlich und ruhig:

„Willst du deine Tante noch einmal sehen?"

Nein, er wollte es nicht. Aber das konnte er dem Onkel nicht sagen! Er mochte ihr nicht begegnen, besonders allein, schon zu ihren Lebzeiten nicht. Sie war immer sehr freundlich zu ihm gewesen, sogar liebenswürdig, aber gerade das war es, was er fürchtete. Eine richtige Tante hätte sich mütterlicher verhalten.

„Gut", sagte er und ging auf das Schlafzimmer zu.

Der Onkel blieb mit trockenem Gesicht im Wohnzimmer zurück. Der Gang des jungen Mannes kam ihm in diesem Augenblick sehr leicht, fast sorglos vor. Saschos Figur war ein wenig hager. In dieser Beziehung ähnelte er dem Onkel und nicht seinem Vater. Nur den spöttischen Gesichtsausdruck, der fast einer Maske glich, hatte er von seinem Vater geerbt, einem Trunkenbold, der später einem Infarkt erlag, allerdings unter ziemlich fragwürdigen Umständen. Der Professor wandte sich ab und betrat sein Arbeitszimmer. Er hatte das eigentümliche Gefühl, daß der junge Mann bald wieder erscheinen und lustig sagen würde: Onkel, was für einen Unsinn erzählst du, Tante war nur ohnmächtig.

Sascho kehrte tatsächlich bald zurück, aber sein Gesicht hatte jetzt einen ganz aufgelösten Ausdruck angenommen.

„Sie ist schon ganz steif!" sagte er. „Sie ist mindestens seit zwei Stunden tot."

Bevor er auf Biologie umgesattelt war, hatte er zwei Semester Medizin studiert.

„Sie liegt so, wie sie geschlafen hat", erwiderte der Alte.

Sascho nickte schweigend. Sein Gesicht nahm langsam

die ursprüngliche Farbe an, und seine Augen erhielten ihre Lebendigkeit zurück. Er setzte sich auf das Sofa neben den Onkel.

„Natürlich ist kein Tod schön, aber sie hat wenigstens einen leichten gehabt. Sie hat nichts gespürt, ist einfach für immer eingeschlafen."

Sein Tonfall war traurig, aber gleichzeitig leicht wie sein jugendlicher Gang. So redet man nicht vom Tod, dachte der Professor bedrückt. Jeder Tod ist schrecklich, vom Tod sollte man überhaupt nicht reden.

„Wie hat sie sich gestern abend gefühlt?" fragte der junge Mann.

„Ganz normal."

„Und was hat sie gegessen?"

Was sie gegessen hat? Sie haben nie das Abendbrot zusammen eingenommen. Aber als er heute abend zufällig in die Küche gekommen war, hatte er gesehen, daß sie sich Erdbeeren, leicht mit Zucker bestreut, zurechtgemacht hatte. Ihr Gesicht war mit Erdbeerkrem beschmiert, es sah in diesem Augenblick wie zerkratzt aus. Als sie ihn hörte, fuhr sie erschrocken zusammen und wandte sich zum Fenster. Er wußte, daß sie es nicht mochte, so von ihm gesehen zu werden, deshalb zog er sich schnell zurück.

„Ich weiß nicht", entgegnete er.

„Ich habe den Arzt gerufen", sagte Sascho. „Er wird jeden Moment eintreffen."

Und der Arzt kam wirklich innerhalb von zehn Minuten. Es war ein junger Mann in weißem Kittel, das Stethoskop hing ihm am Hals, als ob er die Tote noch abhören wollte. Er verhielt sich äußerst ehrfurchtsvoll, trat fast nur mit den Zehenspitzen auf, aber er ließ seine Augen schnell im Zimmer umherschweifen. Am Morgen würde ihn seine Frau über alle Einzelheiten ausfragen, einschließlich der Farbe der Gardinen. Sie zeigte stets reges Interesse für das Leben der Prominenz.

Der Arzt stellte etwas zerstreut einige Fragen, dann ging er ins Schlafzimmer.

Während sie im Arbeitszimmer auf ihn warteten, griff Sascho mechanisch nach einer amerikanischen Zeitschrift und begann darin zu blättern.

„Da ist ein Artikel von Midway drin", sagte sein Onkel.

„Ja, ich kenne ihn", entgegnete der junge Mann. „Meiner Meinung nach bist du schon weiter . . ."

Der Alte blieb die Antwort schuldig. Es schien ihm plötzlich pietätlos, zu plaudern, während nebenan seine tote Frau lag. Er erhob sich und trat an das offene Fenster. Sein Nacken war sehr hager, das Haar nachlässig geschnitten, und die eine Schulter hing tiefer als die andere. Etwas an ihm befremdete Sascho. Hatte eigentlich sein Onkel den Tod bemerkt? Oder konnte er ihn einfach noch nicht fassen? Er wirkte ruhig, sogar gleichgültig, was noch schlimmer war. Wie konzentriert er vor kurzem noch auf der Schreibmaschine geschrieben hatte! Es konnte natürlich sein, daß er durch den plötzlichen Tod seiner Frau nicht ganz bei Sinnen war. Auf jeden Fall war er ein sehr feinfühliger Mensch, da war Sascho ganz sicher. Konnte es sein, daß ein feinfühliger Mensch sich so gab? Ohne zu einem Ergebnis gekommen zu sein, vertrieb Sascho diese Gedanken. Er hing an seinem Onkel und hätte jetzt Erleichterung verspüren müssen, daß dieser nicht litt.

Kurz darauf kam der Arzt aus dem Schlafzimmer zurück. Das Stethoskop hing immer noch um seinen Hals, aber jetzt hatte er wenigstens die weiße Mütze in die Tasche gesteckt.

„Litt Ihre Frau an Herzbeschwerden?"

„Nein, nie", erwiderte der Professor. „Sie hatte nie Beschwerden, nicht einmal eine Mandelentzündung . . . Sie war ein außergewöhnlich gesunder Mensch . . ."

„Ihr Kopf war fest mit einem Tuch umwickelt. Vielleicht hatte sie zu hohen Blutdruck?"

Der Professor schwieg sichtlich verlegen.

„Ich weiß es nicht!" entgegnete er unbeholfen. „Vielleicht . . . Sie war ein wenig sonderbar und hat nie geklagt. Ganz besonders nicht in puncto Gesundheit . . ."

Das war wirklich so gewesen. Einmal hatte sie eine ganze Woche im Bett gelegen, weiß wie ein Laken, ohne ein Wort von sich zu geben. Er konnte nur ahnen, was passiert war.

„Wie dem auch sei, die Todesursache ist Infarkt", sagte der Arzt. „Wenn Sie wollen, können wir eine Autopsie vornehmen."

„Nein, nein!" rief der Professor fast erschrocken. „Das ist nicht nötig."

Der Gedanke, die Vollkommenheit ihrer Figur zu zerstören, schien ihm einer Gotteslästerung gleich.

„Gut, wenn Sie erlauben, schreibe ich jetzt die Sterbeurkunde aus", sagte der Arzt.

„Bitte."

Als er endlich gegangen war, sagte der Neffe:

„Onkel, ich bringe dich ins Wochenendhaus ... Morgen wird hier der Teufel los sein."

„Wir sollen sie allein lassen?" fragte der Professor vorwurfsvoll.

„Ich hole Mutter her ... Sei unbesorgt, sie wird alles klären. Du würdest doch bloß stören."

„Nein!" sagte der Professor.

Doch in der nächsten halben Stunde gelang es Sascho trotzdem, ihn zu überzeugen. Bald darauf fuhren sie im alten Ford Taunus auf der Straße nach Knjashewo. Sein eigentlicher Besitzer war die Tante gewesen, aber sie hatte sich so nachlässig darum gekümmert, wie sie sich selbst gegenüber anspruchsvoll gewesen war. Obendrein hatte sie den Wagen nur selten benutzt, er war seit langem nicht gewaschen worden, so daß Sascho gezwungen war, unterwegs anzuhalten und wenigstens die Windschutzscheibe zu säubern. Das Wochenendhaus befand sich am Fuße des Witoscha-Gebirges. Es war nicht sehr groß, aber gemütlich eingerichtet, hatte eine Wasserleitung mit eigenem Brunnen und ein Bad. Doch je älter der Professor wurde, desto seltener fuhr er hin. Bei all dem Grün, dem Gesumm der Bienen und dem ständigen Vogelgezwitscher fühlte er sich unruhig und traurig. Er konnte sich nicht konzentrieren, und die Arbeit ging ihm nicht von der Hand.

Nachdem sie eine Viertelstunde gefahren waren, hatten sie den schmalen, von Ästen überdachten Weg erreicht, der zum Wochenendhaus führte. Sie kamen jetzt nur sehr langsam voran, kleine Zweige knackten und schlugen gegen die Seitenfenster des Wagens. Hier, unter dem massiven Rücken des Witoscha, war es sehr dunkel, man konnte kaum etwas erkennen.

Endlich waren sie am Grundstück angelangt. Der junge Mann griff dem Onkel stützend unter den Arm und führte ihn vorsichtig. Aber anscheinend sah der Alte besser, denn er meldete sich ab und zu: „Paß auf, da sind Stufen!“ oder „Bück dich, sonst stößt du gegen den Ast!“

Leicht beschämt betrat Sascho endlich das Haus und tastete nach dem Lichtschalter. Die Lampen leuchteten so grell auf, daß beide die Augen zukniffen. Es war eine der kleinen Manien der Verstorbenen gewesen, alles mit grellem und blendendem Licht zu beleuchten. Nein, sie hatte nicht befürchtet, daß man dadurch die Falten auf ihrem Gesicht sehen könnte. Sie hatte keine gehabt.

Auf dem kleinen runden Tisch im Wohnzimmer standen zwei Gläser, das eine klein und kobaltblau, das andere größer und schmal, für Whisky. In beiden war noch etwas Alkohol. Was den Whisky betraf, so hatte wohl sein Onkel kaum davon getrunken.

„Wie lange bist du nicht mehr hier gewesen?“ fragte der Neffe.

„Ich weiß nicht ... Ein paar Monate.“

Aber der Alkohol war noch nicht verflogen. Sascho ging an dem Tisch vorbei auf das geschlossene Fenster zu, das von draußen Holzfensterläden hatte. Ein großer Nachtfalter hatte sich auf dem gußeisernen Griff niedergelassen. Seine Flügel waren samtartig und mit Flaum besetzt, und die Fühler hatten gelbe Enden. Sascho griff nach ihm, aber er rührte sich nicht, obwohl er anscheinend jeden Augenblick davonfliegen wollte. Sascho berührte ihn erstaunt mit den Fingern – der Schmetterling fiel herunter. Er war tot.

Und da überkam Sascho eine unbegreifliche, starrmachende Kälte, als ob er zum erstenmal den Tod wirklich bemerkte.

2 Dieses Gefühl spürte der Professor erst in der Abschiedsstunde. Er stand neben dem Sarg, seine Knie zitterten. Ihm war derart schwindlig, daß er die Beine unnatürlich spreizen mußte, um das Gleichgewicht zu halten. Er blickte auf das Gesicht der Toten, das von zahlreichen Blumen umgeben war. Es war immer noch so weiß und glatt wie Porzellan, jedoch ungeschickt geschminkt, was ihm das Aussehen einer billigen Panoptikumsmaske verlieh. Die Blumen waren frisch und dufteten sehr stark, aber über allem hing der Geruch des Todes. Plötzlich bemerkte der Professor, daß aus den Blumen die Spitzen der Lackschuhe der Toten herausragten, und das schien ihm, wer weiß warum, besonders schrecklich, viel schrecklicher als das starre Gesicht. Es drängte ihn, seine Schwester zu bitten, die Schuhspitzen mit Blumen abzudecken, aber sie stand in ihrer altmodischen Trauerkleidung, die sie wahrscheinlich seit dem Tode ihres Mannes nicht wieder angehabt hatte, wie präpariert ihm zur Rechten. Der große Saal war voller Menschen. Woher waren diese vielen Leute bloß gekommen! Die meisten von ihnen schien er überhaupt nicht zu kennen. Alle sahen sehr traurig aus, redeten nicht und blickten sich nicht einmal an. Ihm schien sich immer noch alles zu drehen, er fürchtete, ohnmächtig zu werden, wenn diese verdammte Beerdigungszeremonie noch lange dauerte. Neben ihm begann seine Schwester plötzlich zu weinen. Er sah, wie ihr die Tränen unter dem Schleier herabflossen. Und jetzt begriff er, daß der Schmerz und das Leid, die ihm bisher entflohen waren, eigentlich in ihm, ja, in seinem Inneren, im

Hohlraum über dem Magen wie in einem Gefäß saßen, das er nicht öffnen konnte. Es lag dort kalt und glatt, berührte kaum fühlbar das Herz und rief Krämpfe in der Speiseröhre hervor. Instinktiv suchte sein Blick den Neffen, der mit unnatürlich vorgestreckter Brust neben seiner Mutter stand. Es war offenkundig, daß er von der allgemeinen Atmosphäre erfaßt worden war und sich mit aller Kraft bemühte, die Geistesgegenwart zu bewahren.

In diesem Augenblick setzte von der Empore her ganz leise der Gesang eines kleinen Chores ein. Anfangs beeindruckte das den Professor nicht, er verspürte sogar eine leichte Befriedigung. Aber dann erhob sich die Stimme des Tenors und schlug ihm wie mit der Handkante gegen den Hals. Die Melodie durchdrang ihn und schien ihn in tausend Stücke zu reißen, das widerwärtige Gefäß fiel auf den Boden und zersprang. Es gab jetzt keine Rettung mehr, weder vor dem Leid noch vor den überall gnadenlos eindringenden Tönen.

Er schluchzte auf, bitter und untröstlich, verzweifelt und hilflos wie damals das Kind in der Manchesterhose vor dem Sarg seiner Mutter. Sein ganzer Körper wurde durchgeschüttelt, sein Gesicht verzog sich in quälendem Krampf, er wollte innehalten und sich zusammenreißen, aber es gelang nicht. Er merkte, wie ihn Sascho an den Arm nahm und in den Vorraum führte. Dort konnte er endlich Luft holen, aber die Tränen rannen immer noch an seinem Gesicht hinab.

„Onkel, beruhige dich!“ redete der junge Mann erschrocken auf ihn ein. „Ich bitte dich, beruhige dich doch. Die Leute sehen her.“

In der Tat sahen ihn die Umstehenden mitleidvoll und etwas verstimmt an, obwohl sie zu einer anderen Beerdigung gekommen waren und im Vorraum darauf warteten, eingelassen zu werden.

Der alte Mann nahm all seine Kraft zusammen und stammelte: „Der Chor . . .! Laßt ihn nicht weitersingen!“

Sascho war bereit, die Stufen hinaufzufliegen, aber er hatte Angst, den Onkel allein zu lassen, der sich kaum auf den Beinen halten konnte und jeden Augenblick hätte zusammenbrechen können.

„Er wird sowieso aufhören", sagte er hilflos.

Und der Chor verstummte wirklich für eine Sekunde, stimmte aber sogleich eine andere Melodie an. Doch diese klang hell, sie enthielt weder finstere Vorwürfe noch ein unwiderrufliches Urteil. Der Professor spürte, daß die Krämpfe plötzlich aufhörten.

Jetzt war alles sowohl vor seinen Augen als auch in seinem Gedächtnis erloschen. Nur von Zeit zu Zeit tauchten wie aus dem Nebel dunkle, gleichzeitig aber deutlich erkennbare Gestalten auf, der schwarze Katafalk im Blumenmeer, Sonnenflecken auf dem Haufen Erde, Erdklumpen, die man auf den Sarg häufte. Aber all das schien in einer anderen Welt zu geschehen. Erst bei der alten Friedhofskirche kam er vollends zu sich. Er blickte sich um. Sargdeckel waren an die Kirchenwand gelehnt; es waren billige Särge, mit Glanzpapier beklebt, das sich schon zu lösen begann, und über ihnen kreisten die Fliegen. Aus der Kirche drang der Gesang des Popen, und es roch widerwärtig nach Friedhofskerzen.

„Ist alles vorbei?" fragte der Professor.

Der Neffe sah ihn verwirrt an.

„Ja, natürlich, was soll noch ... Jetzt bringe ich dich nach Hause."

„Ich möchte nicht nach Hause", erwiderte der alte Mann leise. Ihn überkam das seltsame Gefühl, daß er erneut auf die Welt gekommen war, um ein anderes, ganz neues Leben zu führen.

„Und wo willst du hin?"

„Das ist mir ganz gleich", sagte er. „Nur nicht nach Hause."

„Was sagst du da?" schaltete sich seine Schwester vorwurfsvoll ein. „Ich habe doch Gäste zu euch geladen."

„Gäste? Was für Gäste?" fragte er entsetzt.

„So ist es üblich", entgegnete die Schwester. „Nach jeder Beerdigung gibt es eine kleine Bewirtung. Zum Gedenken an die Verstorbenen."

Er schwieg lange, dann sagte er leise:
„Du bist nicht bei Sinnen."
Es gelang ihnen nur mit Mühe, ihn davon zu überzeugen, nach Hause zurückzukehren. Sascho setzte sich ans Steuer, der Onkel nahm neben ihm Platz. Er schien zerstreut, aber auch beruhigt zu sein. Während der ganzen Fahrt war seine Stimme nur einmal zu hören.
„Hast du den Totengräbern etwas gegeben?"
„Konnte ich nicht."
„Warum?"
Der junge Mann zog es vor, diese Frage nicht zu beantworten. Er hätte natürlich sagen können: weil ich dich stützen mußte, sonst wärst du vielleicht auch ins Grab gepurzelt, aber es war jetzt nicht die Zeit, Scherze zu machen. Allerdings fühlte sich Sascho merkwürdig erleichtert, als ob man nicht nur seine Tante, sondern auch das Leid und die Sorgen begraben hätte. So kam ihm jetzt die bevorstehende kleine Bewirtung ganz und gar nicht so absurd wie zu Beginn vor. Im Laufe der Jahrtausende hat sich die Menschheit trotz allem einige nützliche Sitten und Bräuche angeeignet, dachte er.
Als sie ankamen, zog sich der Onkel sofort in sein Arbeitszimmer zurück, während sich die Mutter in der Küche zu schaffen machte. Sascho blieb allein im Wohnzimmer. Plötzlich fiel ihm ein, daß im Fernsehen gerade ein Fußball-Länderspiel übertragen wurde. Er drückte auf den Knopf, stellte aber vorher den Ton ab. Auf dem farbigen Bildschirm erschienen die Spieler in ihren weißen oder blauen Hemden. Die Weißen stürmten mit aller Kraft vorwärts, aber ihr Spiel kam nicht recht voran, es wirkte zerfahren und nervös. Sascho wurde ganz unruhig, er konnte nicht mehr an sich halten und stellte den Ton wieder ein, aber leise, so daß die aufgeregten Worte des Sportreporters ihn als Geflüster erreichten. Nach einer Weile warf seine Mutter einen Blick ins Wohnzimmer. Ihr leicht verschwitztes Gesicht sah böse aus.
„Das ist eine Schande!" sagte sie empört.

Der junge Mann winkte ab.

„Laß doch . . .! Wenn die Gäste da sind, mache ich ihn aus. Aber wahrscheinlich kommen sie gar nicht, und du kannst deine Rouladen allein essen."

Doch kurz darauf klingelte es an der Tür. Drei ältere Frauen in ziemlich abgetragenen, aber recht gut genähten, dunklen Kleidern betraten zögernd und leicht stolpernd das Zimmer. Dabei schweiften ihre Augen unruhig umher. Alle drei gaben sich als ehemalige Mitschülerinnen der Verstorbenen aus; sie hätten mit ihr das I. Mädchengymnasium besucht. Der junge Mann starrte sie verwundert an. Ist seine verstorbene Tante wirklich so alt gewesen? Es schien unglaublich. Aber warum sollten sie lügen. Als er sie zu den weichen und bequemen Sesseln führte, bemerkte er ganz deutlich einen Glanz von Genugtuung in ihren Augen. Vielleicht kam er einfach von der Freude, noch am Leben zu sein, vielleicht meinten sie aber auch, daß die Tote wegen ihres Reichtums und ihrer Schönheit nun bestraft worden war. Trotz allem gibt es einen Gott und eine Gerechtigkeit auf dieser Welt, schienen sie zu denken, und alles verläuft nach Maß.

Als die anderen Gäste eingetroffen waren, krochen die drei wie Schaben durch die Wohnung, begafften alles, warfen sogar einen Blick ins Schlafzimmer. Die Zufriedenheit in ihren Blicken trat noch deutlicher hervor – eine Menge schöner Dinge konnte die Verstorbene nun nicht mehr genießen.

Es trafen noch vier, fünf Männer ein, alle schon älter, sehr vornehm gekleidet und mit sanften Gesichtern. Sascho gelang es schließlich, seinen Onkel aus dem Arbeitszimmer herauszuholen. Der Professor trat, finster vor sich hin starrend, zu den anderen. Man nahm an der langen Tafel Platz, während Saschos Mutter Geflügelfleisch in Aspik, Zunge, Prager Schinken und Sandwiches mit schwarzem Kaviar auftrug. Die Krautrouladen hob sie immer noch als Hauptgericht auf, obwohl viel weniger Gäste als erwartet gekommen waren. Danach goß sie dunklen, leicht gesüßten Rotwein in die Gläser. Plötzlich wurde die Stille durch den lauten Schrei „Tooor!" von draußen unterbrochen. Sascho zuckte freudig zusammen.

„Greifen Sie bitte zu!" meldete sich in diesem Augenblick seine Mutter. „Es wäre sonst eine Mißachtung ihres Andenkens."

Die Männer folgten dieser Einladung zögernd, die drei Frauen aber stürzten sich regelrecht auf das Essen. Auf einmal verspürte auch der Professor Hunger, was zum erstenmal in den letzten zwei Tagen geschah. Er nahm etwas von dem Geflügel, bemüht, so langsam wie nur möglich zu essen und Gleichgültigkeit an den Tag zu legen. Aber diese traurige Komödie empörte ihn bald so sehr, daß er den Teller beiseite schob. Er blickte auf. Die Männer am Tisch kamen ihm bekannt vor, vielleicht Verwandte von ihm oder von ihr. Aber jetzt war er nicht in der Lage, sich den Kopf darüber zu zerbrechen. Je mehr Jahre vergingen, desto mehr flossen die Gesichter, die ihn umgaben, in das allgemeine unpersönliche und namenlose Heer ein, in dem er sich unendlich schwer zurechtzufinden vermochte. Das bedrückte ihn, so daß er manchmal sogar glaubte, sich schon in dem dunklen Tunnel des Alters zu befinden und wie ein Blinder durch diesen zu jenem lichtlosen Ausgang zu tappen, den man als völliges Vergessen bezeichnet. Seine Schwester, die neben ihm Platz genommen hatte, berührte ihn kaum merklich mit dem Ellenbogen.

„Trink wenigstens einen Schluck von dem Wein!" sagte sie leise. „Die Leute wagen es nicht, das Glas zu heben."

Er warf ihr einen feindseligen Blick zu, griff aber trotzdem zum Glas und nahm einige Schluck von dem süßen und schweren Getränk. Er hatte noch nie im Leben mehr als einige Glas Wein getrunken. Der leichte Rausch, von dem er danach erfaßt wurde, war ihm einerseits angenehm, andererseits aber widerstrebte er ihm, er fühlte sich davon erniedrigt. Doch jetzt strömte der Wein wie etwas Lebendiges durch seinen Körper. Ohne sich dessen bewußt zu sein, griff er wieder zum Glas und trank es in einem Zuge aus.

„Trink nur, trink ein wenig", sagte seine Schwester. „Das wird dich beruhigen."

Der Professor nahm voller Erstaunen wahr, daß das wirklich eintrat. Alles, was sich in ihm zusammengeballt hatte, alles, was seine Nerven bis zum Zerreißen gespannt hatte, gab plötzlich nach. Auf einmal konnte er auch zwei der männlichen Physiognomien identifizieren – die eine gehörte dem Cousin der Verstorbenen, die andere ihrem Anwalt. Die drei Mitschülerinnen waren inzwischen gesprächig geworden und tauschten lebhaft Erinnerungen aus.

„Und sie war wild, wirklich sehr wild, so daß sie manchmal gar nicht wußte, was sie tat ... Einmal kam sie auf einem Pferd zur Schule geritten. Einfach so – auf einem Pferd, das nicht einmal gesattelt und gezäumt war, es hatte nur einen Strick um den Hals. Sie band es an einen Baum vor dem Gymnasium, und als die Schule zu Ende war, bestieg sie es wieder und ritt davon ... Später kam heraus, daß das Pferd sogar gestohlen war."

Alle am Tisch verzogen den Mund zu einem Lächeln. Es war nicht gerade pietätvoll, aber trotzdem lächelten sie.

„Und weißt du noch, wie sie der Praktikantin in Ethik eine geknallt hat? Weil die sie wegen der seidenen Strümpfe getadelt hatte."

Dieser Streich wäre sie teuer zu stehen gekommen, wenn sich nicht ihr Vater, ein ehemaliger Verwalter am Kassationshof, für sie verwendet hätte. Aber eins ihrer Abenteuer hätte fast tragisch geendet. In dem neuen Schwimmbad war ein hoher Sprungturm gebaut worden. Bislang hatten es auch die erfahrensten Schwimmer nicht gewagt, einen Sprung von oben zu riskieren. Aber sie hatte mutig Anlauf genommen und war ins Wasser geplumpst. Man hatte sie nur mit Müh und Not aus dem Schwimmbad bergen können.

Das Gespräch nahm einen immer regeren und lustigeren Verlauf. Als vom anderen Tischende sogar leichtes Kichern zu hören war, erhob sich der Professor von seinem Platz. Er sah weder empört noch verärgert aus, er stand einfach auf, entschuldigte sich und begab sich in sein Arbeitszimmer. Die anwesenden Herren brachen sofort auf, aber die drei Frauen trennten sich nur mühsam von ihren Gläsern. Außerdem wurden sie von Saschos Mutter mit einem Gespräch über Horoskope sehr gut unterhalten. Sascho zwinkerte ihr einige Male boshaft zu, aber sie schien auch zuviel von dem Wein genossen zu haben. Schließlich sah er sich gezwungen, den Frauen mit besonderem Nachdruck zu sagen, daß der Professor nach so vielen Aufregungen etwas Ruhe und Erholung brauchte, und sie begaben sich endlich auf den Heimweg, wobei die eine über die andere stolperte und sie ihre Trauerhüte in der Diele vertauschten.

Am nächsten Morgen machte sich Sascho erneut auf, um nach dem Onkel zu sehen. Auf dem Treppenabsatz vor der Wohnung ertappte er sich dabei, wie er unwillkürlich lauschte, ob nicht wieder Schreibmaschinengeklapper zu vernehmen sei. Aber in der Wohnung war es ruhig. Sofort nach dem Läuten öffnete der Onkel. Obwohl er seine warme Hausjacke anhatte, schien ihm kalt zu sein. Schweigend ließ er den Neffen eintreten. Offensichtlich hatte er auf dem Sofa im Arbeitszimmer geschlafen. Die Luft im Zimmer war stickig, wahrscheinlich hatte er vergessen, das Fenster während der Nacht offenzulassen.

„Setz dich." Er deutete mit einem Nicken zum Sessel hinüber. Sascho nahm im Ledersessel am Schreibtisch Platz. Das war hier sein Stammplatz. Der Professor sagte lange nichts, es sah aus, als ob er in einer anderen Welt lebte.

„Lies das", murmelte er endlich.

Er hielt Sascho einige mit Schreibmaschine beschriebene Blätter hin, die hier und da handschriftliche Korrekturen aufwiesen. Sascho versuchte sie zu lesen, aber es fiel ihm schwer, sich zu konzentrieren. Er war zerstreut, und die Worte rutschten an seinem Bewußtsein vorbei. Er begann von vorn. Das also hatte sein Onkel in jener Nacht geschrieben, als nebenan der Tod gesessen hatte. Er wußte, wie gewissenhaft der Professor seinen Verpflichtungen nachkam, aber das überschritt jegliche Grenzen. Ihm wurde unwohl. Wie sollte er auch ahnen, daß eigentlich alles ein Akt der Selbsterhaltung war, den sich der Onkel Tag um Tag und Minute um Minute während seines Lebens erarbeitet hatte. Der Professor hatte stets seine Rettung darin gefunden, sich in die Arbeit zu vertiefen.

Sascho legte die losen Blätter beiseite.

„Was meinst du dazu?“ Der Onkel sah ihn an.

„Was soll ich sagen. Ich glaube kaum, daß daraus etwas wird“, entgegnete der junge Mann unwillig.

Dieses Mal sah ihm der Professor geradewegs in die Augen. Sein Blick war schwer und starr.

„Und warum glaubst du das?“

„Ich weiß nicht, wie ich es dir erklären soll“, stammelte der Neffe. „Es ist gut und einfühlsam geschrieben, aber unpassend für die gegenwärtige politische Situation. Da, sieh dir mal den Anfang an, wo es um die beiden Welten geht, die sich in einer harten Auseinandersetzung befinden. Wir sprechen doch jetzt immer von der friedlichen Koexistenz und der allgemeinen internationalen Entspannung.“

„Aber der faschistische Putsch!“ gab der Onkel finster zu bedenken. „Ich habe ihn doch nicht erfunden.“

„Nun gut, Onkel, dann schreib an dieser Stelle etwas über die amerikanischen Monopole, füge auch etwas über die CIA hinzu, damit wirst du in keinem Fall schlecht fahren. Aber von zwei Welten, die sich auf Leben und Tod bekämpfen, sollte man nicht reden.“

„Gut, dann schreib es, wie du es für richtig hältst. Das hier ist ja nur ein Entwurf.“

„Wer hat dir eigentlich den Auftrag dazu erteilt?“

„Das Komitee natürlich.“

Der Onkel war Vizepräsident des Nationalen Friedenskomitees.

„Einverstanden, aber ich muß dir gestehen, daß wir uns die Arbeit wahrscheinlich umsonst machen. Sie haben noch einige andere mit der gleichen Aufgabe betraut. Dann werden sie das Banalste herausgreifen und genau das drucken."

„Und wenn schon", sagte der Onkel, „das ist für mich nicht maßgebend. Jeder muß seine Arbeit, so gut er kann, verrichten. Wie die anderen sie einschätzen, das ist unwesentlich."

Seit einigen Jahren war Sascho so etwas wie ein Privatsekretär des Onkels. Er arbeitete viele der Materialien aus, die der Professor als Aufträge übernommen hatte, weil er sie einfach nicht ablehnen konnte – Artikel zum Beispiel, politische Notizen, ja sogar Erklärungen und Interviews. Sascho machte seine Sache tadellos, sogar mit gewisser Begeisterung. Aber gerade diese Begeisterung, die manchmal fast aufdringliche Aufrichtigkeit, verwirrte hin und wieder den Professor, denn er konnte in den gewöhnlichen Gesprächen, die sie miteinander führten, nichts Derartiges entdecken. Sascho kam ihm eher nüchtern, sogar skeptisch und zurückhaltend vor als enthusiastisch.

Der alte Mann konnte nie dahinterkommen, was bei seinem Neffen echte Überzeugung war und was nur geschickte Anpassung an die Einstellung des Investträgers. Denn letztlich war der Professor so etwas wie ein Investierender sowohl an Mitteln als auch an Ideen. Er trat dem Neffen alle Honorare für die bestellten Materialien ab, und selbst wenn sie rein gesellschaftlichen Charakter hatten, fand er Möglichkeiten, ihn zu entlohnen. So oder so waren sie beide Nutznießer dieser Zusammenarbeit. Die gesellschaftliche Tätigkeit des Akademiemitgliedes war in Ordnung, ohne daß er ihretwegen Zeit für die wissenschaftliche Arbeit hätte entbehren müssen. Sascho aber verfügte auf diese Weise immer über Geld.

„Jetzt muß ich gehen“, sagte er in diesem Augenblick. „Soll ich dir noch etwas helfen?“

„Geh nur, geh, ich komme schon allein zurecht“, erwiderte der Professor.

Als sein Neffe hinaus war, lief er einige Zeit unschlüssig in der Wohnung umher. Dann legte er sich auf das Sofa. Seit den Morgenstunden fühlte er sich wie leer. Seine Gedanken kehrten immer wieder zu der gestrigen Beerdigung zurück. Jetzt spürte er Scham und Befangenheit. Warum war er in der Leichenhalle plötzlich in ein so schreckliches, untröstliches Schluchzen ausgebrochen? Wen hatte er beweint? Sich selbst oder sie? Sich selbst hatte er eigentlich nie bemitleidet, da er wie jeder stark beschäftigte Mensch sich niemals ernstlich Gedanken um sein Schicksal gemacht hatte. Er hatte nie einen Blick auf den zurückgelegten Weg geworfen, er hatte nicht einmal versucht, den Ruf, den er als Spezialist genoß, einzuschätzen, etwa um festzustellen, wie weit er es gebracht oder was er noch zu erwarten hatte. Seine Frau wiederum hatte er schon längst verloren. Sie hatten nebeneinander gelebt, und er hatte sich an sie gewöhnt, aber bloßen Gewohnheiten trauerte man eigentlich nicht so bitterlich nach.

Weshalb hatte er also geweint?

Er mußte der Sache unbedingt auf den Grund gehen, er mußte die Wahrheit herausfinden, bevor der Tod kam. Sogar lange vorher, denn wenn der Tod einem ganz nahe ist, wird man schwach, hilflos und gleichgültig, sogar sich selbst gegenüber völlig gleichgültig.

Er hatte nicht bemerkt, wie er eingeschlummert war. Der Faden war auf einmal gerissen. Dieses Mal war sein Schlaf traumlos und tief.

3 Etwa zehn Tage lang vergrub sich der Professor in seiner Wohnung. Aber er arbeitete nicht und dachte auch an nichts. Er war von einer vollkommenen

Gleichgültigkeit erfaßt worden, die noch schlimmer war als die Apathie, hinter der sich meist ein Drama verbirgt. Bei ihm gab es kein Drama, es gab gar nichts, er hatte einfach jegliches Interesse am Leben verloren.

Während dieser zehn Tage schien sich auch das Wetter seiner Stimmung angepaßt zu haben. Er konnte sich an keinen anderen so kalten, tristen Juni erinnern. Riesige Wolken hingen tief über der Stadt, und es peitschte kalter Regen. Im Arbeitszimmer des Professors war es dämmrig und kühl. Das seltsamste aber war, daß das Telefon hartnäckig schwieg. Niemand schien an ihn zu denken. Er hatte das Gefühl, wie ein einsames Boot langsam auf dem nebligen Ozean zu treiben und dort für immer zu verschwinden.

Seine einzige Gesellschaft in dieser Zeit war seine Schwester. Jeden Morgen gegen acht kam sie mit voller Einkaufstasche. Bis um zehn war sie mit der leichten Hausarbeit fertig, danach machte sie sich ans Kochen. Sie tat das mit wahrer Inbrunst, kochte auch wirklich sehr gut. Das Essen war früher fast die einzige Möglichkeit gewesen, ihren Mann zu Hause zu halten.

Sie aß nie mit ihrem Bruder, sie mied es sogar, ihm zu begegnen. Der Professor betrat zerstreut die Küche, setzte sich schweigend und verzehrte alles, ohne dabei ein einziges Wort verlauten zu lassen. Er aß immer noch zerstreut und appetitlos. Doch es war ihm bewußt, daß er jetzt mehr vertilgte als vor dem Tod seiner Frau. Das bedrückte ihn und ließ ein Gefühl undefinierbarer Schuld in ihm aufkommen. Aber er hatte nicht die Kraft, sich selbst Einhalt zu gebieten, aß alles auf und hatte obendrein das Gefühl, noch hungrig zu sein. Einst hatte sein verstorbener Vater gesagt, daß die Greise kurz vor ihrem Tod so unersättlich und gierig zu essen anfingen.

Einmal besuchte ihn sein Neffe. Er brachte den versprochenen ausgearbeiteten Aufruf. Der Professor las ihn zweimal, bewahrte aber auch dabei seine gleichgültige Miene.

„Sehr gut! Diese Materie liegt dir wirklich. Ich war

schon immer der Auffassung, daß du einen wunderbaren Politiker abgeben würdest", sagte er plötzlich.

Sascho betrachtete ihn aufmerksam.

„Du meinst, daß ich für die Wissenschaft nicht tauge?"

Der Professor schüttelte müde den Kopf. Letzten Endes war sein Neffe wirklich ein ausgezeichneter Student, der beste in der Studiengruppe. Alle sagten ihm eine glänzende wissenschaftliche Karriere voraus.

„Das wollte ich damit nicht sagen", meinte der Professor schließlich. „Aber dein Gedankengang ist mehr spekulativ als analytisch."

Der junge Mann war beleidigt.

„Eigentlich mag ich die Politik gar nicht. Ich mag nichts, was keine sichere und positive Erkenntnis in sich birgt", entgegnete er trocken.

Einen Augenblick lang schien der Onkel ihn ganz und gar vergessen zu haben. Draußen regnete es noch immer.

„Es wird die Zeit kommen, da du begreifen wirst, daß Wissen nicht alles bedeutet", sagte er leise und unwillig. „Manchmal kann es sogar hinderlich sein wie der Wald, der einen daran hindert, den einzelnen Baum zu sehen."

„Sind die Bäume im Wald denn so verschieden voneinander?" richtete sich der Neffe an ihn.

„Es kann sein, daß sie alle gleich sind ... Außer einem ... Dann muß man den ganzen Wald abholzen, um ihn zu erkennen."

„Und warum muß man den Wald abholzen, wenn man ihn einfach durchstreifen kann?" fragte der Neffe und lächelte dabei.

„Darum bin ich ja gerade der Meinung, daß du spekulativ denkst", antwortete der Onkel. Er dachte kurz nach und fügte, immer noch unwillig, hinzu: „Es wäre am besten, alles zu fällen, was einen hindert, den echten Baum zu sehen ... Das wäre das klügste."

Bald darauf machte sich Sascho auf den Weg.

Der Professor stand auf und ging zum Fenster, gegen das immer noch der Regen trommelte. Warum hatte er eigentlich den Jungen gekränkt? Er belehrte nie jemanden, nicht einmal seine Studenten. Das gehörte einfach nicht zu seinem Stil. Das Hoffnungsloseste auf dieser Welt ist es, die Menschen von etwas überzeugen zu wollen, dachte er. Es ist viel leichter, sie zu belügen. Jeder muß seine Wahrheit allein erkennen, um an sie glauben zu können. Und nun hatte er seinen Neffen ohne jegliche Veranlassung gekränkt. Er fühlte sich auf einmal allein und glaubte, das nicht länger ertragen zu können. Darum griff er zum Telefon und wählte die erstbeste Nummer, die ihm einfiel. Am anderen Ende der Leitung meldete sich eine leise Frauenstimme.

„Ja, bitte?"

„Hier spricht Professor Urumow", entgegnete er. „Der Aufruf ist fertig, Sie können ihn abholen lassen."

Auf der anderen Seite trat kurzes Schweigen ein. „Genosse Professor, vor allem erst einmal mein Beileid ... Aber wir dachten ..." Die Frau verstummte.

„Daß ich ihn nicht machen würde, ja?"

„Ja, so ... Entschuldigen Sie, aber wir haben den Auftrag weitergegeben und ..."

„Es spielt keine Rolle, daß Sie den Auftrag weitergegeben haben. Sie müssen sich auch meinen Aufruf ansehen. Schicken Sie jemanden vorbei, der ihn abholt. Es könnte doch sein, daß meiner besser ist."

„Ja, selbstverständlich, ich schicke gleich jemanden", murmelte die Sekretärin.

Der Professor legte den Hörer auf. Darum rief ihn also niemand an, es war ihnen einfach peinlich! Mein Beileid ... Dieses Wort brachten die Leute nur mühsam hervor, weil es eigentlich völlig sinnlos war. Man konnte an keinem Schmerz teilhaben, sondern lediglich mitfühlen. Die Menschen hatten es gern, wenn man mit ihnen fühlte, aber ärgerten sich, wenn man ihnen das auf eine lästige Art zeigte. Er kehrte etwas beruhigt in sein Arbeitszimmer zurück und kroch unter die karierte Decke auf dem Sofa.

Die Tage kamen und gingen regnerisch und kalt. Allmählich hatte sich der Professor an das Alleinsein gewöhnt, und es belastete ihn nicht mehr. Er nahm die Arbeit wieder auf, wenn auch ohne Enthusiasmus. Alles war vorbei, das Leben neigte sich seinem Ende zu. Sicher würden andere das fortsetzen, was er begonnen hatte. Andere, aber wer waren sie? Vielleicht sein eigener Neffe? Er war wirklich ein kluger und begabter junger Mann, daran gab es gar keinen Zweifel. Trotz allem nahm der alte Mann irgendwo ganz tief in der Seele ein Körnchen giftigen Mißtrauens wahr, weil er meinte, daß dem jungen Mann alles einfach nur so zuflog. Zeugte das nicht von oberflächlichem Denken? Der wahre Gelehrte mußte solider und langsamer vorankommen. Er durfte nicht allem so schnell Glauben schenken, im Gegenteil, er mußte die Dinge anzweifeln. Außerdem war es besser, wenn er nicht gar so glatt mit wohlgesetzten Worten redete. Sascho jedoch sprach sehr fließend, und sein Gehirn arbeitete wie eine kybernetische Maschine. Dem Professor gefiel das nicht.

Er kehrte immer häufiger zu diesen Gedanken zurück, bemüht, sich selbst zu überzeugen, daß er nicht recht hatte. Es gab doch auch begnadete Genies. Mit welcher Leichtigkeit hatte Einstein das Rad der Wissenschaften in Bewegung gesetzt. Sicher tat er dem Jungen unrecht. Die älteren Menschen fanden eben an nichts Gefallen, was sich von ihnen unterschied. Er durfte diesen jungen Mann nicht für leichtsinnig halten, nur weil dessen Gedanken schneller als seine eigenen dahinflogen. Andererseits war es nicht nur das, dachte er voller Verbitterung. Es waren inzwischen so viele Tage vergangen, ohne daß sich der Neffe gemeldet hatte. Die heutige Jugend tat wahrscheinlich nichts ohne eine gewisse Berechnung. Doch diesem Gedanken wollte Professor Urumow nicht weiter nachgehen.

„Was ist eigentlich mit Sascho, er hat sich seit fünf oder sechs Tagen nicht blicken lassen", wandte er sich schließlich an seine Schwester.

„Woher soll ich wissen, wo er sich herumtreibt", erwiderte sie unzufrieden. „Du weißt, der Apfel fällt nicht weit vom Stamm."

Offensichtlich bezog sich diese Andeutung auf ihren verstorbenen Mann. Angelina hatte sehr selten und vor dem Bruder am allerwenigsten über ihn geklagt. Die Wahrung der Würde war anscheinend die vordringlichste und empfindlichste Charaktereigenschaft der Urumows. Sein Vater war nicht einmal dazu bereit gewesen, vor dem König den Nacken zu beugen, und er selbst konnte sich nicht erinnern, sich irgendwann durch ein Bittgesuch oder eine Beschwerde erniedrigt zu haben.

Seine Schwester war genauso.

Früher allerdings hatte sie kaum Ähnlichkeit mit ihnen gehabt. Sie wuchs im Haus unansehnlich und unbemerkt auf wie ein Zitronenbaum im Zimmer, der sich langsam in der Ecke emporwindet, ohne von jemandem sonderlich bemerkt zu werden. Sie war ein dürres, flachbrüstiges Mädchen mit unschönem Gang. Nur ihre Augen waren sehr hübsch, ein wenig verträumt und verzückt wie die ihrer Mutter. Und trotzdem gab es in ihrem Charakter weder etwas Verträumtes noch etwas Verzücktes. Jedesmal, wenn sie den Mund auftat, kam aus diesem ein Schwall von läppischen, völlig uninteressanten Wörtern. Ja, das war es, sie war uninteressant. Sie ließ sich am Konservatorium immatrikulieren, aber ihre schwache Mädchenbegabung verlosch schnell. Ihr Studium geriet ins Stocken, obwohl sie die Studiengruppe und den Professor dreimal wechselte. Sie absolvierte schlecht und recht die pädagogische Fachrichtung und hätte Gesanglehrerin werden können, tat es aber nicht. Sie lebte immer noch so unbemerkt dahin, und zu Hause blickte man durch sie wie durch Glas hindurch. Ihr einziger Wunsch war es, sich ein wenig besser zu kleiden als ihre ebenso unansehnlichen Freundinnen. Das tat sie auch trotz der Armut während des Krieges. Der Vater war ihr gegenüber sehr großzügig, womit er, wenn auch nicht väterliche Liebe ausdrückte, so wenigstens seine väterliche Pflicht zu erfüllen glaubte. Nur ihretwegen brach er mit seiner traditionellen und den Urumows eigenen Sparsamkeit.

Im Grunde genommen kam ihr diese Sparsamkeit in den schwersten Jahren zugute. Ihr Bruder verzichtete auf sein Erbteil, und als anstelle des zerstörten gelben Hauses ein neues genossenschaftliches Gebäude errichtet wurde, bekam sie die schönste Wohnung, die im ersten Stock gelegen war. Es blieb ihr auch noch reichlich Geld, um leben zu können, ohne einer Arbeit nachgehen zu müssen. So setzte sie ihr unbemerktes Dasein fort, und der Bruder vergaß sie manchmal monatelang. Alle Anzeichen sprachen dafür, daß sie bald ganz ausgedörrt sein und sich in eine sanfte und stille alte Jungfer verwandeln würde. Aber gerade da verheiratete sie sich auf eine für die Familie skandalöse Weise, denn sie ehelichte einen Schneider.

Natürlich war das nicht irgendein Schneider. Es handelte sich um den bekannten Luxa, der zu den Modeschneidern von Sofia gehörte. Er hatte ein brünettes, schönes Gesicht, war aber ein wenig klein und hatte ziemlich spärlichen Haarwuchs. Er kleidete sich stets sehr vornehm und glich mit seinen gestreiften Hosen und schwarzen Jacketts sowie der schwarzen Fliege auf den weißen gestärkten Hemden einem ältlichen Londoner Finanzier. Aber er hatte wohl kaum die Grundschulbildung. Er war als Lehrling aus einem armen Dorf bei Radomir gekommen und hatte sich selbst bis zum Rang eines der bekanntesten Schneider in Sofia hochgearbeitet. Manchmal, wenn er etwas getrunken hatte, behauptete er, daß er sogar für Prinz Boris die Anzüge genäht habe, aber das stimmte nicht. Trotzdem hatte er eine gute und reiche Kundschaft, gerade während der Kriegsjahre, als alle neureichen Gemüsehändler glaubten, daß es zum guten Ton gehöre, bei Luxa nähen zu lassen. Er verdiente viel Geld, aber er lebte verschwenderisch. Er zählte zu den bekanntesten Prassern in der Stadt, und jedes Sofioter Kabarett war stolz darauf, ihn als Gast zu haben. Er zog übrigens das „Imperial“ vor, wo er alles ließ, was er aus den großzügigen Parvenüs herausholte.

Anfangs begriff niemand, warum dieser bekannte Frauenheld sich mit einer alternden und unansehnlichen Jungfer zusammentat, aber das hatte einen ganz einfachen Grund: Er brauchte jetzt eine gute und fürsorgliche Frau, die eine eigene Wohnung besaß und gut kochen konnte, denn seine Einnahmen waren nach dem Krieg katastrophal zurückgegangen. Angelina Urumowa wurde diesen Anforderungen auf geradezu ideale Weise gerecht und war zudem immerhin beträchtlich jünger als er. Der bekannte Sofioter Verschwender war fünfundvierzig Jahre alt geworden, ohne ein Dach über dem Kopf zu haben, wie sich seine gutsituierten Freunde auszudrücken pflegten.

Zuerst zog er in die schöne Wohnung seiner Frau lediglich mit seiner reichen Garderobe und seinem Dutzend Paar Schuhen, aber dann verlegte er seinen ganzen Betrieb dorthin, der aus ihm selbst, dem Meister, und zwei Lehrlingen bestand. Zu dieser Zeit schlossen sich alle Schneider entweder freiwillig oder dem Druck nachgebend den neuen Produktionsgenossenschaften an. Das kam für Luxa natürlich überhaupt nicht in Frage, denn er gehörte einer Sonderkategorie an. Er blieb selbständig, obwohl er dabei sehr hohe Steuern zahlen mußte. Aber es gab immer noch reiche Leute, die sie ihm finanzierten. Im übrigen lebte er jetzt nicht mehr so verschwenderisch, sondern hatte sich einer neuen, harmloseren Leidenschaft verschrieben: dem guten Essen. Seine Frau war tagelang unterwegs, um mal Kalbfleisch, mal ein Hühnchen für ihn aufzutreiben.

Nach dem unglückseligen Tod des Schneiders setzten zehn Hungerjahre ein, in denen das Geld zu Hause knapp war. Angelina lernte es, Pullover zu stricken und später sogar Puppen in Volkstrachten anzufertigen. Erst als sie den Haushalt ihres Bruders übernahm, ergriff ihre alte Kochleidenschaft erneut von ihr Besitz. Jetzt verfügte sie über viel Geld, besuchte die Spezialgeschäfte und kaufte das Beste ein, was sie auftreiben konnte. Sie führte genau Buch darüber und legte jeden Mittag einen Zettel mit der Abrechnung auf den Schreibtisch ihres Bruders. Aber hier handelte es sich um eine ganz andere Buchführung als diejenige, zu der sie als Witwe gezwungen gewesen war und die ihr im Laufe der Jahre die Seele verbittert hatte. Sicher gab es keine größere Freude als die, sein Geld frei ausgeben zu können, dachte sie. Ausgeben, ohne sich Gedanken zu machen, ohne daß sich einem das Herz verkrampfte und ohne vor jedem Stück Wurst lange zu zögern. Einfach Geld ausgeben ... Und trotzdem gab sie auch jetzt das Geld nicht sinnlos aus.

Es war, als ob sie im Traum lebte. Sie verrichtete schweigend die Hausarbeit und betrat fast nie das Arbeitszimmer ihres Bruders. Während der Freizeit saß sie gewöhnlich im Schlafzimmer der Verstorbenen, das von ihrem Bruder nicht betreten wurde. Er hatte ihr ausdrücklich aufgetragen, ihm sein Bett im Arbeitszimmer herzurichten. Sie aber hätte Stunden in diesem luxuriösen Schlafzimmer verbringen mögen, das ganz mit golden schimmernden Tapeten aus Wien beklebt war und in dem sich ein trauriger Duft ausbreitete. Die vielen Flakons und Kremnäpfchen nahmen die gesamte Platte des Toilettentisches ein und vermehrten sich im ovalen Spiegel. Das Herz krampfte sich ihr immer etwas zusammen, wenn sie diese in Augenschein nahm, aber nach der Betrachtung stellte sie sie wieder genau dorthin, woher sie sie genommen hatte, als ob die Verstorbene plötzlich zurückkehren und sie anfahren könnte, weil sie ihre Gegenstände angefaßt hatte.

In den Schubladen des Toilettentisches entdeckte sie den Schmuck der Toten. Ihr schien das nahezu ein Schatz zu sein. Allein Ringe gab es etwa dreißig. Anfangs wagte sie es nicht, irgend etwas zu berühren, aber dann faßte sie sich doch ein Herz. Zuerst legte sie sich eine ganz einfache Kette aus Bernstein um. Sie schritt damit im Schlafzimmer hin und her, aber nahm sie wieder ab, ohne auch nur einen Blick in den Spiegel getan zu haben. Der schreckliche Schatten der Verstorbenen hielt immer noch Wache. Es mußten einige Tage vergehen, damit sie sich daran gewöhnen konnte. Später behängte sie sich nacheinander mit Broschen, Ketten, Armreifen und steckte sich die Ringe an, die sich an ihren diebischen Fingern drehten. Immer öfter überkamen sie Erinnerungen an ihre Kindheit, als sie noch in dem schönen alten Haus wohnte. Sie lebte dort zwar einsam und traurig, aber sie brauchte wenigstens nichts zu entbehren. Damals fühlte sie sich als Angehörige der obersten Gesellschaft, während sie sich heute wie verstoßen vorkam. Jetzt war sie nichts weiter als ein unbezahltes Dienstmädchen ihres Bruders. Aber bei diesem Gedanken erschrak sie, und sie verwarf ihn sofort. Eigentlich liebte sie ihren schweigsamen und ungeselligen Bruder, der in dieser für sie fremden Welt ein großer und bekannter Mann geworden war.

Und trotzdem traute sie sich nicht, die Kleider der Verstorbenen auch nur anzutasten. Manchmal empfand sie den unwiderstehlichen Wunsch, eins der Abendkleider aus dem altmodischen glänzenden Moirée oder aus schwarzer Spitze anzuziehen. Aber immer hatte sie das Gefühl, dabei eine fremde Haut überzustreifen. Eine Schlangenhaut, und zwar die einer großen und fetten Boa, die sich geschickt um ihren Bruder gewunden und ihn so fest in ihre tückische Umarmung genommen hatte, als ob sie ihn töten wollte. Nach langem Zögern zog sie endlich ein Hauskleid an, das an einem Nagel an der Küchentür hing. Es war wie ein japanischer Kimono genäht, ziemlich abgetragen und schon lange nicht mehr gewaschen worden. Es hatte große orangefarbige Blumen, wie sie wahrscheinlich nirgendwo auf der Erde blühten. Leider war es ziemlich weit und behinderte Angelina nur, aber sie ließ sich dadurch nicht stören. Es war so angenehm, sich zu Hause in einem japanischen Hauskleid zu betätigen.

In diesem Aufzug wurde sie von ihrem Bruder ertappt, als er zufällig durch das Wohnzimmer ging. Er sah sie von hinten und blieb für eine Sekunde wie erstarrt stehen. Seine Schwester sah ihn verwundert an.

„Was fehlt dir?"

„Nichts. Warum fragst du?"

„Du siehst ein wenig blaß aus."

„Mir fehlt nichts. Vielleicht solltest du mein Arbeitszimmer einmal lüften."

Darauf erwiderte sie beleidigt: „Ich habe es heute morgen gelüftet. Während du im Bad warst, habe ich beide Fensterflügel aufgemacht."

„Gut, schon gut", murmelte er und wandte sich ab.

„Ich habe dir zu Mittag gespicktes Hammelfleisch mit indischen Gewürzen gemacht. Du magst das Essen doch etwas scharf?" fuhr sie fort.

Sie wußte sehr wohl, daß er das mochte, wollte es aber noch einmal hören. Er jedoch erwiderte nichts und schlich in sein Arbeitszimmer zurück. Dieser Mensch ist wirklich undankbar, dachte sie. Warum hat er mich nicht danach gefragt, woher ich diese indischen Gewürze habe. Als ob es bei uns indische Gewürze haufenweise gäbe ...

In diesem Augenblick öffnete er die Tür und steckte seine abgemagerte Nase herein.

„Hör mal, Angelina, ich habe vergessen, dir zu sagen, daß du alle Sachen der Verstorbenen haben kannst. Geniere dich nicht, die braucht ja jetzt niemand mehr."

Er bemerkte den kurzen freudigen Glanz im Blick seiner Schwester.

„Alles? Auch den Schmuck?" fragte sie.

Auf diese Frage war er nicht vorbereitet gewesen. Er hatte natürlich nur an die Kleider gedacht. Nun ging es also um den Schmuck. Wozu brauchte er den Frauenschmuck?

„Ja, auch den Schmuck", gab er zur Antwort.

Dann zögerte er aber doch etwas und fügte hinzu: „Ich behalte nur einiges zur Erinnerung ... Außerdem muß ich ja auch der künftigen Frau meines Neffen etwas schenken."

„Du wirst lange auf sie warten müssen“, murmelte sie vor sich hin.

Der Professor kehrte in sein Arbeitszimmer zurück. Er war von sich selbst und seiner Schwester angewidert. Eigentlich steckt in jedem Menschen ein winziger Marodeur und ein trauriger Geizhals, dachte er. Wozu brauchte seine Schwester die Kleider der Toten? Und wozu brauchte er den Schmuck? Es blieb ihm nichts weiter übrig, als sich selbst zu versichern, daß er ihn zur Erinnerung aufbewahren wollte.

Er blieb zerstreut vor dem Fenster stehen. Es war ein Doppelfenster, die Außenscheibe war naß und ließ kaum das kalte Dämmerlicht durch. Es ist nicht wahr, daß die Gegenstände die Menschen töten, dachte er. Es ist vielmehr so, daß die Menschen durch ihre Habgier die Gegenstände häßlich machen. Vielleicht sind die fernen Vorfahren der Menschen viel konsequenter gewesen, weil sie die Toten mit ihren Gegenständen beerdigt haben.

Am Abend wählte er ein paar Schmuckstücke aus, die er für die schönsten und wahrscheinlich teuersten hielt. Alles jetzt seiner Schwester zu überlassen, hätte er als leichtsinnig empfunden.

Nach einigen Tagen erhielt er einen Anruf von Spassow, dem neuen Vizepräsidenten der Akademie der Wissenschaften. Sie kannten sich nur flüchtig, so daß der Professor über seinen Ton etwas erstaunt war. Spassow sprach sanft, fast schmeichelnd. Seine Stimme schien aus dem Hörer zu schäumen.

„Wie geht es Ihnen, Genosse Urumow . . .? Gesundheitlich, wollte ich sagen.“

„Gesundheitlich? Gesundheitlich, denke ich, geht es mir gut.“

„Das ist schön. Könnten Sie dann mal zu mir kommen? Ich möchte mich mit Ihnen über etwas unterhalten.“

„Wann?“

„Wenn es Ihnen genehm ist . . ., vielleicht morgen früh.“

„Gut", erwiderte Urumow und legte auf.

Er lehnte sich in seinen Stuhl zurück. Was hatte diese Einladung zu bedeuten? Vielleicht war im Institut, das er seit fünfzehn Jahren leitete, etwas Außergewöhnliches vorgekommen? Nein, sicher nicht! In einem wissenschaftlichen Institut ereignete sich höchstens alle zehn Jahre etwas. Und man hätte es ihn sicher wissen lassen, wenn etwas passiert wäre.

Jetzt erst wurde ihm bewußt, daß sich sein Stellvertreter in diesen Tagen kein einziges Mal gemeldet hatte. Wie man auch die Sache betrachten wollte, das war nicht in Ordnung. Vielleicht wollte er damit zu verstehen geben, daß die Arbeit auch ohne ihn sehr gut lief? Oder wagte er es aus bloßem Taktgefühl nicht, ihn zu beunruhigen?

In diesem Augenblick schienen ihm beide Argumente gleichsam möglich. Er kannte einfach seinen Stellvertreter nicht genügend und hatte sich auch nie die Mühe gemacht, ihn näher in Augenschein zu nehmen. Nach der Meinung des Professors verdiente dieser schweigsame und solide Mensch, der in puncto Hierarchie mindestens ein halbes Dutzend seiner Kollegen übertroffen hatte, wohl kaum Aufmerksamkeit. Obwohl er ein ziemlich mittelmäßiger Wissenschaftler war, sagten ihm alle den ausgezeichneten Organisator nach. Der Professor selbst hatte in dieser Hinsicht nichts Besonderes bemerkt, aber es blieb eine Tatsache, daß die Arbeit im Institut gut vorankam.

Nachdem er ein wenig gezögert hatte, griff der Professor doch zum Hörer.

„Skortschew, sind Sie es?"

„Jawohl. Ich freue mich, Ihre Stimme zu hören, Genosse Professor", erwiderte der Stellvertreter.

„Skortschew, hat sich im Institut irgend etwas ereignet?"

„Nicht daß ich wüßte, alles ist in Ordnung ... Genosse Professor, ich habe mir Ihre letzten Zellenkulturen angesehen und alles sortiert."

„Danke ... Und trotzdem hätten Sie mich in diesen Tagen mal anrufen müssen."

Am anderen Ende der Leitung kam es zu einem kurzen Schweigen, wahrscheinlich hatten diese Worte Skortschew überrascht.

„Ich wollte Sie nicht stören ... Ich dachte, daß Sie ..."

„Schon gut, schon gut", unterbrach ihn der Professor. „Arbeiten Sie nur weiter, ich komme morgen oder übermorgen vorbei."

Er legte den Hörer auf. Also hatte er seinen Stellvertreter umsonst verdächtigt. Dieser Mann konnte wahrscheinlich nur im Schatten eines anderen existieren.

Am nächsten Tag ging der Professor zu Fuß zur Akademie. Ihm war schwindlig. Er war von einer Schwäche befallen, die ihn glauben ließ, daß die Beine ihn nicht mehr tragen wollten. So blieb er schon an der zweiten Querstraße stehen, um sich etwas auszuruhen. Obwohl es bewölkt war, schien der Tag doch nicht kalt, und ab und zu kam ein Stück reingewaschener blauer Himmel zum Vorschein. Dieser Anblick tat Urumow viel wohler als das üppige Grün der Bäume auf dem Boulevard. Denn das Grün war vergänglich, ja, im Vergleich zum Himmel war es vergänglich. Eine Bremse kreischte scharf von rechts, worauf Geschimpf erklang. Der Professor setzte verbittert seinen Weg fort.

Spassow empfing ihn sofort, als ob er ihn seit Stunden erwartet hätte. Er war sorgfältig rasiert und leuchtete fast vor Reinheit. Sein gelichtetes Haar schien naß gekämmt worden zu sein, es war immer noch steif und gewellt.

„Trinken Sie einen Kaffee, Genosse Urumow?"

„Nein, danke, ich trinke keinen Kaffee."

„Dann eine Coca-Cola?"

Dieses Mal schwieg der Professor. Spassow faßte das als Zeichen des Einverständnisses auf und gab der Sekretärin, die immer noch artig in der wundervollen antiken Tür stand, den entsprechenden Auftrag. Dann nahm er elegant in seinem bequemen Sessel Platz und strich sich mit der Hand über die Schläfe. In diesem Augenblick glich er eher einem französischen Modemacher als einem Mathematiker. Dem Professor kam es sogar vor, daß im geräumigen Arbeitszimmer ein Hauch von Chypre schwebte.

Beide schwiegen eine Weile, sogar etwas länger, als es laut Protokoll üblich war. Spassow wußte sehr wohl, daß jedes andere Gespräch jetzt fehl am Platze gewesen wäre, deshalb beschloß er, sofort zum Thema überzugehen.

„Genosse Urumow, können Sie sich denken, warum wir Sie hierhergebeten haben?“ fragte er ein wenig scherzhaft.

„Ja, natürlich“, gab der Professor zur Antwort. „Um mir vorzuschlagen, in den Ruhestand zu treten.“

Der Vizepräsident der Akademie sah ihn etwas sonderbar an, als ob er es bedauerte, daß ihm dieser Gedanke bislang noch nicht gekommen war.

„Sie sind ein weltbekannter Gelehrter! Wir haben keine solchen Absichten. Es gibt zwar einiges, worüber es sich lohnte, zu sprechen, aber das wird ein andermal geschehen.“

„Wann?“

„Na zum Beispiel, wenn Sie aus Ungarn zurück sind ...“ Der Vizepräsident lächelte.

„Ich verstehe Sie nicht ganz“, sagte der Professor. „Was habe ich mit Ungarn zu tun?“

„Deshalb haben wir Sie herbestellt ... Wir wollen Ihnen den Vorschlag machen, nach Ungarn zu fahren. Für etwa zwanzig Tage.“

„Was soll ich dort?“ fragte der Professor erstaunt.

„Nichts Besonderes. Wir erfüllen damit das Kulturabkommen. Sie reisen dorthin, und wir empfangen hier einen Gast von dort, so wie diese Dinge gewöhnlich vor sich gehen.“

„Ich bin nicht in der Stimmung zu verreisen!“ antwortete der Professor. „Ich bin schon alt und tauge nicht mehr für solche Fahrten ...“

Spassow war auf diese Antwort gefaßt.

„Ja, uns ist bekannt, daß Sie vielleicht nicht in der Verfassung sind zu reisen, aber alt sind Sie nicht. Wir wollen Sie dorthin schicken, weil Sie nach allem, was geschehen ist, etwas Zerstreuung brauchen und so neue Kräfte sammeln können. Ich bitte zu entschuldigen, daß ich die Angelegenheit so offen mit Ihnen bespreche."

Da aber der Professor schwieg, weil er gerade überlegte, wie er am taktvollsten ablehnen könnte, beeilte sich der Vizepräsident hinzuzufügen: „Letztlich werden Sie dort sicher auch etwas sehen und kennenlernen, was Ihnen von Nutzen sein wird. Das Institut dort ist . . .", er hätte beinahe gesagt: besser als unseres, konnte aber noch rechtzeitig innehalten und fuhr fort: „weltbekannt. Sie werden dort mit Dobozi zusammenkommen."

Der Professor begriff den Sinn der kleinen Pause recht wohl. Er nickte.

„Ja, sie verfügen dort über eine bessere Ausrüstung. Professor Dobozi ist ein energischer und vitaler Mann, er versteht es, sich durchzusetzen."

„Sie werden Gelegenheit haben, an Ort und Stelle zu sehen, was sie haben."

Der Professor wurde nachdenklich.

„Und wenn ich ablehne?" fragte er schließlich.

„Ich bitte darum, es nicht zu tun. Eigentlich ist das ein Vorschlag unseres Instrukteurs. Er wird das wahrscheinlich *dort* abgestimmt haben . . ."

Der Professor begriff sehr gut, was Spassow ihm damit sagen wollte. Er selbst hatte auch einen Instrukteur, der ihn von Zeit zu Zeit aufsuchte. In den letzten zwei Jahrzehnten hatte er oft gewechselt. Diese jungen Leute hatten die Fähigkeit, einen anzuhören, aber sie machten nur selten den Mund auf. Wenn dieser also tatsächlich gesagt haben sollte . .

„Ich muß mir das noch durch den Kopf gehen lassen", entgegnete der Professor. „Morgen gebe ich Ihnen Bescheid. Aber ich bin jetzt wirklich nicht in der Lage, Reisen zu unternehmen, das meine ich ganz ehrlich."

Verstimmt kehrte er nach Hause zurück. Er wußte nur

zu gut, daß man ihm diesen Vorschlag mit den besten Absichten unterbreitet hatte, ihn trösten und zerstreuen wollte. Er war seinerzeit, als die Frau von Dimow gestorben war, genauso verfahren und hatte ihm eine Dienstreise nach Schweden verschafft. Aber er selbst hatte keine Lust zu verreisen. Sein Innerstes war von Kälte und Gleichgültigkeit erfüllt, und jeder Gedanke an eine physische Anstrengung war ihm zuwider. Das einzige, wozu er noch Kraft hatte, war, seinen Kiefer in der Küche zu bewegen. Ja, seinen Kiefer bewegte er ziemlich gut.

Übrigens war er schon einige Male in Budapest gewesen. Diese Stadt gefiel ihm, sie hatte Atmosphäre. Dort waren die Menschen nett und höflich zu ihm wie nirgendwo, als ob sie zu Professoren und älteren Ausländern eine besondere Beziehung hätten. Das letztemal war er im Hotel auf der Margareteninsel abgestiegen. Im Restaurant speiste er immer am selben Tisch. Sein Ober war ein älterer Mann, wahrscheinlich älter als er selbst. Seine Kleidung, schon etwas abgetragen, besaß immer noch eine etwas antike Eleganz, sein gestärktes Hemd, inzwischen schon leicht vergilbt, war stets blitzsauber. Er hatte nicht mehr seine ursprüngliche Kraft, und seine Hand zitterte stark, während er die Suppe servierte. Aber trotzdem beeilte er sich, er beeilte sich wirklich, soweit es seine Kräfte erlaubten. Er sorgte für Urumow mit solcher Ergebenheit und Achtung, wie kein anderer es je getan hatte. Bevor der Professor abreiste, gab er dem Ober alle Geschenke, die er für den Budapester Präsidenten des Friedenskomitees vorbereitet hatte. Und er tat sicher nicht falsch daran. Das war gerade erst zwei Jahre her, und der alte Ober arbeitete vielleicht immer noch in diesem Restaurant ... Wenn er also fahren sollte ... Blödsinn, er würde nirgendwohin fahren, das beste wäre es, zu Hause zu bleiben. Er mußte etwas Kraft schöpfen, er mußte es, wenn er wenigstens einen Teil seiner Arbeiten zu Ende führen wollte.

Die Tür wurde geöffnet, und auf der Schwelle erschien seine Schwester.

„Komm essen!“ sagte sie.

Sie sprach dieses widerwärtige Wort „essen“ sehr verlockend aus. Er erhob sich nur unlustig, aber das wirkte sich überhaupt nicht auf seinen Appetit aus.

Nach dem reichlichen Mahl kehrte er erneut in sein Arbeitszimmer zurück. Dort war es ruhig und kühl. Er beeilte sich, die Couch zu erreichen, und schlief schnell ein. Mit einem unangenehmen Geschmack im Mund und mit Kopfschmerzen wachte er wieder auf. Ihm war, als ob er getrunken hätte. In seinem Herzen saß immer noch das Gefühl der Leere. Er fühlte sich innerlich zerrissen und war verstimmt. Sein Versuch, etwas zu arbeiten, war umsonst; die Arbeit ging ihm einfach nicht von der Hand. Er legte auch das Buch weg, das er vor einigen Tagen angefangen hatte zu lesen. Er war sich noch nie so verlassen und einsam vorgekommen. Diese Öde im Herzen war für ihn bislang ein unbekanntes Gefühl gewesen.

Lange Zeit lag er auf der Couch und merkte nicht einmal, daß der Abend angebrochen war. Das vernünftigste würde wohl sein, aufzustehen und irgendwohin zu gehen, aber wohin? Auf dieser Welt gab es kein Plätzchen für Müde und Hoffnungslose.

Endlich stand er auf, bewegte sich aber nur wie ein Insekt im Arbeitszimmer hin und her, ohne dabei etwas zu verrichten. Das Lampenlicht schien immer noch so gleichmäßig und öde wie in jener Nacht, als seine Frau starb.

Plötzlich wurde er von Angst ergriffen, die ihn zum Telefon trieb.

„Sascho, bist du es?“

„Ich bin's, Onkel“, entgegnete der junge Mann.

„Was machst du?“

„Nichts. Ich habe gelesen, und jetzt will ich weggehen.“

„Willst du ins Kino?“

„Nein, ich gehe ein bißchen Billard spielen.“

„Gibt es denn noch Billarde in Bulgarien?“

„Hier und da ... Viel schwerer ist es, gute Spieler zu finden."

Der Professor holte tief Luft, um mehr Mut zu fassen.

„Hör mal, Sascho, wenn du es nicht so eilig haben solltest, könntest du vielleicht bei mir vorbeischauen?"

„Ja, natürlich", erwiderte der Neffe bereitwillig.

„Gut, ich warte auf dich", sagte der Professor und beeilte sich, den Hörer aufzulegen. Er seufzte und richtete sich auf. Wie weich leuchteten die Lampen. Wie ruhig es in der menschenleeren Wohnung war. Alles andere war dumme Einbildung. Vielleicht war die Luft bloß zu schwer und stickig. Ja, daran lag es wohl, wie konnte er es so viele Stunden bei geschlossenen Fenstern aushalten! Vielleicht tat ihm deshalb der Kopf weh. Er machte beide Fensterflügel weit auf. Von draußen drang die frische Abendluft herein. Das beruhigte ihn vollends, und er atmete mit offenem Mund tief durch. Er glich einem Fisch, den man wieder ins Wasser gesetzt hatte.

In den dunklen Parkanlagen am Kanal spielte ein Tonbandgerät. Bei genauerem Hinsehen konnte der Professor einige Gestalten, wahrscheinlich Jungen, erkennen. In der Finsternis leuchteten die brennenden Zigaretten, und von Zeit zu Zeit war Lachen zu hören. Aus dem Tonbandgerät plärrte ein Spiritual. Auf einmal glänzte in dem schwachen Lichtschein ein hohes Glas. Sie schienen den Schnaps direkt aus der Flasche zu trinken. In diesem Augenblick erlosch auch der Lärm für kurze Zeit. Sie hatten hier ein kostenloses Restaurant eröffnet, obendrein mit Musik. Sicher war auch ein Mädchen unter ihnen, denn eine weibliche Stimme war von ihrem Gelächter und ihren Neckereien deutlich zu unterscheiden. In diesen immer noch nicht gefestigten Jungenstimmen war etwas Unverschämtes, etwas Herausforderndes und Freches. Verstand denn dieses Mädchen nicht, daß sich all das auf sie bezog? Wahrscheinlich nahm sie es wahr, aber auf ihre Art, so wie die Löwin das kosende Gebrumm des Löwen aufnimmt. Nur sie empfindet es als angenehm, während alle anderen Tiere versuchen, sich so schnell wie möglich davonzumachen ... Ja, es war klar, daß das Mädchen genau wie ihre Gesellschaft war.

Früher gab es so etwas nicht. Zu seiner Zeit waren zum Beispiel ... Der Professor winkte unwillkürlich ab. Zu seiner Zeit standen hier noch gar keine Häuser. Hier floß ein kleiner klarer Fluß, und an den Schnellen sah man ab und zu Maränen. Und gegenüber erhob sich der weich geschwungene Hang des Kurubaglar, der ganz und gar in weinrote Farbe versunken war ... In seiner Jugendzeit waren auf den Straßen dieser schlammigen Stadt abends nicht einmal Frauen zu sehen, ganz zu schweigen von Mädchen. Sie gingen tagsüber promenieren, und stets paarweise, wobei sie ihre kleinen verschwitzten Hände zusammenpreßten. Sie waren verängstigt und schüchtern, und ihre Augen waren kaum unter den großen Hutkrempen zu sehen. Es war so unendlich schwer, auch nur einen Blick zu erhaschen oder gar unter dem langen Rocksaum einen Knöchel zu erblicken. Wenn die Männer damals auch unkultiviert und einfach waren, so gab es doch noch echte Mädchen.

Das Mädchen unten im Park hielt wahrscheinlich beim Trinken von Obstschnaps mit den Jungen mit. Der Professor wandte sich vom Fenster ab. Sicher rauchte dieses Mädchen auch. In der Dunkelheit glaubte er, ihre starken, muskulösen Beine gesehen zu haben. Wie schafften sie es nur, so stark gebaut zu sein? Er erinnerte sich, daß es, als er jung gewesen war, nur ein einziges dickes Mädchen in der ganzen Stadt gegeben hatte, und sie war obendrein eine halbe Tschechin gewesen. Aber es war wohl besser, sich nicht den Kopf darüber zu zerbrechen. Jetzt hatte er seinem Neffen zu erklären, weshalb er ihn hatte kommen lassen. Das schlimme war, daß er das selbst nicht wußte. Die Einsamkeit eines alten Mannes war noch lange kein Grund dafür, einen sorglosen jungen Menschen zu stören.

Als Sascho nach einer Viertelstunde an der Tür läutete, hatte sich der Professor etwas ausgedacht. Er erhob sich langsam und öffnete die Tür. Der junge Mann kam ein wenig lässig herein, als ob er einen Abstecher machte, um sich Zigaretten zu kaufen.

Der Onkel sagte: „Weißt du, als ich jung war, habe ich auch Billard gespielt. Ich habe bis zu fünfzig Karamboles geschafft."

Sascho sah ihm ins Gesicht, während ihm durch den Kopf ging: Bei diesen linkischen Händen sind fünfzig Karamboles nicht zu verachten. Er erwiderte: „Ich glaube dir, Onkel, obwohl ich mir das kaum vorstellen kann."

„Warum?"

„Weil ich dich nur als einen älteren und seriösen Mann kenne."

Sie gingen in das Arbeitszimmer, und Sascho nahm im Sessel am Schreibtisch Platz.

„Ich bin wie alle anderen jung gewesen und habe mich durch nichts von ihnen unterschieden", fuhr der Onkel fort.

„Und hast du auch getrunken?" fragte Sascho, wobei er herzlich lachte.

„Nein, denn zu jener Zeit gab es die sogenannte goldene Jugend noch nicht ... Es gehörte sich nicht, in den Lokalitäten herumzusitzen."

„Und wie habt ihr euch die Zeit vertrieben?"

„Mit Billard, Karten ... Im Winter sind wir Schlittschuh gelaufen."

„Was für Karten? Habt ihr auch Poker gespielt?"

„Nein, anständige Leute haben nicht gepokert ... Ich habe Whist gespielt. Aber dein Großvater hat als ehemaliger russischer Zögling ausgezeichnet gepokert. Er ist jeden Abend in den ‚Union-Klub' gegangen, dort hatten sie ihren Stammtisch."

„Da brauche ich mich nicht zu wundern, nach wem ich komme!" Der junge Mann lächelte.

„Warum, spielst du gut?"

„Klar ... Mit meinem mathematischen Gedächtnis ... Mir kann nur ein zufälliger Fehler unterlaufen, aber nie ein theoretischer!"

Bisher hatten sie noch nie dieses Thema in ihren Gesprächen angeschnitten. Der Onkel starrte seinen Neffen neugierig an.

„Und was noch? Ich möchte wissen, womit ihr euch sonst noch beschäftigt", fragte er.

„Nun . . ., etwas Sex, ein bißchen Schwimmen und ein wenig Unterwasser-Fischfang."

„Ein wenig Alkohol . . .?"

„Ein wenig oder mehr, je nach Bedarf, aber im allgemeinen ergebe ich mich diesem Genuß nicht leidenschaftlich."

„Ja, du bist ein vernünftiger junger Mann", bestätigte der Onkel.

Sascho schien wieder beleidigt zu sein.

„Onkel, ich habe keinen spekulativen Verstand . . . Auch keinen praktischen. Ich würde ihn höchstens als kombinationsfähig bezeichnen."

„Ja, ihr, die junge Generation, seid überhaupt Realisten!" sagte der Onkel, was aber aus seinem Mund keinesfalls wie ein Kompliment klang.

„Ist das etwa schlecht?" fragte der Neffe scherzhaft.

„Schlecht ist es nicht, wenn man es nicht übertreibt. Paß mal auf", unterbrach sich der Onkel plötzlich, „ich habe dich gerufen, weil ich vergessen hatte, daß man mir den Auftrag für einen Artikel in der ‚Prostori' erteilt hat . . . Da ich in einigen Tagen nach Ungarn fahre, mußt du diese Arbeit übernehmen."

„‚Prostori' sagtest du?" fragte der junge Mann erstaunt.

Das war eine literarische Zeitschrift, wie kam deren Redaktion dazu, seinem Onkel einen Artikel aufzutragen?

„Liest du sie nicht?" fragte nun der Onkel verwundert. „Sie haben eine sehr solide wissenschaftliche Rubrik."

„Nein, ich habe noch nicht darauf geachtet."

„Sie haben einen naturwissenschaftlichen Artikel bestellt. Etwas, sagen wir, über die Mikrobiologie und ihre zeitgenössischen Probleme."

„Populärwissenschaftlich?"

„Eigentlich nicht, darum geht es ja gerade. Er muß etwas essayistisch, etwas publizistisch und, wie sie gesagt haben, mit kühnen Prognosen angereichert sein, obwohl mir das nicht sonderlich gefällt", erläuterte der Onkel die Aufgabe.

„Wieviel Seiten?" fragte der junge Mann kurz.

„Etwa zwanzig."

„Für zwanzig Seiten ist das aber zuviel verlangt ... Das ist kein Kinderspiel!" Saschos Augen begannen sonderbar zu glänzen.

„Das habe ich ihnen auch schon gesagt. Aber wenn wir dreißig sagen, würdest du es dann übernehmen?"

„Das Experiment ist natürlich interessant! Prognosen ... Ohne Prognosen tappt jede Wissenschaft im dunkeln ... Aber interessant ist, was für Prognosen sie von uns erwarten. Vielleicht, wie wir Schriftsteller in den Inkubatoren ausbrüten wollen?"

„Laß diese Späße. Die Zeitschrift ist immerhin sehr repräsentativ, ich möchte, daß du dir die größte Mühe gibst."

„Da kannst du beruhigt sein!" sagte der Neffe.

Der Professor war in der Tat ganz ruhig. Nach dem schrecklichen Nachmittag verspürte er jetzt eine ungewöhnliche Erleichterung, als ob eine große Last von seinen Schultern genommen wäre.

„Ich wollte dir noch sagen, daß sie sehr gut zahlen ... Etwa fünfhundert Lewa. Ich gebe dir die Hälfte als Vorschuß, damit du in Ruhe arbeiten kannst."

„Danke, Onkel ..."

„Soll ich dir den Schlüssel vom Wochenendhaus da lassen? Dort könntest du vielleicht am besten arbeiten."

„Nein, das hat keinen Sinn! Das ist mir zu weit, ich würde bloß viel Zeit verfahren."

„Das ist doch kein Problem. Ich wollte dir sowieso den Wagen geben. Ich möchte ihn nicht so auf der Straße stehenlassen, jemand muß sich um ihn kümmern."

„Und der Fahrer?" fragte der Neffe, fast erschrocken bei dieser glücklichen Perspektive.

„Der Fahrer? Du weißt doch, daß ich ihn im Sommer nicht beanspruche."

Das stimmte, im Sommer hatte die Tante den Wagen immer selbst gefahren. Und sie hatte einen sehr guten, routinierten Fahrstil gehabt. Der Fahrer war ein fast tauber und halbblinder Rentner, der ständig, auf das Lenkrad gestützt, schlief. Dafür aber war er von keinem Unfall bedroht, denn er fuhr auch auf der geradesten Landstraße nur fünfzig Kilometer in der Stunde. Sie witzelten ein wenig über ihn, aber dann sah der Professor beunruhigt auf die Uhr.

„Nun geh, geh!" sagte er. „Lauf, das Billard wartet auf dich!"

„Sie haben dort sowieso schon zugemacht."

„Irgend jemand wird doch sicher auf dich warten ... Geh schon!"

Sascho wurde von niemandem erwartet. Er war für Verabredungen überhaupt nicht zu haben, weil er eifrig darauf bedacht war, sich seine Freiheit zu bewahren. Es gab so viele Plätze in Sofia, wo man Freunde treffen konnte, warum mußte man sich vorher dazu verpflichten? Trotzdem machte er sich nach zehn Minuten auf den Weg. Dieses Mal begleitete ihn sein Onkel bis zum Flur, so daß ihm nicht einmal Zeit blieb, sich über diese ungewöhnliche Aufmerksamkeit zu wundern. Was ging eigentlich in dem Onkel vor?

Nachdem der Professor den jungen Mann bis zur Tür gebracht hatte, kehrte er in sein Arbeitszimmer zurück. Er fühlte sich immer noch so erleichtert, als ob ihn das lästige Gefühl der Einsamkeit für immer verlassen hätte. Diese kleine altruistische Orgie, die sich gerade eben in seinem Arbeitszimmer abgespielt hatte, erfüllte ihn mit Stolz und Genugtuung. Es machte nichts, daß er etwas leichtsinnig gewesen war. Er hatte einfach den Regungen eines alten und einsamen Mannes nachgegeben, der die Nähe eines Menschen anstrebte. Und wie jeder alte und einsame Mensch fühlte er instinktiv, daß er als Ersatz dafür nur seine Großzügigkeit bieten konnte.

Er hatte keine Lust, ans Fenster zu gehen, er mochte sich auch nicht an den Schreibtisch setzen. Das beste würde sein, eine Schlaftablette zu nehmen und sich einmal richtig auszuschlafen, mit reinem Herzen und ruhigem Gewissen.

4 Sascho ging die dunkle Straße entlang. Dabei dachte er, daß die Erdanziehungskraft doch nicht ganz so stark war, wie die Wissenschaftler behaupteten. Es mußte ihnen in ihren Berechnungen ein Fehler unterlaufen sein. Seine Füße hoben sich mit großer Leichtigkeit vom Bürgersteig ab, obwohl er inzwischen um ein Schlüsselbund und ein Geldscheinbündel von neuen Fünflewabanknoten schwerer geworden war. Er hatte bemerkt, daß sein Onkel ihm fast immer so neue und saubere Geldscheine gab, als ob er sie direkt von der Bank erhalten hätte. So war es wahrscheinlich wirklich, sicher konnte nur die Staatsbank so hoch bezahlte Leute wie die Akademiemitglieder abfertigen. Sein Vater hatte ihm die Hosentaschen nur mit zusammengeknüllten lumpigen Einlewascheinen vollgestopft, die damals gar nichts wert waren.

Aber sonst war sein Vater sehr großzügig gewesen, zumindest, wenn er betrunken war. Und abends war er immer betrunken und lustig, während er am Morgen finster dreinschaute, Natron schluckte, laut rülpste und Sascho in den Laden gegenüber Bier holen schickte. Manchmal, wenn er sehr, sehr betrunken war, fand er erst in den frühen Morgenstunden nach Hause und brachte einige Freunde mit, die gewöhnlich etwas nüchterner als er selbst zu sein schienen und aus deren Manteltaschen dunkle Flaschenhälse herauslugten. Dann setzten sie sich ins Wohnzimmer und sprachen so laut, als ob sie sich stritten. Währenddessen holte die Mutter, stets schweigsam und gehorsam, Büffelwurst und andere Delikatessen aus dem Kühlschrank. Nebenan sang man schon oder stritt sich, das war auch egal. Die Nachbarn trommelten mit der Faust gegen die Wand. In solchen Augenblicken erinnerte sich der Vater an seinen Erstgeborenen und schickte nach ihm. Sascho kam im Schlafanzug und mit den Pantoffeln seiner Mutter an den Füßen.

„Sag ein Gedicht auf!" befahl der Vater. „Zeig diesen Gaunern, was du kannst."

Sascho deklamierte immer ein und dasselbe Gedicht – „Die Landwehr von Schipka". Er kannte das ganze Gedicht auswendig, obwohl er erst acht Jahre alt war.

„O Schipka!" begann er mit seiner klaren und hellen Kinderstimme. Schon bei der zweiten Strophe glotzte sein Vater wehmütig, und bei der dritten fing er an zu weinen. Anfangs lächelten die anderen nur verächtlich, aber zum Schluß heulten sie alle. Der Vater hielt Sascho in seinen nach Tabak und Wein riechenden Armen fest und lispelte schluchzend: „Wir sind Ochsen ...! Und ungebildete Tiere ... Aber die werden uns Verstand einflößen, diese ..." Dabei zeigte er zur Decke, weil über ihnen seiner Meinung nach irgendein angesehener Genosse wohnte. Dann stopfte er, vom Gedichtvortrag seines Sohnes gerührt, Sascho die kleinen Schlafanzugtaschen mit Geld voll. Er tat es so hastig, daß die Einlewascheine vollends auseinanderrissen. Später, nachdem er sich etwas beruhigt hatte, reichte er dem Kind das Weinglas.

„Los, trink einen Schluck, trink mal!" lallte er. „Trink, damit ein Mann aus dir wird."

Während der Junge unwillig das schale Getränk schluckte, sah ihn der Vater voller Stolz und Genugtuung an. Ein richtiges volles Weinglas war für den zarten Kinderorganismus gar nicht wenig. So lernte Sascho die Betäubung kennen, die ihm zwar zuwider, aber gleichzeitig auch sehr verlockend war. Sicher war sie vor allem angenehm, sonst würden die Erwachsenen den Wein nicht so gern trinken. Die Erwachsenen waren nicht dumm, man mußte nur den Sinn ihrer Taten verstehen.

Übrigens waren das wahrscheinlich Saschos einzige angenehme Erinnerungen an die Kindheit, obwohl sie strenggenommen nichts Angenehmes enthielten. Alles andere verabscheute er: die geräumige leere Wohnung mit den eingerollten Teppichen, damit man die Heftfäden, die überall umherlagen, das ausgefranste Steifleinen, das Nähgarn und die Stoffschnipsel besser zusammenkehren konnte; all den Schmutz, der an den Kleidungsstücken hängenblieb; all die hastenden Menschen, die sich vor dem Spiegel in Positur stellten und drehten und ein Stück zurücktraten, um sich besser betrachten zu können, wobei sie die Katze oder ihn selbst traten; den unangenehmen Geruch vom Bügeln der Stoffe, die vorher mit Wasser befeuchtet wurden; und am allermeisten die beiden Lehrlinge, zwei bartlose Jungen aus Radomir.

Ja, sie konnte er am wenigsten leiden. Sie saßen mit übereinandergeschlagenen Beinen auf dem Schneidertisch im Wohnzimmer, trugen Westen, die sie sich selbst genäht hatten, hatten große häßliche Fingerhüte übergestülpt und Stecknadeln zwischen den Lippen. Sie waren streitsüchtig und spöttisch, machten aus lauter Langeweile allerhand Blödsinn mit dem Jungen und zwickten ihn da, wo es sich nicht gehörte. Sascho rannte in die Küche und zog seine Mutter am Rockzipfel, die jedoch kaum ihr verschwitztes Gesicht vom Kochtopf oder von der Pfanne abwandte.

„Mutter, sie zwicken mich in den Puller", schrie Sascho bis aufs äußerste beleidigt.

„Laß sie, mach dir nichts draus!" erwiderte sie müde. „Du weißt doch, daß sie Flegel sind."

Mittags beklagte er sich bei seinem Vater, aber das war auch vergebens.

„Laß nur, mein Junge, dann wird er um so länger!" gab der zur Antwort und schenkte sich dabei kaltes schäumendes Bier ein. Er trank es gierig aus, wischte sich mit dem Handrücken den feuchten Mund und gab zufrieden von sich:

„So ist das Leben!"

Nach dem sättigenden Mittagsmahl hielt er im Kinderzimmer sein Nickerchen, weil alle anderen Betten mit zugeschnittenen oder nicht fertiggenähten Anzügen vollagen. Im Wohnzimmer schliefen die Lehrlinge direkt auf den harten Holztischen. Sie deckten sich nicht einmal zu und legten sich nur einen Stoffballen unter den Kopf. Es war dort sehr stickig und roch nach ungewaschenen Füßen. Der Junge kroch mit einem Buch in der Hand in die Küche, wo seine Mutter leise mit dem Geschirr im Abwaschbecken klirrte.

Sascho trug diese unangenehmen Erinnerungen bis zum Ford Taunus seines Onkels, der ihn neben dem Bürgersteig erwartete. In diesem Moment kam ihm der Wagen wie ein provinzieller Blödian vor – rotwangig, mit niedriger Stirn und etwas hängendem Hinterteil. Seine neuzeitlichen Brüder waren weitaus eleganter, dafür versagte aber der alte Ford Taunus nie beim Starten und kannte keine Panne. Sascho ließ den Motor etwa eine Minute lang laufen, bis er gleichmäßig und wie ein alter Kater schnurrte. Erst jetzt wurde ihm klar, daß er nicht gleich nach Hause zurückkehren würde, wie er es ursprünglich beabsichtigt hatte. Das Geld schien unter dem Futter seiner Jacke zu brennen, er mußte wenigstens einen Geldschein ausgeben. Wohin sollte er aber gehen? In den Schachklub? Zu dieser Zeit stank es dort schon zu sehr nach Schweiß. Im Studentenklub war heute Tanz. Der kam ihm immer richtig provinziell vor. Es war nicht sein Stil, unbekannte Mädchen aufzufordern und sie mit verschwitzten Händen zur Tanzfläche zu führen. Das beste würde sein, ins Café „Warschau“ zu gehen, dort würde er sicher einen Freund auftreiben. Da bestand jedoch die Gefahr, sich verleiten zu lassen und mehr zu trinken. Was sollte dann mit dem Wagen geschehen? Aber sich darüber Gedanken zu machen war wohl jetzt noch zu früh. Er parkte vor dem Studentenklub und ging zu Fuß zum Café. Der Boulevard Russki war zu dieser Stunde ungewöhnlich leer, nur einige Leute vom Lande drückten sich die Nasen am Schaukasten vor dem Museum platt. Ein wunderbarer Pointer sprang ganz unverhofft daher, beschnupperte ihn freundschaftlich und trottete bis zum Eingang des Cafés neben Sascho her. Zu dieser Zeit gab es hier ziemlich viel freie Tische. An den besetzten sah Sascho keinen einzigen Bekannten. Er wollte schon wieder gehen, als er einen vertrauten Nacken erblickte – ziemlich kurz, stark behaart und vernarbt. Das war sicher Kischo. Ja, es war tatsächlich Kischo mit zwei Mädchen, die gar keinen schlechten Eindruck machten. Die eine kam ihm bekannt vor – sie hatte einen Kopf wie ein Kalb, aber ihr Gesicht wies schöne und sympathische Züge auf; sie war ziemlich groß und hatte richtige Männerpranken, die ruhig auf dem Tisch lagen. Anscheinend war sie Volleyballspielerin oder etwas Ähnliches. Sascho trat mit lässigem Gesichtsausdruck näher. Jetzt konnte er auch das andere Mädchen erkennen – sie hatte sehr helle zarte Haut und sehr dunkles Haar, das einen Teil des Gesichtes verdeckte.

„Grüß dich!"

„Sei gegrüßt", antwortete Kischo. „Setz dich ...! Setz dich hin und hör zu!"

Kischos ganzes Gesicht war von schwarzen unebenen Warzen bedeckt. Die größte von ihnen, leicht zugespitzt, hatte sich genau zwischen seinen Augenbrauen eingenistet. Kischo gehörte fast schon zum Inventar des Cafés. Die Gaststättenleiter und die Kellner kamen und gingen, er aber blieb. Er war nicht mehr allzu jung, etwa fünfunddreißig Jahre alt, und seit mindestens zehn Jahren Assistent an der Universität. Sicher würde er es dort auch nicht weiterbringen, weil er sich anscheinend nur für Bridge interessierte. Er hatte seine eigene Schule, seine eigene Konvention und bildete sogar Wettkämpfer aus. Doch bei den Wettkämpfen nahmen er und seine Schüler gewöhnlich die letzten Plätze ein. Sein System war zwar scharfsinnig, aber auch sehr kompliziert, so daß es fast unmöglich war, damit zu korrespondieren.

Kischo berichtete: „Ich habe ihnen eine Esquisse erklärt! Sie ist genial. Ich habe sie mir heute morgen ausgedacht. Jetzt habe ich bloß keine Karten, um sie euch zu zeigen, deshalb mußt du aufmerksam zuhören."

„Ich bin ganz Ohr!" sagte Sascho gehorsam.

Doch er hörte gar nicht hin. Erst jetzt fiel ihm ein, daß das große Mädchen eine von Kischos Wettkämpferinnen war. Er hatte sie einmal beim Spiel beobachtet – sie machte die Impässe gegen alle Regeln der Logik, doch stets äußerst erfolgreich, als ob sie Einblick in die Karten des Gegners hätte. Das andere Mädchen kam ihm jetzt schöner vor, als es von weitem den Anschein gehabt hatte. Ihre blassen, ungeschminkten Lippen waren so zart, als ob sie damit nur atmete. Sie trug ein dunkles Kostüm, zwar ziemlich altmodisch, doch ideal gebügelt. Ihr Aussehen war nicht ein bißchen zeitgemäß. Sie hatte ein wenig melancholische Augen und einen müden Gesichtsausdruck, war überhaupt insgesamt von einer verspäteten Romantik geprägt. Es würde ihr sicher sehr gut stehen, wenn sie einen großen goldenen Anker, ein Kreuz oder ein Herz in den Händen hielte.

Das Mädchen schien bemerkt zu haben, daß sie beobachtet wurde, und ein nervöser Schauer glitt ihr über das Gesicht.

„Das ist doch genial, nicht wahr?" fragte Kischo schließlich ganz erregt.

„Ja, wirklich erstaunlich!" entgegnete Sascho ernst.

„Einfach ein As nach dem anderen auszuschalten, nicht wahr, um oben die Neun zu halten ... Das ist in der Tat genial ..."

„Du hast vergessen, mich vorzustellen!"

„Ach ja!"

Das große Mädchen hieß Donka und das dunkeläugige Christa. Woher hatte sie bloß diesen deutschen Namen? Sie machte immer noch einen leicht nervösen Eindruck, worauf auch das Ausmachen der eben erst angezündeten Zigarette schließen ließ.

„Sie tun recht daran", sagte Sascho. „Das Rauchen steht

Ihnen überhaupt nicht ... Ich habe mir eigentlich Laura stets so vorgestellt."

„Welche Laura?"

„Nun ja, die Sie sich sicher als Vorbild ausgesucht haben!"

Das Mädchen sah ihn beleidigt an.

„Vielleicht meinen Sie Petrarca, obwohl heute keiner mehr von Petrarca spricht ... Ich dachte, daß ich Sie nicht recht verstanden hätte."

„Christa ist ein kluges Mädchen!" sagte Kischo ernst. „Sie weiß sogar, was Pizzikato bedeutet."

„Und was bedeutet es?"

„Nichts Besonderes – nur das Zupfen einer Saite auf einem Streichinstrument. Aber dieses Wort hat mir schon immer gefallen!"

Sascho mußte lächeln. In diesem Augenblick kam die Kellnerin. Wahrscheinlich war sie hier neu, weil sie Ihnen einen unfreundlichen Blick zuwarf. Die anderen Serviererinnen kannten und mochten sie.

„Können Sie mir einen Campari bringen?" fragte Sascho.

„Wir haben keinen Campari!" entgegnete sie mürrisch.

„Dann einen Saft, Nektar, aber kalt."

Der Saft war wirklich gut, aber es war eine Sünde, Saft zu trinken, wenn man so viel Geld in der Tasche hatte. Also unterbreitete Sascho den Vorschlag, ins „Panorama" zu gehen.

Kischo jedoch war dagegen.

„Wir trinken nur einen Campari ...", versuchte Sascho ihn umzustimmen.

„Hör auf: Wenn man erst einmal drin ist ..."

„Kischo, bitte", drängte jetzt Donka. „Ich bin noch nie dort gewesen."

Kischo schien schwankend zu werden.

„Ich kann nicht mitkommen. Ich habe meiner Mutter nicht Bescheid gesagt", meldete sich plötzlich Christa entschlossen.

„Macht nichts, dann bringen wir Sie erst nach Hause",

schlug Sascho vor. „Ich bin mit dem Wagen“, fügte er lässig hinzu.

„Nein, allein möchte ich nicht mit ins ‚Panorama‘“, sagte Donka. „Dort gehen Vaters Freunde hin ... Es ist besser, wenn wir zu zweit sind.“

„Das weiß ich auch, aber ...“

„Hör zu, Christa, wir rufen deine Mutter an und sagen ihr, daß du bei uns übernachten wirst ... Das wäre doch nicht das erstemal.“

Das Mädchen schwieg unentschlossen. Und trotzdem gingen sie schon nach etwa zehn Minuten den Boulevard entlang. Kischo und Donka liefen voran. Das Mädchen überragte ihren Kavalier um Kopfeslänge. Neben Sascho trippelte Christa auf ihren niedrigen Absätzen einher, wobei sie den Kopf betrübt hängenließ.

„Hören Sie“, sagte Sascho, „ich habe wirklich Gewissensbisse, falls Ihre Mutter ...“

„Und Sie möchten nun wissen, wie Sie mich loswerden können“, sagte das Mädchen unzufrieden. „Sie brauchen nichts zu befürchten, ich werde Ihnen nicht lästig sein!“ Die Absätze begannen härter und entschlossener auf das Pflaster zu schlagen.

„Verraten Sie mir doch mal, wer Ihnen diesen Namen verpaßt hat“, versuchte der junge Mann das Thema zu wechseln.

„Ich selbst!“ erwiderte sie zornig. „Warum, gefällt er Ihnen etwa auch nicht?“

„Wieso ‚auch‘?“ Sascho lächelte. „Weshalb haben Sie das gemacht?“

„Weshalb schon? Eigentlich heiße ich Christina ..., aber weil mein Name ...“ Sie hielt auf einmal inne.

„Ihnen ziemlich christlich vorgekommen ist ... und Sie ...“ es fiel ihm schwer, weiterzureden.

„Weil ich Komsomolfunktionärin und so weiter bin ... Ihre Überlegungen sind vollkommen richtig“, bestätigte Christa.

„Ich werde Sie Christina nennen“, sagte Sascho.

„Wir werden einander nicht mehr begegnen!“ sagte sie

böse. „Sie behandeln mich so von oben herab ... Das mag ich nicht. Wie alt sind Sie eigentlich? Sechsundzwanzig?"

„Vierundzwanzig. Und zwar nicht mal ganz, aber darüber wollen wir nicht reden ... Stimmt es, daß Donkas Vater Schriftsteller ist?"

„Was ist daran erstaunlich?" Sie nannte einen Namen, den Sascho noch nie gehört hatte. „Haben Sie etwa ‚Mit Bimbo auf dem Mars' noch nicht gelesen?"

„Gott sei Dank, nein. Ist Bimbo ein Hund?"

„Nein, ein Affe ... Und die Marsbewohner haben den Menschen für einen Affen und den Affen für einen Menschen gehalten und haben ihn zu ihrem König ernannt."

„Ziemlich geschmacklos!" murmelte Sascho.

„Nicht so sehr, wie Sie meinen. Das ist Satire!"

Als sie im Restaurant angekommen waren, gingen die Mädchen telefonieren. Sie hatten vereinbart, Donka sprechen zu lassen, denn ihr würde Christas Mutter nicht so schnell eine Absage erteilen. Donka schoß auch gleich auf ihr Ziel los.

„Tante Maria, bist du es?"

„Ich bin's, Donka."

„Tante Maria, laß Christa heute abend bei uns schlafen ... Mutter und Vater sind auf dem Grundstück, und ich fürchte mich, wenn ich allein bin!"

Übrigens war das nicht allzusehr gelogen, denn Donkas Eltern waren tatsächlich im Wochenendhaus. Am anderen Ende der Leitung kam es zu einer kurzen Pause.

„Laß mich mal mit Christa reden", hörten sie schließlich.

Das Mädchen schluckte und nahm den Hörer entgegen.

„Ich bin's, Mutti."

„Stimmt das, was mir Donka gesagt hat, mein Kind?"

„Ja, Mutti!" entgegnete das Mädchen mit sicherer und klarer Stimme.

„Von wo ruft ihr an?"

„Aus einer Telefonzelle ... Wir sind gerade auf dem Weg nach Hause."

„Gut, mein Kind ... Gute Nacht."

„Gute Nacht, Mutti."

Christa hängte den Hörer ein und atmete sichtlich erleichtert auf.

„Warum hattest du eigentlich keine Lust mitzukommen?" fragte Donka.

„Natürlich hatte ich Lust", erwiderte Christa, „aber ich wollte es nicht um diesen Preis. Jetzt werde ich mich die ganze Nacht wie vergiftet fühlen."

Im Restaurant gab es viele freie Plätze, sowohl auf der Terrasse als auch drinnen. Aber Donka wollte auf gar keinen Fall auf die Terrasse. Wenn schon mal so viel Geld ausgegeben wurde, dann sollte es sich auch lohnen. Sie fanden einen bequemen Tisch, der nicht zu weit vom Klavier stand, und nahmen daran Platz. Und trotzdem schienen die Mädchen auf einmal ihre Zwanglosigkeit verloren zu haben und saßen wie ausgestopft auf ihren Stühlen. Der Pianist gab sich nicht viel Mühe, er spielte träge irgendwelche Variationen zu Gershwin.

Kischo wandte sich an seine Begleiter: „Hört mal, anstatt teures italienisches Zeug zu trinken, wäre es doch besser, eine Flasche Wein zu bestellen."

Sascho sah ihn zögernd an, denn heute abend juckte ihn das Geld in den Händen.

„Wenn ihr das vorzieht ... Also Weißwein mit Eis und etwas kaltes Fleisch."

„Wozu Fleisch? Wir haben schon gegessen", sagte Kischo.

„Schon gut, benimm dich jetzt nicht wie ein Dorftrottel. Hier muß man etwas bestellen."

Sie einigten sich auf Weißwein und Lukanka*. Der Ober servierte flink und geschickt und musterte sie dabei mit seinen schmalen Tatarenaugen. Aus solchen Neulingen ließ sich manchmal mehr herausholen als aus einem geizigen Botschafter. Er zündete ihnen die Kerze

* Dauerwurst, luftgetrocknet

an, verneigte sich galant und verschwand. Kischo begann sofort zu trinken.

„Der ist gut!" ließ er verlauten. „Ihr müßt immer auf Kischo hören, dann kann euch nichts passieren."

Schon nach den ersten Gläsern wurde das Gespräch lebhaft. Sie bestellten auch gleich eine zweite Flasche. Kischo wurde richtig redselig. Es stellte sich heraus, daß er früher einmal verheiratet gewesen war und eine Tochter in der zehnten Klasse hatte. Dabei hielt ihn Sascho für einen eingefleischten Junggesellen. Das war übrigens bisher die Meinung aller gewesen.

„Donka kennt meine Tochter!" erklärte Kischo. „Stimmt's, sie ist schon ein richtiges Fräulein."

„Und warum hast du dich scheiden lassen?" fragte Sascho.

„Ich habe zu sehr geschnarcht." Kischo erzählte ausführlich, daß er mit seiner Frau nur eine kleine Dachkammer im Stadtviertel Losenez gehabt hatte, die ihnen als Schlafzimmer, Küche, Wohnzimmer, praktisch als alles diente. Tagsüber wäre nichts Besonderes vorgekommen, sie hätten wie alle anderen gelebt. Aber nachts wäre die Hölle los gewesen. Kischo hätte so laut geschnarcht, daß er sogar die Tauben auf dem Dach verjagte. Anfangs hätte seine Frau nur geweint, dann gebetet, bis sie schließlich begonnen hätte, ihn zu schlagen. Nachdem aber alles nichts genutzt hätte, wäre sie zu ihren Eltern zurückgekehrt. Dort wäre das Kind zur Welt gekommen, ohne daß man ihn darüber informiert hätte.

„Schnarchst du heute noch?" fragte Sascho.

„Wie ein Drache . . ."

„Warum läßt du dir nicht die Mandeln herausnehmen? Vielleicht liegt es daran."

„Warum sollte ich?" Kischo zuckte die Schultern. „So bin ich vor ähnlichen Fehlern im Leben vollkommen bewahrt."

Nach Mitternacht wurde das Lokal auf einmal voll. Die Gäste waren alle sehr gut gekleidet, die meisten leicht angeheitert; sie sprachen laut und bestellten ungeduldig. Wahrscheinlich hatten sie schon woanders etwas getrunken und wollten hier nur weitermachen. Sie unterhielten sich wie alte Bekannte, grüßten einander von weitem und riefen sich Scherzworte zu, als ob sie alle einer Gesellschaft angehörten und nur getrennt saßen. Die Ober liefen schwitzend hin und her und schleppten haufenweise Flaschen und Gläser mit Whisky heran. Kischo wurde plötzlich borstig wie ein Igel.

„Wer ernährt die hier deiner Meinung nach?" fragte er feindselig.

Donka, die sich in diesen Dingen auskannte, erwiderte: „Das Fernsehen. Da kommt übrigens Virna Lisi."

Eine große Gruppe schlechtgekleideter und schlechtgekämmter Gestalten in abgetragenen Jeans und groben Schweinsledercloggs betrat das Lokal. Von ihnen stach deutlich eine helläugige Schönheit mit wundervollen Beinen ab. Sie trug äußerst kurze und enge Shorts. Wahrscheinlich hatte sie als Kompensation dazu die kniehohen Jägerstiefel in Zyklam angezogen.

Kischo seufzte und leckte sich die Lippen.

„Was tut sie eigentlich hier?" wandte er sich an Donka.

Donka war erstaunt.

„Das weißt du nicht? Sie drehen ‚Das Adelsnest' ... Ich spiele auch mit!" fügte sie zögernd hinzu.

Die beiden Männer lachten auf.

„Du kannst höchstens im Werk ‚Am Rande des Dorfes' spielen ...", sagte Kischo und leckte sich immer noch die Lippen. „Dieser Idiot hat uns übrigens völlig vergessen."

In der Tat hatte der schnurrbärtige Ober ihren Tisch einfach im Stich gelassen. Ganz umsonst waren die Zeichen, die sie ihm gaben. Er schien sie weder zu sehen noch zu hören. Erst als Kischo verärgert einen Fluch ausstieß, mußte sein geübtes Ohr wohl etwas vernommen haben. Er kam näher, blieb aber in einiger Entfernung stehen.

„Noch eine Flasche! Eisgekühlt natürlich!" rief Kischo.

„Eis ist alle!“ sagte der Ober kühl und entfernte sich.

Der Wein war warm, er ließ sich einfach nicht trinken. Die beiden Mädchen nippten nur daran, und Sascho schaffte mit Müh und Not ein Glas.

„Vielleicht sollten wir jetzt aufbrechen“, sagte er. „Es ist sowieso zu laut geworden.“

Da riß Kischo die Augen auf. „Es kommt gar nicht in Frage, daß ich diesem Schwachkopf die Flasche lasse. Ich werde mich nicht von der Stelle rühren, bevor ich sie nicht bis auf den letzten Tropfen geleert habe.“

Die Mädchen ergriffen Partei für ihn. Dieser Bedienung dürfte man nichts schenken, und Kischo sollte ruhig den Wein konsumieren. Im übrigen fühlten sich Christa und Donka recht wohl inmitten der Prominenz, die sie für gewöhnlich nur in Filmen zu sehen bekamen.

Sascho holte sich ein Glas Whisky von der Bar, das bis zum Rand mit Eiswürfeln gefüllt war. Während er sich damit Abkühlung verschaffte, goß Kischo den Wein in sich hinein und wurde immer melancholischer. Donka, die ihren Hals wie eine Giraffe ausgestreckt hatte, ließ keinen Blick vom Nebentisch. Von Zeit zu Zeit erklärte sie leise etwas ihrer Freundin.

„Der dort, der Korpulente, ist Willi . . ., und der daneben ist sein Bruder Eddi, er trägt ein Toupet. Und dort ist Lea, kennst du sie nicht mehr? Sie singt jetzt im Ausland . . . Ja, ja, sie ist es, aber warum . . .? Nein, macht nichts. Und der Zahnlose neben ihr, ja, er hat wirklich keine Zähne, der trägt ihre Tasche, wenn sie mal zufällig einkaufen geht. Ich bin schon mal bei ihnen zu Besuch gewesen. Wir haben Eierkuchen gegessen. Sie ist eine schreckliche Klatschtante . . . Und das da ist der berühmte Chatscho . . .“

„Wer ist Chatscho?“ erkundigte sich Kischo.

„Trink du nur deinen Wein . . . Christa, langweilst du dich?“

„Nein, mir gefällt's hier sogar sehr gut“, erwiderte das Mädchen.

„Und der neben ihnen mit den Haaren ...", fuhr Donka fort.

„Laßt ihn zufrieden, ich habe auch Haare. Außerdem bin ich Halbwaise und verdiene zumindest etwas Aufmerksamkeit ... Es gehört sich nicht, die eigenen Kavaliere links liegenzulassen und nur zu fremden Tischen hinüberzuschielen", sagte Sascho vorwurfsvoll.

„Ist dieses Spiel mit Damen und Kavalieren immer noch modern?" fragte Donka ironisch.

„Hier ist es, glaube ich, obligatorisch!" entgegnete Sascho.

„Gut, dann fordern Sie mich zum Tanz auf."

Sascho war unentschlossen.

„Ich habe keine Lust", murmelte er zögernd. „Wir würden das Bild einer Vergleichstabelle für die Temperaturen im Juli abgeben. Sie wären die hohe Säule, das heißt die maximale Temperatur, während ich die Minimalwerte darstellen würde."

„Was soll dieser Quatsch!" sagte Donka. „Tanzen wir oder tanzen wir nicht?"

„Wir können es versuchen, aber im Wochenendhaus. Dort habe ich einen wunderbaren französischen Kognak ... Und dort werden wir wie verrückt tanzen."

Diese Idee von Sascho setzte sich allmählich durch, obwohl sich Christa anfangs sträubte. Allerdings mußten sie warten, bis Kischo seine Flasche leergetrunken hatte. Und dann dauerte es auch noch einige Zeit, bis der Ober sich herabließ, zu ihrem Tisch zu kommen. Er machte die Rechnung schnell und lässig und hielt sie Sascho direkt vor die Nase. Der junge Mann sah nur kurz darauf und zahlte, ohne auch nur einen Laut von sich zu geben. Kischo wären die Augen vor Verwirrung fast aus dem Gesicht gekullert.

„Hör mal, der hat dir mindestens zehn Lewa zuviel abgeknöpft. Warum hast du die Rechnung nicht überprüft?"

„Darum! Wer Rechnungen kontrolliert, der macht keine Rechnungen ... Wie meine Mutter behauptet, stammt dieser Ausspruch von meinem Vater ... Dabei ist er nur Schneider gewesen.“

Sie stiegen mit äußerster Vorsicht in den alten Ford Taunus, um der Verkehrspolizei nicht aufzufallen. Die Fahrt war ein richtiges Abenteuer. Donka triumphierte. Nachdem sie eine Viertelstunde lang rasend schnell gefahren waren, hatten sie endlich die Stadtgrenze erreicht, und Sascho verringerte die Geschwindigkeit. Christa, die neben ihm saß, schien etwas bedrückt zu sein. Die Nacht draußen war finster, es war kein einziges Licht zu sehen.

„Ist diese verdammte Hütte, die Sie als Wochenendhaus bezeichnet haben, sehr weit?“ meldete sich Donka.

„Etwa zehn Minuten noch.“

„Gibt es dort einen Plattenspieler?“ fragte Christa.

„Seien Sie unbesorgt!“ sagte Sascho gelangweilt, „und stellen Sie sich lieber schon aufs Tanzen ein.“

„Mein Kind“, war wieder Donkas Stimme zu vernehmen, „es hat keinen Sinn, etwas zu bereuen. Man muß mit erhobenem Kopf durch das Leben gehen, direkt ...“

„... durch den Lauch“, soufflierte Kischo.

„So ist es ...! Und falls einer von beiden versuchen sollte, dir gegenüber frech zu werden, wird er solch eine Tracht Prügel beziehen, daß ...“

Niemanden interessierte ihr Gefasel. Aber als sie sich dem Haus näherten, wurde Donka unruhig.

„Seid leise, hier ganz in der Nähe wohnt ein Freund meines Vaters.“

„Na und? sagte Kischo ärgerlich. „Wir werden ihn nicht mitten in der Nacht aus dem Bett holen, um dich ihm zu präsentieren!“

Bald darauf schlugen kleine Äste gegen die seitlichen Scheiben des Wagens. Kischo stieg aus, schloß das Tor auf, und das Auto fuhr in den grasbewachsenen Hof, der völlig im schwarzen Schatten der Bäume versunken war. Sascho schaltete das Fernlicht ein, und die weiße Vorderfront des Hauses leuchtete wie ein Mitternachtsgespenst vor ihnen auf.

„Mein Gott, da ist ja wirklich ein Wochenendhaus!" rief Donka verblüfft.

Als sie kurz darauf an dem schönen runden Tischchen Platz genommen hatten, war die schlechte Laune verflogen. Sie tranken griechischen Kognak, einen alten Metaxa, fünfsternig, mit leicht süßlichem Geschmack und wunderbarem Aroma. Die Atmosphäre war auch sehr angenehm – elegant und zugleich gemütlich. Sascho mußte daran denken, daß seine Tante sich wohl kaum so viel Mühe mit der Einrichtung gegeben hätte, wenn sie geahnt hätte, daß jetzt er ... Aber es war besser, nicht daran zu denken. Sie war keine üble Frau gewesen. Sie tranken ein Paar Gläschen und schalteten die Musik ein. Es war Bach in Swingvariationen, und Kischo und Donka nutzten die Gelegenheit, weich wie Zuckerwatte über die blaue Auslegeware zu gleiten.

„Wollen wir es auch einmal versuchen?" fragte Sascho.

„Nein, bitte nicht! Hier ist es so schön." Christa dachte kurz nach und fügte hinzu: "Ist Ihr Vater wirklich Schneider gewesen?"

„Das Haus gehört meinem Onkel", sagte Sascho. „Aber mein Vater war auch kein schlechter Mensch."

„Sie werden mir doch etwas über ihn erzählen, nicht wahr?"

Sascho erzählte erst von seinem Vater, dann über sich selbst. Er erzählte, wie die Lehrjungen ihn gezwickt hatten und wie er sein weißes Kätzchen vom Balkon im zweiten Stock hinuntergeworfen hatte. Es hatte wie breitgeschmiert auf der Straße gelegen. Daraufhin hatte er sich, zu Tode erschrocken, unter dem Tisch versteckt. Am Abend hatte er Fieber bekommen, sich erbrochen und die ganze Nacht nicht geschlafen. Oder besser gesagt, er war eingeschlafen, aber sofort durch den eigenen Schreckensschrei wieder aufgewacht. Und natürlich hatte er heimlich unter der Bettdecke geweint. Seine Mutter hatte sich gewundert, was mit ihm los war. Am nächsten Morgen hatte er zufällig die Wohnungstür aufgemacht und draußen das Kätzchen mit gebrochenem

Vorderpfötchen erblickt. Es hatte miaut und ihn traurig angesehen.

„Aber Sie weinen ja“, sagte Sascho zu Christa.

„Ich habe nämlich auch ein Kätzchen“, sagte das Mädchen mit leicht zitternder Stimme. „Es ist schwarz und hat kleine weiße Pfötchen.“

Sie tranken noch etwas Kognak. Sascho legte eine Platte von Johnny Holiday auf, bei deren Musik sich die Kakteen seiner Tante sträubten. Hatte sie diese verrückte Platte gekauft? Christa übrigens schien gar nichts zu hören, sie sah immer noch traurig und verstimmt aus. Schließlich fragte sie mit leicht bebender Stimme:

„Und warum haben Sie das getan?“

„Mit dem Kätzchen, das meinen Sie doch?“ fragte er zurück und dachte nach. „Was soll ich Ihnen da sagen ... Vielleicht war das ein atavistisches Gefühl – zu töten, zu zerstören ... Aber ich glaube kaum, daß es daran lag, denn bei mir sind die Instinkte überhaupt schwach entwickelt.“

„Und was war es dann?“ fragte sie flehend.

„Auf jeden Fall war es Absicht!“ sagte er. „Ich wollte sehen, wie es stirbt.“

„Wie es stirbt?“

„Ja, wie es stirbt ... Ich verstehe selbst nicht, woher ich vom Tod gewußt habe, denn ich bin damals ganz klein gewesen. Anscheinend trägt der Mensch den Gedanken an den Tod mit sich herum, wie er auch das Leben trägt ... Mir war klar, daß der Tod etwas Schreckliches ist. Wahrscheinlich hat das meine Neugier geweckt, ich muß den Wunsch gehabt haben, in dieses Rätsel einzudringen.“

„Ja, ja, ich glaube, daß ich das verstehen kann“, sagte sie erleichtert.

„Aber was macht dieses Mädchen?“ fragte Sascho.

Donka hatte die Schuhe ausgezogen und tanzte allein. Sie schien in Ekstase geraten zu sein. Ihr Gesicht war gerötet, und sie warf ihre nackten Beine hoch, als ob sie die Absicht hätte, die Lampe zu treffen. Ihre Beine waren wirklich schön, und sie selbst war unerwartet wendig und elastisch. Erst als die Musik endete, sagte sie außer Atem:

„Ihr scheint aus Holz zu sein. Ihr versteht es nicht, euch zu entspannen."

Gegen vier gingen sie zu Bett. Sascho brachte die beiden Mädchen im Schlafzimmer des Onkels unter, während er selbst das kleine Gästezimmer unter dem Dach benutzen wollte. Dort standen zwar zwei Betten, aber Sascho erinnerte sich, obwohl er getrunken hatte, an Kischos schreckliche Erzählung vom Schnarchen und ließ ihn lieber auf dem Sofa im Wohnzimmer schlafen, nachdem er ihn fürsorglich mit einer bunten Wollhaardecke aus den Rhodopen zugedeckt hatte. Er war gerade dabei, die Stufen zur oberen Etage hochzusteigen, als hinter ihm etwas wie unterirdisches Tosen eines Wasserfalls zu vernehmen war – die Einstimmung auf Kischos bevorstehende Heldentaten.

Nun lag der junge Mann allein unter dem dünnen Dach des Wochenendhauses und hörte dem Gesang der Nachtigallen zu, die im nahen Tal miteinander wetteiferten. Durch das schmale Fenster der Dachluke waren die festen Blätter der Eiche, die von der Außenlampe von unten beleuchtet wurden, zu sehen. Die Nacht schien voller Leben zu sein. Außer den Nachtigallen war auch das Zirpen von Grillen zu hören, und irgendwo quakte ein einsamer Frosch. Sascho beruhigte sich allmählich, aber es kam immer noch kein Schlaf über ihn. Er war ein wenig traurig. Vielleicht seines Vaters wegen. Oder wegen des weißen Kätzchens, das er immer noch mit angehobener Vorderpfote vor sich sah. Seine erste und einzige Provokation an den Tod hatte er teuer bezahlen müssen.

Als sein Vater damals so plötzlich starb, dachte er, das Schicksal habe ihn wegen der Katze gestraft. Sie war inzwischen längst alt geworden, und man hatte sie eines Tages vollkommen erstarrt unter dem Bett gefunden, nachdem man sie lange gesucht hatte. Die Katze war tot, doch die Erinnerung an sie blieb lebendig, sie war wie eine Wunde in seiner Seele. Am Tod seines Vaters jedoch gab es etwas Unklares, über das man vermied zu reden. Man sagte, er hätte einen Infarkt erlitten, aber wo und wie . . .? Auf jeden Fall war das nicht zu Hause passiert, denn man brachte ihn tot. Er sah auf einmal den kleinen lustigen Mann mit der glänzenden geröteten Haut, die stets, selbst an Wintertagen, etwas schweißbedeckt war, vor sich. Eigentlich war in des Vaters letzten Schwiemeleien und in den Tränen, die er um die Landwehr von Schipka vergossen hatte, etwas Unlustiges, sogar Trauriges gewesen. Vielleicht hatte er die Nähe des Todes verspürt und sich beeilt zu leben.

Sascho wußte nicht, daß sein Vater in einem ähnlichen Dachzimmer einer Villa in der Nähe von Simeonowo gestorben war. Vorher war er mit einer Gesellschaft in der Bar „Astoria" gewesen, in der früher die berühmte Marusja, eine der schönsten Kabarettänzerinnen seiner Jugendzeit, aufgetreten war. Damals war sie für ihn unerreichbar gewesen, hatte sich vorwiegend für Industrielle und Kaufleute interessiert. Jetzt aber war sie gealtert, obendrein hatte sie sich dem Trinken ergeben, so daß sie nicht einmal mehr zur Bardame taugte. Doch ihre ehemaligen Verehrer suchten sie immer noch auf und hielten es für eine Ehre, sie auszuführen. Die weiße und wie eine Sonnenblume goldgelbe Marusja war trotz ihrer müden Augen und schlaffen Haut immer noch schön. Nachdem das „Astoria" geschlossen hatte, hatte sich die Gesellschaft mit einigen Flaschen Wodka in zwei Taxis auf den Weg zum Wochenendhaus eines der angesehensten Restaurateure Sofias gemacht. Dort tranken sie weiter, und Marusja tanzte, bis sie ganz erregt war und den Modeschneider fast gewaltsam in die Dachkammer entführte, die sie so gut kannte. Aber schon kurz danach kam sie fast nackt wieder in das Wohnzimmer gerannt.

„Mit Ilija ist etwas!" rief sie erschrocken.

Als sie nach oben kamen, fanden sie ihn bäuchlings

auf dem abgenutzten Laken liegen. Er war nur mit einem Hemd bekleidet, und seine starken Waden begannen blau anzulaufen. Obwohl er tot war, sah er doch ungewöhnlich kräftig aus, ja, es hatte den Anschein, daß die Kleidung sonst seine wahre Stärke verdeckt hatte.

„Er hat gut gelebt und ist noch besser gestorben!" sagte der Hausherr. „Das bringt nicht jeder fertig."

Draußen waren die Nachtigallen immer noch in ihren Gesang versunken, die Grillen hingegen hatten aufgehört zu zirpen. Ein großer Käfer brummte lange im Zimmerchen umher, bis er schließlich das offene Fenster fand. Sein Gesumm hatte Saschos trübe Gedanken vertrieben, und der junge Mann merkte, wie ihn der Schlaf übermannte. Es war höchste Zeit, denn in einer halben oder einer Stunde würde der Himmel im Osten hell werden.

Sascho war gerade am Einschlummern, als er spürte, daß etwas Warmes und Keuchendes zu ihm ins Bett kroch.

„Christa, bist du das?" fragte er überrascht.

„Wieso Christa", antwortete Donka beleidigt. „Ich bin's, du Dummkopf!"

„Du hättest doch bei Kischo sein müssen", murmelte der junge Mann, während er seine Hand unter den warmen Unterrock schob.

„Du machst mir Spaß!" sagte Donka. „Das ist doch ein Kaktus!"

„Er wird hoffentlich nichts gemerkt haben, als du durch das Wohnzimmer gegangen bist."

„Wie sollte er . . . Hörst du nicht, daß er wie ein Holzfäller sägt?"

Wenig später lagen sie nebeneinander und rauchten. Nach der erlebten Anstrengung war ihr Körper kühler und ihr glatter und fester Leib weich geworden. Ihre Zigarette beschrieb in der Dunkelheit kleine Ellipsen.

„Warum hast du gedacht, daß ich Christa wäre?" fragte Donka schließlich.

„Was sollte ich anderes denken, nachdem du mich den ganzen Abend kein einziges Mal angesehen hast."

„Konnte ich doch nicht, weil du die ganze Zeit über den Blick nicht von Christa abgewendet hast."

Sascho schwieg.

„Und ich gebe dir den Rat, sie in Ruhe zu lassen. Sie ist völlig unberührt", fuhr Donka fort.

„Was soll das heißen?" fragte er betreten.

„Das, was ich gesagt habe."

„Interessant", murmelte Sascho. „Und wie erklärst du dir das?"

„Wahrscheinlich hat sie Männern gegenüber einen Komplex", erwiderte Donka, wobei sie gähnte. „Ihr Vater ist von zu Hause fort, als sie nicht einmal zwei Jahre alt war. Und seit der Zeit hat er sich nicht mehr blicken lassen."

„Heutzutage kommt das doch oft vor", sagte der junge Mann. „Gewöhnlich reagieren die Mädchen anders darauf."

„Du hast recht, aber Christa ist überaus empfindlich. Und sie hängt sehr an ihrer Mutter."

„Sie wird doch nichts gemerkt haben, als du aufgestanden bist?"

„Ich bin ja nicht verrückt. Ich habe sie erst einschlafen lassen."

Donka sagte nichts mehr. Der Himmel, der im Viereck des Fensters zu sehen war, war ganz hell geworden. Sascho verspürte unklare Gewissensbisse, aber weshalb? Morgen würde alles vorbei und vergessen sein. Nur das Kätzchen mit dem gebrochenen Pfötchen vor der Eingangstür, seinen hilflosen Blick und sein trauriges Miauen würde er nie vergessen.

„Ich glaube, du mußt gehen, Mädchen. Sie könnte bald aufwachen", sagte er jetzt.

„Gut. Wann sehen wir uns?" fragte Donka.

„Ich werde darüber nachdenken."

Sie schien seinen Worten keine besondere Bedeutung beizumessen und war auch nicht beleidigt.

„Um diese Datsche beneide ich dich", sagte sie träumerisch. „Hast keine Probleme mehr."

Am Morgen, als sie in das Auto stiegen, schienen beide Mädchen müde und gleichgültig. Sie waren schweigsam. Nur Kischo ließ verlauten:

„Ich habe einen Bärenhunger."

„Dann fahre ich euch jetzt zum ‚Schumako'", sagte Sascho. „Dort macht man eine ausgezeichnete Fleckesuppe."

Der ganze Hof war mit Tau überzogen, der in der Sonne glitzerte. Der Himmel glänzte wie poliert. Sascho hatte schon früher festgestellt, daß nur hier unter dem bewaldeten Hang des Witoscha-Gebirges der Himmel so einen wunderbaren Porzellanschimmer hatte.

5 Sascho brachte seinen Onkel mit dem Wagen zum Flughafen und trug ihm das Gepäck hinein. Gleich nachdem sie den Koffer aufgegeben hatten, begab sich der Professor zum Wartesaal für die Ausreisenden. Er vergaß dabei völlig, sich umzudrehen und zu verabschieden. Der Neffe blieb mit offenem Mund stehen, doch dann lächelte er und ging zum Ausgang. Wenn er vom Gedächtnis eines Greises Ahnung gehabt hätte, hätte er wahrscheinlich noch ein wenig gewartet. Seinem Onkel fiel nämlich bei der Paßkontrolle ein, was er unterlassen hatte. Er ging ein paar Schritte zurück und warf einen Blick in den Vorraum. Aber da war niemand mehr. Sein Versäumnis begann auf ihm zu lasten, und er nahm dieses Schuldgefühl noch in das Flugzeug mit.

Schließlich brummten die Motoren, die Maschine rollte die Piste entlang und hob sich bald von ihr ab. Professor Urumow glaubte, noch nie mit einem so leistungsfähigen Flugzeug geflogen zu sein. Es schien gierig die Luft aufzunehmen und trotzdem unersättlich und hungrig zu bleiben. Das lästige Schuldgefühl Urumows zerstreute sich allmählich. Letztlich war Sascho ja sein

Neffe, und er hatte die verdammte Pflicht und Schuldigkeit, den Onkel zu verstehen und ihm zu verzeihen. Urumow fiel plötzlich das Startbonbon ein, das er immer noch in der Hand hielt. Ungeduldig wickelte er das Papier ab – und glaubte auf einmal, wie ein kleines Kind zu handeln. Ja, so war es, in vielen Dingen glichen diese Altersgruppen einander. Dieser Gedanke stimmte Urumow erneut traurig, und er steckte das Bonbon heimlich in den Aschenbecher.

Als er das Flugzeug bestiegen hatte, hatte der Himmel über ihnen tief herabgehangen, und es waren große Regentropfen gefallen. Doch jetzt schien die Sonne, und die Wolken waren wie eine endlose weiße Wüste weit unter ihnen geblieben. Es wurde ein Imbiß serviert, der aus einer Vorspeise und kaltem Broiler bestand. Er schmeckte nicht, aber trotzdem aß der Professor akkurat auf. Gleich nachdem die Stewardeß die unausstehlichen Plasttabletts weggeräumt hatte, verlor das Flugzeug an Höhe. Früher ist man so schnell nicht einmal nach Knjashewo gekommen, ging es Urumow durch den Kopf. Dieses Früher war damals, bevor es die kleinen gelben Straßenbahnen gab, die sich klirrend auf den Stahlschienen bewegten. Wie im Traum sah Urumow Strohhüte, Jacketts aus Pepita, den Vater in seinem schwarzen Mantel, den er sommers wie winters trug. Die Droschke hatte sie am Morgen abgeholt, und keiner wußte, wann sie ankommen würden. Die Pferde, die mit Glasperlen und roten Troddeln geschmückt waren, schnaubten müde, schlugen mit den Hufen gegen das Pflaster, und der Geruch von Pferdeschweiß drang bis zu ihnen. Manchmal begegneten sie einer anderen Pferdedroschke. Die Peitschen knallten grüßend, und die Berge vor ihnen rückten immer näher. Ihm gegenüber saß ein Mädchen in blauem Kleid und weißen Strümpfen. Sie saß einfach da und sah ihn an, während er vor Verliebtheit fast verging. Aber kühn waren wohl nur seine Träume, alles andere war der Geruch von schwitzenden Pferden, der Peitschenknall und das müde Rufen der Pferdekutscher. Doch es war wohl besser, nicht darüber nachzudenken. Was war das überhaupt für eine Greisengewohnheit, ständig in die ferne Vergangenheit zurückzuschweifen? Ihm schien, daß in ihm eine starke Mauer zusammengebrochen war und die Erinnerungen jetzt ungehindert hin und her pendeln konnten.

Das Flugzeug schnitt scharf in die dichte Wolkenmasse ein, und sein Metallkörper wurde plötzlich von einem Schauer durchzuckt. Auf einmal erblickte der Professor die nasse Erde. Sie kamen also an. Mit Erleichterung nahm er das Ausfahren des Fahrgestells wahr. Kurz darauf schoß die Maschine die Piste entlang, und der Lärm verstummte.

Sie kamen in den Abfertigungsraum, wo die Reisenden sich ungeduldig um die Schalter der Paßkontrolle scharten. Und gerade da fielen dem Professor zwei schöne und lebhafte Augen auf, die ihn unentwegt ansahen. Es lag ein winziges Körnchen Neugier darin, vielleicht war es sogar Respekt. Die Frau trat schnell auf ihn zu. Sie schien um die Vierzig zu sein und war von feuriger südlicher Schönheit, ein Mittelding zwischen Maja und Olympia, aber reifer und rundlicher als diese beiden. Sie lächelte und sagte in perfektem Bulgarisch mit kaum merklichem Akzent:

„Sie sind Professor Urumow?"

„Ja, der bin ich."

Sie hielt ihm ihre warme, starke und gleichzeitig zarte Hand entgegen.

„Ich bin Ihre Dolmetscherin . . . Ich heiße Irena Szücs."

Ihr Akzent war tatsächlich kaum zu bemerken.

Er fragte: „Und welcher Nationalität sind Sie, Bulgarin oder Ungarin?"

„Beides . . . Mein Vater ist ein echter Bulgare aus Bela Tscherkwa, und alle behaupten, ich würde seiner Mutter ähneln . . . Meine Mutter ist Ungarin, und ich bin hier geboren."

„Brechen wir also auf", sagte der Professor.

„Draußen werden Sie von Professor Dobozi erwartet ..." Sie lachte. „Er hat angeordnet, sehr höflich zu Ihnen zu sein. Ich bin zwar immer höflich, aber bei Ihnen werde ich mir ganz besondere Mühe geben ..."

Dobozi war von einer Schar von Menschen umgeben und glich einem dicken rosaroten Papagei mit flachen blauen Augen. Er umarmte Urumow herzlich, aber weil er viel kleiner war, gelang es ihm nur, ihn auf die Nase zu küssen. Dann stellte er ihn seinen Mitarbeitern vor, wobei er jedem mit einem Strauß gelber Tulpen auf die Schulter klopfte, bis ihm endlich einfiel, sie in die Hände des Gastes zu stecken.

„Übrigens war das für Sie bestimmt", sagte er schuldbewußt. „Entschuldigen Sie, falls ich sie etwas beschädigt haben sollte."

„Das macht nichts, ich will sie ja nicht essen." Urumow lächelte.

Irena lächelte ebenfalls zurückhaltend, übersetzte aber das Gesagte nicht. Der Scherz war wirklich nicht besonders gut gewesen.

„Dann können wir ja gehen!" sagte Dobozi lebhaft. „Außer der Arbeit wartet auch ein schönes Mittagessen auf uns."

„Ich habe doch gerade erst gegessen."

„Das haben wir berücksichtigt und werden Sie nicht zu voll stopfen."

Vor dem Flughafen stiegen sie in einen alten Wolga, während die anderen mit dem Taxi fuhren. Die Dolmetscherin nahm vorn neben dem Kraftfahrer Platz, und bald darauf versanken beide in ein intensives Gespräch. Eigentlich bedurften die Professoren ihrer auch nicht, denn Dobozi sprach hervorragend deutsch und ziemlich gut englisch.

Er wandte sich an Urumow. „Man hat mich aufgefordert, Sie nicht zu sehr zu strapazieren, aber trotzdem werde ich Ihnen ein paar Tage stehlen."

„Ich bin hierhergekommen, um mich Ihnen zur Verfügung zu stellen", erwiderte Urumow.

„Das ist sehr liebenswürdig von Ihnen, aber wir werden Sie nicht unnötig belästigen. Ich denke, wir verbleiben so, daß Sie ein bis zwei Vorträge vor meinen Mitarbeitern über ein Thema halten, das Sie selbst wählen können ... Außerdem werden wir Ihnen das Institut zeigen – alles, was wir haben ..."

„Ich habe gehört, daß Sie über neue Apparate verfügen", sagte Urumow.

Dobozi ging mit Genugtuung auf diese Bemerkung ein. Wenn man seinen Worten Glauben schenken konnte, so gab es von den elektronischen Mikroskopen, wie sie eins besaßen, gegenwärtig nur wenige auf der Welt. Es hatte angeblich fast soviel wie das ganze Institut gekostet. Vor Aufregung färbte sich während des Gesprächs nicht nur Dobozis Nase rot, sondern auch sein kahler Kopf, und er begann selbst bei den einfachsten Wörtern zu stottern. Die Erregung, die über ihn gekommen war, ging bald auf seinen bulgarischen Kollegen über. Sie merkten beide nicht, daß sie die Stadt inzwischen erreicht hatten und durch ihre belebten Straßen fuhren. Schließlich hielt Dobozi inne, beschämt über seine Redseligkeit, doch immer noch stolz und zufrieden. Der Fahrer vor ihm drehte das Lenkrad geschickt hin und her, betätigte die Bremse und hörte trotzdem seiner Nachbarin aufmerksam zu. Urumow wurde etwas unruhig. Wenn diese entfernte Nachkommin Batscho Kiros* so redselig und temperamentvoll war wie dieser, standen ihm schwere Tage bevor. Anscheinend hatte die Dolmetscherin auch bemerkt, daß sie es übertrieb, denn sie wandte sich zu ihm um und sagte lächelnd:

„Wir haben Sie im ‚Gellert' untergebracht. Das ist meiner Meinung nach das ruhigste und angenehmste Hotel in der Stadt. Sie werden sich dort wohl fühlen."

„Danke schön!" entgegnete Urumow zurückhaltend.

Etwas schwer zu Bestimmendes leuchtete im Blick der Frau auf, aber sie fügte mit der gleichen höflichen Stimme hinzu:

* Batscho Kiro: Pseudonym für Kyrill Petrow, Lehrer und Dichter, Führer einer Aufständischenschar im Jahre 1876, von den Türken verurteilt und gehenkt

„Und heute werden wir Sie nicht mehr belästigen ... Sie können sich ausruhen."

Das Essen war wirklich leicht und, was das wichtigste war: kurz. Man trank auf sein Wohl, und plötzlich verspürte er genau wie bei der Trauerfeier einen merkwürdigen, unlöschbaren Durst. Er trank sein Glas leer, aber man schenkte ihm kein weiteres ein. Die anderen begnügten sich mit lediglich ein paar Schlucken. Bald darauf standen sie auf und Dobozi verneigte sich mit der den Ungarn eigenen Höflichkeit.

„Wir sehen uns morgen gegen zehn", sagte er, „um das Programm abzusprechen."

„Geht es nicht wenigstens einmal ohne Programm?"

„Natürlich nicht!" Dobozi lachte. „Wir müssen es in der Akademie vorlegen. Aber wir sind durchaus nicht verpflichtet, es genau einzuhalten."

Man hatte Urumow in einem geräumigen und eleganten Appartement mit Stilmöbeln untergebracht. Das Bad war auch sehr schön, so daß er der Versuchung nicht widerstehen konnte und in die Wanne stieg. Wie viele ältere Menschen war auch er sparsam in seinen Bewegungen und spülte sich eher nur ab. Die ganze Zeit über vermied er sorgfältig, in den großen Spiegel zu sehen, obwohl er sich eigentlich nicht davor zu fürchten brauchte. Er hatte keine Fettpolster, und seine Haut war immer noch ziemlich elastisch und glatt, wenn man von den beiden kleinen Bauchfalten absah. Das Wasser in der Wanne roch leicht nach Fichtennadeln und Gebirgskräutern, und er wurde müde. Es wäre ganz einfach, in dem duftenden Schaum einzuschlafen. Der Kopf würde allmählich immer tiefer sinken und alles wie in einem schönen und leichten Traum zu Ende gehen. Doch er vertrieb diesen Gedanken schnell. Er war schließlich nicht hierhergekommen, um seinen Gastgebern eine widerwärtige Unannehmlichkeit zu bereiten. Auch seiner Dolmetscherin nicht, die wohl doch nicht so schwatzhaft war, wie er anfangs mit Schrecken geglaubt hatte. Sie war richtig mütterlich gewesen, als sie ihn im Appartement unterbrachte. Sie hatte alles in Augenschein genommen, sogar den Kleiderschrank und die Toilette, sie hatte probiert, ob die Matratzen gut federten, und zum Schluß hatte sie das Rollo am offenen Fenster heruntergelassen. Beim Weggehen hatte sie ihn in liebenswürdigem Ton aufgefordert: „Und nun ruhen Sie sich aus und sammeln Sie Kraft . . ."

Gerade das tat er auch. Nach dem Bad legte er sich voller Behagen in das kühle Bett. Er schlief tief. Als er aufwachte, kam er sich wie ein anderer Mensch vor. Er begriff selbst nicht genau, was für einer, aber er fühlte sich von Grund auf anders, vielleicht so, wie er vor vielen Jahren gewesen war. Die paar Stunden im fremden Land und unter fremdem Himmel hatten ihn verwandelt. Vor allem überraschte ihn die Leichtigkeit, mit der er aufstehen und sich ankleiden konnte. Die Beine waren nicht schwer, ihm wurde auch nicht schwindlig, und er taumelte nicht. Aber diese seltsame Leichtigkeit schien sich gleichzeitig in eine innere Leere zu verwandeln. Urumow fühlte sich ganz frei, ohne jegliche Verpflichtungen, doch auch ohne Hoffnungen und ohne Freude, wie jemand, der alles erreicht hat und nach nichts mehr strebt. Seine Erinnerungen waren auch verschwunden, es existierte weder Vergangenheit noch Zukunft. Bestürzt blieb er vor dem Fenster stehen. Der Himmel hatte sich von den Wolken gereinigt, und die Luft war frisch. Urumow verspürte Hunger und Durst und hätte gern ein Glas Tee oder gar eine Tasse warme Schokolade getrunken. Er hätte dem Zimmerkellner läuten können, aber das schien ihm doch übertrieben. Es gehörte nicht zu den Gewohnheiten der Urumows, sich alle Wünsche zu erfüllen.

Als er das Hotel verließ, dämmerte es schon. Es war immer noch kühl, doch der Benzingeruch hatte sich verstärkt und mit dem Duft der blühenden Linden vermischt. Der Professor beschloß, nicht das Stadtzentrum aufzusuchen, sondern auf den Hügeln von Buda spazierenzugehen.

So schritt er langsam durch die alten und öden Straßen, ohne zu wissen, wohin. Er kam an Mauern vorbei, auf denen die grünen Teppiche der Waldrebe lasteten, und ging alte Trottoire entlang, die von der Zeit poliert waren. Er hatte es nicht eilig, besah sich jede Wand und jeden Winkel. Bisher war er noch nie in den Dutzenden von Städten, die er während seines Lebens besucht hatte, allein spazierengegangen. Er sah alte gelbe Häuserfassaden, die immer noch Einschußlöcher von Kämpfen aufwiesen, die einst hier stattgefunden hatten. Er bemerkte schiefe Laternenpfähle und Steinsäulen, die mit Moos bewachsen waren. Er stieg immer weiter nach oben, die Straßen wurden immer enger und steiler. Aber die Luft war leicht, und in ihr lag der Duft der in Blumen versunkenen Gärten. Er war noch nie in diesem Stadtviertel gewesen, würde er sich nicht verlaufen? Aber was wäre schon dabei, wenn er sich verirrte ... Dann stieg er langsam hinab, bis er einen kleinen mittelalterlichen Platz erreichte. Der Sand knirschte unter seinen Füßen. Eine Allee führte zu gezackten Schießscharten, von denen aus man die ganze Stadt überblicken konnte. Es war dunkel geworden, und unter ihm lag Pest im Lichtermeer. Ein bläulicher, durchsichtiger Dunst schwebte über dem dunklen Wasser der Donau.

Urumow stand lange so da, bis auf einmal Traurigkeit sein Herz zusammenschnürte. Er mußte gehen, er mußte unter Menschen.

Er gelangte an eine kleine alte Gaststätte, die gemütlich und überheizt war. Drin roch es nach Kerzen und nach Gebratenem, vielleicht Wild. Aber auf jedem der Tische, auf denen rote gestickte Decken lagen, stand eine kleine weiße Karte unter Glas: „Reserviert". Reserviert, aber für wen, da es doch gar keinen anderen Gast im Restaurant gab? Da trat ein älterer Mann in rotem Jakkett zu ihm.

„Ist der Herr allein?" fragte er auf deutsch.

Der Professor sah ihn neugierig an.

„Woher wissen Sie, daß ich Ausländer bin?"

„Hierher kommen kaum Ungarn."

„Es ist wohl sehr teuer?"

„Nein, mein Herr, es ist zu voll ... Sie sehen doch die Schilder auf den Tischen."

„Also wird sich für mich kein freies Plätzchen finden lassen?" fragte der Professor, lächelte dabei und merkte nicht einmal, daß er frei und ungezwungen sprach.

„Wir sind Ungarn und lassen unsere Gäste nicht umkehren", sagte sein Gesprächspartner galant. „Bitte, nehmen Sie Platz."

Er führte Urumow zu einem abseits stehenden Tisch direkt an der Wand. Natürlich war auch dieser „reserviert". Der Ober stellte das Schildchen flink auf einen anderen Tisch, und der Professor setzte sich auf einen der harten Holzstühle. Kurz darauf brachte man ihm die Speisekarte, die so dick war, daß er sie sofort beiseite legte.

„Lassen Sie dieses Album. Was können Sie mir empfehlen?"

„Unsere Spezialität ist Ente mit Apfelsinen ..."

„Nein, lieber nicht. Ich möchte nichts riskieren."

„Nun gut. Dann weiß ich schon, was ich Ihnen bringe. Wünschen Sie etwas zu trinken?"

Der Professor zögerte einen Augenblick. Natürlich konnte er sich nicht in dieses teure Lokal setzen und Mineralwasser bestellen.

„Eine Flasche Wein bitte ... Den besten, den Sie haben."

„Ich würde Ihnen einen alten Tokajer empfehlen. Den gibt es nur in unserem Restaurant."

Gerade in diesem Moment erschien an der Tür ein älteres Paar, das vom Ober mit Verbeugung begrüßt wurde. Er führte sie mit äußerster Liebenswürdigkeit zu einem Tisch in Urumows Nähe, wobei er lebhaft auf sie einredete. Sie nickten gleichzeitig wie gehorsame Kinder. In ihrem Benehmen lag etwas Unsicheres und ein wenig Schuldbewußtes.

Als der Ober den Wein brachte, bemerkte der Professor scherzhaft:

„Und trotzdem kommen auch Ungarn zu Ihnen."

Der Ober lächelte und beugte sich diskret zu ihm herunter.

„Sie sind verliebt, mein Herr."

„So? Sind sie damit nicht ein wenig spät dran?"

„Ich denke, daß sie sich sehr wohl fühlen . . . Wie finden Sie den Wein, mein Herr?"

„Vorzüglich", sagte Urumow aufrichtig.

Der Wein war in der Tat ausgezeichnet, aber doch sehr stark, so daß ihn schon das erste Glas verwirrte. Das machte jedoch nichts. Es gab ihm den Mut, die Verliebten näher zu betrachten. Beide schienen an die Siebzig zu sein, obwohl die Frau allerhand Anstrengungen unternommen hatte, um sich wenigstens um ein paar Jahre zu verjüngen. Ihr Haar war gefärbt und sorgfältig frisiert, und die etwas ausgetrocknete Gesichtshaut war mit leichtem Make-up bedeckt. Freilich konnte das weder die Falten noch das Doppelkinn oder die welke Haut der Hände verbergen. Und trotzdem war in ihrem Gesicht etwas Schönes, etwas Liebes, das vom Alter nicht in Mitleidenschaft gezogen worden war. Besonders beeindruckten ihre Augen, die immer noch jung und lebendig schienen. Im Vergleich zu ihr sah der Mann bedeutend mitgenommener aus, seine Nase war ein wenig schief und das Gesicht vollkommen farblos, dafür war er aber sehr gut gekleidet. Urumow hatte das Empfinden, daß von ihrem Tisch ein starker Parfümgeruch herüberkam, ob vom Mann oder von der Frau, blieb dahingestellt.

Der Professor trank noch einige Schluck Wein. Die beiden waren wirklich verliebt. In ihrem Verhalten lag etwas Verlegenes, Ungeschicktes, als ob sie sich gerade erst kennengelernt und noch nicht aneinander gewöhnt hätten. Er streichelte ihr die Hand, sie lächelte ihn an – all das war für Urumow sowohl unterhaltsam als auch komisch. Ob sie sich wohl küssen mochten? Das wäre doch das letzte! Der Professor war von diesem Gedanken so schockiert, daß er sich verlegen kratzte. So verwirrt, wie sie aussahen, wäre es durchaus möglich, daß sie sich küßten. Er hätte es häßlich, ja sogar unanständig gefunden, wenn diese welken Lippen einander berührt und diese schlaffen Körper sich gegeneinandergepreßt hätten. Aber alle Verliebten sind wie blind, sie können das Lächerliche vom Tragischen nicht unterscheiden, sie leben in ihrer irrealen und absurden Welt, in der sie nur sich selbst sehen.

Der Professor rückte seinen Stuhl ein wenig zur Seite, um das Paar nicht mehr sehen zu müssen. Er wollte sich jetzt seinem Fasan widmen, denn das war sicher ein echter Fasan und keins der aufgepäppelten Tierchen aus der Fasanerie in der Nähe der Stadt. Dieser gebratene Vogel und der vorzügliche Wein genügten ihm, er brauchte nicht zu den anderen Tischen hinüberzusehen. Und gerade da erklangen stürmisch und ungeordnet die klaren Töne der Zimbel. Es war, als ob jemand einen ganzen Korb klingender Nüsse auf dem Boden verschüttet hätte. Der Professor blickte auf. Ein großer, hagerer Zigeuner in weißem Hemd und mit Silber bestickter Samtweste probierte sein Instrument aus. Als er fertig war, erklang eine zarte Melodie. Was für ein Lied war das nur? Es schien zugleich bekannt und auch unbekannt. Umsonst bemühte sich Urumow, aus seinem vom Wein verwirrten Bewußtsein den Titel herauszuholen. Diese Grübelei war wirklich Zeitverschwendung. Aber der Professor konnte die Gedanken nicht vertreiben. Und endlich kam er zu einem Ergebnis. Das war „Solveig“, natürlich! Wie hatte er nur dieses Lied vergessen können! Konnte man denn den „Alkazar“ mit seinen Girlanden, mit dem dunkelroten Samt, die Perlmuttharfe und ihren graziös gewundenen Hals vergessen? Russische Zigeuner mit Balalaikas, Gitarrenklänge und die blitzenden Augen der Sängerin. Damals war er jung. An den runden Kleiderständern hingen die taubengrauen Offizierspelerinen, Mäntel mit Persianerkragen und Melonen. „Solveig, Solveig“ ... Gelbe Nächte unter den Laternen, monotones

Hundegekläff im Zentrum der Stadt und Abfallhaufen vor dem Offiziersklub. War es denn möglich, daß er seitdem einen so langen Weg zurückgelegt hatte, ohne es zu bemerken? Hatte er im Traum gelebt . . .? Was war von seinem Leben geblieben außer einem Haufen vergilbter wissenschaftlicher Arbeiten, die niemand mehr durchblättern würde . . .? Damals, eines Abends im „Alkazar" . . . Aber er wollte nicht mehr daran denken. Er trank noch einige Schluck Wein, die ihm sofort in die Beine gingen.

Das Restaurant füllte sich schnell. Das Orchester schmetterte los, Zigeunerweisen erklangen, laut schlug ein Tamburin – bis plötzlich alles verstummte. Dann ertönte eine schöne Altstimme, ein wenig heiser und vorgetäuscht müde . . . Er würde sich betrinken! Was wäre schon dabei! Er war noch nie im Leben richtig betrunken gewesen. Die Leuchten der Wissenschaft taten so etwas nicht. Warum eigentlich nicht? Wer weiß . . . Die Wissenschaft altert schneller als die Lieder, und kaum ist ein Jahrzehnt vorbei, wird sie auch schon lächerlich. Wer liest denn heutzutage noch die endlosen wissenschaftlichen Traktate von Erasmus von Rotterdam oder von Diderot? Niemand, nicht einmal der verzweifeltste Bibliophile . . . Das Leben ist stärker als alles andere, und die Lieder sind vielleicht stärker als das Leben selbst. Das „Alkazar" und die Sängerinnen mit den riesigen goldenen Ohrringen, die Männer mit den glänzenden, harten Schnurrbärten . . . Sie trug ein Kleid in der Farbe und Musterung von Schlangenhaut, als er sie dort, im „Alkazar", erblickte. Vor ihr stand ein hohes Kristallglas mit Wein, der leicht im Schein der Kronleuchter funkelte.

Das Orchester beendete seine Einlage. Einen Augenblick lang herrschte Stille, bis rundum die Gespräche erneut einsetzten. Urumow blickte unwillkürlich zum Tisch der Verliebten hinüber. Sie taten nichts, sahen sich einfach nur an. In ihren Augen waren Zärtlichkeit und Trauer, Liebe und Leid zu lesen, als ob sie aus einer anderen Welt für wenige Stunden hierhergekommen wären und danach für immer getrennt dorthin zurückkehren würden. Urumow wurde wehmütig, nicht nur wegen der beiden, sondern vor allem, weil er an sein eigenes Leben dachte. Letzten Endes hatten sie es wahrscheinlich sogar besser als er. Die Hölle ist besser als die Einöde und das Nichts, und der Schmerz ist der eisigen Gefühlslosigkeit vorzuziehen. Er trank die letzten Schlucke aus seinem Glas und sah auf die Flasche. Es war annähernd ein Drittel übriggeblieben. Der Ober kam vorbei, und Urumow bestellte noch Kaffee und Salat aus Südfrüchten. Ja, er schlemmte heute richtig, so wie es einem untröstlichen Witwer eigentlich gar nicht zukam.

Als das Orchester erneut aufspielte, schien er alles zu vergessen – sowohl die Liebe als auch den Tod. Die lustigen Zwischenrufe der Zigeuner erfüllten ihn mit angenehmem Leichtsinn. Er trank seinen starken, aromatischen Espresso und genoß die kalten Früchte, die mit Eis und ein wenig Himbeersaft vermischt waren. Mit einem Schluck Wein wärmte er sich danach wieder auf. So wie die Dinge standen, würde er gegen zehn wahrscheinlich vollkommen betrunken sein. Und der Betrunkene kann wie der Verliebte nur schwer das Komische vom Tragischen, das Unsinnige vom Sinnvollen unterscheiden. Es spielte keine Rolle, jetzt war nichts mehr von Bedeutung. Er war allein, aber nicht einsam, und das Wichtigste: Er fühlte sich völlig gesund, als ob er eine lange, gewöhnlich unheilbare Krankheit überstanden hätte.

Trotzdem fand er gegen zehn die Kraft, den Ober zu rufen. Er zahlte, wobei er großzügig sechzig Forint Trinkgeld gab. Dann sagte er:

„Würden Sie mir ein Taxi kommen lassen?"

„Sofort, mein Herr."

Bevor sich Urumow erhob, warf er den beiden Verliebten einen flüchtigen Blick zu. Sie saßen unbeweglich an ihrem Tisch, und vor ihnen stand unberührt und kalt das Essen. Sie sahen sich nicht mehr an. Etwas war geschehen. Aber was konnte zwei alten, müden Menschen an der Schwelle des Nichts passiert sein? Welche dumme Hoffnung war an ihnen vorbeigegangen? Urumow schleifte seine schwer gewordenen Beine mit Mühe zur Garderobe. Die Zimbel hinter ihm klang wieder laut und ausgelassen; durch die Tür zog bläulicher Zigarettenqualm, der mit dem Geruch von gebratenen Zwiebeln und Schaschlyk vermischt war, ins Freie. Der Professor nahm seinen grauen englischen Hut vom Kleiderhaken und ging hinaus, um auf das Taxi zu warten. Die Straße war menschenleer, und das Neonlicht spiegelte sich in den glänzenden Dächern der parkenden Autos. Er hatte nicht recht gehabt, auf gar keinen Fall hatte er recht gehabt. Vielleicht liebten sie sich wirklich? Es gab keine lächerliche Liebe auf dieser Welt. Es gab sündige Liebe, unglückliche Liebe, es gab wahre oder eingebildete Liebe, doch jede von ihnen stellte eins der kleinen Wunder im Leben dar.

Bald kam das Taxi, und Urumow gab den Namen seines Hotels an. Der Fahrer war ebenfalls alt; diese Stadt schien voller Greise zu sein. Er fuhr sehr vorsichtig durch die stillen dunklen Straßen. Einsame Katzen kreuzten ihren Weg, hier und da stand eng umschlungen ein Pärchen im dunklen Schatten der Bäume.

Endlich erreichten sie das Hotel. Urumow ging mühsam in sein Zimmer hinauf. Erst jetzt begriff er, daß er sich wirklich betrunken hatte, sinnlos und unüberlegt wie ein Junge auf dem Abiturientenball. Er legte sich hin, merkte aber, daß sich alles um ihn drehte. Also erhob er sich wieder und ließ sich in einen Sessel fallen. Das Fenster stand offen, und draußen leuchtete die Nacht. Wahrscheinlich war Vollmond, aber der Mond war nicht zu sehen – er mußte hinter den Nebengebäuden versteckt sein.

Als Urumow damals das „Alkazar“ betrat, war es gegen zweiundzwanzig Uhr. Es war ein ganz gewöhnlicher Tag, ein Freitag. Das Lokal war ziemlich leer. Er erinnerte sich, daß er einige Tage vorher seinen dreiunddreißigsten Geburtstag gefeiert hatte – wie man damals sagte, war das für alternde Junggesellen ein fatales Alter. Doch er war zu dieser Zeit schon Professor und zählte zu den jüngsten Dozenten an der Universität. Durch seine hagere Gestalt und sein helles Gesicht, das ganz leicht von Sommersprossen bedeckt war, sah er sogar sehr jung aus. Er ging immer sehr gut gekleidet; das war Tradition in seiner Familie, und außerdem glaubte er, dadurch seine Autorität vergrößern zu können.

Er steuerte gerade auf einen seitlich stehenden Tisch zu, als ihn jemand beim Namen rief. Er sah sich um und erblickte einen seiner Mitschüler aus dem Gymnasium, der jetzt eine blaue Polizeiuniform mit silbernen Schulterstücken trug und dessen blasses und etwas verlebtes Gesicht in diesem Augenblick ungewöhnlich freundlich schien. Das kam immerhin überraschend. Der junge Professor stand in dem Ruf, wie auch sein Vater republikanisch-russophil eingestellt zu sein, und hatte zudem vor einem Jahr, als ein reaktionärer Professor den Versuch unternommen hatte, Vorlesungen an der Universität zu halten, vor dem akademischen Rat scharf protestiert. In der wegen einer stürmischen Demonstration vor dem Parlament eilig zusammengezogenen Polizeitruppe hatte er, wenn auch von weitem, seinen ehemaligen Mitschüler, beritten und mit erhobenem Säbel, erkannt.

„Mischo, wenn du allein sein solltest, komm an unseren Tisch ..."

Urumow suchte noch nach einer Ausrede, als er Natalia erblickte. Sie hatte sich lässig zurückgelehnt und hielt eine Zigarette zwischen den Fingern des herabhängenden Armes. Sowohl ihre Pose als auch die Zigarette zeugten zu jener Zeit nicht gerade von guter Kinderstube. Und trotzdem glich sie keinesfalls einer Amüsierdame. Ihr Kleid war sehr elegant, ihr Kopf fast majestätisch. Dieses weiße und große Gesicht, erstaunlich schön und kräftig zugleich, mit wunderbarer glatter Haut, ließ sie sowohl einer Puppe als auch einer jungen Fürstin gleichen. Man hätte sie allen möglichen Nationalitäten zuordnen können, nur nicht der bulgarischen. Urumow ging etwas schwerfällig und unwillig an ihren Tisch. Er ähnelte einem großen Fisch, der ans Ufer gezogen wurde.

„Mach dich mit Fräulein Natalia Logofetowa bekannt!" sagte der Polizist, wobei er verkniffen lächelte. „Und das hier ist meine Frau, aber sie wird dich wohl kaum interessieren."

„Du bist schrecklich blöd", brabbelte das rosa Wollknäuel neben ihm.

Alle taten so, als ob sie die Bemerkung nicht gehört hätten. Fräulein Logofetowa reichte Urumow ihre schöne Hand, die weiß war wie Elfenbein und ziemlich kühl, vielleicht, weil sie ein Glas mit kaltem Wein gehalten hatte.

„Bitte sehr, Herr Professor!" sagte sie lächelnd.

Ihre Augen blickten leicht spöttisch, doch zärtlich. Die Augenfarbe konnte er nicht gleich feststellen. Später bemerkte er, daß sie dunkelblau war. Er hatte noch nie so tiefblaue Augen gesehen.

„Gern", stammelte er.

Dem herbeigeeilten Kellner reichte er nur seinen Hut. Obwohl Urumow verwirrt war, dachte er daran, ihr gegenüber Platz zu nehmen. Jetzt erst fiel ihm auf, daß ihr starker Körper in diesem Schlangenkleid ungewöhnlich geschmeidig und verlockend aussah.

„Herr Urumow mag es nicht, neben Polizisten zu sitzen", sagte sein Nachbar und lachte so laut, daß er husten mußte. „Herr Urumow ist progressiv gesinnt."

„Das bilde ich mir nur ein", parierte der junge Professor, „sonst wäre ich nicht an Ihren Tisch gekommen, nicht einmal wegen der Dame!" Dabei sah er Natalia an.

„Für mich würden Sie sicher noch viel mehr tun", erwiderte sie ohne jegliche Befangenheit. Ihr Blick war immer noch spöttisch.

„Es ist zu merkwürdig, daß ich Sie bisher noch nicht gesehen habe, Fräulein Logofetowa", sagte er. „Sofia ist eine so kleine Stadt."

Worauf sie entgegnete:

„Sicher sind Ihre Beschäftigungen wissenschaftlicher Art, und Sie interessieren sich nicht für eitle, weltliche Dinge."

Das traf tatsächlich zu. Er hielt sich gewöhnlich allen Amüsements fern; sie waren nicht nach seinem Geschmack.

„Sie haben recht", mischte sich der Polizist ein. „Er verkehrt vorwiegend mit Greisen aus der Gesellschaft seines Vaters."

„Ach, du beobachtest mich?" fragte ihn Urumow.

„Nicht sonderlich", erwiderte der Polizist. „Für uns bist du nur ein kleiner Fisch."

„Und trotzdem hätte ich doch schon einmal etwas über Sie hören müssen", fuhr Urumow, Fräulein Logofetowa zugewandt, fort.

Es schien ihm, als ob sie leicht zusammenzuckte.

„Ich war einige Jahre bei meinem Vater in der Schweiz ..."

Jetzt erinnerte er sich an diesen Namen. Ihr Vater war Diplomat, wenn auch nicht besonders prominent.

„Los, sag, was du essen willst!" unterbrach der Polizist seine Gedanken. „Ich hatte gebackene Lammflecke ... Hier bereitet man sie vorzüglich zu."

Zu diesem Polizisten paßte wirklich jegliche Art von Kaldaunen. Urumow bestellte sich ein Lammsteak. Sie tranken Weißwein, echten Mosel, und danach ließ der Professor ganz unerwartet Sekt kommen. Man brachte die Gläser, den Eiskübel mit der weißen Serviette und der Oberkellner öffnete die Flasche. Als der Korken knallte, sah man von den Nebentischen neidisch zu ihnen herüber.

Nach Mitternacht gingen sie in bester Stimmung nach Hause. Der Boulevard Zar Oswoboditel war menschenleer, nur zwei Junker mit weißen Gurten standen vor dem Hauptportal des Schlosses Wache. Vor dem Lokal hatten sich der Professor und Fräulein Logofetowa von dem Ehepaar verabschiedet, das sie wahrscheinlich absichtlich allein lassen wollte. Sie schlenderten langsam den Boulevard entlang und machten kurz vor einer Buchhandlung halt, um die Auslagen zu betrachten.

„Wissen Sie, daß wir uns eigentlich kennen?" sagte Natalia plötzlich.

„Wir?" Er sah sie mißtrauisch an.

„Ja, von der Hochzeit Ihres Cousins Naiden Urumow, falls Sie sich noch erinnern ... Ich war damals Brautjungfer seiner Frau."

Er versuchte mit aller Gewalt, sich daran zu erinnern.

„Naiden – sagten Sie ...? O mein Gott, das ist doch schon schrecklich lange her."

„Ja, fast fünfzehn Jahre."

„Sie sind damals ein kleines Kind gewesen!"

„Wieso Kind – Schülerin! In der dritten Klasse. Und Sie waren Student, so sagte man mir jedenfalls. Sie waren der erste Student, den ich kennenlernte."

„Ich erinnere mich wirklich nicht mehr", bemerkte er bedauernd.

„Für mich war das ein wundervoller und unvergeßlicher Tag", plauderte sie weiter und drehte sich zu ihm. „Damals habe ich von Ihnen geträumt."

Sie sagte das ein wenig ironisch, aber er wurde so verlegen, daß ihm die Zunge im ersten Augenblick den Dienst versagte.

„Erzählen Sie mir nicht so etwas! Noch ein bißchen, und ich fange an zu fliegen, so ganz ohne Flügel."

„Es wäre nicht sehr höflich, mich auf diesem öden Boulevard allein zurückzulassen." Sie lachte.

In diesem Moment war der Boulevard aber gar nicht so verlassen. Sie gingen nämlich gerade am Offiziersklub vorbei, vor dem junge Offiziere mit zurückgeschobenen Mützen und lässig aufgestützten Säbeln standen, die die Passanten ungeniert anstarrten. Urumow merkte, daß Natalias Gesicht erstarrte, aber gleich darauf war es wieder gelöst.

„Ich muß Ihnen noch ein Geständnis machen", fuhr sie

fort. „Ich habe Kisjow gebeten, Sie an unseren Tisch zu holen ... Als Sie am Eingang noch zögerten."

Er war vollends verlegen.

„Wirklich? Vielleicht um zu sehen, was von dem Studenten geblieben ist?"

„Ziemlich viel ist geblieben!" Sie lachte offen und, wie ihm schien, etwas zu unbekümmert.

Das versetzte ihm einen Stich. Sie mußte gespürt haben, daß sie übertrieben hatte, und setzte mit ernster Stimme hinzu:

„Ich habe übrigens keinesfalls erwartet, Sie als Universitätsprofessor zu sehen ... Eher als Arzt wie Ihren Vater ..."

In dieser Nacht kehrte er verliebt nach Hause zurück, verliebt und zugleich verzweifelt. Er begriff, warum er verliebt, aber nicht, weshalb er verzweifelt war. Wahrscheinlich kam ihm Natalia in ihrer Vollkommenheit unerreichbar vor. Und selbst wenn es ihm gelingen sollte, sie zu erreichen, würde er sie doch nie richtig verdienen ... Stundenlang fand er keinen Schlaf. Er wollte fliegen, kämpfen, die Säbel klingen lassen und neben der Leiche eines niedergestreckten Taugenichts triumphieren. Er wollte Natalia vor Stürmen und Bestien retten, sie auf Händen tragen und ihr Leben mit seinem Atem verlängern. Er hatte das unklare Empfinden, daß sich etwas Merkwürdiges mit ihm ereignet hatte, daß er sich wie ein kleines Kind gebärdete oder vielleicht in die Pubertät zurückversetzt worden war. Ihm war ungeheuer wohl. Er merkte nicht, wie er mit glücklichem Lächeln endlich doch einschlief. Aber selbst im Schlaf wußte er, daß dieses Feuer nicht plötzlich ausgebrochen war, sondern daß es seit dem Tag seiner Geburt in ihm geschwelt hatte. Er war stets verliebt gewesen, ohne es zu begreifen, es hatte ihn immer nach ihr gedürstet, und seine Finger waren stets nach ihr ausgestreckt gewesen, ohne sie jedoch zu berühren ... Als er am Morgen aufwachte, waren die Träume verflogen, aber sein Verlangen, sie zu sehen und zu berühren, blieb.

Sie trafen sich etwa einen Monat lang – anfangs seltener, schließlich fast täglich. Als er sie zum erstenmal geküßt hatte, hatte er für den Bruchteil einer Sekunde das seltsame Gefühl, eine Löwin berührt zu haben. Sie hatte seinen blinden und ängstlichen Kuß nicht erwidert, ihre Lippen waren zusammengepreßt geblieben, er hatte lediglich ihre Nase gespürt. Ziemlich verwirrt und bedrückt ging er nach Hause. Beim nächstenmal fügte sie sich in seine Umarmung und zuckte zusammen, aber ihre Lippen waren immer noch steif. Damals wußte er noch nicht, daß sie einfach nicht zu küssen verstand, so wie auch die Löwin und der Gepard nicht küssen können. Sie konnte nur beißen – zärtlich, spielerisch oder bis aufs Blut.

Er war immer noch so verzweifelt in sie verliebt. Er glaubte, daß keine andere Frau auf der Welt solch eine leuchtende und glatte Haut wie sie besaß, die Haut jenes Mädchens, das er einst im Sprechzimmer seines Vaters gesehen hatte. In den letzten zwanzig Jahren war er, ohne sich dessen bewußt zu werden, nur auf der Suche nach diesem Mädchen gewesen. Und jetzt stand er neben ihr, aber er fühlte unbeschreibliche Angst vor dem letzten Schritt. Ihm schien, daß gerade im letzten Augenblick etwas Schreckliches und Unvorhergesehenes eintreten könnte, das ihn niederschlagen würde.

Eines Abends kam er etwas früher als gewöhnlich nach Hause. Schon als er die Wohnungstür öffnete, fiel ihm der schmale Lichtstreifen auf, der aus dem Sprechzimmer drang. Sicher arbeitete der Vater noch. Er war gerade im Begriff, direkt zu seinem Zimmer nach oben zu gehen, als die Tür aufging und sein Vater auf der Schwelle erschien. Das strenge und hagere Gesicht war ausdruckslos.

„Mischo, komm doch mal kurz zu mir herein!" sagte er.

Die Stimme klang immer noch so herrisch wie damals, als Urumow noch ein Junge war. Ohne die Antwort abzuwarten, kehrte ihm der Vater den Rücken zu und ging ins Sprechzimmer zurück. Drinnen war es dunkel, weil machte sich dabei Notizen. Er sagte, daß ich wie Batscho Kiro spräche, ja sogar interessanter als er."

„Jetzt sprechen Sie ganz normal", murmelte Urumow. „Schade!"

Nach Abschluß der Universität sei sie wieder nach Ungarn zurückgekehrt. Sie sei mit einem Ungarn verheiratet und habe eine zwölfjährige Tochter. Sie arbeite im Ministerium für Außenhandel, aber wenn man keinen Dolmetscher auftreiben könne, ließe man sie rufen.

Im Institut herrschte eine gespannte Atmosphäre, die schon beim Pförtner zu spüren war. Sogar die Reinigungskräfte, die wie Schaben auf den Fluren hin und her liefen, flüsterten schnell und lebhaft miteinander. Dobozi schritt energisch in seinem Arbeitszimmer auf und ab und redete auf seine drei Mitarbeiter ein, die ihn mit langen Gesichtern ansahen. Sein Doppelkinn hatte sich rosa gefärbt – es erinnerte an den Hautsack eines Pelikans, und seine Lippen waren spröde. Als Urumow eintrat, ergriff Dobozi ihn bei beiden Händen und schüttelte sie heftig. Seine Augen glänzten. Und ohne sich bewußt zu sein, mit wem er sprach, zwitscherte er auf ungarisch los.

„Eine gute Nachricht, mein Freund, eine großartige Nachricht. Uns ist es gelungen, die Viren der Poliomyelitis zu fotografieren. Es ist ein phantastisches Bild!" Irena war mit der Übersetzung noch nicht ganz fertig, als er auf deutsch hinzufügte: „Wir sind die ersten in der Welt . . .! Verstehen Sie – die ersten. Ich kann einfach meinen Augen nicht trauen."

Der Professor fragte knapp: „Wo sind die Bilder?"

„Gleich, mein Freund, gleich . . .!"

Dobozi lief zu seinem Schreibtisch, nahm von dort fünf Fotos und hielt sie Urumow wie einen Fächer entgegen – wie einen richtigen Kent flash royal, so wurde das später von seinen Mitarbeitern kommentiert. Urumow riß sie ihm aus der Hand. Sie waren nicht sonderlich deutlich, auf jeden Fall nicht klarer als Bilder vom Mars, aber dennoch war das Wichtigste zu erkennen. Da glänzten in der Sonne. Irenas Lächeln jedoch schien noch mehr als alles andere zu strahlen.

„Womit werden Sie mich heute quälen?" fragte er sie.

„Mit nichts Besonderem. Zuerst schauen wir kurz ins Institut, dann gibt es ein kleines offizielles Mittagessen, und am Abend ist Ballett."

„Was für ein Ballett?"

„‚Schwanensee'. Sie müssen sich unser Ballett ansehen. Man kommt von der ganzen Welt her, um es zu bewundern."

„Wenn ich ehrlich sein soll, so bin ich nicht sehr begierig darauf. Dieses Mal wird es auch ohne mich gehen." Er trank einen Schluck Tee. „Als ich jünger war, dachte ich immer, daß der einzige Trost für die alten Menschen die Kunst wäre, aber da habe ich mich getäuscht. Die alten Leute mögen die Kunst gar nicht, sie läßt sie mutlos werden."

„Sie sind nicht alt!" widersprach ihm Irena. „Sie sind einfach nur ein älterer Mann."

Während sie in einem Taxi zum Institut fuhren, erzählte sie ein wenig von sich. Ihr Vater hatte längere Zeit in Argentinien gelebt. Als der Balkankrieg ausbrach, bekam er aus Bulgarien einen Stellungsbefehl. Er packte also sein Hab und Gut und fuhr los, zunächst mit dem Schiff, dann mit der Eisenbahn. Mit Müh und Not gelangte er bis Budapest, doch hier wurde er vom Weltkrieg überrascht. Alle Wege nach Bulgarien waren abgeschnitten. Also blieb er. Er nahm Verbindung zu bulgarischen Gärtnern auf und wurde selbst Gärtner, obwohl er einen guten Beruf, nämlich Lokführer, gehabt hatte.

„Ist er noch am Leben?" fragte Urumow.

„Nein, er ist vor etwa zehn Jahren gestorben."

„Hat er Ihnen Bulgarisch beigebracht?"

„Ja, natürlich. Und nicht nur mir, sondern auch meiner Mutter. Er erlaubte es nicht, zu Hause eine andere Sprache zu sprechen. Als ich mit meinen Bulgarischkenntnissen in die Sofioter Universität kam, waren alle platt. Professor Dinekow ließ mich stundenlang sprechen und war eine ganze Staude von Viren, sie glichen Seeigeln mit spitzen und ungleichen Stacheln. Der Professor stellte mit Genugtuung fest, daß er genau das auch erwartet hatte.

Während er die Fotos nacheinander betrachtete, stand ihm Dobozi unbeweglich gegenüber. Dessen Gesicht drückte unbändige Freude aus. Aber auch der Professor spürte, wie sein Herz höher zu schlagen begann, als ob er durch ein Löchlein in den Innenraum des Tresors geblickt hätte, in dem die Natur ihre heiligsten Geheimnisse aufbewahrte. Währenddessen ärgerten sich die Mitarbeiter im stillen, daß sie keinen Fotoapparat zur Hand hatten. Sie hätten in diesem Moment zu gern ein Bild von den beiden Greisen, wie sie sie unter sich nannten, gemacht.

„Ich beglückwünsche Sie!" sagte Urumow schließlich. „Sie haben der Wissenschaft einen großen Dienst erwiesen."

„Dieses Lob gebührt nicht uns", erwiderte Dobozi bescheiden, „sondern dem elektronischen Mikroskop."

Den ganzen Vormittag sprachen sie über diese Bilder, über die Struktur der Viren und über die Folgen dieser Entdeckung für die Wissenschaft. Auch beim offiziellen Essen ließ dieses Thema sie nicht los, so daß sie nicht einmal merkten, was sie auf ihren Tellern hatten. Die beiden Mitarbeiter allerdings, die das Foto aufgenommen hatten, aßen und tranken mit Genuß. Sie wurden in ihrer Eßlust einander irgendwie ähnlich, obwohl der eine blond war und der andere wahrscheinlich leichten Zigeunereinschlag hatte. Sie sprachen auch dem Wein gut zu. Und während beide Professoren immer noch mit vollem Mund den tückischen Virus erörterten, beredeten die beiden Mitarbeiter in allen Einzelheiten, was ihre Frauen für das kommende Wochenende zu essen besorgen sollten.

Am Nachmittag versuchte Irena noch einmal, den Professor für das Ballett zu gewinnen. Doch es war vergeblich.

„Aber ich habe doch die Karten schon besorgt", sagte sie schließlich bekümmert.

„Dann gehen Sie eben mit Ihrem Mann. Mag er Ballett?"

„Er vergöttert es."

„Dann bringen Sie ihn nicht dahin . . .! Er muß nur Sie vergöttern."

Irena lächelte.

„Gut, Herr Professor. Und Sie ruhen sich bitte aus, denn morgen wartet eine lange Reise auf uns."

Den Rest des Tages verbrachte Urumow in leicht gereizter Stimmung. Er sah immerzu die unermeßlich kleinen „Seeigel" vor sich. In ihrem Aussehen war etwas Kriegerisches, etwas Rohes und Drohendes. Es war eine Milliarden zählende Armee von Kämpfern, von denen jeder dem anderen verblüffend ähnelte. Auf der Welt gab es keine vollkommeneren Organismen als sie. Sie waren nicht auf Grund besonderer Kompliziertheit vollkommen, sondern wegen ihrer Simplizität. Sie waren über den ganzen Erdball verbreitet, vielleicht sogar über die ganze Welt, und sie durchdrangen alles. Gegen sie gab es nur eine Waffe – die Antikörper, die wie Torpedos auf sie wirkten und sie gnadenlos zerstörten. Das Problem, wie lange die Antikörper wohl diese Schlacht führen könnten, hatte Urumow sein ganzes Leben über beschäftigt. Auf den ersten Blick hatte es den Anschein, daß ihre Reserven unerschöpflich seien und ihre Wirkungsweise ein eisernes Naturgesetz darstellte. Und trotzdem schienen die Dinge doch nicht so zu liegen. In der Organisation des menschlichen Körpers war es zu einem gefährlichen Durchbruch gekommen – dem Krebs. Die Menschen standen ihm hilflos gegenüber, und das schlimmste war, daß sie sein Wesen nicht begriffen. Die beiden Vielfraße übrigens, die die Aufnahmen gemacht hatten, schienen nicht einmal zu ahnen, daß sie eine außerordentlich wichtige Festung erobert hatten.

Urumow schlief unruhig, wachte aber trotz allem

ziemlich erfrischt und gut gelaunt auf. Bald traf Irena in einem neuen Wolga ein. Sie lächelte wie immer aufmunternd und war guter Dinge. Während er neben ihr Platz nahm, sagte sie:

„Ich fahre gern mit dem Auto. Ich freue mich immer, wenn ich aus der Stadt herauskomme. Und Sie, Herr Professor?"

„Ich? Ich nicht – ich bin eher ein Zimmer-Gummibaum. Was sage ich da – Gummibaum! Ein Kaktus, und zwar mit eingetrockneten Stacheln."

„Sie dürfen nicht so reden!" sagte Irena vorwurfsvoll. „Das ist mir unangenehm."

Bald hatten sie die Stadt hinter sich gelassen. Der Tag war frisch und etwas diesig. Dieser leichte Dunst verlieh der frühen Morgenlandschaft – den dunkelgrünen Feldern und den noch dunkleren Baumwipfeln der kleinen Wälder am Horizont – eine besondere Milde und Versonnenheit. Urumow merkte, wie ihn Traurigkeit überkam. Auch Irena war ungewöhnlich schweigsam geworden.

„Wohin fahren wir eigentlich?" fragte der Professor schließlich.

„Nach Hortobágy. Das ist das Herz der ungarischen Pußta."

„Und das hier?" Er zeigte auf die Ebene.

„Das ist noch gar nichts! Die Pußta ist viel schöner, ein wahres grünes Meer."

„Sie sehen ein wenig traurig aus."

„Traurig? Nein, bestimmt nicht. Ich genieße einfach die Natur.

„Wenn man etwas genießt, sieht man nie traurig aus."

„Da haben Sie recht", bestätigte sie. „Genießen ist wahrscheinlich nicht das richtige Wort. Vielleicht speichere ich sie nur auf, so wie sich Akkumulatoren aufladen. Nur daß ich mich eben nicht mit Energie auflade, sondern mit Ruhe, denn die fehlt uns in der Stadt."

„Ruhe? Sie sind doch so vital, Irena. Sie brauchen die Bewegung und nicht die Ruhe."

„Vielleicht", sagte die Frau leise. „Aber das Leben in der Stadt ist so ermüdend."

Bis Hortobágy schwiegen sie. Dann, als sie in die unermeßliche grüne Einöde eintauchten, ließ Irena das Auto anhalten.

Der Fahrer lenkte den Wagen auf den Randstreifen, und sie stiegen aus. Der dünne Schleier am Himmel war hier und da gerissen, so daß jetzt leicht durchsichtige Wolkenbausche, die in der Ferne fast die Erde berührten, über der Pußta hingen. Es wehte ein heftiger Wind, der sich noch zu beschleunigen schien, denn es gab kein Hindernis auf seinem Weg – weder einen Hügel noch einen Baum, noch den geringsten Strauch, überall war die endlose grüne Ebene, die an den fernen Rand des Himmels stieß. So von Wolken umgeben und vom Wind durchweht, glichen Urumow und Irena zwei Knirpsen, die sich zwischen grauen ausschreitenden Riesen verirrt haben. Der Professor war von diesem Eindruck übermannt. Er glaubte plötzlich in eine andere Welt geraten zu sein, die über irreale Dimensionen verfügte und in welcher der Sturm ihn wie ein kleines Insekt ins Unendliche wehen konnte.

Sie verharrten lange, ohne ein Wort miteinander zu wechseln. Schließlich fragte Irena laut, um den Wind zu übertönen:

„Gefällt es Ihnen?"

„Es ist ein wenig unheimlich!" erwiderte der Professor betroffen.

„Ja, aber schön", sagte sie. „Alles Schöne ist ein wenig schrecklich. Sehen Sie sich doch mal das Gras hier an, Herr Professor. Das ist Klee, richtiger wilder Klee, den Attilas Pferde sicher auch gemocht haben."

„Ja, hier dürfen keine Menschen wohnen . . .! Hier sollten nur kraftvolle Pferde galoppieren."

Sie stapften nebeneinander durch das Kleefeld, das ein süßes Honigaroma verbreitete. Der Klee hatte gerade zu blühen angefangen, und alles ringsumher war wie mit Tautropfen mit kleinen rosa Flecken übersät.

„Herr Professor, soll ich Ihnen ein vierblättriges Kleeblatt suchen?"
„Wozu?"
„Es bringt Glück", antwortete sie. „Sie können inzwischen ruhig einen kleinen Spaziergang machen, er wird Ihnen guttun."
Der Professor ging langsam und etwas ängstlich in die Pußta hinein. Er schien den Boden vor jedem seiner Schritte erst mit der Schuhspitze abzutasten, als ob er sich auf einer dünnen Eisschicht fortbewegte. Die Gegenwart schien ihm irreal, er glaubte, Tausende von Jahren zurückversetzt worden zu sein, in die Zeit, da die Welt frisch wie der Tau war, der jetzt seine Schuhe benetzte. Urumow lief lange, in Gedanken versunken, weiter. Plötzlich drehte er sich um wie ein Schwimmer, der sehen will, wie weit er sich vom Festland entfernt hat. Irenas Kleid leuchtete wie roter Mohn in der Ferne. Dahinter war das glänzende Autodach sichtbar, das einer ins Paradies geworfenen Konservendose glich. Der Professor atmete tief die frische Luft ein. Ihn hatte angenehme Müdigkeit ergriffen. Langsam ging er zurück. Er hatte gerade die Hälfte des Weges zurückgelegt, als der rote Mohn in Bewegung geriet. Irena hatte sich aufgerichtet, sie winkte ihm zu und rief lebhaft:
„Herr Professor, Herr Professor!"
Und als er näher kam, sagte sie strahlend:
„Ich habe es, ich habe ein vierblättriges Kleeblatt gefunden!"
Anfangs dachte er, er hätte sich verhört, aber dann sah er, daß sie wirklich ein vierblättriges Kleeblatt in der Hand hielt, dessen zarte Blätter im Wind zitterten. Urumow zupfte an jedem von ihnen, er befürchtete immer noch, einem Trug verfallen zu sein. Er sah zum erstenmal im Leben ein vierblättriges Kleeblatt. Es fiel ihm schwer, seinen Augen zu trauen.
„Das ist das Glück, Herr Professor!" redete die Frau auf ihn ein. „Auf Sie wartet ein großes Glück!"
„So ein Unsinn, das Glück gehört Ihnen, denn Sie ha-

ben das Kleeblatt gefunden", sagte Urumow fast gekränkt.

„Das stimmt nicht! Ich habe es für Sie gesucht, also ist das Ihr Glück."

Er mußte unwillkürlich lächeln.

„Sie verzichten zu leicht auf das Glück, liebe Irena. Sie sind jung, Sie brauchen ..."

„Nein, nein, Herr Professor, ich habe alles, was ich brauche."

„Und ich bin noch besser dran als sie, denn ich brauche nichts mehr", sagte er.

„So dürfen Sie nicht reden, auch wenn das der Wahrheit entsprechen sollte!" erwiderte Irena ernst. „Ich bitte Sie inständig, nehmen Sie dieses Kleeblatt. Ich hätte schlimme Vorahnungen, wenn Sie es nicht nehmen würden."

Schließlich ließ sich der Professor überreden. Er legte das Kleeblatt sorgfältig zwischen die Blätter seines Notizblockes und steckte ihn in die Tasche zurück. Nun war Irena beruhigt.

„Na also!" sagte sie zufrieden. „Und wenn es kein Glücksbringer sein sollte, werden Sie so wenigstens eine Erinnerung an Ungarn haben."

„Ich werde eine Erinnerung an Sie haben, eine unglaubliche Erinnerung, denn ich bin zum erstenmal einer Frau begegnet, die auf ihr Glück verzichtet. Und obendrein wegen eines alten, des Lebens müden Mannes."

Wenig später machten sie sich auf den Rückweg. Der Wind wühlte immer noch das endlose grüne Meer auf, und dort, wo sich Wellen bildeten, bekam der Klee eine viel intensivere Farbe. Die auseinandergerissenen Wolken stiegen wie Dampf am Himmel empor. Plötzlich schien alles zu zerfallen – ein klappriger, unansehnlicher Lastkraftwagen kam den Weg entlang und blendete sie mit seiner Frontscheibe.

Gegen Mittag kamen sie in Eger an. Sie gingen zunächst in ihre Hotelzimmer, verabredeten aber, sich wenig später im Restaurant zu treffen. Als der Professor die Treppe hinabschritt, war er erstaunt, daß ihm das Laufen so leichtfiel. Diese Leichtigkeit schien aus seinem Inneren, aus den mit Sauerstoff gefüllten Lungen zu kommen. Die Dolmetscherin wartete schon auf ihn. Diese merkwürdige Frau war unvergleichlich. Wie schaffte sie es nur, sich um alles zu kümmern? Es war ihm einfach unbegreiflich.

„Herr Professor, wenn ich an die Sache mit dem Kleeblatt denke, scheint mir, daß Sie nicht an Wunder glauben", begann sie das Gespräch.

„Und was ist Ihrer Meinung nach ein Wunder?" fragte er sie. „Etwas Unwahrscheinliches und Übernatürliches?"

„Warum nicht? Ist denn die Natur selbst nicht übernatürlich?"

„Ihr Name sagt doch schon, daß sie das natürlichste aller natürlichen Dinge ist."

„Und wennschon! Trotzdem geht es nicht ohne Wunder, Herr Professor, so wie es nicht ohne Hoffnung geht."

„Ich kann sowohl ohne Hoffnung als auch ohne Wunder leben", sagte er.

„Das nehme ich Ihnen nicht ab", entgegnete Irena. „Glauben Sie beispielsweise fest und bedingunglos daran, daß Sie eines Tages sterben werden?"

„Natürlich", gab er verwundert zu.

„Das bezweifle ich. Natürlich wissen Sie, daß Sie sterben werden. Doch in ihrem tiefsten Inneren glauben Sie nicht daran. Keiner kann daran glauben. Ich auch nicht. Wie sollte die Welt auf einmal ohne mich existieren? Das scheint absolut unmöglich!"

Der Professor mußte lächeln.

„Was Sie angeht, haben Sie unbedingt recht. Mir fällt es auch schwer, mir die Welt ohne Sie vorzustellen."

„Ich mache aber keinen Spaß", sagte sie.

„Das weiß ich."

Der Ober erschien und brachte ihnen die Speisekarte.

Irena griff sofort danach und hielt sie sich dicht vor die Augen. Wahrscheinlich war sie etwas kurzsichtig.

„Haben Sie wirklich Krebsschwanzsuppe?" fragte sie endlich aufgeregt.

„Ja, meine Dame!" entgegnete der Ober würdevoll.

„Nach holländischer Art?"

„Jawohl, meine Dame!"

„Und Sie behaupten, daß auf der Welt keine Wunder geschehen", wandte sie sich an den Professor. „Selbstverständlich gibt es Wunder!"

Am Spätnachmittag sahen sie sich die Altstadt an. Irena versuchte, ihm nebenbei die schönen alten Legenden über den Kampf der Ungarn gegen die türkischen Eroberer zu erzählen, doch sie stieß damit auf kein allzu großes Interesse. Der Professor war nicht bei der Sache, sein Blick schweifte immer wieder in die Ferne, wo es nichts außer ein paar schwarz und weiß gefleckten Kühen gab. Diese Kühe waren für ihn viel interessanter als die Festungsmauern, auf denen vor vielen Jahrhunderten die Waffen geklirrt hatten. Schon längst hatte er jegliches Interesse an den Dingen, die ihn umgaben, ja sogar an den schönsten und erlesensten Sachen verloren. Sie gehörten einer Welt an, aus der er sich langsam zurückzog. Instinktiv fühlte er, daß er alle Verbindungen zu ihr abbrechen mußte, um schmerzlos davongehen zu können.

„Aber Sie scheint das nicht zu interessieren", unterbrach Irena schließlich seine Gedanken.

„Nein, es interessiert mich nicht!" sagte er ehrlich.

„Dann gehen wir zum Abendessen."

Sie nahmen das Abendbrot in einem alten Weinkeller mitten in der Stadt ein. Dort war es sehr kühl, und es roch intensiv nach Fässern, Essig und nach den Stearinkerzen, die schwach im Halbdunkel des Raumes flackerten. Der erste, der ihnen auffiel, war ein Riese mit gestärktem weißem Brustlatz unter den seidenen Revers und mit ebenso weißem Haar. Wie zu erwarten war, hielt er ein großes Glas mit dunklem Wein in der Hand.

Die drei übrigen Personen, die mit an seinem Tisch saßen, fielen kaum auf.

„Das ist Lord Welsh", sagte Irena leise.

„Welcher Welsh, der Philosoph?"

„Derselbe. Man erzählt, daß er täglich ein halbes Faß trinke."

Sie gingen gerade an dem Tisch vorbei, als sich dort ein unansehnlicher junger Mann mit nur wenig Zähnen erhob.

„Wenn Sie möchten, so kommen Sie bitte zu uns", forderte er sie auf. „Sie würden uns damit eine große Freude machen."

Irena sah den Professor unschlüssig an – die Einladung schien sie nicht sonderlich zu begeistern.

„Ich habe nichts dagegen", sagte Urumow. „Welsh bleibt Welsh ..."

Sie gingen zum Tisch. Irena fragte leise auf ungarisch:

„Ist er wirklich so sehr hinter den Frauen her?"

„Wie ein Nashorn", antwortete der junge Mann mit den wenigen Zähnen lässig.

„Hat er mich deshalb eingeladen ...? Damit ich ihm hier eine Schelle verpasse?"

„Wenn du das tust, werde ich dein Sklave!" erklärte der junge Mann begeistert. „Dein ganzes Leben lang!"

Als sie vorgestellt wurden, erhob sich Welsh, wobei er seinen mächtigen Brustkorb leicht nach vorn schob. Der andere ältere Herr erwies sich als ein weltbekannter schwedischer Numismatiker. Dieses Hobby paßte zu ihm, denn sein hageres klassisches Profil schien einer alten römischen Münze abgenommen zu sein.

„Wissen Sie, meine Dame, daß Sie meiner dritten Frau schrecklich ähnlich sind", sagte Welsh und ließ seinen Blick dabei ziemlich ungeniert über Irena gleiten.

„Wunderbar! Dann bin ich also ungefährdet?" erwiderte sie.

„Vollkommen!" In der Stimme des Philosophen schwang etwas Verbitterung mit. „Sie war Spanierin. Wir trennten uns, nachdem sie eine chinesische Porzellanvase aus dem neunten Jahrhundert an meinem Kopf zerschlagen hatte.“

„Und Ihr Kopf?“ fragte der Numismatiker neugierig.

„Meinem Kopf tat es nichts. Aber die Vase hatte einige tausend Lire gekostet, mein Ehrenwort.“

„Das ist aber ein Kopf!“ murmelte der Numismatiker voller Ehrerbietung.

„Und was haben Sie in dieser Hinsicht zu bieten?“ wollte man von ihm wissen.

Der Numismatiker wurde nachdenklich. Dann sagte er: „Vor zwanzig Jahren habe ich auf dem Kiewer Flughafen die Glastür des Büfetts mit dem Kopf durchstoßen.“

„Gar nicht so übel!“ Welsh nickte. „Der russische Wodka ist ein äußerst gefährliches Getränk, besonders wenn man ihn nicht gewöhnt ist.“

„Ja, ich hatte ihn unterschätzt“, stimmte der Numismatiker zu.

Daraufhin tranken die beiden Kapazitäten Stierblut, diesen starken, dunklen Wein, ein wenig süß im Geschmack, der speziell für die kaltblütigen Nordländer gemacht zu werden scheint. Sie aßen Broiler mit Pommes frites als Beilage, spülten ausgiebig mit Wein nach, und das Gespräch wurde um eine ganze Oktave höher. Nach seinem Abenteuer mit dem Tokajer trank der Professor sehr vorsichtig, nur schluckweise, aber selbst das war noch gefährlich genug, denn er nahm unwillkürlich an dem allgemeinen Gespräch teil.

„Übrigens, Welsh, kürzlich habe ich Ihr letztes Buch, ‚Intuition und Erkenntnis‘ gelesen“, begann er.

Der Philosoph lächelte.

„Ich weiß schon, was Sie mir vorwerfen wollen: Subjektivismus!“

„Wenn Sie es selbst wissen, brauche ich es Ihnen nicht zu sagen ... Aber Ihr Buch ist interessant und scharfsinnig geschrieben.“

„Es ist angenehm, das aus Ihrem Munde zu hören ... Sind Sie Marxist?“

„Ich habe kein Diplom dafür ... Aber ich denke schon, daß ich ...“

„Ich verstehe. Und was hat Ihnen an dem Buch nicht gefallen?“

„Wie soll ich Ihnen das erklären.“ Der Professor kam leicht ins Stocken. „Sie haben, glaube ich, vergessen zu erklären, was eigentlich Intuition ist.“

„Das kann niemand erklären“, entgegnete der Philosoph würdevoll. „Aber im allgemeinen bezeichnet es ein Gespür für die Wahrheit.“

„Und hatten Sie dieses Gespür, als Sie die Spanierin heirateten?“ Urumow lächelte verschmitzt.

„Ja, natürlich! Auf Grund meiner Intuition habe ich damals meine Vase gleich versichern lassen.“

„Ich beglückwünsche Sie!“ sagte der Professor. „Dann steht es Ihnen zu, diesen Begriff zu gebrauchen.“

Gegen dreiundzwanzig Uhr stand der Numismatiker auf und brachte einen kaum verständlichen Toast über die Münzen als Mittel der Freundschaft unter den Völkern aus. Welsh war zu Kognak übergegangen und trank ihn in solcher Menge, als ob er immer noch den Wein genoß. Von irgendwoher war Musik zu hören, und der Zigarettenqualm war so dicht geworden, daß sogar die Kerzen zu flackern anfingen. Der Stierblut hatte es in sich gehabt, und der Professor begriff, daß er sofort damit aufhören mußte.

„Irena, wäre es nicht besser, zu gehen?“ fragte er unsicher.

„Ja, natürlich. Obwohl Sie sich dieses Mal anscheinend gut unterhalten haben.“

„Meinen Sie?“

„So hätte ich es zumindest gern gehabt.“

Er lächelte.

„Sie sind wirklich lieb. Ich hatte schon vergessen, daß es auch solche Menschen auf der Welt gibt.“

Kurz danach machten sie sich fast unbemerkt aus der lustig gewordenen Gesellschaft davon. Der Rückweg war gar nicht so leicht, denn der Professor mußte einige Dutzend Stufen mit, wie er glaubte, bleischweren Schuhen emporsteigen. Als sie endlich auf eine dunkle, glatte Straße kamen, lehnte er sich entkräftet an die Wand. Irena sah ihn besorgt an.

„Ist Ihnen nicht gut?"

„Nicht besonders. Aber das kommt nicht vom Wein", antwortete er keuchend, „es ist das Alter . . ."

„Vielleicht haben wir es etwas übertrieben?"

„Etwas? Ich habe mich hier vollends der Trunksucht ergeben."

„Kann ich Sie unterhaken?" fragte Irena. „So kommen wir besser voran."

Sie ergriff seinen Arm und führte ihn die dunkle Straße entlang. Der Wind blies scharf, aber der Professor spürte nichts außer ihrer starken, warmen Hand und dem festen Oberschenkel, der von Zeit zu Zeit sein Bein berührte. Diese plötzliche Wahrnehmung schien ihm mehr als der Wein die Sinne schwinden zu lassen. Er hatte ganz und gar vergessen, was die Berührung einer warmen Frauenhand bewirken konnte. Die Erinnerung daran war sogar in seinem Gedächtnis erloschen, so lange und hartnäckig hatte er sie bekämpft. Aber jetzt hatte der Wein anscheinend alle inneren Tabus beseitigt. Urumow hatte sich nicht mehr unter Kontrolle, er fühlte sich erregt und gleichzeitig bedrückt, er wollte ihr seine Hand entziehen, aber er hatte nicht die Kraft dazu. Deshalb ließ er sich, verwirrt vom Wein, von der Erregung und dem bitteren Bewußtsein, etwas Unwiederbringliches versäumt zu haben, ins Hotel zurückführen.

Der Professor überlegte, wann er zum letztenmal mit einer Frau so eine dunkle Straße entlanggeschritten war. Er konnte sich nicht mehr daran erinnern, wahrscheinlich lag es Jahrzehnte zurück. Mit Natalia war er nie eingehakt gegangen, nicht einmal in den Tagen und Nächten, als sie noch nicht verheiratet waren. Sie drückte ihn nieder durch ihren Wuchs, durch ihre Schönheit, durch ihr unbewegliches Gesicht. Mit der ihm angeborenen Empfindsamkeit fürchtete er, lächerlich zu wirken, wenn er sich wie ein Polyp an diese majestätisch schreitende Löwin drückte. Über ihn sagte man damals, daß er ein schöner, intelligenter und gut gekleideter junger Mann sei. Keine Frau in der ganzen Stadt hätte Hemmungen gehabt, eingehakt mit ihm zu gehen, jede war bemüht, seine Freundschaft für sich zu gewinnen. Aber vor seiner Frau genierte sich Urumow auch später, sogar, als sie sich wie alte Freunde aneinander gewöhnt hatten.

Er staunte, als sie plötzlich vor dem Hotel standen. Der Weg war ihm unwahrscheinlich kurz vorgekommen. Er fühlte sich immer noch leicht benommen, das Blut pulsierte in seinen Schläfen. Hatten sie unterwegs miteinander gesprochen? Wohl kaum! Er war etwas über den Philosophen hergezogen, hatte dann aber Angst bekommen, daß sie ihm das übelnehmen und seinen Arm loslassen könnte. Von diesem Moment an hatte er geschwiegen. Sie hatte auch nichts gesagt, ihn nur wie ein Kind geführt. Erst im Foyer ließ sie seinen Arm los. Er schritt wie betäubt zur Treppe.

„Wollen Sie nicht lieber mit dem Fahrstuhl fahren, Herr Professor?“ fragte sie.

„Doch, ja, natürlich“, murmelte er.

In der engen Fahrstuhlkabine standen sie einander gegenüber. Ihre zärtliche und starke Wärme übertrug sich auf ihn. Obwohl sie zwei Stockwerke höher wohnte, stieg sie mit auf seiner Etage aus.

„Vielen Dank, Irena“, sagte er mit vollkommen nüchterner und klarer Stimme. „Ich bin Ihnen sehr dankbar.“

„Gute Nacht, Herr Professor“, entgegnete sie.

Er ging zu seinem Zimmer, ohne zu bemerken, daß sie ihm nachsah. Als er sich umdrehte, stand sie immer noch neben der Fahrstuhltür.

„Warum fahren Sie nicht hoch?“

„Ich bin für Sie verantwortlich, Herr Professor.“

Er strengte sich an, gleich beim erstenmal das Schlüsselloch zu treffen, doch es gelang ihm erst schlecht und recht beim zweiten Versuch. Er winkte Irena zu und trat in das Zimmer. Die Tüllgardinen, von der Zugluft in Bewegung geraten, schwenkten hin und her, beruhigten sich aber allmählich. Urumow fiel es schwer, sich auszukleiden, doch es war ihm klar, daß er das tun mußte. Er hatte sich noch nie gehenlassen.

Endlich war er im Bett. Seine kalten weißen Hände lagen auf der Bettdecke. Die Vorhänge hatten sich beruhigt, und dahinter war ein kleines Stück Himmel zu sehen. Ja, alles, wirklich alles hatte sich damals nach wenigen glücklichen Monaten als eine kühle und gut berechnete Lüge erwiesen. Und trotzdem konnte er sie nicht verurteilen. Sie hatte ihn weder mit Worten belogen noch sich ihm aufgezwungen. Sie hatte nichts von ihm verlangt und ihm keinerlei Versprechungen gemacht. Er hätte jederzeit gehen können, wenn er es gewollt hätte. Sie hätte ihm deswegen keine Vorwürfe gemacht, sondern wahrscheinlich wie immer ruhig und wie geistesabwesend gelächelt. Aber er war nicht gegangen.

Sehr gut konnte er sich an jenen Novembermorgen erinnern, an dem sie getraut wurden. Der Himmel hing grau und tief über der Stadt, und auf den Straßen lag eine spärliche Schneedecke. Als sie auf dem Weg zur Kirche waren, begegneten sie einem Schornsteinfeger, und alle lachten – das bedeutete Glück. Nur der alte Urumow schritt weiterhin in sich verschlossen nebenher und hatte seinen alten Hut tief in die Stirn gezogen. In der Kirche hatten sich nur wenige Leute versammelt, und die meisten waren Verwandte von ihr – junge Frauen mit weißen Handschuhen, einige Großmütter mit zerknitterten Samthüten – und Offiziere in Paradeuniform, die verächtlich den überaus schmächtigen, hochgewachsenen Bräutigam musterten, der zudem in seinem schwarzen Anzug ziemlich blaß wirkte. Die Braut war ruhig und zurückhaltend wie immer, sie trug ihr weißes Gipsgesicht zur Schau, das keinerlei Gefühle verriet. Ihr Ja sagte sie mit klarer und ausdrucksloser Stimme. Sie küßten sich. Ihre Finger waren kalt, ihr Pulsschlag hingegen schnell und unruhig. Ihre Erregung war von der gleichen Stärke wie ihre Beherrschtheit. So kam er in seinem Leben nie dahinter, was bei ihr echt und was geheuchelt, welche Leidenschaft lebendig und welche auf ewig erloschen war. Als die Droschke sie nach Hause fuhr, lehnte sie sich mit der Wange an seine Schulter und lächelte. Das war wahrscheinlich das einzige warme und ehrliche Lächeln während ihres ganzen Lebens gewesen. In diesem Augenblick begriff er, daß sie ihm dankbar war und daß diese Dankbarkeit nicht so schnell und leicht wie ein Glas billiger Kognak verfliegen würde.

In der Hochzeitsnacht zog sie sich ohne jegliche Regung vor ihm aus. Das Zimmer war dunkel, von draußen drang nur der weiche Widerschein des Schnees auf den gegenüberliegenden Dächern herein. Das ganze Haus war in Stille versunken. Sie zog sich aus und stand ganz nackt, unbeweglich und schön vor ihm. Vielleicht hätte er nicht geglaubt, einen lebendigen Menschen vor sich zu haben, wenn nicht ihre Augen geleuchtet und er in der Dunkelheit ihr schnelles und ungeduldiges Atmen gehört hätte.

Als er sie mit den Fingern berührte, hätte er fast vor Aufregung gezittert. Sie mußten lange nebeneinander liegen, bis er sich beruhigt hatte. Aber sie verstand ihn und wartete. Ihre Muskeln waren vor Verlangen wie gespannte Federn. Aber jetzt dachte er nicht an sie, sondern an das Mädchen aus dem Sprechzimmer seines Vaters. Das beruhigte ihn, und er streckte die Hand nach ihr aus. Ihre Haut war noch glatter, als er angenommen hatte, doch der Körper hart und kräftig. So packte er einfach diesen starken Körper und versuchte, ihn an sich zu pressen. Das ließ ihn einen Augenblick lang fast erkalten, aber ihre Finger waren zärtlich. Er wurde lockerer, und da verschlang sie ihn wie die Schlange den Frosch – langsam, konvulsiv und mit kleinen, wollüstigen Pausen.

So war es immer – sie liebten sich nicht, sie verschlang ihn, wenn sie seiner bedurfte. Vielleicht brauchte sie ihn jeden Tag und jede Stunde, aber sie war vernünftig und konnte sich beherrschen. Sie vergewaltigte ihn nicht, sie wartete bloß wie eine große, ruhige Katze vor dem Mauseloch. Sie spielte nicht mit ihm, sondern verschlang ihn einfach und lag danach lang ausgestreckt, satt und einsam in ihrem riesigen Bett.

Bald wurde ihm klar, daß sie ihn nie geliebt hatte. Wahrscheinlich hatte sie keine Schuld daran, weil sie ganz sicher überhaupt nicht zu lieben vermochte. Sie konnte nur mit der Unschuld und Natürlichkeit einer Schlange verschlingen. Und sie verschlang nicht nur ihn, sondern alles, was ihm gehörte, ohne es dabei eilig zu haben und ohne aufdringlich zu sein. Sie war auf ihre Art sogar dankbar, sie sorgte für ihn, so gut sie konnte, und sie war ihm – zumindest anfangs – nicht untreu.

So vergingen etwa zehn Jahre. Und nach jedem verstrichenen Jahr wurde ihm ihre gleichbleibende, unersättliche Leidenschaft immer verhaßter und widerwärtiger, zumindest in seinem Inneren und in seinen späteren Erinnerungen an die gemeinsamen Nächte. Tatsächlich jedoch ließ er sich weiterhin gehorsam von diesem starken Körper erobern. Nur seine Seele verschloß sich immer mehr. Er suchte immer häufiger im Ausland, wo er sich bereits einen Namen als Wissenschaftler erworben hatte, Rettung und Ruhe vor ihr. Dann brach der Krieg aus, und er blieb in seiner eigenen Falle, in dem großen alten Haus, in dem sein Vater langsam dahinsiechte. Sie hatten sich jetzt völlig entfremdet, es war, als ob sie in verschiedenen Häusern lebten. Er fühlte sich dem Vater gegenüber schuldig, er wußte, daß er ihn nicht sich allein überlassen durfte, aber er sah wiederum auch keinen Weg, um ihm näherzukommen.

Gerade da erkannte Urumow, daß Natalia angefangen hatte, ihn zu betrügen. Er sah es mit eigenen Augen, wenn auch rein zufällig. Es war an einem gewöhnlichen Wochentag. Er fuhr mit der Straßenbahn zur Universitätsbibliothek, und da geschah das Unerwartete – von der hinteren Plattform der Straßenbahn aus erblickte er sie. Sie standen vorn im Anhänger, hatten sich gegen die Scheibe gelehnt und waren so ineinander versunken, daß sie ihn nicht einmal bemerkt hätten, wenn er direkt neben ihnen gestanden hätte. Der Mann war ein deutscher Offizier, fast ein Junge noch, mit blondem Haar und schönem, puppenhaftem Gesicht. Die beiden taten nichts, sie sahen sich nur an, aber ihre Blicke sagten mehr als jedes Wort. Urumow war derart verwirrt, daß er schon an der nächsten Haltestelle ausstieg. In ihm stieg keine Eifersucht und keine Wut auf, er war nicht einmal gekränkt. Er nahm lediglich einen winzigen Schmerz und etwas Verbitterung neben einem undefinierbaren merkwürdigen Gefühl der Erleichterung wahr. Während ihres gemeinsamen Lebens hatte sie ihn nie mit solchen Augen angesehen und nie so gelächelt. Nie, nicht einmal einen Augenblick lang. Vielleicht war sie verliebt. Zum erstenmal in ihrem Leben war sie verliebt, und ausgerechnet in einen rotwangigen Jungen mit protziger Uniform. Diese Wahl schien gar nicht zu ihr zu passen. Noch bevor Urumow sie geheiratet hatte, hatte er, wenn auch nur ganz kurz, seinen Vorgänger, den Türken zu Gesicht bekommen. Das war ein schwarzbehaarter Gigant kurdischer Abstammung, eckig und kantig, aber beeindruckend und auf seine Art schön. Im Vergleich zu ihm schien dieser hier kaum mehr als ein Glas Himbeersirup zu sein. Und trotzdem liebte sie ihn, vielleicht so, wie die meisten kinderlosen Frauen lieben – mit viel Mütterlichkeit und dem Gefühl, den Angebeteten verteidigen und beschützen zu müssen.

Zwei Tage schwankte er, was er tun sollte. Inzwischen waren außer der verletzten Würde alle Gefühle dahin. Am dritten Tag rief er sie zu sich ins Arbeitszimmer. Sie kam ruhig, ohne jegliches Empfinden für die bevorstehende Gefahr herein. In ihrem Blick lag leichter Verdruß.

„Natalia, ich habe dich gerufen, um dir zu sagen, daß wir von heute an geschiedene Leute sind!"

Sie zuckte nicht einmal zusammen, sondern fragte nur leise und erstaunt:

„Warum?"

„Du weißt sehr wohl, warum."
„Du willst, daß wir uns trennen?"
„Ich will nur, daß du diese widerwärtige Verbindung sofort abbrichst."
„Warum widerwärtig?" Ihre Stimme war voller Feindseligkeit.
„Als solche betrachte ich sie!" sagte er scharf. „Ich habe nicht die geringste Absicht, dich zu verfolgen oder zu kontrollieren. Wir werden weiter unter einem Dach leben, sofern du nicht anfängst, mich in den Augen der anderen lächerlich zu machen. Wir werden nur unter einem Dach leben und nichts weiter."
Sie schwieg. Dann erhob sie sich von ihrem Platz. Sie sah ihn so an, als ob sie ihn zum erstenmal erblickte.
„Du nutzt es aus, daß ich völlig mittellos dastehe."
„Ich nutze gar nichts aus!" schrie er sie, über sich selbst erstaunt, an. „Ich gebe dir lediglich die Möglichkeit, weiterhin so zu leben, wie du bisher gelebt hast."
Damals war Urumow gerade erst fünfundvierzig. Er rührte sie bis zu ihrem Tod nicht mehr an. Auch sie versuchte nicht, sich ihm erneut zu nähern. Von dem deutschen Leutnant trennte sie sich, litt aber unter dieser Trennung. Sie wurde mager wie eine streunende Katze und immer finsterer und boshafter. Ihren Mann würdigte sie kaum eines Blickes, sie verlangte weder Geld für sich noch für den Haushalt. Sie legte keinen Wert auf ihre Kleidung, ging nicht aus und schwieg Tage hindurch. Dann erholte sie sich allmählich.
Damals dachte Urumow überhaupt nicht daran, daß er für immer auf sein Leben als Mann verzichtete. Aber praktisch trat das ein. Anfangs passierte es manchmal, daß er etwas bekam, worum er sich nicht einmal bemühte, doch mit der Zeit wurden solche Affären immer seltener. Es wurde ihm nicht einmal bewußt, daß ihm nach dieser betörenden und starken Frau alle anderen nichtig, fad und geschmacklos vorkamen. In seinem tiefsten Inneren war etwas übriggeblieben, was sie nicht hatte verschlingen können, etwas von dieser immensen

und blinden Liebe, die ihm in den ersten Monaten die Sinne verwirrt hatte. Leidenschaftslos hielt er diese nichtssagenden Frauen, die ihm unendlich fremd waren, in den Armen. Wahrscheinlich störte ihn seine eigene Würde noch viel mehr als die Mangelhaftigkeit dieser Frauen. Es lag ihm nicht, sich zu verstecken, Quartiere zu suchen und zu lügen. Er brachte es nicht fertig, sich zu verstellen. Unbewußt nahm er wahr, daß er sich ergab, und zwar endgültig, was zur Folge hatte, daß er sich mit noch größerer Kraft und Leidenschaft in seine Arbeit vergrub.

Wenn es ihm auch noch so seltsam erschien, die Beziehungen zu seiner Frau verbesserten sich allmählich, ja, sie wurden sogar freundlicher als vor der Trennung. Nach Jahren wurden sie von den Leuten fast für das ideale Ehepaar gehalten. Niemand ahnte, was geschehen war. Als sie sich ein neues Haus kauften, hatten sie auf einmal, völlig unbeabsichtigt, ein gemeinsames Schlafzimmer. Sie schliefen dort, ohne voneinander Notiz zu nehmen und ohne einander zu fühlen, einfach wie Freunde, die nicht einmal mehr wissen, seit wann und warum sie befreundet sind. Er nahm ihre Beziehungen zu anderen Männern, die mal von kürzerer, mal von längerer Dauer waren, dunkel wahr, und er empfand dabei Erleichterung. Sie war immer noch eine schöne Frau, so daß sie seiner Meinung nach ein Recht auf derartige Bekanntschaften hatte.

Draußen begannen sich die alten Stadtuhren eine nach der anderen zu melden. Es war drei Uhr, aber der Professor lag immer noch hellwach, und die beklemmende Vergangenheit lastete auf ihm. Schon lange, seit Jahrzehnten, glaubte er, die graue Asche der Vergessenheit hätte alles unter sich begraben. Er hatte sich daran gewöhnt, mit den alten Erinnerungen, den trübseligen Gedanken, den traurigen Bilanzen und den dummen Illusionen fertig zu werden. Vor allem mit den Hoffnungen – die hatte er zuerst begraben. Das war gar nicht so schwer gewesen, vielleicht, weil er ihrer einfach überdrüssig geworden war. Nur selten, äußerst selten, hatte er noch das Bild des Mädchens im Sprechzimmer seines Vaters, das betreten die Arme vor der Brust verschränkt hielt, vor sich gesehen.

Erst gegen Morgen schlief er ein. Der Mond war verschwunden, und der Himmel wurde bereits hell. Auf dem Zweig eines nahen Baumes sang ein Vogel.

7 Sie gingen den Pfad zwischen den Wacholdersträuchern hinab. Christa lief voran, in einem Baumwollkleid und leichten Sandaletten. So glich sie fast einem Schulmädchen. Sie sah sich nicht nach ihm um, und ihre kleine Nase war gen Himmel gerichtet. Hier, hoch oben im Gebirge, war der Himmel kühl und öd. Hier flogen weder Vögel, noch kreuzten Flugzeuge, und die kleinen einsamen Wolken hingen wie Weihrauchfässer herab.

Christa schritt so flink und leicht aus, daß Sascho ihr kaum folgen konnte. Ihm war schwindlig, er glaubte hier, unter den Wolken, wirklich zu spüren, daß sich die Erde um ihre eigene Achse drehte. Er war nicht an solche Wanderungen gewöhnt, er hielt sie für sinnlos. Er trat sehr unsicher auf und verfluchte insgeheim die spitzen Steine, die wie schiefe Zähne aus der abgeholzten rötlichbraunen Erde ragten. Doch zum Glück war der Pfad weiter unten mit Gras bewachsen und fiel auch nicht mehr gar so steil ab. Vor ihren Blicken tat sich eine leicht ansteigende Wiese auf, von gelben Blumen übersät. Erst jetzt drehte sich Christa nach ihm um, sah ihn aber nur kurz an und begann zu rennen. Sie lief sehr schnell den Abhang hinunter, wobei sie die Arme hin und her schwang, um das Gleichgewicht zu halten. Jetzt erst bemerkte Sascho, daß die Wiese noch weit entfernt war, denn Christa sah klein aus, als sie schließlich wie ein Schmetterling dort landete.

Als er unten anlangte, saß sie an einem kleinen Bach,

der sich kaum sichtbar durch das Gras schlängelte. Sein Wasser war sehr klar, auf dem Grund lagen flache weiße Steinchen, die im Laufe der Jahrhunderte vom Wasser abgeschliffen worden waren. Christa nahm einige davon in die Hand und betrachtete sie, als ob sie Diamanten gefunden hätte.

„Sie sind schön, nicht wahr?" rief sie.

„Ja", entgegnete er ohne Begeisterung.

Er konnte nach der langen Wanderung kaum noch denken, und die Knie waren ihm weich geworden.

„Sie scheinen dir nicht zu gefallen."

„Doch!" Er fand kaum die Kraft zu lächeln. „Schenkst du sie mir?"

Sie steckte sie ihm in die Tasche.

„Wenn du sie verlieren solltest, verlierst du auch mich."

„Stufst du dich nicht etwas zu niedrig ein?" fragte er.

„Im Gegenteil, sehr hoch!" sagte sie. „Du weißt nämlich nicht, daß das Wundersteine sind."

„Trotzdem gehst du ein Risiko ein! Wenn sie auch noch so wundersam sein sollten, könnte ich ihrer doch eines Tages überdrüssig werden."

Christa lachte.

„Ruhe dich aus. Ich pflücke inzwischen ein paar Blumen."

„Als wir wie ein Paar wild gewordener Kentauren hierhergejagt sind", sagte er, „habe ich mindestens zweihundert Schilder gesehen, auf denen stand: ‚Das Pflücken von Blumen ist untersagt!"

„Meinetwegen. Ich pflücke trotzdem welche."

„Ich habe noch keine Frau gesehen, die die Gesetze achtet."

„Und ich keinen Mann, der vernünftige Gesetze geschaffen hat."

Er setzte sich an den Rand des Baches, wobei ihn der Wunsch überkam, seine brennenden Füße ins Wasser zu tauchen. Er war in letzter Zeit sehr bequem gewesen und mußte erst wieder in Form kommen. Morgen würde er sicher vor Muskelkater stöhnen. Christa lief auf der Wiese umher. Hier und da bückte sie sich. Sie pflückte wirklich Blumen, und bald erschien sie mit einem kleinen bunten Strauß neben ihm.

„Hör mal, wir haben noch nicht einmal etwas mit, wo wir sie verstecken können . . . Soll ich sie in meine Hosentasche quetschen?“ murrte er.

„Ihr Männer seid alle schrecklich ängstlich“, sagte sie. „Wenn der Wächter kommen sollte, werde ich mich seiner schon annehmen.“

Sie setzte sich neben Sascho und hielt ihm die Blumen unter die Nase. Er nieste.

„Ich habe mir von jeder Sorte eine gepflückt“, sagte sie. „Paß auf! Das hier, das Rote, ist eine Nelkenwurz!“ Sie sah ihn verschmitzt an. „Sie soll dich verzaubern.“

„Viel Erfolg dabei!“

„Danke . . . Das Gelbe ist eine Ranunkel. Und das ist ein Vergißmeinnicht.“

Er sah sie enttäuscht an.

„Das soll ein Vergißmeinnicht sein? So eine unansehnliche Blume!“

„Ein Blümchen“, sagte sie, „es ist sehr schön.“

„Für dich ist alles schön.“

„Ist es ja auch. Könntest du dir die Welt etwa ohne Blumen vorstellen?“

Sascho konnte es, wagte aber nicht, ihr das zu sagen. Er hatte übrigens noch nie im Leben eine Blume gekauft.

„Oder ohne Gras?“ drang sie weiter in ihn.

„Ohne Gras natürlich nicht“, erwiderte er. „Schließlich müssen irgendwo die Fußballspiele ausgetragen werden.“

„Verrecken sollen diese Typen, die das Gras nur brauchen, um darauf herumzutrampeln. Versuche nicht, mir die Stimmung zu verderben . . . Das hier ist eine Schlüsselblume, und diese hat den lächerlichen Namen Kuhbrändli. Du bist zum Beispiel ein Kuhbrändli.“

„Danke“, sagte er.

„Warum? Das ist eine interessante und seltene Pflanze. Ich wußte nicht einmal, daß sie im Witoscha-Gebirge wächst."

„Du bist ein botanisches Lexikon", sagte er verwundert, „und kein literarisches, wie ich anfangs gedacht hatte. Oder weißt du, was ein Anapäst ist?"

„Ich weiß es, aber du verstehst ja doch nichts davon. Ich mag Blumen, das ist alles."

„Ich mag von der ganzen Flora Linsen am meisten und hin und wieder frische Saubohnen", sagte er.

Christa erhob sich demonstrativ und lief den Pfad hinab. Sascho folgte ihr und bemerkte plötzlich grüne Flecken auf seiner Hose. Wie hatte er sie nur zustande gebracht, da er sich nicht erinnern konnte, vor Christa auf den Knien gelegen zu haben? Sie hatten sich bisher nur ein paarmal geküßt, und zwar ziemlich kurz, ihrerseits etwas scheu. Dieses schnellfüßige Mädchen schien keinen besonderen Geschmack am Küssen zu haben. Sie schien überhaupt alles nicht ernst zu nehmen. Er hatte sie kein einziges Mal nachdenklich oder verträumt gesehen, während er voller Unruhe war und tatsächlich glaubte, verliebt zu sein. Schon ziemlich lange befand er sich in diesem Zustand. Er konnte immer noch nicht begreifen, wie es eigentlich dazu gekommen war. Oder wann es geschehen war. Vielleicht an jenem Morgen, als sie zu viert im „Schumako" Fleckesuppe gefrühstückt hatten? Aber im Restaurant hatte sich nichts Besonderes ereignet. Sie hatte einfach ihre Suppe gelöffelt, geschwiegen und ihn nicht einmal angesehen. Ihn hatte das weder gereizt, noch war es ihm unangenehm gewesen. So hatte er sie ungestört betrachten können. Ihr Gesicht war von ungewöhnlicher Frische gewesen, die Haut zwar etwas blaß, aber die schmalen dunklen Augenbrauen hatten seinem Oval eine besondere Anmut verliehen. Ganz unbewußt fühlte er damals, daß in ihr mehr Reiz verborgen war, als man ihr auf den ersten Blick ansah.

Dann trennten sie sich – sie ging nach Hause und er

zur Universitätsbibliothek. Doch den ganzen Tag über kreisten seine Gedanken um sie. Manchmal ertappte er sich sogar dabei, daß diese Gedanken in seinem Kopf festen Fuß fassen wollten. Es fiel ihm dann immer sehr schwer, sie in jenes geheimnisvolle und mysteriöse Etwas zurückzudrängen, das manche, wie er meinte: Dummköpfe als Unterbewußtsein bezeichnen. Er mußte Materialien zur Ausarbeitung jenes verfluchten Artikels lesen! Aber die Gedanken rebellierten auf lästige Weise. Aus dem Lesen wurde demzufolge nichts, so daß Sascho die Bibliothek wieder verließ. Er ging mit einem Freund auf ein Glas Bier zum Café „Schapkite", danach aß er zu Mittag, und dann machte er sich auf den Heimweg. Er war müde, weil er in der Nacht nur ein paar Stunden geschlafen hatte, und legte sich sofort hin.

Als er aufwachte, dachte er wieder an Christa. Das wollte ihm gar nicht gefallen, denn ein Verliebter ist zu keiner ernsten Arbeit fähig, er ist fast wie ein Betrunkener. Nur daß letzterer wenigstens trinkt: Rum, Wein oder Pfefferminzschnaps. Aber was tut der Verliebte? Er denkt an ein Paar Augenbrauen, ein Kinn, ein Haarbüschel auf der Stirn – an lauter Blödsinn! Warum bildete er sich plötzlich ein, daß dieses Mädchen ganz anders wäre als die anderen? Er versuchte, sich mit diesem Argument selbst zu bezwingen, aber vergebens.

Zwei Tage lang lief Sascho plan- und ziellos durch die Stadt. Am zweiten Abend kehrte er im Café „Warschau" ein. Aber dort war Christa nicht. Er trieb sich noch zwei Abende herum, und erst am dritten fand er sie und Donka, die gerade Kaffee tranken und über einen blöden Witz lachten. Sascho gesellte sich zu ihnen, doch Christa sah ihn weder an, noch war bei ihr die kleinste Freude über sein Erscheinen zu bemerken. Obendrein versetzte ihm Donka einen vernichtenden Hieb mit ihrer Frage:

„Warum hast du mich denn nicht angerufen? Du hast es doch versprochen."

„Ich habe deine Nummer verloren", murmelte er.

Donka ging bald, sie mußte zur Bridgeparty. Christa aber blieb, wenngleich sie immer noch gleichgültig schien. In Gedanken sah er sie wieder mit nackten Füßen vor sich her laufen. Er hatte nie geglaubt, daß sie ihn ins Witoscha-Gebirge schleifen würde. Ihnen stand so eine schöne Villa zur Verfügung, was brauchten sie da noch? Sie war ein merkwürdiges Mädchen, das sich in der Tat von den anderen unterschied. Da blieb sie beispielsweise stehen und brachte ihm aufgeregt einen riesigen Käfer angeschleppt, der ihn mit seinen starken Fühlern bedrohte. Das taten die anderen Mädchen nicht. Die anderen würden ihm höchstens eine Schallplatte oder eine Blechdose mit englischen Bonbons bringen.

„Das ist ein Hirschkäfer!" sagte sie.

„Danke", sagte er, „der fehlte mir gerade noch in meiner Sammlung."

Es brach ein kurzer Streit aus, wie sie zurückkehren sollten, ob mit dem Lift oder zu Fuß. Und wie allgemein üblich, ging bei dieser ersten Auseinandersetzung die Frau als Sieger hervor. Christa hatte zuvor anschaulich geschildert, wie eines Abends der Lift kaputtgegangen und stehengeblieben war. In einer Kabine sei ein junges Paar gewesen. Die ganze Nacht hätten sie darüber gestritten, wer die Schuld an diesem unangenehmen Abenteuer trüge, und am nächsten Tag hätten beide die Scheidung eingereicht.

Der Abstieg über die angeblich kürzeren Pfade kam Sascho wie eine Ewigkeit vor. Als sie endlich schlecht und recht bei „Belata woda" angekommen waren, sah er Christa fast blutrünstig an. Das Hemd klebte ihm am Rücken, und seine Liebe war in diesem Moment wie verflogen.

„Du kannst von Glück reden, daß wir kein Ehepaar sind!" erklärte er mit verhaltener Wut, „sonst hätte ich auch gleich die Scheidungsklage eingereicht."

„Na und!" Sie zuckte gleichgültig mit den Schultern.

O Mädchen, Mädchen, du wirst diese Gleichgültigkeit eines Tages schwer bereuen, dachte er wütend.

Aber nachdem er ein Glas Bier getrunken hatte, war er wieder ruhig geworden. An dem zerkratzten Tisch im Schatten der Bäume saß es sich gut. Die Rast schien noch angenehmer als die Liebe zu sein. Nichts ist schöner, als sich auszuruhen, dachte er. Und die Kleine war gar nicht so schlimm. Es war doch erstaunlich, daß sie eine Naturliebhaberin war. Sicher bildete sie da eine Ausnahme in dieser Welt. Denn die Hippies ziehen es meistens auch vor, auf dem Piccadilly Circus oder der Piazza di Venezia herumzugammeln.

„Wollen wir ein Bulette essen?“ sagte er.

„Das hier sind überhaupt keine richtigen Buletten“, erwiderte sie. „Das ist gebackener Gummi.“

„Hier gibt es nichts anderes ... Eine Bulette ist eine Bulette.“ Man sagt, daß sie wie all der andere Mist industriell vorgefertigt werden, dachte er. Das ist die moderne Welt. Es kann nicht für alle Geflügel vom Lande geben, ob man will oder nicht, man muß sich mit Broilern vollstopfen.

„Weißt du was?“ wandte sie lebhaft ein, „wir machen uns einen Schaschlyk.“

„Das ist gar nicht so einfach“, entgegnete er zögernd.

„Ganz einfach geht das. Die Fleischstücke werden auf einen Holzspieß gesteckt und gegrillt. Das ist die ganze Kunst.“

„Aber zu diesem Zweck muß man ein Feuer machen.“

„Ja, das können wir auf dem Hof.“

„Du bist verrückt!“ sagte er. „Wie soll ich meinem Onkel erklären, daß ich ein Feuer auf seinem Hof geschürt habe? Das geht auf gar keinen Fall!“

„Du hast überhaupt keinen Sinn für Abenteuer“, erklärte sie enttäuscht.

Als sie bald danach nach Knjashewo hinabstiegen, um Fleisch zu kaufen, dachte er, daß sie recht hat. Ja, er hatte nicht einmal für die kleinsten Abenteuer etwas übrig. Abenteuer setzten seiner Meinung nach einen naiven Geist oder zumindest fehlende Einbildungskraft voraus. Aber zugeben, daß er die Abenteuer nicht mochte, konnte er nicht. Der Verliebte war verpflichtet, romantisch zu sein. Doch was war das schon für ein Abenteuer, ein albernes Feuer im Hof anzuzünden! Und warum überhaupt im Hof, wenn das ebensogut am Gebirgsbach möglich war.

Damals wußte er allerdings noch nicht, daß das größte Abenteuer der Fleischeinkauf sein würde. Sie liefen umher, stellten sich hier und dort an, und endlich gelang es ihnen, wenigstens eine fette Hammelkeule zu ergattern. Ob sie sich allerdings für Schaschlyk eignete, wußte keiner von beiden. Christa fragte zaghaft den Verkäufer, aber er antwortete nur schroff:

„Laß mich mit deinen Dummheiten in Ruhe ... Kauft ihr sie oder nicht?"

„Wir kaufen sie, wir nehmen sie!" antwortete Sascho erschrocken. Der Rückweg fiel ihm auch nicht leicht, denn es ging bergauf. Die Sonne ging schon unter, doch es war immer noch drückend heiß. Obwohl Christa die Keule trug, hatte er Mühe, mit ihr Schritt zu halten. Die drei älteren Männer vor ihnen hingegen schritten ruhig und gleichmäßig aus. Sie hatten ihre bunten Barchenthemden ausgezogen und sie sich wie breite Gürtel um die Taille gebunden. Anscheinend fühlten sie sich wohl. Der eine pfiff sogar etwas vor sich hin.

Sascho kam außer Atem und mit saurer Miene am Wochenendhaus an. Zu allem Unglück hatte sich ihm unterwegs auch noch ein Zweig in die Nase gebohrt.

„Die Natur ist unerträglich!" rief er schimpfend.

„Ja, das stimmt", erwiderte sie. „Aber nur zu Beginn."

„Zu Beginn und immer!" sagte er wutentbrannt. „Mein Onkel meint, daß die Natur früher oder später den Menschen vernichten wird."

Sie sah ihn spöttisch an.

„Dein Onkel ist sehr weise ... Die Natur mag eben keine Größenwahnsinnigen. Sie duldet nur diejenigen, die sich ihr anpassen."

„Das schreibe ich mir in meinen Notizblock!" entgegnete er ärgerlich.

„Schreib dir das hinter die Ohren, du jämmerlicher Biologe!“ Sie lachte. „Du lumpiger Schürzenjäger und Säufer!“

Er war so verärgert, daß er das Fleisch am liebsten dem erstbesten Hund vorgeworfen hätte. Da aber in der ganzen Umgebung die frei herumlaufenden Hunde längst vergiftet worden waren und die, die in den Villen gehätschelt wurden, kein fettes Hammelfleisch fraßen, waren sie gezwungen, es selbst zu essen. Mit dem Feuer aber hatten sie wenigstens Glück. Im hinteren Hof fanden sie eine Stelle, die nicht mit Gras bewachsen war, und außerdem war auch reichlich Holz vorhanden. Der Gärtner, der in all den Jahren die Äste ausgesägt hatte, hatte die Zweige kleingehackt und unter dem Dach gestapelt. Während Christa begeistert das Fleisch zurechtschnitt, ging Sascho zum Gestrüpp, um Holz für die Spieße zu beschaffen. Mit zwei gestutzten Stöckchen und einer unbedeutenden Wunde kehrte er zurück. Aber anstatt ihn als Helden zu empfangen, sagte sie nur mitleidlos:

„O mein Gott, du bist doch zu nichts zu gebrauchen! Dich werde ich nie heiraten.“

Sascho merkte, wie ihn leichte Kühle durchdrang.

„Gott sei Dank“, entgegnete er.

„Warum Gott sei Dank?“ Sie warf ihm einen beleidigten Blick zu.

„Na, wer ist denn schon so verrückt, eine Abenteurerin zu heiraten . . ., die obendrein noch kaltherzig ist.“

Einige Minuten später stieg sein Ansehen bei ihr, da er aus den Holzscheiten ein wunderbares Feuer entfachte, dessen Flammen mannshoch schlugen. Wenigstens das konnte er. Er stapelte sorgfältig die restlichen Holzscheite und war mit den Gedanken bei dem Molekulargitter der Gene. Die Dunkelheit war in das feuchtkalte Tal eingedrungen, obwohl der Himmel immer noch hell leuchtete. Die Funken stoben weit umher.

„Es ist doch sehr schön, meinst du nicht?“ rief das Mädchen verzückt.

„Es ist so schön", entgegnete er grimmig, „daß ich jeden Augenblick die Feuerwehr hier aufkreuzen sehe."

Aber es kam niemand. In der entfremdeten Welt der privaten Wochenendhausbesitzer eilte ihnen keiner zu Hilfe. Sie wären sicher verbrannt, wenn das Haus tatsächlich Feuer gefangen hätte. Doch es ging alles gut. Die brennende Pyramide zerfiel allmählich, und es entstand ein großer Gluthaufen, der schnell dunkler wurde.

„Du kannst anfangen", sagte sie.

„Womit?"

„Womit?"

„Mit dem Grillen."

Ihm entging die Ironie in ihrer Stimme. Er ergriff die beiden Spieße mit dem Fleisch und den Paprikaschoten und ging auf das Feuer zu. Christa beobachtete ihn die ganze Zeit über scheinbar gleichgültig, nur ihre Augen spiegelten Belustigung wider.

„Ich weiß nicht, wie ich diese Dinger braten soll", brummte Sascho vor sich hin, „ohne mir dabei die Hände zu verbrennen."

„Mann, kommst du denn vom Mond?" rief sie.

„Warum?"

„Du mußt erst zwei Holzstücke mit Astgabeln in die Erde stecken, um die Schaschlyks damit abzustützen. Dann mußt du sie ab und zu drehen, das ist die ganze Kunst."

„Stimmt ja", sagte er und schlug sich an die Stirn.

„Hast du überhaupt schon einmal einen Ausflug gemacht?"

„Einmal nach Belgrad."

„Ich meinte einen Ausflug in die Natur."

„Blödsinn!" entgegnete er. „Nur als Kollektivveranstaltung mit Rezitationen und Reigentänzen."

Da beide so ausgehungert waren, konnten sie es nicht erwarten, bis das Fleisch gar war, und stürzten sich mit größtem Appetit auf die noch halbrohen Stücke. Von Zeit zu Zeit knisterte ein dürrer Zweig. Glühwürmchen flogen in der Finsternis umher. Beide wurden schweigsam. Es war Zeit, ins Haus zu gehen.

Christa wollte diese Nacht hier verbringen, denn ihre Mutter war nach Kasanlyk zu ihrer Schwester gefahren.

Sascho hatte, als er davon erfuhr, seine Einladung äußerst vorsichtig ausgesprochen, bereit, ihre Absage hinzunehmen. Alles, was er über sie gehört hatte, und ihr bisheriges Benehmen hatten dafür gesprochen, daß er kein Glück haben würde. Aber erstaunlicherweise hatte sie gelassen und natürlich ja gesagt, sogar ohne rot anzulaufen. Das überraschte ihn nicht nur, sondern verwirrte ihn auch. Er begriff nicht, was mit ihm geschah, denn bisher hatten ihn derartige Aussichten nie in Verlegenheit gebracht.

Das Feuer war inzwischen ganz ausgegangen. Sascho schüttete Wasser darüber, und beide wurden von einer Dampfwolke eingehüllt. Die Nacht war auf einmal viel dunkler und der Himmel schwarz. Als sie ins Haus kamen, ließ Christa den Kopf hängen. Ihre Augen wurden fast rund. Sie zitterte.

„Soll ich dir einen Kognak geben?" fragte er sie.

„Ja, das wäre nett."

Er schenkte ihr den Kognak in ein schönes bauchiges Glas ein. Sie trank ihn fast in einem Zuge aus. Zwei große Tränen kullerten dabei auf die Tischdecke.

„Was hast du?"

„Nichts."

„Da stimmt doch etwas nicht."

„Ich habe alles kaputtgemacht", sie schluchzte, „alles, alles ... Ich habe dir den ganzen Tag verdorben. Wo habe ich dich nicht überall hingeschleppt – in Kneipen, Fleischereien und was weiß ich noch. Nur gut, daß du so geduldig bist."

„Schon gut, laß den Quatsch! Eines Tages wäre mir das sowieso passiert ... Man kann seinem Schicksal nicht entgehen", fügte er vielsagend hinzu.

„Das kann man nicht", sagte sie verzagt. Plötzlich erhellte sich ihr Gesicht. „Ich möchte dich um etwas bitten.“

Sascho wußte sehr wohl, worum es sich bei dieser Bitte handeln würde, darum zog er es vor zu schweigen. Er hatte das Gefühl, daß ihre Lippen in Sekundenschnelle ganz spröde wurden. Einen Augenblick lang tat sie ihm direkt leid, und er war zu allem bereit.

„Hörst du mir überhaupt zu?“ fragte sie.

„Ja. Ich verspreche es dir ganz ehrlich“, sagte er.

Sie war so froh darüber, daß sie ihm um den Hals fiel, der von ihren Tränen feucht wurde.

„Du weißt gar nicht, wie lieb du bist!“ plapperte sie. „Du bist einfach schrecklich nett, wirklich.“

„Aber so kann das nicht ewig zugehen“, murmelte er. „Und wenn das für immer sein soll, so sag es mir lieber gleich, damit ich mir etwas anderes suche.“

Sascho versuchte, die Sache ins Komische zu ziehen, doch es gelang ihm nicht ganz, seine Gekränktheit zu verbergen.

„Nein, nein, natürlich nicht!“ erwiderte sie. „Dieser Kognak ist zu stark, hast du nicht etwas Süßeres?“

In der Hausbar fanden sie einen kleinen Rest Benediktiner. Das süße, farblose Getränk war tückischer, als sie erwartet hatte. Bald wurde sie ganz lustig und erinnerte sich lachend an die Strapazen des Tages: an den verärgerten Fleischer und das Stück Holz, das sich ihm in die Nase gebohrt hatte. Sie alberten herum und zogen sich allmählich, ohne sich dessen ganz bewußt zu sein, gemeinsam in das Schlafzimmer des ehrwürdigen Professors zurück. Es war eine schöne Nacht, eine wahrhaft glückliche Nacht voller Nachtigallengesang. Der Mond schien mit seinem weißen Schein das Fenster abgedeckt zu haben, so daß sie von niemandem gesehen werden konnten. Sie schliefen fast die ganze Nacht nicht, sie sagten sich nur die Worte, auf die sie längst gewartet hatten. Im entscheidenden Augenblick war sie allerdings wie erstarrt, ihr Körper wurde hart und glatt. Doch diese dumme Schwelle mußte so oder so einmal überschritten werden, eine andere Lösung gab es nicht. Schließlich entspannte sie sich. In der Dunkelheit konnte er ihr kaltes weißes Gesicht und die langen, halbgeschlossenen Lider kaum erkennen. Für Sekunden empfand er es als eine tragische Maske. Etwas krampfte sich in ihm zusammen. Er hatte das Gefühl, in dem dunklen Zimmer hoffnungslos und vollkommen allein zu sein.

Aber als Sascho am Morgen die Augen aufschlug, schien die Sonne so lustig auf den Fußboden, daß er all seine düsteren Gedanken vergaß. Er war ruhig und von einem Glücksgefühl beseelt. Wahrscheinlich würde heute er derjenige sein, der das Frühstück für sie beide richten mußte, denn heutzutage war das ja modern. Vorsichtig zog er seinen nackten Arm unter ihrem Hals hervor und sah sie an. Sie schlief. Woher hätte er wissen sollen, daß sie so wie die Nachtigallen schlief, die im nahe gelegenen Tal ein Lied nach dem anderen trällerten. Er schlich auf Zehenspitzen aus dem Schlafzimmer, in der einen Hand die Hose und in der anderen sein Sportnicki. Vorsichtig zog er die Tür hinter sich zu.

Er bereitete das Frühstück vor, legte das Besteck sorgfältig auf den Tisch und brühte den Tee auf. Erst dann ging er wieder ins Schlafzimmer. Christa hielt immer noch die Augen geschlossen. Er ging ans Bett und zwickte sie in die Nasenspitze, worauf sie ihn sofort ansah. Ihr Blick schien ihm ungewöhnlich ernst zu sein.

„Hör zu, ich möchte dich etwas fragen, aber du darfst mich nicht belügen.“

„Ich belüge dich doch nie“, antwortete er verwundert.

„Gut“, sagte sie. „Du erinnerst dich noch an jene Nacht, als wir zum erstenmal hier waren.“

„Ja, natürlich.“

„Sag, ist Donka in jener Nacht zu dir gekommen oder nicht?“

„Ja, sie ist gekommen.“

„Weißt du, wie abscheulich du bist?“ Sie explodierte.

Wenn sie bloß geahnt hätte, wie schlecht den Männern morgendliche Auseinandersetzungen bekommen, besonders auf nüchternen Magen.

„Einfach wohlerzogen!" erwiderte er böse. „Sie ist von allein zu mir gekommen. Sollte ich sie hinauswerfen?"

„Klar!"

„Das würde kein Mann tun. Das wäre für eine Frau eine tödliche Beleidigung."

„Na und? Jede Frechheit muß bestraft werden."

„Ich habe immer gedacht, ihr seid Freundinnen", sagte er finster.

„Natürlich sind wir Freundinnen, aber ..." Ihre Stimme stockte vor Empörung.

„Sie hatte etwas zuviel getrunken. Und ich auch."

„Das ist keine Entschuldigung!" fuhr sie ihn an. „Überhaupt keine! Mich interessiert deine Vergangenheit nicht im geringsten. Aber du hattest mich damals schon gesehen, du kanntest mich. Du hast mich erbärmlich betrogen."

Sie hatte recht.

„Vergiß diese dumme Geschichte!" versuchte Sascho einzulenken. „Ich hatte sie schon vergessen, und das ist so, als ob sie nie passiert wäre."

„Aber ich werde sie nicht vergessen können!" sagte sie verzweifelt. „Weißt du, ich bin sehr nachtragend, ich werde mein ganzes Leben daran denken müssen – einfach so."

„Dir selbst zum Trotz?"

„Mir selbst. Denn dir macht das ja nichts aus. Du leckst dich einfach wie ein alter schmutziger Kater ab."

Dieses Bild kam ihm, wer weiß warum, äußerst schmeichelhaft vor. Trotzdem fragte er ganz behutsam. „Du hast sie wohl bemerkt, als sie hinausging?"

„Was glaubst du! Wenn ich sie bemerkt hätte, wäre sie nicht zu dir gekommen! So dumm bin ich nicht. Erst als sie zurückkam, habe ich sie gehört. Ich dachte, daß sie austreten gewesen ist."

„Also hätte ich es dir nicht zu sagen brauchen."

„Nein", entgegnete sie aufrichtig.

8 Es dämmerte.

Obwohl am Himmel noch das Abendrot leuchtete, war der Boden schon von Dunkelheit verhüllt. Der Professor dachte voller Trauer daran, daß in kaum einer Stunde das Abenteuer vorbei sein würde. Vielleicht das letzte Abenteuer seines Lebens. Familie Szücs brachte ihn zum Flughafen – Imre lärmend und lustig, Irena schweigsam und bedrückt. Als sie sich verabschiedeten, traten ihr Tränen in die Augen, die sie eilig und ein wenig schuldbewußt mit dem Taschentuch abwischte. Imre lächelte, klopfte ihr auf den Rücken, als ob sie sich verschluckt hätte, und sagte auf deutsch:

„Ich habe eine sehr gute Frau. Sie ist nur zu empfindsam."

„Jeder gute Mensch ist empfindsam", entgegnete Urumow nicht ganz taktvoll.

Er bestieg das Flugzeug leicht verwirrt und mit dem Gefühl, etwas Wichtiges zurückgelassen zu haben. Der Abschied fiel ihm schwerer, als er angenommen hatte. Man begegnete nicht jeden Tag Frauen wie Irena. Urumow hatte sogar schon vergessen, daß es auch solche Frauen gab. Ihre Tränen beim Abschied hielt er nicht sich selbst zugute. Irena war einfach zartfühlend und anhänglich. Steckte in dem Kleeblatt, das sie ihm in Hortobágy gegeben hatte, nicht ein Stück von ihr selbst? Dieser Gedanke ergriff so plötzlich und stark von Urumow Besitz, daß er seinen Notizblock aus der Tasche holte. Er blätterte lange darin herum, bis er das Blatt fand – es war immer noch zart und frisch.

„Ach! Ein Vierblättriges!" rief der Reisende neben ihm erstaunt. Er machte sogar eine Bewegung, als ob er es greifen wollte, aber Urumow steckte den Notizblock seelenruhig in die Tasche zurück.

„Fremdes Glück faßt man nicht an", sagte er scherzhaft. „Man darf es sich nur ansehen."

Der Nachbar machte sich gekränkt wieder an seine Zeitungslektüre. Er las gerade die kleinen Anzeigen. Vielleicht hatte er vor, ein Auto zu kaufen oder zu verkaufen. Das hätte zu ihm gepaßt. Seine Nase glänzte, und sein Doppelkinn war leicht von Schweißperlen bedeckt. Später stellte sich heraus, daß er irgendein Spezialist war, der aus Australien kam, wo er Dieselloks eingekauft hatte. Als die Stewardeß den Imbiß brachte, rieb er sich zufrieden die Hände und machte sich unverzüglich an das kalte Kotelett. Urumow merkte, wie sein Appetit schwand. Wenn dieser Mann sich doch wenigstens den verschwitzten Hals abgewischt hätte, bevor er das Essen berührte!

Ein paar Minuten vergingen, dann blickte der Spezialist plötzlich unruhig auf.

„Ich habe das Gefühl, daß das Flugzeug eine Kurve gedreht hat!“ sagte er.

„Das kommt Ihnen sicher nur so vor“, entgegnete Urumow.

Kurz darauf erschienen die beiden Stewardessen an der Tür zum Cockpit. Sie machten einen etwas unruhigen Eindruck, sahen auch ein wenig blaß aus. Ohne ein Wort zu sagen, sammelten sie schnell die Plastetabletts ein.

„Was soll das nun wieder bedeuten?“ fragte der Spezialist verwundert, der noch ein kleines Stück Fleisch auf der Gabel hatte. Offensichtlich fiel es ihm schwer, sich davon zu trennen.

Da Urumow schwieg, fügte der Mann nach kurzer Pause besorgt hinzu:

„Das will mir nicht gefallen. Wir verlieren an Höhe!“

Ein Hauch von Unruhe hatte das ganze Flugzeug erfaßt. Die Passagiere sahen erschrocken aus den kleinen runden Fenstern. Es war nichts Besonderes zu bemerken. Die Motoren brummten nach wie vor ruhig und gleichmäßig, und die Maschine flog ohne sichtliche Schwierigkeiten. Doch da erschien der Kapitän persönlich. Es war ein rundlicher älterer Mann mit leicht ergrautem Haar. Sein Gesicht hatte einen sehr ernsten, fast besorgten Ausdruck.

„Verehrte Reisende, ich bitte kurz um Ihre Aufmerksamkeit“, begann er in russisch. Im Flugzeug herrschte bedrückendes Schweigen. „Sie werden sicher bemerkt haben, daß wir nach Budapest zurückfliegen“, fuhr der Kapitän fort. „Wir haben eine Havarie, die Drehzahl sinkt. Doch beunruhigen Sie sich bitte nicht zu sehr, die Motoren arbeiten noch zu unserer Zufriedenheit. Wir sind fast sicher, daß wir wohlbehalten den Flughafen erreichen werden.“

Das kleine Wort „fast“ klang so unheilvoll, daß die Reisenden vollends erstarrten.

„Trotzdem besteht natürlich die Möglichkeit, daß wir eine Notlandung vornehmen müssen. Das ist nicht so schlimm, wie man gemeinhin denkt. Hier ist die Gegend eben, und es gibt geeignete Stellen. Ich bitte Sie also, sich für alle Fälle jetzt gut anzuschnallen und unbedingt die Selbstbeherrschung zu bewahren.“

Der Kapitän salutierte und kehrte in die Pilotenkanzel zurück. Im Flugzeug herrschte Totenstille, nur der Spezialist ließ verzweifelt verlauten:

„Schluß!“

„Wieso Schluß?“ fragte Urumow unfreundlich.

„Begreifen Sie nicht, daß uns der Kapitän zu täuschen versucht? Wir stehen vor dem Untergang.“

„Es hat keinen Sinn, in Panik zu geraten“, sagte der Professor. „Damit ist keinem geholfen.“

„Wissen Sie eigentlich, was eine Notlandung heißt?“ flüsterte der Spezialist nervös.

„Ja. Ich bin früher einmal in Neufundland notgelandet.“

Der Spezialist starrte Urumow mit verzweifelter Hoffnung an. Um sie herum war es inzwischen laut geworden. Die Passagiere hatten begonnen, die Gurte fester zu schnallen.

„Und wie war das?“

„Wir sind inmitten von Steinen, die größer als Kühe waren, niedergegangen. Das Fahrwerk durchbohrte das Flugzeug, und es gab ein paar Verletzte, aber keinen einzigen Toten.“

„Leichtverletzte?“

„Das kann ich nicht sagen. Ich bin wenig später mit einem anderen Flugzeug weitergeflogen.“

Der Spezialist schnallte seinen Gurt energisch so fest, daß man glauben konnte, er wollte sich in zwei Stücke reißen.

„Wollen Sie sich nicht festschnallen?“ fragte er Urumow.

„Doch, natürlich

Das Flugzeug verlor an Höhe, die Erde rückte immer näher. Drinnen war es wieder still wie in einem Sarg. Dem Professor fiel das vierblättrige Kleeblatt ein, und er mußte unwillkürlich lächeln.

„Sie können noch lachen?“ fragte sein Nachbar entsetzt.

„Wie Sie gesehen haben, bin ich beim lieben Gott versichert.“

„Aber ich nicht!“ schrie der Spezialist plötzlich los. „Ich nicht!“

„Es hängt doch sowieso nichts mehr von uns ab“, sagte der Professor. „Also ist es das beste, Ruhe zu bewahren.“

„Was für Ruhe! Ich habe zwei kleine Kinder. Wenn wir nicht hinkommen . . .“

„Doch sie kamen an. Als das Flugzeug endlich aufsetzte, hatten die Menschen nicht einmal die Kraft zu lächeln, so sehr hatte sie die Anstrengung mitgenommen, und so schwer fiel es ihnen, zu glauben, daß sie wirklich gerettet waren. Der Spezialist wischte sich das schweißüberströmte Gesicht und sah mit stummer Dankbarkeit auf Urumow, als ob dieser sie durch seine Ruhe und Gelassenheit gerettet hätte. Man brachte sie vorerst wieder in den internationalen Warteraum, wo sie bald darauf die Nachricht erhielten, daß ein anderes Flugzeug für sie bereitgestellt würde. Die Besatzung müßte nur erst aus der Stadt zusammengeholt werden, und dann könnte der Start erfolgen.

Der Spezialist hatte sich inzwischen von seinen Ängsten erholt und murmelte ärgerlich:

„Prost Mahlzeit! Heute ist Sonnabend, da können sie sie in den Kabaretts suchen.“

„Dann werden sie sie wenigstens leicht finden.“

„Im Gegenteil. Budapest ist nicht Sofia, hier gibt es Hunderte von Kabaretts.“

Plötzlich war er verschwunden. Als er nach einer Viertelstunde zurückkam, schien er etwas blaß.

„Ich habe mich umgehört“, sagte er mit heiserer Stimme. „Wir sind wie durch ein Wunder davongekommen. Als die Mechaniker die Ursache der Havarie entdeckten, haben sie sich umarmt vor Freude, daß der Kapitän uns trotzdem gelandet hat.“

„Uns ist eben beschieden gewesen, heil anzukommen“, sagte der Professor scherzhaft. „Warum schleppe ich sonst aus Hortobágy dieses vierblättrige Kleeblatt mit?“

Der Spezialist sah ihn mißtrauisch an.

„Man könnte tatsächlich abergläubisch werden.“ Dann fügte er plötzlich hinzu:

„Ich möchte jetzt einen ausgeben . . .! Ich habe noch etwas Valuta.“

„Danke, ich trinke nicht“, sagte Urumow ablehnend.

Das war vielleicht eine Lüge! Gestern abend hatten er und Familie Szücs dem Alkohol ganz schön zugesprochen. Imre war ein ausgezeichneter Kenner der guten ungarischen Weine. Der, den er hervorgeholt hatte, war ein schwerer Szegzarder gewesen. Bevor Irena das Abendbrot serviert hatte, hatte Imre dem Professor das hohe Kristallglas schon einmal vollgeschenkt. Der Wein hatte eine warme rubinrote Farbe gehabt, als ob von ihm ein inneres Licht ausstrahlte.

„Kosten Sie ihn, aber vorsichtig!“ redete Imre auf Urumow ein.

„Merken Sie, wie weich jeder Schluck ist? Und welch verborgene Kraft darin steckt! Eine wahre Bombe mit Spätzünder. Zuerst leuchten einem die Augen, und dann beginnt man alle Damen um sich herum zu küssen.“

„In diesem Fall haben nur Sie ein Risiko einzugehen.“

Urumow lächelte.
„Was ist schon dabei." Imre zuckte mit den Schultern. „Ich bin kein Egoist."

Vielleicht stand es dem Professor sogar zu, sich an diesem letzten Abend etwas freier zu geben. Seitdem er aus Eger nach Budapest zurückgekehrt war, hatte er, abgesehen von ein paar Glas Bier, keinen Schluck Alkohol zu sich genommen. Er hatte sich von früh bis spät im Institut zu schaffen gemacht und es jeweils als einer der letzten verlassen. Ein plötzlicher Arbeitsdrang hatte ihn gepackt. Er war das Gefühl nicht losgeworden, Jahre vertan zu haben, die er jetzt nachholen müßte. Woher war diese unerwartete Arbeitsfähigkeit, diese Ausdauer, diese nicht zu befriedigende Neugier gekommen? Diese besondere Neugier, die er für erloschen gehalten hatte?

An einem der letzten Abende hatte man ihn fast zwangsweise zum Fernsehfunk gebracht. Im Studio wurde er von einem jungen Mann mit einem Amulett um den Hals und in abgetragenen Jeans empfangen, der seltsamerweise einen braven, fast schüchternen Eindruck machte und, wenn er nicht vollkommen kahlköpfig gewesen wäre, auf Grund seines spärlichen Bartes irgendwie Christus geähnelt hatte.

„Wir werden Sie nicht lange quälen", sagte er zu Urumow, „und nur ein paar kleine Fragen stellen."

„Hätten Sie mir nicht wenigstens sagen können, was das für kleine Fragen sein werden?"

„Das gehört nicht zu meiner Methode. Ich mag es nicht, wenn man mir vorgefertigte Antworten anbietet."

Sie nahmen auf einem antiken Wiener Sofa vor einem schönen runden Tischchen Platz. Die Scheinwerfer leuchteten auf. Der Professor machte wegen des grellen Lichtes ein verkniffenes Gesicht, aber das ließ seine Autorität nur noch steigen. Im übrigen vergaß er sowohl das Licht als auch die Apparatur sehr schnell. Er mußte sich auf die Materie konzentrieren, obgleich sie ihm vertraut war.

„Professor Urumow, ich möchte mit einer etwas ausgefallenen Frage beginnen", sagte der Christus. „Worin besteht das verlockendste Ziel Ihrer Wissenschaft."

Urumow dachte kurz nach. Er hatte im Laufe seines langen Lebens mehrmals seine Meinung zu diesem Problem geändert.

„Vielleicht darin, die Ursachen für das Altern und den Tod aufzudecken", entgegnete er. „Ich glaube, daß die Biologie in dieser Hinsicht ernsthafte Erfolge erzielen wird. Ich verspreche den Menschen keine Unsterblichkeit, bin jedoch sicher, daß sich die durchschnittliche Lebenserwartung Ende des kommenden Jahrhunderts verdoppeln wird."

„Ist dieses Problem Ihrer Auffassung nach ein rein biologisches?"

„Seinem Wesen nach ist es ein biologisches. Aber von großer Bedeutung sind die Umwelt, die Grundlagen des Innenlebens und seine Stimuli."

„Wollen Sie damit sagen, daß die Gutmütigen zum Beispiel länger leben werden als die Bösen und Neidischen?"

„Ja, so etwa. Und die Naiven werden wahrscheinlich auch länger leben als die Grübler."

„Ergo wäre es am besten, ein wenig gutmütig und etwas dumm zu sein?"

„Und, sagen wir, am Balaton zu leben."

„Aber dann wäre man nicht dumm."

„Alle menschlichen Probleme sind kompliziert." Der Professor lächelte.

„Was würden Sie zu den Problemen der Steuerung von Erbfaktoren sagen? Glauben Sie, daß auch auf diesem Gebiet ermutigende Erfolge verzeichnet werden können?"

„Im Prinzip scheint mir dieses Problem einfach zu sein, aber auch unwesentlicher. Sie sind noch jung und werden es sicher erleben, Hühner, so groß wie ein Strauß, zu sehen. Oder nehmen wir an, eine Hybride zwischen Igel und Schwein. Aber selbst wenn die Kühe so groß wie Elefanten werden sollten, wird das wohl kaum den menschlichen Wohlstand vergrößern. Wir können natürlich Experimente veranstalten, doch ausschlaggebend ist, ob ihre Ergebnisse lebensfähig und nützlich sein werden. Und hier schalten sich schon viele zusätzliche Faktoren ein, auch die Natur. Wie Sie wissen, unterliegt sie ihren eigenen Gesetzmäßigkeiten."

„Und was die Menschen anbetrifft?"

„Das ist nicht nur eine wissenschaftliche, sondern auch eine soziale und moralische Frage. Wenn Sie meine persönliche Meinung hören wollen, so bin ich grundsätzlich gegen jede Einwirkung auf die Erbfaktoren bei den Menschen. Die Probleme des menschlichen Körpers lassen sich mit einfacheren und natürlicheren Mitteln lösen. Und was das menschliche Bewußtsein betrifft, so ist es in seiner Grundlage ein Ergebnis der historischen Entwicklung, und es muß so bleiben, sonst verliert die Entwicklung ihren Sinn. Jede künstliche Veränderung der menschlichen Natur kann sich als nicht anpassungsfähig erweisen. Ich zum Beispiel kann nicht einmal synthetisches Gewebe ertragen, was soll ich da zu synthetisierten Menschen sagen?"

„Sind Sie nicht etwas zu konservativ, Herr Professor?" fragte der junge Mann.

„Sicher!" erwiderte Urumow. „Ich habe auch nie Kleidung mit Reißverschlüssen getragen oder Würstchen im Kunstdarm gegessen."

„Negieren Sie die Möglichkeit, daß künstliche Mutationen zu positiven Ergebnissen führen können, die bei einer natürlichen Entwicklung des Menschen unerreichbar sind?"

„Zum Beispiel?"

„Zum Beispiel, daß die Menschen durch Telepathie in direkten Kontakt zueinander treten."

„Theoretisch ist das fast unwahrscheinlich. Jedenfalls bin ich nicht der Auffassung, daß man so eine Mutation auf künstlichem Wege anstreben sollte."

„Professor Urumow, wie sehen Sie vom Standpunkt der Biologie die Chancen für die Bekämpfung des Krebses.

Glauben Sie, daß bald ein radikales Mittel gegen diese Krankheit entdeckt werden wird?“

„Es handelt sich nicht um eine Krankheit, sondern um Krankheiten.“

„Aber ihr Prinzip scheint das gleiche zu sein ...“

„Es ist nicht ganz so. Ich zum Beispiel bin ein Verfechter der Virustheorie für das Auftreten von Krebs. Aber ich verneine es nicht, daß der Krebs auch von kanzerogenen Stoffen hervorgerufen werden kann, wenn auch meiner Meinung nach nur bei einem besonderen biologischen Zustand der Zelle.“

„Gibt es Ihrer Meinung nach eine Erklärung für diese Erscheinung?“

„Wenn wir das in Erfahrung bringen können, werden wir alles wissen.“ Der Professor lächelte. „Wahrscheinlich steckt die Ursache irgendwo im Ernährungsmechanismus und in der Reproduktion der Zellen.“

„Könnten Sie das einmal veranschaulichen?“

Der Professor dachte nach.

„Nun, nehmen wir an, Sie können Ihr Auto nicht starten. Sie stellen fest, daß es am Vergaser liegt. Entweder ist die Benzindüse durch ein festes Teilchen verstopft, oder ein Spaßvogel hat sie Ihnen ganz einfach herausgedreht. In beiden Fällen ist natürlich der gleiche Schaden entstanden – es gelangt kein Benzin in den Vergaser.“

„Aber das ist doch alles ganz einfach!“ sagte der Christus erfreut.

„Eben nicht. Wir wissen nicht, wo sich unsere Benzindüse befindet und wie sie aussieht. Und die verschiedenen Fahrzeugtypen haben, soweit mir bekannt ist, verschiedene Benzindüsen. Gerade darum bin ich nicht der Auffassung, daß eines Tages ein universelles Medikament gegen den Krebs entdeckt werden wird. Wir dürfen uns dieser Hoffnung nicht hingeben, sondern müssen jeden Schützengraben einzeln erobern.“

„Das klingt nicht sehr ermutigend!“

„Warum? Meines Erachtens werden die verbreitetsten

Krebsarten am frühesten liquidiert werden, zum Beispiel der Lungenkrebs. Wahrscheinlich sind sie darum am verbreitetsten, weil bei ihnen der Mechanismus am einfachsten ist."

„Stimmt es, daß im Verlaufe der letzten Jahrzehnte die Krebserkrankungen ständig zunahmen?"

„Sicher wird das stimmen." Der Professor schmunzelte. „Vor allem hat ja auch die Bevölkerung auf der ganzen Welt zugenommen. Und auch die durchschnittliche Lebenserwartung ist sprunghaft gestiegen. Auf diese Weise haben viel mehr Menschen die Chance, ihren Krebs zu bekommen."

„Das einerseits. Und andererseits?"

„Andererseits wird jetzt überall stark verschmutztes Benzin verkauft, so daß es einem schon passieren kann, daß die Benzindüse verstopft."

„Ich danke Ihnen sehr für die interessanten Antworten. Erlauben Sie nun eine ganz abweichende Frage?"

„Bitte!"

„Was ist Ihrer Meinung nach das ernsteste Problem, das vor der Menschheit steht?"

„Die Teilung der Welt zu überwinden", entgegnete der Professor, „und eine einheitliche Menschheit zu schaffen. Unser Planet ist für zwei Menschheiten zu klein, das bedroht sie und kann ihm zum Verhängnis werden."

„Und auf wessen Kosten sollte das geschehen?"

„Es mag sein, daß ich das subjektiv beurteile, aber ich bin für den Kommunismus." Urumow lächelte. „Und objektiv läßt sich der historische Prozeß sowieso nicht aufhalten oder rückwärts leiten."

Irena war von seinem Fernsehauftritt begeistert.

„Sie waren wunderbar, Herr Professor. Sie waren so gelassen und haben so präzise geantwortet . . . Obendrein sind Sie sehr fotogen."

Als der Professor später die Aufzeichnung zu sehen bekam, dachte er bei sich, daß wahrscheinlich nur letzteres stimmte. In der Tat glich er mit seiner edlen hageren Erscheinung und seinem etwas asketischen Gesicht einem Gelehrten der alten Schule. Er wirkte jünger, als der Spiegel es ihm verriet, und auch nicht so wächsern. Sein Tonfall war ruhig, der Gedankengang leicht zu verfolgen. Man konnte meinen, sein Geist sei vom Alter überhaupt nicht berührt, aber er selbst wußte nur zu genau, daß dies doch der Fall war.

„Sie haben aber bei weitem nicht alles gesagt, was Sie wissen", fügte Irena nachdenklich hinzu.

Urumow sah sie verwundert an.

„Ich habe aber auch nichts Wesentliches verheimlicht", erwiderte er unwillig. „Außer einigen Ahnungen natürlich oder Hypothesen, wie man sie wissenschaftlich bezeichnet."

Über den Lautsprecher wurde angekündigt, daß ein neues Flugzeug zur Verfügung stehe, das um dreiundzwanzig Uhr starten solle. Urumow wurde unruhig. Während seiner Ausflüge in Ungarn hatte er irgendwo sein Schlüsselbund verloren. Das war zwar nicht gar so schlimm, denn sowohl Sascho als auch dessen Mutter hatte einen Wohnungsschlüssel, und er hatte Sascho bereits telegrafiert, ihn mit dem Auto abzuholen. Aber jetzt mußte der Junge bis Mitternacht auf dem Flughafen sitzen und auf ihn warten. Urumow selbst hatte das mehr als einmal tun müssen und wußte, wie unangenehm es war.

Gerade da fiel ihm plötzlich ein, daß er weder für seinen Neffen noch für seine Schwester Geschenke besorgt hatte. Gewöhnlich verkaufte man auf den Flughäfen ganz schöne Waren, aber ob es jetzt nicht schon zu spät war? Glücklicherweise war jedoch einer der Verkaufsstände immer noch geöffnet. Die Nacht war so wie jede andere – ganz normal und ruhig. Flugzeuge starteten und landeten, und im Warteraum war ständiges monotones Gemurmel in allen Sprachen der Welt zu hören. Jetzt lief gerade ein halbes Dutzend Inderinnen in weißen Saris an Urumow vorbei. Er wartete, bis sie vorüber waren, und ging zum Verkaufsstand. Nach kurzem

Überlegen kaufte er eine Stange englische Zigaretten, ein Gasfeuerzeug und eine Flasche Whisky. Am Nebenstand waren sehr schöne Damenstrickjacken ausgelegt, aber er war schon geschlossen. Seine Schwester hatte eben nie Glück!

Als der Professor mit den Einkäufen zurückkehrte, sah ihn sein Nachbar erfreut an.

„Whisky?" fragte er. „Ich habe auch ein Fläschchen erstanden. Nach diesem unangenehmen Erlebnis nüchtern ins Flugzeug zu steigen käme einem zweiten Tod gleich."

Und wirklich, bis zum Abflug hatte der Mann die Flasche zur Hälfte geleert. Er trank Whisky pur, obwohl der warm war. Sogar als sie schon im Flugzeug saßen, hörte er nicht auf. Zu guter Letzt war er völlig betrunken. Die Piloten waren vor einer halben Stunde angekommen. Sie unterhielten sich lebhaft und waren guter Laune. Nur die Stewardeß machte einen äußerst verschlafenen Eindruck. Sie konnte nicht mal das professionelle Lächeln auf dem frisch geschminkten Gesicht wahren. Die Motoren heulten auf, und das Flugzeug erhob sich zum schwarzen Himmel. In seinem Rumpf war es ruhig, die Menschen saßen ängstlich und wortlos auf ihren Plätzen. Dieses Mal kamen sie natürlich wohlbehalten an. Aber auf dem Flugplatz erlebte der Professor eine unangenehme Überraschung: Niemand war zu seinem Empfang erschienen. Er sah sich hilflos um, ging sogar aus dem Flughafengebäude hinaus – nichts! Also mußte er wohl oder übel seine Schwester anrufen.

„Bist du es, Michail?" fragte sie gleich, sichtlich erfreut.

„Ich bin's, natürlich. Habt ihr mein Telegramm nicht erhalten?"

„Ich habe es schon gestern abend bekommen . . . Aber mein Galgenvogel ist den ganzen Tag nicht nach Hause gekommen, und ich weiß nicht, wo ich nach ihm suchen soll."

Urumow erklärte ihr, daß er sein Schlüsselbund verloren habe.

„Dann schläfst du bei uns!“ sagte sie erfreut. „Du warst schon eine Ewigkeit nicht da, seit meiner Hochzeit.“

Das stimmte. Er schwieg eine Weile.

„Und hast du eine Ahnung, wo Sascho sein könnte?“

„Ach wo. Vielleicht ist er in deinem Wochenendhaus. Er hat zu mir gesagt, daß er was zu arbeiten hätte. Wie sollte er auch wissen, daß du früher zurückkommst?“

„Gut“, murmelte der Professor. „Dann fahre ich jetzt mit einem Taxi zum Wochenendhaus, und wenn er nicht dort sein sollte, komme ich zu dir.“

„Daß du nie zu uns nach Hause kommen magst“, sagte sie enttäuscht.

„Der alte Hund kennt eben seine Hütte. Woanders fühlt er sich nicht so wohl.“

„Schon gut...! Und sag meinem Taugenichts, daß er heimkommen soll.“

Zum Glück bekam der Professor, obwohl es spät war, sehr schnell ein Taxi. Als der Fahrer die Adresse hörte, verfinsterte sich sein Gesicht, und er sauste so wild los, daß Urumow jetzt viel mehr Angst hatte als während der Flugzeughavarie. Sie durchquerten das Stadtzentrum, das zu dieser Nachtzeit ruhig und menschenleer war, und fuhren weiter. Als sie sich dem Wochenendhaus näherten, erblickte der Professor zwischen den Baumästen dessen erleuchtete Fenster. Also war Sascho noch nicht zu Bett gegangen. Wer weiß, ob er ihn sonst wach bekommen hätte, da es ja nicht einmal eine Klingel gab.

Urumow reichte dem Taxifahrer das Geld und schritt durch den Garten. Aus den offenen Fenstern drang leise Musik nach draußen. Sicher war Sascho nicht allein. Also beschloß der Professor anzuklopfen. Er tat es ziemlich laut und beharrlich. Bald darauf wurde die Tür geöffnet. Sascho erschien an der Schwelle. Er schien durch Urumows plötzliche Ankunft viel verwirrter zu sein, als dieser erwartet hatte.

„Ach, du bist es“, rief er verstört. „Ich habe dich eigentlich erst am Montag oder Dienstag erwartet. Das macht aber nichts, herzlich willkommen, tritt ein.“

Der Professor machte Anstalten hineinzugehen, aber Sascho wich nicht zurück.

„Ich wollte dir noch sagen, daß ich Besuch habe ... Sei also nicht erstaunt."

„Bin ich nicht im geringsten", sagte der Professor.

„Warum hast du mir keinen Bescheid zukommen lassen? Ich habe auf ein Telegramm von dir gewartet!"

„Das ist eine lange Geschichte", entgegnete der Onkel. „Zuerst will ich mir deine Gäste ansehen."

Er ging ins Wohnzimmer, Sascho kam mit den Koffern nach.

„O Gott, wie hast du die bloß fortgebracht", murmelte er. Doch gleich darauf tat er fröhlich. „Jungs, eine kleine Überraschung", rief er. „Das ist mein Onkel. Wie ihr feststellen könnt, habe ich einen sehr repräsentativen Onkel."

Alle erhoben sich. Eigentlich handelte es sich nur noch um zwei junge Männer und drei Mädchen, die alle sehr leicht gekleidet waren. Urumow glaubte gesehen zu haben, daß das eine Mädchen gerade erst vom Schoß des bärtigen Subjekts, dessen Hemd bis zum Bauchnabel aufgeknöpft war, aufgestanden war.

„Ich fange bei Christa an." Sascho zeigte auf das schöne dunkeläugige Mädchen.

Urumow nahm ihre trockene und leichte Hand. Die dunklen Augen musterten ihn mit unverhohlener Sympathie.

„Die nächste junge Dame heißt Donka. Diese Pfeffergurke hier kann ich dir empfehlen, denn du könntest sie eines Tages vielleicht gebrauchen. Sie heißt Kischew oder kurz – Kischo. Und das hier ist Familie Sekelarow, beide sind Maler."

Das kleine Fräulein hatte also auf dem Schoße ihres Mannes gesessen!

„Nun, nehmen Sie doch wieder Platz", sagte Urumow. „Bieten Sie mir auch etwas an?"

Sascho sah ihn verblüfft an. Es war ihm nicht klar, ob der Onkel Spaß machte oder im Ernst sprach.

„Wir haben nur kubanischen Rum. Das ist für dich doch ein bißchen zu stark."

„Dann werde eben ich etwas anbieten. Aber da mußt du mir zuerst die Reisetasche bringen, ich habe sie unter einem Baum am Eingang stehenlassen."

Während Sascho die Reisetasche holte, nahm Urumow die Gesellschaft näher in Augenschein. Den besten Eindruck machte natürlich das dunkeläugige Mädchen. Nach der Platzverteilung zu urteilen, mußte sie die Freundin seines Neffen sein. Wahrscheinlich war sie sehr empfindsam, denn sie schien innerlich wie ein Blatt unter dem prüfenden Blick des Professors zu erzittern. Der Bärtige hatte etwas Aufdringliches, Freches an sich. Seine Lippen waren sehr rot, fast himbeerfarben. Sein Blick jedoch war, wenn auch etwas herausfordernd, intelligent und lebendig. Die anderen kamen Urumow unbedeutend vor.

Sascho kam bald mit der Reisetasche zurück, und sein Onkel holte lässig die Flasche Whisky heraus. Kischo stieß einen begeisterten Hurraruf aus. Während Sascho die Gläser und das Eis brachte, berichtete Urumow über sein Flugzeugabenteuer.

Er übertrieb dabei etwas, aber er hielt sich geradezu für verpflichtet, das zu tun. Er wollte den jungen Leuten wenigstens imponieren, da er nun einmal ungebeten in ihre Gesellschaft eingedrungen war.

„Als wir gelandet waren, haben sich alle geküßt – Piloten, Stewardessen und Reisende", berichtete der Professor. Diese Lüge ließ ihn nicht einmal rot werden.

„Hattest du auch etwas zur Hand?" fragte Sascho.

„Nur einen verschwitzten Spezialisten."

„Pfui!" meldete sich Donka.

Sie starrte den Professor an, als ob sie ihn verschlingen wollte. Sie unterhielt sich zum erstenmal mit einem Akademiemitglied, und Urumow war wirklich wie aus dem Ei gepellt und beeindruckte sie sehr.

„War es eigentlich schlimm?" fragte sie schließlich schüchtern.

Damit zog sie die erstaunten Blicke aller auf sich, denn niemand hatte sie bislang schüchtern sprechen hören.

„Nichts auf der Welt ist für einen alten Menschen schrecklich." Und da Donka den Professor immer noch mißtrauisch anstarrte, fügte er wie zu sich selbst hinzu: „Eigentlich fürchten sich die Menschen nicht so sehr vor dem Tod, als viel mehr vor dem Schmerz. Besonders die jungen Leute bilden sich ein, jeder Tod gehe mit einem nie gekannten Schmerz einher."

Sie griffen zu den Gläsern und stießen an, aber Urumow trank nur einen winzigen Schluck. Er fühlte sich plötzlich traurig, und eine innere Öde verdrängte alle anderen Gefühle. Der Lärm in seinen Ohren nahm ab, das Licht wurde dunkler. Diese unerwartete Ebbe nach der Flut von Lebenskraft während des letzten halben Monats flößte ihm fast Angst ein.

„Hört zu, Jungs, ich werde mich auf den Weg machen", sagte der Professor. „Sascho wird mich allerdings begleiten müssen. Ihr anderen könnt ja noch bleiben."

„Gut, Onkel", erwiderte der junge Mann bereitwillig.

Urumow hörte deutlich Erleichterung aus der Stimme seines Neffen heraus. Sein Gefühl der Verlassenheit und Einsamkeit verstärkte sich. Beim Hinausgehen bemerkte der Professor plötzlich ein mit der Vorderseite an die Wand gelehntes Bild. Wahrscheinlich handelte es sich um ein Ölgemälde. Der grobe Rahmen war weiß gestrichen. Ohne sich im klaren zu sein, was er tat, drehte Urumow es um und blieb wie angewurzelt stehen. Er konnte den Blick nicht davon abwenden und schien völlig in sich gekehrt zu sein.

„Ist das Ihr Bild?" fragte er schließlich leise, fast ausdruckslos den bärtigen Mann.

„Ja."

Eine dichte blauviolette Nacht, zwei Schimmel, die fast in sie übergingen. Das eine der Pferde, das größere, hatte seinen anmutigen Kopf gegen den finsteren Himmel erhoben. Das andere hatte den Kopf etwas nach hinten gedreht. Diese Darstellung der Biegung eines Pferdehalses war etwas, was Urumow noch nie gesehen hatte.

„Verkaufen Sie es?“ fragte er.

„Ich habe es schon verkauft.“

„Wem?“

„Einer in Kalifornien lebenden Bulgarin!“ entgegnete der Maler unwillig.

Auf so eine Antwort war der Professor nicht gefaßt gewesen.

„Und womit beschäftigt sich diese Bulgarin?“

„Sie sagt, daß sie ein Motel in der Nähe von San Diego habe.“

„Klar!“ murmelte Urumow. „Wissen Sie, was die Motels in der Nähe von San Diego darstellen? Es sind Bordelle für die Matrosen von der Kriegsmarine.“

Der Maler schwieg feindselig, und sein Bart schien sich zu sträuben.

„Hat sie sich selbst das Bild ausgesucht?“ bohrte Urumow weiter, „oder haben Sie es ihr vorgeschlagen?“

„Sie hat es sich allein ausgesucht“, antwortete der Bärtige.

„Warum bieten Sie ihr nicht etwas anderes an? Ich möchte nämlich gerade dieses Bild kaufen.“

„Das geht jetzt nicht mehr“, entgegnete der Künstler unfreundlich.

„Wieviel hat sie dafür bezahlt?“

„Zweihundert Dollar.“

„Ich könnte Ihnen das gleiche in Lewa zahlen. Sie kann ja etwas anderes nach Kalifornien mitnehmen.“ Urumow sah dem Mann geradewegs in die Augen und fügte hinzu: „Etwas nicht ganz so Tugendhaftes.“

„Ich könnte Ihnen auch etwas anderes empfehlen“, erwiderte der Maler. „Etwas noch Tugendhafteres.“

„Mich interessiert dieses Thema.“

„Ich habe auch andere Pferde.“

„Sie wollen mich nicht verstehen“, sagte Urumow müde. „Aber das macht nichts, auf Wiedersehen!“

Später, als das Auto über den ausgefahrenen Feldweg holperte, fragte ihn Sascho:

„Hat dir dieses Bild wirklich gefallen?"

„Ja, es ist sehr schön."

„Und trotzdem hättest du diesem Tölpel nicht die Möglichkeit bieten dürfen, seine Nase so hoch zu tragen! Wenn ich zurückkomme, werfe ich ihn wie eine räudige Katze hinaus!"

Sascho sah wirklich verärgert aus. Urumow konnte sich nicht erinnern, ihn schon einmal in solcher Verfassung gesehen zu haben.

„Warum denn? Meiner Meinung nach hat er sich wie jeder ehrliche Mensch verhalten."

„Was sagtest du, ehrlich?" knurrte Sascho gereizt. „Er hat zweihundert Dollar in der Tasche und läßt sich mit fremdem Whisky vollaufen!"

„Auf jeden Fall wird das keine negative Wirkung auf das Bild haben."

„Onkel, du bekommst es!" sagte der junge Mann entschlossen. „Und wenn ich ihm den Kopf abhauen und ihn in der Schlucht verscharren muß."

Der Professor dachte mit leichter Ironie, daß man von einem jungen Mann von heute eine solche Lösung des Problems durchaus erwarten könnte. „Was für einen Ruf genießt er? Unter seinen Kollegen, meine ich."

„Wie soll ich das wissen, die sind doch alle größenwahnsinnig. Auf jeden Fall gilt er nicht als Genie." Sascho war immer noch wütend.

Sie hatten inzwischen die Landstraße erreicht, und der Wagen glitt lautlos an dunklen, stillen Villen, die im Schatten der Bäume versteckt lagen, vorbei. Anscheinend wurden diese Villen kaum bewohnt, denn Urumow hatte hier nur selten ein Fenster erleuchtet gesehen.

„Und kann er nicht ein anderes malen, das gleiche noch einmal?" sagte der junge Mann auf einmal.

„Nein, mein Junge, in der Kunst läßt sich das Schöne nicht wiederholen."

„Ja, aber sie wird das wohl kaum wissen!"

„Wer?"
„Diese kalifornische Kupplerin."
Der Professor lächelte.
„Mag sein. Versuch doch, es ihm einzureden, du könntest damit gleich seine Ehrlichkeit prüfen."
„Onkel, weißt du, daß du mir ziemlich verändert vorkommst?" fragte Sascho.
„Inwiefern?"
„Das kann ich nicht so genau sagen. Aber etwas hat sich verändert, das merkt man. Dein Gang zum Beispiel. Jetzt trittst du viel sicherer auf."
„Du willst doch nicht etwa sagen, daß ich vorher wie eine Schnecke gekrochen bin?"
„Du darfst mir meine Offenheit nicht übelnehmen, Onkel, aber du hattest dich etwas gehenlassen. Jetzt hast du dich, wie man sagt, wieder gemausert. Ich habe das Gefühl, daß Donka sofort bei dir angebissen hat", fügte er augenzwinkernd hinzu.
„Welche war denn Donka?" erkundigte sich der Professor.
„Na, die Große. Ich habe sie noch nie so glotzen sehen."
„Das andere Mädchen ist wohl deine Freundin?"
„So was Ähnliches."
„Meinst du es ernst?"
„Etwas ernster als sonst ... Onkel, bist du böse, weil du diese Bande in der Villa vorgefunden hast?"
„Nicht im geringsten", antwortete Urumow ehrlich. „Ich bedaure sogar, daß ich euch nicht Gesellschaft leisten konnte. Und das Mädchen würde ganz gut zu dir passen", ergänzte er nach einer kurzen Pause, „das kannst du einem alten Mann glauben."
„Verrecken soll ich, wenn es nicht so ist."
„Dreißig Jahre lang bin ich nun Professor", redete Urumow weiter. „Ich habe einige Generationen erzogen. Jetzt scheinen aus den Kindern ohne Zwischenstufe direkt Frauen zu werden, so wie aus den Schmetterlingspuppen gleich die Schmetterlinge schlüpfen."

„Obendrein sind sie ziemlich frech“, stimmte ihm Sascho zu. „Aber Christa ist anders.“

Nachdem sie angekommen waren, half er seinem Onkel, das Gepäck hineinzutragen. Die Wohnung war sorgfältig gereinigt und aufgeräumt, wahrscheinlich hatte Angelina täglich gelüftet. Sobald Urumow die Schwelle überschritten hatte, schien sich in ihm etwas zu lösen, etwas, was während der letzten Tage vor seiner Abreise aus Budapest in seinem Inneren Spannung und Unruhe hervorgerufen hatte. Er war zu Hause.

„Jetzt kannst du gehen“, sagte er zu seinem Neffen. „Geh nur, geh, die Gesellschaft wartet auf dich.“

Sobald die Wohnungstür ins Schloß fiel, schritt er langsam auf und ab und besah sich alles. Als er das Schlafzimmer betrat, verspürte er nicht die frühere Unruhe. Sein altes Bett war zum Schlafen abgedeckt. Auf dem Kissen lag sorgfältig gebügelt sein schönster Sommerschlafanzug. Er öffnete den Kleiderschrank – es war fast nichts mehr darin. Vor dem Toilettenspiegel stand kein einziges Fläschchen oder Döschen, es lag nichts da außer einem Herrenkamm und einer alten Haarbürste mit Silbergriff. Seine Schwester hatte sich bemüht, alles auszulöschen, was ihn auf irgendeine Weise hätte an seine Frau erinnern können. Aber als er sich auszukleiden begann, schnürte ihm doch ein Schmerz das Herz zu. Vorwärts, nur vorwärts, diese Grenze mußte er überwinden, sie mußte überwunden werden.

Urumow lag lange wach im Bett. Sein Herz schlug unruhig. Auf einmal kamen ihm die Schimmel in den Sinn, die blauen Schimmel in einer Nacht, die nicht wirklich war – zähflüssig wie Blut und kalt wie Glas. Er sah die feinen aufgeblähten Nüstern und den nach oben gestreckten Hals des Pferdes deutlich vor sich und wußte auf einmal sehr wohl, warum ihm so viel an diesem Bild lag. Es stellte die Verbindung her zu seiner ersten Erinnerung, zum ersten, was seine verblüfften Kinderaugen erspäht hatten. Die Welt war nicht allmählich und langsam vor ihm erschienen, sie war nicht aus dem Schatten hervorgetreten. Wenn es so gewesen wäre, hätte er es sowieso nicht mehr in Erinnerung gehabt. Die Welt hatte sich ihm aufgetan wie ein Vorhang auf der Bühne. Und da hatte er die blaue Nacht und die Schimmel gesehen, deren eisenbeschlagene Hufe laut aufschlugen. Er saß in einem hohen Kabriolett mit harten Sitzen und Holzlehnen, das über den unebenen Weg holperte. Sie fuhren eine stille Gebirgsschlucht hinunter; die Pferde liefen im Trab. Anfangs sah er nur ihre Rücken und ihre spitzen Ohren. Sie fuhren eine Ewigkeit bergab, als ob sie unterwegs zu einer anderen, unterirdischen Welt seien. Obwohl es Nacht war, konnte er alles um sich herum mit erstaunlicher Klarheit erkennen. Er saß neben seiner Mutter, die ihn umarmt und in ihren weichen Schal gehüllt hatte. Neben ihr saß sein Vater. Ihnen gegenüber hatte sich sein Bruder Toma erschrocken zusammengekauert. Er trug eine Schirmmütze und Hosen, die bis zu den Knöcheln reichten. Zonka, ihr erstes Hausmädchen, hielt neben ihm gerade ihr Nickerchen. Sie hatte sich mit einem dicken handgestrickten Schal zugedeckt, unter dem ihre großen und weichen Brüste hin und her wogten. So fuhren sie lange dahin. Niemand redete. Es war nichts zu hören als die Pferde – die Schimmel.

Endlich erreichten sie ihr Ziel. Die Kutsche fuhr in einen Hof ein, in dem das Licht einer Laterne flackerte und leises Stimmengewirr zu vernehmen war. Er hatte nur Augen für die Schimmel, die müde schnaubten und von Zeit zu Zeit mit den Hufen gegen den Boden schlugen. Das Dienstmädchen nahm ihn in die Arme und trug ihn über Veranden und Balkons. Dann senkte sich wieder der dunkle Vorhang. Es mußten viele Monate vergehen, bevor er zum zweitenmal die Welt visuell erfaßte.

Viel später, als er einmal seinen Vater befragte, erfuhr er, daß er damals ein Jahr und zehn Monate alt gewesen war. Sie waren durch den Araba Konak nach Warschez gefahren und wegen eines Risses im Pferdegespann erst spät in der Nacht angekommen.

„Wie ist es nur möglich, daß du dich daran erinnerst?" hatte sein Vater erstaunt gefragt. „Du warst noch so klein!"

„Aber ich erinnere mich!"

„Du warst nicht einmal zwei Jahre alt", brabbelte sein Vater vor sich hin, denn er wollte es immer noch nicht glauben. „Das widerspricht den Erkenntnissen der Wissenschaft."

Damals waren in Urumow zum erstenmal Zweifel an der Genauigkeit und der Kraft der Wissenschaften aufgekommen. Und diese Zweifel setzten sich in ihm fest.

Zweiter Teil

1 Es war erst Ende November, aber draußen schneite es schon in großen und nassen Flocken, die wie ein Brei an den Scheiben klebenblieben. Im Restaurant war es sehr hell, und auf den freien Tischen glänzten die blank geputzten Metallaschenbecher. Die Kellner standen neben einem der letzten Tische beieinander und unterhielten sich lebhaft. Sicher zogen sie über jemanden her, vielleicht über ihren Gaststättenleiter, denn ab und zu drehten sie sich um und sahen mißtrauisch zu Sascho hinüber. Aber seinetwegen brauchten sie keine Bedenken zu haben, er bemerkte sie überhaupt nicht. Der junge Mann hatte die Ellenbogen auf den leeren Tisch gestützt und sah mürrisch nach draußen. Im trüben Licht der Straßenbeleuchtung waren vorüberhastende Passanten zu erkennen. Die meisten von ihnen trugen Trenchcoats, viele waren auch nur im Sakko, hatten die Kragen hochgeschlagen und die Hände in die Taschen gesteckt. Bis Mittag war der Tag trocken und geradezu warm gewesen. Dann war der Himmel allmählich grau geworden, ohne daß jedoch Wolken aufzogen, und danach hatte sich eine drückende Schwüle über die Stadt gesenkt. Aber gegen vierzehn Uhr, gerade als Sascho die Rakowskistraße entlangging, kam plötzlich scharfer Wind auf. Ein alter Mann mußte seinem davonfliegenden Hut nachrennen, und die Mädchen drückten ihre kurzen Röckchen hinunter. Sascho hob überrascht die Nase zum Himmel, der jetzt hoffnungslos trübe war. In Saschos Herzen sah es dagegen ganz anders aus. Dort schien ein Kanarienvogel zu zwitschern, der zwar ein wenig heiser war, aber immerhin der Gattung der Kanarienvögel angehörte. Heute war ein schöner Tag für Sascho, und er wollte alle Menschen fröhlich sehen. Doch fast niemand war es. Der Wind nahm an Stärke zu, blies

einige Stunden, und dann legte er sich genau so plötzlich, wie er aufgekommen war. Gegen Abend rieselte kalter feiner Regen herab, der bald in Schnee überging.

Der peinlich saubere Tisch mit den zusammengelegten Servietten und geordneten Bestecken begann Sascho zu bedrücken. Er hatte ihn heute mittag reservieren lassen und war, wie es sich gehörte, selbst fünf Minuten vor der verabredeten Zeit erschienen. Seither war schon eine halbe Stunde vergangen, aber immer noch niemand gekommen. Bei einer anderen Gelegenheit hätte Sascho wohl kaum etwas darauf gegeben, aber heute faßte er es als Beleidigung auf. Denn dieser Tag war kein gewöhnlicher Tag. Sascho hatte heute seine Diplomarbeit in der Universität verteidigt. Eigentlich hatte er sie vor niemandem zu verteidigen brauchen, weil sie allen zugesagt hatte. Man hatte lediglich einige zusätzliche Erläuterungen von ihm gefordert, und gerade darin war er in seinem Element. Nach einigen Minuten hatte man ihn unterbrochen und lächelnd verabschiedet – wohlwollend und ein wenig neidisch. Für den Begabten gibt es auf dieser Welt keine Hindernisse, pflegte Kischo zu sagen. Dem talentierten Menschen stehen alle Türen offen, außer einer, nämlich derjenigen, die er braucht. Sascho mochte solche Sprüche, obwohl er gerade an diesen nicht glaubte. Er wußte, daß er letztlich die Tür öffnen würde, die er brauchte. Darum gab er dieses Abendessen, so wie es üblich war, wenn man in einen neuen Lebensabschnitt eintrat. Er hatte freilich nur wenige eingeladen, aber er hatte sie nicht irgendwohin gebeten, sondern in ein schönes und teures Lokal. Es war doch wirklich nicht zuviel verlangt von diesen Taugenichtsen, wenigstens heute pünktlich und ein wenig nett zu sein. Die entscheidenden Tage im Leben eines Menschen lassen sich schließlich an den Fingern abzählen!

Als erste erschien endlich Donka. In ihrem knallroten Poncho und der grünen Hose glich sie einer großen Tulpe. Während des Sommers hatte sie etwas abgenommen, und ihre Augen blitzten wie die einer hungrigen

Katze. Sie hatte noch nicht einmal richtig Platz genommen, da stürzte sie sich schon auf das Selterswasser. Sie trank es direkt aus der Flasche.

„Kommst du aus der Sahara?“ fragte Sascho.

„Ich war bei Antoinetta“, erwiderte sie und rülpste. „Entschuldige . . .“ Ihr Gesicht hellte sich plötzlich auf. „Weißt du, ich habe einen Kent flash major von Pique gehabt.“

„Und wie hast du das gemacht?“ fragte Sascho ohne besonderes Interesse.

„Wie ich das gemacht habe?“ rief sie erregt. „Onkel Fantscho war blind! Ich hatte den Kent bis Riga, annoncierte aber das Dreifache. Onkel Fantscho zog zwei Karten. Was nun? Du weißt ja, daß ich beim Pokern einen sechsten Sinn habe. Ich zog also auch zwei Karten. Ich hatte Pique-Riga, Bube, die Zehn und habe dazu das As und die Dame gekriegt. Und er, weil er sich den Frauen gegenüber wie ein Gentleman benimmt, erwischte seine vierte Acht. Zuerst spielte ich aus – zehn Chips. Und er . . .“

Sascho schaltete für eine halbe Minute auf Durchgang. Daß die anderen nicht kamen, war halb so schlimm, aber wo blieb Christa? Sie verspätete sich nie, kam gewöhnlich sogar vor der Zeit. Er fand sie immer da, wo sie auf ihn warten sollte. Entweder aß sie seelenruhig einen Gewrek*, oder sie leckte an einem Eis, Dieses Mädchen schien keine Langeweile zu kennen. Sie behauptete sogar, es sei interessant, den Verkehr auf der Straße zu beobachten. „Weißt du, eben ist Kalata vorbeigegangen. Du kannst dir nicht vorstellen, wie grau er geworden ist. Als er gesehen hat, wie ich ihn anstarre, hat er mich von oben bis unten gemustert.“ Ja, sein Mädchen hatte einen sehr heiteren Charakter, außer wenn es um ihre Mutter ging. Sie hatte ihm untersagt, bei ihr zu Hause anzurufen, weil ihre Mutter verstimmt sei, wenn die Jungen nach ihr fragten. Was für Jungen? Er war kein Junge, sondern ein Anwärter auf eine wissenschaftliche Tätigkeit! Diese unbekannte Mutter nervte ihn schon seit Mo-

* Kringelgebäck aus Hefeteig

naten, aber was sie betraf, war Christa zu keinerlei Kompromissen bereit.

„Aber du hörst mir doch überhaupt nicht zu!" hörte Sascho plötzlich Donkas Stimme.

„Wieso denn? Ich wundere mich bloß, daß keiner kommt."

„Das werde ich dir gleich erklären! In diesem Augenblick wischt Christa ihrer Mutter die Tränen ab und weint zusammen mit ihr. Diese Frau wird dir das Leben zur Hölle machen, wenn sie deine Schwiegermutter werden sollte."

„Eine solche Gefahr besteht nicht", sagte Sascho kühl.

„Daß sie deine Schwiegermutter wird?" Donka sah ihn an.

„Nein, daß sie mir das Leben zur Hölle macht."

„Wahrscheinlich hast du recht." Donka seufzte. „Dir kann man nicht einmal einen Kratzer zufügen, weil du ein phantastischer Egoist bist."

„Ich soll ein Egoist sein?" Er sah sie verächtlich an. „Weil ich euch den ganzen Sommer lang mit dem Auto meines Onkels durch die Weltgeschichte gefahren und euch mit dem besten Whisky getränkt habe?"

„Suntory ist überhaupt kein richtiger Whisky", sagte Donka.

„Nur einmal war es Suntory, du Affe."

„Na ja, schon gut! Du hast das alles doch sowieso nicht meinetwegen getan. Ich weiß schon, was ihr für Idioten seid, besonders in der Paarungszeit."

„Sehe ich etwa wie ein Idiot aus?" fragte Sascho etwas hochmütig.

„Nicht ganz!" gab sie zu. „Denn du nimmst alles mit, was sich dir bietet."

Sascho schwieg erschrocken. Zum erstenmal hatte ihn Donka an ihre gemeinsame Nacht erinnert. Sie musterte ihn ruhig und etwas ironisch, und ihre Augen leuchteten. Bisher hatte sie sich immer verhalten, als ob nie etwas zwischen ihnen gewesen wäre. Warum hatte es sie jetzt überkommen?

„Da sind die beiden Fifis!“ sagte sie plötzlich. „Ich wette, daß Mimi zur Kosmetik war und sie sich deshalb verspätet haben.“

Die beiden Sekelarows nahmen schweigend Platz, sie grüßten nicht einmal. Die kleine Fifi war tatsächlich bei der Kosmetikerin gewesen, denn sie sah vollkommen zerkratzt aus. Das schöne Schnurrbärtchen hatte man ihr fast ganz ausgerupft. Im Vergleich dazu sah der Bart vom großen Fifi seit Monaten aus, als sei er nicht angetastet worden. Kischo hatte einmal aus Spaß erzählt, daß sich eine Fliege darin verfangen und erst nach einem halben Jahr wieder hinaus gefunden hätte. Sie sei in diesem Labyrinth beinahe verhungert, die Arme, und hätte verzweifelt um Hilfe gesummt. Harry habe natürlich gehört, daß etwas summte, aber die kleine Fifi hätte ihm versichert, das käme aus seinem Kopf. Jetzt hielt Harry etwas hinter seinem schmalen Rücken versteckt. Es war anscheinend ein Bild. Immer noch schweigsam und scheinbar gleichgültig, packte er das Bild aus, und nur sein Blick verriet, daß er bestenfalls so ruhig wie ein Vulkan war.

Als er das Gemälde an die Wand lehnte, war zunächst nur leises Gebrumm zu vernehmen. Keiner schien in wahre Begeisterung auszubrechen. Im Gegenteil, Sascho betrachtete das Bild etwas resigniert und murmelte schließlich:

„Ja, schöööön. Was stellt es überhaupt dar? Fressen denn Kentauren Kraut?“

„Spinne nicht so herum!“ sagte der Maler finster. „Das sind Lavendelpflückerinnen. Wenn es dir nicht gefällt, kann ich es ja wieder mitnehmen.“

„Warum sollte es mir nicht gefallen!“ sagte der junge Mann lebhaft. „Es wird der einzige Kunstgegenstand in unserem bescheidenen Haus sein, abgesehen vom Gobelin meiner Mutter, den sie eigenhändig während ihrer Pensionatszeit angefertigt hat.“

Saschos Blick ruhte immer noch auf dem Bild, das ihm von Sekunde zu Sekunde besser zu gefallen schien.

„Ich zeige es natürlich meinem Onkel ... Ist dieses Geschenk nicht etwas teuer?" fragte er dann.

„Ich treibe mit der Kunst keinen Handel", sagte der Maler.

Sicher hatte er recht. Einmal hatte er Kischo gegenüber verlauten lassen, daß er alles in allem bisher nur vier Bilder verkauft, aber etwa vierhundert gemalt hätte. Kischo hatte sich damals bloß gewundert, wo er die anderen hingetan haben könnte.

Sekelarow verfolgte gespannt den Gesichtsausdruck der Anwesenden.

„Warum muß ein Bild auf den ersten Blick verständlich sein?" fragte er dann. „Das hieße doch letzten Endes, daß es nichts Besonderes beinhaltet."

Sascho war auch dieser Meinung. Er erzählte, daß der Gobelin seiner Mutter den „Raub der Sabinerinnen" darstellte. Als er selbst ganz klein gewesen war, hatte er gedacht, daß irgendwelche Männer irgendwelche Frauen kitzelten. Und damit die Männer es nicht so schwer hätten, hätten sich die Frauen ein wenig entkleidet. Aber es hätte nicht so ausgesehen, als ob die Frauen das alles als eine besonders gute Unterhaltung empfänden, denn einige hätten versucht zu entkommen. Als Sascho älter war, hatte er dann einmal seine Mutter gefragt: „Mutter, warum werden die gekitzelt?" – „Sie werden nicht gekitzelt, sondern geraubt", hatte die Mutter geantwortet. Er faßte das als einen Witz auf. Wer war denn so verrückt, Frauen zu rauben? Frauen gab es doch, soviel man wollte, so daß man sich nicht einmal auf der Straße vor ihnen retten konnte! Was anderes wäre es gewesen, wenn man sie zum Beispiel ertränkt hätte, aber in ihrer Nähe war auf dem Gobelin weder ein Meer noch ein Fluß zu sehen.

Harry hörte mürrisch zu, eigentlich war er überhaupt nicht bei der Sache. Wie immer war er schrecklich hungrig und glaubte, ein ganzes Ferkel aufessen zu können. Obendrein hatte er, bevor sie hierherkamen, in einer alten Zeitschrift gelesen, wie man den Rüssel eines ganz jungen Elefanten zubereitet, nämlich indem man ihn in ein auf dem Erdboden entfachtes Feuer legt und mit der Glut bedeckt. Dann würde er ganz zart.

„Hör mal, bestell doch wenigstens etwas zu trinken", sagte er ungeduldig.

Sascho bestellte Wodka und Lachs. Während sie auf den Wodka warteten, kam auch Kischo an, der – es war kaum zu fassen – Sandalen trug. Seine Füße waren ganz naß, aber trotzdem sah er irgendwie erhitzt und erregt aus. Es stellte sich heraus, daß sein Bruder die einzigen anständigen Schuhe, die es zu Hause gab, angezogen hatte, da er zu einem Konzert von Oistrach gegangen war.

„Ein absoluter Kretin", beschwerte sich Kischo gutmütig. „Für Schuhe hat er kein Geld, aber zu den teuren Konzerten muß er. Was habt ihr denn da?"

„Lachs!" beantwortete Donka seine Frage.

Der Ober hatte sich noch nicht richtig entfernt, als der Lachs schon aufgegessen war. Kischo bestellte noch einmal fünf Portionen.

„Sag mal, läßt du dich nicht zu sehr hinreißen?" stichelte Sascho. „Vergiß nicht, daß du in Sandalen gekommen bist!"

„Diese Runde bezahle ich!" sagte Kischo voller Nachdruck. „Fünf Portionen bitte. Und sparen Sie nicht mit Zitrone, bringen Sie gleich eine ganze."

Der Ober zog sich würdevoll zurück, und Kischo sagte zufrieden: „Heute habe ich das größte Geschäft meines Lebens gemacht und damit meinem miserablen Assistentendasein ein Ende gesetzt!"

Niemand achtete auf sein Geschwätz. Kischos Geschäfte und Tauschereien kannte man schon – er gab gewöhnlich ein Pferd für ein Huhn. Das letztemal hatte er seinen Fotoapparat gegen einen Kinderwagen eingetauscht. Wozu er den Kinderwagen brauchte, hatte er nicht verraten. Donka hatte durch Zufall erfahren, daß er ihn seiner jüngeren Schwester zur Geburt ihres ersten Kindes geschenkt hatte.

„Was denn, ihr glaubt mir wohl nicht?“ rief er jetzt aufbrausend. „Ich verlasse die Universität voller Abscheu und wende mich einer freischaffenden Tätigkeit zu.“

„Wie denn freischaffend?“ fragte Donka skeptisch. „Wo gibt es denn das heutzutage?“

„Das gibt's eben!“ erklärte Kischo feierlich.

Er begann ausführlich zu berichten. Irgendein belgischer Manager hatte japanische Elektronikanlagen für Unterhaltungsspiele nach Bulgarien eingeführt, sie im Sofioter Vergnügungspark installiert und in Betrieb genommen. Die Automaten waren erstaunlich, sowohl von der Technik als auch von der Wirkung her. Man konnte dort Fußballspiele, Gefechte mit Kampfflugzeugen und meisterhafte Autofahrten erleben. Nach ein, zwei Wochen waren die Automaten jedoch kaputtgegangen, und da sie so überaus kompliziert waren, hatte niemand sie reparieren können.

„Bei uns ist niemand außer mir fähig, sie wieder instand zu setzen!“ sagte Kischo. Dabei schlug er sich so stark auf den Brustkorb, daß einige Erbsen vom russischen Salat aus seinem Munde schossen. „Für mich war es auch kein Kinderspiel, mit ihnen klarzukommen, denn dieser Dummkopf von Manager hat die Pläne nicht mitgebracht.“

Jemand hatte also den Manager an Stanislaw Kischew, Diplomingenieur und Assistent an der Universität, verwiesen. Der Belgier war schüchtern wie ein katholischer Prälat am päpstlichen Hof aufgetreten. Er hatte Kischo eine Flasche Ballantines und eine Schachtel Wiener Konfekt gebracht, und während sie den Whisky und die Pralinen kosteten, ihm sein Leid geklagt.

„Hören Sie, Herr Kischew, ich schlage Ihnen ein sehr gutes Geschäft vor!“ hatte er gesagt. „Sie bekommen, wie ich hörte, an der Universität einhundertfünfzig Lewa. Ich gebe Ihnen vierhundert. Und Sie werden nicht einmal eine feste Arbeitszeit haben. Sie brauchen nur die Automaten instand zu setzen, wenn sie ausfallen.“

Alle starrten Kischo an, denn dieses Angebot war wirklich nicht zu verachten.

„Und hast du angenommen?" fragte Donka.

„Was denn sonst?" Kischo sah sie feindselig an. „Würdest du an meiner Stelle abgelehnt haben?"

„Natürlich nicht . . . Aber ich hätte mindestens sechshundert verlangt. Hattest du diese Sandalen an?"

„Ja."

„Der hat dich für einen völligen Schwachkopf gehalten", sagte sie voller Überzeugung. „Wenn er dir vierhundert geboten hat, wäre er auch bereit gewesen, mindestens das Doppelte zu zahlen."

Kischo saß mit offenem Mund da.

„Weißt du, du hast recht!" gab er niedergeschlagen zu. „Na klar! Ich habe dann überrechnet, daß er durch die kaputten Maschinen täglich einen Verlust von einhundert Lewa hat."

„Siehst du!" sagte Donka.

„Das verstehe ich ja alles", mischte sich Sascho ein, „aber warum mußt du deine Stelle an der Uni aufgeben?"

„Anders schaffe ich's nicht." Kischo zog seine Stirn in Falten. „Ich kann nicht Diener zweier Herren zur gleichen Zeit sein."

„Aber so geht's auch nicht!" sagte Sascho entschieden. „Wegen irgendwelcher Kinderspielzeuge die Universität aufzugeben kommt nicht in Frage!"

„Warum nicht? Ich habe einen Vertrag unterschrieben, Punkt achtzehn Uhr im Café ‚Bulgaria'. Obendrein mit seinem Parker, da ich nichts Besseres zur Hand hatte." Kischo lachte. „Ich habe sogar dreihundert Lewa Vorschuß bekommen, soll ich sie dir zeigen?"

Doch dazu kam es nicht, weil Sascho ans Telefon gerufen wurde. Am anderen Ende der Leitung war Christa, und ihre Stimme klang ziemlich kläglich.

„Es tut mir leid, aber ich werde nicht kommen können", sagte sie.

„Warum?"

„Darüber will ich jetzt nicht sprechen. Ich rufe aus

einer Telefonzelle an. Morgen, wenn wir uns sehen, erkläre ich dir alles."

Er versuchte sie umzustimmen, aber das war umsonst. Sie gab nur knappe Antworten, und ihre Stimme wurde immer kühler.

„Laß uns bitte dieses Gespräch abbrechen. Die Leute draußen hören alles mit."

„Gut", sagte er und knallte den Hörer auf die Gabel.

Als er an den Tisch zurückkehrte, sah ihn Donka prüfend an.

„Hatte ich recht?" fragte sie.

Sascho winkte nur ab. Er war verstimmt. Die sinnlose Rivalität mit der unbekannten launischen Mutter machte ihn nervös. Und Christas Verhalten reizte ihn noch weitaus mehr. Schließlich zieht kein Mädchen von heute seine Mutter dem Freund vor!

„Noch einen doppelten Wodka für jeden!" rief er dem Kellner zu, obwohl diese Runde in seiner Kalkulation nicht veranschlagt gewesen war.

Vor einigen Tagen war der von Sascho verfaßte Artikel in der Zeitschrift „Prostori" erschienen. Urumow hatte sofort den Rest des Honorars hervorgeholt und es dem Neffen mit zufriedenem Lächeln überreicht. „Für dein Alter kriegst du das gut bezahlt, mein Junge", hatte er gesagt. Die Summe war wirklich nicht zu verachten. Warum sollte sich Sascho da Gedanken machen? Wenn das Geld zur Begleichung der Rechnung reichte, war alles andere unwesentlich. Nein, er glaubte wirklich nicht, ein Egoist zu sein. Er war beispielsweise nicht im geringsten geizig, obwohl er wie jeder vernünftige Mensch sein Geld nicht zum Fenster hinauswarf.

Dieses Mal betranken sie sich etwas zu schnell, denn jeder von ihnen hatte seine Sorgen und Nöte, sogar die kleine Fifi, die sich allmählich vom Kosmetikschock erholte und ihnen ab und zu leidend zulächelte. Zu dem Kiewer Kotelett tranken sie Aligoté, aber da sie alle innerlich unterminiert waren, wandten sie sich bald dem Kognak zu. Das war natürlich zuviel des Guten, und Kischo, der die ganze Zeit über seinen neuen Projekten nachgesonnen und geschwiegen hatte, wollte plötzlich einen Toast aussprechen.

„Bitte", bewilligte es ihm Sascho herablassend, „aber nur, wenn du ihn leise vor dich hin brabbelst!"

Zuerst sprach Kischo tatsächlich vor sich hin, er stotterte sogar ein wenig, aber allmählich festigte sich seine Stimme.

„Dieser Misthupfer ist zwar jünger als wir, hat es aber faustdick hinter den Ohren", begann er. „Aber er soll sich ja nicht einbilden, daß, nur weil er sein Diplom mit Auszeichnung gemacht hat, der große Hund sein Pate ist. Dieses Diplom wird ab heute keiner mehr sehen wollen. Im Leben braucht man überhaupt keine Diplome, nicht einmal viel Geist. Im Leben braucht man vor allem kräftige Ellenbogen, und man muß damit umgehen können."

„Kannst du es?" Donka lächelte.

„Wenn ich es könnte, wäre ich nicht zehn Jahre lang Assistent geblieben ...", murmelte Kischo finster. „Was man noch braucht, ist schon aus der Klassik bekannt, beinahe aus der griechischen Mythologie: ein biegsames Rückgrat natürlich! Und Geschick! Es genügt nicht, sich einfach lieb Kind zu machen! Man muß sich einkratzen können, in Maßen und mit Würde. Unser Dekan zum Beispiel mag die groben und vulgären Schmeichler überhaupt nicht. Doch er merkt nicht, wie leicht und geschickt ihn andere auf die Schippe nehmen. Und obendrein bildet er sich ein, ehrlich und unabhängig zu sein ... Aber was wollte ich noch sagen ... ja, eigentlich war das das wichtigste ..."

„Morgen kommst du bestimmt drauf." Sascho klopfte ihm auf die Schulter.

„Nun, dann danke ich für die Aufmerksamkeit!" endete Kischo gekränkt, „wie sich manche alten wohlerzogenen Menschen auszudrücken pflegen."

Vielleicht wäre die Feier mit diesem kleinen Toast beendet gewesen, wenn Kischo nicht seinen Dickkopf durchgesetzt hätte, die Gesellschaft in eine Bar zu führen. Schließlich habe er auch das Recht, sie einmal einzuladen, meinte er, wenn auch nur mit dem Vorschuß des belgischen Kapitalisten.

„Dort läßt man dich mit diesen Warzen nicht hinein!" sagte Sascho. „Und dazu deine Sandalen ..."

Bezüglich der Sandalen hatte er recht; die Pförtner würden Kischo schon am Eingang wie einen Hund hinauswerfen. Schließlich fand Donka eine Kompromißlösung. „Dann gehen wir eben in die Bar des Restaurants", schlug sie vor. „Dort ist es so dunkel, daß man barfuß hinein kann."

„Ich will in eine richtige Bar ... mit Programm."

„Erst wenn du dir Schuhe gekauft hast", erwiderte Donka mitleidlos.

Kischo gab sich zufrieden, und sie gingen ein Stockwerk tiefer. Die kleine Bar war wirklich ungewöhnlich dunkel und wurde kaum von den scheußlichen roten Lampen erleuchtet. Es standen nur fünf oder sechs Tische darin und ziemlich viele Gummibäume und Monsterae. Die fünf setzten sich an den einzigen freien Tisch, der eine gesprungene schwarze Glasplatte hatte, und sahen sich mißtrauisch um. In der Bar war nur noch eine Gesellschaft schnurrbärtiger Ausländer von ziemlich vulgärem Aussehen. Sie wurden von zwei anscheinend recht verlebten Mädchen mit rund angemalten Kuckucksaugen und in sehr kurzen Röcken unterhalten. Wahrscheinlich hatten die beiden vorher nichts gegessen, denn sie hielten sich an die Erdnüsse.

„Da sind wir ja in das richtige Lokal geraten!" murmelte Sascho.

Der Kellner erschien. Im roten Lampenlicht glich sein Gesicht einer Tomate. Kischo bestellte eine Flasche Whisky, Eis und Soda. So würden sie wenigstens wissen, was sie trinken. Sonst hätte man ihnen im Dunkeln alles mögliche andrehen können. Als die zweite Flasche vor ihnen stand, hielt die kleine Fifi auf der Tischplatte ein Nickerchen, während Donka allein unter den gelangweilten Blicken des Barmannes auf der Tanzfläche tanzte. Schließlich stellte er das Tonbandgerät ab und sagte entschlossen:

„Schluß für heute. Es gibt keinen Tropfen mehr!"

Obwohl Kischo schon sehr betrunken war, ließ er sich auf Heller und Pfennig herausgeben. Fifi kriegten sie mit Müh und Not wach, und schwankend gingen sie hinaus. Auf der Straße war es sehr kalt und windig. Als einziger von allen hielt sich Sascho fest auf den Beinen. Zum erstenmal während des ganzen Abends war ein schwaches Lächeln auf seinem Gesicht zu bemerken. Die beiden Fifis faßten Kischo unter, denn die Beine des Freischaffenden waren seinem hageren Hinterteil immer etwas voraus. Donka sah sich nach Sascho um. Als sie ihn endlich entdeckt hatte, klammerte sie sich fest an ihn.

„Bringst du mich nach Hause?"

„Was soll ich sonst machen!" entgegnete er gelangweilt.

Er seufzte und schleifte sie über die vereisten Bürgersteige. Nach jeder Kreuzung wurde sie in den Knien weicher, sie lag schon fast auf ihm. An einer Ecke rutschte sie ganz weg, und ihr Kopf schlug auf das Pflaster. Sascho gelang es nur mit äußerster Anstrengung, sie wieder aufzurichten. Vielleicht hatte sie sich sogar absichtlich so gehenlassen und ihm ihre Brüste geradezu in die Hände geschoben. Als sie schließlich vor ihrem Haus angelangt waren, hatte sich Sascho jedenfalls wie ein Heizkissen erwärmt. Er lehnte Donka gegen die Sprechanlage, holte den Schlüssel aus ihrem Täschchen und öffnete die Haustür.

„Kommst du kurz mit nach oben?" fragte sie geradeheraus.

„Was soll ich da?"

„Nichts weiter, wir spielen ein bißchen Klavier."

„Gut", sagte er. Er wußte, daß ihre Eltern auf Reisen waren.

„Ich habe ein sehr gutes Klavier", plapperte Donka weiter. „Wir müssen es nur stimmen."

Sie stimmten es bis fünf Uhr morgens. Dabei waren sie nüchtern geworden und fühlten sich ziemlich elend. Donka ging Kaffee kochen und kehrte mit finsterem Gesicht aus der Küche zurück.

„Hör mir mal gut zu!“ sagte sie fauchend. „Wenn Christa etwas davon erfährt, schlage ich dir die Zähne aus.“

„Und ich dir deine“, entgegnete Sascho gehässig.

„Dazu wird es nicht kommen. Aber du quatschst zuviel. Warum hast du ihr vom erstenmal erzählt?“

Sascho schwieg mit verzogenem Gesicht.

„Hast du's ihr gesagt?“

„Ja“, entgegnete er brummig. „Ich kann nicht lügen.“

„Das soll eine Erklärung sein! Er kann nicht lügen! Wenn sie dich morgen fragt, wirst du es ihr also wieder sagen!“

„Sie wird mich nicht fragen.“

„Sie und dich nicht fragen? Wofür hältst du sie überhaupt! Sie hat hundertmal in dieser Nacht an uns gedacht, und ich warte jeden Augenblick darauf, daß sie hier anruft.“

„Da wartest du umsonst! Sie mag sein, wie sie will, aber sie hat ihren Stolz.“

„Ich etwa nicht?“

„Es war nichts davon zu merken.“

„Du bist ein Schwein. Wo ist denn dein Stolz, he?“

„Immerhin bin ich ein Mann! Außerdem habe ich nicht als erster mit dieser Geschichte begonnen!“

„Du hast sehr wohl gewußt, daß ich betrunken bin!“

„Was du nicht sagst!“ Seine Stimme klang angewidert. „Diese Erklärung paßt zu einem Kutscher, aber nicht zu einem Mädchen.“

„Gott verdamm mich, wenn ich mich noch einmal an deinen Tisch setze.“

Dieser Streit dauerte noch eine Viertelstunde, dann trat Sascho den Heimweg an. Draußen schien es noch kälter geworden zu sein. Gereizte Menschen hasteten zur Arbeit, O-Busse schleppten ihre schweren bereiften Körper durch die morgendliche Dämmerung, die Straßenbahnen quälten sich quietschend die Schienen entlang. Der neue Tag begann mit Lärm, blauen Blitzen aus den elektrischen Leitungen und schwerem Benzingeruch. So würde er sich auch seinem Ende zuneigen, nur würden die Menschen, anstatt sich zu beeilen, müde nach Hause wanken.

Sascho hatte es jetzt auch eilig, obwohl ihm nicht klar war, weshalb. Wahrscheinlich beeilte er sich einfach aus Nervosität und Wut auf sich selbst. Er begriff nicht, warum ihn dieser Zorn befallen hatte. Letzten Endes war Christa ganz recht geschehen. Ein Mädchen, das seine Mutter dem Freund vorzieht, verdient es nicht anders. Doch trotzdem schien etwas auf einmal sein Leben geteilt und ihn zu einem anderen Menschen gemacht zu haben.

Zu Hause schlich Sascho auf Zehenspitzen in sein Zimmer, um seine Mutter nicht zu wecken. Sie hatte ihm einen Zettel auf das Kissen gelegt: Dein Onkel hat gesagt, daß du ihn sofort anrufen sollst. Was war bloß in den Onkel gefahren? Wollte er mit ihm über den Artikel in der Zeitschrift reden? Sascho drehte den Zettel um und schrieb auf die Rückseite: Wecke mich um acht. Dann kroch er ins Bett.

Vielleicht war Christa seine erste richtige Liebe. Zumindest nannte man das in den alten Büchern so. Heute sprach keiner mehr von der ersten Liebe. Sie versank für gewöhnlich im Nebel undeutlicher Erinnerungen. Jetzt entsann man sich kaum der letzten, was blieb da für die erste Liebe übrig! Christa wird sicher eine erste Liebe gehabt haben, dachte er. Sie gehörte bestimmt zu dieser aussterbenden Art von Menschen. Wenn es Sascho genau nahm, hatte eigentlich auch er eine erste Liebe gehabt. Natürlich hatte es schon vorher einige kleine Liebeleien gegeben, aber was für eine Liebe war das schon, sich in seine Französischlehrerin zu verknallen oder in eins dieser kleinen Dummerchen, die mit weit aufgerissenen Augen vor der leeren schwarzen Tafel standen!

Damals war er vierzehn Jahre alt gewesen. Wie in jedem Jahr verbrachten sie die Sommerferien in Obsor, denn seiner Mutter gefiel dieses staubige Dorf, obwohl sie jeden Morgen mit dem Problem konfrontiert wurden, wo und was sie frühstücken sollten, und sie schleppte Sascho seit seiner frühesten Kindheit dorthin. Der angesehene Großstadtschneider war darüber äußerst erfreut, denn er konnte sich in diesen zwanzig Tagen hemmungslos gehenlassen und Nächte hindurch prassen. Und so bestärkte er die Mutter noch darin, ihr Söhnchen ans Meer zu schleppen, wo die Kinder der Meinung des Schneiders nach wunderbar gestählt würden. Sicher war etwas Wahres an dieser Theorie, denn Sascho war zwar mager, strotzte aber vor Gesundheit und wußte nicht einmal, was eine Mandelentzündung ist.

Sie stiegen immer im selben Quartier bei einer finsteren und kinderlosen Gagausin* ab. Ihr Essen kochten sie auf einem elektrischen Kocher, der im Hof stand. Abends gab es Tag für Tag Wassermelone und Käse. Eine Ausnahme bildete der Sonnabend, an dem man Sascho zu gegrillten Würstchen ausführte. Und gerade in dieser Zeit, zwischen den Wassermelonen und den Würstchen, verliebte er sich in ein schweigsames und schüchternes Mädchen aus dem Internat für begabte Kinder. Das Mädchen erweckte einen sonderbaren Eindruck und hatte ein merkwürdiges Aussehen. Sein Gesicht war hager, es wirkte fast wie vorzeitig gealtert, aber es hatte sehr schöne und kluge Augen, die ihn sich ungehobelt und dumm fühlen ließen. Susi, so hieß das Mädchen, spielte Geige, doch das beeindruckte Sascho nicht im geringsten. Sein Lieblingsinstrument war in jenen Jahren das Schlagzeug, wie das bei den meisten Jungen der Fall war. Er sagte das natürlich nicht zu Susi. Ihr gegenüber behauptete er, Geigen und Violen besonders zu mögen. Abends gingen sie am Meer, das gleichgültig gegen ihre Füße plätscherte, spazieren, sie schwiegen, oder Susi stellte ihm schwere Fragen.

„Hast du ‚Gösta Berling‘ gelesen? Nein? Und ‚Peer Gynt‘?“

* Angehörige einer nationalen Minderheit in der Umgebung von Varna

„Was sind das für Schriftsteller?“ fragte der Junge befangen.

„Das sind keine Schriftsteller, sondern Bücher“, antwortete Susi streng. „Und Jakob Wassermann?“

„Ja, natürlich, ein sehr schöner Roman!“

„Das allerdings ist ein Schriftsteller! Kennst du Christian van Schaefe etwa auch nicht?“ fragte sie echt erstaunt.

„Und hast du das Buch ‚Der Andromedanebel‘ gelesen?“ Er versuchte sie in Verlegenheit zu bringen.

„Ja, aber das hat mir nicht gefallen. ‚Solaris‘ ist besser, aber richtig gut fand ich es auch nicht. Ich mag keine phantastischen Bücher. Dort ist die Liebe erfunden.“

Sascho fühlte sich erniedrigt. Er kam sich blamiert vor. Susi war ein unansehnliches Mädchen mit herausragenden Schulterblättern und spitzen Knien, wußte aber umfassend über Norbert Wiener und Federico Fellini Bescheid. Doch Geige spielte sie in seiner Gegenwart nie, sie sprach nicht einmal darüber. Einmal fragte Sascho sie nach dem Grund dafür.

„Ich habe jetzt Ferien“, entgegnete sie etwas unwillig.

„Und warum hast du die Geige mitgebracht?“

Sie sah ihn erstaunt an.

„Ich kann nicht ohne sie sein.“

Da begriff er, daß die Geige stets zwischen ihnen stehen würde, ja ihn vielleicht gar verdrängen könnte. Das erfüllte ihn mit Zorn, er glaubte, wie ein Schatten neben Susi herzulaufen. Sicher hatte er unter diesem Gefühl gelitten, obgleich er sich jetzt nicht mehr daran erinnern konnte. Bald darauf machte er jedenfalls dem Mädchen eine glühende Liebeserklärung und schwur ihr ewige Treue. Er versprach, sie zu heiraten, sobald sie beide das Gymnasium beendet haben würden. Er meinte es mit seinen verwirrten und unzusammenhängenden Versprechungen ernst. Susi hörte ihn an, ohne auch nur ein einziges Wort zu verlieren oder sich ihm wenigstens zuzuwenden. schließlich fragte er sie erschrocken:

„Willst du etwa nicht?“

„Doch!“ antwortete sie leise.

Wenn es nicht schon so dunkel gewesen wäre, hätte er gesehen, daß ihr Gesicht wie ein Pfirsich errötete – es war eine leichte, durchsichtige Röte, die wahrscheinlich zum erstenmal über ihr Gesicht glitt.

„„Ich werde dann als Kellnerin arbeiten“, fügte sie schnell hinzu.

„Warum denn, es wäre besser, wenn du spielen würdest!“

„Spielen?“ sie sah ihn verdutzt an. „Vor irgendwelchen Tölpeln soll ich spielen?“

Fünf Tage lebten sie wie im Fieber. Das große Versprechen, das sie sich gegeben hatten, hatte sie ein wenig erschrecken lassen, so daß sie nicht mehr darüber sprachen. Trotzdem waren sie glücklich, unternahmen gemeinsame Spaziergänge, schwammen zusammen ins Meer hinaus, und manchmal, wenn auch nur äußerst selten, war Susis zartes und bröckelndes Lachen zu hören. Abends aber wurde sie stets schweigsam und ernst und ergriff manchmal mit ihren harten und kalten Fingern seine Hand. Ungeachtet dessen blieben all seine Versuche, sie zu küssen, ohne Erfolg. „Ein anderes Mal“, sagte sie, „ich bitte dich, ein andermal!“ Das verbitterte ihn, aber er war bemüht, es zu vergessen. Schließlich bestand die wahre Liebe in viel mehr als nur in ein paar Küssen. Damals ahnte er noch nicht, daß seine Liebe in einer einzigen Nacht, ja sogar in ein paar Sekunden zusammenbrechen würde.

In ihrem Haus wohnte noch eine weitere Familie. Es war eine junge Frau mit ihren beiden Jungen; der eine war sechs und der andere acht Jahre alt. Die Mutter war dunkeläugig, etwas hager, ziemlich häßlich, und, wie er damals glaubte, ganz und gar eine Tante, obwohl sie wohl kaum die Dreißig überschritten hatte. Sascho bemerkte zuweilen ihren Blick, der wie eine Hand über seinen ganzen schon leicht gebräunten Körper glitt. Aber er zerbrach sich nicht den Kopf darüber, denn er war ja verliebt. Die beiden Jungen schlichen ihm wie zwei Schatten nach. Anfangs waren sie ihm lästig, aber dann gewöhnte er sich an sie und mochte sie direkt. Er brachte ihnen das Schwimmen bei, lehrte sie, Obst zu stibitzen und am Kai kleine Fische zu fangen. Er stellte für sie eine fast unerschöpfliche Quelle des Kinderglücks dar.

An jenem Abend besuchte seine Mutter eine Freundin. Sascho ging gegen zweiundzwanzig Uhr zu Bett, schlief aber nicht sofort ein, sondern hörte noch etwas Musik aus dem Kofferradio. Gerade da ging die Tür auf, und in das Zimmer trat die Nachbarin, von der sie nur durch eine Wand getrennt waren. Sie kam Sascho in diesem Augenblick fast erschrocken vor. Ihre Stimme klang erstickt, wenngleich sie sich bemühte, wie sonst zu reden.

„Sascho, kann ich auch ein bißchen Musik mithören?“ fragte sie.

„Klar“, antwortete er erstaunt.

Sie setzte sich zu ihm aufs Bett, atmete schwer und machte Anstrengungen, sich zu fassen. Im Unterbewußtsein ahnte er etwas und zog die Beine an. Aber erst als sich ihre Blicke trafen, wurde ihm klar, daß ihm zum erstenmal diese große und geheimnisvolle Sache, an die er unzählige Male gedacht hatte, widerfahren würde. Der Wunsch nach dem Unbekannten überkam ihn in ungeahnter Stärke. Sie sah ihn immer noch an. Er lag wie hypnotisiert vollkommen bewegungslos da. Plötzlich schwanden die Zeit, die Lichter, das Zimmer und alles dahin. Sie streckte die Hand aus und legte sie ihm auf den Leib, sie streichelte ihn, und überall, wo sie ihn mit der Hand berührt hatte, schien seine Haut zu brennen. Dann stand sie leicht taumelnd auf und löschte das Licht.

Als sie gegangen war, kam er sich wie betäubt vor. Sein Herz war leer, er hatte weder Gedanken noch Erinnerungen. Er dachte auch nicht, daß sich etwas Besonderes in seinem Leben ereignet hätte. Er wollte nur einschlafen, und wirklich übermannte ihn bald darauf der

Schlaf, obgleich die Nacht ungewöhnlich warm und drückend war. Erst als er aufwachte, begriff Sascho, daß er seine Liebe, seine wahre und große Liebe, die so ewig wie das Meer sein sollte, einfach getötet hatte. Doch er hatte nicht die Kraft, das Geschehene zu bereuen, oder besser gesagt, er wollte es nicht bereuen. Am Abend, als er sich mit Susi traf, überkam ihn Herzklopfen. Er empfand keine Liebe mehr für sie, eher etwas Mitleid, vielleicht auch Reue oder Kummer, aber keine Liebe. Die Liebe schien sich verflüchtigt zu haben. Jetzt ist das wichtigste, daß sie nichts merkt, ging es ihm durch den Kopf. Das allein ist jetzt wichtig!

Es war gar nicht so leicht, die Lüge aufrechtzuerhalten. Aber zum Glück reiste Susi am vierten Tag unerwartet ab. Am Abend vorher weinte sie beim Abschied und erlaubte ihm, sie zu küssen. Es war jedoch ein so schneller und so ungeschickter Kuß, daß er ihn kaum spürte. Sie verabredeten ein Wiedersehen, sobald er nach Sofia zurückkehren würde, und schwuren sich erneut ewige Liebe. Doch am Morgen, als der überfüllte Bus abfuhr und riesige Staubwolken hinter sich ließ, fühlte sich Sascho wie erlöst. Jetzt konnte er wieder überallhin gehen und all das tun, was sein Herz begehrte. Und er konnte an das Geschehene zurückdenken, ohne Gewissensbisse haben zu müssen. Vielleicht würde er sogar eine Möglichkeit finden, es noch einmal zu tun. Bei diesem Gedanken lief er rot an und fühlte, wie ihm klebriger Schweiß ausbrach. Aber er tat es wirklich eines Nachts in ihrem Zimmer, auf ihrem Bett, während seine kleinen Freunde halbnackt auf dem anderen Bett schliefen.

Als Sascho nach Sofia zurückkam, schob er den Gedanken, Susi anzurufen, weit von sich. Er fürchtete sich davor, daß sie sich melden könnte. Das harmlose Telefon wurde für ihn zu einem Raubtier. Er zuckte jedesmal zusammen, wenn es läutete, und schrie seiner Mutter böse zu: „Ich bin nicht da!“ Sie war einfach verwundert, was mit dem Jungen geschehen und warum er in letzter Zeit so nervös geworden war. Natürlich hatte sie keinerlei Verdacht. Woher hätte sie auch von seinen so starken Erlebnissen wissen sollen. Zu ihrer Zeit waren den Vierzehnjährigen derartige Sachen nicht passiert. Im übrigen begann Sascho sich nach ein, zwei Monaten langsam zu beruhigen. Er konnte nicht ahnen, daß die Erinnerungen nicht verschwunden waren und auch nicht verschwinden würden. Sie hatten sich nur irgendwo in der Tiefe abgesetzt. Das Wasser hatte sich geklärt, aber der Grund war nicht mehr derselbe.

In Sascho war eine tiefe und instinktive Furcht davor haftengeblieben, Susi zufällig auf der Straße zu treffen. Aber er begegnete ihr nie wieder, weder zufällig auf der Straße noch in den Restaurants. Er sah sie nur einmal, und zwar nach vielen Jahren.

Sie war inzwischen berühmt geworden, und man sprach von ihr wie von einem Wunder. Sie war Preisträgerin internationaler Wettbewerbe und erhielt schon als junges Mädchen den Dimitroffpreis. Oft sah er ihr Foto in Schaukästen oder Zeitschriften. Es kam ihm so vor, als ob sie immer noch die gleiche sei und sich nichts an ihr verändert hätte. Sicher war er sich natürlich nicht, denn er vermied es, ihre Bilder näher in Augenschein zu nehmen, und er las auch nie die Kritiken und Artikel über ihre Konzerte. Sein Schuldgefühl war um keinen Deut kleiner geworden. Es hatte sich lediglich versteckt. Wenn auch nur für Sekunden, überkam ihn manchmal das schreckliche Gefühl, einst, vor langer Zeit, ein Kind getötet zu haben – er hatte es getötet, ohne das zu begreifen und zu merken, ganz unwillkürlich und unbewußt. Danach hatte er auch die Erinnerung getötet, er hatte alles getötet, was diese Erinnerung hervorrufen konnte. Darum wollte er es selbst nicht begreifen, als er eines Tages eine Karte für eins ihrer Konzerte gekauft hatte. Er war weder aufgeregt noch neugierig, er fühlte nur, daß er dorthin gehen mußte. Seit ihrer Begegnung waren sieben Jahre vergangen, so daß ihm jetzt alles wie ein Traum erschien.

Susi betrat die Bühne mit harten und ungraziösen

Schritten. Ihm stockte der Atem. Er blieb regungslos sitzen. Eigentlich gab es keinen Grund, aufgeregt zu sein, er hätte sich eher erleichtert fühlen müssen. In dem starken Scheinwerferlicht wirkte sie geradezu häßlich. Ihr Hals war dürr, die Wangen etwas welk, und ihre Brüste sahen unter dem steifen Brokatkleid ganz platt aus. Das Kleid selbst schien schlecht genäht zu sein, oder es paßte nicht zu ihrer unsymmetrischen Figur. Ihm gefiel auch nicht die Geste, mit der sie die Geige ans Kinn legte. Anscheinend liebte sie sie nicht mehr, sondern beutete sie einfach nur noch aus.

Dann begann das Konzert. Und Susis Spiel überraschte ihn. Verblüfft war er vor allem von der Vollkommenheit der Darbietung, von der ungewöhnlichen Kraft und Sicherheit, die in jeder Geste lag, und von den Tönen, die das Mädchen den Saiten entlockte. Die Musik selbst drang nicht bis in sein Herz. Er beobachtete Susis Augen. In ihnen schien sich überhaupt keine Erregung widerzuspiegeln, nur eine sonderbare und übermenschliche Konzentration.

Als sie schließlich den Bogen abhob, brachen im Saal frenetische Beifallsstürme aus. Das Mädchen neben Sascho war blaß geworden, und über ihr Gesicht huschten nervöse Schauer. War er gefühllos, oder gehörten die um ihn herum einer anderen Welt an? Er blieb nicht zum zweiten Teil des Konzertes. Verwirrt und betreten kehrte er nach Hause zurück und hatte das Empfinden, etwas im Leben versäumt zu haben, was sich niemals mehr gutmachen ließ.

2 Am Morgen konnte ihn seine Mutter nur schwer wach bekommen. Als er schließlich doch die Augen öffnete, glaubte er ein Gespenst zu erblicken. Seine Mutter stand in einem langen lila Nachthemd vor ihm. Es war derartig durchsichtig, daß man sogar ihren Nabel sah.

„Was hast du denn an?“ fragte Sascho verwirrt.

„Na was schon, ein Nachthemd!“ erwiderte sie beleidigt. „Was starrst du mich so an, als ob du noch kein Nachthemd gesehen hättest?“

Seine arme Mutter war nicht ganz bei Trost. Seit einigen Monaten stolzierte sie in den Fetzen seiner Tante umher und ließ ihn immer wieder mal durch den Anblick ihres mageren Dekolletés, mal durch den ihres nackten knöchernen Rückens zusammenfahren. Sie nahm überhaupt keine Rücksicht auf die Jahreszeit und zog an, was ihr in die Hände geriet. Danach drehte sie sich stundenlang vor dem alten Schneiderspiegel hin und her, der ohnehin von den Posen und der Eitelkeit der Menschen zu Tode gelangweilt war.

„Steh schon auf!“ sagte sie verärgert. „Steh auf, dein Onkel hat schon um sieben angerufen. Warum sucht er dich eigentlich?“

„Woher soll ich das wissen!“

„Er schien nicht gerade gut gelaunt zu sein. Wer weiß, was du wieder ausgeheckt hast! Dir ist alles zuzutrauen.“

Dir auch, ging es ihm durch den Kopf, doch laut sagte er nur: „Geh doch ein wenig zur Seite, wie soll ich aufstehen, wenn du dich so über mich beugst.“

Sie ging beiseite. Aus dieser Entfernung wirkte sie noch lächerlicher. Das Nachthemd war für ihre magere Figur viel zu weit, und sie hatte es mit einer Art elektrischer Verlängerungsschnur zusammengerafft.

„Sag mal, ist es dir nachts nicht zu kalt darin?“ sagte er mit fast weinerlicher Stimme.

„Nein, wieso?“

„Du bist doch ganz nackt.“

„Na und? Schließlich bist du mein Sohn!“ entgegnete sie empört.

„Schon, aber trotzdem. Dieses Nachthemd hat eine Tote getragen!“

„Da hat sie noch gelebt!“ sagte seine Mutter geringschätzig. „Komm frühstücken.“

Damit ging sie, ihr spärliches Hinterteil drehend, aus

dem Zimmer und hinterließ den schweren Duft eines orientalischen Parfüms. Seine Tante hatte die unangenehme Angewohnheit gehabt, sehr starke und schwere Parfüms vorwiegend aus Moschus zu benutzen, so daß man es kaum in ihrer Nähe ausgehalten hatte. Und seine Mutter mußte jetzt ausgerechnet diese Tradition aufgreifen! Aber da half alles Jammern nichts, er mußte es ertragen, bis sie die Reserven seiner Tante aufgebraucht haben würde. Sascho stand mit finsterem Gesicht und schwerem Kopf auf. Er versuchte, sich seine Tante in diesem Nachthemd vorzustellen, und fühlte, daß ihn Grausen überkam. Vielleicht hatte sich diese vornehme Großstadtdame mit römischem Profil in ihrem Geschmack wirklich kaum von den gewöhnlichen Prostituierten aus Istanbul unterschieden, wie sein Vater manchmal im Rausch geäußert hatte.

Er zog sich an und ging in die Küche, die sehr sauber war wie alles in diesem Haus, obwohl das Mobiliar schon ziemlich abgenutzt war. Seine Mutter hatte gerade erst das Linoleum gewischt, so daß es im schwachen Morgenlicht feucht glänzte. Das Frühstück wartete bereits. Sascho mochte es, ausgiebig zu frühstücken, das gehörte zu den kleinen Freuden des Tages. Er schaltete den Toaster ein und legte zwei dünne Scheiben Brot hinein. Es begann angenehm nach geröstetem Brot zu riechen, wodurch die Erinnerung an das Parfüm völlig ausgelöscht wurde. Vorsichtig, fast liebevoll, beschmierte Sascho das heiße Stück Brot mit Butter und legte ein kleines Stück Schinken darauf. Er hatte gerade angefangen zu essen, als seine Mutter in die Küche kam. Dieses Mal trug sie einen weißen Kimono.

„Heute koch ich nicht", sagte sie.

„Gut", entgegnete er.

„Und sag deinem Onkel, daß ich etwas später komme. Ich habe einen Termin."

„Was für einen Termin?"

„Bei der Kosmetikerin."

Auf Saschos Gesicht zuckte es.

„Ich hoffe, daß du nicht in dieser Aufmachung gehen willst", sagte er vorwurfsvoll.

„Warum, gefalle ich dir nicht?"

„Doch, aber du wirst Onkel erschrecken."

„Du hast recht", entgegnete sie enttäuscht und zog sich zu ihren vollgestopften Kleiderschränken zurück.

Sascho biß lustlos in sein Brot. In letzter Zeit kochte seine Mutter nur noch selten, und ein Topf weißer Bohnen mit Rippchen mußte für die halbe Woche reichen. Anscheinend übertrug sie täglich mehr von ihrer Fürsorge und Liebe auf ihren Bruder. Sascho war eigentlich froh, daß er sich ihrer allzu großen Aufmerksamkeit entledigt hatte. Doch außer Vorteilen brachte das natürlich auch einige Nachteile mit sich. Sicher bedurfte sein Onkel einer größeren Fürsorge, wenigstens bis er sich an das Alleinsein gewöhnt hatte. Und trotzdem setzte Sascho das Verhalten seiner Mutter in Erstaunen. Es ärgerte ihn zwar nicht, aber er begriff es nicht. Er begriff nicht, wie eine Mutter ihren eigenen Sohn so vernachlässigen konnte. Und das nur ihres Bruders wegen, der sie selbst jahrzehntelang vergessen hatte.

Sascho konnte natürlich nichts wissen von jenen Dingen, die sich vor einem halben Jahrhundert zugetragen hatten. Die kleine Angelina war einsam in dem großen und öden Haus aufgewachsen. Tagelang, ja sogar Wochen hindurch war sie von niemandem eines Blickes gewürdigt worden. Eine ihrer Tanten hatte sie von Zeit zu Zeit besucht, ihr über das dünne Haar gestrichen und dabei ein paar Tränen vergossen. Das war die ganze Liebe gewesen, die ihr zuteil geworden war. Sie selbst hatte damals ihren schweigsamen und zerstreuten Bruder vergöttert, der so hochgewachsen, schön und ernst gewesen war. Angelina hatte nicht begreifen können, warum er sie so mürrisch ansah. Viel später erst hatte sie die schreckliche Ursache erfahren – sie war schuld am Tode ihrer Mutter. Diese unausgesprochene Anklage hatte sie so erschüttert, daß ihre Gefühle für den Bruder und auch für alle anderen Angehörigen auf einmal erkalteten. Seine Heirat entfremdete sie noch mehr. Und erst jetzt kehrte sie erneut zu ihm und zur reinen Kinderliebe zurück. Aber das würde ihr Sohn sicher niemals verstehen. Niemals, ging es ihr durch den Sinn. Was können schon die heutigen Jungen außer ihre Mutter schief ansehen und ihr bitteres Witwenbrot vertilgen. Und wie sie es vertilgten! Sie hatte gerade erst beobachten können, wie genußvoll er sich den Schnittkäse auf das warme Toastbrot rieb und mit welchem Genuß er es verspeiste. Wem glich eigentlich dieses aufs Geratewohl gezeugte Familienwunder? Seinem Vater oder seinem Onkel? Keiner von ihnen hätte auch nur den kleinen Finger gerührt, um sich ein belegtes Brot zu machen. Ihr unglückseliger Bruder würde wahrscheinlich Hungers sterben, wenn sie ihm nicht wie einem Hündchen das Maul ins Essen hielte. Sie zog sich um und setzte sich vor den ovalen Spiegel ihrer Schwägerin, den ihr ihr Bruder vermacht hatte. Ja, ihre Haut war trocken und das Kornblumenblau der Augen völlig verblichen, aber Dantsche würde sie heute schon wieder hinkriegen. Trotzdem fuhr sie mit ihrem knöchernen Zeigefinger in die Jardleydose und tupfte sich drei weiße Flecken auf die Nasenspitze und die Wangen. Gott sei Dank war es der Verstorbenen nicht gelungen, die Hautkrem aufzubrauchen.

In diesem Augenblick schlug die Wohnungstür zu. Sascho hatte das Haus verlassen.

Es war längst nicht mehr so kalt draußen. Auf den weißen Schneestreifen hatten sich dunkle Flecken gebildet. In ein, zwei Stunden würde wahrscheinlich alles geschmolzen sein. Obwohl Sascho gut gefrühstückt hatte, fühlte er sich nicht besonders wohl. Immer wieder meldete sich die Erinnerung, obwohl er sich jedesmal bemühte, sie endgültig aus seinem Gedächtnis zu vertreiben. Der kritische Moment würde die Begegnung mit Christa sein. Die Frauen haben nun mal ihren siebten Sinn, und es ist gar nicht so leicht, sie zu betrügen.

Der junge Mann war so in Gedanken versunken, daß er gar nicht gleich merkte, wie er inzwischen vor der

Wohnungstür seines Onkels angelangt war. Er klingelte etwas unsicher, denn auf ihm lastete heute morgen nicht nur eine Schuld. Hier jedoch war er im Recht, er durfte keine Konzessionen machen. Das war wohl auch nicht notwendig. Sein Onkel forderte ihn lächelnd auf einzutreten, es würde also zu keinem ernsten Konflikt kommen. Als Sascho das Arbeitszimmer betrat, zogen ihn sofort die weißen Pferde, die im Blau der Nacht leicht verschwammen, in ihren Bann. Seitdem der Professor das Bild in seinem Zimmer hängen hatte, schien alles darin wie umgewandelt zu sein. Es war, als ob eine zärtliche junge Frau Einzug gehalten hätte.

„Nun, was ist?" fragte der Onkel.

„Nichts", antwortete der junge Mann.

„Du wirst dir sicher denken können, warum ich dich habe kommen lassen."

„Ja, natürlich."

„Ich habe also gestern abend deinen Artikel gelesen."

„Warum meinen? Der junge Mann lächelte. „Dort steht dein Name."

„Um so schlimmer!" sagte der Onkel verärgert. „Weil du nämlich in meinem Namen Dinge behauptest, die ich nie und nirgends geschrieben habe."

Sascho zog es vor zu schweigen. Letztlich war es wirklich so. Der Professor erhob sich ungeduldig von seinem Stuhl und lief nervös durchs Zimmer.

„Onkel, laß uns mit offenen Karten spielen", sagte der junge Mann. „Hast du bei deiner wissenschaftlichen Arbeit und bei den Versuchen nicht gerade diese Hypothese vor Augen gehabt?"

„Das ist keine Hypothese, sondern nur eine Annahme, eine Möglichkeit, die es zu überprüfen gilt."

„Also habe ich dich richtig verstanden!" erwiderte Sascho zufrieden.

„Nein, du hast mich nicht richtig verstanden!" antwortete der Professor schroff. „Hast du dich nicht gefragt, warum ich wohl selbst nirgends etwas Ähnliches zu Papier gebracht habe?"

„Natürlich habe ich darüber nachgedacht, aber ich konnte keine vernünftige Antwort darauf finden."

„Weil du jung und rücksichtslos bist. Dabei ist die Antwort völlig klar. Wenn diese Hypothese der Wahrheit entsprechen sollte, würde das eine wahre Revolution in der Biologie hervorrufen."

„Genauso ist es!"

„Aber man kann nicht über so ernste Dinge reden, ohne ausreichende Beweise dafür zu haben."

„Onkel, ich habe die Fakten deinen eigenen wissenschaftlichen Werken entnommen, obwohl du dich sehr davor in acht genommen hast, die Dinge beim Namen zu nennen."

Sascho wurde lebhaft. Nur seine Hypothese konnte erklären, worin das Wesen karzinogener Stoffe bestand. Und was hatten sie mit dem Virus gemein? Erst wenn die Beziehungen zwischen lebender und toter Natur erforscht sein werden, wird das alles klarwerden. Hier stellt die Struktur keine Form mehr dar, sondern ein anderes Antlitz des Wesens.

„Bravo", brabbelte der Onkel.

Sascho sah ihn aufmerksam an. Anscheinend hatte Urumow das nicht ironisch gemeint. Im übrigen war ja auch „Prostori" eine literarische und keine wissenschaftliche Zeitschrift. In einer Literaturzeitschrift konnte man ruhig etwas Phantasie walten lassen, die auf Tatsachen oder möglichen Fakten beruhte. Hatte ihm der Onkel nicht selbst den Rat gegeben, das Thema breiter anzulegen?

„Das ist auch deine einzige Rechtfertigung", gab der Professor ungern zu. „Aber stell dir vor, einer meiner Kollegen liest den Artikel. Dann wird er mich doch fragen, wie ich zu diesen Ansichten komme. Was soll ich ihm darauf antworten? Vielleicht, daß ich mich neuerdings mit wissenschaftlicher Utopie befasse?"

„Du wirst ihm sagen, daß es sich um eine einfache Arbeitshypothese handelt."

„Hör zu, mein Junge, in der modernen Wissenschaft bedient sich keiner mehr der Hypothesen. Jetzt arbeitet man nur noch mit bewiesenen wissenschaftlichen Fakten."

„Um so schlimmer!"

Der Onkel verzog das Gesicht.

„Ein Wissenschaftler kann es sich nicht erlauben, Erdachtes daherzuplappern."

„Warum soll er sich an die Tatsachen halten wie ein Blinder an seinen Stock? Manchmal hilft auch die Phantasie. Meines Erachtens war nicht Edison der größte Erfinder des vergangenen Jahrhunderts, sondern Jules Verne."

Dieses Argument schien einen viel größeren Eindruck auf seinen Onkel zu machen, als Sascho erwartet hatte. Der Professor winkte mit der Hand ab.

„Nun ja, noch ist ja auch nichts Schlimmes passiert. Ein Wort mehr oder weniger ist nicht von ausschlaggebender Bedeutung. Wo ist denn deine Mutter?"

„Ach, das habe ich ganz vergessen, dir auszurichten. Sie kommt heute etwas später."

„Das heißt, daß wir uns den Kaffee allein machen müssen. Kannst du das?"

„Natürlich!" erwiderte der junge Mann erstaunt. „Was ist schon dabei?"

Dem Professor schmeckte der Kaffee sehr. Während sie ihn tranken, ließ Sascho unter anderem verlauten, daß er seine Diplomarbeit erfolgreich verteidigt hatte. Sein Onkel nahm das als etwas Selbstverständliches auf und interessierte sich nicht einmal für Einzelheiten.

„Und was gedenkst du jetzt zu tun?" fragte er nur.

„Nun, als dein Mitarbeiter zu arbeiten."

Sascho sagte das in leicht scherzhaftem Ton, obwohl sein Blick völlig ernst war. Er glaubte, eine leichte Regung bei seinem Onkel festgestellt zu haben.

„Meinst du nicht, daß es etwas peinlich wäre?" fragte der Professor dann.

„Was sollte peinlich sein?"

„Nun, daß der Direktor seinen Neffen bei sich einstellt."

„Ich war der Beste in meiner Studiengruppe, Onkel. Ich habe das Recht auf freie Wahl des Arbeitsplatzes." Sascho lächelte. „Du müßtest dich geehrt fühlen, daß meine Wahl auf dich gefallen ist."

„Natürlich ehrt mich das", murmelte der Onkel. „Aber trotzdem ... Wäre es nicht besser, wenn du ins Institut von Lasarow gingest?"

„Onkel, mich interessiert die Morphologie nicht. Mein Interesse gilt deinen Problemen."

„Das stimmt schon ..." Der Onkel schwieg resigniert. Es war ihm anzusehen, daß ihm dieses Gespräch äußerst unangenehm war.

„Ich sehe nicht ein, was dieser Skrupel soll!" sagte Sascho gekränkt. „Wenn ich mich für diese Arbeit eigne, spielt es doch keine Rolle, wer mein Onkel ist!"

„Es geht um das Prinzip, mein Junge. Wenn man sich nicht daran hielte, wären alle Einrichtungen und Institute voll von Stümpern."

Der junge Mann dachte nach.

„Gut, Onkel, dann wollen wir das alles vergessen", sagte er trocken.

Im Erfrischungsraum des Rektorats war es sehr schwül. Es roch nach Feuchtigkeit und Abflußwasser. Eine Gruppe von Halbstarken hatte sich genau am Eingang postiert und war in eine sinnlose Meinungsauseinandersetzung verstrickt. („Trotz allem ist Redford kein Newman", vernahm Sascho. „Newman ist Newman, Newman ist ein Mann.") Newman mochte ein Mann sein, aber was für Männer waren diese Jungen mit ihren Hühnerbrüsten und den verklebten Augen? Sascho sah sich um. Sein Blick glitt über Schultern und ungekämmte Haare, bis er endlich die entdeckt hatte, die er suchte. Sie unterhielt sich mit irgendeinem Stammler, wobei sie ihm aufmerksam auf den Mund sah, als kämen nicht Worte daraus, sondern Perlen. Sobald Christa jedoch Sascho erblickte, ließ sie ihren Kavalier stehen.

„Du hast dich etwas verspätet", sagte sie.

Es war nicht nur etwas, sondern mehr als eine halbe Stunde. Sascho berichtete ihr von dem Gespräch mit seinem Onkel und fing vor Empörung nun auch an zu stottern. Er hatte alles von Urumow erwartet, nur nicht diese tötende Gleichgültigkeit.

Doch zu seinem Erstaunen schien Christa nicht so empört oder bewegt zu sein. Beim Hinausgehen warf sie nur hin: „So sind sie eben, die Professoren."

„Aber diese Angst vor der Meinung anderer hätte ich nicht von ihm erwartet", sagte der junge Mann finster. „Er hat bei mir immer den Eindruck eines Mannes erweckt, der über diesen Dingen steht."

„Warum wunderst du dich?" Das Mädchen zuckte die Achseln. „Du kennst meine Mutter noch nicht! Einmal, als uns überraschend meine Tante besuchte, borgte sie bei den Nachbarn ein halbes Brot. Daraufhin konnte sie die ganze Nacht vor Unbehagen kein Auge zutun. Am Morgen stand sie fast vor Sonnenaufgang auf, um die Bäckereien nach Brot abzuklappern."

„Schwachköpfe!" murmelte Sascho.

Christa widersprach ihm. Es sei besser, so empfindsam zu sein, als zu den Unverschämten oder Narren zu zählen. Die Welt sei sowieso voll von solchen Typen ... Sie redete wie ein Buch, aber trotzdem merkte Sascho, daß sie nicht ganz bei der Sache war. Schließlich rückte sie mit der Sprache heraus.

„Sag mir lieber, wie es gestern abend war."

„Na wie schon!" brummte Sascho. „Wir haben uns wie die Schweine vollaufen lassen."

„Erzähl schon, erzähl, Ritter von der traurigen Gestalt. Berichte mir ausführlich!"

Beim Verlassen des Gebäudes schilderte Sascho widerwillig, was sich ereignet hatte. Am längsten verweilte er dabei beim Bericht über Kischo und sein belgisches Abenteuer.

Ab und zu stellte ihm Christa eine kleine Zwischenfrage, wobei er verhohlene List in ihrer Stimme wahrnahm. Als er in seiner Erzählung beim Verlassen der Bar angelangt war, malte er lang und breit aus, wie glatt es gewesen war und wie die beiden Fifis es kaum geschafft hatten, Kischo davonzuschaffen.

„Hast du Donka nach Hause gebracht?“ unterbrach sie ihn.

„Na ja, ich konnte sie doch nicht auf der Straße lassen!“ erwiderte er mit betont natürlicher Stimme.

„Weißt du eigentlich, was für ein Schwein du bist?“ sagte sie. Aber in ihrer Stimme lag weder Zorn noch Vorwurf, nur ein wenig Zweifel. „Und bis wohin hast du sie begleitet?“

„Wohin! Sicher bis zur Badeanstalt für Männer!“ brabbelte er unzufrieden. „Natürlich habe ich sie nach Hause begleitet, denn ich war am nüchternsten!“

„Retter in der Not!“ sagte sie ironisch. „Begleiter mit Diplom. Solchen wie dir kann man doch nicht trauen!“

„Wärst du doch gestern abend gekommen!“ entgegnete er ärgerlich. „Dann brauchtest du jetzt nicht herumzunölen. Bist du mir nicht wenigstens eine Erklärung für dein Fernbleiben schuldig?“

Bekümmert blickte sie vor sich hin. Hätte er gleich dieses Thema angeschnitten, wäre er dem ganzen Verhör entgangen. Ihre Mutter war ihr wichtiger als der gestrige Abend.

„Ich habe es dir gegenüber schon mal angedeutet“, sagte sie bitter. „Seit etwa zwei, drei Jahren ist mit meiner Mutter irgend etwas nicht in Ordnung. Manchmal fängt sie plötzlich ohne jeglichen Grund an zu weinen. Gestern auch wieder. Sie hat von achtzehn bis zwanzig Uhr ununterbrochen geheult.“

„Das sind die Wechseljahre!“ murmelte der junge Mann feindselig.

„Von wegen Wechseljahre! Sie ist doch schon sechsundfünfzig“, entgegnete Christa.

„Wie dem auch sei, ich bin bisher keinem Mädchen begegnet, das so naiv seine Mutter anhimmelt. Ein moderner Mensch muß die Dinge etwas objektiver sehen.“

„Objektiv will noch lange nicht herzlos heißen.“

„Und herzlich bedeutet nicht, nur so weit, wie die Nasenspitze reicht, zu sehen.“

Sie gingen schweigend und verärgert nebeneinander her, erst die Straße entlang, dann durch den Stadtpark. Er war menschenleer, weil die Kälte die alten Leute und die Provinzschüler, die sich sonst hier wie die Spatzen versammelten, vertrieben hatte. Die schwache Sonne hatte den Reif auf den Ästen tauen lassen. Jetzt glitzerten sie wie Anthrazit. Das Wasser lief langsam an ihnen herunter und fiel in großen Tropfen auf die nackten Bronzestatuen. Allmählich vergaßen Christa und Sascho zu schmollen, zumal sie bald dem Boulevard Stambolijski erreichten und durch seine vielen Schaufenster abgelenkt wurden. Als sie dann die Legéstraße überquerten, blieb Christa jedoch wie angewurzelt stehen.

„Da ist sie!“ rief sie und riß die Augen auf.

„Wer denn?“ Er fuhr erschrocken zusammen.

„Meine Mutter! Die dort in dem braunen Mantel!“

Christa versuchte, sich rückwärts davonzustehlen. Sie wäre beinahe unter ein Auto gekommen, wenn Sascho sie nicht rechtzeitig zurückgehalten hätte.

„Großer Gott, diese Frau bringt dich noch ins Grab“, sagte er ärgerlich, verrenkte sich aber gleichzeitig fast den Hals, um die Frau im braunen Mantel zu Gesicht zu bekommen. Sie war offensichtlich schlank, elegant und hatte eine fast mädchenhafte Figur. Sie schritt sehr forsch aus. In ihrem Gang war etwas Lebensfrohes genau wie im Gang ihrer Tochter.

„Warte hier auf mich! Bei den Teppichen!“ Das war das letzte, was Sascho von Christa hörte, die schleunigst in das Teppichgeschäft hineinlief. Inzwischen kam ihre Mutter näher. Sascho starrte sie derart neugierig an, daß ihm fast der Unterkiefer ausgehakt wäre. Jetzt konnte man der Frau natürlich ihr Alter ansehen. Die Schultern waren ein wenig nach vorn gebeugt, die Wangen leicht eingefallen, und das Haar hatte längst seinen Glanz verloren. Doch ihr Gesicht hatte angenehme Züge, die Haut war noch sehr straff. Eine Ausnahme bildeten die

Säckchen unter den Augen, aber die ließen sich erklären: Frauen genießen zwar das Vorrecht, weinen zu dürfen, aber das kommt sie auch teuer zu stehen. Dieses Gesicht schien jedenfalls von den Tränen wie ausgewaschen zu sein. Doch damit endeten auch die Mängel, alles andere war tadellos. Die Feindseligkeit, die Sascho in den vergangenen Monaten gegen Christas Mutter gespeichert hatte, verwandelte sich in Wut. Die Frau schien seinen Blick zu bemerken, als sie aneinander vorbeigingen. Sie zuckte zusammen und blickte ihn einen Moment lang an. Ihre Augen glichen derart denen Christas, daß nun auch er erschauerte. Doch das ließ ihn noch wütender werden.

„Na, was meinst du zu ihr?" Christa empfing ihn ungeduldig.

„Dufte!" erwiderte er verärgert. „Wenn ich nicht so wohlerzogen wäre, könnte ich mit einem Wort sagen, was deiner Mutter fehlt."

„Idiot!" Christa war empört.

Sie lief so ungestüm davon, daß sie mit einer Frau zusammenstieß, die gerade den Laden mit einem zusammengerollten Teppich verließ. Dieses Mal hielt es Sascho nicht für nötig, dem Mädchen zu folgen. Er war zu erbost. Sollte sie doch gehen, seinetwegen sogar endgültig! Sie würde ihm ja doch bloß wegen dieses weiblichen Oktopoden die Nerven ruinieren! Er war so verstimmt, daß er nicht einmal mehr Lust hatte, sich mit Kischo zu unterhalten. Nach Hause gehen wollte er aber auch nicht. Am besten wäre es jetzt wohl, sich in irgendeinem Café zwei doppelte Kognaks zu genehmigen, aber allein der Gedanke an Alkohol war Sascho zuwider. Er mußte endlich Schluß machen mit diesen Zechereien, zumal ihm sein Onkel wahrscheinlich keine Aufträge mehr geben würde.

Schließlich ging Sascho doch zum Vergnügungspark. Er war inzwischen vollends verstimmt und bereit, sich mit dem erstbesten anzulegen. Am Eingang saß eine wie Hefeteig aufgegangene Kassiererin, die mit mürrischem

Gesicht Spielmarken für die Automaten verkaufte. Ihre Unzufriedenheit war begründet, denn bei den Automaten wimmelte es nur so von Jugendlichen, von denen die meisten nicht spielten, sondern nur denen zusahen, die im Besitz einiger Lewa waren. Der Raum war sehr kalt und ungastlich. Die Wände schienen seit dem Kriege nicht mehr getüncht worden zu sein; wahrscheinlich war das früher ein Lager gewesen, das man schnell in ein Spielkasino verwandelt hatte. Obendrein waren die japanischen Spielautomaten ausgesprochen geschmacklos bemalt.

Doch Sascho blieb trotzdem.

Er wollte zumindest die äußerst moderne Elektronik, von der Kischo gefaselt hatte, in Augenschein nehmen. Sie war tatsächlich nicht zu verachten, denn auf der Stereoleinwand flogen die Flugzeuge wie echt am wolkenübersäten Himmel dahin, schnell und beweglich wie Wespen. Der Spieler hielt währenddessen einen Hebel mit optischer Zieleinrichtung, deren Kreuz auf den Bildschirm projiziert wurde, in der Hand. Sobald das Kreuz eins der Flugzeuge traf, verschwand dieses augenblicklich. Aber es war ggar nicht so leicht zu treffen.

Bald wandte sich Saschos Interesse dem Spieler selbst zu, einem ziemlich dicken Jungen mit weißem, massigem und ruhigem Gesicht. Kein Muskel regte sich darauf, sogar wenn er eins der Flugzeuge traf, zeigte er weder Freude noch Zufriedenheit. Nur eine finstere Kälte war jeweils für den Bruchteil einer Sekunde in seinem Blick zu bemerken, erlosch aber sogleich wieder. Der Typ eines kaltblütigen Mörders, ging es Sascho durch den Kopf, erfahren, gut trainiert und mit einem Talgball in der Brust anstelle des Herzens ... Kaum hatte der Junge das letzte Flugzeug heruntergeholt, griff er auch schon nach einer neuen Spielmarke. Es gelang ihm nur schwer, die Hand in die Hosentasche zu schieben, weil die Hose von seinen Fleischmassen gespannt war. Seine Eltern hatten ihn gut gemästet. Sicherlich schnitten sie sich wie im Märchen das Fleisch von den Fersen ab, um ihren kleinen Adler zu füttern.

Diesen Gedanken nachhängend, merkte Sascho nicht einmal, wie er zu der mürrischen Person an der Tür gelangt war. Er kaufte einige Spielmarken und ließ sich am ersten Automaten nieder. Nach einer halben Stunde fand ihn dort Kischo. Saschos Lippen waren zusammengepreßt, die Augen funkelten.

„Ich bin der geborene Jagdflugzeugpilot", sagte er stolz. „Ich hole sie wie Birnen runter."

Beide gingen in eine Imbißstube, wo es Fleckesuppe gab und so penetrant danach roch, daß Sascho gleich umkehren wollte. Aber Kischo boxte ihn in den Rücken und brummte ärgerlich:

„Vorwärts, vorwärts, du bürgerliches Pflänzchen! Geh rein und koste, was das Volk ißt."

Zumindest war es hier sehr billig. Für Bier und Suppe bezahlten sie nur einen Lew. Der Essig und der schwarze Pfeffer waren sogar umsonst. Darum tat sich Kischo so viel davon in die Suppe, daß Sascho ihn schließlich erschrocken ansah.

„Du wirst dich noch vergiften!"

„Sieh nur zu, daß du lebend davonkommst!" sagte Kischo. „Ich gehöre zum gemeinen Volk, mein Magen ist daran gewöhnt. Mein Großvater ist Büffeltreiber gewesen, und mein Vater hat Eis in der Markthalle gemacht. So ist er auch gestorben – zitternd vor Kälte. Es war Anfang Juni, und er bat uns, den Ofen zu heizen. Dann freute er sich und war hinüber."

Kischo löffelte die feurige Suppe und erzählte dabei von seiner Kindheit. Sie hätten viel gehungert, besonders während des Krieges. Sein Vater wäre nur eine halbe Portion gewesen, hätte aber wie ein Drache geschlungen. Seinerzeit hätte es ja alles nur gegen Marken gegeben, so daß er auch die Portionen seiner Kinder mit verdrückt hatte. Einmal habe er einen ganzen gekochten Kürbis aufgegessen und die Kinder nicht einmal daran riechen lassen. Sie wären immer dünn und schwächlich gewesen und hätten vor Hunger kaum laufen können. Doch ihrem des Schreibens und Lesens unkundigen Vater zum Trotz seien sie alle ausgezeichnete Schüler geworden.

„Wenn er nicht gestorben wäre, hätte er uns unter die Erde gebracht!" beendete Kischo seine Erzählung. „Zum Schluß hätte er uns alle verschlungen."

„Woran ist er denn gestorben?" fragte Sascho.

„Was weiß ich. Meine Großmutter sagte, seine Nabelschnur sei aufgegangen! Was mag das für eine Nabelschnur gewesen sein . . ." Kischo lächelte traurig. „Ich weiß nur noch, daß er ein unwahrscheinliches Gedächtnis hatte. Obwohl er ein vollkommener Analphabet war, konnte er die ganze Bibel auswendig. Ich bin nach ihm geraten."

„Das ist dir aber nicht anzumerken!" gab Sascho skeptisch zu bedenken. „Oder weißt du noch, wer dich gestern abend nach Hause gebracht hat?"

„Nein, aber ich bin um sieben aufgewacht und sofort hierhergekommen. Nach anderthalb Stunden hatte ich die drei Apparate repariert. Ein anderer an meiner Stelle hätte drei Wochen damit zugebracht."

„Bist du dir eigentlich darüber im klaren, daß diese Arbeit hier befristet ist?"

„Warum sollte sie?"

„Der Belgier wird eines Tages abfahren, und dann stehst du mit dem Finger im Mund da."

„Ich habe dir doch gesagt, daß die Apparate hier bleiben werden. Und es muß sie ja jemand instand halten."

„Sei doch nicht naiv!" sagte Sascho griesgrämig. „Sie werden einen Wasserleitungsarbeiter statt deiner einsetzen. Besonders wenn er der Schwager des Direktors ist."

„Das ist mir egal! Ich bin Fachmann und habe goldene Hände. Selbst wenn ich nur zwei Farbfernseher je Tag reparieren sollte, würde ich mehr Geld verdienen als dein Onkel."

Im Prinzip hatte Kischo recht. Man brauchte weder einen Betrieb noch eine Genehmigung. Er würde nicht einmal Steuern an den Staat abführen müssen. Und jeder würde ihn sorgfältig decken, denn es war nicht so einfach, einen Techniker für die Reparatur von Farbfernsehgeräten zu bekommen. Obendrein war dieser zu jeder Zeit greifbar, man brauchte nur anzurufen, und er kam: freundlich, wohlerzogen, er würde einen Witz erzählen und könnte auch den vierten Mann beim Bridge oder Poker abgeben. Man würde ihn auf Händen tragen und sofort eine Petition beim Staatsrat einreichen, falls ihm ein Haar gekrümmt werden sollte.

„Trotzdem, Universität bleibt Universität!" sagte Sascho lustlos. „Von Brot allein kann man nicht leben."

Kischo warf den Löffel verärgert auf den Tisch. Sein Gesicht hatte eine undefinierbare rötliche Farbe angenommen, ob vom Pfeffer oder aus Wut, war nicht zu erkennen.

„Hör doch mal zu, du Schwachsinniger, willst du etwa dein ganzes Leben lang ein Assistentengehalt beziehen?"

„Wieso das ganze Leben?" fragte Sascho.

„Ich frage mich auch, wieso. Bin ich etwa zu dumm, zu ungebildet oder zu unbegabt? Warum soll ich mir das bieten lassen?"

Damit war ihr Gespräch beendet. Kischo stand auf, um noch einmal seine Automaten zu inspizieren, und Sascho ging nach Hause. Seine Mutter war zum Glück nicht da. Dafür aber war die Zentralheizung abgestellt worden. Es war immer wieder dasselbe. Im Mai heizte man wie verrückt, und im November sparte man. Sascho zog die Vorhänge zu, griff sich zwei Decken und schlief innerhalb einer halben Minute ein.

Als er erwachte, war es im Zimmer kalt und dämmrig. Er hatte keine Vorstellung, ob es morgens oder abends war, und fühlte sich völlig ausgelaugt und traurig. Das ganze Leben schien ihm sinnlos zu sein. Er gähnte, kratzte sich zerstreut an der Brust und schaltete den Fernsehapparat ein. Als das Bild erschien, sah Sascho erstaunt Donkas Kopf vor sich. Sie war wie sonst, hatte nur eine neue Frisur: ihr Haar hing in langen Locken herab. So glich sie einem Lord-Mayor während der Festsitzung. Sie sprach klar und flüssig, in einem Ton, der keine Widerrede duldete. Als die Kamera umschwenkte, kam die Jury ins Bild. Offensichtlich war das hier ein Fernsehquiz. Anhand einer großen Tafel konnte sich Sascho überzeugen, daß Donka nach Punkten führte. Sie thronte aufgerichtet und repräsentativ wie eine montenegrinische Fürstin in ihrem Sessel. Kein Muskel zuckte auf ihrem Gesicht. Sie sah ihn an, als ob sie sagen wollte: Sieh her, es gibt nicht nur Christa auf dieser Welt! Sascho seufzte und schaltete den Fernseher aus.

Seine Stimmung war am Nullpunkt angelangt. Er ging in die Küche und sah sich nach etwas Eßbarem um. Aber der Kühlschrank war leer. Warum sollte er auch voll sein, wo Sascho doch nie etwas hineinlegte. Seine Mutter schlug sich bei seinem Onkel gut durch, so daß sie auch ohne Abendbrot auskommen konnte.

Sascho seufzte erneut. Das war wirklich kein Leben! Er hatte weder Geld noch Arbeit, Essen oder eine Frau. Mit der Geliebten hatte er sich auch angelegt. Was sollte er tun – sein letztes Geld vertrinken? Oder sich bis zum Café „Warschau“ schleppen? Vielleicht würde sich der Trotzkopf doch noch besinnen . . .

Eine halbe Stunde später saß er im „Warschau“ vor einem hohen Glas Saft und strahlte. Ihm gegenüber hatte gerade Christa Platz genommen, in bester Laune.

3 Der Tag begann hoffnungslos grau. Die Straße war leer, nur ein Mann mit großkrempigem verknittertem Hut stapfte im Nebel vorüber. Doch nicht das Wetter war schuld an der schlechten Laune Urumows. Er hatte einfach ein schlechtes Gewissen, ja, so war es, ein schlechtes Gewissen seinem Neffen gegenüber. Was er ihm gestern so an den Kopf geworfen hatte . . .

„Michail“, meldete sich seine Schwester aus irgendeinem Winkel der Wohnung.

„Was gibt's?“ brummte er vor sich hin.

„Komm frühstücken!“

Ihre Stimme klang jetzt etwas tyrannisch. Es waren zwar schwache Anzeichen, aber sie erinnerten ihn, wenn auch nur entfernt, an die Stimme seines Vaters. Er wäre erstaunt gewesen, wenn man ihm gesagt hätte, daß hin und wieder auch von ihm dieser herrische Ton der Urumows zu hören war, zwar selten, aber dann kalt und scharf wie eine Schneide. Er selbst hielt sich für geduldig und brav. In dieser Verfassung ging er zur Küche. Im Wohnzimmer kam ihm seine Schwester entgegen und ordnete streng an:

„Die Pantoffeln!“

Solange seine Frau gelebt hatte, war er in Schuhen durch die Wohnung gelaufen und in seinem Arbeitszimmer meistens einfach auf Strümpfen. Der Professor seufzte und kehrte gehorsam um. Seit ein paar Monaten bohnerte seine Schwester das rötliche Buchenparkett. Um es zu schonen, hatte sie ihrem Bruder Pantoffeln gekauft und für sich Hausschuhe ausgekramt, die so groß und unbequem waren, daß sie darin wie eine Ente watschelte. Der Professor nahm vor seinem Kaffee, den gerösteten Brotscheiben, den Oliven und der Margarine, die sie ihm gnädig zugestanden hatte, Platz. Das, was der Junge gestern gesagt hat, ist richtig, dachte er. An dem Jungen ist nichts auszusetzen, da braucht man sich gar nichts vorzumachen. War denn ein anderer seiner nächsten Mitarbeiter überhaupt mit ihm zu vergleichen? Keiner.

„Du willst ein gelehrter Mann sein, aber du achtest gar nicht darauf, was du ißt“, sagte seine Schwester.

„Das spielt keine Rolle“, stammelte der Professor.

„Doch! Du bist ein komischer Heiliger!“

Wenn sie es ganz genau nahm, glich er eher einem malariakranken Heiligen, vor allem durch den fiebrigen Glanz seiner Augen. Sie konnte natürlich nicht wissen, daß das weder ein Krankheitssymptom war noch auf Hunger schließen ließ. In ihrem Bruder war einfach ein neues Feuer entflammt, das ihm selbst noch geheimnisvoll und unverständlich schien.

Eine halbe Stunde später war er schon auf dem Weg zum Institut. Trotz des schlechten Wetters ging er zu Fuß. Er durfte nicht mehr so oft mit diesem Auto fahren, er brauchte Bewegung, ja Bewegung. Die Bewegung war mehr als ein Ziel, denn das starb, wenn man es erreicht hatte. Aber wieviel Bewegung war in seiner eigenen Menschenmaschine gespeichert? Ja, er mußte dem Jungen die Stelle verschaffen. Er konnte dabei sogar seinen Prinzipien treu bleiben! Er würde den Neffen einstellen und dann kündigen. So talentiert wie Sascho war, würde er die ganze Sache sogar besser als er zu Ende bringen.

Als er am polygraphischen Kombinat war, fiel ihm auf einmal ein, daß er umkehren mußte. Schon vor einem Jahr war das Institut in ein neues Gebäude umgezogen, aber immer wieder passierte es ihm, daß er den alten Weg einschlug. Er hatte sich nicht an dieses neue Gebäude mit dem Linoleum, den hallenden Wänden und diesen stöhnenden Fahrstühlen gewöhnen können, die so oft zwischen den Etagen stehenblieben. Ihm gefiel nicht einmal sein Arbeitszimmer, obwohl es ziemlich geräumig war. Das alte Gebäude war wie eine Festung gebaut gewesen, mit schmalen und unbequemen Fenstern. Aber durch diese Fenster mit den großen gußeisernen Griffen und den gekitteten Fensterscheiben waren seit dreißig Jahren die Äste einer riesigen alten Ulme hereingedrungen, weshalb man sie in jedem Herbst beschneiden mußte. Der Frühling war immer besonders schön gewesen, und das Sonnenlicht, von den Blättern gefiltert, hatte das Arbeitszimmer in zartes Grün getaucht. In den frühen Morgenstunden hatten Vögel im Gezweig gezwitschert, und ab und zu waren gelb, taubenblau oder bunt Gefiederte umhergeflogen, aber welcher davon den Gesang zum besten gab, konnte keiner ausmachen. Einige Male hatte Urumow Dozenten oder wissenschaftliche Mitarbeiter gefragt, was das für ein Vogel sei, der draußen zwitscherte, aber sie hatten nur die Achseln gezuckt und ihn verwundert angesehen, weil sie diesen Vogelgesang nicht einmal wahrgenommen hatten. Schließlich hatte er sich über diese Wissenschaftler geärgert, die den einfachsten Vogel nicht kannten. Eines Tages war ihm der Gedanke gekommen, sich bei der Reinigungskraft zu erkundigen. Sie hatte nur einen Augenblick lang hingehört und gesagt:

„Das ist eine Drossel."

„Aber natürlich!" hatte der Professor erfreut zugestimmt. „Natürlich, eine Drossel. Wo ist sie denn?"

Nach einer Viertelstunde war es ihm endlich gelungen, den kleinen Sänger, der zwischen den Zweigen gesessen hatte, zu erspähen ... Jetzt sah er, wenn er aus seinem Fenster blickte, anstelle einer Ulme einen rostigen Turmkran, der seinen Schnabel auf das oberste Stockwerk eines Rohbaus gerichtet hatte. Er glich einem großen Storch, der drauf und dran war, einen von den menschlichen Grashüpfern aufzupicken, die sich in ihren gelben Plasthelmen um ihn herum tummelten.

Im Arbeitszimmer fand Urumow Zeitungen und einige Bulletins vor. Aber er würdigte sie kaum eines Blickes, da er erneut an seinen Neffen denken mußte. Sollte er seinen Stellvertreter sofort zu sich bitten, um mit ihm über Saschos Einstellung zu reden, oder sollte er noch etwas Kraft sammeln? Je älter er wurde, desto öfter ertappte er sich dabei, daß er unangenehme Dinge lieber aufschob – für eine Stunde, für einen Tag, für zwei Tage, bis er sie dann vergessen hatte. Aber dieses Mal würde er sich überwinden und die Sache gleich erledigen. Er griff zum Telefon.

„Bist du es, Skortschew? Kannst du mal zu mir kommen?"

„Ja, selbstverständlich. Soll ich den Bericht mitbringen?"

„Was für einen Bericht?“

„Den Quartalsbericht.“

„Gut, bring ihn mit!“ antwortete der Professor.

Kurze Zeit darauf saß sein Stellvertreter ihm gegenüber in einem unbequemen Sessel, der mit Kunstleder bezogen war und, wer weiß warum, nach Mäusen roch. Dieser Geruch bedrückte und ärgerte Urumow anfangs, bis er sich allmählich an ihn gewöhnt hatte und ihn nicht mehr wahrnahm. Aber die anderen, besonders die selteneren Besucher, fühlten sich durch diese Tatsache beunruhigt, sie zogen vorsichtig die Luft durch die Nasenlöcher ein und sahen sich diskret um. Das belustigte Urumow immer wieder, der wie mancher ältere Mensch sowohl die gebetenen als auch die ungebetenen Gäste verabscheute.

Skortschew allerdings schien überhaupt keinen Geruchssinn zu haben, denn er saß in aller Seelenruhe auf seinem Platz. Er hatte einen ganz kahlen Kopf und das Gesicht einer Gummipuppe, deren Erhebungen und Ränder leicht abgescheuert waren. Urumow hatte schon immer das Gefühl nicht loswerden können, daß ein Laut wie aus einer alten Autohupe ertönen würde, wenn er ihn auf den Kopf drückte.

„Skortschew, haben wir eine Assistentenplanstelle frei?“

Er wußte sehr wohl, daß dies der Fall war, doch trotzdem wartete er ungeduldig auf Skortschews Antwort.

„Wir haben zwei unbesetzte Planstellen, Genosse Urumow.

„Das ist ja wunderbar“, sagte der Professor. „Ich denke nämlich an einen sehr ernst zu nehmenden Bewerber.“

„Ich habe nichts einzuwenden, Genosse Urumow.“

„Ich auch nicht.“ Der Professor lächelte kaum wahrnehmbar. „Da stört nur eine Kleinigkeit: Es handelt sich um meinen Neffen.“

„Ich glaube, daß ich ihn kenne“, erwiderte Skortschew. Sein Gummigesicht schien gar nichts auszudrücken, weder Protest noch Einverständnis. Er saß immer noch lässig da, lediglich seine Beine, die wie die Wurzeln eines mächtigen Baumes leicht gewunden waren, bewegten sich unruhig.

„Er hat seinen Abschluß als Bester in der Studiengruppe gemacht!" fuhr Urumow fort. „Seine Diplomarbeit ist ausgezeichnet, ich habe sie mir sehr aufmerksam angesehen."

Eine zweite Lüge innerhalb einer einzigen Minute. So ist es, wenn man einmal die schiefe Ebene betreten hat, dachte Urumow.

Für kurze Zeit herrschte peinliches Schweigen.

„Und trotzdem rate ich Ihnen davon ab", sagte Skortschew zurückhaltend.

Urumow empfand seltsamerweise nach dieser Antwort sogar Erleichterung.

„Warum denn, Skortschew?" fragte er gelassen.

„Sie werden ins Gerede kommen, Genosse Urumow. Und das wäre schade, da Sie bisher immer ein Mann von einwandfreier Reputation waren."

„Wer weiß, ob sie so einwandfrei war, wenn sie derartig leicht ins Wanken geraten kann. Doch das ist nicht ausschlaggebend ... Sagen Sie mir nur, aber Hand aufs Herz, Skortschew, welches Recht habe ich, einem begabten jungen Mann den Weg zu verbauen, nur weil er das Pech hat, mein Neffe zu sein?"

„Ich verstehe Sie schon, doch wäre es nicht vernünftiger, ihn woanders unterzubringen? Vielleicht in der Universität? Ich könnte das regeln."

„Aber sein Interesse gilt nun mal unseren Problemen und insbesondere meinen Versuchen. Ich bin schon alt, Skortschew, ich werde wohl kaum länger als noch ein paar Jahre mitmachen können, und einer muß ja mal mein Werk fortsetzen."

„Ihr Werk ...", setzte Skortschew an.

Plötzlich kam Urumow ein verzweifelter Gedanke.

„Haben Sie meinen Artikel in der ‚Prostori' gelesen?"

„Natürlich."

Es lag dem Professor schon auf der Zunge, zu sagen:

Dieser Artikel ist nicht von mir. Er wurde eigentlich von meinem Neffen verfaßt. Aber er brachte die Worte nicht über die Lippen. Ihm schien, daß das „Natürlich“ seines Stellvertreters etwas sonderbar geklungen hatte, und er wollte erst dieser Sache auf den Grund gehen.

„Was halten Sie davon?“ fragte er Skortschew.

Aus dem Gummigesicht entwich vor lauter Bedrängnis das Blut, so daß es jetzt eher Zelluloid glich.

„Ich habe den Artikel sehr aufmerksam gelesen“, begann Skortschew endlich zu reden. „Und wenn ich ehrlich sein soll . . ., ich weiß nicht, ob Sie mich recht verstehen . . ., ich hatte das Gefühl, das Wesentliche darin nicht erfassen zu können.“

„Inwiefern?“

Urumow merkte diesmal selbst, daß seine Stimme sehr streng klang, eigentlich strenger, als er beabsichtigt hatte. Er wollte doch seinen Stellvertreter nicht einschüchtern.

„Ich weiß, daß es keine wissenschaftliche Abhandlung ist“, fuhr Skortschew fort. „Der Artikel ist eher als . . ., als ein Essay zu betrachten. Genau so habe ich ihn auch aufgefaßt. Sonst hätte ich geradezu Befürchtungen gehabt, in sein Wesen vorzudringen.“

Urumow glaubte seinen Ohren nicht zu trauen, fragte aber trotzdem geduldig:

„Wie ist das zu verstehen, daß Sie Befürchtungen hatten?“

„Wie soll ich es Ihnen erklären? Erstens mag ich Prophezeiungen überhaupt nicht, und zweitens sind Schlußfolgerungen dieser Art, gelinde gesagt, ziemlich pessimistisch. Sie könnten zur Mutlosigkeit, ja sogar zur Panik innerhalb der Gesellschaft führen.“

Urumows Gesicht verfinsterte sich. Doch er war seinem Stellvertreter für die Offenheit dankbar.

„Sehen Sie, Skortschew, meines Erachtens ist es jetzt das wichtigste, die Wahrheit herauszufinden. Erst danach wird es zur Einschätzung ihres Wertes kommen.“

„Aber so kann doch nicht die Wahrheit aussehen!“ rief

Skortschew erschrocken. „Sie selbst haben das doch auch als bloße Vermutung bezeichnet."

„Ja, natürlich, aber diese Vermutung wird von zahlreichen Fakten erhärtet."

„Genosse Urumow, ich will nicht mit Ihnen streiten!" sagte Skortschew müde. „Ich achte Sie viel zu sehr, um anzunehmen, daß Sie leichtsinnig gehandelt haben könnten. Aber im Institut ist es auf Grund Ihres Artikels zu ernster Unruhe gekommen."

„So?" Urumow zuckte zusammen.

„Leider ist es so. Sie überraschen Ihre eigenen Mitarbeiter plötzlich mit Ideen, die Sie ihnen gegenüber noch nie geäußert haben. Dabei arbeiten wir alle an einer gemeinsamen Sache und müssen auch gemeinsam dafür geradestehen."

Der Professor sah ihn erschüttert an. Bislang war ihm dieser Aspekt der Angelegenheit noch gar nicht in den Kopf gekommen.

„Ja, Sie haben völlig recht", sagte er leise. „Aber es ist nun mal so, daß die Wissenschaftler manchmal selbst nicht an ihre eigenen Entdeckungen glauben, auch wenn sie ganz unbestritten sind, weil die unbestrittensten Wahrheiten am umstrittensten sind." Dieses Mal zog es Skortschew vor zu schweigen. Nach einiger Zeit nahm der Professor das Gespräch wieder auf.

„Nun gut, dann schlage ich vor, daß Sie über den Artikel und seine Auswirkungen mit dem Parteisekretär beraten und dann eine Versammlung anberaumen. Ich bin bereit, dort ausführliche Erläuterungen zu meiner Arbeit zu geben und, falls es notwendig sein sollte, mich auch zu entschuldigen."

„Aber Sie müssen sich doch um Himmels willen nicht entschuldigen! Sie sollen nur Ihre . . ., nun . . . Hypothese anhand nützlicher Schlußfolgerungen erläutern", brachte Skortschew mühsam hervor.

Urumow erhob sich von seinem Stuhl und schritt nachdenklich zum Fenster. Die Sonne hatte hier und da den Nebel durchbohrt und spiegelte sich auf den nassen

Dächern der im Institutshof geparkten Autos wider. Der tomatenrote, stets gut gepflegte Wagen gehörte Asmanow. Er paßte ideal zu seinem Jackett aus schottischem Tweed, das die Farbe welker Mohrrüben hatte. Welsh hatte möglicherweise doch recht. Die Intuition war vielleicht tatsächlich nur ein Wahrheitsempfinden, ganz gleich, wie es zustande kam.

„Wird diese Kampagne von Asmanow geführt?" fragte der Professor. Er hatte das Gefühl, daß es hinter seinem Rücken zu einem Wirrwarr gekommen war, was eigenartigerweise Genugtuung in ihm hervorrief.

„Auf der Versammlung wird sich herausstellen, wer welche Auffassung vertritt", entgegnete Skortschew.

„Und was machen wir nun mit der Assistentenstelle?"

„Ihr Neffe soll seine Unterlagen einreichen, je eher, desto besser."

„Ja, natürlich. Möglichst, solange ich noch der Direktor dieses Instituts bin." Urumow lachte nervös auf.

Sein Stellvertreter blieb die Antwort schuldig. Vielleicht hatte Urumow auch dieses Mal ins Schwarze getroffen. Und ganz sicher hatte der Professor allen Grund zu Befürchtungen, denn wenn die Lawine einmal ins Rollen kam, mußte mit allem gerechnet werden.

„Ich befürchte, Sie unnötig beunruhigt zu haben", sagte Skortschew leise und stand ebenfalls auf.

„Nicht im geringsten." Urumow lächelte. „Was kann man in meinem Alter denn noch verlieren!"

Skortschew nickte und verließ das Zimmer. Der Professor nahm seinen Gang durch das Arbeitszimmer wieder auf. Unruhe – gerade dieses Wort hatte er am wenigstens zu hören erwartet. Er war jedoch weder gekränkt noch verbittert, lediglich verwundert. In den vergangenen Jahrzehnten hatte keiner an seiner Macht gezweifelt. Sowohl sein Alter als auch seine Autorität hatten bisher jegliche Zweifel ausgeschlossen. Sein Werk war mehr als respektabel, er genoß den Ruf eines weltbekannten Wissenschaftlers und war Mitglied verschiedener Akademien. Und da war es plötzlich durch einen geringfügigen Anlaß zu einer Unruhe gekommen! Vielleicht übertrieb Skortschew die ganze Angelegenheit?

Urumow versuchte, den Rechenschaftsbericht durchzusehen, obwohl ihm die Arbeit nicht von der Hand ging. Wie üblich hatte anscheinend alles seine Richtigkeit, nur mit dem Labor schien etwas nicht zu stimmen. Das war seltsam, denn der Leiter des Labors gehörte zu den fähigsten und fleißigsten Mitarbeitern des Instituts. Wenn schon er seine Arbeit nicht schaffte, was sollten dann die anderen sagen? Urumow begriff plötzlich, daß er seine Kollegen eigentlich gar nicht kannte. Für ihn waren sie nur Symbole für die Arbeit, die sie verrichteten. Gefühle, Leidenschaften und Ambitionen – das alles glimmte oder flackerte unter dem Dach des Instituts, ohne daß er es ahnte. Er dachte noch einen Augenblick nach und ging dann zum Labor. Awramow, der die leisen Schritte des Professors vernommen hatte, wandte sich ihm erstaunt zu. Er machte einen ziemlich finsteren Eindruck, schien aber keineswegs schuldbewußt zu sein, Urumow setzte sich zu ihm.

„Wie steht's?“ fragte er.

„Gut“, entgegnete Awramow kurz.

Seine Stimme klang sehr selbstbewußt.

„Das möchte ich gern glauben“, erwiderte Urumow, „aber aus dem Rechenschaftsbericht geht es nicht hervor.“

„Aus dem Rechenschaftsbericht?“ fragte Awramow zerstreut. Er war mit seinen Gedanken ganz woanders. „Mag sein. Aber das ist doch nur eine Formalität. Kein Mensch liest diese Rechenschaftsberichte.“

„Ich wohl auch nicht?“ Urumow lächelte.

„Zu Ihnen würde das am allerwenigsten passen. Ausschlaggebend ist doch wohl, was tatsächlich geleistet wird.“ Er schien einen Moment seinen Gedanken nachzuhängen und fügte dann hinzu: „Trotzdem fühle ich mich Ihnen gegenüber ein wenig schuldig.“

„So?“

„Vielleicht hätte ich es Ihnen schon früher sagen sollen!“ fuhr Awramow fort, wobei verhaltene Aufregung in seiner Stimme mitschwang. „Ich glaube, daß ich zu einer wichtigen Sache vorgestoßen bin, und zwar ganz allein. Es handelt sich um etwas, was auch für Ihre Arbeit von Nutzen sein könnte.“

Urumow sah ihn aufmerksam an. Ganz allein, das war gar nicht so schlecht gesagt.

„Um welches Problem ging es dabei?“ fragte er.

„Um die Katalysatoren beim Stoffwechsel. Um das Niveau der Zelle und des Zellkerns.“

„Interessant. Und wie sind Sie darauf gekommen?“

„Ich bin eigentlich zufällig auf dieses Problem gestoßen, während ich Ihre Versuche durchführte. Aber ich habe mich nicht dazu durchringen können, gleich mit Ihnen zu reden, weil ich fürchtete, voreilig zu handeln. Sie wissen selbst, daß solche Dinge absurd erscheinen können, wenn man sie nicht beweisen kann.“

„Das ist mir nur zu gut bekannt.“ Urumow nickte. „Und selbstverständlich dürfen Sie Ihre Versuche auch allein zu Ende führen. Das entspricht dem Urheberrecht, obwohl man ihm bei uns anscheinend oftmals wenig Aufmerksamkeit schenkt.“

„Nein, deshalb habe ich nicht geschwiegen!“ rief Awramow lebhaft. „Eigentlich bedurfte ich sogar Ihrer Unterstützung, aber ich hatte Angst, mich lächerlich zu machen. Sie werden selbst sehen, daß die Sache etwas eigenartig ist.“

Urumow hatte das Gefühl, daß die Hände seines Mitarbeiters vor Aufregung schweißnaß geworden waren, denn er wischte sie immer wieder an seinem weißen Kittel ab.

„Berichten Sie! Ich werde mich bemühen zu helfen, ohne dabei Ihr Urheberrecht zu gefährden“, meinte der Professor beruhigend.

Awramow begann zu erzählen. Je länger er sprach, desto stärker wurde seine Unruhe. Auch Urumow wurde nervös, aber aus einem anderen Grund: Er wußte, daß er, sobald Awramow geendet haben würde, seine ehrliche Meinung sagen und den Kollegen enttäuschen mußte. Und gerade das fürchtete er. Er beschloß, die bittere Pille wenigstens behutsam zu verabreichen, und fragte zunächst:

„Wie lange arbeiten Sie schon an diesem Problem?“

„Etwa seit einem Jahr.“

„Aber das ist eine kolossale Sache! Wie haben Sie das nur geschafft?“

„Ja, es war sehr aufwendig“, entgegnete Awramow etwas verzagt, „und ich habe den größten Teil der Versuche außerhalb der Arbeitszeit durchgeführt.“

„Warum denn?“

„Damit ich die andere Arbeit nicht vernachlässige . . ., auch Ihre Versuche.“

Urumow wollte darauf nichts entgegnen. Die laufende Arbeit hatte natürlich darunter gelitten, aber darum ging es jetzt nicht. Wie sollte er beginnen, so stand die Frage. Vielleicht wäre es am besten, Awramow die Wahrheit direkt zu sagen.

„Es tut mir leid, Kollege, aber ich muß Sie enttäuschen!“ begann Urumow schließlich.

„Enttäuschen?“ Awramow sah ihn ungläubig an.

„Ja. Das, was Sie mit so einem Aufwand erforscht haben, ist schon entdeckt. Sie können kein Englisch, sonst wüßten Sie es wahrscheinlich. Der entsprechende wissenschaftliche Beitrag wurde vor einem halben Jahr in den USA veröffentlicht.“

Awramow erblaßte.

„Doch ihre Entdeckung macht Ihnen Ehre“, fuhr Urumow fort. „Ich gebe offen zu, daß ich überrascht bin. Wissen Sie, wo in den USA die Versuche durchgeführt worden sind? In der Yale University, wahrscheinlich, weil es dort das beste Laboratorium mit der modernsten Apparatur gibt.“

Aber Awramow schien nicht mehr zuzuhören und flüsterte nur:

„So viel Arbeit. Und alles umsonst!“

Es war wirklich ein Drama. Dem Professor war das

völlig klar. So viel Arbeit, so viel Mühe und so viele Hoffnungen hatte Awramow mit diesen Experimenten verbunden. Und nun war das Ergebnis gleich Null.

„Da kann man nichts machen. Solche Dinge kommen nun mal vor. Trotzdem können Sie stolz sein, das meine ich ganz ernst. In den Staaten hat sich ein ganzer Stab von weltbekannten Wissenschaftlern mit diesen Versuchen beschäftigt und Millionen Dollars ausgegeben, während Sie alles allein getan haben."

„Aber vielleicht glauben Sie mir nicht?" Awramow zuckte plötzlich zusammen.

„Wie soll ich das verstehen?"

„Möglicherweise denken Sie, daß ich mir deren Schlußfolgerungen zu eigen gemacht habe."

„So ein Blödsinn!" murmelte der Professor. „Warum sollten Sie das tun? Um das Institut und sich selbst in Mißkredit zu bringen?"

Awramow griff mit fahrigen Bewegungen in ein Schubfach und entnahm diesem einen Stoß Hefte.

„Da haben Sie meine Aufzeichnungen!" sagte er. „Ich habe alles ausführlich und chronologisch fixiert. Ich bitte Sie sehr, sich die Notizen anzusehen. Vielleicht enthalten sie wenigstens einen nützlichen Aspekt."

Sicher fiel es dem Mann sehr schwer, sich mit dem Gedanken, daß seine Arbeit ganz umsonst gewesen war, abzufinden.

Kurz darauf verließen sie gemeinsam das Labor. Awramow hatte zuvor seinen Kittel ausgezogen, und der Professor achtete zum erstenmal seit langer Zeit bewußt auf den Anzug seines Mitarbeiters. Er war ganz abgetragen. Auch das Oberhemd und die Krawatte hatten längst ihre ursprüngliche Farbe verloren. Awramows ganzes Aussehen glich dem eines Junggesellen: Alles an ihm war abgenutzt und ungepflegt, einschließlich seiner Schuhe, die schon lange weder Schuhkrem noch eine Bürste gesehen hatten. Ob er wirklich Junggeselle war? Es war merkwürdig, aber Urumow hatte sich nie dafür interessiert, ob seine nächsten Mitarbeiter verheiratet waren oder nicht. Er hatte auch nie mit ihnen zusammen gegessen, wobei das allerdings ein typischer Zug der Urumows sein mochte. Sie alle hatten niemals die Arbeit mit der Freundschaft in Verbindung gebracht. Der Vater des Professors beispielsweise hatte keinen einzigen Freund unter seinen Arztkollegen gehabt und sich hartnäckig von ihnen ferngehalten.

„Haben Sie eigentlich Kinder?“ erkundigte sich Urumow jetzt.

Er hielt es für geschickter, seine Frage, ob der Kollege verheiratet sei, so zu umschreiben.

„Natürlich“, erwiderte Awramow verblüfft. „Zwei. Sie sind schon bald erwachsen.“

„Wie alt sind sie?“

„Mein Sohn hat gerade sein Studium aufgenommen . . ., und meine Tochter . . .“ Er unterbrach sich unwillkürlich, und sein Gesicht wurde fahl.

„Haben Sie Sorgen?“

„Ziemlich große“, antwortete Awramow. „Sie leidet an schwerem Glaukom. Ich weiß nicht, ob es uns gelingen wird, sie vor dem Erblinden zu bewahren.“

„Wie alt ist sie?“

„Gerade erst zwölf. Ich habe alles getan, was in meinen Kräften stand. Wir waren mit ihr sogar bei Spezialisten im Ausland. Zur Zeit ist sie mit ihrer Mutter in Wien.“

Das war wirklich ein großes Unglück – ein zwölfjähriges Mädchen, das von völligem Blindsein bedroht war. Jetzt wurde dem Professor sofort klar, warum Awramow so ärmlich gekleidet war. Anscheinend war es für ihn, der nicht übermäßig gut verdiente, gar nicht so leicht, seine Tochter und seine Frau ins Ausland zu schicken.

„Sie hätten mir das sagen müssen“, sagte der Professor mit leichtem Vorwurf. „Ich hätte im Ministerium etwas für Sie tun können.“

„Sie würden sicher tun, was in Ihren Kräften steht“, antwortete Awramow müde. „Aber alles kann das Ministerium natürlich auch nicht.“

„Warum sollte es da nichts ausrichten können?"

„Nun, es ist immerhin Ausland . . ., und außerdem kann das Kind nicht allein fahren."

„Aber vielleicht gibt es irgendwelche Möglichkeiten und Fonds."

„Ich weiß es nicht!" Awramow seufzte. „Man kann nun mal kein Kamel durch ein Nadelöhr bringen."

Urumow hätte beinahe gesagt: Vielleicht doch!, hielt sich aber rechtzeitig zurück. Warum sollte er dem Mann unnötig Hoffnung machen? Erst jetzt begriff er, daß Awramow wahrscheinlich auf seine Entdeckung gebaut hatte. Sicher hatte er bei allen Freunden und Verwandten Geld geborgt, und sie wäre ein Ausweg gewesen, die Schulden zu begleichen. Sie schritten schweigend nebeneinanderher, bis sie die nächste Querstraße erreicht hatten, wo sie sich trennen mußten. Urumow reichte Awramow die Hand.

„Ich werde mir gleich heute Ihre Aufzeichnungen vornehmen", versprach er. „Es ist ja auch nicht unwichtig, wie Sie zu dieser Entdeckung gekommen sind. Sie wissen doch, wenn ein Theorem zwei Beweisführungen hat, sind zwar beide legitim, aber stets wird in der Praxis die effektivere und kürzere bevorzugt."

Ein Hoffnungsschimmer war im Blick Awramows zu bemerken, erlosch aber schnell wieder.

„Sie wollen mich nur trösten", sagte er. „Leider geht es hier um kein Theorem. Was für einen Sinn hätte es, das Fahrrad zum zweitenmal zu entdecken?"

„Das Fahrrad ist sogar einige Male entdeckt worden. Und seine ersten Ausführungen haben ausgesprochen seltsam ausgesehen", meinte Urumow.

Er ging nach Hause und aß unter dem vorwurfsvollen Blick seiner Schwester sein Mittagessen. Sie hatte ihm sein Leibgericht – Linsensuppe – gekocht, was sie selten tat, um ihn nicht zu verwöhnen. Aber dieses Mal schluckte er die Suppe hinunter, ohne ihr besondere Aufmerksamkeit zu widmen. Seiner Schwester krampfte sich das Herz zusammen, ihr war, als ob er die Suppe auf den Fußboden gösse. Endlich konnte sie nicht länger an sich halten und sagte verärgert:

„Das sind Linsen!"

„Ja, das sehe ich!" erwiderte Urumow. „Sie schmecken vorzüglich!"

„Vorzüglich", brabbelte sie. „Dabei merkst du überhaupt nicht, was du zu dir nimmst!" Wütend verließ sie die Küche. Als ob es so leicht wäre, in dieser idiotischen modernen Welt Linsen und Kräutersalz aufzutreiben! Sie würde besser daran tun, nach Hause zu gehen, wo ihr Taugenichts nun schon den dritten Tag irgendeinen Fraß in sich hineinlöffelte ... Sie warf die Hausschuhe von den Füßen und setzte ihren grünen Lieblingshut mit den künstlichen Kirschen auf.

„Auf Wiedersehen!" rief sie ihrem Bruder von der Küchentür aus zu.

Der Professor fischte gerade die Knoblauchzehen, die mit den Linsen gekocht worden waren, aus der Suppe.

„Auf Wiedersehen!" erwiderte er. „Und sage Sascho, er möchte gegen Abend vorbeikommen."

„Ich werde es ausrichten!" sagte sie. „Aber morgen koche ich dir Holzpantinen mit Porree. Du achtest ja ohnehin nicht darauf, was du ißt."

Urumow verbrachte den ganzen Nachmittag über den Aufzeichnungen von Awramow. Er war bedrückt. Awramow hatte leider die gleiche Methode wie seine amerikanischen Kollegen angewandt, obwohl er viel kürzere Wege als sie beschritten hatte, die Urumow durch ihre Scharfsinnigkeit und Effektivität in Erstaunen versetzten. Doch trotzdem würde wohl kaum jemand auch nur einen Groschen für die Entdeckung ausgeben, und nur wenige würden Awramows Wert als Wissenschaftler richtig einschätzen.

Der Professor nahm bekümmert noch einmal die abgegriffenen Hefte zur Hand. Die meisten von ihnen wiesen lose Blätter auf; wahrscheinlich hatte Awramow alte Schulhefte seiner Kinder benutzt. Alles war sorgfältig und genau aufgezeichnet in deutlicher und energischer

Schrift. Wahrscheinlich war Awramow früher sogar energisch gewesen, aber die Sorgen um sein Kind hatten ihn bedrückt und gebrochen.

Gegen neunzehn Uhr klingelte es. Es war natürlich Sascho, den Urumow ganz und gar vergessen hatte. Im schwachen Licht der Diele war dem jungen Mann nichts Besonderes anzusehen, aber trotzdem schien es nicht derselbe Sascho wie sonst zu sein; aus seinem Verhalten sprachen Zurückhaltung und etwas verhohlene Feindseligkeit. Steif setzte er sich auf einen Stuhl.

„Nun komm schon, mein Junge, laß das Theater!" Der Onkel lächelte. „Morgen kannst du deine Bewerbungsunterlagen abgeben."

„Na und", der junge Mann zuckte mit den Schultern. „Wenn ich will, kann ich auch Pullover stricken gehen."

„Sei nicht beleidigt, sondern gib lieber einen aus!"

„Wohin soll ich dich führen?" fragte Sascho, immer noch gekränkt.

„Woher soll ich das wissen? In welches Lokal geht man denn heutzutage?"

„Jetzt ist der Besuch von Folkloregaststätten modern", entgegnete der junge Mann. „Und zwar mit Dienstauto und Sekretärin. Zur Tarnung nimmt man irgendeinen Ausländer mit, dann geht alles auf Staatskosten."

„Gibt es dort auch Séparées?"

„Was ist das: ‚Séparée'?"

„Ihr wißt aber auch gar nichts", murmelte der Onkel herablassend. „Ein Séparée ist eine Nische im Gastraum, wo sich die Dame versteckt, um nicht kompromittiert zu werden."

„Oder wo wir uns verstecken müssen, damit wir nicht von der Dame kompromittiert werden. Aber leider habe ich keine solchen Damen", ergänzte Sascho.

„Was wollen wir dann in einer Folkloregaststätte?"

„Nichts. Gehen wir lieber in den Russischen Klub."

Sie beschlossen, zu Fuß zu gehen. Es wehte ein leichter Abendwind, und einzelne Schneeflöckchen flogen durch die Luft. Mehr würden es kaum werden, der Himmel hatte sich aufgeklärt. Weit hinten am Horizont war der Vollmond aufgegangen, er sah aus wie ein Kürbis.

Im großen Raum des Russischen Klubs war es ziemlich kühl, sogar kalt. Da es noch früh war, gab es nur wenig besetzte Tische, und die Kellner standen fröstelnd in den Ekken herum. Der Professor und Sascho nahmen einen bequemen Platz, weit von den Fenstern entfernt, ein.

„Weißt du, Onkel“, sagte Sascho, „um uns aufzuwärmen, bestellen wir zuerst einen Glühwein.“

Der Professor war einverstanden.

Da kam auch schon der Ober, ein verhältnismäßig alter Mann mit kurzgeschnittenem festem schneeweißem Haar. Sein Gesicht strahlte besondere Ehrerbietung aus.

„Wir werden den Glühwein speziell für den Herrn Professor zubereiten“, sagte er freundlich.

Jetzt erst hob Urumow den Kopf und sah ihn an.

„Woher kennen Sie mich?“ fragte er.

„Vom Union-Klub“, erklärte der Ober immer noch freundlich. „Sie kamen vor vierundvierzig immer mit Ihrem Vater.“

„Ja, jetzt entsinne ich mich.“

„Ich habe zehn Jahre dort gearbeitet!“ fuhr der Ober in dem gleichen würdevollen Ton fort. „Man hat mir immer die wichtigsten Tische anvertraut. Ich habe auch die Regierungsoberhäupter bedient.“

Nachdem er diese ihn beflügelnden Worte gesprochen hatte, nahm er gehorsam Kurs auf die Küche. Sascho konnte sich kaum das Lachen verkneifen.

„Onkel, der freut sich ja riesig über deine Anwesenheit. Ich bin sicher, daß er dich für ein bourgeoises Überbleibsel hält.“

„Warum auch nicht, sehe ich etwa nicht so aus?“

„Doch. Meiner Meinung nach gleichst du dem Grafen von Exeter*, oder besser gesagt, er muß dir ähneln, wenn er etwas auf seinen Titel hält.“

Der Glühwein verfügt über viele verborgene Eigenschaften, die ihn vom gewöhnlichen Wein unterschei-

* Hauptstadt von Devonshire (Südwestengland)

den. Und so nahmen schon nach dem ersten Glas die Ohren des Grafen von Exeter eine dunkelrote Farbe an, und nach dem zweiten berichtete er ausführlich über sein Gespräch mit Skortschew. Die ganze Zeit über war ihm bewußt, daß er das besser nicht hätte tun sollen, aber die Worte schienen ihm geradezu auf der Zunge zu brennen. Sascho hörte aufmerksam zu und wurde immer besorgter.

„Du warst voreilig!“ sagte er nach kurzem Nachsinnen.

„Womit?“ fragte der Onkel.

„Mit dem Vorschlag, eine Versammlung einzuberufen. Wissenschaft bleibt Wissenschaft, dort werden die Probleme nicht durch Stimmabgabe gelöst. Das hat schon Aristoteles gewußt.“

„Was kann deines Erachtens auf der Versammlung geschehen?“

„Man könnte dich blamieren.“

„Das ist kaum möglich!“ sagte der Professor lässig. „In der Wissenschaft sind die Leistungen exakt meßbar. Entweder man hat etwas vollbracht, oder man hat es nicht.“

Nachdem sie auch die zweite Kanne Glühwein ausgetrunken hatten, aß der Professor artig sein Rumpsteak mit Zwiebeln und sah seinen Neffen müde an. Das bedeutete, daß sie sich auf den Weg machen mußten. Unklare Gedanken beschäftigten Urumow, während sie die Straße entlanggingen. Die Versammlung ließ ihn völlig kalt. Sollte man ihn absetzen, würde sein Neffe seine Arbeit fortsetzen und es wahrscheinlich viel weiter als er bringen. Es ging nur darum, daß man Sascho keine Steine in den Weg legte. Aber selbst das wäre nicht so schlimm, der Junge war hartnäckig und würde damit fertig werden.

„Onkel, ich wollte dich schon lange etwas fragen“, meldete sich der junge Mann ganz plötzlich. „Es war mir nur immer peinlich.“

„Mir ist es auch peinlich, wenn du deine Fragen nicht aussprichst. Sag schon, was du wissen willst.“

„Onkel, warum bist du nicht in der Partei?“
„Ist das deiner Auffassung nach wichtig?“
„Natürlich. Jetzt stündest du als Direktor des Instituts auf viel festerem Boden.“
Dem Professor war dieser Gedanke sichtlich unangenehm.
„Mir liegt gar nichts an meiner Position“, sagte er trokken.
„Es geht auch nicht nur um die Stellung, sondern um die Arbeit. Liegt dir etwa nichts an deinen wissenschaftlichen Ideen?“
„Doch. Aber will dir nicht in den Kopf, daß man es verdient haben muß, in die Partei aufgenommen zu werden?“
„Und du solltest es nicht verdient haben? Alle Urumows sind, schon aus Tradition, Republikaner und russophil gewesen.“
„Das stimmt, mein Junge. Doch das wird kaum genügen.“
„Was sonst? Muß man unbedingt auf den Barrikaden gekämpft haben?“
„Man sollte den Kämpfern aber wenigstens Wasser gebracht haben!“
„Du willst mir nicht offen antworten“, brummte der Neffe vor sich hin. „Ich denke mir, daß man dich absichtlich parteilos gelassen hat. Es muß auch eine solche Autoritätsperson in diesen ..., hm ..., in diesen Gremien geben.“
Der Professor schwieg. Keiner wußte, was sich in jener schrecklichen Nacht ereignet hatte. Es hatte ihn keiner danach gefragt, und er hatte auch keinem davon erzählt. Er hatte den Vorfall nicht einmal in seinem Lebenslauf erwähnt und versucht, ihn zu vergessen. Fast wäre ihm das auch geglückt.
In den letzten Monaten des Krieges war er nach Bankja evakuiert worden. Er wohnte dort allein in der Dachkammer einer Villa, die voller Flüchtlinge war. Seine Frau hatte sich nach einem noch sichereren Ort

abgesetzt – sie war bei einer Freundin in Tschamkorija. Die Bombenangriffe hatten aufgehört, aber die amerikanischen Flugzeuge flogen Tag und Nacht über den früher stillen Kurort. Er beobachtete oft von dem kleinen Holzbalkon der Villa aus, wie sie sich langsam und glänzend am klaren Sommerhimmel dahinbewegten. Kein Jagdflugzeug verfolgte sie, und nicht einmal die Luftabwehrbatterien, die im Vorgebirge des Ljulin versteckt waren, beschossen sie. Wahrscheinlich hatten sie Angst, daß die Amerikaner davon in Wut geraten und ihre schreckliche Ladung auf sie abwerfen könnten.

Der Tag des Umschwungs kam unerwartet und nicht so, wie ihn sich Urumow vorgestellt hatte. Es gab weder Schießereien noch Barrikaden oder finstere Arbeiter mit umgeschnallten Patronengurten, wie er sie in manchen Filmen gesehen hatte. In der Stadt liefen lediglich abgemagerte Jungen mit roten Armbinden umher und taten scheinbar gar nichts. Aber der Schein trog. Die Jungen besetzten ohne Kämpfe alle offiziellen Einrichtungen und errichteten die neue Macht. In der Nähe von Bankja waren einige starke Truppenteile stationiert, und die hätten gegen die Aufständischen vorgehen können, aber sie taten es nicht. Die Truppenteile selbst schienen in den Händen der Aufständischen zu sein. Keinem war recht klar, was vor sich ging. Doch blickten die Jungen mit den Armbinden jetzt viel sicherer drein und waren alle mit neuen deutschen Maschinenpistolen bewaffnet. Man sagte, daß die Rote Armee jeden Augenblick in Sofia einziehen würde.

Die Nächte allerdings waren noch unruhig. Sobald die kleine Ortschaft in Dunkelheit versank, setzte der Schußwechsel ein. Es wurde überall geschossen – auf den bewaldeten Hügeln, in den Randgebieten und im Städtchen selbst. Vielleicht gaben die Posten Schüsse ab, um einander ihre Anwesenheit zu melden. Vielleicht machten sich auch die Nachtpatrouillen auf diese Art Mut. Vielleicht aber war die Sache auch ernster, denn die ganze Nacht hindurch wurden Haussuchungen vorgenommen. Urumow konnte nicht begreifen, wie es einer Handvoll Leuten gelang, so viel Arbeit zu bewältigen. Sicher schliefen sie weder nachts noch am Tage.

Es war etwa eine Woche verstrichen, aber die sowjetischen Truppen rückten immer noch nicht an. Ab und zu kamen Jeeps voller Bewaffneter aus Sofia. Dann wurden die Straßen plötzlich lebendig. Es kam sogar zu einem Meeting, an dem der Professor jedoch nicht teilnahm. Die Anzahl der Personen mit roten Armbinden war inzwischen größer als die der gewöhnlichen Bürger geworden. Die Revolution kam also voran.

Eines Nachts gegen zehn klopfte jemand an Urumows Tür. Er merkte, wie sich ihm vor Angst das Herz verkrampfte. Wer konnte das um diese Zeit sein? Der Professor erhob sich von seinem Bett und öffnete die Tür. An der Schwelle stand ein Mann in einer Windjacke. Die tief in die Stirn gezogene Schirmmütze bedeckte fast vollständig seine Augen. Er trug eine Armbinde mit den Buchstaben OF*. Urumow war verstört. Bedeutete dieser Besuch Hoffnung oder tödliche Gefahr?

„Ich grüße Sie, Professor!“ sagte der Mann und schob die Mütze leicht zurück.

Jetzt erst erkannte ihn Urumow. Vor ihm stand Kisjow, der Polizeichef aus der Blockparteienzeit, der ihn mit Natalia Logofetowa bekannt gemacht hatte.

„Ach, du bist es!“ rief Urumow überrascht.

Kisjow nickte nur, drückte ihn leicht zur Seite und trat ins Zimmer. Dann schloß er vorsichtig die Tür und nahm seine Mütze ab.

„Du brauchst keine Angst zu haben, ich werde nicht gesucht“, sagte er ruhig. „Das hier ist nur zur Tarnung.“ Er deutete auf seine Armbinde.

„Ich brauche mich vor niemandem zu fürchten!“ antwortete Urumow trocken.

Kisjow sah sich im Zimmer um. Er schien enttäuscht zu sein.

* Otetschestwen front = dt.: Vaterländische Front; 1942 auf Initiative G. Dimitroffs gegründete antifaschistische Massenorganisation

„Ich dachte, daß du zwei Betten hast", sagte er. „Wo schläft denn deine Frau, wenn sie hier ist?"

„Sie besucht mich nicht", erwiderte Urumow zurückhaltend. „Jetzt müßte man fliegen, um irgendwohin zu gelangen."

Kisjow schien das überhört zu haben. Er musterte immer noch das Zimmer, bis er schließlich die kleine Tür neben dem Fenster erspähte.

„Führt sie zum Balkon?"

„Ja. Bis vor kurzem haben sich wenigstens noch die Tauben dort getummelt, aber jetzt sind auch sie weg."

„Kein Wunder", sagte Kisjow, und seine weißen Zähne leuchteten. „Jetzt hat jeder eine Waffe und bedient sich ihrer." Dann wurde er ernster und murmelte: „Hör zu, Urumow, ich muß heute bei dir übernachten."

Alles hatte der Professor erwartet, nur das nicht.

„Warum?" fragte er verwundert. „Ich denke, du wirst nicht gesucht?"

„Es ist nur sicherheitshalber ... Du brauchst dir keine Umstände zu machen, ich werde die Nacht auf dem Stuhl zubringen. Hast du eine Decke übrig?"

„Nein", erwiderte Urumow.

Ihm war inzwischen klargeworden, daß sich Kisjow vor der neuen Macht versteckte. Warum hätte er sonst diese Armbinde angelegt? Doch ob Kisjow schuldig war oder nicht, Urumow wußte, daß er ihm das Obdach nicht verwehren würde. Das lag den Urumows so im Blut: Sie hatten noch nie jemandem die Hilfe versagt. Sogar seine reichen Vorfahren, die Kaufleute in Istanbul gewesen waren, hatten, wie die Familienchroniken berichteten, Rakowski und viele andere Revolutionäre bei sich versteckt.

Inzwischen hatte sich Kisjow gesetzt, nicht auf den Stuhl, sondern aufs Bett. Er knöpfte seine Windjacke auf, unter der ein schönes Sporthemd und ein Ledergürtel mit goldener Schnalle zum Vorschein kamen. Kisjow hatte für sein Alter noch eine gute Figur, und sein rundes Gesicht war glatt, weiß und rein. Er fuhr sich mit den Fingern über den Kopf, als ob er probieren wollte, wieviel Haare er noch hatte, und sagte:

„Weit haben wir es gebracht, nicht wahr?“

„Ich habe damit nichts zu tun!“ entgegnete Urumow. „Ich hatte noch nie etwas mit den Deutschen gemein.“

„Aber versteh doch, was für einen Sinn hätte es, eine Diktatur abzuwerfen, um sich mit einer neuen zu belasten, die noch blutiger und schrecklicher ist!“ Kisjow fuhr auf. „Das hieße nur, eine Tyrannei gegen eine andere einzutauschen. Die faschistische Barbarei haben wir Gott sei Dank hinter uns, wozu brauchen wir jetzt die asiatische! Wir sind doch zivilisierte Menschen und leben in einem zivilisierten Land.“

Jetzt begriff Urumow, daß er äußerst vorsichtig sein mußte.

„Ich weiß nicht, ob du nicht übertreibst“, sagte er begütigend. „Im Radio wurde gemeldet, daß die Kommunisten im Kabinett in der Minderheit sind.“

„In der Minderheit?“ fragte Kisjow und sah ihn dabei verächtlich an. „Hast du auf den Straßen von Bankja in letzter Zeit etwas anderes als Kommunisten gesehen?“

„Nicht jeder, der eine rote Armbinde trägt, ist ein Kommunist. Du hast ja auch eine um.“

„Aber sie sind eine organisierte Kraft und halten fest zusammen! Bei uns hingegen sieht jeder zu, wie er mit dem Rücken an die Wand kommt.“

Kisjow griff sich in die Tasche und holte eine Schachtel Zigaretten hervor. „Welcher Partei gehörst du eigentlich an?“ fragte er plötzlich. „Wohl der radikalen, ja?“

„Wir Urumows sind alle Radikale.“

Das entsprach der Wahrheit. Nach der Befreiung von der osmanischen Fremdherrschaft hatte sich die Kaufleutesippe schnell aufgelöst. Die meisten der Nachkommen hatten intellektuelle Berufe ergriffen, waren Lehrer, Ärzte, Rechtsanwälte und hohe Gerichtsbeamte geworden. Warum hätten sie also nicht radikal sein sollen?

„Das ist gar nicht so übel“, murmelte Kisjow herablassend. „Radikal oder nicht – das ist gleichgültig. Jetzt müssen wir wie eine geballte Faust zusammenhalten."

Urumow lächelte unwillkürlich.

„Wird unsere Faust nicht ein wenig zu weich sein, Kisjow? Die Rote Armee spaziert in Bulgarien umher."

„Na und?" fragte Kisjow scharf. „Glaubst du etwa, daß im Rücken der Roten Armee nur bolschewistische Regierungen gebildet werden? Dazu wird es nicht kommen. In Jalta haben sich die Alliierten eindeutig verständigt. Überall wird es freie Wahlen unter der Kontrolle von Alliiertenkommissionen geben ... Im übrigen ist es kaum von Bedeutung, daß die Russen in Bulgarien sind. Immerhin stehen die Engländer in Griechenland!"

„Davon höre ich zum erstenmal!" Urumow sah ihn erstaunt an.

„Ja, weil unsere Zeitungen darüber schweigen! Die Sache ist doch so, Urumow, daß, wer zuerst kommt, auch zuerst mahlt. Wenn es uns gelingt, eine demokratische Regierung zu bilden, gehört die ganze Welt uns."

Kisjow redete ruhig und gleichmäßig, aber trotzdem war zu merken, daß alles in ihm bebte. „Jetzt brauchen wir kluge und progressive Leute", sagte er eindringlich. „Solche, die in den vergangenen Jahren nicht hervorgetreten sind. In der neuen Situation wirst vielleicht sogar du an der Spitze der Pyramide stehen."

„Und wo siehst du dich selbst?" fragte Urumow scherzhaft. „Als Innenminister?"

„Warum nicht?" entgegnete der Gast ein wenig schroff. „Dieses Ministerium gehört aus Tradition den Demokraten, in deren Partei ich ja bin. Unsere Partei ist die einzige, die in jeder Situation für die Verfassung von Tarnowo eingetreten ist."

Gerade in diesem Augenblick war aus nächster Nähe ein heftiger Schußwechsel zu hören. Kisjow fuhr erschrocken zusammen, sein Gesicht nahm einen gespannten Ausdruck an. Aber schon nach ein bis zwei Minuten endete die Schießerei ebenso plötzlich, wie sie begonnen hatte. Kisjow atmete erleichtert auf.

„Und wer soll dir deiner Meinung nach dieses Ministerium anvertrauen?" erkundigte sich Urumow vorsichtig.

„Es gibt schon Leute, die das tun würden. Natürlich nicht diese Grünschnäbel, die mit Maschinenpistolen durch die Straßen ziehen! Die Politik läßt sich nicht auf der Straße machen. Sie wird in den Arbeitszimmern der Größten der Nation geschmiedet."

Der Schußwechsel brach erneut aus. Maschinengewehre ratterten, und ab und zu war das Knallen von Pistolen zu hören.

„Die Grünschnäbel!" sagte Kisjow voller Haß. „Aber das wird ihnen auch nicht helfen. Hast du beim Militär gedient?"

„Gott sei Dank, nein", erwiderte Urumow.

„Sei froh! Aber wenn du beim Militär gewesen wärst, würdest du wissen, daß es keine kampffähigere und patriotischere Kampfeinheit als die Reserveoffiziere gibt. Das sind alles kluge und gewitzte Jungs, die zu den gesündesten Schichten des Volkes gehören. Unter ihnen gibt es keine Muttersöhnchen." Etwas Überspanntes blitzte im Blick des ehemaligen Polizisten auf. „Die werden die Sache schon machen. Heute nacht oder spätestens morgen früh werden sie in Sofia einziehen und die Macht erobern. Es wird wieder eine Regierung der Vaterländischen Front geben, aber diesmal ohne Kommunisten. Denn mit Kommunisten in der Regierung könnten wir nicht auf die Hilfe der westlichen Länder zählen, die wir so dringend brauchen."

Kisjow schien über seine eigenen Worte erschrocken zu sein, denn er warf einen ängstlichen Blick zur Tür. Aber die ganze Villa war in Stille versunken. Sicher schliefen ihre Bewohner längst. Trotzdem wurde jetzt auch Urumows Unruhe stärker, denn immerhin mußte jemand Kisjow eingelassen haben. Vielleicht einer seiner Anhänger? Kisjow hatte jetzt ganz sicher mehr verlauten lassen, als notwendig war, und ihn auf diese Weise willkürlich oder unwillkürlich zum Mitwisser gemacht. Um nicht noch mehr von diesen Dingen zu hören, wechselte Urumow schleunigst das Thema.

„Womit hast du dich eigentlich in den letzten Jahren beschäftigt?" fragte er.

Kisjow erwiderte, daß er Vorsitzender einer Kommanditgesellschaft gewesen sei und sich mit dem Export nach Deutschland befaßt habe.

„Also hast du dem Drachen doch etwas in den Rachen geschmissen!" sagte Urumow und lächelte dabei.

„Das waren nur gärende Pulpen*", entgegnete Kisjow, „und Schlehenmarmelade."

Ob er denn bei dieser Arbeit auf sein Geld gekommen wäre?

Ja, es wäre ihm gut gegangen, er hätte eine schöne Wohnung in der Aprilowstraße und einen Benz gehabt, aber das Auto hätten die Russen kassiert und ihm wäre nur eine Quittung darüber geblieben. Er zeigte den Schein, der eine großzügige Frauenhandschrift aufwies. Urumow kam blitzartig der Gedanke, daß Kisjow vielleicht wirklich nicht gesucht wurde, denn sonst hätte man ihn doch schon damals, als der Wagen konfisziert wurde, festsetzen können. Aber warum mußte er sich verstecken, wenn er nicht unter Verdacht stand?

Urumow wurde immer unbehaglicher zumute. „Weißt du, wir werden hier nicht zu zweit schlafen können, es ist zu eng", sagte er schließlich. „Ich werde zu Grosew gehen. Er hat eine Datsche hier in der Nähe, ich könnte dort in der Küche übernachten."

„Wer ist dieser Grosew?"

„Professor Grosew, kennst du ihn nicht?"

„Es kann sein, daß ich ihn kenne", sagte Kisjow unsicher. „Was wirst du ihm sagen?"

„Ich werde sagen, meine Frau sei plötzlich hier eingetroffen. Wenn du willst, kann ich natürlich auch dich zu Professor Grosew bringen."

Kisjow sah unentschlossen auf den Stuhl, auf dem er andernfalls die Nacht zu verbringen hätte.

* Pulp: ungezuckerter Fruchtbrei zur Marmeladeherstellung

„Geh lieber du! Und bring morgen früh etwas zu essen mit!“

Urumow schritt langsam die Straße entlang. Ihn hatte leichter Schwindel befallen, und seine Füße waren schwer wie Blei. Zudem brannten die Lampen nicht, so daß er nur mühsam den Weg fand. Eigentlich hätte er erst einmal eine kleine Rast einlegen müssen, um über das Erlebte nachzudenken. Er bewegte sich zwar auf Grosews Wochenendhaus zu, aber vielleicht hatte er die falsche Richtung eingeschlagen?

Urumow wußte nicht, wie eine Revolution ist, aber er wußte sehr wohl, was eine Konterrevolution ist. Zur Zeit des Septemberaufstandes von 1923 war er Student im letzten Studienjahr gewesen. Damals waren ständig eingeschüchterte und entsetzte Menschen zu seinem Vater gekommen und hatten stundenlang über die Massenmorde und Repressalien in den aufständischen Gebieten erzählt. Doch noch stärker hatten ihn die Ereignisse von 1925 mitgenommen – das Attentat und die Hinrichtungen danach, die mitten im Stadtzentrum durchgeführt worden waren. Dutzende, ja Hunderte von Volksvertretern, Rechtsanwälten, Ärzten und Dichtern waren ermordet worden. Urumow hatte Geo Milew persönlich gekannt, und es fiel ihm schwer, sich vorzustellen, daß diese großartige und starke Persönlichkeit wie ein Stück Vieh niedergemetzelt worden war. Über das tragische Ende von Kosta Jankow hatte man lange wie über eine außergewöhnliche Heldentat gesprochen.

Jetzt jedoch dachte Urumow nicht daran. Er dachte an sich und sein bislang unbeflecktes Gewissen. Was war eigentlich das Gewissen? Und was sollte er in diesem konkreten, schrecklichen Fall tun? Wozu verpflichtete ihn die menschliche Ehre? Vielleicht täuschte Kisjow nur etwas vor? Oder waren die Reserveoffiziere tatsächlich zum Feldzug bereit? Und was bedeutete das? Urumow konnte es sich vorstellen: Diese schüchternen Jungen mit den blassen Gesichtern, die die Macht kampflos erobert hatten, würden sie grausam und blutig verlieren.

Sie würden exekutiert oder wie Insekten von den Panzern und Stiefeln zertreten werden. Und was dann?

Sollte er nicht in die Kommandantur gehen und mitteilen, was geplant wurde? Aber ein Urumow hatte noch nie einen Verrat verübt, schon gar nicht an einem Gast, der Obdach oder Schutz von ihm erbeten hatte. Hinzugehen und gleichgültig einen Menschen auszuliefern, ihn mit eigenen Händen an die Wand zu lehnen, wo er den Todesschuß zu erwarten hatte, war nie in Frage gekommen; das wäre gegen jegliches Gefühl für Ehrlichkeit und Moral gewesen. Und war das hier überhaupt seine Sache? Hatten sie ihn denn um Rat gefragt, als sie diesen grausamen Kampf auf Leben und Tod untereinander begonnen hatten? Warum zerrten sie jetzt auch ihn in diese blutige Geschichte hinein?

Doch war derjenige, der jetzt unter seinem Dach schlief, etwa unschuldig? Wer hatte diesem Mann, der den Untergang und Tod vorbereitete, das Recht gegeben, ihn, Urumow, jetzt mit hineinzuziehen?

Der Professor blieb stehen. In der Ferne waren schon Grosews erleuchtete Fenster zu sehen. Sie waren also noch nicht zu Bett gegangen.

Und nun wohin? Vorwärts oder zurück? Urumow mußte sich entscheiden.

4 Morgens wurde Christa oft auf eine äußerst unangenehme, aber wirksame Art von ihrer Mutter geweckt: Sie wurde leicht in die Nase gezwickt. Christa verzog jedesmal noch halb im Schlaf das Gesicht und antwortete gekränkt, ohne die Augen aufzuschlagen:

„Mutti, ich muß doch sehr bitten! Jetzt werde ich den ganzen Tag über nervös sein."

Ihre Mutter lächelte und schaltete den elektrischen Heizofen ein. Im Zimmer machte sich ein leises, angenehmes Gesumm breit, das schon Wärme auszustrahlen schien. Dann zog die Mutter die Vorhänge auf und ging aus dem Zimmer. Jetzt erst öffnete Christa die Augen. Durch das Fenster sah sie ein winziges Stück Himmel, das kaltem weißem Eis glich. Sicherlich wehte ein ziemlich starker Wind, denn die Wäschestücke auf der zwischen den Gebäuden gespannten Leine flatterten heftig hin und her. Die Winterwäsche ist immer sehr schön, sie wird ganz steif und zischt angenehm unter dem heißen Bügeleisen. Christa kroch unter der Bettdecke hervor, gähnte wie ein Kätzchen und machte danach etwa zehn Bewegungen, die man als Gymnastik gelten lassen konnte. Ihr weißer Barchentschlafanzug mit den rosa Blümchen ließ sie etwas stärker erscheinen, als sie wirklich war. Sie trat ans Fenster. Der Tag war tatsächlich klar und stürmisch.

Christa begann sich anzukleiden. Sie hatte eine sehr schöne glatte Haut, auf die sie stolz war. Doch wer verstand auf dieser Welt schon etwas von schönen Dingen? Jetzt waren die von Statur kleinen Mädchen nicht gefragt, besonders dann nicht, wenn sie obendrein Stupsnasen hatten. Heutzutage waren solche wie diese Gans Donka modern – großgewachsen und geschmeidig, ohne Hinterteil, aber nach Möglichkeit mit großem Busen. Pfui! Christa steckte die Füße in die Pantoffeln und schlürfte nach draußen. Das Wohnzimmer war schmal und dunkel, weil der besser gelegene Teil mit dem französischen Fenster den Untermietern geblieben war. Von ihnen trennte sie nur eine dünne Bretterwand, die von ihrer Seite mit Tapete, jenseits aber nur mit Zeitungen beklebt war. Jenen Teil der Wohnung hatte man einem Offizier der Artillerie abgetreten, der zwei Töchter hatte, die, sich selbst überlassen, den ganzen Tag über mit Kochtöpfen, vielleicht aber gar mit ihren Nachttöpfen Gefechte austrugen. Jetzt weinten beide im Chor. Sie wurden von einer schwachen Frauenstimme gescholten, in der keine Spur von Liebe oder mütterlicher Nachsicht war. Warum hatte diese Frau die Kinder überhaupt zur Welt gebracht, wenn sie sie nicht zu lieben vermochte? Christa wußte, daß die Untermieterin Platzanweiserin in einem Sofioter Kino war, sie war ihr einmal dort begegnet. Anfangs war es mit diesen Leuten zu Hause nicht auszuhalten gewesen, aber dann hatte der Artillerieoffizier, der im Vergleich zu seiner finsteren Frau sanft und scheu wie ein Lamm wirkte, selbst die Bretterwand zusammengezimmert, wonach eine Besserung in der häuslichen Atmosphäre eingetreten war.

In der Küche stand schon das Frühstück – Tee und warme Wiener Würstchen – für Christa bereit. Während sie unlustig in ein Würstchen biß, stellte die Mutter einen Topf auf die elektrische Kochplatte. Sie verstand vom Kochen gar nichts, und sie beide nahmen nur etwas zu sich, um nicht Hungers zu sterben. Sie waren ohnehin keine großen Esser. Trotzdem sagte jetzt die Mutter, während sie Kohlrouladen zubereitete, vorwurfsvoll zu Christa:

„Warum ißt du kein Brot? Du bist ein junges Mädchen, du mußt doch Hunger haben."

„Ich will aber nicht wie ein Pfannkuchen aussehen."

„Diese Gefahr besteht überhaupt nicht", sagte die Mutter. „In unserer Familie gab es keine dicken Frauen. Deine Urgroßmutter war eine so kleine und dünne Frau, daß keiner im Dorf sie zur Frau haben wollte. Schließlich hat sie der türkische Bey entführt, der sie aber auch nach ein paar Tagen davongejagt hat."

„Ist sie so bösartig gewesen?" fragte Christa.

„Nein, sie hat zuviel Charakterstärke besessen."

„Und wer hat sie dann geheiratet?"

„Wer schon – dein Urgroßvater. Er war Hufschmied und Witwer und schwarz wie ein Neger. Er hat sie einfach auf den Arm genommen und zu sich nach Hause getragen."

Das war interessant, so daß Christa ihre Würstchen völlig vergaß. Sie stellte sich vor, wie ihre Urgroßmutter mit ihren dünnen Beinchen, die in dicken Bauernsocken steckten, gestrampelt haben mochte.

„Und wie haben sie dann miteinander gelebt?"

„Wie zwei Turteltauben."

Endlich aß Christa ihr Würstchen auf.

„Wie zwei Täubchen, wovon das eine flügellahm geworden war“, fügte Christa hinzu. „Mutti, wenn ich ehrlich sein soll, mag ich keine Kohlrouladen.“

„Was magst du überhaupt?“ entgegnete die Mutter.

Christa brabbelte etwas vor sich hin, nahm ihre Tasche und ging zur Vorlesung.

Die Mutter schaltete den Kocher ein. Gegen elf, bevor sie zum General zum Unterricht ging, würde sie noch einmal in die Küche sehen und den Kochtopf herunternehmen. Es würde nicht so schlimm sein, wenn ein oder zwei von den Rouladen verbrannten, sie würden trotzdem reichen. Sie ging ins Wohnzimmer. Ihr Gesicht hatte einen etwas mürrischen Ausdruck angenommen. Wie wohl die meisten Menschen mochte sie unangenehme Dinge nicht. Sie hob den Hörer ab und wählte eine Nummer. Eine klangvolle Mädchenstimme meldete sich am anderen Ende der Leitung.

„Ja, bitte?“

„Donka, Tante Maria ist am Apparat. Könnte ich auf einen Sprung zu dir kommen?“

Die Antwort kam mit leichter Verzögerung. „Du müßtest aber spätestens in einer halben Stunde hier sein, weil ich nachher Vorlesungen habe.“

„Gut, Donka, in zwanzig Minuten bin ich bei dir!“ sagte Maria und legte auf.

Obwohl ihr Aussehen immer tadellos war, gehörte sie nicht zu jenen Frauen, die ihre Zeit vor dem Spiegel vergeuden. Kurze Zeit später eilte sie schon mit kleinen, energischen Schritten die Straße entlang. Innerlich fühlte sie sich jedoch bedrückt und unschlüssig.

Donka wartete schon fertig angezogen und ausgehbereit. Sie empfing Christas Mutter freundlich und half ihr aus dem Mantel. Dieser Grot- oder Fockmast, Maria wußte nicht mehr, wie dieses Ding hieß, an das sie Donka immer erinnerte, war ihr äußerst sympathisch. Sie hatte sich immer darüber gefreut, daß Christa mit diesem Mädchen befreundet war. Donka glich jedenfalls nicht jenen gottverlassenen Gänsen, die nichts weiter als die Jungen und Rendezvous im Kopf hatten. Besonders nach dem Sieg, den sie beim Fernsehquiz errungen hatte, war Donka in Marias Augen sehr gestiegen.

„Ist bei euch keiner weiter zu Hause?“ fragte Maria.

„Nein, niemand“, antwortete Donka. „Meine Eltern sind zur Arbeit.“

„Um so besser, da können wir uns in aller Ruhe unterhalten.“ Sie gingen in Donkas Zimmer. Es war ziemlich unordentlich, überall lagen Strümpfe, Büstenhalter und Slips, die unglaublich klein waren, herum. Maria war ein wenig enttäuscht. Donka hätte wenigstens etwas aufräumen können, zumal sich ja der Besuch angemeldet hatte.

„Setz dich hierher, Tante Maria.“

Donka zeigte auf den einzigen Stuhl im Zimmer. Er war dermaßen ausgesessen, daß man die Federn deutlich durch das Polster spürte. Maria hatte ständig das Gefühl, eine unsichtbare Hand würde sie leicht gegen die Decke heben. Das Mädchen machte es sich inzwischen auf dem Bett bequem. An die Wand hinter ihr war mit Reißzwekken ein Foto aus „Paris Match“ gepinnt. Darauf war eine junge Frau zu sehen, wahrscheinlich Brigitte Bardot. Sie lag auf dem Bauch, war goldbraun, nackt und hatte nur ein Paar rote Lackschuhe an den eingeknickten Beinen. Es war kein allzu passender Schmuck für das Zimmer eines Mädchens, fand Christas Mutter, das Bild wäre eher für die Fahrerkabine eines der großen internationalen Transporter geeignet.

„Sie ist sehr schön, nicht wahr?“ fragte in diesem Moment Donka, die Marias Blicken gefolgt war.

„Ist sie dein Ideal?“ entgegnete Maria, wobei leichte Ironie in ihrer Stimme anklang, die Donka jedoch nicht bemerkte.

„Wieso Ideal? Ich werde nie wie sie sein, ich bin ein richtiges Pferd gegen sie.“

„Na, na, ganz so schlimm ist es nicht!“

„Aber ich rage um eine Kopflänge über die anderen.“

„Das stimmt nicht“, sagte Maria. „Sieh dich mal auf der Straße um, was da für Lulatsche herumspazieren.“

„Ich mag aber keine Lulatsche. Mir gefällt das mittlere Format.“

„Und Christas Freund?“ fragte Maria plötzlich. „Welches Format hat er deiner Meinung nach?“

Donkas Gesicht lief feuerrot an, dann flaute die Röte allmählich ab. Christas Mutter konnte natürlich nicht ahnen, was für einen wunden Punkt sie mit ihrer Frage berührt hatte.

„Bist du deswegen hier?“ sagte Donka zurückhaltend. „Und ich habe schon gerätselt, wem ich deinen Besuch zu verdanken habe.“

„Hör zu, Kind“, redete Maria ruhig weiter, „du darfst mich nicht falsch verstehen. Ich weiß, daß Christa kein Kind mehr ist, und ich habe nicht im geringsten die Absicht, sie zur Nonne zu machen. Doch schließlich habe ich das Recht zu erfahren, ob er ein anständiger Junge ist.“

„Ob er ein anständiger Junge ist?“ Donka wäre fast aufgesprungen. „Äußerst anständig, wirklich!“

„Er ist doch nicht etwa ein Cousin von dir, weil du deiner Sache so sicher bist?“

„Nein! Aber er ist tatsächlich ein prima Junge!“

„Und liebt er sie, was meinst du?“

Auf diese Frage war Donka eigentlich nicht vorbereitet gewesen!

„Sicher liebt er sie! Warum sollte er sie nicht lieben? Ich liebe sie doch auch, da werden sie die Jungs erst recht lieben.“

„Das heißt, er liebt sie nicht!“ sagte die Mutter.

Donka starrte sie an.

„Tante Maria, du mußt dir diese dummen Gedanken aus dem Kopf schlagen. Und auch diese Worte – lieben oder nicht lieben. Wir verwenden sie heutzutage fast gar nicht mehr, und sie haben auch keinen Sinn.“

„Keinen Sinn?“ Die Frage klang entsetzt.

„Natürlich nicht. Die Liebe ist wie ein Schmetterling,

der angeflogen kommt und dann wieder davonfliegt. Du kannst ihn nicht einmal greifen, ohne ihm dabei den dämlichen Staub abzuwischen. Und wenn du den Staub abmachst, was bleibt dann von ihm übrig? Nichts! Er gleicht dann einer ganz gewöhnlichen Fliege. Wir teilen die Jungs heute nicht mehr in Liebende und Nichtliebende ein, wir ordnen sie in solche, die angeben und etwas vortäuschen, und in solche, die richtig sind. Sascho ist wie jeder andere Junge, aber er gehört wenigstens zu den richtigen."

„Erzähle mir etwas über ihn", sagte die Mutter.

„Was soll ich dir sagen?" murmelte Donka unwillig. „Er hat Biologie studiert. Jetzt ist er Assistent am Institut von Professor Urumow. Der Professor ist sein Onkel, so daß er beruflich vorankommen wird, wenn dich das interessieren sollte."

„Als ich Studentin war", sagte Maria, „waren viele meiner Kommilitoninnen in den Professor verliebt. Ich habe ihn seltsamerweise nie zu Gesicht bekommen."

„Er ist ein prima Mann", erwiderte Donka lebhaft. „Stattlich und vornehm. Außerdem ist er Witwer. Wenn er wenigstens fünfzehn Jahre jünger wäre, hätte ich ihn mir geangelt."

„Woher kennst du ihn denn?" fragte Maria argwöhnisch.

„Wir haben ihn einmal besucht . . . in seinem Wochenendhaus, das übrigens hinreißend ist."

„Die Sache ist also in einem ziemlich fortgeschrittenen Stadium", sagte Maria nachdenklich. Sie schwieg eine Weile und lächelte dann.

„Vielen Dank, mein Kind. Wir wollen das heutige Gespräch für uns behalten. Wenn ich mich nach einigen Sachen erkundigt habe, so nur, weil ich auf Christas Wohl bedacht bin."

„Du kannst dich auf mich verlassen."

Als Maria nach draußen gelangte, kam ihr der Dezembertag irgendwie lichter und klarer vor. Sie fühlte sich erleichtert, doch auch etwas wehmütig. Aber sie würde ein andermal an das Unumgängliche denken, es brauchte ja auch noch nicht jetzt einzutreten. Schließlich war Christa fast noch ein Kind. Maria konnte sich einfach nicht vorstellen, daß sie in der trostlosen Wohnung allein, ohne Christas Lächeln am Morgen und ohne ihren strahlenden Blick, der auch den stärksten Nebel zu durchdringen vermochte, bleiben könnte. Letzten Endes war jede Mutter eines Tages allein, aber sie persönlich würde ganz allein sein müssen, ohne noch etwas auf dieser Welt zu haben. Es sei denn, daß Christa und ihr Mann sie vielleicht brauchen würden.

Aber heute war ein schöner Tag, wenn er auch ein wenig traurig war. Ob sie wohl die Trauer durch ein kleines Geschenk für sich selbst vertreiben könnte? Seit zwei Jahren trug sie sich mit der Absicht, diesen alten Mantel endlich abzulegen. Vor einigen Tagen hatte sie im „Texim" einen schönen braunkarierten Stoff gesehen. Doch sie hatte ihn nicht genommen, er war ihr zu teuer gewesen. Sie hatte sich noch nie etwas in diesem Exquisitgeschäft gekauft.

Heute allerdings verließ sie es zwar nicht mit dem Stoff, doch mit einer schönen gelben österreichischen Bluse. Schließlich durfte eine Englischlehrerin, die nicht einmal fest angestellt war, sondern nur Sprachkurse leitete, nicht gar so leichtsinnig ihr Geld ausgeben. Sie würde jetzt die Bluse nach Hause bringen, die Kohlrouladen vom Kocher nehmen und zum General gehen. Dafür hatte sie noch genügend Zeit.

Zu Hause mußte sie allerdings feststellen, daß die Rouladen noch nicht gar waren. Wenn sie sie jetzt vom Feuer nähme, wären sie nachher nicht fertig. Ließe sie sie für die Dauer des Unterrichts auf der Kochplatte, würden sie verbrennen. Gerade als sie überlegte, welcher der beiden Nachteile vorzuziehen wäre, läutete es sehr hartnäckig an der Tür.

Draußen stand ein junger Mann in einem Trenchcoat und mit braunem Sporthut auf dem Kopf.

„Frau Maria Obretenowa?"

Seine Stimme klang etwas hart, doch freundlich.
„Ja, bitte?"
„Kann ich Sie kurz sprechen?"
Maria zögerte und sagte dann unsicher:
„Aber ich kenne Sie gar nicht. Es ist auch niemand weiter zu Hause."
„Sie brauchen nichts zu befürchten", erwiderte der Fremde. Er griff in seine Innentasche und zeigte ihr seinen Dienstausweis.
„Kommen Sie herein!" forderte ihn Maria auf.
Sie führte ihn ins Wohnzimmer, das von der Zentralheizung nur wenig erwärmt war. Der junge Mann setzte sich. Jetzt war sein Blick sehr lebendig. Es schien darin sogar Sympathie zu liegen.
„Ich habe eine Bitte an Sie", begann er ohne Umschweife. „Wir brauchen ein Foto Ihres ehemaligen Mannes."
Sie erstarrte. Ein Jahrzehnt lang hatte es keiner gewagt, ihn in ihrem Beisein auch nur zu erwähnen.
„Ich bedaure!" sagte sie kühl. „Ich habe kein Bild von ihm."
Der freundliche Ausdruck auf dem Gesicht des Mannes verschwand.
„Sie möchten damit doch nicht sagen, daß Ihre Tochter noch nie ein Bild ihres Vaters zu Gesicht bekommen hat?"
„Doch, so ist es."
„Es fällt mir schwer, das zu glauben."
„Wenn Ihr Vater so wie mein ehemaliger Mann gehandelt hätte, würden Sie dann sein Foto ans Herz drükken?"
Der Mann schien zu begreifen, daß er einen Fehler gemacht hatte.
„Ich bitte um Entschuldigung, falls ich Sie gekränkt haben sollte", sagte er höflich. „Ich versichere Ihnen, daß wir Sie nie mit Ihrem Mann in Verbindung gebracht haben. Wie Sie wissen, hatte auch Ihre Tochter bei der Aufnahme in die Universität keinerlei Schwierigkeiten

und bekommt jetzt Stipendium. Wir behandeln sie als Ihre Tochter und nicht als die Tochter eines Verräters."

„Ich habe wirklich kein Bild von ihm!" Marias Stimme zitterte.

„Ich glaube Ihnen ja!" sagte der Mann fast erschrocken. „Aber könnten Sie mir nicht wenigstens einen Tip geben? Vielleicht haben Sie einen Familienfotografen gehabt? Manchmal heben diese Leute die Negative auf."

„Nein, er mochte es nicht, sich fotografieren zu lassen. Möglicherweise hat sein Bruder ein Bild von ihm."

„Vielleicht", murmelte der Mann.

Maria brannte eine Frage auf der Zunge. Ihr war bewußt, daß sie sich, wenn sie sie ausspräche, selbst verachten würde, aber sie konnte sich nicht zurückhalten.

„Wo ist er jetzt?" fragte sie mit fremd klingender Stimme.

Der Mann schwieg eine Weile, dann antwortete er unwillig:

„In Australien!"

„In Australien?" Sie zuckte zusammen. „Er hatte doch nie Englisch gelernt, und er ist sprachlich sehr unbegabt."

„Das machte uns auch stutzig, deshalb wollten wir den Namen mit der Person identifizieren."

„Und womit beschäftigt er sich dort?"

„Er geht angeblich seinem Beruf nach, aber im Staat Victoria werden, soviel wir wissen, die Diplome der ausländischen Juristen gar nicht anerkannt."

„Also arbeitet er nicht in seinem Beruf, sondern täuscht das nur vor?"

„Mit Sicherheit wissen wir, daß er sich mit politischen Intrigen beschäftigt", erwiderte der Mann in dem gleichen unwilligen Tonfall. „Nun, entschuldigen Sie bitte die Störung. Es tut mir sehr leid, daß ich in Ihnen unangenehme Erinnerungen wachgerufen habe."

Nachdem Maria ihn bis zur Wohnungstür gebracht hatte, kehrte sie wie betäubt ins Wohnzimmer zurück. Dieser Mann hatte nicht nur Erinnerungen geweckt, sondern einen für sie Toten auferstehen lassen. Die Gestalt, die manchmal in ihrem Gedächtnis aufkreuzte, glich inzwischen schon vollkommen einer Wachsfigur und ihr Gesicht einer Totenmaske – es war farblos und ohne einen einzigen Blutstropfen. Eine tote Vene, die die glatte Stirn teilte, eine spitze, halbdurchsichtige Nase, eine tiefe Falte auf dem Kinn; das Empfinden von Todeskälte. Erst jetzt wurde ihr klar, daß er auch während ihres gemeinsamen Lebens so gewesen war – irreal und undurchdringlich. Es war ihr nie gelungen, tiefer als bis zum Pigment seiner Haut vorzudringen. Mal war er betrunken gewesen, mal lustig und dann wieder voller Haß, den sie erst viel später verstand. Weshalb er sie geheiratet hatte, konnte sie sich denken, aber warum hatte er ein Kind gezeugt? Dieser Mann war ihr unbegreiflich, so unverständlich, daß sie ihn überhaupt nicht mit Christa in Verbindung bringen konnte.

„Sie sehen heute müde aus!" sagte wenig später der General teilnahmsvoll zu ihr. Er hatte den Kopf eines Stieres, der Dutzende von Kämpfen mit Banderillas über sich ergehen lassen konnte. Ein seltsamer General. Sein Blick war sowohl gütig als auch etwas unruhig und mißtrauisch wie der eines naiven Menschen, der ständig fürchtet, von jemandem ausgelacht zu werden. Vor ihm lag ein ganzer Haufen säuberlich gespitzter Bleistifte, obwohl er gewöhnlich auf der Maschine schrieb. Er hatte einen dicken Band Partisanenerinnerungen geschrieben und stellte jetzt den zweiten fertig. Maria hatte sein Buch vor ein paar Monaten gelesen und einen zwiespältigen Eindruck gewonnen. Die Sprache war schwerfällig, die Epitheta wirkten ungeschickt, die Gedanken blieben im Ansatz stecken. Aber die Gestalten waren so lebendig, daß man sie fast vor sich sehen konnte.

„Ich bin nicht müde, aber ich hatte heute eine ziemlich unangenehme Begegnung", entgegnete sie.

„Sie sind zu empfindlich", sagte der General. „Ich wage nicht einmal, vor Ihnen zu husten, weil Sie sofort hochschnellen."

Das stimmte, denn sein Gehuste klang wie ein Donner, und meist war sie zudem nicht darauf gefaßt.

„Es ist nicht gut, wenn man so empfindlich ist", fügte er hinzu.

„Doch!" entgegnete Maria.

Er fuhr sich mit den Fingern durch das Haar, das struppig wie eine Drahtbürste war.

„Vielleicht haben Sie recht!" sagte er. „Nur die faschistischen Henker waren gefühllos. Als sie uns vernichteten, versteht sich. Aber als wir sie dann zwangen, heulten sie wie Kinder los . . . Nadka!" rief er dann.

„Was ist?" Aus dem Nebenzimmer war eine klare Frauenstimme zu hören.

„Was ist aus dem Kaffee geworden?"

„Oh!" sagte die Frau erschrocken. Wahrscheinlich war der Kaffee längst übergelaufen. Schnelle Schritte waren zu vernehmen, wodurch die Glasscheibe der Schrankwand leicht zu klirren begann.

„Machen wir weiter?" fragte der General zögernd.

Maria hatte keine rechte Lust. Offensichtlich war er wieder einmal nicht vorbereitet, denn er sah sie so schuldbewußt an wie ein riesiger dummer Hund, der gerade erst die Katze des Hausherrn gefressen hatte. Trotzdem sagte sie entschlossen:

„Wir müssen weitermachen!"

„Warum müssen wir?"

„Das frage ich mich auch. Wozu lernen Sie überhaupt Englisch?"

Der General schmollte.

„Weil mir mein Sohn darin überlegen ist. Und das paßt mir nicht. Er soll nicht denken, daß ich nicht in der Lage wäre, eine Fremdsprache zu erlernen. Ich habe drei Tage und drei Nächte in einem Haselnußstrauch gelegen, mit einer Wunde, so groß wie eine Schallplatte, und ich bin damit fertig geworden. Und jetzt soll ich die Fremdsprache nicht schaffen?"

Also wurde der Unterricht fortgesetzt. Als sie endlich Schluß machten, sah der General aus, als ob er aus der

Sauna käme. Maria trank nicht einmal ihren Kaffee, weil sie sich plötzlich ihrer Kohlrouladen erinnert hatte, die immer noch auf der Kochplatte standen. Sie fand sie natürlich angebrannt vor, und der Geruch hatte sich in der ganzen Wohnung ausgebreitet. Aber Christa rieb sich nur die Nase, ohne zu verstehen, was geschehen war.

„Ihr Mädchen von heute habt von nichts Ahnung!" sagte die Mutter empört. „Hast du nicht gerochen, daß das Essen angebrannt ist? Du hättest es vom Kocher nehmen müssen."

„Ich habe nichts gemerkt!" entgegnete Christa schuldbewußt.

„Wenn das Haus zu brennen anfinge, würdest du es auch nicht merken. Jetzt setze ich dir angebranntes Essen vor, damit du es endlich begreifen lernst!"

Aber Maria machte ihre Drohung nicht wahr, sondern briet für Christa ein paar Spiegeleier. Sie selbst nahm sich die obersten Kohlrouladen aus dem Topf, obwohl sie sich nur wenig von den unteren unterschieden. Aber Maria war an diese Art von Essen gewöhnt und kaute es mechanisch hinunter, wobei sie ihren Gedanken nachhing. Schließlich hob sie den Kopf.

„Tina, wollen wir heute abend ins Kino gehen?"

„Aber Mutti, diese Woche wird doch überhaupt kein guter Film gespielt."

„Und was ist mit ‚Satirikon'?"

„Für den gibt es keine Karten."

Die Mutter sah sie forschend an. Sie war ihr in diesem Augenblick wirklich böse.

„Du hast inzwischen gelernt, mich zu belügen. Du hättest mir ruhig sagen können, daß du heute abend verabredet bist."

Diese Worte der Mutter kamen so unerwartet, daß Christa vor Schreck fast erstarrte.

„Und höre endlich mit dieser Komödie auf!" fuhr die Mutter nervös fort. „Ich bin nicht weltfremd, ich weiß, daß du eine Freundschaft brauchst."

„Mutti, ich . . ."

„Ich brauche keine Selbstbekenntnisse!" unterbrach die Mutter sie. „Aber du darfst weder mich noch dich selbst belügen. Sei vernünftig, das würde mir schon genügen."

Sie stach angewidert in eine Kohlroulade hinein und würdigte ihre Tochter keines Blickes mehr. Sie merkte nur, daß auch Christa zu essen aufgehört hatte.

„Mutti!" begann das Mädchen und hielt plötzlich inne.

„Was ist?"

„Mutti, liebe Mutti, ich wollte dich einfach nicht kränken."

„Als ob du mich damit gekränkt hättest! Aber wenn du mich weiterhin belügst, wirst du mir weh tun."

„Ich werde nicht mehr lügen", erwiderte Christa inbrünstig.

„Gut, dann wollen wir nicht mehr davon reden. Ich verspreche, daß ich dir morgen ein Schnitzel brate."

Dieses Gericht brachte die Mutter am besten fertig. Das wußte Christa.

Am Abend ging sie ohne Gewissensbisse mit Sascho ins Kino, und zwar in den Film „Satirikon', den ihre arme Mutter nun nicht sehen würde. Im Zuschauersaal war es sehr kalt, so daß sie ihn verschnupft und mit vor Kälte blaugewordenen Nasen verließen. Den Weg zum Café „Warschau" legten sie rennend zurück, um wenigstens ein bißchen warm zu werden. Dann bestellten sie einen heißen Tee und tranken ihn derartig schnell aus, daß Christas Ohren rot wurden. Möglicherweise war sogar der Rum im Tee daran schuld, daß sie ganz unverhofft sagte:

„Weißt du, daß meine Mutter über uns Bescheid weiß?"

Sascho verzog das Gesicht.

„Na und?"

„Nichts."

„Ich kann überhaupt nicht begreifen, was für ein Weltwunder deine Mutter ist und in welchem Jahrhundert sie lebt!"

„So darfst du nicht über sie reden!“ sagte Christa gekränkt.

„Ich hatte mir geschworen, sie überhaupt nicht zu erwähnen.“

„Vielleicht habe ich sie dir nur immer so komisch geschildert. In Wirklichkeit ist sie eine gute Frau.“

„Das glaube ich!“ entgegnete der junge Mann herablassend.

Christa wurde nachdenklich. Ihr Gesicht hatte einen gespannten und etwas erschrockenen Ausdruck angenommen.

„Ich muß dir etwas über sie erzählen“, begann sie wieder.

„Ist nicht nötig!“

„Doch!“ Ihre Stimme klang so verzweifelt, daß Sascho sie überrascht ansah. „Ich muß es einfach sagen!“

„Schon gut!“ erwiderte er schnell. „Reg dich nur nicht auf.“

„Ich werd's versuchen. Bestellst du mir noch einen Tee mit Rum? Es kann auch nur ein Rum sein.“

Sascho bestellte Tee mit Rum. Bis man ihn gebracht hatte, gab sie weder ein Wort von sich, noch sah sie ihn an. Noch nie war sie ihm so fremd und abweisend erschienen. Nachdem der Ober die Getränke auf den Tisch gestellt hatte, goß sie den Rum hastig in das Teeglas und seufzte kaum wahrnehmbar.

„Du hast mich nie nach meinem Vater gefragt“, begann sie so leise, daß er Mühe hatte, sie zu verstehen.

„Ich weiß, daß deine Eltern geschieden sind“, sagte er. „Was soll man da noch fragen?“

„Tausende von Menschen sind geschieden, doch trotzdem bleibt die Mutter Mutter und der Vater eben der Vater.“

„Nicht immer. Du beispielsweise sprichst nie von ihm.“

„Ja, das stimmt. Aber was sollte ich sagen, da ich ihn nie zu Gesicht bekommen habe.“

Sascho sah sie erschrocken an.

„Dein Vater lebt nicht mehr?“

„Doch, er lebt noch“, erwiderte sie mürrisch. „Aber er hat uns verlassen, als ich ein Jahr alt war. Kannst du dir das vorstellen? Und er ist nicht in eine andere Wohnung oder andere Stadt gezogen, sondern hat das Land verlassen.“

Sascho sah sie überrascht an, denn auf so etwas war er nicht gefaßt gewesen.

„Und wie ist es dazu gekommen?“

„Ich will es dir sagen. Diese Dinge habe ich natürlich nicht von meiner Mutter gehört. Sie hat mir gegenüber nie meinen Vater erwähnt, als ob er überhaupt nicht existiert hätte.“

„Das ist ja eine Rabenmutter!“ sagte Sascho empört, „eine Psychopathin!“

„Überleg mal lieber, ob du nicht ein Psychopath bist!“ sagte das Mädchen giftig. „Wie hätte sie einem Kind die Wahrheit sagen können? So eine Wahrheit? Lügen kann sie nämlich nicht. Sie war schon immer der Meinung, daß die Lüge gefährlicher ist als die schlimmste Wahrheit.“

Der junge Mann verzog das Gesicht.

„Schon gut, erzähl weiter.“

„Die Wahrheit habe ich von meiner Tante erfahren, als ich Oberschülerin war. Das ist mit dem Einverständnis meiner Mutter geschehen! Sie war der Meinung, daß es für mich leichter sein würde, über diese Dinge aus dem Munde eines anderen zu hören. Dabei hat Mutter allerdings nicht berücksichtigt, daß mir meine Tante viel mehr erzählen würde, als sie es gern gehabt hätte.“ Christa schwieg einen Augenblick. Ihr Gesicht war verschlossen und blaß, als ob sie zu einem Fremden spräche, der sie nicht verstehen würde. Dann fuhr sie lustlos fort:

„Meine Mutter war sehr schön und zugleich sehr zartfühlend und schüchtern. Sie hat meinen Vater verhältnismäßig spät geheiratet. Als junges Mädchen hatte sie eine tragische Liebe erlebt. Das war während des Krieges. Auf einem Ball lernte sie einen Jagdflieger kennen, der sie durch seine Bescheidenheit beeindruckte. Er hatte ganz und gar nichts mit den gewöhnlichen Zarenoffizieren gemein, die, wie Tante meinte, zu den Dümmsten der damaligen guten Gesellschaft gehörten. Die Hochzeit wurde schon auf die darauffolgende Woche angesetzt. Aber am Hochzeitstag selbst ist ein Unglück geschehen, eine Stunde, bevor sein Dienst zu Ende war. Der Bräutigam hat mit dem Jagdflugzeug einen Schwarm amerikanischer Bomber angeflogen und ist nicht mehr zurückgekehrt." Christa trank einen Schluck von ihrem Tee und setzte die Erzählung mit ruhigerer und sichererer Stimme fort: „In seinem Tod war auch etwas Heroisches. Sein Flugzeug war zwar getroffen, doch er hätte die Chance gehabt, sich mit dem Fallschirm zu retten. Statt dessen hat er mit dem brennenden Jagdflugzeug einen amerikanischen Bomber gerammt, und so sind beide Flugzeuge abgestürzt. Mein Großvater, der ein sehr fortschrittlicher Mensch war, hat meiner Mutter diese schreckliche Einzelheit nicht erzählt, aber sie hat sie dann aus der Presse erfahren. Sie hat untröstlich geweint und nur immer wiederholt: ‚Warum? Warum?'"

„Wieso ‚warum'?" fragte Sascho verwundert.

„Siehst du, wie gefühllos du bist." Christa war fast verärgert. Nach einer Weile sagte sie mit der gleichen monotonen und ruhigen Stimme: „Das Wörtchen ‚warum' bezieht sich natürlich nicht auf das Unglück selbst. Sie hat einfach nicht begriffen, warum er seiner Liebe und seinem Versprechen nicht treu geblieben und statt dessen auf eigenen Wunsch in den Tod gegangen ist. Das hat sie ihm nicht verzeihen können."

„Ach ja, natürlich", sagte Sascho fast ironisch, „was kann man auch sonst vom weiblichen Egoismus erwarten!"

„Begreifst du nicht, daß er wie ein Idiot gehandelt hat?"

„Nein! Nicht jeder bringt es fertig, sein Leben für eine Idee zu opfern."

„Aber er hat doch auf der Seite der Deutschen gekämpft!"

„Vielleicht hat er nicht darüber nachgedacht. Vielleicht hat er sogar geglaubt, die bulgarischen Frauen und Kinder zu verteidigen. Oder seine eigene Braut."

„Du willst sie nicht verstehen!"

„Ich kann es nicht ... Wie ist sie dann an deinen Vater geraten?"

„Eigentlich sind beide Dinge eng miteinander verbunden", sagte Christa immer noch widerwillig. „Nach dem Tode des Fliegers hat meine Mutter weder Trauerkleidung angelegt noch jemals wieder seinen Namen erwähnt. Doch die Sache hat sie sehr mitgenommen, und sie hat etwa zehn Jahre lang ganz allein gelebt, wie eine Nonne, so behauptet jedenfalls meine Tante. Erst dann hat Mutter meinen Vater geheiratet. Nach Meinung meiner Tante ist er ein sehr schöner Mann gewesen, repräsentativ, intelligent und unterhaltsam. Er war Anwalt und wurde durch die Fürsprache seines Schwiegervaters, der zu jener Zeit Vizepräsident der Volksversammlung war, Rechtsberater im Ministerium. Ein reichliches Jahr nach meiner Geburt ist er dienstlich ins Ausland gefahren und nicht zurückgekehrt. Wahrscheinlich hat er mit seiner Eheschließung nur dieses eine Ziel verfolgt: auf irgendeine Art und Weise aus Bulgarien wegzukommen. Und seinen Plan hat er kaltblütig verwirklicht. Es war ihm egal, daß ich noch fast ein Säugling war."

Sascho unternahm den Versuch, das Ganze mit einem Scherz zu beenden.

„Vielleicht ist er deinetwegen fortgeblieben, weil du die ganze Nacht geschrien hast."

„Ich bin ein sehr braves Kind gewesen", erwiderte Christa traurig. „Was ich heute nur bedauern kann. Aber wie man auch diese beiden Affären meiner Mutter zu deuten versucht, eins ist klar – sie kann das Leben nicht wie eine gewöhnliche Frau betrachten, weil sie kein gewöhnliches Leben gehabt hat und weil sie vor allem keine gewöhnliche Frau ist."

Sascho begriff, daß das richtig war. Doch trotzdem gelang es ihm nicht, auch nur das geringste Mitleid zu empfinden. Vielleicht hatte er kein gutes Herz? Dieser Gedanke war ihm noch nie gekommen. Er fühlte, daß er etwas sagen mußte, wußte jedoch nicht, was. Schließlich murmelte er:

„Im menschlichen Leben kommt alles mögliche vor. Manches ist entscheidend, obwohl es auf den ersten Blick aussieht wie nichts Besonderes."

„Und was hat es in deinem Leben gegeben?" fragte Christa.

Auf beiden Seiten trat langes Schweigen ein.

„Als ich klein war, sagte mir Mutter einmal, daß es wirklich ein Paradies und eine Hölle gäbe", sagte Christa sehr leise. „Beides wäre nebeneinander im Menschen. Vielleicht hatte sie recht damit."

Sascho begleitete Christa nur bis zur Bushaltestelle, weil er seinem Onkel versprochen hatte, noch bei ihm vorbeizuschauen. Auf dem Wege dorthin fühlte er sich immer noch verstimmt und bedrückt. Er begriff selbst nicht, warum. Ob er diese fremde Beichte als einen Angriff auf seine Freiheit, als eine Verpflichtung empfand, die er nicht bereit war zu übernehmen? Vor Unbehagen schien ihm kälter geworden zu sein, und er schlug den Mantelkragen hoch. Trockener Schnee fiel, den der Wind in lange, fasrige Streifen wehte. Aber so war es immer noch besser, als wenn die Temperaturen um null Grad lägen und dicker Schnee fiele, der bald in widerwärtigen braunen, nassen und rutschigen Schlamm übergehen würde.

Als Sascho im vierten Stock ankam, verabschiedete sein Onkel gerade einen Besucher an der Wohnungstür. Bei näherem Hinsehen erkannte ihn Sascho: Es war Awramow. Aber warum war sein Gesicht so fahl? Awramow nickte dem jungen Mann nur flüchtig zu und stieg finster die Treppe hinab. Der Professor schien von diesem Zusammentreffen etwas durcheinandergeraten zu sein und reichte seinem Neffen die Hand. Obwohl das sehr ungeschickt wirkte, war Sascho dieser unerwartete Händedruck angenehm. Der Alte hatte eine schöne, etwas magere, aber starke Hand. Es war immer noch viel Leben in ihr.

Urumow schob den Neffen in den Korridor und fragte:

„Hast du schon gegessen?"

„Ich habe keinen Hunger", entgegnete der junge Mann.

Sein Onkel hatte ihn bisher noch nie zum Mittagessen oder gar zum Abendessen eingeladen, weil er wie viele ältere Menschen gern allein aß.

„Leiste mir doch Gesellschaft. Deine Mutter hat mir Rebhühner zubereitet."

Der Professor führte den Neffen in die Küche und nahm den Deckel des großen Emailletopfes ab. Die Vögel waren mit den Köpfen gekocht worden, und ihre dünnen Beinchen schienen vorwurfsvoll auf Urumow zu zeigen.

„Und nun sage, daß der Mensch nicht das gräßlichste aller Raubtiere ist!" sagte er angewidert.

Aber Sascho schien keinen Anstoß an dem traurigen Bild zu nehmen. Im Gegenteil, das Essen schmeckte ihm.

„Weshalb war Awramow bei dir?" fragte er.

„Er macht sich Sorgen", erwiderte Urumow. „Er meint, daß ein Komplott im Institut im Gange sei."

„Komplott ist wohl leicht übertrieben. Aber es scheint mir auch so, daß sich etwas zusammenbraut."

„Was?"

„Ich weiß auch nicht. Anfangs habe ich mir richtig Sorgen gemacht, zumal ich selbst an dieser dummen Geschichte schuld bin. Aber jetzt, da ich die Leute kennengelernt habe, scheint mir, daß es nicht gar so schlimm werden wird."

„Ich habe auch keine Angst", sagte der Onkel unzufrieden. „Ich kann mir lediglich diese – hm! – Unruhe nicht erklären."

„Die Sache ist doch so, Onkel, daß du in einem Haufen

von Spießen steckst. Die meisten von ihnen halten nicht viel von der Wissenschaft. Sie haben sich hier einfach ein gutes Plätzchen ergattert und möchten ihre Ruhe haben. Die Biologie interessiert sie nicht im geringsten."

„Das stimmt nicht!" sagte der Professor streng. „Ich verfüge über einige ausgezeichnete Mitarbeiter."

„Einige sicherlich."

Urumow wurde nachdenklich.

„Deine Erklärung entbehrt der Logik. Warum sollten sie sich auflehnen, wenn sie auf ihre Ruhe bedacht wären?"

„Weil du ihre Ruhe störst. Aber sie werden nur ein wenig murren und sich dann zufriedengeben. Wer ist Awramows Meinung nach der Initiator dieses Wirbels?"

„Asmanow."

„Das glaube ich nicht!" entgegnete der Neffe nach kurzem Schweigen. „Er scheint mir ein fähiger Mann zu sein."

„Und wenn schon. Nach Awramows Meinung ist er der gefährlichste Karrierist im Institut."

„Ich mag dieses Wort nicht!" sagte der junge Mann mürrisch. „Wer ist ein Karrierist? Derjenige, der gewissenhaft und engagiert seiner Arbeit nachgeht?"

„Der Karrierist ist nur scheinbar gewissenhaft", sagte der Professor. „In Wahrheit interessiert er sich für nichts als seine Karriere."

„Ich bin auch an meiner Karriere interessiert."

Der Onkel sah Sascho unzufrieden an.

„Wärst du in der Lage, jemanden, der fähiger ist als du, von seinem Platz zu verdrängen? Ihn zu verleumden, dich einzuschmeicheln und nie eine eigene Meinung zu haben?"

„Ich glaube kaum, daß Asmanow so ist!" widersprach Sascho. „Vielleicht ist er etwas aggressiv und ehrgeizig, aber das ist auch schon alles."

„Aber selbst das sind für einen Wissenschaftler keine besonders guten Eigenschaften. Die allzu Ehrgeizigen machen die meisten Fehler. Die Natur ist stets reicher als der Mensch. Man muß sie gewissenhaft und mit großer Achtung studieren und nicht darin sich selbst bestätigen wollen."

Sascho war mit dieser Auffassung seines Onkels nicht einverstanden, aber er äußerte seinen Widerspruch nicht laut. Man kann kein großes Ziel erreichen, wenn man es nicht hartnäckig verfolgt, dachte er. Es ist besser, einen Fehler zu machen, als immer auf derselben Stelle herumzutrampeln. Die Wissenschaftler der alten Schule schienen von den Naturerscheinungen verwirrt gewesen zu sein und fürchteten sich, zu kühnen Schlußfolgerungen oder mutigen Verallgemeinerungen zu gelangen. Sehr verdienstvoll war das nicht . . .

Der Onkel schien diese ketzerischen Gedanken erraten zu haben, denn er fügte hinzu:

„Nimm zum Beispiel Awramow. Er ist kein Adler und trotzdem auf viel höheren Gipfeln gelandet als du."

„Ich habe doch noch gar nicht fliegen gelernt", entgegnete der junge Mann belustigt. „Ich bin einfach deinen Fußtapfen gefolgt."

Die Sache ins Unernste zu ziehen war natürlich die beste Art und Weise, dem Onkel den Mund zu stopfen. Sie sprachen dann noch über dies und jenes, bis der Neffe schließlich aufbrach. Der Professor schritt langsam durch die leeren Zimmer. Es war warm, und die Lampen hüllten alles in helles Licht. Er hatte gar keine Lust, heute abend mit seinen Problemen allein zu bleiben. Den Fernsehapparat einzuschalten wäre aber noch schlimmer! Urumow begriff nicht, warum ihn diese Geschichte so mitnahm. Er hatte doch weder einen Posten nötig noch ein Institut! Im Interesse seiner Arbeit wäre es, selbst die Kündigung einzureichen. Natürlich unter der Bedingung, daß man ihn in Ruhe sein wissenschaftliches Werk zu Ende führen ließe. Und das hätte man wohl einem weltbekannten Wissenschaftler kaum verweigern können.

Urumow betrat das Schlafzimmer, das, seitdem seine Schwester den Haushalt führte, vor Sauberkeit glänzte.

Trotzdem öffnete er das Fenster, ûm frische Luft hereinzulassen. Draußen war es windstill geworden. Der Schnee breitete sich ruhig auf dem Hinterhof aus, und es war noch kein einziger Fußabdruck darauf zu sehen. Wenn es weiter so schneite, würde morgen alles weiß sein, und die elektrischen Masten würden hohe Mützen tragen. Um wie vieles angenehmer war doch diese kalte, frische Nacht als jene Septembernacht, die er nie vergessen konnte. –

Er schritt damals langsam die öden und dunklen Straßen entlang. Auch der Platz war unbeleuchtet und menschenleer, nur vor dem Polizeigebäude brannte helles Licht. Ein junger Mann, vollkommen glatzköpfig, in weißem Hemd und schönem blauem Anzug hielt Wache. Er glich einem Rechtsanwalt oder Arzt, der am Anfang seiner Laufbahn steht und den man hier auf Grund eines Mißverständnisses postiert hatte. Aber als Urumow näher kam, merkte er, daß der junge Mann die Maschinenpistole fest umklammert hielt und seine Augen wachsam waren. Urumow blieb unentschlossen stehen. Sein Kopf war leer.

„Was gibt es, Genosse?" fragte der junge Mann.

Seine Stimme klang wie die eines jungen Zahnarztes, der seinen ersten Patienten befragt.

„Ich möchte Ihren Chef sprechen."

„In welcher Angelegenheit?"

„In einer geheimen Angelegenheit, würde ich sagen. Ich muß eine wichtige Meldung machen", entgegnete der Professor.

Der junge Mann war nicht im geringsten erstaunt. Wahrscheinlich kamen täglich Menschen mit wichtigen Meldungen.

„Kommen Sie", sagte er. „Die erste Tür links."

In dem engen Korridor schnarchte auf einem Stuhl ein anderer junger Mann. An der ersten Tür links hing ein Schild mit der Aufschrift „Kommandant", die sorgfältig mit Rotstift geschrieben war. Die Tür selbst beeindruckte Urumow sehr – sie war groß, aus Eiche und hatte einen schönen Bronzegriff. Sie stammte sicher aus dem Bürogebäude des Kurortes, das Anfang des Jahrhunderts gebaut worden war. Um den Posten nicht zu wecken, klopfte der Professor nur leise an und trat sofort ein. Gleich darauf blieb er jedoch unentschlossen stehen. Es war nicht so sehr der fast leere Raum mit seinen Gipswänden in verblichenem Blau und Gold, der ihn verwirrte, auch nicht der riesige Kristallüster, dem aber nur noch zwei oder drei elektrische Kerzen geblieben waren. Urumow war einfach beim Anblick des Kommandanten erschrocken: Am Schreibtisch saß ein ganz junges Mädchen in einer Batistbluse, deren Kragen mit einer schönen antiken Brosche geschlossen war. Die strengen blauen Augen des Mädchens waren auf den Besucher gerichtet. Trotzdem schien sie ihn nicht zu sehen, weil sie in diesem Augenblick telefonierte.

„Was ist schon dabei, wenn er Aktionär ist? Begreifen Sie doch, Genosse Beltschew, wir müssen etwas an die Leute verteilen. Hier hat man wer weiß wie lange schon keine Stoffzuteilung gehabt. Reden allein nützen auf die Dauer nichts, es muß etwas geschehen. Ja, ja, gut, ich verstehe, na und, soll er doch kündigen! Dann suchen Sie sich einen anderen Verantwortlichen, ich könnte Ihnen meinen Onkel empfehlen. Nein, ich scherze nicht, Sie belieben zu scherzen. Wollen Sie etwa, daß ich jetzt von Haus zu Haus gehe und alles einsammle, was ich verteilt habe?“

Das Mädchen warf den Hörer verärgert auf die Gabel. „Bitte, Herr Professor“, sagte sie zuvorkommend. „Womit kann ich Ihnen dienen?“

„Ich möchte den Kommandanten sprechen.“

„Ich bin der Kommandant.“

Warum sollte sie auch nicht der Kommandant sein, wenn sie sich erlauben konnte, mit dem Zentrum in diesem Ton zu sprechen? So war es sogar besser, Urumow würde es mit jemandem zu tun haben, der ihn kannte. Er näherte sich also dem Schreibtisch und sah sich nach einem Stuhl um. Erst jetzt stellte er fest, daß sich noch jemand im Zimmer aufhielt. Der Mann lag in einer Ecke auf Knien, mit dem Gesicht zur Wand, seine weißen Hände waren bittend erhoben. Er betete, wenn auch nur mit wenigen Worten und in weinerlichem Ton: „Herr Jesus Christus, erbarme dich des Sünders! Herr Jesus Christus, erbarme dich des Sünders!"

„Lassen Sie sich nicht stören", sagte das Mädchen etwas verdrossen. „Seit zwei Stunden plappert er ein und dasselbe. Er heißt Kosarew, vielleicht kennen Sie ihn. Wenn ich daran denke, wie aufgeplustert und wichtig er früher getan hat."

Kosarew war einer der ehemaligen Polizeichefs. Er sah aus, als ob er von einem Empfang käme – weißes Seidenhemd, Lackschuhe, eine gestreifte Hose, die um das dicke Hinterteil spannte. Urumow konnte sein Gesicht nicht sehen, aber die weiße kahle Stelle an Kosarews Hinterkopf war von fettigem Schweiß überströmt. „Herr Jesus Christus, erbarme dich des Sünders!"

„Er kann nicht mal richtig beten." Die Stimme des Mädchens klang verächtlich. „Nehmen Sie Platz, Herr Professor."

Sie bot ihm einen ganz gewöhnlichen Küchenstuhl an, der gelb wie ein aufgeschnittener Kürbis war.

„Ich kann vor diesem Mann nicht sprechen!" sagte Urumow.

„Er wird jeden Augenblick nach Sofia abtransportiert werden. Ich lasse ihn gleich hinausführen."

Sie drückte auf einen Knopf. Draußen ertönte ein Klingelzeichen, das Urumow plötzlich an die Kinobesuche in seiner Jugendzeit erinnerte. Was für angenehme Ungeduld hatte das Klingeln damals in ihm hervorgerufen, während es ihn jetzt nur erschreckte. Um sich abzulenken, sagte er:

„Sie scheinen mit den Zuteilungen Schwierigkeiten zu haben."

„Eine dumme Geschichte!" entgegnete das Mädchen ärgerlich. „Ich habe Stoffe aus der Textilfabrik von

Raspopow beschlagnahmt und an die Bevölkerung verteilt." Sie lächelte bitter. „Anscheinend habe ich zuviel weggegeben ... Aber darum geht es nicht. Wie konnte es dazu kommen, daß einer unserer jetzigen Verantwortlichen Aktionär ist! Er stellt uns dauernd Ultimaten."

„Wer denn?" fragte Urumow.

Sie zögerte kurz, fügte aber dann hinzu:

„Ein Kollege von Ihnen, Wenelin Ganew."

Nachdem sie allein geblieben waren, berichtete er dem Mädchen ausführlich über den unerwarteten nächtlichen Besuch. Sie hörte ihm aufmerksam zu, doch offensichtlich erschrak sie nicht allzusehr. Als er geendet hatte, griff sie zum Telefon und sagte:

„Einen Moment bitte."

Am anderen Ende der Leitung meldete sich Sofia. Urumow mußte sich geduldig seine eigene Erzählung noch einmal anhören, die das Mädchen ohne jegliche Panik weitergab. Der Sofioter Gesprächsteilnehmer antwortete mit lebhafter und ziemlich scharfer Stimme, aber der Professor konnte durch das Knacken im Hörer nur einzelne Worte verstehen: „Äußerst vorsichtig ... was bei euch vorhanden ist ... ohne Panik." Schließlich sagte das Mädchen: „Zu Befehl, Genosse Golowanow!" und legte auf. „Golowanow wird persönlich kommen", wandte sie sich dann an Urumow. „Er hat gesagt, wir sollen die Villa vorsichtig umstellen, aber nichts ohne ihn unternehmen. Wir müssen auf ihn warten."

Urumow wußte nicht, wer dieser Golowanow war, aber er konnte es sich denken. Er stellte ihn sich als einen Mann mit kühlen grauen Augen, kahlgeschorenem Kopf und Lederjacke vor. Nach einer Stunde hielten vor der Kommandantur zwei Steyr, und kurz darauf kam ein kleiner grauhaariger Mann in verknittertem Mantel ins Zimmer. Er sah aus wie ein Kaffeehausbesitzer, hatte ein schlechtes Gebiß und lispelte.

„Guten Abend, Professor", sagte er und reichte Urumow die Hand. „Wir ahnten schon, daß etwas im Gange ist, hatten aber keine genaueren Informationen. Nun wissen wir, wen wir beobachten müssen, damit es zu keiner Überraschung kommen kann."

„Sie warten darauf, daß sie losschlagen, um Beweise zu haben?" fragte der Professor erstaunt.

„Beweise sind notwendig", erwiderte Golowanow, „wir können nicht alle Verdächtigen inhaftieren, das wird uns keiner erlauben. Aber vielleicht erfahren wir von Kisjow das Nötige."

Urumow dachte kurz nach.

„Ich hoffe, daß Sie keine Gegenüberstellung vornehmen werden."

„Wir werden uns bemühen, Ihnen diese Unannehmlichkeit zu ersparen", sagte Golowanow. „Wenn es allerdings notwendig sein sollte ... Doch ich glaube es kaum, diese Leute sind geschwätzig wie Mönche. Ein Knopfdruck, und sie plaudern alles aus."

Golowanow und seine Begleiter machten sich sofort auf den Weg. Nach einer halben Stunde kamen sie mit finsterer Miene zurück, anscheinend war ihnen der Vogel davongeflogen.

„Kisjow muß etwas von der Umstellung gemerkt haben", sagte Golowanow schlecht gelaunt. „Er ist ja nicht von gestern."

Dann sah er zum Professor hinüber und fügte hinzu:

„Sie dürfen nicht mehr dorthin zurück. Wir geben Ihnen eine andere Unterkunft."

Urumow ging erleichtert hinaus. Einerseits hatte er seine staatsbürgerliche Pflicht erfüllt, und andererseits war es doch nicht so weit gekommen, daß ein anderer durch seine Schuld zu leiden hatte. Es konnte ja auch sein, daß Kisjow sich die Verschwörung in der Militärschule nur ausgedacht hatte. Gesinnungsgenossen durch Aufschneidereien werben zu wollen würde so richtig zu ihm passen. Andererseits aber wußte Urumow nur allzu gut, daß er seinen Kopf hinhalten müßte, falls es wirklich zu einem Umsturz käme. Der ehemalige Polizist würde den Verrat nicht vergessen. Inzwischen waren zwei Tage verstrichen, die sowjetischen Truppen waren in Sofia eingezogen, und der Professor hatte sich vollends beruhigt. Doch genau da rief man ihn dringend in die Kommandantur. Mitternacht war längst vorbei. Der Junge, der Urumow führte, schien sehr kurzsichtig zu sein, denn er stolperte einige Male, obwohl er eine Taschenlampe trug. Den ganzen Weg über wechselten sie kein einziges Wort. In der Kommandantur wurden sie von dem jungen Mädchen empfangen, das jetzt eine Uniform ohne Schulterstücke trug.

„Eine unangenehme Angelegenheit, Herr Professor", sagte es. „Wir müssen Sie bitten, einen Toten zu identifizieren."

Der Leichnam lag auf dem Fußboden. Sein Gesicht hatte man mit einem schmutzigen Handtuch bedeckt. Mitten auf der Brust klaffte eine riesengroße schreckliche Wunde.

„Deckt ihn auf!" befahl das Mädchen.

Einer der Jungen entfernte den Lappen. Der Professor erkannte sofort das Gesicht Kisjows, das bläulichweiß und angespannt aussah, als ob er in Todesangst einen letzten großen Sprung gewagt hätte. Obwohl der Professor in seinem Leben schon viele Leichen gesehen hatte, wurde ihm jetzt übel, denn dieser Leichnam war nicht wie die anderen. Diesem Menschen hatte er, Urumow, das Leben genommen, wenn auch nicht eigenhändig.

„Ja", sagte er leise, „das ist Kisjow. Der ehemalige Polizist . . ."

„Ein ehemaliger Polizist und späterer Halsabschneider!" sagte das Mädchen mit haßerfüllter Stimme, die gar nicht zu ihren feinen Gesichtszügen paßte. „Er war ein bezahlter Gestapoagent."

Als sie Urumows klägliches Aussehen bemerkte, fügte sie schnell hinzu:

„Sie dürfen sich keine Vorwürfe machen. Auf seinem Gewissen lasten mindestens zwanzig Morde. Früher oder später hätten wir ihn sowieso gefaßt."

Urumow ging benommen nach Hause. Er fand in dieser Nacht keinen Schlaf mehr. Doch es war die einzige und letzte schlaflose Nacht Kisjows wegen, danach versank dessen finstere Gestalt wie in einem schwarzen Loch, aus dem sie nicht wieder hervorsah.

5 In der Nacht vor der Versammlung schlief Angelina am schlechtesten von allen. Sie hatte einen bösen Traum: Während sie zu Hause im Bett lag, tauchte plötzlich ihre verstorbene Schwägerin auf und zog sie mit aller Kraft am Bein. Die Unglückselige war sehr kräftig, so daß es ihr sogar gelang, Angelina vom Bett herunterzuzerren. Angelina starrte entsetzt in das kreideweiße Gesicht der Schwägerin und begriff auf einmal, wohin diese sie ziehen wollte, nämlich direkt in die Hölle. Noch konnte sie sich am Bettpfosten festhalten, aber letztlich hätte sicher Natalia die Oberhand behalten, wenn Angelina es nicht fertiggebracht hätte, im gefährlichsten Augenblick aufzuwachen. Sie schwitzte und war so aufgeregt, daß sie nicht mehr einschlafen konnte. So lag sie bis zum Morgen wach.

Als sie endlich aufstand, war sie immer noch verstimmt und ein wenig ängstlich. Unentschlossen stand sie dann auch vor ihrem Kleiderschrank. Vielleicht rächte sich die Tote gar für die Sachen, die sich Angelina angeeignet hatte? Trotzdem konnte sich Angelina nicht beherrschen und zog eine schwarze Hose aus chinesischer Seide an. Nach kurzem Zögern streifte sie dazu einen grünen Pullover über, der schon sehr abgetragen war und zu den ältesten aus ihrer Mädchenzeit zählte. In dieser Aufmachung irrte sie in der Wohnung umher, immer noch unter dem Eindruck ihres Alptraumes. Schließlich weckte sie Sascho. Er stand schweigend auf, kleidete sich an und sah im Wohnzimmer verwundert auf die Uhr.

„Warum hast du mich so zeitig geweckt?“ fragte er ärgerlich.

„Weil du heute zur Versammlung mußt", entgegnete sie.

„Die Versammlung findet erst heute abend statt", fuhr er auf.

„Du mußt dich vorbereiten."

„Was habe ich mich denn vorzubereiten? Es ist eine Versammlung wie jede andere."

„Nein!" sagte die Mutter besorgt. „Man sagt, dein Onkel hätte sich unbeliebt gemacht und man wollte ihn auf Rente setzen."

Erst jetzt drehte sich Sascho um und starrte sie an.

„Wer hat das behauptet?"

Angelina wand sich wie ein Regenwurm, gestand dann aber doch: Ewdokija Logofetowa. Sascho wurde sehr böse. Diese alte Eule, die nur ein paar dottergelbe Löckchen auf ihrem sonst kahlen Kopf hatte, streifte den ganzen Tag über umher und trug jedes Gerücht weiter.

„Wo hast du sie getroffen?" fragte er.

„Sie war gestern hier. Sonst sagt mir ja keiner etwas."

„Und ich habe mich gewundert, warum das Wohnzimmer gestern so gestunken hat!" brummte Sascho unzufrieden.

Das war nicht übertrieben, im Wohnzimmer hatte gestern abend wirklich ein schwerer Parfümgeruch geschwebt. Ewdokija Logofetowa war wohl die einzige in dieser Stadt, die noch so schrecklich altmodische Parfüms benutzte.

„Du sollst mir sagen, ob das stimmt", sagte die Mutter.

Aber Sascho hörte schon nicht mehr zu, weil er sich gerade angewidert vorstellte, wie die Logofetowa mit ihren dünnen Entenbeinen und dem kleinen Buckel aufgeregt durch das Wohnzimmer gewatschelt war. Trotz ihres Alters glänzten ihre grünen Augen immer noch wie Smaragde. Man sagte, wo sie auftauchte, passierte etwas – entweder stolperte jemand oder ließ ein Netz mit Eiern fallen oder ähnliches. Und in Wohnungen, wo Kleinkinder waren, ließ man sie unter dem Vorwand, daß jemand krank sei, erst gar nicht herein. Zum Glück fürchtete sich die Logofetowa vor Krankheiten wie eine Hexe vor dem Hahn.

„Wirst du es mir nun endlich sagen?“ Angelina explodierte.

„Blödsinn!“ murmelte Sascho verächtlich. „Woher soll ich das wissen? Onkel ist nicht mehr der Jüngste, vielleicht wird er sich wirklich pensionieren lassen. Aber alles andere hat sich dieses Elendsweib ausgedacht!“

Die Neugier seiner Mutter war sichtlich unbefriedigt geblieben.

„Das will mir gar nicht gefallen. Bisher hat sich nie ein Urumow auf Rente setzen lassen, obwohl es auch hohe Beamte unter ihnen gab.“

Im Institut bemerkte Sascho zunächst nichts Besonderes. Alles ging seinen gewohnten Gang, keiner ließ einen Ton über die für den Abend geplante Versammlung verlauten. Trotzdem schien etwas in der Luft zu liegen. Sascho begriff auf einmal, daß seine Kollegen es mieden, ihm in die Augen zu sehen. Ja, und zwar alle, ausnahmslos. Anscheinend fühlten sie sich vor ihm schuldig, das heißt nicht so sehr vor ihm, sondern vor seinem Onkel. Sascho hatte plötzlich das Bedürfnis, kurz bei ihm hineinzuschauen, aber man ging nicht so mir nichts, dir nichts zum Institutsdirektor. Glücklicherweise rief ihn der Professor jedoch gegen Mittag von selbst zu sich. Sascho rannte beinahe dorthin, blieb aber doch vor der Tür stehen, warf einen prüfenden Blick auf seinen weißen Kittel und trat erst dann ein. Sein Onkel saß ganz ruhig hinter dem Schreibtisch. Hier, im Arbeitszimmer, schien er wirklich vor allem Direktor und weniger Onkel zu sein, das spiegelte sich in seiner ganzen Haltung wider. Er bot dem Neffen Konfekt aus einer repräsentativen Packung an, die er wahrscheinlich sonst nur für ausländische Besucher herausholte. Doch als er zu sprechen begann, begriff Sascho, daß der Professor sein Onkel geblieben war.

„Ich habe dir von Awramow erzählt“, sagte Urumow.

„Ich halte ihn nach wie vor für einen Wissenschaftler ersten Ranges. Awramow will jetzt seine Arbeit fortsetzen. In ihr steckt etwas, was nicht einmal die Amerikaner bemerkt haben. Und das ist eine nicht zu verachtende Perspektive."

Hatte der Onkel jetzt an nichts Wichtigeres zu denken?

„Es würde mich sehr freuen, wenn es Awramow gelingen sollte." Aus Saschos Stimme war leichter Verdruß herauszuhören.

„Du unterschätzt ihn, mein Junge. Und obendrein auf eine dumme und naive Art und Weise. Du mußt mehr Vertrauen zu deinem Onkel haben."

„Aber was geht mich Awramows Arbeit an? Er kann sie meinethalben ruhig weiterführen. Wenn sie ihm gelingen sollte – um so besser!"

„Diese Sache sollte dich aber etwas angehen. Awramow hat den Vorschlag gemacht, sie mit dir gemeinsam fortzusetzen."

„Wie denn gemeinsam?" fragte der junge Mann erstaunt.

„Eben gemeinsam, wie Kollektive von Wissenschaftlern manchmal solche Dinge in die Hand zu nehmen pflegen."

Sascho war klar, daß dieser Vorschlag auf jeden Fall eine Anerkennung für ihn darstellte. Immerhin war Awramow Dozent, er selbst aber nur Assistent. Trotzdem beschloß er abzulehnen.

„Onkel, du weißt, daß meine Interessen einem anderen Gebiet gelten", sagte er. „Ich würde gern deine Versuche fortsetzen."

„Meine Versuche fortsetzen?" Der Professor lächelte. „Ich bin doch immer noch am Leben und habe mich auch noch nicht von meiner Arbeit zurückgezogen!"

Der Neffe errötete.

„Entschuldige, Onkel, ich habe mich falsch ausgedrückt. Dennoch glaube ich, dir helfen zu können."

„Daran habe ich nie gezweifelt, aber bei mir wird es

nicht so bald zu Ergebnissen kommen. Obendrein riskieren wir, gar nichts zu erreichen."

„Wir werden etwas erreichen", widersprach Sascho impulsiv.

„Und wennschon, dann werden alle sagen, daß es mein Verdienst ist. Und wenn ich versuchen sollte, dich zu lancieren, würden sie denken, daß ich es aus verwandtschaftlichen Gefühlen heraus tue."

Der junge Mann verzog das Gesicht.

„Das interessiert mich nicht!" sagte er schroff.

Dabei spürte er jedoch, daß er nicht ganz ehrlich war. Es lag ihm nicht, alles zu geben und nichts dafür zu bekommen.

„Ich glaube dir!" sagte der Professor wohlwollend. „Ich würde es aber gern sehen, daß du mit einem Namen zu mir kämest, damit dir die anderen dann auch glauben. Ich bin sicher, daß ihr, Awramow und du, zu einem schnellen und seriösen Ergebnis gelangen werdet. Wenn mich meine Vorahnung nicht täuscht, könnte es sogar erstaunlich sein."

Der Neffe blickte etwas erschrocken auf. Wiederum schien das nicht sein Onkel zu sein, sondern ein fremder Mann, stark und mächtig, der über allem stand.

„Onkel, darf ich um Bedenkzeit bitten?"

„Natürlich, mein Junge."

„Ich möchte erst sehen, wie die Versammlung ausgehen wird."

„Wie sie auch verlaufen sollte, sie hat keinerlei Einfluß auf unsere unmittelbare Arbeit. Aber jetzt geh essen!"

Sascho aß nie in der Kantine des Instituts. Ein Mann, der die Welt erobern wollte, konnte nicht in einer nach Öl riechenden Kantine mit irgendwelchen Unfähigen und Kriechern gemeinsam an einem Tisch sitzen. Also trug er seinen leeren Magen würdevoll zur nächst gelegenen Imbißstube. Eine Eisbeinsuppe mit reichlich Essig und Knoblauch würde ihm guttun. Für den Abend war er von den beiden Fifis zum Geburtstag eingeladen worden. Zu wessen Geburtstag, hatte Sascho zwar nicht mitbekommen, aber Harry hatte damit geprahlt, ihnen einen gebackenen Kalbskopf servieren zu wollen, eine Delikatesse aus alten Zeiten, die Sascho noch nie gegessen hatte. So war es schon ganz gut, etwas Platz für die große Versuchung zu lassen.

Die Versammlung war als öffentliche Parteiversammlung angekündigt worden und sollte eine halbe Stunde nach Arbeitsschluß beginnen. Der Raum war sehr klein und obendrein kahl und langweilig. Am besten würde es sein, sich in die letzte Reihe zu setzen, das wäre der geziemende Platz für einen gerade erst eingestellten Assistenten. Außerdem ließe sich von der letzten Reihe aus am besten beobachten, wie die Leute reagierten. Sascho mußte das wissen, weil es ihm irgendwann nützlich werden könnte. Doch als er den Saal kaum fünf Minuten nach der festgesetzten Zeit betrat, waren schon fast alle Plätze besetzt. Aus der letzten Reihe blickten ihn diejenigen, die schneller gewesen waren als er, an, und schienen sich insgeheim über ihn lustig zu machen. Sascho sah sich unentschlossen um. Es gab nur noch in der ersten Reihe fünf oder sechs freie Plätze, aber dort ließen sich gerade einige offensichtlich wichtige Leute nieder, von denen er die meisten zum erstenmal sah. Möglicherweise waren das von der Akademie oder vom Komitee oder gar von der Stadtbezirksleitung entsandte Beobachter. Im Präsidium hatten Urumow und der Parteisekretär Kyntschew, ein rotwangiger Mann mit äußerst kurzen Armen, Platz genommen. Zu allem Unglück trafen sich ihre Blicke, und Kyntschew sagte gutmütig:

„Genosse Urumow, bitte, da sind noch freie Plätze. Setzen Sie sich ruhig in die erste Reihe, hier beißt keiner."

Seine Stimme klang heiser.

„Ich heiße nicht Urumow!" erwiderte Sascho kühl und gelassen. „Professor Urumow ist der Bruder meiner Mutter."

Im Saal wurde gelacht. Auch der Professor mußte lächeln.

„Das ist doch egal!“ murmelte der Parteisekretär leicht irritiert.

Die Versammlung begann also mit einem kleinen Mißverständnis. Wie würde sie wohl enden? Der Raum wurde immer voller, nicht einmal Stehplätze waren noch zu haben. Von den vor der offenen Tür versammelten Menschen stellten sich manche auf Zehenspitzen, um zu erspähen, was sich im Raum ereignete. Das waren die Mitarbeiter der Außenstelle des Instituts, die zweite Garnitur, wie man sie scherzhaft nannte. Sascho bemerkte auf einmal, daß sowohl letztere als auch viele derjenigen im Saal einen merkwürdigen Gesichtsausdruck hatten. Sie glichen nicht Leuten, die zu einer wichtigen wissenschaftlichen Beratung erschienen waren, sondern eher Zuschauern eines Boxwettkampfes oder einer sensationellen Filmveranstaltung. Am Pult richtete sich inzwischen der Parteisekretär Kyntschew auf.

„Genossinnen und Genossen, in unserer Mitteilung baten wir euch, den Artikel zu lesen, den unser verehrter Direktor, Professor Urumow, in der Zeitschrift ‚Prostori‘ veröffentlicht hat. Ich möchte euch nicht verheimlichen, daß dieser Artikel ernste Meinungsverschiedenheiten und Zweifel, ja, ich würde sogar sagen, eine gewisse Besorgnis an unserem Institut ausgelöst hat. Inwiefern diese Besorgnis begründet ist, werden wir sicher der Stellungnahme von Professor Urumow entnehmen können. Ich bin überzeugt, daß er unser Kollektiv wenn nicht völlig beruhigen, so doch zumindest aufklären wird. Wie wir alle wissen, hat sich die Wissenschaft stets durch kategorische und klare Positionen ausgezeichnet.“

„Die mittelmäßige Wissenschaft“, warf Urumow leise ein.

Kyntschew tat, als ob er es nicht gehört hätte.

„Bitte, Genosse Urumow!“ sagte er und machte dem Professor Platz.

Urumow trat an das Rednerpult. Er wurde mit spontanem Beifall begrüßt, der allerdings, wie Sascho unzufrieden feststellte, nicht von langer Dauer war. Der Professor entnahm seiner Westentasche eine schöne Uhr und legte sie vor sich hin. Seine Bewegungen waren gemessen, das Gesicht wies einen ruhigen Ausdruck auf. Während er sprach, warf er ab und zu einen Blick auf die Uhr, ohne dabei auch nur für einen Augenblick die Klarheit oder die Logik seiner Gedankengänge zu verlieren. Er sprach genau eine halbe Stunde, nicht eine Minute länger. Die ganze Zeit über bewegte sich kaum jemand im Saal, nur diejenigen, die draußen standen, rückten von Zeit zu Zeit die Stühle, auf die sie sich stellten, um einen besseren Einblick in den Raum zu haben.

„Verehrte Kollegen!" begann Urumow. „Das Ziel meiner wissenschaftlichen Tätigkeit im Laufe des letzten Jahrzehnts bestand darin, das Wesen und die Struktur der Antikörper sowie einiger Katalysatoren der biochemischen Prozesse des Stoffwechsels zu erforschen. Aber nicht nur das schlechthin hat mich interessiert, sondern in Verbindung damit auch die Aktivität einiger Viren im menschlichen Organismus und die pathologischen Veränderungen, die sie verursachen können. Wie Sie sehen, handelt es sich um Probleme der Medizin, die jedoch hauptsächlich von uns, mit den Möglichkeiten und Mitteln unserer Wissenschaft, zu lösen sind. Wenn wir uns dabei nur innerhalb der von unseren Wissenschaften genau festgelegten Grenzen bewegten, wären wir allerdings genau wie der Maulwurf, der die Unterwelt für die einzig reale Welt hält, blind. Und mit diesem Vergleich sind wir bereits bei einem der wichtigsten methodologischen Probleme angelangt, nämlich der Frage, wie weit die Fakten reichen und bis wohin sich die Einbildung, die Intuition, der logische Aufbau bei der Erforschung der komplizierten Wahrheiten des Seins erstrecken können. Wahrscheinlich sind auch gerade auf dieser Ebene die Mißverständnisse entstanden, von denen eben die Rede war."

Danach legte Urumow das Wesen seiner Forschungen

und der Ergebnisse, zu denen er gelangt war, ziemlich ausführlich dar. Obwohl er seine hypothetischen Anschauungen, die sein Neffe im Artikel bis zu ihrem logischen Endergebnis geführt hatte, empfindlich kürzte, verheimlichte er nicht die Gefahren, welche die menschliche Existenz bedrohten.

„Nehmen wir die Evolution der Gattungen", sagte er. „Wir haben den Eindruck, daß sie vom Einfachen zum Komplizierten, von der Amöbe zum Menschen mit dem vollkommenen Mechanismus seines Gehirns verläuft. Doch das ist nur die eine Seite des Problems. Übrigens war sogar bei diesem Prozeß das Simple stets dem Komplizierten, das Anpassungsfähige dem Unanpaßbaren, das sich schnell Verändernde dem Beständigen und Konservativen überlegen. Welches einfache lebende Wesen wir auch als Beispiel nehmen – es wird uns durch seine Harmonie und die Zweckmäßigkeit jeder seiner Funktionen in Erstaunen versetzen. Unter diesem Aspekt gibt es für den Menschen keinen gefährlicheren Feind als den Virus, der meines Erachtens alle Eigenschaften aufweist, die ich gerade erst erwähnt habe. Seine Anpassungsfähigkeit ist außerordentlich groß und tritt oftmals in einer für das Bestehen des Menschen fatalen Art in Erscheinung. Indem wir nach Waffen gegen die Viren suchen, vergrößern wir eigentlich unsere Verletzbarkeit, weil wir die Viren widerstandsfähiger und anpassungsfähiger und, was ausschlaggebend ist, ständig anders machen. Kein Wissenschaftler kann Ihnen garantieren, daß die Erfindung neuer Antibiotika nicht zum Entstehen solcher Mutationen der Viren führen wird, die sowohl die Existenz des Menschen als auch die anderer Gattungen in Frage stellen können. Dieser Gedanke läßt sich noch weiterführen, denn wir negieren nicht die Möglichkeit, daß ähnliche Mutationen schon auf der Erde oder im unendlichen Kosmos vorhanden sind oder waren. Es wäre wohl überflüssig, Sie an deren ungewöhnliche Plastizität erinnern zu wollen. Immerhin ist es nicht ausgeschlossen, daß ihre Verbreitung schon einmal den Planeten zu einer biologischen Katastrophe geführt hat, womit man beispielsweise das geheimnisvolle Verschwinden der Kriechtiere im Pliozän erklären könnte. Wir finden auch noch keine Antwort darauf, ob das kosmische Schweigen um uns herum nicht gerade auf den Sieg des Simpleren über das Komplizierte zurückzuführen ist. Schließlich besagt die Dialektik, daß das Einfachste eigentlich das Vollkommenste ist, daß es nicht der Beginn, sondern das Endergebnis einiger Evolutionsprozesse sein kann. Geht man von diesen Gedanken aus, ist es nicht schwer, zu begreifen, daß die bisherige Methode zur Bekämpfung der Viren relativ gefährlich ist. Wir müssen einen grundlegend neuen Weg beschreiten, nämlich die Viren nicht durch äußere Mittel vernichten, wie wir die Fliegen oder die Tiger töten, sondern sie von innen, von ihrer Struktur her, zerstören. Wir müssen die Möglichkeiten ihrer Reproduktion liquidieren. Das wird eine schwierige, aber doch zu meisternde Aufgabe sein, weil, wie wir sehen können, ihre Existenz den Daseinsgrundsätzen der Organismen anscheinend reziprok ist und widerspricht, sie ist sozusagen eine superparasitäre Antiexistenz. Diesbezüglich sind die Krebsviren, wie Sie selbst wissen, das schrecklichste Beispiel. Diese Viren, die die außergewöhnlichen Transformationseigenschaften ihrer Nukleinsäure ausnutzen, können unter jeder Bedingung eine Umgebung für ihre Reproduktion schaffen, eben ein Krebsgewebe, ohne sich darum zu kümmern, daß sie auf diese Weise, ich würde sagen: blind wie die Menschen, die einzig mögliche Umwelt für ihr Dasein vernichten. Wenn diese Viren auch noch so allgegenwärtig und auf Grund ihres parasitären Daseins langlebig sind, so sind sie doch letzten Endes wenn nicht zum Tode, so doch zur faktischen Nichtexistenz verurteilt, dann nämlich, wenn sie die sogenannten höheren Organismen endgültig vernichtet haben sollten. Dann müßten sie wahrscheinlich darauf warten, von der Evolution erneut hervorgebracht zu werden, was nicht immer und auch nicht unter jeder

Bedingung der Fall sein kann. Oder sie müßten wie der Dämon Lermontows hoffnungslos durch den Weltraum irren, bis sie zu einem Planeten gelangen, der noch nicht von derartigen Gästen aufgesucht worden ist. Diese schrecklichen Dinge spreche ich nicht aus, um Ihnen Angst zu machen, obwohl mir das anscheinend schon gelungen ist, sondern um Ihre Aufmerksamkeit auf den Ernst des Problems zu lenken. Darin sehe ich auch den Sinn unserer Arbeit und die immense Bedeutung unserer Bemühungen."

Damit beendete Urumow seinen Vortrag und kehrte an seinen Platz zurück. Kyntschew, der es nicht für nötig hielt aufzustehen, forderte die Anwesenden auf, das Wort zu ergreifen und zum Vortrag ihres Direktors Stellung zu nehmen. Doch seine Aufforderung wurde mit Schweigen beantwortet. Er streckte seinen kurzen Hals so weit wie möglich, um jemanden zu erspähen, der sprechen wollte, aber es war vergebens.

„Wenn sich keiner zu Wort meldet, so wollen wir unserem Direktor für seine Ausführungen danken und die Versammlung schließen."

Kyntschew schien bereit zu sein, seine Ankündigung wahr zu machen, aber gerade in diesem Augenblick wurde eine weiße Hand gehoben, und eine schwache Stimme fragte:

„Darf ich um das Wort bitten?"

Es war Asmanow. Als er zum Rednerpult ging, schien die Decke des Raumes durch den glänzenden Widerschein seines kahlen Kopfes heller geworden zu sein. Auch sein goldenes Brillengestell, dessen Gläser das Licht reflektierten, glänzte, ja sogar seine Zähne schienen aufzublitzen, als er schließlich seinen wohlgeformten Mund öffnete.

„Verehrte Kolleginnen und Kollegen, ich hatte ganz und gar nicht die Absicht, als erster das Wort zu ergreifen. Ich muß gestehen, daß ich ernste Einwände gegen die Hypothese von Herrn Professor Urumow sowie gegen die Arbeitsweise in unserem Institut vorzubringen habe, und ich wollte bei keinem den Gedanken aufkommen lassen, daß ich auf diese Weise die anderen Wortmeldungen zu beeinflussen versuchte. Übrigens, selbst wenn ich das wollte, wäre es wohl kaum möglich gewesen, weil ich mir sehr gut der Autorität unseres Direktors als Wissenschaftler bewußt bin. Und dennoch scheint mir, daß gerade diese Autorität jetzt als zweischneidiges Schwert in Erscheinung getreten ist. Diese Autorität bewirkte ein Erstarren der Menschen und ihrer Initiativen und trieb die gesamte Tätigkeit des Instituts in das Füllhorn der eigenen Ambitionen und Bestrebungen des Direktors. Herr Professor Urumow bemühte sich nämlich nicht im geringsten, die anderen Initiativen zu fördern oder gar seine Pläne mitzuteilen, die Hilfe seiner Kollegen in Anspruch zu nehmen."

Bis zu diesem Augenblick hatte Asmanow improvisiert gesprochen, ohne einen Blick auf ein Konzept oder irgendwelche Stichpunkte zu werfen. Dann tauschte er die Brille gegen eine andere, noch glänzendere aus und holte einen ganzen Stapel eng beschriebener länglicher Zettel hervor.

„Worin besteht übrigens die Hypothese unseres verehrten Direktors?" setzte er seinen Diskussionsbeitrag fort. „Ich habe den Artikel des Professors sehr aufmerksam gelesen und seine heutigen Ausführungen noch aufmerksamer verfolgt. Dieses Mal war er zwar weitaus zurückhaltender, aber im Prinzip sind seine Positionen die gleichen geblieben. Seines Erachtens existiert außer dem normalen Zyklus in der Vermehrung der Viren noch ein weiterer Mechanismus. Herr Professor Urumow nimmt an, daß der Virus unter bestimmten Bedingungen und biochemischen Zuständen auf Grund der Analogie seiner Struktur zur Struktur der Zelle diese Zelle nicht vernichtet, sondern sie lediglich zwingt, ihre Austauschkette in die vom Virus gewünschte Richtung zu ändern. Das bezeichnet der Herr Professor mit dem mir ungeeignet erscheinenden Terminus ‚gegenseitiger Austausch'. Bildhaft ausgedrückt, entfernt sich die Zelle auf diese

Art und Weise aus ihrer Gemeinschaft zugunsten der Aufgaben und Absichten des eigentlichen Virus und im Interesse seiner Existenz und Reproduktion. Das Ziel der Forschungen von Professor Urumow liegt darin, im Organismus ein Hindernis gegen diesen Prozeß aufzubauen, und zwar hauptsächlich durch die Abschaffung der Bedingungen, unter denen der sogenannte gegenseitige Austausch möglich wird. In der Praxis hieße das, die Immunitätsreaktionen der Zellen unermeßlich zu erhöhen, damit sie die analogen Strukturen fehlerlos unterscheiden können und es nicht zulassen, daß die Viren die Austauschkette verändern.

Wie Sie feststellen werden, liebe Kolleginnen und Kollegen, ist das auf den ersten Blick sehr scharfsinnig, aber meiner Meinung nach entbehrt es ernsthafter wissenschaftlicher Beweise. Ja sogar noch mehr – es werden nicht anzuzweifelnde wissenschaftliche Wahrheiten in Abrede gestellt. Die Auffassung Professor Urumows über die Antibiotika ist nicht nur antiwissenschaftlich, sondern auch schädlich für die Praxis. Damit wird fast unserer gesamten pharmazeutischen Industrie die Bedeutung abgesprochen. Die wissenschaftlichen Mitarbeiter auf diesem Gebiet werden entmutigt. Die Kranken werden vielleicht die für sie Rettung bringenden Antibiotika aus Angst, in ihrem Körper fatale Mutationen hervorzurufen, meiden.

Ich frage mich, ob diese Angst und diese finsteren Prognosen zu Recht bestehen. Meines Erachtens sind sie völlig unbegründet. Was ist das für ein mysteriöser ‚gegenseitiger Austausch' der Strukturen? Professor Urumow läßt die einfachsten Gesetze der Dialektik außer acht und trennt die Form vom Inhalt. Das könnte vielleicht ausnahmsweise in einem kleinen Gedicht oder einer Kurzerzählung geschehen, aber nicht innerhalb der festen und geschlossenen Werte der Natur. Eine bestimmte Struktur entspricht immer nur einem bestimmten Inhalt. Die Viren sind keine Phantome, die je nach Wunsch ein bestimmtes Aussehen annehmen, so wie sich Hexen in den Märchen mal in Königinnen, mal in Frösche verwandeln. Die Biologie ist kein Konglomerat von Erfindungen, sondern eine ernste Wissenschaft."

Das war der wirkungsvollste Teil der Rede Asmanows. Aber sobald er zum Wesen des Problems vordrang, wurde seine schlechte Sachkenntnis offenkundig. Erst als er sich mit den Aufgaben des Instituts befaßte, klang seine Stimme wieder fester.

„Wir waren aufgerufen worden, unserer Landwirtschaft zu Hilfe zu eilen!" erklärte er feierlich. „Man stellte an uns die Forderung, wirksamste Mittel für den biologischen Pflanzenschutz zu entdecken und in die Praxis zu überführen. Uns allen ist ja bekannt, welche Schäden eine rücksichtslose und unkundige Chemisierung der Natur zufügt. Die gequälte Natur streckte also die Hand aus und flehte uns um Hilfe an. Und haben wir ihr unsere Hand gereicht?"

Im Saal brach leises Gelächter aus.

„Lacht nicht, Genossen, es handelt sich um eine ernste Angelegenheit!" warf Kyntschew ein.

Asmanow merkte sicherlich selbst, daß er es mit seinen Metaphern zu weit getrieben hatte, denn er fügte mit fester, fast mürrischer Stimme hinzu:

„Ja, du hast recht, Genosse Kyntschew. Aber das ist nicht nur irgendeine Angelegenheit, sondern eine wichtige Aufgabe, die uns vom Staat und von der Partei gestellt wurde und für die wir verantwortlich sind."

Es war inzwischen mehr als eine halbe Stunde verstrichen, aber das Bündel Zettel in der Hand Asmanows war erst um die Hälfte dünner geworden. Gerade in diesem Augenblick war eine Stimme aus dem Saal zu vernehmen.

„Du hast doch schon länger als der Referent gesprochen, Genosse Asmanow. Kannst du dich nicht kürzer fassen?"

„Mir wird zu selten das Wort gegeben, Genosse Kirilow!" antwortete der Dozent traurig. „Jetzt habe ich die Pflicht . . ."

Kyntschew verzog das Gesicht zu einer Grimasse und fragte dazwischen:

„Erkläre mir bitte, Genosse Asmanow, wer dir wann und aus welchem Grunde das Wort nicht erteilt hat. Oder dir das Wort entzogen hat."

Asmanow schwieg sichtlich verwirrt.

„Sage es nur, sag's ... Sonst muß ich annehmen, daß du hier unbegründete Behauptungen aufstellst."

„Gut, ich werde meine Ausführungen kürzen!" gelang es Asmanow, sich herauszureden. „Ich will nur noch mit einigen Worten meine Schlußfolgerungen darlegen."

Er steckte die Zettel in die Tasche zurück. Sascho hatte das Gefühl, daß ein erleichtertes Aufatmen durch den Saal ging.

„Genossinnen und Genossen, meiner Meinung nach herrscht eine Apathie an unserem Institut", fuhr Asmanow fort. „Es sind viel mehr Leute in den Fluren anzutreffen als an ihren Arbeitsplätzen. Manche Mitarbeiter fehlen monatelang unter dem Vorwand, an einer wissenschaftlichen Abhandlung zu schreiben. Wo sind denn nun diese wissenschaftlichen Arbeiten? Ich sehe sie nicht. Zum Aufschreiben von Versuchsergebnissen sind wirklich keine Monate erforderlich, sondern nur Tage. Wer behält die Tätigkeit dieser Mitarbeiter im Auge? Niemand. Es hat den Anschein, daß sich viele Kollegen für alles andere interessieren, nur nicht für ihre Arbeit. Wenn man einmal darauf achtet, was in den Arbeitszimmern und Labors gesprochen wird, so glaubt man eher, daß ein Kochbuch oder eine Anleitung zur Pflege von Kleinstkindern zusammengestellt werden soll als eine wissenschaftliche Arbeit."

Im Saal wurde wiederum gelacht.

„Warum ist es so, frage ich mich. Das ist nicht schwer zu erraten. Es kommt daher, daß man den Mitarbeitern keine realen Aufgaben stellt, die sie verstehen können und die für die sozialistische Gesellschaft von Nutzen wären. Statt dessen werden wir schon jahrelang gezwungen, Virusphantome zu jagen. Ich glaube auf Grund der einfachsten Gesetze der Logik nicht an diese Phantome. Wenn sie tatsächlich auf eine solch schreckliche, gespenstige Weise existierten, hätten sie bislang schon Tausende Male das Menschengeschlecht ausgerottet. Aber wie Sie sehen, die Menschheit führt trotz der finsteren Prognosen unseres Direktors ihr Dasein fort."

Asmanow deutete eine leichte Verbeugung an und schritt langsam den Gang zwischen den Reihen entlang. Etwa ein Dutzend der Anwesenden zollte ihm ziemlich lebhaften Beifall, aber im allgemeinen verhielt man sich ruhig.

„Widerlich!" murmelte Sascho halblaut vor sich hin.

Trotzdem hatte ihn sein Nachbar gehört und sah ihn vorwurfsvoll an. Asmanow ging indessen zum Ausgang, wobei er nervös in seiner Hosentasche herumkramte, wahrscheinlich, um die Zigaretten herauszuholen. Sein Gesicht, für gewöhnlich glatt und ausdruckslos, war jetzt gerötet, erregt und zufrieden. Sascho bemerkte, daß einige Asmanow heimlich die Hand drückten, und prägte sich deren Gesichter ein.

Nach Asmanow sprachen noch weitere fünf Kollegen. Es war schon nach acht, und die Anwesenden machten einen müden Eindruck. Darum wurde dem Vorschlag zugestimmt, die Versammlung auf den nächsten Abend zu vertagen. Die Menschen verließen langsam den Raum, ohne sich umzusehen oder miteinander zu reden. Dazu würde es später kommen, wenn sie sich zu Gruppen aufgelöst hatten, in denen nur diejenigen zusammenfanden, die einander vertrauten. Sascho hätte sich gern ein Weilchen mit seinem Onkel unterhalten. Aber der Professor blieb keine Sekunde allein. Er war von seinen nächsten Mitarbeitern umgeben. Die meisten von ihnen lächelten, zwar gezwungen, aber sie wahrten immerhin den Schein. Nur Awramow sah betrübt aus. Sein Gesicht hatte die Nikotinfarbe seiner hageren Finger angenommen. Schließlich wurde der Professor von einem Unbekannten in einem repräsentativen Dienstwagen davongefahren. Wohin würde er den Onkel wohl bringen

– nach Hause? Oder zur Entgegennahme von Instruktionen, wie es manchmal in solchen Fällen vorkommen soll?

Sascho sah auf die Uhr. Es wäre gut, gleich zu den Freunden zu gehen, Kischo würde ihn jetzt sicher am besten verstehen. Vielleicht könnte er sogar voraussagen, wie die ganze unangenehme Geschichte ausgehen müßte ... Der Besuch bei den beiden Fifis würde Sascho sicher auch auf andere Gedanken bringen. Er ging zum erstenmal zu ihnen und war gespannt, die Höhle dieser behaarten Bestie kennenzulernen. Plötzlich fiel ihm ein, daß er ja noch gar kein Geburtstagsgeschenk besorgt hatte. Und die Geschäfte waren schon geschlossen. Also rannte er zu dem nächstliegenden Blumenstand. Die Verkäuferin war gerade dabei, zuzumachen, ließ sich aber durch seine Bitten erweichen und holte eine äußerst mickrige Pelargonie hervor, die einsam im Regal gestanden hatte. Mit ihr beladen, fand Sascho schließlich die angegebene Adresse. Er stieg bis zum Dachgeschoß hinauf und klopfte an eine Brettertür, die eher zu einer Baracke gepaßt hätte. Die kleine Fifi, wie zum Skilauf gekleidet, öffnete ihm die Tür. Drinnen war es ziemlich kalt, denn die berühmte gegen Valuten erstandene Ölheizung konnte die über ihre Kräfte gehende Aufgabe nicht meistern. Alle außer dem großen Fifi waren bereits da. Als Sascho eintrat, sprang Christa auf und fiel ihm impulsiv um den Hals.

„Ich dachte schon, du kommst nicht mehr!“ sagte sie und drückte mit ihren heißen Lippen einen Kuß auf seine Wange. „Du hast dich nicht rasiert!“

„Doch“, antwortete er, „aber mir ist vor Anstrengung der Bart gewachsen.“

„Und wie war's?“

„Entsetzlich. Aber ich will mich erst mal umsehen.“

Es gab wirklich allerhand zu sehen. An der einen Wand hing ein großes Schiffssteuerrad und neben der Tür ein alter, verrosteter Anker, der mindestens zwei- bis dreihundert Kilogramm wiegen mochte. Außerdem waren ein Kompaß, Sextanten und ein kaputtes Barometer da, das ständig Stürme prophezeite. Insgesamt war es recht gemütlich: Auf dem Fußboden lag eine vietnamesische Bastmatte, und die Wände waren mit Filmplakaten beklebt, die der Hand des Hausherrn entstammten. Im Zimmer standen zwei rote Liegen mit einem niedrigen runden Tisch davor, und hinter ihm waren die runden Knie von Donka zu sehen. Neben ihr saß Kischo, der lustlos an einem Stück Lachsschinken kaute.

„Und wo ist der Weltmeersegler selbst?" fragte Sascho.

„Vor etwa einer Stunde hat er sich auf den Weg gemacht, den Kalbskopf zu holen", sagte Donka. „Wahrscheinlich ißt er ihn unterwegs auf."

„Er wird irgendwo einen trinken", bemerkte Kischo gelangweilt.

„Und wie habt ihr diesen Anker hergebracht?"

Fifi lachte.

„Wir haben ihn eine ganze Woche lang die Treppe hochgeschleift, Stufe um Stufe."

Kischo öffnete die Flasche Duboné. Es war kein sonderlich guter Aperitif, wie Sascho unhöflich bemerkte, aber sie mußten ihn trinken, weil Kischo ihn vom Belgier bekommen hatte. Nachdem sie ein Gläschen hinuntergekippt hatten, erzählte Sascho in aller Ausführlichkeit, was sich auf der Versammlung ereignet hatte. Aber nur Kischo hörte zu, weil die Frauen über irgendeinen neuen Schlagersänger sprachen, der zwar große Klasse, aber bedauerlicherweise ein Päderast wäre. Warum bedauerlicherweise, fragte Donka, wenn sie einen Schlagersänger sähe, hätte sie immer den Wunsch, ihn in die Wange zu kneifen. Doch Christa antwortete nicht. Sie begann plötzlich dem Gespräch der Männer zu lauschen, und ihr Gesicht errötete leicht. Als Sascho schließlich seinen Bericht beendet hatte, murmelte Kischo, während er immer noch an dem Stück Lachsschinken herumkaute:

„Es lief, wie ich es erwartet hatte. Asmanow ist kein Idiot."

Sascho geriet innerlich in Wut, ließ sich aber nichts anmerken und sagte zurückhaltend:

„Meiner Meinung nach ist er ein Idiot! Durch diese Rede hat er die Leute gegen sich aufgebracht."

„Was liegt ihm schon an den Leuten? Er hat seine Worte auf eine höhere Instanz abgezielt und hofft, deren Aufmerksamkeit auf sich zu lenken."

Sascho schwieg. Er wollte nicht wahrhaben, daß Kischo recht hatte.

„Jedenfalls hat er von der Biochemie keine Ahnung, höchstens ein bißchen von der Morphologie", sagte er schließlich. „In der Biochemie kennt sich jeder Student besser aus als er."

„Das ist unwichtig", entgegnete Kischo gleichmütig. „Diejenigen, die er angesprochen hat, verstehen auch nichts von der Biochemie. Ganz anders sieht es damit aus, daß seiner Meinung nach die staatlichen Aufträge nicht erfüllt wurden. Das verstehen alle."

„Ich nehme an, daß diese Behauptung nicht einmal stimmt", erwiderte Sascho.

„Das ist nicht so wichtig. Wichtig ist, die Leute unsicher zu machen, Zweifel aufkommen zu lassen. Nachher kann man nötigenfalls immer noch erklären, daß man sich geirrt hatte."

„Nun gut, daß die Fremden sich erst einmal verunsichern lassen, akzeptiere ich", sagte Sascho ärgerlich. „Aber unsere Mitarbeiter hätten ihn doch durchschauen müssen. Nicht einer hat den Mut gehabt zu sagen, daß Asmanow Stuß redet."

„Kannst du dir nicht vorstellen, daß unsere Leute vielleicht doch nicht durchblicken?" Kischo lächelte.

Sascho wurde nachdenklich. „Vielleicht hast du recht", brummte er. „Aber daran ist mein Onkel selbst schuld. Er hat diese Leute eingestellt, nicht ich. Jetzt soll er auch damit fertig werden!"

Sascho redete zwar so dahin, war aber bei weitem mehr bedrückt und verletzt als sein Onkel. Er fühlte sich erniedrigt, sogar beschämt. Er hatte absolut nicht mit einem Konflikt am Institut gerechnet. Es war ihm überhaupt nicht in den Sinn gekommen, daß er plötzlich in einem derartigen Morast versinken würde.

„Dein Onkel hat keine Schuld daran", sagte Kischo.

„Sondern? Ich etwa?"

„Du tust, als ob du nicht wüßtest, wie solche Dinge laufen." Kischos Stimme klang verächtlich. „Ist es überhaupt möglich, die Unfähigen aufzuhalten? Sie sind doch überall! Sie lassen sich mit den Viren deines Onkels vergleichen. Kein Immunitätssystem kann sie überwältigen und auch kein Antikörper vernichten, weil sie nicht unsere Feinde sind, mein Junge, sondern unsere Freunde, wie dein Onkel sagt. Oder sie tun zumindest so . . ."

„Sehr schön!" Saschos Gesicht hatte sich aufgehellt.

„Was ist daran schön?" fragte Kischo.

„Du hast das gut gesagt. Erlaubst du, daß ich es weiterverwende?"

Genau in diesem Moment krachte es laut. Der große Fifi stürzte mit einem riesigen Backblech in den Händen ins Zimmer. Das Fett war ihm schon auf die Revers getropft, und die Hose war mit Schnee und Schmutz bespritzt. Er machte so einen deprimierten Eindruck, daß ihn alle erschrocken ansahen.

„Was fehlt dir?" fragte die kleine Fifi ängstlich.

„Ich habe den Kalbskopf fallen lassen!"

Er erzählte, vom Treppensteigen immer noch außer Atem, daß sie den Kalbskopf nicht in eine gewöhnliche Bäckerei zum Backen gebracht hätten, sondern in eine Gaststätte, damit er nach allen Regeln der Kunst zubereitet würde. In der Gaststätte hätte man ihn warten lassen, bis ihm fast der Kragen geplatzt sei. So schnell wie möglich sei er dann mit dem Backblech losgegangen, das noch ganz heiß gewesen wäre. Er wußte ja, daß eine ganze Schar hungriger Mäuler zu Hause auf ihn wartete, und hatte also das Blech mit den Rockschößen seines Mantels angefaßt. Und da es ihn daran hinderte, auf den Weg zu sehen, sei er ausgerutscht, und . . . „. . . der

Kalbskopf ist bis auf die Fahrbahn gerollt. Ich liege auf der Erde, vom Fett überströmt, so ein paar Typen kichern über mich, und obendrein saust ein Lastwagen genau auf den Kalbskopf zu ..." Da hatte sich Harry auf die Straße geworfen und den verdammten Kalbskopf buchstäblich unter den Reifen des Lastwagens hervorgezogen. Als er ihn wieder zum Backblech brachte, hatte der wild gewordene LKW-Fahrer die Gelegenheit genutzt, ihm zwei Schellen zu verpassen, daß ihm ganz schwarz vor den Augen wurde. Aber er hatte auch das über sich ergehen lassen, da er sich ja schuldig fühlte.

Kischo nahm den Kalbskopf in Augenschein.

„Der ist noch ganz in Ordnung", sagte er unsicher. „Nur die Kaldaunen sind etwas verschmutzt, aber die können wir ja wegwerfen."

„Aber gerade die Kaldaunen machen ihn ja pikant!" erwiderte Harry verzweifelt. „Sonst ist das doch ein ganz normaler Kopf, wodurch unterscheidet er sich dann von deinem?"

Zu neuen Komplikationen kam es, als sie den Kopf zerteilen wollten. Der große Fifi versetzte mit einer Axt dem Schädel einen Hieb. Es knirschte aber nur, und ein Stück Fleisch blieb an Donkas weißer Bluse kleben. Danach zogen es die Frauen vor, sich hinter dem Toilettenschränkchen der kleinen Fifi zu verstecken. Kischo warf sich einen alten Damenmorgenrock über, und mit gemeinsamer Anstrengung gelang es ihnen, Herr der Lage zu werden. Sie zerteilten den Schädel, rissen die Kiefer auseinander und holten die Zunge und das Hirn heraus. Eins der Kalbsaugen blieb an einem Bild, das an der Wand lehnte, haften. Schließlich, sich selbst verabscheuend und niedergeschlagen, verteilten sie alles auf die Teller, konnten aber lange nichts davon essen. Doch nachdem sie schließlich gekostet hatten, meldete sich Kischo zufrieden:

„Die Mühe hat sich gelohnt!"

„Hör auf!" sagte der große Fifi finster.

„Du hast recht, wir haben uns blamiert!" stimmte Kischo traurig zu. „Dabei reißen wir Witze über die Kannibalen!"

„Und wieviel hat dich der Spaß gekostet?"

„Wir wollen jetzt nicht über Geld reden", sagte der Künstler. „Viel schlimmer ist, daß ich in der Blüte meines Lebens fast umgekommen wäre."

„Wo du jetzt so eine Erfolgssträhne hast", ergänzte Kischo.

In der letzten Zeit hatte der Maler geschäftlich wirklich Glück gehabt. Die kleine Fifi prahlte, daß sie allein im letzten Monat vier Bilder verkauft hätten.

„Auf Abzahlung?" fragte Kischo.

„Nicht alle ... Die Galerie in Gabrowo hat bar gezahlt."

„Wenn du von den Gabrowoern Geld bekommen hast, so erwartet dich eine glänzende Zukunft", meinte Kischo. „Wenn bei euch Künstlern erst einmal der Stein ins Rollen gekommen ist ..."

„Aber wie kam der Stein ins Rollen", sagte Sascho. „Mit den Schimmeln, die mein Onkel gekauft hat!"

„Das stimmt", gab Harry zu. „Dafür hat er sie auch ganz billig bekommen. Für dieses Bild hätte ich mindestens das Fünffache nehmen können."

„Das kosten ja noch nicht einmal echte Pferde!"

„Aber das Bild ist sein Geld wert!" lobte der Maler sein Werk. „Ich habe noch kein schöneres gemalt. Vielleicht, weil das alles von allein kam, so von selbst."

„Wie denn ‚so von selbst'?" fragte Sascho verständnislos.

„Bei uns kommt so etwas vor. Man sucht nach einer farblichen Lösung, und es kommt etwas völlig anderes heraus. Bei mir wurde früher das Blau der Nacht immer so undefinierbar. Also habe ich experimentiert, habe Dunkellila und etwas Braun beigemischt. Aber sicher hast du das nicht bemerkt. Danach war ich immer noch nicht zufrieden, ich habe einen dichten weißen Fleck gebraucht, der sich scharf von dem Blau abhebt. Da sind mir die Pferde eingefallen. Und nun sind sie alles."

„Was alles?"

„Na, alles", brummte der Maler gelangweilt. „Bist du etwa blind . . .? Dein Onkel ist es jedenfalls nicht, er hat ein Auge für so etwas."

„Das ist überhaupt keine Kunst", sagte Sascho verärgert, „wenn sich etwas von allein ergibt."

Die kleine Fifi kochte Kaffee. Wenn es mit dem Bilderverkauf so weiterginge, sagte sie, könnte es sogar zu einem Auto reichen. Harry könnte eins brauchen, obwohl er keine Landschaften malte. Am besten malte er in der Dachkammer und noch besser im Keller, wo es gar kein Licht gäbe. Anfangs würde ihnen schon ein Trabant reichen, ein gebrauchter natürlich.

„Der Trabant ist doch ein sehr gutes Auto", sagte Kischo. „Ich will mir auch einen kaufen."

Alle lachten über diese Bemerkung. Wenn der Belgier auch großzügig war, so würde er doch bald wieder abreisen. Für Kischo wäre es also sinnvoller, für ein Minifahrrad zu sparen oder für Rollschuhe, die ihm sicher sehr gut stehen würden.

„Das Geld für das Auto hole ich nicht von dem Belgier", sagte Kischo. „Das wird mir meine Nebenbeschäftigung einbringen."

Und er erzählte ihnen von seinem letzten Geschäft. Irgendein Besitzer eines Sportschießplatzes hatte ihn im Vergnügungspark aufgestöbert und ihm vorgeschlagen, wenigstens zwei solche Maschinen wie die japanischen herzustellen, selbst wenn sie nicht so schön aussehen sollten. Sie hatten sich sogar schon über den Preis geeinigt – zweitausend je Stück. Das Material sowie alles übrige, was benötigt würde, wollte der Mann besorgen. Aber die Maschinen sollten richtig schießen können.

Alle blickten Kischo erstaunt an. Ob er wohl Spaß machte? Es sah nicht danach aus.

„Ist denn diese Automatik nicht patentgeschützt?"

Kischo lächelte.

„Wer wird in Pirdop oder Berkowiza danach fragen!

Und was die Maschinen selbst betrifft, so mache ich sie noch schöner als die japanischen."

„Und das Material sollst du bekommen?" fragte Sascho ungläubig.

„Darüber zerbreche ich mir überhaupt nicht den Kopf. Mit Beziehungen läßt sich alles beschaffen, mein Junge, wenn es sein muß, fahren sie mir ein schweres Geschütz heran. Ich habe doch gesehen, daß mein Auftraggeber Geld wie Heu hat."

„Ehrlich hat er es sicher nicht verdient."

„Das ist klar. Und im Gegensatz zum Direktor des Vergnügungsparks weiß er sehr wohl, was er will. Ich habe ausgerechnet, daß er innerhalb von drei Monaten auf seine Kosten kommen wird. Dann hat er reinen Gewinn, ohne dabei auch nur einen Finger krumm zu machen, abgesehen davon, daß er ab und zu die Kasse öffnen muß, um das Geld herauszuholen."

Die anderen sahen Kischo immer noch ungläubig an.

„Und ist dir überhaupt noch nicht in den Sinn gekommen, daß du damit diese Parasiten bereicherst?" fragte Sascho.

„Was soll ich machen?" Kischo zuckte mit den Schultern. „Bin ich etwa schuld, daß der Staat mir nichts abkaufen will? Ich mache diese zwei Maschinen, und dann ist Schluß. Ich möchte wenigstens einmal Donka mit dem Trabi zum ‚Schtastliweza' fahren."

„Du wirst entschuldigen, aber Donka ist etwas Besseres gewöhnt", fiel sie ihm ins Wort. „Du mußt dir schon eine andere Dame für den Trabi suchen."

„Macht nichts, es wird sich schon eine finden."

Sie tranken den Kaffee aus, und Christa schlug vor, sich auf den Heimweg zu machen. Von ihrer anfänglichen Lebhaftigkeit war nichts mehr übriggeblieben, sie sah blaß aus und hatte sich in Schweigen gehüllt. Man versuchte, sie aufzuhalten, aber Sascho hatte sich auch schon erhoben. Sein Onkel ginge immer spät schlafen und er könnte jetzt noch einen Abstecher zu ihm machen, sagte er.

Draußen hatte sich inzwischen Glatteis gebildet, und sie kamen nur langsam voran. Christa hatte sich bei Sascho eingehängt. Sie war immer noch still. Schließlich begriff er, daß etwas nicht in Ordnung sein mußte.

„Du scheinst heute nicht in Stimmung zu sein", sagte er. „Was fehlt dir denn?"

„Nichts", erwiderte Christa. „Ich denke nach."

„Worüber?"

„Ich überlege, warum Asmanow das getan hat."

„Das ist doch völlig klar! Um sich bessere Positionen zu verschaffen."

„Damit willst du sagen, daß er ein Karrierist ist?"

„Es hat den Anschein, daß dieses Wort zutrifft", entgegnete Sascho widerwillig.

Christa klammerte sich noch fester an seinen Arm und sah ihn von der Seite an.

„Sascho, ich muß dir etwas sagen. Asmanow ist mein Onkel."

„Was für ein Onkel?" Sascho wollte nicht begreifen.

„Na, Onkel, der Bruder meines Vaters."

Da glitten beide aus und wären beinahe auf den vereisten Bürgersteig gestürzt. Aber Sascho gelang es, das Gleichgewicht zu halten.

„Es tut mir leid!" sagte er leicht verwirrt. „Obwohl das für mich völlig bedeutungslos ist."

„Du mußt wissen, mit wem du es künftig zu tun haben wirst", bemerkte Christa.

„Die Gefahr, daß er mein Direktor wird, besteht nicht", entgegnete Sascho gereizt. Sie kamen gerade an einer Gaststätte vorbei, aus der ein leistungsfähiger Ventilator den Geruch von Tabak und billigem Schnaps nach draußen beförderte.

6 Zur Fortsetzung der Versammlung ging Urumow ohne jeden Enthusiasmus. Obwohl noch nicht alle Karten aufgedeckt waren, schien ihm schon jetzt die

Tendenz des Spiels erkennbar zu sein. Asmanow und seine Anhänger hatten ihre Attacke nicht nur gegen ihn gerichtet, sondern gegen die gesamte Institutsleitung. Asmanow konnte natürlich nicht damit rechnen, zum Direktor berufen zu werden, weil es ihm vor allem an der nötigen wissenschaftlichen Qualifikation mangelte. Aber er wollte sich vielleicht Skortschews Stelle verschaffen.

Auch dieses Mal war der Raum überfüllt. Man hatte die hintere Saaltür geöffnet und zusätzlich einige Stuhlreihen aufgestellt, so daß mehr Menschen Sitzplätze hatten. Zum Erstaunen des Professors hatte Sascho wieder ganz vorn Platz genommen, diesmal völlig freiwillig. Das war nicht schlecht, er gewöhnte sich offensichtlich schon daran, später eine wichtige Rolle im Leben des Instituts zu spielen.

Zuerst sprachen zwei Mitarbeiter, die aller Wahrscheinlichkeit nach zu Skortschews Leuten gehörten. Sie legten dar, daß das Institut sich bisher strikt an den staatlichen Plan gehalten habe und zweimal dafür ausgezeichnet worden sei, was dafür spräche, daß die Anschuldigungen Asmanows jeder Grundlage entbehrten und von böser Absicht zeugten. Man könnte sogar ernsthaften Verdacht gegen Asmanows moralische Qualitäten hegen.

Nach dem zweiten Diskussionsbeitrag lief Asmanow rot an und stand auf.

„Ich meinte nicht nur die offiziellen Pläne!“ warf er nervös ein. „Bei mir war von den wahren Aufgaben die Rede, die unseren Möglichkeiten und Kräften entsprechen.“

„Verdreh die Dinge nicht, Asmanow!“ sagte Kyntschew finster. „Du hast wörtlich behauptet, daß wir die Regierungsweisungen nicht erfüllen. Sage konkret, welchen Regierungsauftrag wir nicht erfüllt haben!“

„Den wichtigsten!“ entgegnete Asmanow. „Unsere Arbeit auf den konkreten Bedarf der Produktion einzustellen.“

Danach ergriff Skortschew das Wort. Er schien ziemlich unruhig und verwirrt zu sein und versuchte, sich auf feine und höfliche Art von seinem Schutzherrn und von dessen Forschungsarbeiten zu distanzieren. „Zweifellos ist Professor Urumow ein weltbekannter Wissenschaftler", erklärte er. „Seine Abhandlungen werden auch im Ausland verfolgt und übersetzt. Er arbeitet auf einem mir fremden Gebiet, und ich möchte hier nicht meine unkompetente Meinung äußern. Es steht mir einfach nicht zu, an einer wissenschaftlichen These zu zweifeln, die bisher von der Fachwelt nicht in Abrede gestellt worden ist. Professor Urumow müssen auf jeden Fall die besten Bedingungen eingeräumt werden, damit er seine wissenschaftliche Arbeit zu Ende führen kann. Das ist klar. Doch trotzdem meine ich, daß der Artikel in der Zeitschrift ‚Prostori' voreilig war. Man kann keine so düsteren Vermutungen veröffentlichen, ohne ausreichende Beweise dafür zu besitzen. Die Welt ist von zu vielen Ängsten und Alpträumen bedroht, als daß man ihr noch einen weiteren aufbürden dürfte." Auch Skortschew nahm sich noch Zeit, zu beweisen, daß das Institut seinen staatlichen Plan erfüllt habe. Die Andeutungen des Kollegen Asmanow seien gewissenlos. Falls er die zu bewältigenden Aufgaben mißbillige, so solle er sich an diejenigen übergeordneten staatlichen Institutionen wenden, die dem Institut solche Aufgaben gestellt hätten.

Skortschew verließ das Rednerpult leicht schwitzend, aber zufrieden. Man spendete seinen Ausführungen lebhaften Beifall. Das Wort wurde nun Awramow erteilt. Er stellte sich mit verzogenem Gesicht vor das Publikum. Seine ersten Worte klangen etwas streitsüchtig.

„Mit wahrer Scham habe ich mir die Beiträge einiger Kollegen angehört. Zum erstenmal im Leben bin ich Zeuge dessen, daß man der Unkenntnis und dem Dilettantismus Beifall zollt, noch dazu an einem wissenschaftlichen Institut. Ich rede von den Ausführungen des Genossen Asmanow. Diejenigen, die ihm applaudierten, verfügen offensichtlich über genausowenig Sachkenntnis wie er. Oder sie verhalten sich berechnend, was ich aber nicht glauben möchte.

Genosse Asmanow hat nicht einmal die geringste Vorstellung von den Anstrengungen und Bestrebungen Professor Urumows. Ist es etwa nicht klar, daß die Aufgabe, die unser Direktor sich gestellt hat, außergewöhnlich, ich würde sogar sagen: von höchstem Weltniveau ist? Begreift ihr nicht, daß Professor Urumow mit ihrer Bewältigung eine neue Ära in der Virologie einleiten wird? Der praktische Nutzen einer solchen Entdeckung wäre unermeßlich, ganz abgesehen davon, daß Professor Urumow wie kein anderer Wissenschaftler und wie kein anderer Bulgare uns dazu verhelfen wird, das Prestige unserer Wissenschaft und unseres Landes zu heben. Wir leben in einer Epoche großartiger Entdeckungen. Wir wollen nicht mehr nur mit unseren Sängern und Folkloreensembles von uns reden machen.

Doch was geschieht nun? Anstatt uns zu bemühen, Professor Urumow wenn schon nicht fachlich, so doch zumindest moralisch zu unterstützen, versuchen wir, ihm unsere eigenen Mängel zuzuschreiben. Ist er etwa daran schuld, daß manche Damen ihr Strickzeug der Wissenschaft vorziehen? Und wer hat Kollegen Asmanow daran gehindert, sich mit seinem geliebten biologischen Pflanzenschutz zu befassen, anstatt unbegründete Beschuldigungen zu formulieren? Wir hätten ihm Unterstützung angedeihen lassen, obwohl sein Interessengebiet nicht zum Wesen unserer wissenschaftlichen Tätigkeit gehört. Vielleicht hätte er sogar Erfolge erzielt, wenn er nicht seine ganze Freizeit für das Polieren seines Autos verschwendet hätte! Und wenn er vielleicht hin und wieder ein Fachbuch in die Hand genommen hätte. Aber natürlich ist es viel leichter, sich mit den Ellenbogen den Weg zu bahnen, als sich ernsthaft der Wissenschaft zu widmen."

„Ich protestiere!" rief Asmanow laut.

„Du kannst protestieren, soviel du willst!" erwiderte

Awramow. „Es gibt noch etliche übergeordnete Instanzen, und ich bin jederzeit bereit, das eben Gesagte dort zu verantworten. Und damit möchte ich schließen. Ich möchte einfach nicht den Argumenten Professor Urumows vorgreifen, denn er wird sich viel besser verteidigen, als ich das tun könnte."

Aus dem hinteren Teil des Raumes hörte man lebhafte Beifallsbekundungen. Und gerade da meldete sich Sascho zu Wort. Urumow zuckte unwillkürlich zusammen. Diese unangenehme Überraschung hatte er nicht von seinem Neffen erwartet. Der junge Mann machte äußerlich einen ruhigen Eindruck, aber sobald er zu sprechen begann, bemerkte der Professor die Erregung in Saschos Stimme.

„Verehrte Kollegen", begann Sascho, „gestern habe ich Professor Urumow versprechen müssen, in dieser Versammlung nicht zu reden, und er hat natürlich recht mit seiner Forderung, denn es ist nicht gerade sinnvoll, wenn Verwandte oder Freunde einander verteidigen. Ohnehin schenkt ihnen keiner Glauben. Deshalb möchte ich mich weder zu Professor Urumow noch zu seiner wissenschaftlichen Arbeit äußern. Doch nach den Darlegungen des Genossen Awramow glaube ich nicht mehr das Recht zu haben zu schweigen. Trotz allem muß die Wahrheit über jeglichen Skrupeln und Vorurteilen stehen, denn wie man uns in der Universität gelehrt hat, ist sie das höchste ethische Gesetz. Hier haben viele Genossen meiner Auffassung nach berechtigte Zweifel an der Aufrichtigkeit des Kollegen Asmanow, an seiner Gewissenhaftigkeit und Objektivität gehegt. Es ist immer etwas verdächtig, wenn sich jemand zu sehr auf die Brust klopft, wenn er übereifrig ist und sich als einen größeren Katholiken als den Papst selbst darstellt. Und darum möchte ich Ihnen das, was ich über Kollegen Asmanow weiß, nicht verheimlichen. Herr Asmanow hat keine allzu reine Weste. Er ist nämlich der Bruder von Prodan Drashew, einem Republikflüchtigen und aktiven Mitarbeiter von Radio ‚Freies Europa'!"

„Er ist nicht mein Bruder!" rief Asmanow von seinem Platz aus.

„In gewissem Sinne stimmt das", fuhr Sascho fort, „denn Herr Asmanow hat sich offiziell von seinem Bruder losgesagt, so daß er ein formelles Recht hat, ihn weder in seinem Lebenslauf noch anderswo zu erwähnen. Aber auch in dieser Beziehung war er meines Erachtens übereifrig: Er hat den Namen seines Vaters abgelegt und den seiner Mutter angenommen. Natürlich ist jeder Mensch für seine Taten selbst verantwortlich, und wir dürfen Kollegen Asmanow nicht wegen fremder Vergehen zur Verantwortung ziehen. Ich hätte diese Seite seiner Vergangenheit auch übersehen, wenn sie nicht durch andere Tatsachen erhärtet worden wäre. An der Universität hat sich Herr Asmanow an Gruppenauseinandersetzungen beteiligt und ist praktisch gezwungen worden, diese Arbeitsstelle zu verlassen. Mir ist bekannt, wer ihm geholfen hat, an unser Institut zu kommen, obwohl wir keinen Bedarf an einem Spezialisten für Histologie hatten. Dieser Mensch hat schon für seinen Fehler bezahlen müssen, denn Asmanow hat ihn in seinen Angriffen auf das Institut nicht verschont. Menschen seines Schlags sind stets rücksichtslos und können die Hand verletzen, die sich ihnen hilfreich entgegengestreckt hat.

Aber das ist auch noch nicht der Grund, daß ich mich zu Wort gemeldet habe und diese Fakten schildere, die sich eigentlich nicht auf die hier angeschnittenen Fragen beziehen. Mich hat etwas anderes bis zum Äußersten gereizt, etwas, was Genosse Awramow vorhin sehr gut charakterisiert hat: Asmanows Unkenntnis und Dilettantismus. Es mag sein, daß er etwas von Histologie versteht, aber auf dem Gebiet unserer Wissenschaft ist er wirklich ein Dilettant. Und so eine Person maßt sich an, die Perspektiven unseres Instituts zu beurteilen und seine künftigen Aufgaben festzulegen! Entschuldigen Sie, aber das kann ich nur als Frechheit bezeichnen. Asmanows Karrierismus würde ich ihm noch verzeihen, weil es sich um eine Krankheit unserer Zeit handelt, die sich auch in den wissenschaftlichen Instituten ausbreitet, aber gegenüber seiner Unfähigkeit und Mittelmäßigkeit kann ich keine Nachsicht walten lassen. Er spricht von einer Apathie am Institut, hat aber selbst keine bedeutende Arbeit vorzuweisen. Und worauf ist denn diese Apathie zurückzuführen? Auf Mangel an Interesse an unserer Arbeit oder aber einfach auf Unfähigkeit? Ich bin zwar erst kurze Zeit hier, aber mir scheint, daß der zweite Grund wahrscheinlicher ist. Es gibt nichts Schwierigeres, als der Mittelmäßigkeit eine Schranke zu errichten. Genau wie die Viren ist die Mittelmäßigkeit durch keine Filter aufzuhalten, kann von keinem Immunitätssystem beeinflußt oder von irgendwelchen Antikörpern zerstört werden, weil sie nicht unser Feind ist, sondern unser Freund. Wir fördern sie, geben sie an Verwandte und Bekannte weiter und legen uns mit ihnen an, wenn sie nicht auf uns hören und unseren Protegé mißachten."

„Und wer hat dich hier untergebracht?" meldete sich jemand feindselig.

„Mein Diplom!" entgegnete Sascho ärgerlich. „Ich habe als bester Student der Seminargruppe mein Studium abgeschlossen, und meine Diplomarbeit wird im Jahrbuch der Bulgarischen Akademie der Wissenschaften erscheinen. Gibt es weitere Fragen?"

Es gab keine. Es war auch keiner weiter da, der einen Diskussionsbeitrag liefern wollte, obwohl sich vorher noch einige eingetragen hatten. Also räusperte sich Kyntschew respekteinflößend und begab sich zum Rednerpult. Leise und etwas unwillig sagte er, daß interessante und grundlegende Fragen angeschnitten worden wären, mit denen sich die Parteileitung bald beschäftigen und danach Stellung zu ihnen beziehen würde.

„Abschließend hat nun Professor Urumow das Wort", schloß er.

Aber der Professor reagierte nicht. Er saß unbeweglich da und starrte in irgendeine gähnende Leere.

Schließlich erhob er sich und schritt langsam zum Pult. Er begann so leise zu sprechen, daß man ihn im Raum kaum hörte. „Wenn ich ehrlich sein soll, hat mich das von meinem Neffen Gesagte jeden Wunsches beraubt, mit Kollegen Asmanow zu streiten. Der junge Mann hat natürlich nicht recht. Die Wahrheit und insbesondere die wissenschaftliche Wahrheit läßt sich nur durch Fakten beweisen und nicht durch biographische Auskünfte. Uns steht es nicht zu, irgendwelche Kritik zu mißachten. Es ist dabei unwichtig, von wem sie kommt. Wir können nur sagen, ob sie berechtigt ist oder nicht.

Die meisten kritischen Bemerkungen unseres Kollegen Asmanow sind wirklich unbegründet. Er hat zwar recht, daß die Struktur der Ausdruck des Wesens der biochemischen Existenz ist, aber das bedeutet noch lange nicht, daß sie immer gleich und streng determiniert ist. Sogar der einfachste Kohlenstoff hat drei Strukturen, von denen sich zwei wie der Himmel von der Erde voneinander unterscheiden. Zweitens behauptet Dozent Asmanow, die Viren hätten, wenn sie wirklich die Eigenschaften besäßen, die ich ihnen zueigne, schon längst das Menschengeschlecht ausrotten müssen. Auch hier hat er falsch interpretiert. Ich habe ausdrücklich gesagt, daß das Immunitätssystem vom Agieren der Viren nicht stillgelegt wird, sondern wie jede echte Garde bis zum Schluß Widerstand leistet. Der springende Punkt ist, daß immer mehr widerstandsfähige Mutationen entstehen, und das übrigens nicht nur bei den Viren. Wie bekannt sein dürfte, sind beispielsweise Bakterien in stark radioaktiver Umgebung aufgetreten, in der es theoretisch kein Leben mehr geben dürfte. Die Menschen schaffen künstliche Bedingungen für schnelle und häufige Mutationen, von denen sich manche als außerordentlich anpassungs- und widerstandsfähig erweisen. Unsere freche Anmaßung, unter allen Umständen Herr über die Natur und die Naturgewalten zu werden, kann uns teuer zu stehen kommen! Die zahlreichen Versuche mit chemischen und bakteriologischen Kampfmitteln, die oft unter Bedingungen durchgeführt werden, die vorher nicht auf der Erde existierten, können Organismen mit einem grundlegend anderen Daseinsprinzip hervorbringen. Gegen sie wird sich die gesamte Natur der Erde als machtlos erweisen, und das wird unumgänglich zu ihrem Untergang führen. Ich möchte, wie ich schon betonte, die Menschen keinesfalls erschrecken und ihnen unnötige Alpträume verschaffen, obwohl es immerhin besser ist, jemanden umsonst erschreckt zu haben, als ihn auf Grund einer gefährlichen Kurzsichtigkeit in Ruhe zu wiegen. Jetzt bewegen wir uns genau in diese Richtung, und ich sage Ihnen das mit dem Gefühl der vollsten Verantwortung, die in einem alten Wissenschaftler steckt.

Ich habe aus Ihren Bemerkungen erfahren, daß ich es zu ernsthaften Versäumnissen in meiner Arbeit habe kommen lassen. Das ließ sich wahrscheinlich nicht vermeiden, denn niemand kann zweier Herren Diener sein, und besonders ein älterer Mensch wie ich kann es nicht. Mag ein anderer, der prinzipienfester und vor allem energischer als ich ist, meinen Platz einnehmen und die Händler aus dem heiligen Tempel vertreiben. Ich werde versuchen, meine Arbeit fortzusetzen, und hoffe, daß keiner den Phantomen, mit denen Kollege Asmanow drohte, zuviel Aufmerksamkeit schenken wird. So möchte ich Ihnen heute abend Lebewohl als Ihr Direktor und guten Tag als Ihr Kollege sagen."

Professor Urumow ging an seinen Platz zurück. Die Anwesenden waren wie vom Schlag getroffen. Obwohl die Versammlung damit beendet war, blieben alle sitzen, als ob ihr Direktor zum Rednerpult zurückkehren könnte, um ihnen etwas anderes, Beruhigenderes zu sagen. Aber der Professor rührte sich nicht, sondern unterhielt sich nur leise mit dem Parteisekretär. Also Schluß! Es war immer noch kein Laut, keine Widerrede und keine Bewegung zu vernehmen. Halb zum Publikum gewandt, betrachtete Sascho die Kollegen mit heimlicher Schadenfreude. Er erkannte deutlich die Unruhe, die sich in ihren Gesichtern und ihren besorgten Blicken widerspiegelte. Eigentlich hatte ihnen der schmale Rücken ihres Direktors bisher einen sehr guten Schutz geboten. Von nun an erwartete sie Unsicherheit, vielleicht würden sie Prüfungen bestehen müssen. Diese Versammlung nahm kein gutes Ende, obwohl sie unterhaltsam und interessant begonnen hatte.

Sascho wandte sich wieder dem Präsidium zu. Awramow unterhielt sich lebhaft mit dem Professor. Nun kam auch Bewegung in die Zuhörer. Stühle wurden gerückt, man vernahm Schritte und Lärm. Der Professor lächelte ein wenig frostig und kam auf Sascho zu.

„Du hättest vielleicht doch den Wagen nehmen sollen", sagte er.

„Das habe ich getan", antwortete Sascho.

Der gute alte Ford Taunus, der wie ein Streichholz zündete. Aber drinnen war es sehr kalt. Sascho merkte, daß sein Onkel zitterte, vielleicht vor Kälte, vielleicht auch wegen der nervlichen Belastung, der er ausgesetzt gewesen war. In ein paar Minuten würde er sich aufwärmen können.

„Du hast heute abend häßlich gehandelt", sagte der Professor.

„Vielleicht. Aber ich habe mein Ziel erreicht."

„Welches Ziel?"

„Er wird nicht so weit gelangen, wie er geplant hatte, weder jetzt noch zu einem späteren Zeitpunkt. Ich habe diesem Kriechtier den Kopf abgehauen."

„Das denkst du. Wenn er es bei uns nicht schafft, wird es ihm woanders gelingen. Aber du hast dich selbst mit Schmutz beworfen."

Sascho legte den Gang ein, und der Wagen fuhr langsam an. „Ich fühle mich nicht im geringsten beschmutzt", erwiderte er trocken. „Ich habe bloß einen Schurken bestraft und mich dabei seiner eigenen Mittel bedient."

„Das hast du getan." Der Professor nickte. „Du hast nicht das Wort ergriffen, um ihn der Unkenntnis zu überführen, wie du es eigentlich vor der Versammlung angekündigt hattest, sondern um das über seinen Bruder zu sagen."

„So ist es!" bekannte der junge Mann nervös. „Ich kann mir die Mittel nicht aussuchen, wenn er sie selbst vorgegeben hat. Das hieße, den Kampf zu verlieren."

„Jedenfalls wäre das besser, als seine Würde zu verlieren."

„So denke ich nicht", sagte Sascho.

„Also hast du kein Gewissen!"

Der Wagen schlenkerte leicht in der Kurve, und Sascho nahm den Fuß vom Gaspedal. Die Reifen mußten unbedingt ausgewechselt werden, sie hatten fast kein Profil mehr.

„Onkel", fragte Sascho, „bist du dir eigentlich klar darüber, was Gewissen bedeutet?"

Der Professor sah ihn ironisch an.

„Vielleicht muß man es dir wirklich einmal erklären", sagte er. „Das Gewissen ist ein innerer Richter, der dir die Möglichkeit gibt, das Gute vom Bösen zu unterscheiden und dich so selbst zu kontrollieren."

„Aber ich bedarf keines solchen mystischen Richters. Mir reicht mein Verstand völlig aus."

„Anscheinend doch nicht", bemerkte Urumow, „sonst hättest du diese häßliche Sache nicht getan. Das Gewissen ist nicht nur Verstand, sondern auch Empfindung für die Umwelt."

Beide schwiegen lange, dann sagte der junge Mann etwas unsicher:

„Wahrscheinlich fehlt mir dieses Empfinden. Ich bin es gewohnt abzuwägen. Und wozu brauche ich überhaupt ein Gewissen, Onkel, da ich doch weder das Böse noch das Gute ‚an sich' in mir trage. Ich glaube aber, daß ich die Guten von den Bösen unterscheiden kann, wenn ich ihnen begegne."

Der Onkel gab keine Antwort. Er machte jetzt einen finsteren und bedrückten Eindruck. Als das Auto vor seinem Haus hielt, hatte er es nicht eilig auszusteigen.

„Was hast du in puncto Awramow beschlossen?" fragte er plötzlich den Neffen.

„Onkel, gerade jetzt möchte ich dich nicht allein lassen."

„Und was drückt sich deiner Meinung nach darin aus?" fragte der Onkel mit zusammengezogenen Augenbrauen. „Das Gewissen?"

„Vielleicht ein Gefühl der Selbsterhaltung."

„Ich möchte, daß du mit Awramow zu arbeiten beginnst!" sagte der Professor entschieden. „Das brauche ich!"

„Gut, Onkel. Gehst du morgen ..., gehst du ins Institut?"

„Ich werde nirgends hingehen, solange man mein Kündigungsgesuch nicht angenommen hat. Ich nehme aber an, daß man mich morgen rufen wird."

Doch man rief ihn erst nach einer Woche. Er wurde wiederum von Spassow empfangen, obwohl er erwartet hatte, diesmal mit dem Präsidenten selbst zusammenzutreffen. In Spassows Zimmer saßen noch zwei weitere Personen, die ihm Spassow lediglich namentlich vorstellte. Während des ganzen Gesprächs ließen die beiden kein einziges Wort verlauten.

„Wir haben uns die Sache gründlich durch den Kopf gehen lassen, Genosse Urumow', begann Spassow ruhig, „und wir haben beschlossen, Ihr Kündigungsgesuch anzunehmen."

„Vielen Dank!" sagte Urumow, „obwohl Ihre Entscheidung für mich keine große Bedeutung hat, da mein Entschluß feststand."

Spassow sah den Professor gekränkt an. Seitdem er in dieser Funktion tätig war, hatte sich keiner ihm gegenüber so einen Ton erlaubt.

„Warum? Wir hatten auch eine andere Möglichkeit erwogen, nämlich Sie zu pensionieren."

„Sie überschreiten Ihre Rechte, Genosse Vizepräsident", sagte der Professor ironisch. „Aber auch mit der Pensionierung hätten Sie mich nicht erschrecken können. Ich bin schon vor zwei Jahren nach Leningrad eingeladen worden, wo die Bedingungen für meine Arbeit bedeutend besser wären."

„Das bezweifle ich nicht, obwohl Ihre Ideen die Wissenschaftler dort kaum interessieren dürften."

„Ihre persönliche Meinung ist für mich nicht maßgebend. Ebenso, wie ich für Ihre Mathematik nicht kompetent wäre."

„Das glaube ich!" Spassows Stimme drückte deutlich Kränkung aus. „Aber ich kann Ihnen sagen, daß meine Meinung auch oben geteilt wird."

Der Professor zog die Brauen zusammen.

„Was heißt ‚oben'?" fragte er trocken. „Oft bezeichnen Leute Ihres Schlags mit ‚oben' einen ganz gewöhnlichen Büroraum, denn nur bis dorthin haben sie Zugang."

Spassow war sichtlich irritiert.

„Es ist kein Büroraum", entgegnete er.

„Nun gut. Und welche Einwände haben Sie gegen meine Arbeit, etwa die gleichen wie Asmanow?"

„Nein. Ihre Forschungen scheinen den Leuten von oben einfach aussichtslos zu sein."

„Hören Sie, Genosse Spassow, wenn Sie Ihren Kopf im Sand vergraben, wird die Gefahr trotzdem nicht kleiner."

„Ich möchte mit Ihnen nicht streiten!" sagte Spassow unzufrieden. „Genügt es nicht, daß wir Sie in Ruhe weiterarbeiten lassen?"

„Nein, das genügt nicht!" erwiderte der Professor fest. „Ich brauche ein neues elektronisches Mikroskop, sonst bin ich gezwungen, es dort zu suchen, wo es eins gibt."

Spassow starrte ihn an.

„Wollen Sie mir drohen?" fragte er gereizt.

„Nicht im geringsten, obwohl mir klar ist, daß Sie früher oder später die Konsequenzen werden tragen müssen."

„Aber ich habe Ihnen doch dieses Mikroskop zugesagt, schon im Frühjahr!"

„Danke, das genügt mir voll und ganz", sagte der Professor und erhob sich.

„Wohin?“ Spassow sah ihn erstaunt an. „Warten Sie doch, ich habe Kaffee bestellt.“

„Ich trinke keinen Kaffee.“

„Das macht nichts. Wir haben unser Gespräch noch nicht beendet.“

Urumow nahm erneut Platz. Spassow klingelte eilig, und die Sekretärin erschien in der Tür.

„Was ist mit dem Kaffee?“ fragte Spassow nervös.

„Sofort, Genosse Vizepräsident.“

„Außerdem noch eine Coca Cola oder einen Fruchtsaft.“

Die Sekretärin schloß gekränkt die Tür. Spassow sah wieder zu Urumow hin.

„Ich habe noch eine Frage. Wen halten Sie für Ihren geeignetsten Nachfolger?“

„Zweifelsohne Kyrill Awramow.“

„Und die Motive?“

„Aus Ihrer Frage muß ich schließen, daß Sie den Bericht, den ich Ihnen vor einem Monat geschickt habe, nicht gelesen haben. Awramow ist der beste Spezialist in unserem Institut. Außerdem ist er Mitglied der Partei, falls Sie das interessieren sollte.“

Es sah so aus, als ob Spassow mit der Antwort des Professors nicht zufrieden wäre.

„Vielleicht haben Sie recht, aber Awramow befaßt sich nur mit allgemeinen Problemen“, sagte er unwillig.

„In der Wissenschaft gibt es keine allgemeinen Probleme, Genosse Spassow. In der Wissenschaft gibt es größere und kleinere Probleme, es gibt Probleme mit einem näheren oder einem ferneren Ziel. Wenn sich Ziolkowski nicht mit Raketen beschäftigt und keine Schüler wie Koroljow gehabt hätte, würden vielleicht unsere Gebeine jetzt unter Ruinen ruhen. Aber wie Sie sehen, haben wir nicht nur überlebt, sondern als erste einen Menschen in den Kosmos geschickt.“

Doch Spassow hörte ihm nicht mehr zu. Seine Gedanken waren bereits mit etwas anderem beschäftigt.

„Was haben Sie gegen Skortschew?“ fragte er.

„Absolut nichts. Skortschew ist ein sehr nützlicher Mitarbeiter, das habe ich stets betont. Doch er verfügt nicht über die großartigen Eigenschaften Awramows. Wenn wir nicht das Schlußlicht der Weltwissenschaft sein wollen, müssen wir für die entscheidenden Positionen die besten Leute auswählen, sonst werden wir es zu nichts bringen."

Die Sekretärin brachte den Kaffee und irgendwelchen Fruchtsaft, den sie anscheinend unter der Heizung aufbewahrt hatte, weil er warm und säuerlich schmeckte. Urumow nippte nur daran und wartete geduldig, bis die anderen ihren Kaffee ausgetrunken hatten. Erst dann erhob er sich. Spassow begleitete den Professor bis zur Tür und verabschiedete sich freundlich von ihm. Trotzdem hatte Urumow beim Hinausgehen das Gefühl, ein erleichtertes Aufatmen hinter sich zu vernehmen.

Draußen dämmerte es schon. Leichter bläulicher Nebel lag über der Stadt. Die Straßen waren wieder sehr glatt, so daß sich die Passanten vorsichtig fortbewegten. Während sich der Professor in ihrer Mitte langsam vorwärts tastete, wurde er von dem jungen Mann eingeholt, der auch in Spassows Arbeitszimmer gewesen war.

„Ich verstehe Sie gut, Genosse Urumow", sagte er, „und werde versuchen, Ihnen zu helfen."

Er erklärte jedoch nicht, inwiefern er ihn verstand, sondern nickte nur mit dem Kopf und entfernte sich. Während Urumow ihm nachsah, bemerkte er ein freies Taxi, das auf sein Zeichen sofort neben ihm hielt. Der Fahrer öffnete hilfsbereit die Tür und sagte:

„Heute ist es aber rutschig!"

„Das macht nichts, vieles auf dieser Welt ist rutschig", erwiderte der Professor.

Zu Hause angekommen, schaltete er, obwohl es schon dämmerte, noch nicht das Licht ein. Er legte sich auf das Sofa im Arbeitszimmer und rührte sich nicht, bis der schwache Schein der Straßenlampen ins Zimmer drang. Er war verbittert, ihn hatte ein scharfes, unangenehmes

Gefühl der Kränkung ergriffen, das er nie vorher in solcher Stärke empfunden hatte. Noch nie war ein Urumow von jemandem unterschätzt oder verschmäht worden. Selbst die türkischen Wesire in Istanbul hatten die Urumows stets voller Achtung empfangen. Und hier hatte man ihn verabschiedet, ohne mit der Wimper zu zukken. Sie hatten ihn nicht einmal höflichkeitshalber aufgefordert, seine Funktion weiterhin zu bekleiden, hatten kein einziges Wort des Dankes über die Lippen gebracht. Aber warum sollten sie sich auch soviel Mühe machen, da es doch genügend Anwärter auf diesen Posten gab!

Doch bald hatte sich Urumow dieses bitteren Gefühls entledigt. Es schien, als ob es sich von selbst aufgelöst hätte. Er merkte auf einmal, daß ihm die Hände und Füße kalt wurden, obwohl sein Arbeitszimmer genauso warm wie vorher war. Und wie ein plötzlicher Sturm brach die Einsamkeit über ihn herein. Er glaubte, ganz allein auf der Welt, auf diesem riesigen blauen Planeten, zu sein, ganz allein mit leblosen Städten, verödeten Feldern und toten Straßen. Um sich dieses Gefühls zu erwehren, begann er seine schlanken, kalten Finger zu massieren, hatte jedoch nicht die Kraft, sich von der Stelle zu rühren. Es war, als ob er von einer unsichtbaren Faust auf das Sofa gedrückt würde.

Das gleiche Gefühl hatte er vor Jahren schon einmal verspürt. Damals hatte er sich ganz allein in einer verlassenen, halbzerfallenen Fischerhütte am Meer befunden. Er hatte in der Hütte gestanden und sich entsetzt umgesehen. Wer war er, und wo war er hingeraten? Hatte sich etwas Schreckliches ereignet? Alle Türen und Fenster der Hütte waren eingeschlagen gewesen, der Fußboden schon längst verfault, und schwarze Risse hatten in den morschen Wänden gegähnt. Es hatte ein böser, feuchter Wind geweht, und Urumow hatte dagestanden, gefroren und nicht die Kraft gehabt, auch nur einen einzigen Schritt zu tun. Er hatte zum Ausgang gehen wollen, aber seine Füße hatten sich nicht vom Boden lösen können. Es war schrecklich gewesen. Die Welt hatte plötzlich nicht mehr existiert, und er war ganz allein geblieben. Diese Vorstellung war derart unerträglich gewesen, daß er die Augen geschlossen hatte, um nichts mehr sehen zu müssen.

Das Ganze hatte nur einige Sekunden gedauert, die ihm aber unendlich erschienen waren. Danach hatte er schwankend die Hütte verlassen. Erst jetzt erinnerte er sich, daß sie auf einem riesigen grauen Felsen gestanden hatte, der glatt und rund war und an ein Auge mit schwarzen Streifen auf der Iris erinnert hatte. Urumow hatte sich zitternd auf dieses riesige trockene Auge gesetzt. Der Himmel hatte grau und tief herabgehangen; die Wolken waren wie wild vorwärts geschossen und hatten sich in der Ferne mit dem häßlichen tobenden Meer vereint, das schäumend hin und her wogte.

Urumow hatte wie erstarrt auf diesem steinernen und doch lebendigen Auge gesessen. Dieses Auge interessierte sich nicht für die Wolken, den Wind und die Wellen, die an seinem Fuße zerschellten. Es wartete nur darauf, daß der Himmel aufklarte, die Nacht herabsank und seine wichtigsten Stunden anbrachen. Nicht einmal die Sterne waren ihm wichtig, sie halfen ihm nur, zu dem Wichtigsten vorzudringen. Irgendwo, inmitten des Zentrums der eisigen Galaxis, befand sich jener unendlich winzige Punkt, aus dem das Sein hervorquoll. Es trat langsam und in schweren, dichten Wellen hervor, so wie Lava aus einem kaum sichtbaren Riß hervorbricht. Es war noch ganz unförmig, leb- und farblos, aber es beinhaltete alles, was existieren konnte, sogar die Zeit, die sich langsam auf ihren unendlichen Weg machte. Niemand weiß, was sich hinter diesem unsichtbaren Punkt verbirgt und was er darstellt. Das Auge wußte es auch nicht, obwohl es Millionen von Jahren das Entstehen der Welten beobachtet hatte. Es hatte gesehen, wie viele Sterne entstanden oder im Nichts erloschen waren. Viele Dinge hatte das Auge beobachtet, warum sollte es jetzt Interesse daran haben, daß ein lebendes Staubkörnchen auf ihm gelandet war. Es nahm dieses Stäubchen nicht einmal wahr. Es wartete auf die Nacht.

Urumow hatte damals plötzlich den Wunsch gehabt, als Sandkorn für immer auf diesem Steinauge zu bleiben, das größer als sein Leben und jedes menschliche Glück war – auf dem Auge, das unersättlich das Entstehen der Welten beobachtete.

Dritter Teil

1 Im Leben einer jeden Frau tritt der Augenblick ein, da sie zum erstenmal auf den bewußten Stuhl steigen muß. Christa fühlte sich darauf sehr elend, ihre herabhängenden Beine zuckten ab und zu nervös. Genau ihr gegenüber spiegelte sich in der Fensterscheibe wie ein Stückchen funkelndes Plasma die strahlende Sonne wider.

Hinter ihr war das Rauschen von Wasser zu hören. Anscheinend wusch sich der Arzt die Hände. Er war ein Mann in mittlerem Alter, der trotz seines schneeweißen Kittels unsauber wirkte. Wahrscheinlich war das auf seine schmutziggrauen Haare oder den Schnurrbart, der widerspenstig und unbeschnitten seine Oberlippe bedeckte, zurückzuführen.

Christa wartete. Der unangenehme, durchdringende Geruch, der den Arztzimmern gewöhnlich anhaftet, hatte sie leicht benommen gemacht. Plötzlich wurde die Tür geöffnet, und es waren Schritte zu vernehmen, wahrscheinlich die eines Mannes; ja, genauso war es. Die dazu gehörende Stimme klang jugendlich und voll, sie sprach von irgendeiner Versammlung, die nach der Arbeitszeit stattfinden sollte. Christa, zu Tode beschämt, schloß die Augen. Ihre Lippen wurden blaß.

„Schon gut!" sagte der Arzt verdrossen.

Seinem Ton war zu entnehmen, daß er nicht zu der Versammlung gehen würde. Der Eindringling verließ das Zimmer. Das Rauschen des Wassers setzte aus. Danach tauchte der Arzt erneut vor Christa auf. Er untersuchte Christa noch einmal, es war ein wenig schmerzhaft. Dann war seine schwache und heisere Stimme zu hören.

„Es ist nun mal so. Ich gratuliere!"

Christa war wie erstarrt.

„Sind Sie sicher, Herr Doktor? Ich dachte nämlich, daß ..."

„Ich kann mir schon vorstellen, was Sie sich gedacht haben. Nur gut, daß nicht alles eintritt, was man sich so denkt, sonst würden keine Kinder auf dieser Welt geboren. Noch einmal: gratuliere! Sie können sich wieder anziehen."

Christa rannte so hastig hinter die spanische Wand, als ob sie vom Teufel gejagt wurde. In Windeseile zog sie ihren Slip und das Kleid an. Als sie wieder hervorkam, war ihr Gesicht kreideweiß. Der Arzt sah sie flüchtig an und fragte dann mürrisch:

„Sie werden doch nicht an sich herumexperimentieren wollen? Ich warne Sie. Sie haben einen äußerst empfindlichen Organismus."

Christa merkte nicht, wie sie in den dunklen Korridor, der schmal und niedrig wie ein Stollen war, gelangte. Vor dieser Tür wie auch vor allen anderen Sprechzimmern standen die Patienten Schlange. Ihre Gesichter sahen größtenteils recht mitgenommen aus. Christa konnte sich nicht erinnern, jemals einen bedrückenderen Anblick erlebt zu haben. Der schwere Geruch, der ihr auf den Fersen zu folgen schien, das hohle Klopfen von zwei Krücken auf dem Mosaikfußboden und das erschrockene Weinen eines Kindes würden sie die ganze Woche verfolgen.

Draußen strahlte der Himmel, und die Sonne schien auf die frischen grünen Blätter der Bäume. Zwei kleine Jungen schlugen mit Stöcken auf das Wasser in dem flachen runden Springbrunnen, aus dem funkelnde Tropfen in alle Richtungen spritzten. Mit Getöse fuhr eine Straßenbahn vorbei.

Christa lief wie betäubt den Boulevard entlang. In diesem Augenblick haßte sie alles, vor allem sich selbst und besonders das, was sie in sich trug. Sie brauchte diese schreckliche lebende Knospe nicht, sie war ihr zuwider wie ein Furunkel, der das Gesicht verunstaltet. Christa geriet außer Atem, sie stieß ein paarmal mit Straßenpassanten zusammen, ohne sich zu entschuldigen. Doch allmählich beruhigte sie sich, die kühle Frühlingsluft wirkte erfrischend, und der in ihr entbrannte Zorn legte sich. Jetzt auf einmal begann sie sich zu schämen. Anscheinend war sie nicht normal, sondern irgendeine Ausgeburt, da sie es nicht fertigbrachte, sich wie andere Frauen über eine Schwangerschaft zu freuen. War es denn nicht schön, ein neues Leben in sich zu schaffen, es zu nähren, mit dem eigenen Körper zu beschützen und in den stillen Nächten nach eigener Vorstellung und eigenen Vorbildern zu formen? Nein, Christa empfand keine Freude bei diesem Gedanken, sie liebte das Kind nicht.

Sie ging in Richtung Universität, doch bald wurde ihr klar, daß sie nicht die Kraft haben würde, heute Vorlesungen zu hören oder über die Blödeleien ihrer Kommilitonen zu lachen. Also bog sie in den Park ein. Sie setzte sich auf eine Bank an einem kleinen Teich, aus dem gußeiserne Frösche helles Wasser spien. Dort, wo das Wasser wieder herunterkam, sammelten sich die Fische, um ein wenig Sauerstoff zu atmen. Christa war immer noch verstimmt. Sie wollte nicht einmal an Sascho denken, denn auch er war ihr jetzt verhaßt, weil ja letztlich alles Unglück durch ihn gekommen war. Sie hätte auch ohne „das" auskommen können, sie brauchte es nicht, obwohl es sie in den bewußten Augenblicken immer bis zur Ohnmacht verwirrte. Es war ein zu starkes Erlebnis für sie, es brachte sie völlig durcheinander, aber danach kam sie sich jedesmal zerstört und einsam vor. Nein, es gab nichts Schöneres, als ein unberührtes und freies Mädchen zu sein.

Fast eine ganze Stunde brachte Christa so beim monotonen, beruhigenden Rauschen der Fontäne zu. Hier und da schlüpften träge Fische an den Lilien im Wasser vorbei. Ein Mädchen warf ihnen Krümel von ihrem Kuchenbrötchen zu. Schließlich erhob sich Christa und machte sich langsam auf den Heimweg. Sie fühlte sich immer noch erschöpft und hatte weder für die kleinen weißen Sterne des Jasmins, dessen Duft sie umgab, noch für die Amseln, die in seinen Zweigen flatterten, einen Blick übrig. Sie sah weiter nichts als das rote Tulpenmeer, das sie zu provozieren und den eingeschlummerten Zorn in ihr wachzurufen schien.

Zu Hause war ihre Mutter gerade dabei, das Mittagessen zu kochen. Christa setzte sich zu ihr in die Küche, an den kleinen Tisch, der, seitdem sie denken konnte, immer in derselben Ecke stand. Sie mochte es sehr, dort zu sitzen und mit einem Ohr dem Kluckern des Kochtopfes zu lauschen. Ihre Mutter warf ihr einen Blick zu. Da ihr Christa verändert vorkam, sah sie ein weiteres Mal zu ihr hin, jetzt aufmerksamer.

„Was bringst du eigentlich für einen Krankenhausgeruch mit?" fragte sie.

Christa hatte das Gefühl, daß ihr jemand eine Ohrfeige versetzte.

„Ich war in der Poliklinik", erwiderte sie.

„Warum?"

„Ich hatte dir doch gestern schon gesagt, daß mir die Zähne weh tun."

Sie hatten ihr wirklich weh getan, fast im ganzen Oberkiefer, aber sie hatte Analgin genommen, und bald war alles vergessen gewesen."

„Was hat man dir gesagt?"

„Nichts weiter, es ist nervös bedingt."

„Also eine Neuralgie?"

„Genau!" Christa schnappte nach diesem Wort wie eine Ertrinkende nach dem Strohhalm. „Eine Neuralgie", wiederholte sie.

„Das ist nicht schlimm. Du bist gar nicht nervös, nur etwas empfindlich", entgegnete die Mutter beruhigt.

Aber ihr Blick schien Christa immer noch etwas seltsam, vielleicht sogar zweifelnd zu sein. Die zahnärztlichen Sprechstunden rochen ja auch wirklich nicht so wie die der Gynäkologen.

„Mutti!" rief das Mädchen plötzlich. „Mutti . . ., habe ich eigentlich eine Oma?"

Jetzt wurde auch die Mutter blaß.

„Warum fragst du?“

„Einfach so!“ entgegnete Christa. „Ich will es nur wissen.“

„Hat dir jemand etwas erzählt?“

„Nein, Mutti, aber ich habe mich plötzlich an eine Frau erinnert, die ich sah, als ich fünf oder sechs Jahre alt war.“

Das Gesicht der Mutter nahm langsam wieder seine normale Farbe an.

„Du hast eine Oma“, entgegnete sie, „aber wir haben schon lange mit ihr gebrochen. Außerdem ist sie schon sehr alt und wird sich wohl kaum an dich erinnern.“

Für heute war Christas Neugier befriedigt.

„Ich werde jetzt baden“, sagte sie.

„Gut, mein Kind.“

In diesem Augenblick fühlten sich beide erlöst. Christa hatte es eilig, die Badezimmertür hinter sich zu schließen und sofort den Warmwasserhahn aufzudrehen. Das Bad war fürchterlich eng, die Ölfarbe an den Wänden hatte längst von der Feuchtigkeit Risse bekommen und fing an abzublättern, und der Boden der schweren emaillierten Wanne zeigte bereits Roststellen. Die ganze Wohnung schien von langsamem, aber unerbittlichem Verfall bedroht zu sein.

Erst als Christa sich vollends beruhigt hatte, verließ sie das Badezimmer. Gemeinsam mit ihrer Mutter aß sie zu Mittag, wobei sie sich dieses Mal schweigend und in sich verschlossen gegenübersaßen. Danach brach die Mutter zu ihren Sprachkursen auf. Christa blieb allein zu Hause. Sie drehte sich ein paarmal unschlüssig im Zimmer herum und ging dann ins Bett. Erst als sie sich unter die dicke Decke verkrochen hatte, nahmen ihre Tränen freien Lauf.

2 Punkt neunzehn Uhr betrat Christa das Café. Sascho saß mit dem Rücken zur Tür an ihrem Stammtisch. Vor ihm stand ein kleines Glas mit einem grünen Getränk, wahrscheinlich war es Pfefferminzlikör. Der junge Mann schien mit seinen Gedanken ganz woanders zu sein; der Zigarettenqualm zog ihm direkt ins Gesicht, ohne daß er es bemerkte. In letzter Zeit rauchte er sehr stark, er hatte abgenommen, und sein Gesicht war gelblich wie das seines Onkels geworden.

„Grüß dich", sagte Christa.

Er erkannte sie anscheinend gar nicht gleich, fuhr aber dann plötzlich zusammen, lächelte leicht und forderte sie auf, sich zu setzen. Sie fühlte, daß sie unter seinem Blick leicht erschauerte.

„Wie geht's?" fragte er. „Trinkst du einen Pfefferminzlikör mit?"

„Ich mag keinen Alkohol", antwortete sie.

Seit einer Woche konnte sie wirklich keinen Alkohol vertragen.

„Das ist doch fast Limonade", versuchte der junge Mann sie zu überreden. „Das ist etwas ganz Leichtes wie ein Hauch Wiesenduft."

Christa sah ihn erstaunt an. Diese Worte paßten eigentlich nicht zu ihm.

„Na gut", erklärte sie sich einverstanden. Dann sah sie ihn forschend an. „Du siehst nachdenklich aus."

Er wurde plötzlich lebhaft.

„Weißt du", begann er, „heute hatte ich zum erstenmal das Gefühl, daß mir die Augen aufgehen, wenn auch vielleicht nur das eine Auge."

„Dir sind die Augen aufgegangen?" fragte sie mit Argwohn in der Stimme, den er aber nicht bemerkte.

„Ja. Nach so vielen Monaten Sisyphusarbeit glaube ich nun endlich, einen Weg gefunden zu haben. Nun, mag sein, daß es nur ein ganz schmaler Pfad ist. Aber er kann an das Ziel führen oder wenigstens in seine Nähe. Es war äußerst unangenehm, blind umherzutappen wie durch einen Wald, in dem einem kein einziger Baum bekannt ist."

Schon wieder eine Metapher. Was war bloß heute mit ihm los?

„Ich war heute in der Poliklinik", sagte Christa.

„Ich sehe etwas und kann es doch nicht richtig ausmachen", fuhr Sascho fort. „Vielleicht ist es gar eine Fata Morgana? Diese Täuschungen gibt es heutzutage nicht nur in den Wüsten."

„Ja", bestätigte sie.

„Löst du gern Kreuzworträtsel?"

„Nein. Weder Kreuzworträtsel noch mathematische Aufgaben. Ich hasse schon eine halbe Unbekannte, ganz zu schweigen von dreien."

„Für mich gibt es nichts Interessanteres als Kreuzworträtsel. Jetzt kenne ich nur einen Buchstaben – den zweiten oder dritten waagerecht."

„Bist du dir wenigstens dieses Buchstabens sicher?" fragte Christa.

Saschos Gesicht veränderte sich zusehends. Die Spannung schwand, und es hatte jetzt wieder jenen lebendigen und angenehmen Ausdruck, an den sie sich schon sehr gewöhnt hatte. Sein Blick wurde irgendwie liebevoll.

„Da liegt nämlich der Hase im Pfeffer!" rief er. „Dieser Buchstabe entstammt einem Wort aus der Senkrechten, das schon lange bekannt ist und an dem, wie man sagt, kein Zweifel bestehen kann. Wenn ich das Wort in der Waagerechten entdecke und der bekannte Buchstabe nicht stimmt, wird das wunderbar sein. Kannst du mir folgen?"

„Ja", entgegnete Christa, obwohl sie überhaupt nichts verstand.

„Ich will dieses allgemein bekannte Wort als falsch entlarven. Dazu muß ich aber die Waagerechte tadellos lösen. Das ist nicht leicht, weil die Dinge auch in einige andere Wissenschaften hineinragen. Es wird eine lange und schwere Geburt werden wie jede Geburt."

„Sicher."

„Was ist eigentlich mit dir los?“ fragte er.

„Was soll sein?“ Sie hob ihre dünnen Augenbrauen.

„Ich weiß nicht. Du kommst mir nur so eigenartig vor.“

„Du scheinst mir auch verändert.“

„Mein Problem habe ich dir gerade erklärt, aber warum bist du so? Was hattest du in der Poliklinik zu schaffen?“

„Ich habe meine Zähne nachsehen lassen. Das ist aber nicht wichtig.“

„Du hast doch die idealsten Zähne auf der Welt“, sagte er erstaunt.

„Ich habe ja auch betont, daß das nicht wichtig ist!“ wiederholte sie, leicht gereizt. „Viel wichtiger ist das andere: Vom Sprechzimmer kommt man direkt in den Korridor. Dieser liegt im Kellergeschoß und hat natürlich keine Fenster. Im ganzen Flur brennt nur eine einzige Lampe.“

„Warum erzählst du mir das?“

„Warte, hab's nicht so eilig. Dort sind viele Türen, alle ziemlich abgenutzt, und vor jeder Tür stehen die Menschen Schlange. Und da liegt mein Problem – in den Gesichtern dieser Menschen. Ich habe noch nie hoffnungslosere Gesichter gesehen. Es ist einfach unmenschlich, so viele hoffnungslose Menschen an einem Ort zu versammeln. Sie beeinflussen sich gegenseitig und werden dadurch noch bedrückter ... Hast du schon einmal dieses Gefühl gehabt?“

„Welches Gefühl?“ fragte Sascho verständnislos.

„Der Hoffnungslosigkeit.“

„Nein, noch nie!“ erwiderte er. „Keinen Augenblick in meinem Leben. Auch wenn die Lage noch so kompliziert und verzwickt war, habe ich stets in meinem Inneren gewußt, daß es einen Ausweg geben muß.“

„Dann ist deine Lage noch nie sehr verzwickt gewesen“, stellte Christa fest.

„Nun, kann sein. Trotzdem ist alles eine Frage des Charakters. Awramow beispielsweise verliert manchmal den Mut, obwohl er wie ein Maultier arbeitet. Aber er glaubt immer, daß wir uns in die falsche Richtung bewegen. Mich läßt das kalt. Meiner Meinung nach gibt es in der Wissenschaft überhaupt keine falschen Richtungen. Jeder Richtung liegt eine Wahrheit zugrunde. Weißt du, wieviel Entdeckungen dank dessen gemacht worden sind, daß einer angeblich in die falsche Richtung gegangen ist?"

„Gibt es denn keine Sackgassen?" fragte Christa.

„Was für Sackgassen?"

„Solche wie den Flur in der Poliklinik zum Beispiel. Auf der einen Seite endet er mit einer gewöhnlichen Wand, die nicht einmal einen Luftabzug hat. Auf der anderen Seite sind etwa zehn Stufen, über die man ins Erdgeschoß gelangt. Dort gibt es eine eiserne Gittertür, die nachts mit einem Vorhängeschloß abgeschlossen wird. Außerdem ..."

„Du redest, als ob du einen Raubüberfall auf diese Poliklinik vorbereitest."

„Wenn man dich in diesen Flur sperrte, so wärst du hoffnungslos."

„Du kommst mir heute komisch vor", bemerkte Sascho.

Die Kellnerin brachte endlich die beiden Pfefferminzliköre. Christa trank ihren in einem Zug aus. Sascho sah auf das leere Glas, sagte aber nichts. Vielleicht bemerkte er überhaupt nicht, daß es leer war.

„Jetzt hängt alles von meinem Onkel ab", sagte er. „Er muß einen Buchstaben kennen, wenigstens einen einzigen."

„Warum fragst du ihn nicht danach?"

„Das ist wie beim Kreuzworträtsel. Wenn man die Lösungen auf der letzten Seite nachgelesen hat, macht's keinen Spaß mehr."

„Kreuzworträtsel hin, Kreuzworträtsel her!" rief Christa ungeduldig. „Und die im unterirdischen Korridor? Was profitieren die von eurem Kreuzworträtsel?"

Sascho betrachtete sie aufmerksam.

„Hör zu, glaubst du nicht, daß du die ganze Sache übertreibst? Die meisten von ihnen haben Kolitis, Blähungen oder schlimmstenfalls Ischias. Sie sind nicht so sehr wegen ihrer Krankheiten bedrückt, sondern weil sie Schlange stehen müssen, und sie werden furchtbar wütend, wenn sich jemand vordrängelt. Oder wenn jemand andere Privilegien eingeräumt bekommt. Es dürfte bei uns eben keine Privilegien mehr geben, und es müßten Warteräume gebaut, Nummern ausgegeben werden und was weiß ich noch. Dann würden diese Leute schon fröhlicher dreinblicken ... Wann hast du deinen Likör ausgetrunken?"

„Vor zwei Minuten."

„Soll ich dir noch einen bestellen?"

„Ja, aber nur einen ganz kleinen."

„Einen kleineren als diesen gibt es nicht. Allerdings ist es üblich, ihn nur schluckweise zu trinken."

Sascho bestellte noch zwei Pfefferminzliköre.

„Übrigens gibt es nichts Unangenehmeres, als anzustehen", sagte er dann. „Und wenn es nach der Zeitung ist ..."

„Du hast recht. In der Poliklinik zum Beispiel ..."

„Laß doch endlich die Poliklinik in Frieden", fiel ihr Sascho ins Wort. „Ich gehe nie dorthin. Es paßt mir nicht, daß jetzt alles mit Antibiotika behandelt wird, selbst Fisteln am Hintern."

In diesem Moment erschien Donka. Sie trug eine abscheuliche ziegelrote Hose und eine Jacke aus Fischotterimitation. Dazu hatte sie blauen Lidschatten aufgetragen, und zwar so ungeschickt, daß es aussah, als ob ihr jemand eins auf beide Augen verpaßt hätte. Sie kippte sofort den Inhalt aus Saschos Glas hinunter und erzählte aufgeregt:

„Ihr könnt euch nicht vorstellen, was ich für ein tolles Rendezvous hatte! Paßt auf: Onkel Fantscho ist blind, und ich habe den Kent bis Riga. Ich meine natürlich dreifach ..."

„Darf ich fortfahren?" fragte Sascho äußerst freundlich.

„Bitte!" sagte Donka verwundert.

„Onkel Fantscho zieht zwei Karten. Da liquidierst du den Kent, wobei du dir die drei Piques aufhebst ..."

„... und einen Kent flash major mache. Woher weißt du das?" Donka rollte ihre angemalten Augen.

„Kannst du dich nicht mehr erinnern, daß du mir diese Geschichte schon voriges Jahr aufgetischt hast? Ich möchte bloß wissen, ob du keine anderen Träume hast."

„Das ist überhaupt kein Traum", sagte Donka verbittert, „sondern die blanke Wahrheit. Nur daß Fantscho den Kent flash gemacht hat und ich die vier Achten hatte. Er hat mich ruiniert."

„Du ruinierst dich selbst", sagte Sascho. „Mit diesen Hosen, meine ich!"

„Was soll ich tun, das ist jetzt modern ... Was hast du, Häschen, du bist heute so still?" wandte sie sich an Christa.

„Nichts, ich saufe! Wo steckt eigentlich Kischo, er hat sich die ganze Woche nicht sehen lassen."

„Wißt ihr das nicht?" fragte Donka. Natürlich wußten sie es nicht. Da erzählte sie ihnen, daß Kischo endlich seinen ersehnten Trabant gekauft hatte, und zwar sehr preiswert. Er hatte sogar eine Spazierfahrt damit unternommen, zwar nicht bis zum „Schtastliweza", aber immerhin bis zum „Kreuz", doch dort hätte der Trabant völlig kapituliert. Nur gut, daß es dort bergab ging, so war es Kischo mit Anschieben gelungen, das Auto in Gang zu bringen und nach Hause zu befördern. Jetzt liege er den ganzen lieben Tag darunter und bastle daran herum.

„Das schlimmste ist, daß es keine Ersatzteile gibt", schloß Donka. „Einfach gar keine! Kischo baut Teile von Fahrrädern, Mopeds und Nähmaschinen zusammen und versucht, sich damit zu behelfen. Ihr wißt ja, daß er in dieser Hinsicht geradezu genial ist. Und ich habe sogar schon Teilchen von den Autos, die bei uns auf dem Hinterhof geparkt sind, für ihn geklaut. Wie ein Gespenst bin ich um Mitternacht dort rumgeschlichen."

„Da hast du aber schlechte Manieren angenommen", tadelte Sascho. „Übrigens, wann hast du mir meinen Schnaps ausgetrunken?"

„Reg dich nicht auf, ich bestelle gleich einen neuen. Wollt ihr noch etwas anderes?“

„Nein, nur Pfefferminzlikör!“ entgegnete Sascho.

Donka bestellte drei Pfefferminzliköre.

„Das heißt also, daß ihm dieser Gauner tatsächlich Geld gegeben hat?“ fragte Sascho.

„Ja, aber nicht alles, eigentlich nur die Hälfte der vereinbarten Summe. Jetzt wartet Kischo darauf, daß einer der Automaten aussetzt, damit er zu Hilfe gerufen wird und zu der anderen Hälfte seines Geldes kommt. Die Apparate wollen ihm aber nicht diesen Gefallen tun. Seine Produktion ist viel besser als die japanische.“

Das stimmte. Als Kischo den ersten Automaten fertiggestellt hatte, waren sie hingegangen, um ihn in Augenschein zu nehmen, und sie waren überrascht gewesen. Der stumme Flieger schien direkt im Cockpit des Jagdflugzeugs zu sitzen. Die Illusion war komplett. Sogar der Käufer hatte vor Vergnügen geseufzt, was ihn allerdings nicht daran gehindert hatte, Kischo mit der Bezahlung hinzuhalten.

„Hört zu, Kinder, ich lasse euch allein“, erklärte Sascho plötzlich. „Ich muß unbedingt zu meinem Onkel.“ „Weshalb denn?“ fragte Donka.

„Wegen eines Buchstabens.“

„Soll er gehen“, sagte Christa gelassen. „Leider habe ich ihm diesen unglückseligen Vorschlag gemacht. Zum Wohl!“

Doch sie hatte das Glas noch nicht an die Lippen gesetzt, als sie auf einmal blaß wurde, schnell etwas murmelte und zur Toilette rannte. Kaum hatte sie deren Tür hinter sich geschlossen, sprudelte auch schon die grüne Flüssigkeit, mit Linsen vermischt, wie eine Fontäne aus ihrem Mund. Eine Frau, die gerade die Kabine verlassen wollte, zog sich sofort wieder erschrocken zurück. Kurz darauf kam sie doch hervor, natürlich mit äußerster Vorsicht. Sie war schon etwas älter und ziemlich elegant gekleidet.

„Ist dir schlecht, mein Kind?“ fragte sie.

„Ja, aber es geht schon wieder“, sagte Christa schlukkend.

„Du darfst nicht mehr trinken!“

Christa sah an sich hinunter, konnte aber keine Flekken an ihrer Kleidung entdecken. Die Fontäne hatte lediglich den Spiegel über dem Waschbecken in Mitleidenschaft gezogen. Sie wusch flüchtig ihr Gesicht und beeilte sich, an den Tisch zurückzukehren. Sascho hatte inzwischen schon gezahlt und wartete ungeduldig.

„Ich gehe also“, sagte er. „Ihr könnt euch ohne mich sowieso besser unterhalten.“

„Sicher“, erwiderte Christa, sah ihn aber nicht an, weil sie fürchtete, sich zu verraten.

„Morgen wie immer.“ Er stand auf, und wenig später verschwand er hinter der Glastür. Christa griff seufzend nach dem Glas, aber Donka entriß es ihr sofort.

„Kein Tröpfchen mehr!“ sagte sie gebieterisch. „Du hast erbrochen.“

„Nein!“ log Christa erschrocken.

„Doch!“ behauptete Donka. „Du hast Flecken auf den Schuhen.“

„Ich weiß nicht, was mit mir los war.“

„Aber ich! Du bist schwanger.

Christa merkte, wie ihr die Tränen die Wangen hinunterkullerten. Sie holte ihr Taschentuch hervor und wischte sie mit zitternden Händen ab.

„Hat Sascho etwas gemerkt?“

„Der und was merken . . . Dieser Kretin! Der interessiert sich doch nur für sich selbst!“

Die Kellnerin kam vorbei. Donka bestellte zwei Kaffee, einen davon ohne Zucker.

„Wie konnte das nur passieren?“ fragte sie dann.

„Ich weiß selbst nicht. Ich habe gedacht, daß . . .“

Beide schwiegen, bis die Kellnerin die zwei Kaffee brachte.

„Du mußt es ihm sagen!“ meldete sich Donka erneut. „Wenn es dir auch unangenehm ist.“

„Niemals!“ erwiderte Christa fest.

„Aber was soll aus dem Kind werden?"
„Ich weiß nicht."
„So geht's aber nicht! Etwas muß doch geschehen."
„Ich kann es ihm nicht sagen, verstehst du das nicht?" Christa heulte los.

Donka betrachtete sie lange.

„Ich kann dich verstehen. Als ich die zwei Jahre mit Eddi ging, habe ich ihn auch kein einziges Mal gefragt: ‚Hör zu, mein Freund, wohin?' Ich habe immer nur geschwiegen, und schließlich war er weg."

„Um so besser. Warum müssen wir uns noch mehr erniedrigen?"

„Weil es an uns hängenbleibt!" erklärte Donka verärgert. „Mir wäre die ganze Sache egal, wenn Saschos Bauch dick würde. Aber leider wird es deiner werden, und du wirst ihn nicht verstecken können."

Christa begann wieder ihre Tränen zu wischen. Die beiden Männer vom Nebentisch drehten sich zu ihnen um.

„Unglückliche Liebe, was?" fragte der eine. Er hatte sehr kleine weiße Zähne, und sein Lächeln wirkte widerlich.

„Ich knall dir gleich eine!" antwortete Donka und hob ihre große Hand.

Das genügte. Der Mann hatte nichts Eiligeres zu tun, als sich schleunigst wieder nach vorn zu drehen. Donka schwieg eine Weile, dann fragte sie:

„Sag mal, habt ihr bisher noch nicht über eure Zukunft gesprochen?"

„Nein, kein Wort."

„Ist das ein Idiot!" sagte Donka voller Überzeugung. „Dabei dachte ich, daß er ein anständiger Junge wäre."

„Anfangs ging alles sehr gut", erwiderte Christa. „Jetzt habe ich allerdings das Gefühl, daß ich ihn immer weniger interessiere. Heute abend hat er mich kaum beachtet."

„Das stimmt", bestätigte Donka.

„Er liebt mich eben nicht. Und vielleicht hat er mich nie geliebt."

„Das ist nicht wahr!“ sagte Donka bestimmt. „Obwohl man diesen Rindviechern nicht zuviel glauben sollte.“

„Ich will das Kind nicht haben! Auf gar keinen Fall!“

„Du kennst doch seine Meinung noch nicht.“

„Die interessiert mich nicht!“ Die Antwort klang sehr entschlossen.

Am selben Abend, als Christa in ihrem dunklen Zimmer lag, dachte sie noch einmal verzweifelt: Nein, ich will das Kind um keinen Preis! Mochte die Abtreibung auch noch so schwer und schrecklich sein, die Geburt wäre noch viel schlimmer! Sie fühlte ganz genau, ja, sie war sich sicher, daß sie weder ein Kind noch einen Mann haben wollte, sondern wieder das Mädchen, das sie bis vor kurzem noch gewesen war, und nichts anderes als das, sein wollte. Sie fühlte, daß sie Sascho nicht liebte, sondern eher Haß für ihn empfand, weil er ihr so etwas Böses zugefügt hatte. In ihrem Leben hatte ihr noch keiner ein größeres Leid angetan, nicht einmal ihr Vater.

Wozu das alles, wirklich, wozu? Was für einen Sinn hatte es? Sie hatte Hunde, Vögel und sogar eine kleine Schildkröte sehr geliebt, Kinder aber hatte sie nie gemocht. Schon ganz und gar keine Babys, die . . .

„Tina, schläfst du nicht?“ fragte die Mutter.

„Nein, Mutti.“

„Warum?“

„Ich denke nach.“

„Worüber?“

„Ich überlege, ob Ophelia wirklich den Hamlet geliebt hat!“ antwortete Christa, ohne nachzudenken.

„Und zu welchem Ergebnis bist du gelangt?“

„Ich glaube, daß sie ihn nicht geliebt hat. Bei Julia war es etwas anderes und bei Desdemona auch, aber Ophelia hat Hamlet nicht geliebt.“

„Man verliert aber nicht einfach so den Verstand“, sagte die Mutter.

„Genau darüber denke ich nach. Was hat sie eigentlich den Verstand verlieren lassen? Die Liebe? Wohl kaum.

Ich erinnere mich noch an die Szene im Film, wo ihre Leiche zwischen den Seerosen schwimmt. Ist dir nicht aufgefallen, daß sie sich weder erschossen noch vergiftet hat? Sie ist einfach dorthin zurückgekehrt, woher sie stammte. Sie ist eine Seerose. Und Seerosen haben keine Wurzeln, sie lassen sich von der Strömung treiben, nicht wahr, Mutti?"

„So ist es", gab die Mutter leise zu.

„Keiner schmückt sich mit Seerosen. Man benutzt lieber Nelken, Rosen und andere lebende und duftende Blumen. Warum wohl keine Seerosen?"

„Sie haben keinen Stiel, Kind", sagte die Mutter scherzhaft.

„Genauso ist es, sie haben keinen Stiel. Sie haben lediglich eine Blüte, die zwar sehr schön, aber ohne jeglichen Duft ist. So ist auch Ophelia. Sie hat Hamlet nicht geliebt, sie war einfach nicht fähig, diese schweren seelischen Erschütterungen auf sich zu nehmen."

Die Mutter schwieg lange.

„Wieso kommst du auf diese Gedanken?" fragte sie.

„Wir nehmen in der Uni gerade Shakespeare durch, und die ganze Zeit über hat Professor Mirtschew nur über Hamlet gesprochen. Und weißt du, warum? Weil nach Auffassung des Professors Hamlets Gestalt das Kernproblem beinhaltet. Das stimmt aber nicht. Eigentlich sind Hamlet und Ophelia zwei Gesichter ein und derselben Wahrheit. Verstehst du, Mutti? Der Verstand findet immer eine Möglichkeit, gegen das Böse anzukämpfen, auch wenn es noch so stark ist. Aber die Gefühle können das nicht, sie versiegen einfach."

„Ich habe mir noch nie den Kopf darüber zerbrochen", sagte die Mutter. „Vielleicht hast du sogar recht. Vielleicht hat Shakespeare gerade, um die Gefühle zu veranschaulichen, die Ophelia geschaffen."

Christa spürte, wie ihr erneut die Tränen kamen. Sie durfte nicht mehr reden, ihre Mutter kannte ihre Stimme zu gut! Also verhielt sie sich ganz still und begann dann ruhig und gleichmäßig wie eine Schlafende zu atmen. Sie fühlte, wie ihre Mutter noch lauschte, aber bald der Müdigkeit erlag. Nun vernahm Christa deren schwache Atemzüge. Sie konnte nun schon gar nicht mehr an Schlafen denken und würde sicher bis zum Morgen wach liegen. Im Geist führte sie das Gespräch mit der Mutter weiter:

Mutti, warst du in Vater verliebt?

Nein, mein Kind.

Warum hast du ihn dann geheiratet?

Ich weiß es nicht. Sicher habe ich gedacht, daß ich ihn liebe.

Und warum hast du ihn nicht geliebt?

Eine Frau kann nur einmal lieben, mein Kind, und wenn sie ihre einzige Gelegenheit verpaßt, dann überhaupt nicht.

Warum heiraten die Menschen dann, wenn sie einander nicht lieben? Was für einen Sinn hat es?

Eigentlich keinen. Die Menschen können nicht allein leben, daran liegt es. Sie fürchten das Alleinsein mehr als den Tod.

Mutti, weinst du darum manchmal so verzweifelt?

Ja, mein Kind.

Du darfst nicht mehr weinen. Ich bin doch bei dir! Du darfst dich nie einsam fühlen.

Eines Tages wirst du mich verlassen.

Nie! Nie, Mutti!

Die Nacht war sehr ruhig, der Himmel schwarz, und eine einzige hohe Wolke wurde von dem hinter ihr verborgenen Mond erhellt. Christa mußte wieder an jene merkwürdige Frau denken, die ihre Großmutter war. Ihr Zusammentreffen war so lange her, daß Christa das Gefühl hatte, es wäre in einem anderen Leben geschehen. Trotzdem konnte sie sich noch sehr gut an jenen schönen, warmen Abend erinnern. Es mußte gerade Frühsommer gewesen sein, denn der ganze Park war damals voll blühender Sträucher. Die Kinder hatten sich auf dem Karussell, der Schaukel und der Holzrutschbahn getummelt. Letztere war übrigens auch jetzt noch da, und immer noch rutschten Kinder über ihre glattpolierte Oberfläche. Christa blieb manchmal dort stehen, nicht wegen der Rutschbahn, sondern um sich die Augen der spielenden Kinder anzusehen. Seinerzeit hatte sie als einzige es nicht gewagt hinunterzurutschen. Dabei war das so einfach. Man stieg die Leiter hoch, setzte sich auf das glänzende Brett und glitt abwärts. So einfach! Aber sie hatte es nicht gewagt, hatte Angst gehabt. Einmal hatte die Mutter versucht, ihr zu helfen, und war mit ihr gemeinsam die kleine Leiter hochgestiegen, wobei sie sie lächelnd an der zitternden kleinen Hand festgehalten hatte.

„Siehst du, wie einfach das ist!“ hatte die Mutter auf sie eingeredet.

„Alle Kinder tun es, sogar die kleinsten. Du bist doch kein Baby mehr, du bist schon ein großes Mädchen.“

„Laß mich!“ schrie Christa. „Ich will allein, Mutti, sonst schäme ich mich vor dir.“

Aber auch am nächsten und übernächsten Tag hatte sie es natürlich nicht gewagt. Sie hatte sich genau in dem Augenblick dazu durchgerungen, als die Frau gekommen war. Christa hatte sie nicht bemerkt. Sie hatte sie erst gesehen, als alles vorbei war. Sie war die kleine Leiter hochgestiegen und hatte sich vor der lächerlichen Höhe gefürchtet, die ihr damals sinnverwirrend erschienen war. Doch sie hatte gewußt, daß es kein Zurück mehr gab. Sie setzte sich und flog davon. Ihrer Kehle entrang sich ein Schrei, zuerst verzweifelt, dann triumphierend. Sie berührte den Erdboden so leicht und unbemerkt, daß sie es selbst nicht glauben wollte. Ungeduldig sah sie sich um, ob denn auch jemand ihre Heldentat bemerkt hatte. Keins der Kinder hatte darauf geachtet, denn für sie war es nicht von Bedeutung, daß irgendein Knirps hinuntergerutscht war. Aber die Frau hatte sie beobachtet.

Es war eine gutaussehende ältere Dame mit grauem Haar. Jetzt erinnerte sich Christa nur noch an ihre schwarze Spitzenbluse mit dem Stehkragen und an ihre

Brille mit den fast viereckigen Gläsern. Die Frau hatte sie so angesehen, daß Christa erbebte.

„Bravo, mein Kind", hatte die Frau auf sie eingeredet. „Das war doch gar nicht schwer, oder?"

Christa hatte stolz geschwiegen. Sie stand immer noch im Bann der Erinnerung, wie sie mit glühenden Wangen die Rutschbahn hinuntergesaust war.

„Komm zu mir!" hatte die Frau gesagt.

Ihre Stimme hatte so liebevoll geklungen, daß das Mädchen sofort gehorchte. Die Frau sah sie irgendwie unersättlich an, und ihr Kinn zitterte leicht. Erst jetzt merkte Christa, daß etwas Merkwürdiges, ja vielleicht Schreckliches geschah. Die Frau ergriff ihre kleinen Hände und streichelte sie sanft. Plötzlich brach sie in Tränen aus, beugte ihr Gesicht herunter und begann das Kind zu küssen. Christa erschrak und wollte Reißaus nehmen, aber die Frau hielt sie fest. Da winselte das Mädchen wie ein Hund, riß sich los und rannte davon. Sie drehte sich nicht einmal um, als sie endlich die Straße erreicht hatte. Damals erzählte Christa ihrer Mutter nichts davon. Dunkel spürte sie, daß etwas geschehen war, worüber man nicht sprechen durfte. Erst ein paar Tage nach diesem Zwischenfall faßte sie Mut, wieder in den Park zu gehen. Die Frau war nicht da. Sie sah sie nie wieder.

Nun hatte es sich herausgestellt, daß sie lebte. Und Christa wußte, daß es auf dieser Welt eine Frau gab, die noch einsamer und weitaus unglücklicher als ihre Mutter war. Sicher war diese grauhaarige Frau sehr stolz, weil sie nie um Gnade oder Liebe gebeten hatte.

Die helle Wolke am Himmel war inzwischen ganz blaß geworden. Christa schlief immer noch nicht und glaubte, diese Nacht überhaupt kein Auge zutun zu können. Doch als die ersten Vögel im gegenüberliegenden Park zu zwitschern begannen, schlummerte sie ein.

3 Am Morgen stand sie frisch und lächelnd auf, allerdings mit zwei kaum bemerkbaren Augenringen. Sie versuchte sogar, fröhlich zu erscheinen, und trällerte etwas vor sich hin, was der „Donna e mobile" gleichen sollte. Trotzdem gelang es ihr nicht, ihre Mutter ganz zu täuschen. Also aß sie nur schnell ihr Frühstück, das aus Tee und zwei weichgekochten Eiern bestand, griff ihre Tasche und ging zur Vorlesung.

Die Mutter machte sich in der Küche zu schaffen, seufzte und griff wieder einmal zum Telefonhörer.

„Donka, entschuldige, daß ich dich störe, aber Tina kommt mir unruhig und nervös vor. Ob sie sich mit ihrem Freund zerstritten hat?"

„Nein, bestimmt nicht."

„Bist du sicher?"

„Natürlich, wir waren doch gestern abend zusammen. Alles war ganz normal", log Donka mit etwas singender Stimme, woran ihre eigene Mutter immer erkannte, daß etwas nicht stimmte. „Warum fragst du, hat sie sich beschwert?"

„Nein, nein. Aber heute nacht sagte sie auf einmal, daß Ophelia den Hamlet nicht geliebt hätte."

Donka lachte, wie Maria meinte, herzlich.

„Sascho kann alles auf dieser Welt sein, nur kein Hamlet. Und Tina ist keine Ophelia."

„Wie meinst du das?"

„Nun, was ist deiner Meinung nach Ophelia wert, Tante Maria? Jeder kann sie biegen, wie er es gerade möchte. Versuch das mal mit Tina!"

Maria schwieg. Vielleicht kennen diese Mädchen einander besser, ging es ihr durch den Kopf.

„Trotzdem muß etwas sein", sagte sie dann.

„Aber nein. Sascho arbeitet in letzter Zeit sehr hart, das ist alles. Er hat in dieser Hinsicht einen Fimmel, denkt, daß er sonstwas zustande bringen wird. Ich weiß nicht, ob er recht hat oder nicht, aber er schuftet wirklich. Er ist sehr ehrgeizig."

„Und du meinst, das könnte Christa nicht verstehen?"

„Ich meine gar nichts, weil ich nichts bemerkt habe.“

„Es kann sein, daß ich mich täusche“, sagte Maria. „Entschuldige die Störung.“ Sie legte den Hörer auf und war bis zu einem gewissen Grade beruhigt.

Donka jedoch stand von ihrem Platz auf und lief nervös im Zimmer hin und her. Um ihre Zeit nicht zu vergeuden, schob sie dabei mit dem Fuß bald einen Büstenhalter, bald einen Strumpf zur Seite. Diese Art des Aufräumens hatte sie sicher nicht von ihrer Großmutter gelernt, aber sie fand sie sehr bequem. Als sie die Pantoffeln unter das Bett befördert hatte, war der Entschluß in ihr reif – sie mußte mit Sascho reden. Leider kannte sie seine Telefonnummer nicht, auch nicht den Namen des Instituts, in dem er tätig war. Es half nichts, sie mußte zu Kischo.

Donka fand ihn, wie sie erwartet hatte, unter dem Trabi. Sie stieß ihn mit der Schuhspitze ans nackte Bein, worauf er grinsend hervorkroch. Er war über und über mit schwarzem Fett beschmiert, nur seine Augen und Zähne hoben sich weißlich ab.

„Alles fertig! Heute abend sind wir auf dem ‚Schtastliweza‘!“ verkündete Kischo.

„Das fehlte uns gerade noch zum Glück“, brummte das Mädchen.

„Warum, was ist los?“

„Nichts, aber ich habe heute absolut keine Lust, Auto zu schieben.“

„Das brauchst du auch nicht, alles ist tipptopp. Nur die Scheibenwischer . . .“ Er sah sie schuldbewußt sein.

„Was ist mit den Scheibenwischern?“

„Man hat sie mir geklaut! Heute nacht.“

„Scheibenwischer klaut man nun mal nachts, du Trottel! Warum hast du sie nicht abmontiert?“

Woher solle er wissen, daß es so gewissenlose Menschen gibt. Donka sah ihn schief an, sagte aber nichts. Sie ließ sich Saschos Nummer geben und rief sofort von einer Telefonzelle aus an. Sie mußte ziemlich lange warten, bis er sich meldete.

„Ich bin's, Donka. Wie geht's dir?" begann sie das Gespräch.

„Prächtig!" Seine Stimme klang wirklich fröhlich, und das ärgerte sie.

„Das ist ja prima", knurrte sie. „Ich muß mit dir reden."

„Wann?" fragte er.

„Wenn es geht, gleich."

„Jetzt muß ich erst mal zum Direktor. Geht es nicht in der Mittagspause?"

„Gut, aber dann komm du zu mir, weil ich um diese Zeit zu Hause etwas essen muß."

„Ich auch. Aber das macht nichts, warte gegen dreizehn Uhr auf mich."

Sascho legte auf, und das Gespräch verschwand augenblicklich aus seinen Gedanken. Ihn bewegten andere, viel wichtigere Dinge.

Gestern abend hatte ihm sein Onkel tatsächlich einen Buchstaben verraten, und zwar den wichtigsten: den ersten! Wenn man zwei Buchstaben kennt, ist alles andere eine Frage der Geduld und der Information. Er hatte den brennenden Wunsch, mit Awramow über seine Idee zu sprechen, aber der Direktor hatte Sitzung. Also mußte er warten.

Awramow rief ihn erst gegen halb elf zu sich. Der junge Mann war so in Eile, daß er sogar vergaß anzuklopfen. Der neue Direktor stand vor dem offenen Fenster, und sein breiter Rücken verbarg fast die ganze Aussicht.

Draußen hatte sich wenig verändert. Der Turmkran war zwar verschwunden, aber das Gebäude stand immer noch einsam in seiner zementenen Nacktheit da. Nachdem Urumow das Institut verlassen hatte, hatte das Arbeitszimmer länger als einen Monat leer gestanden. Der neue Direktor hatte in seinem alten Arbeitszimmer bleiben wollen. Dort war es jedoch bald zu eng geworden, zumal die Sitzungen jetzt bei ihm stattfanden und er Gäste empfangen mußte. Urumow fühlte sich auch gekränkt, er meinte, kein Gespenst zu sein, vor dessen

Schatten man sich fürchten müßte. Also war Awramow wohl oder übel mit seinen Unterlagen ins geräumige ehemalige Urumowsche Arbeitszimmer gezogen.

„Entschuldige, daß ich so eindringe“, sagte der junge Mann.

Awramow drehte sich zu ihm um. Sein Gesicht hatte noch nie so grau ausgesehen.

„Das macht nichts“, murmelte er und kehrte an seinen Schreibtisch zurück. „Ich hasse diese blöden Sitzungen. Sie machen mich so kraftlos!“

Sascho sagte nichts dazu, weil er die Beratungen mochte. Immer, wenn er diskutierte und stritt, war ihm, als ob er reinen Sauerstoff atmete, sogar sein Pulsschlag beschleunigte sich.

„Ich staune, wie dein Onkel mit all diesem Kram fertig geworden ist, dazu in seinem Alter“, fuhr Awramow fort.

„Ich habe ihn nie klagen hören. Er ist ja auch jetzt noch emsig wie eine Biene.“

„Wann hast du ihn zum letztenmal gesehen?“

„Gestern abend.“

„Wie geht es ihm?“ Awramows Gesicht hellte sich auf.

„Sehr gut. Und er steckt voller Hoffnung. Er hat etwas von Whitlow gelesen, das ihm synchron zu seinen eigenen Ansichten erscheint. Jetzt will er Whitlow einen Brief schreiben. Ihn interessieren einige Details, die übrigens das wichtigste sind.“

„Whitlow wird ihm sicher antworten, obwohl er Nobelpreisträger ist.“

„Natürlich, sie kennen sich auch persönlich. Aber darum geht es nicht. Mein Onkel glaubt, daß vieles dort Institutsgeheimnis ist.“

„Trotzdem kann er doch mal fragen.“ Awramow lebte nun vollends auf.

„Das denke ich auch. Ich habe Whitlows Artikel gelesen. Das heißt, es ist eigentlich gar kein richtiger Artikel, sondern ein Diskussionsbeitrag von irgendeinem ihrer Symposien. Das Interessante dabei ist, daß auch dieser

Diskussionsbeitrag sehr reserviert, um nicht zu sagen: feindlich aufgenommen worden ist."

„Das ist mir klar." Awramow nickte. „Wenn er mit dem deines Onkels synchron ist, war man sicher nicht begeistert."

„Mir will diese Denkweise einfach nicht in den Kopf!" sagte Sascho befremdet. „Kann sich denn der Verstand vor der Wahrheit fürchten?"

„Das hängt von der Wahrheit ab! Es ist nicht gerade angenehm, zu erfahren, daß dich dein eigener Sohn niedermetzeln will. Dieser Gedanke ist den Menschen unerträglich. Und gerade das wollte sich jener Kollege übrigens zunutze machen." Awramow lächelte.

Plötzlich schien ihm etwas einzufallen. Er griff in die Schublade seines Schreibtisches und holte ein Blatt Papier heraus.

„Lies das!" sagte er belustigt.

Mit diesem Schreiben reichte Asmanow in wohlgesetzten Worten seine Kündigung ein. Er wolle künftig am Institut für Phytopathologie arbeiten, schrieb er, weil dieses Institut viel mehr dem Profil seiner wissenschaftlichen Arbeit entspräche. Das war nicht einmal gelogen. Unmittelbar nach seinem mißlungenen Auftritt in der Versammlung hatte sich Asmanow der Erforschung der Pflanzenviren angenommen.

„Alles klar!" sagte Sascho kurz.

„Was ist klar?" Awramow lächelte erneut.

„Wir haben ihn aller Möglichkeiten für einen schnellen Aufstieg beraubt, also geht er. Das wollte ich damit sagen."

„Trotzdem müssen wir zugeben, daß er in den letzten fünf bis sechs Monaten recht fleißig gearbeitet hat."

„Und hat er etwas erreicht?"

„Nein, absolut nichts", gab Awramow zu.

„Und doch hat er etwas erreicht. Jetzt wird er eine sehr gute Beurteilung von dir bekommen. Die Unfähigen kriegen immer die besten Beurteilungen, weil jeder bemüht ist, sie loszuwerden!"

„Ich werde ihm wirklich eine gute Beurteilung geben", sagte Awramow. „Nicht, weil ich mich dieses Parasiten entledigen will. Das ist nicht das wichtigste; mit ihm oder ohne ihn zu arbeiten, das bleibt sich fast gleich ... Ich kann es dir einfach nicht erklären, warum."

„Aber ich. Ihr bezeichnet das als Edelmut oder etwas Ähnliches. Aber eigentlich ist es Schwäche."

„Das stimmt nicht."

„Doch! Die Schmarotzer bleiben Schmarotzer, sie ändern sich nicht. Warum muß man sie großzügig behandeln? Das ist sinnlos!"

Awramow sah Sascho lange an, prüfend und etwas mißtrauisch.

„Gefallen dir Schmetterlinge?" fragte er plötzlich.

„Schmetterlinge? Ich habe noch nicht darüber nachgedacht."

„Trotzdem!" drang Awramow weiter in ihn.

„Warum sollten sie mir nicht gefallen? Sie sind schön", sagte Sascho.

„Ja, aber sie sind eine Art fliegende Raupen. Wir müßten sie eigentlich töten."

„Laß solche Anspielungen", sagte Sascho gekränkt. „Asmanow schafft wirklich nichts. Wozu brauchst du so einen Menschen?"

„Zum Teufel mit ihm!" stimmte Awramow zu. „Ob nun gute oder schlechte Beurteilung ... Was soll's, Schluß mit diesem Thema. Was wolltest du eigentlich von mir?"

„Das wirst du gleich hören", sagte der junge Mann, und sein Gesicht erhellte sich.

Das Gespräch zwischen ihnen hatte ruhig begonnen, aber schon nach einer Stunde war die Atmosphäre mit Spannung geladen. Sie schalteten die Telefonapparate ab und verschlossen die Tür, um völlig ungestört zu sein. Nur ab und zu waren Schläge mit der hohlen Hand auf den Schreibtisch, schrille Ausrufe und Seufzer zu hören.

Kurz vor dreizehn Uhr sprang Sascho plötzlich von seinem Platz auf.

„Großer Gott, das hätte ich doch beinahe vergessen! Ich bin verabredet!"

„Jetzt? In der Mittagszeit?" fragte Awramow ungläubig.

„Es wird sicher nicht lange dauern. Aber ich muß sofort los."

Sascho rannte in sein Arbeitszimmer, zog den weißen Kittel aus und griff zum Telefon.

„Donka!"

„Ja doch, du Rindvieh!"

„Entschuldige, ich hatte eine Besprechung. Ich komme sofort!"

Er lachte und fügte hinzu: „Soll ich für alle Fälle eine Dusche nehmen?"

„Brauchst du nicht, ich habe dir schon eine vorbereitet!" sagte sie.

„Heiß oder kalt?"

„Das hängt von dir ab. Los, mach dich auf die Strümpfe!"

Bestimmt gab es Unannehmlichkeiten, dachte er beim Hinuntergehen. Es bedeutete nichts Gutes, von einer Frau gesucht zu werden. Zum Glück hielt gerade ein Taxi vor dem Institut, so daß es ihm gelang, schneller als Hermes den gewünschten Ort zu erreichen. Als er mit dem Fahrstuhl hinauffuhr, fiel ihm plötzlich die Winternacht ein, in der er Donka mit Mühe und Not nach Hause geschleppt hatte. Ob sie damals wirklich so betrunken gewesen war oder nur so getan hatte? Sicher war das letztere der Fall. Er erinnerte sich, wie sehr sie darauf bedacht gewesen war, ihm ihre große, warme Brust in die erstarrten Hände zu legen. Auf einmal ergriff ihn seltsame Erregung, so daß er unwillkürlich schlucken mußte. Nein, er durfte nicht an diese Nacht denken, er mußte so tun, als ob es sie nie gegeben hätte. Aber das war schwer. Das begriff er so recht, als Donka ihm, mit einer äußerst dünnen lila Bluse bekleidet, die Tür öffnete. Ihr Gesicht war allerdings nicht allzu freundlich. Sie führte ihn in ihr Schlafzimmer. Dieses Mal war ihr Bett mit einer Tagesdecke bedeckt, und in der Ecke saß ein gelber Plüschhund mit blauen Augen. Er starrte Sascho direkt an. Donka plazierte den Gast auf ihren einzigen Stuhl, und sie setzte sich auf das Bett.

„Hier ist es unbequem. Das ist ein Stuhl für Päderasten", beschwerte er sich.

„Das macht nichts."

„Doch!"

„Das sind Kleinigkeiten. Ich habe eine gute Nachricht für dich, mein Süßer. Du wirst Vater", verkündete Donka.

„Wieso Vater?" Er begriff nicht.

„Vater eines Sprößlings unbekannten Geschlechts, das deine Geliebte schon unter dem Herzen trägt."

Eine Zeitlang sah er sie starr an.

„Das kann nicht sein!" murmelte er dann.

„Doch, doch!" sagte sie. „Sie ist freilich erst im ersten Monat, aber das macht nichts. Die anderen werden auch wie ein Traum verfliegen."

Donkas Humor war finster und ihr Gesicht kalt wie eine arktische Winternacht. Ihm gelang es immer noch nicht, seine durcheinandergeratenen Gedanken zu sammeln.

„Freust du dich etwa nicht?" fragte sie etwas spöttisch.

„Mach doch keine Scherze! Wer hat es dir gesagt?"

„Christa natürlich. Aber es ist eine medizinische Tatsache, du brauchst dich gar keinen Illusionen hinzugeben."

Er machte sich keine Illusion, zumal Donkas Stimme ganz ernst klang. Er stand von dem idiotischen Stuhl auf und wankte wie betrunken zum Fenster.

„Du kommst mir sehr geknickt vor, Kleiner!" sagte sie verächtlich. „Schließlich ist es doch nicht in deinem Bauch, sondern in ihrem."

„Warum hat mir Christa nichts davon gesagt?"

„Warum! Das ist doch klar! Sie ist ein empfindsames Wesen. Sie hat anscheinend geahnt, daß du vor Freude die Zähne fletschen würdest. Willst du einen Schnaps? Ich habe aber nur Doppelkorn."

Sie holte aus ihrem Nachttisch eine beachtliche vierkantige Flasche heraus. „Trink gleich daraus", sagte sie. „Ich habe keine Lust, extra Gläser zu holen."

Sascho genehmigte sich einen kräftigen Schluck, der im Hals brannte, so daß er nur flüstern konnte.

„Gut, dann erzähle, was du weißt."

Donka berichtete ihm ausführlich, was sich am Vorabend nach seinem Weggang aus dem Café ereignet hatte. Sein Gesicht verdüsterte sich vollends.

„Sehr unangenehm!" Er seufzte.

„Du bist aber unerzogen! Reagiert man so bei solch einer Nachricht? Mein Vater hat sicher auch mit den Zähnen geknirscht, als ich unterwegs war, aber er hat nach außen hin wohlerzogen gegrinst", belehrte ihn Donka.

„Ich bin kein Heuchler."

„Du bist ein Stück Scheiße!" sagte sie verärgert. „Erst jetzt begreife ich das so richtig."

„Hör auf!"

„Oder hast du etwas gegen Christa?" fragte Donka argwöhnisch.

„Laß das. Spiel dich nicht als ihre engste Vertraute auf!"

Das Mädchen starrte ihn erstaunt an.

„Ich hab dich was gefragt", sagte sie schließlich. „Und das war die ausschlaggebende Frage. Alles andere ließe sich hinkriegen."

Sascho schwieg lange, immer noch mit finsterem Gesicht. Donka dachte schon, er habe sie nicht gehört, bis er plötzlich doch zu reden anfing.

„Wenn du mich fragen willst, ob ich an die Liebe glaube oder nicht, weiß ich einfach keine Antwort. Aber über eins bin ich mir im klaren: Eine so ernste Angelegenheit wie die Ehe kann nicht nur auf der nackten Liebe basieren."

„Darum geht es ja gerade! Hier liegen Tinas ganze Vorzüge. Im Vergleich zu ihr sind wir beide die reinsten Schweine."

„Mag sein! Aber ein Schwein kann nur mit einem anderen Schwein und nicht mit einem Schwan leben. Ehrlich gesagt, manchmal habe ich schon überlegt, ob ich nicht einen Fehler begangen habe nach jener Nacht, als wir zum erstenmal im Wochenendhaus waren."

Für einen Moment sahen sie sich in die Augen, und ihr Atem schien zu stocken. Donka stellte sich auf einmal vor, wie Bluse, Rock und Büstenhalter durch das Zimmer flogen. Durch ihr Zimmerchen, in der leeren Wohnung, auf das breite, niedrige Bett, das sie gerade erst frisch bezogen hatte. Diese Vision dauerte aber nur den Bruchteil einer Sekunde. Ihr gelang es sehr schnell, sie mit ihrer großen Hand wegzuwischen.

„Ich kann dir nicht ganz folgen!" entgegnete sie kühl. „Willst du etwa sagen, daß Christa dir nicht reicht?"

„Ja, anscheinend ist das richtig ausgedrückt", gestand er verzagt. „Du und ich sind Freunde und werden es auch bleiben. Deshalb will ich dir die ganze Wahrheit sagen. Ich bin offensichtlich ein sogenannter rationeller Typ. Ich kann mich bei solchen Geschichten nicht selbst überwinden und wie ein Oberschüler Feuer und Flamme sein. Vielleicht fehlt es mir an Phantasie. In Christas Gegenwart fühle ich mich schwächer, als ich in Wirklichkeit bin. Bei dir zum Beispiel stachelt mich alles an."

Wieder tauchte etwas vor Donkas Augen auf, aber sie konnte es sofort verscheuchen. Sascho saß mit gesenktem Kopf und völlig verzweifelt auf seinem unbequemen Stuhl. Das Mädchen empfand auf einmal Mitleid mit ihm. Sie hatte ihn noch nie so hilflos und verstört gesehen.

„Ich weiß nicht!" Sie seufzte. „Die Welt ist billig und trostlos geworden. Jeder sieht, wie er mit dem Rücken an die Wand kommt."

„Vielleicht hast du recht", meinte er.

„Zu allem Unglück liebt sie dich. Willst du das nicht verstehen?"

„Nein", sagte er leise.

„Wieso verstehst du das nicht? Christa kann nicht anders sein, sogar wenn sie es wollte. Sie ist ein Mädchen mit Herz. Davon gibt es nicht allzu viele!"

Sascho stöhnte.

„Vielleicht! Aber ich kann es nicht richtig spüren. Ehrenwort! Wahrscheinlich fehlen mir die Sinne oder die Nerven oder die Organe dafür, ich weiß nicht, wie ich es nennen soll."

„Blödsinn!"

„Es könnte doch sein, daß sie mich überhaupt nicht liebt. Das ist sogar sehr gut möglich. Sie bildet sich nur ein, mich zu lieben."

Donka wurde unsicher. Das Gespräch war ihr plötzlich unangenehm.

„Ich will dich nicht lehren, was du zu tun hast", sagte sie mit harter Stimme. „Ich bitte dich nur, sie nicht zu kränken, auf gar keinen Fall! Und unter keinen Umständen! Du weißt, daß sie überaus empfindlich ist. Sie würde das nicht verwinden."

Donka hielt inne, und Sascho überkam plötzlich ein Gefühl der Hilflosigkeit und der eigenen Schuld. Noch nie war ihm so jämmerlich zumute gewesen. Erst als er schließlich auf die Straße kam, atmete er erleichtert auf.

4 Am Abend machte sich Sascho widerwillig auf den Weg zum Café „Warschau". Erst jetzt begriff er, daß ihm dieses Café über geworden war und daß er seine weißen Mäuse den Gesichtern vorzog, die ihn dort erwarteten. Manche, das Kischos zum Beispiel, waren ihm sogar direkt lästig geworden. Kischo hatte, seitdem er freischaffend war, etwas Spießerisches, Kleinliches und Unangenehmes an sich. Er verdiente jetzt viel Geld, aber er versteckte es und kratzte immer noch seine Stotinki vor den Kellnerinnen zusammen.

In dem halben Jahr seiner Tätigkeit am Institut hatte Sascho keine freundschaftlichen Beziehungen zu den Kollegen knüpfen können. Ausgenommen war natürlich

Awramow. Aber das, was ihn mit Awramow verband, blieb in den Mauern des Instituts. Womit sich Awramow außerhalb der Arbeitszeit beschäftigte, konnte sich Sascho nicht einmal vorstellen, und wohin er ging, war für ihn ein Geheimnis. Awramows Frau und seine Tochter hielten sich zur Zeit in der Schweiz auf. Vor einigen Tagen hatte er aufgeregt erzählt, daß die Operation des Mädchens gelungen und es somit gerettet sei. Was machten aber die anderen Mitarbeiter, wohin gingen sie, und womit beschäftigten sie sich? Allem Anschein nach hatte Sascho sie auf der Versammlung etwas erschreckt, denn sie schienen sich jetzt vor ihm in acht zu nehmen und ihm absichtlich aus dem Weg zu gehen. Vielleicht beneideten sie ihn auch, weil er eine selbständige Aufgabe bekommen hatte. Niemand erkundigte sich bei ihm nach seiner Arbeit, ob beispielsweise die Versuche klappten und ob es Aussicht auf Erfolg gab. Sie sprachen – wenn überhaupt – je nach der Jahreszeit über das Angeln oder Skifahren, über Fernsehsendungen oder Fußballspiele, über Autos, Filme, Mädchen, über Versicherungen, Steuern, über den Unterricht ihrer Kinder, über ihre Spiele, über alles andere, nur nicht über die Biologie. Anscheinend war sie das einzige, was nicht interessierte. Das Gerangel um die Assistentenstellen war vorbei, also hatte es keinen Sinn mehr, den Biologen herauszukehren. Es gab fünf oder sechs Mitarbeiter, auf denen die Verantwortung lastete, und das genügte. Alles andere konnte auch vom technischen Personal erledigt werden.

Sascho traf Donka und Kischo in ein lebhaftes Gespräch vertieft an. Christa war noch nicht gekommen. Das war merkwürdig, denn für gewöhnlich erschien sie zuerst. Sie setzte sich dann mit dem Gesicht zum Fenster, beobachtete, wer aus und ein ging, und schien sich allein sogar besser zu unterhalten, als wenn die anderen dabei waren.

Kischo redete gerade von seinen Erfolgen als Monteur und lobte seinen Trabant in den höchsten Tönen.

„Er singt wie eine Nachtigall“, sagte er, „und arbeitet

wie ein Uhrwerk. Das ist kein Trabant, sondern eine Uhrennachtigall oder eine Nachtigallenuhr, wie ihr wollt. Wir brechen gleich zum ‚Schtastliweza' auf."

„Das kommt nicht in Frage!" entgegnete Sascho.

„Dann fahren Donka und ich allein. Hast du etwas Kleingeld da, mein Kind?" wandte sich Kischo an das Mädchen.

„Du solltest dich schämen!" erwiderte Donka. „Du bist immerhin freischaffend und müßtest vor Geld stinken."

„Ich habe mich mit dem Auto verausgabt", sagte Kischo. „Mit dem letzten Geld habe ich getankt."

Da erschien Christa in der Tür. Sie lächelte wie immer, aber ihr Blick war kühl und starr. Schnell nahm sie den freien Platz am Tisch ein, wobei sie herausfordernd die Beine übereinanderschlug. Sonst hatte sie eigentlich nie diese Angewohnheit gehabt.

„Warum holst du dir nicht dein Geld von dem Holzkopf, er schuldet dir doch noch zweitausend", setzte Donka das Gespräch fort.

„Er hat aber nicht die geringste Absicht, sie mir zu geben", antwortete Kischo melancholisch.

„Und wenn die Apparate kaputtgehen?" fragte Sascho. „Du hast doch gesagt, daß es niemanden sonst gibt, der sie reparieren könnte."

„Darum geht es ja gerade!" rief Kischo und erzählte ihnen seine neueste Geschichte. Da sich so lange nichts getan hat, habe er schließlich selbst angefangen zu zweifeln. Es war doch unnormal, daß die Apparate so viele Monate hindurch keinen Defekt aufwiesen! Also wäre er eines Tages zu dem Platz gegangen, wo sie installiert waren. Zu seinem Erstaunen habe er dort einen Halbwüchsigen angetroffen, der sich gerade an dem einen Apparat zu schaffen machte.

„Unglaublich!" Kischo seufzte. „Der Junge besucht schon die Fachschule, sieht aber noch sehr kindlich aus und wirkt sogar ein wenig blöd."

„Eure ganze wissenschaftlich-technische Revolution wirkt ein wenig blöd", sagte Christa und wippte nervös mit dem Fuß. Erst jetzt fiel es Sascho auf, daß sie Rouge aufgelegt hatte.

„Nein, der Knabe ist einfach genial! Wenn ihr gesehen hättet, mit welchem Geschick und welcher Begeisterung er vorgeht! Und diese Bestie zahlt ihm dafür nur ein paar Lewa je Tag."

„Du bist verloren", sagte Sascho.

„Soll ich den Jungen etwa einen Kopf kürzer machen?" fragte Kischo.

„Das ist nicht nötig", mischte sich Donka ein. „Die Sache ist viel einfacher. Du gibst ihm zweihundert Lewa, und er muß augenblicklich von der Bildfläche verschwinden. Er kann hingehen, wohin er will, nach Sosopol, Kiten oder sonstwohin. Er braucht nur zwei Monate wegzubleiben, bis du dein Geld eingetrieben hast."

„Das ist ein genialer Vorschlag! Nun müssen wir doch zum ‚Schtastliweza', um darauf anzustoßen", rief Kischo begeistert.

Aber keiner hatte so richtig Lust dazu. Sie unterhielten sich noch eine halbe Stunde miteinander, und dann gab Donka das Zeichen zum Aufbruch.

„Soll ich dich nach Hause fahren?" fragte Kischo erwartungsvoll.

„Nein, danke, ich möchte noch etwas frische Luft schnappen."

„Und euch?" Kischo bot auch den anderen seine Dienste an.

„Wir fahren nur vom Mercedes an aufwärts", sagte Sascho.

Trotzdem beschlossen sie, den Trabant wenigstens zu besichtigen. Es war ein Trabant wie jeder andere, nur daß er die Krätze zu haben schien, denn er wies überall rote Grundierstellen auf. Und von Reifen konnte auch kaum noch die Rede sein – vom Profil war nichts mehr zu sehen.

„Ich fahre euch wenigstens bis zur Ecke!" bat Kischo. Er war richtig unglücklich, weil keiner etwas von seinem Auto wissen wollte.

„Gut, fahre uns bis zum Park, wir steigen dort aus." Sascho gab sich schließlich geschlagen.

Kischo setzte sie wohlbehalten an der Jaworowallee ab. Diese ehemalige Allee, die bis vor kurzem noch stiller Treffpunkt für die Verliebten gewesen war, hatte sich in eine schreckliche Stadtautobahn verwandelt, auf der leicht angetrunkene Taugenichtse um die Wette fuhren. Dort roch es so unangenehm nach Benzin, daß Christa und Sascho schleunigst die Flucht zum Park ergriffen. Sie vergaßen sogar, sich von Kischo zu verabschieden. In den Alleen des Parkes war es dunkel, irgendwo rauschte eine Berieselungsanlage, und Eichhörnchen kratzten mit ihren Krallen an der Rinde der Kiefern. Auf den Bänken saßen eng umschlungen einige Liebespärchen. Christa und Sascho jedoch liefen schweigend nebeneinander her wie Greise, die ihre Einsamkeit spazierenführen. Dann auf einmal hakte sich Christa bei ihm ein.

„Warum bist du so still? Sag doch was!" bat sie.

„Was soll ich sagen?" brummte er. „Als ob du dich für meine Arbeit interessierst!"

„Interessierst du dich denn für meine?"

„Wofür soll ich mich interessieren? Etwa für Sofronij von Wraza*?"

„Du scheinst zu glauben, daß alles mit deiner Biologie beginnt und endet", sagte Christa.

„So ungefähr ist es auch. Besonders, was dich betrifft!"

„Was willst du damit sagen?" fragte Christa.

„Damit will ich sagen, daß ich alles weiß. Donka war so liebenswürdig, mich zu informieren!"

Christa blieb überrascht stehen. Sascho hatte das Gefühl, daß sie vor Schreck gleich wie ein Eichhörnchen die nächste Kiefer hochklettern würde.

„Das ist eine Unverschämtheit!" rief sie.

Sie lief hastig davon. Sascho holte sie aber bald ein und paßte sich ihrem Schritt an.

* Erzbischof von Wraza und Schriftsteller, kämpfte für die Unabhängigkeit der bulgarischen Kirche während der nationalen Wiedergeburt

„Schließlich muß es mir ja jemand sagen. Das ist nicht allein deine Angelegenheit“, knurrte er.

„Ganz allein meine!“ schrie Christa.

Ihre Stimme klirrte vor Wut und Aufregung. Er hatte nicht gedacht, daß sie über so eine Stimme verfügte. Er wartete ab, bis sie sich ein wenig beruhigt hatte, und fügte dann leise hinzu:

„Ich wußte nicht, daß du ein so bösartiges Wesen bist!“

„Ich bin eben so“, sagte sie spitz.

„Aber ich bin nicht so und möchte, daß du mich ganz ruhig anhörst.“

Sascho war selbst über seine ausdruckslose Stimme erstaunt.

„Gut, ich höre.“

„Alles, was wir getan haben“, fuhr er widerwillig fort, „ist auf gegenseitigen Wunsch geschehen.“

„Es ist zwar nicht so, aber das macht nichts!“ unterbrach sie ihn. „Also weiter.“

„Warum ist es nicht so?“ fragte Sascho.

„Es ist eben nicht so. Aber ich kann es dir nicht verübeln, daß du so denkst. Und ich will mich meiner Verantwortung auch nicht entziehen“, antwortete Christa.

„Ich nicht minder. Ich möchte schon jetzt vorausschikken, daß ich jeden deiner Entschlüsse akzeptiere, wie er auch ausfallen mag. Aber falls du mich fragen solltest, muß ich gestehen, daß wir meiner Meinung nach dieses Kind jetzt nicht brauchen können.“

„Warum?“

„Eigentlich müßtest du das sehr wohl wissen!“ sagte er nervös. „Ich stehe am Anfang meiner Arbeit. Ich habe den Kopf einfach voll. Alles könnte ich mir vorstellen, bloß nicht, wie ich zusätzlich noch ein Kind aufziehen soll.“

„Ich auch nicht! Du kannst also beruhigt sein.“ Christas Stimme klang entschlossen. Er hatte nicht einmal im Traum so eine schnelle und klare Antwort erwartet.

„Das Problem läßt sich jedoch mit Gerede allein nicht

lösen. Ich werde das Notwendige arrangieren“, murmelte er kaum hörbar.

„Und meine Mutter?“

Schon wieder ihre Mutter!

„Das ist halb so schlimm. Du erzählst ihr, daß wir für zwei Tage einen Ausflug machen, ins Wochenendhaus.“

„Gut“, sagte sie, „bringen wir es hinter uns, je früher, desto besser. Dieser Alptraum muß einmal zu Ende sein.“

Danach schwiegen sie bis zum Ausgang des Parkes, wo es auf einmal sehr hell war. Sie gingen durch die Unterführung und kamen auf der anderen Seite des Boulevards wieder heraus. Doch da riß sich Christa plötzlich los, rannte davon und sprang in einen Autobus, der gerade anfuhr. Sascho blieb wie versteinert stehen und sah dem sich langsam entfernenden Bus befremdet nach. Er wußte, daß er ihn erreichen könnte, wenn er es wollte. Sicher war das auch Christa klar. Aber er machte keine Anstalten, sondern setzte langsam seinen Weg fort. Nein, man konnte nicht sagen, daß er sich erleichtert fühlte. Auf ihm lastete eine bedrückende Leere. Er wollte sich zwingen, Verständnis, Zorn oder wenigstens Empörung in sich aufkommen zu lassen, aber es gelang ihm nicht. Unzusammenhängend kamen ihm Gedanken, die die Frauen, alle Frauen betrafen. Sie sind so lange lieb und nett, solange man ihnen ihre Wünsche von den Augen abliest, aber wehe dem, der sie ungewollt auch nur auf die kleine Zehe tritt! Sascho überquerte die Straße bei Rot. Der Autobus war längst seinem Blick entschwunden.

Christa stand allein auf der vorderen Plattform und weinte. Die Tränen strömten ihr so über das Gesicht, daß sie kaum mit dem Taschentuch nachkam. Sie bemühte sich, ihre Gedanken zu sammeln, aber vergebens. Dann versuchte sie, die Beleidigung zu vergessen, doch auch das gelang ihr nicht. Ihre Gedanken waren immer nur mit Sascho beschäftigt. Sie bedurfte nicht im geringsten seiner Ritterlichkeit und auch nicht seines Verantwortungsgefühls; sie hätte nur ein einziges gutgemeintes Wort gebraucht, nicht mehr. Sie wußte nicht einmal, welches Wort, doch ihr war klar, daß sie ohne es nicht leben konnte. Und da dieses Wort nicht von allein kommen würde, fuhr sie fort, sich die Tränen abzuwischen, ohne sich umzusehen, wohin der Bus sie entführte.

Zu Hause fand Sascho seine Mutter vor dem Fernsehapparat vor. Man übertrug einen Boxwettkampf, den sie wie hypnotisiert verfolgte.

„Guten Abend", grüßte Sascho.

Im ersten Moment sah sie ihn kaum an, dann aber stutzte sie.

„Was fehlt dir?" erkundigte sie sich.

„Nichts."

„Dein Onkel läßt ausrichten, daß du dich bei ihm melden sollst."

„Gut." Sascho nickte.

Er ging direkt in sein Zimmer, obgleich sich das Telefon im Wohnzimmer befand. Auf dem Bildschirm versetzte der mit der weißen Hose seinem Gegner einen Schlag. Saschos Mutter war befriedigt, weil sie gerade ihm ihre Sympathien geschenkt hatte. Das Publikum heulte jedoch empört auf, und der Schiedsrichter sprach Angelinas kurzbeinigem Liebling eine Warnung aus. Der Kampf wurde immer mieser. Schließlich erhob sich Angelina und ging zum Zimmer ihres Sohnes, wo sie, ohne anzuklopfen, eintrat. Sascho lag auf dem Bett und starrte durch das offene Fenster.

„Willst du deinen Onkel nicht anrufen?"

„Morgen", entgegnete er.

„Warum erst morgen?"

„Ich habe heute keine Lust dazu, ich hatte im Institut Unannehmlichkeiten."

„Vielleicht hat er dich deswegen gesucht."

„Bestimmt nicht."

Die Mutter schwieg eine Zeitlang und musterte ihn mit ihren klaren, kalten Augen.

„Du bist zu ehrgeizig“, sagte sie endlich, „wir sind nicht so.“

„Ihr seid es nicht“, sagte Sascho, „aber vielleicht ist mein Vater so gewesen.“

„Dein Vater war ein Lebemann“, erwiderte sie.

„Und wie hat er es deiner Meinung nach geschafft, sich vom einfachen Gesellen zu einem der besten Schneider Sofias hochzuarbeiten?“

„Das spielt keine Rolle. Er war nur daran interessiert, gut zu leben, so war das“, entgegnete Angelina und verließ das Zimmer.

Was war schon dabei, daß er ehrgeizig war, ging es ihm durch den Sinn. War das etwa ein Makel? Die Welt ist von den ehrgeizigen und fleißigen Menschen geschaffen worden und nicht von den Faulpelzen und Prassern. Ambition plus Talent – so lautete die günstigste Formel. Sascho wußte, daß er über beides verfügte. Trotzdem konnte er sich des Empfindens einer drückenden Öde, die sich schon an der Autobushaltestelle in ihm eingenistet hatte, nicht erwehren.

Es war Nacht. Sascho sah plötzlich wieder, wie die großen weißen Wellen in der Dunkelheit am Ufer zerschellten und sich über den menschenleeren Strand ergossen. Wahrscheinlich hatte er dort alles verloren. Ja, dort mußte es gewesen sein. Jetzt erinnerte er sich nur daran, daß es an den Mauern aus porösen Steinen Brombeeren gegeben hatte. In dem ruhigen grünen Wasser schwammen kleine Fische umher. Kinder sammelten am Strand Muscheln, die vom Sand noch heiß waren. Die Möwen über ihnen kreischten gelangweilt. Weit draußen auf dem blauen Meer, fast am Rande des Horizonts, fuhr ein kleines weißes Schiff wie ein Gespenst dahin. Sascho, der ihm vom nassen Kai mit den verrosteten Eisenträgern aus nachsah, wußte, daß er es nie wieder erblicken würde. Susi, Susi, verzweifeltes, ehrgeiziges Mädchen, laß diese verfluchte Geige sein, du hast sie nie wirklich gebraucht. Sie hat nur dein Leben zerstört.

5 Nicht einmal im Traum hatte Professor Urumow an so einen merkwürdigen Ausgang gedacht. Als Wissenschaftler glaubte er weder an das Schicksal noch an Vorsehungen. Seiner Auffassung nach war alles auf dieser Welt so geordnet wie die Bruchsteine in der Mauer eines Bauernhauses – auf den ersten Blick chaotisch, doch stets in einer strengen, wenn auch schwer verständlichen Anordnung. Aus letzterer ergab sich möglicherweise hin und wieder die Täuschung, daß etwas sich zufällig oder unerwartet ereignet hatte, doch es war eben eine Täuschung.

Der Professor las den Brief dreimal durch, obwohl die Sprache äußerst simpel war. Danach griff er zum Wörterbuch und suchte nach dem einzigen Wort, dessen er sich nicht ganz sicher war. Er hatte es richtig erschlossen. Letzten Endes sind die einfachsten Dinge anscheinend am unverständlichsten, dachte Urumow. Auf den ersten Blick ist die Sphäre sehr einfach – sie hat weder Wände noch Kanten oder Winkel. Aber gerade darum ist sie am kompliziertesten und läßt sich am schwersten messen. Und wenn eine Sphäre mit einer anderen Sphäre in Berührung kommt, so bleiben sie einander unbekannt – so unbedeutend ist der Kontakt.

Der Brief war schon gestern angekommen, aber Urumow hatte ihn mit den Zeitungen verlegt. Heute nun war er ihm rein zufällig unter die Augen geraten, und er hatte ihn gleich geöffnet. In der letzten Nacht hatte der Professor unruhig geschlafen, war aber trotz allem gutgelaunt aufgewacht. Irgendwo gurrten Tauben und erinnerten ihn plötzlich an die Sonntagmorgen in Warschez, wo er gewöhnlich seine Ferien verbracht hatte. Schon damals stand er immer sehr zeitig auf, er lief barfuß über die kühlen Dielen und horchte glücklich nach dem Gurren seiner Tauben, die sich gesättigt vom Dach meldeten. Damals quietschten noch keine Reifen, und es kreischten auch keine Autobremsen. Aber diesen Lärm vernahm er auch heute nicht, so sehr war er mit seinen Gedanken beschäftigt.

Wo bleibt bloß dieser Junge? Angelina, die in der Küche herumwirtschaftete, hatte ihm gesagt, daß er kommen würde. Dem Professor schien es, daß sich alles erst, nachdem auch Sascho davon Kenntnis hatte, in die reale Wirklichkeit verwandeln würde. Doch Sascho ließ sich Zeit. Somit würde die Neuigkeit ihn nicht brandneu erreichen.

Gegen acht läutete es endlich an der Tür. Der Professor öffnete selbst. Sascho, glattrasiert und frisch, stand vor ihm und musterte ihn aufmerksam. Oder besser gesagt: verwundert. Hatte sich das Gesicht des Onkels so sehr verändert?

„Wann gehst du eigentlich zur Arbeit?" fragte der Onkel scherzend.

„Etwa um diese Zeit."

„Ist das nicht zu spät?"

„Weißt du, der Direktor ist zufällig mein Freund." Der junge Mann lächelte.

Sie gingen ins Arbeitszimmer.

Der Neffe war sicher, daß er gleich eine erfreuliche Neuigkeit zu hören bekommen würde, das Aussehen des Onkels sprach für sich. Da griff der Professor auch schon in die Schreibtischlade und holte einen Brief heraus.

„Lies!" sagte er.

Sascho warf zunächst einen Blick auf den Kopf, aus dem ersichtlich war, daß das Schreiben vom Biochemischen Laboratorium der Cornwall-Universität in den USA kam.

„Laß es mich lieber vorlesen!" bemerkte der Professor ungeduldig. „Allein wird dir die Übersetzung schwerer fallen."

Sascho reichte ihm den Brief zurück.

„Ist nicht Whitlow in Cornwall?" erkundigte er sich.

„Jawohl", antwortete der Onkel. „Und der Brief ist von ihm.

„Also ist er dir zuvorgekommen?" fragte der Neffe erstaunt.

„Höre lieber aufmerksam zu!" sagte der Professor und las langsam:

„Verehrter Professor Urumow!

Vor einigen Tagen habe ich mit großem Interesse die englische Übersetzung Ihres Artikels aus der Zeitschrift ‚Prostori' gelesen. Die Tatsache, daß er nicht in einer wissenschaftlichen, sondern in einer literarischen Zeitschrift veröffentlicht wurde, mindert in meinen Augen nicht im geringsten seinen Wert. Im Gegenteil. Es ist ja bekannt, daß die heutigen Wissenschaftler sehr vorsichtig sind und nur einen Teil dessen sagen, was sie wissen oder annehmen. Deshalb, glaube ich, haben Sie absichtlich diese Zeitschrift gewählt, um sich freier äußern zu können.

Ihr Artikel hat auf mich einen außerordentlich großen Eindruck gemacht. Und das ist kein Zufall. Ich habe mich selbst lange Zeit mit dieser Problematik beschäftigt, hauptsächlich vom Standpunkt der Biochemie aus, so daß mir die Gedanken, die Sie äußerten, gar nicht fremd sind. Ich sage das nicht, um Ihre Priorität der Hypothese in Zweifel zu stellen. Sie hatten den Mut, sie vor mir überzeugend und kategorisch darzulegen, und das macht Ihnen alle Ehre. Wahrscheinlich wird Ihnen bekannt sein, daß ich kürzlich auf dem Symposium in Yale den Kollegen einige meiner Beobachtungen und Versuche in dieser Richtung sehr vorsichtig angedeutet habe. Meine Ideen wurden ziemlich feindselig aufgenommen, hauptsächlich deswegen, weil ich noch nicht über ausreichende Beweisgründe verfügte. Andererseits konnten natürlich diejenigen, die ich anführte, nur schwer bestritten werden.

Darum hat mich Ihr Artikel so sehr erfreut. Vielleicht sind wir die einzigen auf der Welt, die diese absurd scheinende Auffassung teilen. Mir sind alle Ihre Werke sehr gut bekannt. Unser Informationsdienst hat die Weisung, jede Ihrer Zeilen zu übersetzen. Leider war mir dieser Artikel von Ihnen bisher entgangen, weil wir natürlich nicht die Literaturzeitschriften verfolgen. Die Sicherheit und innere Überzeugtheit, mit welcher der Artikel verfaßt ist, lassen jedoch darauf schließen, daß mir nicht alles von Ihrer Erfahrung bekannt ist. So möchte ich Ihnen, verehrter Herr Urumow, den Vorschlag einer gemeinsamen Fortsetzung unserer Arbeit bei völliger Anerkennung Ihrer bisherigen Leistungen auf diesem Gebiet unterbreiten. Mir schmeichelt der Gedanke, daß meine Spezialkenntnisse auf dem Gebiet der klinischen Biochemie eine Ergänzung Ihrer wunderbaren Erfahrung in der Mikrobiologie und Virologie darstellen würden. Außerdem möchte ich Ihnen mitteilen, daß in der Cornwall-Universität zur Zeit eine hochwertige Ultraschallzentrifuge montiert wird, die von entscheidender Bedeutung für unsere Experimente sein könnte. Falls wir Erfolg haben sollten, wird die Menschheit für ihr Dasein davon mehr profitieren als von jeder anderen Entdeckung unserer Wissenschaft im Laufe des letzten Jahrhunderts. Und so erwarte ich Ihre Antwort. Da ich jünger bin als Sie, erkläre ich mich gern bereit, zunächst erst einmal zu Ihnen nach Sofia zu kommen.

Mit vorzüglicher Hochachtung
Ihr Harold Whitlow“

Urumow lehnte sich in seinen Stuhl zurück. Vor der hohen Lehne, die mit weinrotem Samt bezogen war, zeichnete sich deutlich sein markantes Profil ab.

„Was sagst du nun?“ fragte der Professor vorsichtig.

„Toll!“ entgegnete der Neffe.

„Was ist toll?“ Sein Onkel lächelte.

„Alles ist toll, besonders die Zentrifuge!“ Sascho war sehr erregt. Seine Nasenflügel bebten. „Bedenke nur, wenn sie wirklich so gut ist . . . Jetzt arbeitet ihr doch blindlings! Du hast nie anständige Apparaturen gehabt. Aber mit der Zentrifuge werdet ihr vielleicht sogar den Krebsvirus entdecken. Im menschlichen Organismus, meine ich. Das wird wie ein Erdbeben sein.“

„Noch schlimmer!“ entgegnete Urumow, der sich unbeschwert wie ein Junge fühlte.

„Onkel, ohne einen Biochemiker wie ihn wirst du kaum auskommen können. Fleming wäre auch zu keinem Ergebnis gekommen, wenn sich nicht die Chemiker eingemischt hätten."

„Im Prinzip hast du recht." Der Professor nickte zustimmend, „aber Awramow ist auch nicht zu unterschätzen."

„Natürlich ist er gut. Aber er ist kein Nobelpreisträger."

„Der Titel ist nicht das wichtigste, mein Junge."

„Er ist wichtig!" Der Neffe sah ihn mit weit aufgerissenen Augen an. „Mit diesem Titel schmetterst du sie alle zu Boden. Plötzlich werden dir alle Türen offenstehen. Alle deine Opponenten werden vor dir zu Kreuze kriechen."

Der Professor mußte lächeln.

„Wie würdest du an meiner Stelle mit ihnen verfahren?" fragte er.

„Mit denen, die zu Kreuze kriechen? Einen Stein um den Hals und ab in den Fluß mit ihnen."

„Das entspräche vollkommen deinem Stil."

Sascho schien das aber nicht gehört zu haben, denn sein Gesicht verlor auf einmal seine freudige Lebendigkeit.

„Onkel, was haben wir eigentlich zu bieten außer meinen Hirngespinsten in der Zeitschrift?" erkundigte er sich.

„Du weißt sehr wohl, was!"

„Ich meinte, außer den Materialien, die du bisher veröffentlicht hast", konkretisierte Sascho seine Frage.

„Ich habe schon lange nichts mehr publiziert", sagte der Professor. „Darum hat er nur etwa von der Hälfte meiner Arbeit Kenntnis."

Saschos Gesicht erhellte sich wieder.

„Du meinst also, daß wir ihn nicht enttäuschen werden, nicht wahr?"

„Es hängt ganz davon ab, was er von uns erwartet."

„Was kann er schon erwarten? Wenn ich nach seinem

Diskussionsbeitrag auf dem Symposium urteilen sollte ..."

„Das kannst du nicht. In ihrer Welt werden die Ideen wie Gegenstände gekauft und verkauft. Niemand versteigert etwas auf einer öffentlichen Auktion, was er nicht verkaufen will."

Sascho dachte lange nach.

„Ich glaube, daß ich dich verstehe", sagte er. „Daß heißt: Wenn wir nicht blöd sein wollen, müssen wir auch kaufen und verkaufen."

„Diese Dinge betreffen mich eigentlich nicht", entgegnete der Professor. „Ich habe nicht den geringsten Wunsch, Handel zu betreiben. Aber als bulgarischer Wissenschaftler bin ich verpflichtet, unserer Wissenschaft Ehre zu machen."

„Bist du in den letzten Monaten auf etwas Neues gestoßen?" fragte Sascho voller Neugier.

„In den letzten Monaten habe ich in erster Linie darauf gewartet, daß du mir diese Frage stellst."

Sascho war betreten.

„Onkel, wenn du mich zu deinem Mitarbeiter gemacht hättest ..."

„Ich weiß, ich weiß", unterbrach ihn der Professor gutgelaunt. „Willst du nicht begreifen, daß ich das absichtlich nicht getan habe?"

Urumow war wirklich guter Dinge, und das nicht nur am heutigen Morgen. Er fühlte sich schon seit einigen Tagen wie neugeboren; seine ganze innere Energie, die in den letzten Jahren durch irgendwelche unsichtbaren Risse ausgeströmt war, hatte sich jetzt erneut akkumuliert und spiegelte sich in ruhigen und sicheren Handlungen wider.

Nachdem ihn Sascho verlassen hatte, rief er bei Spassow an. Obgleich der Tag gerade erst angebrochen war, meldete sich am anderen Ende der Leitung eine schwache, müde, unfreundliche Stimme.

„Ja, bitte?"

„Urumow ist hier."

„Welcher Urumow? Ach, Sie sind es, Herr Professor! Ich freue mich sehr, von Ihnen zu hören."

In Wirklichkeit freute sich Spassow nicht im geringsten, das war seinem Tonfall anzumerken. Warum zum Teufel rief man ihn ständig an, warum fragte man ihn nach Dingen, die ihn überhaupt nicht interessierten?

„Könnten Sie mich heute noch empfangen?" fragte der Professor.

„Heute? Lieber Urumow, heute habe ich zwei ausländische Delegationen zu Besuch und dann noch ein offizielles Essen."

Sicher würde Spassow bei diesem Essen Eindruck machen, am ehesten durch seinen ausgezeichneten Appetit. Aber der Professor ersparte sich eine diesbezügliche Bemerkung.

„Wie Sie wünschen", sagte er nur, „aber ich glaube, daß mein Problem Sie selbst betrifft!"

„Mich?" fragte Spassow ungläubig. „Warum denn mich?"

„Es scheint mir so."

„Worum geht es denn?" fragte Spassow weiter.

„Es handelt sich um eine vertrauliche Angelegenheit, Genosse Vizepräsident. Aber wenn Sie wirklich keine Zeit haben, kann ich auch mit jemand anderem darüber sprechen!"

Die Antwort am anderen Ende der Leitung verzögerte sich nur um Bruchteile von Sekunden. Währenddessen sah Urumow im Geiste seinen Neffen ihm begeistert Beifall spenden.

„Gut, ich werde mich für Sie frei zu machen versuchen! Paßt es Ihnen um fünfzehn Uhr?" meldete sich Spassow.

„Selbstverständlich", entgegnete Urumow und legte auf, ohne sich vorher verabschiedet zu haben.

Beim Mittagessen entwickelte er einen gesegneten Appetit, und danach legte er sich ein wenig hin. Er wachte rechtzeitig auf, kleidete sich sorgfältig an und betrat genau um fünfzehn Uhr fünf das Vorzimmer des

Vizepräsidenten. Dort herrschte wie immer nachmittägliche Öde. Der Aschenbecher war ganz sauber, und es roch auch nicht nach Kaffee. Sicher hatte sich Spassow die ausländischen Delegationen nur ausgedacht. Das offizielle Essen mußte jedoch stattgefunden haben, denn die Augen des Vizepräsidenten glänzten verdächtig.

„Trinken Sie einen Kaffee?“ wandte er sich an Urumow.

„Danke, ich trinke keinen Kaffee.“

„Ach ja, ich vergaß, daß Sie nur Coca Cola mögen.“

Die Sekretärin hatte natürlich keine Cola, weil sie selbst Fruchtsäfte bevorzugte.

„Sie sind mir ohne Grund böse, Professor Urumow. Ich hege Ihnen gegenüber die besten Absichten. Ich habe Ihnen ein neues Elektronenmikroskop versprochen, und Sie werden es bekommen“, sagte Spassow.

Urumow nahm den Brief Whitlows aus der Tasche und reichte ihn dem Vizepräsidenten, der ihn mit seinen runden, weitsichtigen Augen aufmerksam betrachtete.

„Ich bin im Englischen nicht so perfekt“, sagte er dann bescheiden.

„Gut, ich werde Ihnen den Text übersetzen“, erwiderte Urumow.

Nachdem er damit fertig war, folgte eine kurze Pause. Dann rief Spassow:

„Das ist ja wunderbar!“

Seine Stimme war gut trainiert. Trotzdem spürte Urumow eine gewisse Nuance in ihr, die eher auf folgenden Gedanken schließen ließ: Jetzt sitzen wir aber in der Patsche!

„Wie Sie sehen, könnten die Phantome vielleicht doch lebendig werden“, bemerkte Urumow scherzhaft.

„Ich habe natürlich nie an Ihnen gezweifelt“, sagte Spassow. „Warum sollten diese Phantome auch nicht lebendig werden, wenn sie sich wirklich als nützlich erweisen. Wann haben Sie diesen Brief erhalten?“

„Gestern.“

„Sie haben natürlich völlig richtig gehandelt, sofort zu mir zu kommen. Ich werde das Komitee verständigen. Ich kann Ihnen versichern, daß man Ihnen die besten Möglichkeiten für die Arbeit bieten wird. Zu wann gedenken Sie Whitlow einzuladen?“

„Ende August.“

„Ist das nicht etwas zu früh? Wir müssen uns gut auf diese Zusammenkunft vorbereiten, sonst gewinnt er einen ungünstigen Eindruck von uns. Er kann doch noch etwas warten.“

„Natürlich kann er das, aber das Problem duldet keinen Aufschub. Sie wissen ja, wie viele Millionen Menschen jährlich an Krebs sterben.“

„Natürlich haben Sie recht, aber wir dürfen uns auch nicht blamieren. Haben wir eine Zentrifuge?“

„Wir haben einen Separator, der alles ausgezeichnet verschwommen zeigt.“

„Sehen Sie!“ Spassow schüttelte den Kopf. „Trotzdem sollte man die ganze Angelegenheit noch einmal durchdenken. Die Kapitalisten machen nichts umsonst. Und Whitlow erst recht nicht, wenn er so versessen darauf ist, nach Sofia zu kommen.“

„Whitlow ist ein äußerst korrekter Mann!“ sagte Urumow kühl. „Und obendrein ein ausgezeichneter Biochemiker. Ohne ihn werden wir es sehr schwer haben.“

„Trotzdem werden wir es auch ohne ihn schaffen, nicht wahr?“

„Aber mit großer Verspätung, weil wir nicht über eine geeignete Apparatur verfügen. Und keiner wird uns eine verkaufen. Ich habe Ihnen gesagt, daß es vom rein menschlichen Standpunkt ...“

„Ja, ja, vom menschlichen Standpunkt her verstehe ich Sie“, unterbrach ihn Spassow, „aber die Sache werden nicht wir beide zu entscheiden haben. Damit wird sich ein anderer befassen. Ich bin sicher, daß er Ihnen zustimmen wird, obgleich ich an Ihrer Stelle ...“ Er machte eine vielsagende Geste.

„Sie würden die Kuh bis zum letzten Tropfen melken, ist es nicht so?" fragte Urumow.

„Genauso verhält es sich!" Spassow nickte und vergrub sich auf einmal in seine Gedanken, die, wenn man nach seinem Gesichtsausdruck urteilte, sicher nicht erfreulich waren. „Wissen Sie was?" meldete er sich nach einer ganzen Weile.

Urumow wußte es natürlich nicht, aber Spassow hatte es auch nicht eilig, ihn zu informieren. Sein Hals, der so glatt wie der eines Mädchens war, färbte sich rot vor Anstrengung.

„Es wird notwendig sein, Sie erneut als Direktor einzusetzen", rückte der Vizepräsident schließlich mit der Sprache heraus.

„Warum?"

„Nun, es gehört sich nicht, der Erste auf dem Gebiet einer Wissenschaft zu sein und einem anderen zu unterstehen."

„Awramow unterstützt mich sehr in der wissenschaftlichen Arbeit."

„Trotzdem gehört es sich nicht."

„Meinen Sie nicht, daß wir ihn kränken würden, wenn wir ihn jetzt ablösten?" fragte der Professor ärgerlich.

„Hier geht es um gesellschaftliche Interessen. Awramow würde Verständnis aufbringen", versuchte ihn Spassow zu beruhigen.

„Das wird nicht nötig sein!" sagte Urumow kategorisch. „Diesen unsinnigen Gedanken können Sie sich aus dem Kopf schlagen."

Als Spassow begriff, daß er mit einer direkten Attacke keinen Erfolg haben würde, ging er zu langem Dauerfeuer über. Aber auch das war vergebens, Urumow blieb unerbittlich. Schließlich gelang es dem Professor, sich von seinem aufdringlichen Gesprächspartner, der die ausländischen Delegationen anscheinend völlig vergessen hatte, zu befreien. Zu Hause machte er sich gleich wieder daran, die Materialien des Symposiums zu sichten. Offensichtlich hatte Whitlow in Yale mit seiner Hypothese ganz allein dagestanden und suchte nun nach Verbündeten. Gegen neunzehn Uhr kam Sascho wieder, um die letzten Neuigkeiten zu erfahren. Sie befriedigten ihn vollauf.

„Alle mittelmäßigen Menschen sind schlau", sagte er. „Und alle Schlauen sind mittelmäßig. Das ist eine absolute und feststehende Wechselbeziehung. Begegnest du einem schlauen Menschen, mach dich aus dem Staub – er wird nichts Großes vollbringen."

„Was willst du damit sagen?"

„Mich empört nur diese Berechnung, mit der sie dich wieder zum Direktor ernennen wollen."

„Mir wurde gar nicht ganz klar, warum."

„Das liegt doch auf der Hand. Jetzt wird diese ganze Affäre an die Öffentlichkeit dringen. Und sie wird unangenehm für Spassow ausfallen. Stell dir vor, was die oben sagen werden, wenn sie mitkriegen, daß er dich fast wegen Unfähigkeit abgesetzt hätte. Wo dir nun ein weltbekannter Wissenschaftler und Nobelpreisträger seine Achtung bezeugt."

Urumow begriff, daß es sich tatsächlich so verhielt. Trotzdem konnte er nicht so hart sein wie der Neffe.

„Spassow ist kein schlechter Mensch", sagte er. „Er ist zum Beispiel weder neidisch noch hartherzig oder gar böswillig. Und warum sollte ein Mathematiker unbedingt etwas von der Biologie verstehen?"

„Seine Stellung verpflichtet ihn dazu", sagte der Neffe erregt. „Die Unkenntnis macht hilflos! Meiner Meinung nach ist Spassow nicht mehr als ein wohlerzogener Trottel."

„Du kennst ihn doch gar nicht!" sagte der Professor tadelnd.

„Und ich hoffe, daß mich das Schicksal nicht in seine Hände treibt!" entgegnete der junge Mann mißmutig.

„Das wird sich sicher nicht vermeiden lassen, und im entsprechenden Moment wirst du ihn sehr höflich anlächeln."

„Um so schlimmer für mich und für das Schicksal!"

„Laß uns unsere Laune nicht durch leeres Geschwätz verderben!" meinte der Professor. „Ich möchte dir nur noch eine ganz simple Wahrheit sagen, mein Junge: Streite und kämpfe nie mit Unfähigen, sonst identifizierst du dich mit ihnen."

„Ganz so ist das nicht!" sagte Sascho mit finsterem Gesicht.

„Leider doch. Solche Leute sind äußerst vital, wenn es um die Verteidigung ihrer eigenen Interessen geht. Und sehr erfinderisch beim Verpassen von Schlägen. Du würdest dich in einen Kampf verwickeln lassen, aus dem du nicht heil herauskämest."

„Du hast doch feststellen können, daß ich auch zu kämpfen vermag!" entgegnete der junge Mann. „Sogar mit ihren eigenen Methoden!"

„Ach, lassen wir dieses unangenehme Gespräch", schlug der Professor abermals vor, „und gehen wir lieber irgendwohin essen."

„Einverstanden." Der Neffe gab sich zufrieden. Er merkte, wie sich sein Herz ganz leicht zusammenzog.

Heute abend war er zum erstenmal seit langer Zeit nicht mit Christa verabredet. Er war zwar sicher, daß sie auch heute in ihr Stammcafé gehen würde, aber er war sich nicht im klaren, ob er selbst es tun sollte. Gestern abend hatte er sich seiner Meinung nach anständig benommen. Natürlich hatte er keinen Freudensprung gemacht, aber sie selbst hatte auch nicht sehr begeistert ausgesehen. Was hatte sie eigentlich von ihm erwartet? Sie konnte sich doch nicht einfach so aus dem Staube machen, ohne ein Wort zu sagen! Sollte sie ruhig einen Abend allein bleiben, um über sich nachdenken zu können.

So nahm er die Einladung seines Onkels an. Nebeneinander gingen sie die dunklen Straßen entlang. Sie schwiegen beide.

Währenddessen saß Christa wirklich mit blassem Gesicht im Café und rauchte eine Zigarette nach der anderen. Sie spürte, daß ihr schon langsam übel wurde, rauchte jedoch hartnäckig weiter. Sie wurde immer unruhiger und nervöser, trank einen Tee, dann noch einen zweiten. Sascho kam und kam nicht. Auch Donka und Kischo ließen sich nicht sehen. Christa überlegte, ob sie sich einen Kognak bestellen sollte, wagte es aber doch nicht. Sie machte einen so jämmerlichen Eindruck, daß keiner von denen, die das Café betraten, sich zu ihr setzen mochte, obwohl es überfüllt war. Schließlich wankte ein Betrunkener an ihren Tisch und versuchte sie anzusprechen. Christa hielt das nicht aus, erhob sich und verließ das Café.

Sie fühlte sich unendlich gekränkt und verlassen. Bisher hatte sie dieses erniedrigende Gefühl noch nie gehabt, hatte es unter dem sorgsamen Schutz ihrer Mutter auch gar nicht haben können. Nun aber merkte sie, daß sie kaum noch ihre Tränen zurückhalten konnte. Hoffentlich war wenigstens die Mutter zu Hause, damit sie jetzt nicht allein sein mußte!

Ihre Mutter war tatsächlich schon nach Hause gekommen. Gleich von der Schwelle aus warf sich Christa ihr in die Arme und begann trostlos zu weinen. Die Mutter schwieg, strich dem Mädchen nur leicht über das Haar und wartete, bis es sich beruhigt hatte.

„Was ist denn passiert?" fragte sie dann.

„Er ist heute abend nicht gekommen!" Christa schluchzte. Das war klar, warum würde sie sonst so weinen!

„Zum erstenmal?" fragte die Mutter weiter.

„Ja", entgegnete Christa. „Zum allererstenmal."

„Das kann doch mal vorkommen. Es kann ihm sogar etwas zugestoßen sein. Und soweit ich weiß, hat er auch seinem Onkel gegenüber Verpflichtungen."

„Wenn es an dem wäre, hätte er mich angerufen", sagte Christa verzweifelt.

„Will dir nicht einleuchten, daß er vielleicht nicht die Möglichkeit dazu hatte?"

„Warum sollte er sie nicht gehabt haben?"

„Weil ihn zum Beispiel ein Auto überfahren haben könnte!" sagte die Mutter in leicht vorwurfsvollem Ton.

„Nein, so etwas passiert ihm nicht." Christa schluchzte wieder.

Soll sie sich ruhig ausweinen, dachte die Mutter. Vielleicht würde ihr das Erleichterung bringen. Der Liebeskummer ist noch an keinem auf dieser Welt vorübergegangen. Und es war besser, wenn er mit Kleinigkeiten anfing, sonst könnte der Schlag unerwartet kommen und schrecklich sein, wie er es bei ihr selbst gewesen war.

An diesem Tag ging Christa bald zu Bett. Obwohl es erst Anfang Juni war, war die Nacht sehr warm. In der Küche summte monoton und einschläfernd die Waschmaschine. Die Mutter wusch meistens erst gegen Abend Wäsche, wenn sie ihre andere Hausarbeit erledigt hatte. Heute allerdings tat sie es vor allem, um Christa ein wenig allein zu lassen, damit diese sich über ihre Gefühle klarwerden konnte. Das Mädchen hatte sich inzwischen schon einigermaßen beruhigt. Es wollte nicht all diesen dummen Gänsen gleichen, die sich einbilden, der Mann, den sie lieben, sei der einzige auf der Welt. Andererseits aber glaubte Christa fest daran, daß sie und ihre Mutter die einzigen wertvollen Frauen auf der Welt waren. Alle anderen zählten ihrer Meinung nach zur unpersönlichen Menge. Er, Sascho, gehörte auch dieser Menge an, so dachte sie jedenfalls während jener schwülen Nacht. Als sie aber am nächsten Tag die Kantine der Universität betrat, konnte sie ihn innerhalb von Sekunden in dem mit jungen Männern überfüllten Raum ausmachen. Sie gingen mit schuldbewußtem Lächeln aufeinander zu, das eine Winzigkeit von Feindseligkeit und ein wenig Gekränktsein in sich barg. Aber das war nur ihnen bewußt, ein Außenstehender hätte wohl kaum bemerkt, daß sich zwischen ihnen eine Wand gebildet hatte.

6 Wie es im Sprichwort heißt, soll man den Tag nicht vor dem Abend loben. Dieser Morgen war sehr trocken und warm wie an einem richtigen Sommertag. Das ganze Viertel duftete nach Lindenblüten, zuweilen meldeten sich die Tauben, und im Stadtpark spie ein riesiger bronzener Karpfen Wasser, anstatt es zu schlucken, wie es die Karpfen sonst tun. Der Himmel war wolkenlos und durchsichtig.

Christa war dabei, ihre Reisetasche zu packen. Sie versuchte sogar, ein Liedchen zu trällern, aber es wollte ihr einfach nicht gelingen. Doch das entging Maria glücklicherweise. Auch, daß ihre Tochter neben ihrem Schlafanzug, den Hausschuhen und einigen Toilettengegenständen drei Slips in die quadratische Reisetasche packte.

„Mutti, ich gehe!" rief das Mädchen schließlich.

Die Mutter war im Bad damit beschäftigt, Strickwolle in lauwarmem Wasser einzuweichen.

„Du hast noch nicht gefrühstückt!" sagte sie.

„Ich komme zu spät, Mutti, versteh das doch!"

„Es kommt überhaupt nicht in Frage, daß du ohne Frühstück gehst", erwiderte die Mutter kategorisch.

Christa ließ den Kopf hängen. Konnte sie denn erklären, daß sie mit nüchternem Magen dorthin kommen sollte?

„Na gut", sagte sie endlich und ging in die Küche.

Die Sache war nicht so kompliziert, sie mußte alles nur unauffällig machen. Zuerst schälte sie also das eine Ei, packte es in Zeitungspapier ein und steckte es in die Tasche. Danach wiederholte sie das Ganze mit dem zweiten Ei. Von dem Tee konnte sie ruhig ein halbes Glas trinken, das hatte man ihr nicht untersagt. Als Christa gerade vom Tisch aufstand, erschien die Mutter in der Küchentür.

„Nimm deinen Trenchcoat mit", rief sie.

„Wozu?"

„Vorsichtshalber. Der Mantel wird dir nicht gleich die Hand ausreißen. Es könnte doch anfangen zu regnen."

Auch das wäre egal. Christa würde ohnehin die ganze Zeit über, weiß wie eine Kalkwand, verwundet und von den schrecklichen Gerüchen der Desinfektionsmittel durchdrungen, im Wochenendhaus liegen.

„Gut, Mutti", sagte sie jedoch gehorsam und nahm den Mantel von der Flurgarderobe. Er war ziemlich abgetragen, obendrein unmodern, und Christa konnte ihn überhaupt nicht ausstehen. Sie gab der Mutter zum Abschied einen Kuß, ergriff die Tasche und verließ das Haus.

„Und daß ihr mir ja auf diese schrecklichen Autos aufpaßt!" rief Maria noch, als Christa schon die Treppe hinunterging. Es war Viertel nach neun, also genau die festgelegte Zeit. Sascho wartete mit seinem Auto in der nächsten Querstraße. Er trug einen dunklen Anzug und einen hellen Rollkragenpullover, der ihm wegen seines etwas zu dünn geratenen Halses sehr gut stand. Er sah aus, als sei er auf dem Weg zum Standesamt und nicht zu diesem widerwärtigen Krankenhaus. Beide atmeten, während sie sich begrüßten, erleichtert auf.

„Stell die Tasche auf den Rücksitz", sagte Sascho.

Dort lagen bereits eine Tasche und ein Netz mit Proviant. Aus einer Tüte lugten die grünen Stiele von Kirschen heraus. Christa hätte am liebsten gleich eine Kirsche, vielleicht auch mehrere, genascht. Doch was für einen Sinn hatte es, dem Kind etwas Gutes zu tun, wenn sie es sowieso nicht zur Welt bringen würde? Sascho sollte seine Kirschen allein essen, sie würde sie nicht anrühren. Die Kirschen nicht und auch nicht alles andere, wenn sie auch vor Hunger umfallen sollte! Christa nahm auf dem Vordersitz Platz. Der Wagen setzte sich langsam in Bewegung.

„Wie fühlst du dich?" fragte Sascho.

„Und du?"

„Ich bin etwas unruhig, obgleich Dimow ein Meister seines Faches ist."

Ein Meister, der ein lebendiges kleines Wesen töten und zerstückeln würde. Christa ließ diesen Gedanken jedoch nicht laut werden. Sie waren ohnehin beide nicht zu Gesprächen aufgelegt. Sascho fühlte zwar, daß er ihr etwas sagen, sie ermutigen müßte, aber er fand nicht die Kraft dazu. Zum Glück war das Krankenhaus nicht weit, und kurz darauf hielt das Auto vor dem Eingang.

„Du weißt ja, wo ich auf dich warte“, sagte Sascho.

„Und wenn ich nicht komme?“ fragte sie leise.

„Blödsinn!“ erwiderte er. „In so vielen Jahren hat es keinen einzigen Todesfall gegeben. Keinen einzigen!“ wiederholte er mit noch festerer Stimme.

Wer weiß, ob das der Wahrheit entsprach.

„Ich habe Angst“, sagte Christa.

„Alle haben Angst“, versuchte er sie zu beruhigen, „aber dann vergessen sie sie. Toni hat das etwa zehnmal gemacht.“

„Du mit deiner Toni! Du kannst dir gar nicht vorstellen, wie sehr sie mich interessiert“, sagte Christa angewidert.

Sie ging fröstelnd auf das Krankenhaus zu. Sascho blieb leicht verwirrt zurück. Vielleicht hatte er etwas Wichtiges vergessen? Nein, wohl nicht. Allerdings hatte er ihr nicht einmal einen Kuß gegeben. Wie hätte er das aber auch tun können, wo sie so plötzlich losgegangen war! Langsam fuhr er an und bog in die erste Querstraße ein. Jetzt mußte er abwarten. Das war alles; das andere würde nur eine böse Erinnerung bleiben. Sascho hatte eine Zeitung in der Tasche, aber er hätte es als gemein empfunden, gerade jetzt, wo sie sich den Hals wund schreien würde, Zeitung zu lesen. Dieser Alptraum sollte ihm als Warnung dienen. Im Leben mußte man für alles bezahlen.

Ringsumher lief alles seinen gewohnten Gang. Eine Frau ging mit einem Netz voll Spinat vorbei; Kinder bewarfen sich mit ihren Schulranzen, und ein schwarzes Kätzchen, das auf den Zaun geklettert war, beobachtete sie neugierig. Ein alter Mann mit einem Stock kam aus dem nächsten Hof gestürzt und verjagte schließlich die Ruhestörer.

Sascho schien es, als ob nicht einmal eine Viertelstunde vorbei wäre, als Christa erneut erschien. Sie war bleich wie der Tod, und ihre Augen waren schreckgeweitet. Er beeilte sich, die Wagentür aufzumachen.

„Ist es vorbei?"

„Ja!" rief sie voller Haß. „Ich bin einfach abgehauen."

„Was hast du gemacht?"

„Ich bin gegangen. Stell dir vor, sie wollten mich rasieren!"

Sie hätte sonst wohl nie dieses Wort gebraucht, aber im Moment war sie empört bis zum Äußersten. Sascho traute seinen Ohren nicht.

„Was ist denn dabei?" fragte er.

„Was sagst du da? Ich bin doch keine Prostituierte!"

Sascho fühlte, wie für Sekunden Zorn in ihm aufstieg, doch es gelang ihm, sich zu beherrschen.

„Hast du gedacht, daß dir zuliebe vor dem Fenster Marschmusik gespielt würde?" fragte er dann.

In diesem Augenblick haßten sie einander.

„Du solltest dich schämen!" brach es aus ihr heraus.

„Und ich denke, daß du dich schämen müßtest!" antwortete er trocken. „Ich hatte mit dem Arzt alles abgesprochen, und er hatte versprochen, sich um dich wie um keine andere zu kümmern."

Eigentlich hatte Dimow nichts dergleichen versprochen, sondern lediglich in der Gaststätte mit vollem Mund gemurmelt: „Du brauchst dir keine Sorgen zu machen, ich scheure am Tag zehn Töpfe. Deine werde ich auch verzinnen, daß sie es nicht einmal merken wird!"

„Warum hast du mir verschwiegen, daß er so jung ist? Wie kann man mich vor ihm rasieren wollen?"

Natürlich hatte auch seine Jugend sie erschreckt, aber weder aus dem einen noch aus dem anderen Grunde war sie aus dem Operationssaal geflohen. Sie hatte einfach Angst bekommen. Christa war weiß wie ein Laken geworden, als sie die sterilisierten Instrumente erblickt hatte. Sie hätte selbst nicht geglaubt, daß sie so schwach und furchtsam war.

„Du bist schrecklich verantwortungslos!" warf Sascho

ihr vor, wobei er immer noch nicht glauben konnte, daß das wirklich alles wahr war. „Man kann sich überhaupt nicht auf dich verlassen."

„Und du bist ein gemeiner Egoist!" erwiderte Christa.

Danach lief sie ihm davon. Er holte sie mit dem Auto zwar schnell ein, aber sie drehte sich um und lief in die andere Richtung, und er konnte nicht so geschwind wenden. Er stellte den Wagen ab und lief ihr nach. Aber gerade an der nächsten Kreuzung der Hauptstraße mußte sie sich übergeben, genauso unerwartet und spontan wie vor ein paar Tagen im Café. Sie verbarg das Gesicht in den Händen und stürzte weiter. Sascho begriff, daß es keinen Sinn hatte, ihr jetzt noch zu folgen, das hieße nur, sie zu beschämen. Er blieb unentschlossen stehen, sein Kopf war wie leer. Er wußte nicht einmal, wohin er jetzt gehen sollte. Das Kätzchen auf dem Zaun sah ihn mit zusammengekniffenen, teilnahmslosen Augen an. Schließlich ging er auf sein Auto zu. Noch nie hatte er sich so elend gefühlt, nicht einmal beim Tode seines Vaters. Langsam stieg er in den Wagen und stellte jetzt erst fest, daß Christa ihre Tasche vergessen hatte. Er machte sie unwillkürlich auf, vielleicht von dem Wunsch getrieben, etwas zu berühren, was ihr gehörte. Ein Schlafanzug mit rosa Blümchen, ein Paar Pantoffeln, eine Flasche Eau de Cologne, eine Zahnbürste und drei Slips, weiß und blau – alles hatte Christa sorgfältig geordnet und anscheinend in der Hoffnung oder gar Überzeugung eingepackt, daß sie diese fatale Schwelle würde überspringen können. Aber genau das Gegenteil war eingetreten. Sascho setzte sich völlig geknickt ans Lenkrad. Anstelle des ersten Ganges legte er den Rückwärtsgang ein, aber zum Glück hatte das keinerlei Folgen.

Inzwischen erreichte Christa ihr Zuhause, ohne zu wissen, welche Straßen sie überquert hatte. Sie weinte nicht einmal, sondern biß sich nur auf die blau angelaufenen Lippen. Die Mutter öffnete ihr. Das Aussehen des Mädchens ließ auf nichts Gutes deuten.

„Was ist passiert? Warum kommst du zurück?“ fragte die Mutter.

„Wir haben uns gestritten.“

Schon wieder! Anscheinend ging bei ihnen nichts glatt.

„Und weshalb habt ihr euch gestritten?“

„Nur so“, entgegnete Christa, „einfach so.“

Ihr Gesicht war erschreckend blaß und ihr Blick fast fiebrig. Es mußte kein gewöhnlicher Streit gewesen sein, vielleicht hatten sie sich sogar getrennt. Dieser Gedanke schien Maria eine gewisse Erleichterung zu bringen. Es war besser, zu schweigen und nicht weiter in das Kind einzudringen. Da rannte Christa plötzlich ins Badezimmer. Als sie zurückkam, sagte die Mutter:

„Ich glaube, daß es nicht nur ein Streit ist.“

„Nein“, erwiderte das Mädchen mit fremder Stimme.

Sie erzählte der Mutter ausführlich, was sich in der letzten Zeit ereignet hatte. Dabei vermied sie es, die Mutter anzusehen. Sie sprach leise und monoton und holte immer wieder tief Luft, als ob sie eine endlose Anhöhe zu erklimmen hätte. Sie verheimlichte nichts, berichtete alles so, wie sie es selbst erlebt und gefühlt hatte. Sascho wurde nicht als Ritter Blaubart dargestellt, doch in Christas Erzählung klang etwas an, was auf einen herzlosen und kaltblütigen Typ schließen ließ, der sich für nichts weiter als für sich selbst interessierte.

Maria schwieg lange. Sie wußte, daß es jetzt vor allem darauf ankam, die Ruhe zu bewahren, zumindest vor ihrer Tochter und ihretwegen.

„Es ist ja nichts Schreckliches passiert!“ sagte sie schließlich. „Du mußt dich zunächst erholen und darfst nichts Unüberlegtes tun.“

„Mutti, ich will nicht hier bleiben! Ich möchte wegfahren. Wenn ich allein bin, kann ich besser über alles nachdenken.“

„Das ist kein Problem. Ich kann dich zu deiner Tante schicken.“

„Gut“, entgegnete Christa.

In Wahrheit war das kein besonders guter Einfall, weil Christa dort auf keinen Fall allein sein würde. Ihre Tante beschäftigte sich seit eh und je mit ihr wie mit einem Kätzchen.

„Sagen wir für eine Woche, bis du dich erholt hast. In deinem Zustand ist eine Woche rein gar nichts."

„Ja, Mutti."

„Jetzt aber leg dich erst einmal hin", schlug die Mutter vor.

„Ich kann nicht schlafen."

„Das macht nichts, du wirst wenigstens ruhen. Nimm eine halbe Schlaftablette von mir."

Christa ging ins Schlafzimmer. Was sollte sie auch sonst tun? Würde sie etwas lesen oder ins Kino gehen können? Immerhin fühlte sie sich erleichtert, nachdem sie ihrer Mutter alles gebeichtet hatte. Das Leben kam ihr nicht mehr so ausweglos und tragisch vor. Ihre Mutter war wirklich die Beste. Wenn sie jetzt auch noch einschlafen könnte, wäre alles gut.

Maria versuchte inzwischen zu telefonieren. Juliana würde sofort kommen, darüber bestand gar kein Zweifel. Sie schien ihre Nichte mehr als ihre eigene Tochter zu lieben. Vielleicht deshalb, weil Christa ihr charakterlich und auch physisch sehr ähnelte. Mimi hingegen sah zwar auch recht zart aus, hatte aber einen männlichen Charakter und einen noch männlicheren Beruf: Sie war Haupttechnologe einer Weinkellerei. Maria begriff einfach nicht, daß ihre Schwester sich damals mit dem Berufswunsch der Tochter einverstanden erklärt hatte. Wie konnte sie es dulden, daß das Kind jeden Tag stinkend wie ein Kutscher vom Güterbahnhof nach Hause kam?

Erst gegen Mittag hatte sie Verbindung mit Juliana. Die Schwestern sprachen nur einige Minuten miteinander. Juliana versprach, sofort loszufahren. Sie und Mimi hatten ein gemeinsames Auto, aber Juliana machte mehr davon Gebrauch. Sie war von Beruf Restaurationsarchitektin, mußte im ganzen Land umherreisen und kam ohne das Auto einfach nicht aus. Mimi hingegen hatte mit der Verkehrspolizei stets Unannehmlichkeiten, weil deren Ballons sich schon grün färbten, bevor sie überhaupt die Röhrchen an die Lippen gesetzt hatte.

„Heute abend, gegen acht, bin ich bei dir", sagte Juliana, „paß aber auf, daß uns das Vögelchen nicht davonfliegt."

„Es kann nicht, auch wenn es wollte", erwiderte Maria, „es hat alle Federn lassen müssen."

„Das glaube ich kaum!" Juliana lachte auf. „Wir lassen uns doch nicht so leicht unterkriegen."

Sie hatte recht, wenigstens was sie selbst betraf. Sie hatte seinerzeit ohne großes Aufheben ihren Mann, einen ehemaligen Zarenoffizier, aus dem Haus gejagt. Er hatte beim Pokern verloren und nicht bezahlt, und man hatte ihn überall vom Spiel ausgeschlossen. Daraufhin hatte er ihr eines Nachts den Familienschmuck gestohlen, sie war explodiert und hatte ihn auf die Straße gesetzt, ohne sich seine Erklärung anzuhören. Mimi war damals noch klein gewesen und hatte ihren Vater bald vergessen. Das einzige, was ihr von ihm blieb, waren seine großen Ohren, weshalb sie als junges Mädchen kaum gewagt hatte, in den Spiegel zu sehen. Aber jetzt schien ihr das egal zu sein, weil sie nur noch Interesse für ihre Weinsorten hatte.

Juliana traf schon gegen achtzehn anstatt um zwanzig Uhr ein. Maria war noch bei ihren Sprachlehrgängen, darum öffnete Christa die Tür. Ihre Tante strahlte, als ob sie zu einer Taufe käme.

„Komm mir helfen!" sagte sie, vom Treppensteigen noch ganz außer Atem.

„Was soll ich dir helfen?"

„Komm schon und frag nicht soviel!"

Juliana hatte ihrer Sofioter Verwandtschaft ein halbes gebackenes Lamm und zwei Literflaschen voll Wein mitgebracht.

„Das Lamm war noch ganz warm, als ich es holte", schwatzte die Tante drauflos. „Und die Flaschen schickt dir Mimi. Sie hat gesagt, daß nicht einmal die Minister solchen Wein zu trinken bekommen. Koste ihn mal!"

Christa hatte kein Verlangen danach. Inzwischen machte es sich die Tante gemütlich. Da sie viel auf Reisen war, fühlte sie sich überall schnell wie zu Hause. Und jetzt war ihr sogar ausgesprochen wohl zumute. Sie zählte zu den Energischsten in der Familie der Obretenows und freute sich stets, wenn sich die Dinge komplizierten und man sie um ihre Hilfe bat.

„Machen wir Vesper", sagte sie nun. „Dieses Lamm wird uns auf der Zunge zergehen. Es hat unterwegs so gut gerochen, daß ich mich am liebsten gleich draufgestürzt hätte."

„Ich habe keinen Hunger", erwiderte Christa.

„Dann setz dich wenigstens hin und guck zu."

Juliana entwickelte einen beachtlichen Appetit. Wie es aussah, würde sie das Lamm vielleicht sogar allein schaffen.

„Meiner Meinung nach müßte Lamm immer kalt gegessen werden", redete sie weiter. „Besonders die Haut, die in der Soße war. Siehst du hier das Gelierte? Allerdings ist das nur was für Kenner."

Nach einigen Minuten knabberte auch Christa etwas Fleisch. Ihre Tante hatte recht, es schmeckte wirklich hervorragend und hatte nichts mit diesen strohigen Lammkeulen gemein, die sie von ihrer Mutter manchmal vorgesetzt bekam. Von Zeit zu Zeit warf ihr die Tante unauffällig einen Blick zu, äußerte sich aber nicht über Christas Zustand. Statt dessen plauderte sie:

„Ich habe beim Fahren gar nicht gemerkt, wie schnell die Zeit verging. Die Straße ist wunderbar. Bist du schon mal im Rosental gewesen?"

„Natürlich, mit dir sogar."

„Ich wollte sagen, wenn die Rosen blühen?"

„Nein, zu dieser Zeit nie."

„Dann ist es dort herrlich! Es lohnt sich, im Morgengrauen loszufahren, um ganz früh da zu sein. Der Anblick ist wirklich unvergeßlich."

„Von mir aus können wir ganz zeitig losfahren, ich bin bereit!“ sagte Christa aufgeregt.

„Gut, aber nur, wenn du morgen früh von allein aufwachst. Unsere Oma hat immer gesagt, daß es Sünde wäre, Kinder morgens zu wecken.“

„Natürlich wache ich auf“, versicherte Christa.

Sie fuhren gegen sechs los. Maria brachte sie noch bis zum Auto, einem ganz neuen Lada. Sie machte äußerlich einen ruhigen Eindruck, doch Juliana kannte ihre Schwester nur zu gut, um nicht zu bemerken, daß in diesem Moment etwas in ihr zu zerreißen drohte.

„Paß unterwegs gut auf!“ bat Maria die Schwester leise.

„Du kannst ganz ruhig sein. Und wie du siehst, geht es dem Kind ja gut.“

Christa verstaute gerade ihren Koffer im Kofferraum. Sie sah zufrieden und erregt aus, als ob das Reisefieber alles andere ausgelöscht hätte. Im Gegensatz zu ihrer Mutter hatte sie in dieser Nacht ruhig geschlafen. Es deutete auch nichts darauf hin, daß ihr der Abschied von der Mutter schwerfiele. Sie stieg schnell ein, die Tante ließ den Motor an, und der Wagen fuhr los. Kurz darauf war der Lada aus Marias Blickfeld verschwunden. Trotz der frühen Morgenstunde war die Landstraße voll von Autos, vorwiegend von schweren Lastkraftwagen, die stickigen Qualm ausstießen. Erst nachdem sie die Abzweigung nach Warna hinter sich gelassen hatten, wurde es ruhiger, und der Morgen strahlte mit seinem Glanz gegen die Frontscheibe. Christa war still geworden. Besorgnis spiegelte sich auf ihrem Gesicht wider, das plötzlich ganz schmal wurde und dem Mäulchen eines erschrockenen Kätzchens glich. Du kleines Dummerchen, dachte Juliana voller Zärtlichkeit, du letzter feinfühliger Sproß eines großen Stammes von starken und tapferen Frauen! Was hatten Christas Urgroßmütter nicht Schlimmes erlebt: blutige Beile und Köpfe, die von Holzpfählen herunterrollten – die Köpfe ihrer Männer, ihrer Brüder, ihrer Väter. Was wußte dieses Kind schon von alledem! Was hatte es für eine Ahnung, was Kummer und wirkliches Leid bedeuteten.

„Mädchen, Kopf hoch!“ sagte die Tante.

„Mir fehlt nichts!“ erwiderte Christa beleidigt.

„Mich kannst du nicht täuschen. Vergiß dieses Sofia, du brauchst jetzt nicht daran zu denken.“

„Ich bemühe mich ja!“

„Hör zu, du mußt begreifen, daß du wenigstens halb soviel wie er an dieser Sache schuld bist. Dann wird dir leichter ums Herz werden!“

„Ich soll daran schuld sein?“ fragte das Mädchen erstaunt.

„Also gut, sagen wir, du bist es nicht. Aber rede dir wenigstens ein, daß du es wärst, damit du dein Selbstmitleid vergißt.“

„Er ist einfach ein Egoist!“

„Mag sein, aber das ist nicht so schlimm. Es gibt auch Egoisten, die es unbewußt sind.“

Sie bogen inzwischen schon in eine der scharfen Kurven von Galabez ein.

Hier war das Frühlingsgrün noch ganz frisch, als ob alles erst jetzt zu sprießen begänne, und an verschiedenen Stellen sprudelte Wasser, das die kahlen, hellen Buchenwurzeln wusch.

„Ich werde dir eine Geschichte erzählen“, begann die Tante. „Sicher hast du schon von deiner Urgroßmutter Tina gehört, die den Schmied geheiratet hat.“

„Etwas habe ich von ihr gehört“, entgegnete Christa.

„Als der Aufstand ausgebrochen war, zog dein Urgroßvater natürlich mit den Aufständischen los. Er hatte seine Frau mit drei kleinen Kindern zurückgelassen. Irgendwo bei Klisura, wo wir gleich vorbeifahren werden, ist er ums Leben gekommen. Nachdem die Türken den Aufstand niedergeschlagen hatten, durchkämmten sie die Dörfer. Und alles Bulgarische, was ihnen in die Quere kam, wurde niedergemetzelt. Deine Urgroßmutter hatte keine Zeit mehr davonzulaufen. Darum suchte sie beim türkischen Bey Zuflucht. Er ist der Herr des Dorfes gewesen, und ihm hat der beste Grundbesitz gehört. Er hatte für deine Urgroßmutter eine Schwäche."

„Ich weiß", sagte Christa kurz.

„Sie ist mit ihren drei Kindern zu ihm gegangen und hat ihn um Gnade gebeten. Der Bey ist ein gutmütiger Mann gewesen und hat beschlossen, ihr zu helfen. Aber in diesen stürmischen Zeiten haben die Horden nicht einmal vor den Beys haltgemacht. Und so sind sie auch in seine Besitzungen vorgedrungen. Jemand mußte deine Urgroßmutter verraten haben."

„Ein Bulgare", sagte Christa leise.

„Es mag ein Bulgare gewesen sein. Im letzten Moment ist dem Bey eine Möglichkeit eingefallen, sie zu verstekken: Da sie sehr klein war, hat er sie in ein Tischtuch gehüllt und wie ein Kissen auf das Sofa hinter seinen Rükken gelegt. Die Türken sind hereingestürmt und haben alles durchstöbert, aber es ist ihnen nicht eingefallen, hinter dem Rücken des Beys nachzusehen. Doch die drei Kinder haben sie gefunden. Sie haben sie auf den Hof geführt und ihnen nacheinander die Köpfe abgehauen. Tina hat die Schreie ihrer Kinder und den dumpfen Aufschlag des Beils auf den zarten Kinderhälsen gehört, aber geschwiegen."

Juliana legte eine Pause ein. Hier war die Straße sehr unübersichtlich.

„Wie ist das nur möglich gewesen, sie ist . . ., sie ist . . .", murmelte Christa.

„Warte ab!" sagte die Tante. „Ich bin mit dieser Geschichte noch nicht am Ende. Unsere Urgroßmutter ist eine großartige Frau gewesen. Sie mußte sich einfach beherrschen, weil sie nämlich ein viertes Kind unter dem Herzen getragen hat. Und sie hat gewußt, daß, wenn sie nur einen Laut von sich gäbe, auch dieses Ungeborene verloren wäre. Wäre es dazu gekommen, könnten wir jetzt übrigens nicht in diesem schönen Auto spazierenfahren."

Christa schwieg, während die Tante jetzt etwas nervös auf das Gaspedal trat. Bald erreichten sie den Gebirgssattel und fuhren wieder talwärts. Rechts von ihnen reihten sich die endlosen blaugrünen Berge des Sredna-Gora-Gebirges aneinander.

„Lassen wir heute die traurigen Dinge!“ sagte Juliana entschieden. „Hier ist es schön, nicht wahr?“

„Ja, Tante.“

Sie passierten Kosniza, und ihr Blick fiel auf das Rosental. In der Nähe von Rosino bog Juliana in einen schmalen Weg ein. Die Federung des Ladas gab leicht nach. Anscheinend war Juliana schon einmal hier gewesen, denn sie kannte sich in dieser Gegend gut aus. Sie tauchten ins rosarote Blütenmeer der Gärten ein und hielten bald darauf an. Christa sah starr vor sich hin. Sie mochte Rosen nicht, sie hatte die kleinen Gebirgsblumen mit ihren zarten ineinanderlaufenden Tönen, das Feldstiefmütterchen beispielsweise, das Vergißmeinnicht und den Hahnenfuß, viel lieber. Die Rosen waren ihr zu prachtvoll und überladen, auch viel zu aromatisch. Und jetzt blickte Christa auf dieses Blütenmeer, ohne die kleinste Freude zu zeigen, eher erschüttert als begeistert. Dieser Hügel voller Rosengärten schien einer gigantischen farbigen Welle zu gleichen, die sie mit ihrer Masse und ihrem Duft zu ersticken drohte.

„Ist das nicht einmalig?“ fragte die Tante begeistert.

Das Mädchen schwieg noch immer und fühlte sich einer Ohnmacht nahe.

„Es sind zuviel Rosen!“ sagte es leise.

Christa hatte auf einmal das Gefühl, sich in einem riesigen Tanzsaal zu befinden, der voller Menschen war. Körper an Körper, fast alles große, rassige Frauen, die alle Prostituierte waren. Der Geruch ihrer Körper ließ ihr die Sinne schwinden.

„Was fehlt dir?“ rief Juliana, die ihren Blick von den Rosen abgewandt hatte und zu der Nichte hinübersah.

„Was soll mir fehlen?“

„Du bist knallrot im Gesicht. Ist dir schlecht?“

Christa griff sich unwillkürlich an die Wange – sie war kühl und glatt.

„Ich weiß nicht“, sagte sie dann, „mir ist ein wenig übel.“

„Du wirst doch nicht allergisch gegen Blumen sein?“

„Ich glaube nicht.“

„Vielleicht ist es nur der Widerschein der Blüten. Wie sehe ich denn aus?“ fragte Juliana.

„Ganz normal.“

„Dann fahren wir lieber weiter! Das hier ist wohl doch nichts für dich“, sagte die Tante beunruhigt.

Sie wendete geschickt und fuhr los. Doch der starke Rosenduft verfolgte die Frauen noch lange. Christa sah nun wieder wie vorher aus: blaß, sogar ein wenig zu blaß.

„Jetzt ist es wieder gut. Du bist aber empfindlich. Was war denn eigentlich los?“ fragte Juliana.

„Ich weiß nicht“, sagte das Mädchen. „Ich hatte einen Moment lang das Gefühl, verzaubert zu sein.“

„Das kann sein“, gab die Tante besorgt zu. „Deine Nerven sind momentan nicht gerade die besten.“

Das Auto erreichte wieder die Straße und raste nun dahin, als ob es vor dem Teufel Reißaus nähme.

Selbst Rosen können eben schrecklich sein, wenn sie in so großen Mengen auftreten! Bald kamen die beiden in Karlowo an und hielten an einer Tankstelle. Während sie in der Reihe warteten, murmelte die Tante:

„Du hast nach deiner Großmutter gefragt. Sie wohnt hier in Karlowo.“

Das Mädchen fuhr zusammen.

„Warum denn hier? Warum nicht in Sofia?“

„Sie stammt aus Sofia. Sie hat sogar eine Wohnung in der Nähe des Tierparks, aber dort hat sich jetzt ihr Sohn breitgemacht. Ihr Herr Sohn meint, daß das Karlowoer Klima ihrer Gesundheit besser täte. Es wäre auch für seine Gesundheit gut, aber er zieht es vor, in Sofia zu wohnen.“

Christa sagte nichts darauf, aber als sie aus der Stadt hinausfuhren, meinte sie:

„Sicher ist sie sehr einsam, wenn sie hier keine Verwandten weiter hat."

„Wahrscheinlich hat sie keine. Wer interessiert sich schon für alte Frauen!"

„Wovon lebt sie denn?"

„Sie bekommt Rente, sie ist früher Lehrerin gewesen. Außerdem ist ihr altes Haus, in dem sie jetzt wohnt, groß und gut erhalten, so daß sie ein bis zwei Zimmer vermieten kann, um ihre Einkünfte aufzubessern. Aber sie ist sehr eigenbrötlerisch."

„Unglücklich, wolltest du sagen!" unterbrach Christa die Tante verbittert. „Wir müssen sie einmal besuchen."

„Jetzt nicht!" antwortete Juliana finster. „Ich bin mir auch nicht sicher, ob man es überhaupt tun sollte. Wenn alte Leute in ihre Einsamkeit versunken sind, ist es besser, sie nicht daran zu erinnern, daß es auch ein anderes Leben gibt."

Sie ist unglücklich, sehr unglücklich, ging es dem Mädchen durch den Kopf, vielleicht ist sie die Unglücklichste in der ganzen Familie, die Einsamste und Verlassenste. Doch sie, Christa, würde sie besuchen!

Das Auto wand sich durch die scharfen Kurven in Richtung Kalofer. Zu diesem Zeitpunkt konnte noch keiner wissen, daß in diesem kleinen sich ans Gebirge schmiegenden Ort in zehn Tagen nicht nur Christas Schicksal entschieden werden würde.

7 Nachdem sich Maria zu dem Entschluß durchgerungen hatte, die Sache selbst in die Hand zu nehmen, beruhigte sie sich allmählich. Ihr eigenes schweres Leben hatte ihrer Vitalität keinen Abbruch getan. Und wenn es darum ging, ihr Kind zu verteidigen, aktivierte sich alles in ihr. Sie hatte Christa ganz allein großgezogen und erzogen. Bislang war es keinem gelungen, ihrem Kind auch nur das geringste Unheil zuzufügen. Wer hätte auch einem kleinen Mädchen mit so

schüchternem Blick und blauen Schleifen in den kurzen Zöpfen etwas zuleide tun können? Die Lehrer schrieben ihr die Einsen, ohne sie zu prüfen. Und Christas dankbares Lächeln konnte auch den düstersten und freudlosesten Tag hell erscheinen lassen.

Maria zweifelte nicht an ihren Kräften, lediglich am Sinn dessen, was sie sich vorgenommen hatte. Was war eigentlich ihr Ziel? Das Glück ihrer Tochter, sicher. Aber worin bestand das? Sie war nicht in der Lage, es zu erraten. Zur Zeit ihrer Großmütter hatte es da keine Frage gegeben – sobald ein Mädchen schwanger war, mußte es unverzüglich heiraten, damit das Kind so ungefähr nach den Berechnungen der Nachbarn zur Welt kam. Maria hielt so eine Variante jedoch nicht für den besten Ausweg. Vielleicht war sie dabei sogar von ihrem eigenen mütterlichen Egoismus beeinflußt. Sie hatte einfach Angst, ihre Tochter zu verlieren und allein zurückbleiben zu müssen.

Schon am nächsten Tag rief sie denjenigen an, der ihrer Meinung nach das größte Vertrauen verdiente – den Onkel des jungen Taugenichts. Seine Stimme klang angenehm, er sprach zwar ein wenig leise, aber sehr zuvorkommend. Maria war überrascht, sie hatte diese Bereitwilligkeit von einem so bekannten und angesehenen Professor, der obendrein Akademiemitglied war, nicht erwartet. Viele Menschen bringen es heute nicht fertig, freundlich zu sein, wenigstens können sie es nicht in dem Maße sein, wie es ihre Väter früher waren. Die Zeit selbst macht sie irgendwie ungeduldig und starrsinnig.

„Guten Tag, Herr Professor, hier ist Christas Mutter", begann sie das Gespräch.

„Christas Mutter?" fragte der Professor leicht verwundert. „Ich freue mich sehr."

Allem Anschein nach freute er sich wirklich, nicht wegen ihr, der unbekannten Frau, sondern Christas wegen. Aber auch das war schon sehr erfreulich.

„Dürfte ich Ihnen einen kurzen Besuch abstatten?" fragte Maria.

„Aber natürlich, jederzeit."

„Dann würde ich vorschlagen, sofort."

„Es ist doch nichts Unangenehmes passiert?"

„Am Telefon läßt sich das nicht erklären", wich Maria seiner Frage aus.

„Gut, dann erwarte ich Sie gleich", entgegnete Urumow.

Und so betrat zum erstenmal nach vielleicht einem Jahrzehnt eine fremde Frau das Arbeitszimmer Professor Urumows. Es war keine junge Frau, aber sie hatte ein sehr angenehmes Äußeres. Sie nahm in dem weiter entfernt stehenden Sessel Platz und zog die Beine zurück. Sie brauchte sich nicht noch einmal als Christas Mutter vorzustellen, er hatte die Ähnlichkeit schon auf den ersten Blick bemerkt. Und er fand Maria sehr nett, fein und ein wenig schüchtern. Nach einer halben Stunde fügte er dann zu diesem ersten Eindruck noch einen weiteren hinzu: Zweifellos war sie klug und gebildet. Der Beginn des Gesprächs war allerdings sehr scharf und schockierend.

„Womit kann ich Ihnen dienen?" fragte Urumow.

Er war tatsächlich bereit, mit allem behilflich zu sein, was in seinen Kräften stand.

„Sie selbst leider mit nichts. Ich wollte Sie nur darüber in Kenntnis setzen, daß wir angenehmen oder unangenehmen Ereignissen entgegensehen; es hängt ganz davon ab, wie Sie zu diesen Dingen stehen werden."

„In Verbindung mit unseren Kindern?"

„Ja. Bei einer medizinischen Untersuchung wurde festgestellt, daß Christa schwanger ist. Und das hat offensichtlich Ihrem Neffen sehr mißfallen."

Der Professor zuckte leicht zusammen und lehnte sich zurück. Seine Gedanken arbeiteten fieberhaft, auf einer Wellenlänge, die ihnen sonst fremd war.

„Ist das Kind das einzige Problem?" fragte er schließlich.

„Anscheinend nicht", antwortete Maria.

„Dann sieht es schlecht aus“, sagte er kaum hörbar.

Er hatte eine solche Nachricht absolut nicht erwartet. Dieses Thema lag außerhalb seiner Gedankenwelt und letzten Endes auch außerhalb seiner Lebenserfahrungen. Nur einmal hatte es ihn berührt: Sein verstorbener Schwager war eines Tages ziemlich betrunken bei ihnen zu Hause mit einer Korbflasche hausgemachten Weins und Wildschweinwurst erschienen und hatte verkündet, ihm sei ein Sohn geboren worden. Die Schwangerschaft der Schwester war Urumow völlig entgangen.

„Ich hatte mehrmals die Gelegenheit, Ihre Tochter zu sehen“, sagte Urumow. „Sie ist ein prächtiges Mädchen. Ich kann mir nicht vorstellen, daß jemand anderer Meinung sein sollte.“

„Ich als Mutter natürlich auch nicht“, gab Maria zu.

„Und was hat sich nun konkret ereignet?“

Maria erzählte ihm alles, was sie wußte. Sie bemühte sich, streng bei den Tatsachen zu bleiben, um dem Professor nicht ihre subjektive Meinung aufzuzwingen. Während sie so die Fakten aufzählte, begriff sie auf einmal selbst nicht mehr, worin die Schuld des jungen Mannes bestand und welche Hilfe sie von seinem Onkel erwartete.

Urumow hört ihr äußerst aufmerksam zu. Als sie geendet hatte, erhob er sich, ging zur Wohnzimmertür und rief:

„Angelina!“

Seine Schwester kam lautlos hinter einer Ecke hervor.

„Angelina, mach bitte zwei Kaffee.“

„Sofort“, antwortete sie gehorsam.

„Das wäre nicht nötig“, sagte Maria verlegen, als Urumow wieder seinen Platz einnahm, „ich trinke nur ganz selten Kaffee.“

„Ich auch“, erwiderte er, dabei sah er zur Tür und sagte mit verhaltener Stimme: „Vielleicht wissen Sie, daß sie Saschos Mutter ist. Sie hilft mir im Haushalt.“

„Ja, ich weiß.“ Maria nickte.

Urumow lächelte.

„Es ist gut, wenn Sie sie gleich kennenlernen. Letzten Endes werden Sie ja miteinander verwandt."

„Weiß sie etwas über die Verbindung der Kinder?"

„Fast nichts."

„Es ist auch besser so." Maria seufzte.

„Ich glaube, daß Sie sich umsonst Sorgen machen. Sascho ist ein anständiger Junge. Ich halte es für unmöglich, daß ..."

„Sie dürfen mich nicht falsch verstehen!" unterbrach sie ihn etwas nervös. „Es geht nicht um Anständigkeit. Sie reicht zwar aus, um ein Kind auf die Welt zu bringen, aber für eine richtige Ehe ist sie allein keine Grundlage."

„Ja, das verstehe ich", sagte der Professor.

Er dachte nach und fügte dann hinzu:

„Trotzdem muß ich mich mit Sascho unterhalten. Mir scheint, diese ganze Geschichte beruht auf einem dummen Mißverständnis."

In diesem Moment trat Angelina mit dem Kaffee ein. Sie servierte ihn in einem wunderschönen japanischen Service, das Natalia nur äußerst selten und hauptsächlich bei ausländischen Gästen benutzt hatte. Unauffällig ließ sie ihren Blick über die Unbekannte schweifen, dann stellte sie das Tablett auf dem Schreibtisch ab, nickte unbestimmt mit dem Kopf und verließ das Zimmer. Sie hatte alles zurückhaltend und würdevoll getan, so daß, wie sie glaubte, die Besucherin sie wohl kaum für ein Dienstmädchen halten konnte. Nachdem sie gegangen war, reichte der Professor Maria den Kaffee.

„Ist das eine herrliche Tasse!" rief sie unwillkürlich, während sie ihre leichte und etwas hagere Hand ausstreckte. „Ich habe noch nie eine so schöne Tasse gesehen."

„Hoffen wir, daß der Kaffee auch gut ist", sagte Urumow.

Er wußte nur zu gut, daß seine Schwester einen vorzüglichen Kaffee kochte. Das hatte sie von ihrem Mann gelernt.

Während Maria ihren Kaffee trank, wurde Urumow dunkel bewußt, daß sie bald wieder gehen würde. Dieser Gedanke bedrückte ihn, und er versuchte ihn zu verscheuchen. Wie der General und alle anderen Schüler Marias war auch der Professor von ihrem Reiz gefangengenommen.

Und wirklich, nachdem sie ihren Kaffee ausgetrunken hatte, erhob sie sich. Das violette Kleid ließ Maria sehr schlank erscheinen, es machte sie auch etwas älter. Pastelltöne standen ihr besser zu Gesicht.

„Dann also bis morgen", sagte Urumow. „Am besten gegen neunzehn Uhr, damit ich vorher Zeit habe, mir den Jungen vorzuknöpfen."

Er begleitete Maria in den Flur und reichte ihr höflich Mantel und Regenschirm. Hier sah er ihre Augen zum erstenmal aus nächster Nähe – sie waren von verblichener blauer Farbe und wiesen kaum einen Lebensfunken auf. Christas Augen waren viel lebendiger und empfindsamer.

Urumow ging in sein Arbeitszimmer zurück. Seine Schwester war gerade damit beschäftigt, das Kaffeegeschirr abzuräumen.

„Eine sehr sympathische Frau", sagte sie etwas pikiert. „Ich kenne sie irgendwoher. Wie heißt sie?"

„Ich glaube Obretenowa", antwortete er.

„Ach ja, natürlich, Maria Obretenowa! Eine Frau mit Charakter!"

Aus Angelinas Mund klang das fast drohend. Warum? Was sollte das heißen? Egal, Urumow würde sich nicht die Blöße geben, danach zu fragen. Und Sascho rief er erst an, nachdem Angelina das Haus verlassen hatte. Die Stimme des Neffen klang zerstreut, vielleicht auch etwas bedrückt. Er versprach zu kommen und legte gleich wieder auf.

In dem Jungen mußte etwas vorgehen. Er hatte sich mehrere Tage nicht bei seinem Onkel sehen lassen und war auch davor ziemlich in sich gekehrt gewesen. Urumow hatte angenommen, daß dies auf die berufliche Belastung zurückzuführen war, aber ob das der wahre

Grund war? Er selbst konnte übrigens heute nicht so richtig arbeiten, obwohl die Materialien interessant waren. Die Biologen in aller Welt kommentierten immer noch die Ergebnisse des Yaler Symposiums, und erstmalig waren hier und da Stimmen zu vernehmen, daß Whitlows Versuche vielleicht doch mehr Vertrauen verdienten. Genauer wollte sich allerdings keiner festlegen. War nun vielleicht Sascho einen Schritt weiter zur Wahrheit vorgedrungen? In anderer Beziehung hatte er ja auf jeden Fall ein Resultat zu verzeichnen, wenn auch ein unerwartetes. Christa war wirklich fast noch ein Kind, darum hatte ihre Mutter recht, sich Sorgen um sie zu machen. Ihre Mutter! Urumow ertappte sich wieder dabei, daß er an Maria dachte, und bemühte sich abermals erfolglos, diesen Gedanken aus seinem Kopf zu vertreiben. Er sah sie immer noch wie eine Schülerin aus der Provinz im Sessel vor sich sitzen. Ihr Blick war gelassen, aber müde gewesen. Vielleicht auch etwas hilflos. Er zeugte jedenfalls von Charakter. Auch das war schließlich Charakter: sein Schicksal ertragen zu können. Urumow erinnerte sich an die Frauen in den Luftschutzkellern, über die grollend die amerikanischen Bomber hinweggeflogen waren. Ihren Augen glichen denen Marias.

Gegen sechzehn Uhr wurde der Himmel finster, als ob gleich ein Sturm losbrechen wollte. Weit in der Ferne war schweres und dumpfes Donnern zu hören. Der Regen prasselte auf die trockene Erde. Doch schon nach kurzer Zeit beruhigte sich alles wieder, nur die Bürgersteige entlang flossen immer noch wahre Ströme und überschwemmten das Straßenpflaster. Urumow stand am offenen Fenster. Er war ganz in Erinnerung versunken; das heißt, eigentlich sah er lediglich ein unbewegliches, farbloses, ja sogar lebloses Bild vor sich. Er war damals noch ein Kind, und sie wohnten in dem großen gelben Haus. Nach einem mächtigen Sturm regnete es nur noch ganz leicht. Gegenüber vom Haus hatte ein Fuhrwerk gehalten, vor das ein altes, knochiges Pferd gespannt war. Dieses Pferd war es, das Urumow nicht vergessen konnte! Es kehrte ständig in seine Erinnerung zurück, obwohl inzwischen viele Jahrzehnte vergangen waren. Das Pferd ließ seinen dunklen Kopf hängen, und von seinem mageren Rücken stieg Dampf auf. Es sah so verzagt und trostlos aus, daß dem Jungen vor Mitleid die Tränen kamen. Dann hörte der Regen völlig auf, und einige Männer luden alte Möbel auf den Wagen. Auf einmal drehte das Pferd den Kopf und sah den Jungen an, nur mit einem Auge, denn das andere war weiß und tot. Vielleicht bedankte es sich auf diese Weise bei ihm für die vergossenen Tränen, die einzigen Tränen, die jemals um es geweint wurden.

Das letzte, woran Urumow sich erinnerte, war die Katze, die zusammengerollt auf einem Fensterbrett der verlassenen Wohnung lag, nachdem das Fuhrwerk und die Leute schon längst fort waren. Das Tier wirkte verzweifelt, gab aber keinen Laut von sich. Vielleicht hatte es sich absichtlich versteckt, um nicht mit zu müssen. Es war eine gelbe Katze mit einem kleinen tigerähnlichen Kopf, er bekam sie später noch oft im Hof zu sehen. Manchmal stellte er ihr etwas zu fressen neben die Abfallkübel, allerdings geschah das mehr aus Mitleid für die Vögel, denen die Katze ständig auf den Häuserdächern auflauerte.

Sascho kam pünktlich um sieben, als der Regen aufgehört hatte. Er sah abgespannt aus, aber trotzdem war in seinem Blick kaum zurückgehaltene Neugier zu lesen. Er wußte, fast immer, wenn der Onkel nach ihm rief, geschah etwas Besonderes. Das war auch jetzt der Fall, allerdings ging diesmal das Gespräch auf Saschos Kosten.

„Weißt du, wo Christa ist?“ fragte der Professor.

Der junge Mann zuckte zusammen.

„Nein“, erwiderte er kurz.

„Sie ist zu ihrer Tante nach Kasanlyk gefahren.“

Ein erleichtertes Aufatmen, nichts weiter. War der Neffe gar froh, daß sie nicht hier war? Oder hatte ihn nach quälender Ungewißheit diese Nachricht beruhigt?

„Woher weißt du das?“ fragte Sascho.

„Ich sage es dir gleich. Aber erst erzähle mir, was zwischen euch vorgefallen ist."

Sascho schilderte ziemlich ausführlich die Vorkommnisse der letzten Tage. Danach erhob sich der Onkel und schritt langsam zum Fenster. Die Häuserdächer glänzten immer noch vom Regen, und über ihnen leuchtete wie ein blauer Lampenschirm der Himmel.

„Ich habe alles verstanden", sagte der Onkel schließlich, „nur eins ist mir nicht klargeworden: Liebst du das Mädchen oder nicht?"

„Ist das deiner Meinung nach das wichtigste?" fragte Sascho mit finsterem Gesicht.

„Was sonst?"

„Vor allem muß der Mensch ein Mensch bleiben können. Alles andere läßt sich schon irgendwie hinkriegen."

Und da Urumow dem nichts hinzufügte, fuhr Sascho erregt fort:

„Jetzt bin ich mir meiner Sache einfach noch nicht sicher! Wie soll ich mit einem Menschen zusammen leben, wenn ich mich in keiner Weise auf ihn verlassen kann? Er kann mich doch mitten auf dem Wege sitzenlassen." In seinem Innersten mußte der Professor dem Neffen recht geben, sagte aber:

„Trotzdem ist Christa ein sehr nettes Mädchen. Der Charakter wird sich im Laufe der Zeit schon festigen."

„Oder er wird völlig zerstört."

„Das glaube ich nicht. Meiner Auffassung nach unterliegt das Mädchen keiner Erosion, weder einer seelischen noch einer physischen. Sie besteht aus sehr edlem Metall."

„Vielleicht!" murmelte Sascho düster. „Doch solches Metall schmilzt bei den niedrigsten Temperaturen oder sublimiert, wie es schon einige Male der Fall war."

„Und das Kind?"

„Darum geht es ja gerade. Sie will dieses Kind noch weniger als ich. Wozu also das ganze Theater?"

Urumow starrte ihn entgeistert an, so grausam und fremd erschienen ihm diese Worte.

„Du solltest dich schämen!“ sagte er streng. „So redet man nicht über ein Kind.“

Damit endete ihr Gespräch. Sie hatten einander nicht verstanden, wahrscheinlich zum erstenmal, seitdem sie ernsthaft miteinander zu sprechen begonnen hatten. Bald trat der Neffe den Heimweg an, innerlich vor Wut kochend, weil sich auch noch Christas hysterische Mutter in die Geschichte eingemischt hatte. Alles Unheil schien von ihr zu kommen, zumindest aber von der Erziehung, die sie ihrer Tochter hatte angedeihen lassen.

Urumow war ebenfalls verstimmt. Was sollte er morgen Maria sagen? Er schlief an diesem Abend nur schwer ein. Wenn aus einem Knäuel viele Fäden herausgucken, weiß man nie, wo man beginnen soll. Bei diesem „Knäuel“ versuchte er es mit jedem einzelnen Faden, brachte es aber trotzdem zu nichts. Er verhedderte sich immer mehr, und er warf es schließlich verärgert weg. Ihn übermannte nun doch die Müdigkeit. Am Morgen war er auf beide jungen Leute schlecht zu sprechen, besonders auf Christa. Wenn sich zwei schon zusammentaten, so mußten sie einander dulden und aussprechen lassen. Empfindlichkeit konnte nicht als Entschuldigung gelten!

Am Vormittag vergrub sich Urumow erneut in die Materialien des Symposiums. Da er nicht ausgeschlafen war, stimmten selbst sie ihn ärgerlich. War es denn so schwer, herauszufinden, warum die meisten Antivirus-Impfstoffe nicht effektiv sind? Der menschliche Organismus reagiert eben aus den gleichen Gründen nicht auf sie, aus denen er auch auf die Viren selbst nicht reagiert: Für ihn sind sie ein Teil seiner selbst. Und um zu einer Reaktion zu gelangen, muß außer allem anderen auch ein Erreger vorhanden sein, dessen Antikörper dem Virus gleichgeartet sind. Erst dann grenzen sich die Viren ab und werden verwundbar. Urumow schien das klar auf der Hand zu liegen, aber seine Kollegen gingen wie Blinde an dieser Theorie vorbei und beriefen sich auf erfolgreiche Impfstoffe, wie zum Beispiel auf den gegen die Poliomyelitis. Ja, sicher hatten sie nicht ganz unrecht, aber die meisten von ihnen hatten nicht die Fotos Professor Dobozis von den lebenden und toten Viren dieser grausamen Krankheit gesehen. Er selbst hatte sofort begriffen, daß . . .

Da klingelte das Telefon. Es meldete sich Spassows Sekretärin, mit einer Stimme, die süßer als Honig war.

„Genosse Spassow bittet Sie, zu ihm zu kommen. Ja, in die Akademie, so gegen elf."

„Und wo ist er jetzt?" fragte Urumow.

„Zur Berichterstattung beim Präsidenten."

Aus ihrem kurzen Zögern erriet er, daß sie log. Spassow hatte einfach Angst, sich selbst zu melden, weil er fürchtete, eine Absage zu bekommen.

Der Professor kleidete sich an und ging zur Akademie. Zehn nach elf betrat er das Arbeitszimmer von Spassow, der ihm zur Begrüßung fast um den Hals fiel.

„Trinken Sie einen Kaffee?" war seine erste Frage.

„Ja, ich trinke einen!" erwiderte Urumow schroff.

„Sehr schön!" Spassow klingelte. „Ich habe gute Nachrichten für Sie. Ich habe mit einem hohen Regierungsmitglied gesprochen und alles geregelt. Wir werden Ihrer persönlichen Einladung an Whitlow unsere offizielle Einladung an ihn beifügen. Er wird zwar in erster Linie Ihr Gast, aber zugleich auch unser Gast sein."

Die Sekretärin kam ins Zimmer.

„Zwei Kaffee, bitte!" sagte der Vizepräsident hastig.

„Heute haben wir Coca Cola."

„Dann bringen Sie beides . . . Wir haben sogar überlegt, ob wir ihm auch eine Flugkarte schicken sollten, aber das wäre sicher nicht sehr taktvoll. Er ist ja reich, und obendrein könnte er denken, daß wir ihn mit aller Gewalt herholen wollen. Und so ist es natürlich auch nicht. Ob mit oder ohne ihn, wir bringen unsere Arbeit schon fertig."

„Das ist zwar nicht ganz der Fall, aber . . . was das Tikket anbelangt, haben Sie recht", sagte Urumow.

„Hier wird ihm selbstverständlich die entsprechende Aufmerksamkeit zuteil werden, so wie es sich einem Nobelpreisträger und in der ganzen Welt Anerkennung genießenden Wissenschaftler gegenüber gehört. Allerdings brauchen wir ihm nicht gleich alles zu erzählen, was wir wissen. Der Vorschlag für eine künftige Zusammenarbeit ist zwar akzeptabel, aber es müssen noch einige Einzelheiten geklärt werden. Erst dann legen wir unsere Karten auf den Tisch."

„Und was für Karten sind das?" murmelte der Professor.

„Wie bitte?"

„Was für Karten es sind, die Sie bislang so erfolgreich verborgen haben."

Spassow wurde nicht im geringsten verlegen.

„Ich sehe, daß Sie immer noch nicht gut auf mich zu sprechen sind. Sie tun mir Unrecht. Wenn man mich erst einmal davon überzeugt hat, daß eine Arbeit Perspektive hat, gebe ich gern das Zeichen für ‚freie Fahrt'."

Sein Gesicht wurde auf einmal traurig.

„Sie können sich nicht vorstellen, in was für schlechtes Licht Sie mich gesetzt haben, weil Sie Ihre Funktion als Direktor des Instituts nicht wieder ausüben wollen."

„Die genügt mir inzwischen nicht mehr!" sagte Urumow scheinbar ernst. „Ich orientiere mich nun auf Ihre Stelle."

Spassow sah ihn verständnislos an, begriff aber schnell und rief lebhaft aus:

„Aber sofort, mit dem größten Vergnügen!"

Nachdem sie dieses Geplänkel noch ein wenig weitergeführt hatten, machte sich der Professor langsam auf den Heimweg. Der Tag war sehr heiß, und die Sonne brannte vom Himmel. Wenn das so weiterging, würde sich am Nachmittag vielleicht wieder ein Gewitter über der Stadt entladen. Dann sollte es aber wenigstens beizeiten anfangen. Auf keinen Fall durfte es gegen neunzehn Uhr regnen. Andererseits aber würde sicher auch das nicht so schlimm sein, denn nichts konnte eine Mutter aufhalten, wenn es um das Glück ihrer Tochter ging.

Der Regen kam jedoch nicht, und Maria erschien etwas früher als erwartet: genau fünf Minuten vor sieben. Als es klingelte, merkte Urumow, wie aufgeregt er war. Warum mußte er sich so gebärden? Er war doch nicht derjenige, der sich in anderen Umständen befand! Verstimmt schritt er auf die Eingangstür zu. Das Gesicht, das die Besucherin zu sehen bekam, war allerdings wieder äußerst liebenswürdig.

Wie bei ihrem ersten Besuch setzte sich Maria in den weiter entfernt stehenden Sessel. Anscheinend fühlte sie sich schon freier.

„Ich habe mich mit Sascho unterhalten", setzte der Professor zum Gespräch an, „und kann ihn nicht der Unkorrektheit beschuldigen. Er hat Christa sofort erklärt, daß er mit jeder Entscheidung ihrerseits einverstanden ist."

Maria reagierte äußerlich nicht, aber er spürte, wie sie im Inneren zusammenzuckte.

„Hat Christa Ihnen das gesagt?" fragte er.

„Nein!" entgegnete sie leise. „Aber es hängt ja auch davon ab, wie er es gesagt hat."

Ja, er verstand sie. Weshalb sollte Christa so ein wichtiges Versprechen übergehen, wenn es ganz aufrichtig gemeint war. Andererseits . . .

„Seiner Ansicht nach will auch Christa das Kind nicht, und zwar unter gar keinen Umständen."

„Glauben Sie das?" fragte Maria erstaunt.

„Sascho wirkte durchaus aufrichtig."

„Ich denke ja nicht, daß er Sie belogen hat", sagte Maria. „Er hat sich eher irreführen lassen. Sie hat ihm anscheinend einfach etwas vorgemacht. Vielleicht aus gekränktem Stolz, als sie begriff, daß er das Kind um keinen Preis haben will. Wenn sie das Kind behielte, hieße das doch, sich ihm aufzuzwingen, denn in diesem Fall sind Kind und Ehe fast ein und dasselbe."

Urumow knöpfte sich den Hemdkragen auf. Sie hatte wahrscheinlich recht, Sascho hatte das Mädchen nicht verstanden. Aber trotzdem: Wenn Christa das Kind wirklich retten wollte, hinderte sie nichts daran, Saschos Versprechen hatte sie doch. Die meisten jungen Männer machen keinen Freudensprung, wenn sie erfahren, daß sie ein Kind haben werden. Die Freude kommt erst viel später.

„Wir werden wohl nur schwerlich herausfinden, wie sich alles im einzelnen zugetragen hat", sagte der Professor zögernd. „Saschos Auffassung nach hat sie in den letzten zwei Tagen die Ereignisse einfach krankhaft forciert. So schnell wie nur möglich wollte sie in die Klinik, keinen Tag länger warten."

„Warum ist sie dann von dort ausgerissen?"

„Sie hat Angst bekommen", meinte Urumow in väterlichem Ton.

Jetzt wurde Maria nachdenklich. Vielleicht hatte er gar recht? Ob die Schuld nicht doch bei ihrer Tochter lag? Sie konnte sich das einfach nicht vorstellen; es kam ihr unwahrscheinlich vor. Doch möglicherweise hatte sich Christa wirklich nur erschreckt.

„Das Interessante ist, daß sie einander ein und dieselbe Sache vorwerfen – Egoismus und Nichtachtung des anderen. Ich möchte Sie mit meiner Äußerung nicht kränken, aber ich glaube, daß beide ernste Gründe haben, so zu denken", sagte er leise.

Maria blieb ihm die Antwort schuldig. Er merkte deutlich, wie ihr Blick plötzlich erlosch.

„Christa ist herzensgut", flüsterte sie schließlich. „Als Kind weinte sie sogar, wenn sie einen kranken Vogel zu sehen bekam. Die Egoisten sind seelisch grobe Menschen."

„Sascho ist seelisch auch nicht grob", wandte der Professor ein.

„Sicher ist er es nicht, wenn Christa Gefallen an ihm gefunden hat."

„Schauen Sie, ich will nicht den Wissenschaftler hervorkehren, aber bei dieser Sache kommen zwei Instinkte ins Spiel: der Fortpflanzungstrieb und der Wunsch zur

Selbsterhaltung des Individuums. Sie stehen bei manchen Menschen im Widerspruch. Beim Mann oft und bei der Frau nur selten. Falls aber bei diesem inneren Kampf der Selbsterhaltungsinstinkt überhandnimmt, so ist das, wie Sie mir sicher zustimmen werden, auch Egoismus, wenn auch äußerst feiner."

„Bei Christa wird es überhaupt keinen inneren Kampf gegeben haben", sagte Maria.

„Warum?"

„Bei ihr ist dieser Fortpflanzungsinstinkt, sagen wir, apostrophiert oder existiert sogar überhaupt nicht, so wie es bei den meisten Männern der Fall ist. Ich kenne übrigens noch mehrere solcher Menschen. Würden Sie auch da von Egoismus sprechen?"

Ja, in jedem Falle, dachte Urumow. Bei Menschen ist das stets der erste innere Sieg des Egoismus. Und dieser erste Sieg scheint die Bedingungen für alle weiteren zu schaffen ... Laut sagte er jedoch:

„Dieses Gespräch ist etwas gegenstandslos. Die Menschen lieben einander nicht wegen der Eigenschaften, die sie nicht besitzen, sondern wegen derjenigen, die sie haben. Die Frage ist, ob sich unsere beiden wirklich lieben. Beide hegen anscheinend Zweifel daran, das heißt, jeder zweifelt am anderen."

„Und Sie meinen, daß alle Mißverständnisse darauf zurückzuführen sind?"

„Ich glaube, daß Sie gut daran getan haben, Christa für eine Weile zu ihrer Tante zu schicken. Die Trennung wird unsere beiden besser verstehen lehren, was sie einander bedeuten."

„Und das Kind?"

„Für mich ist das eine zweitrangige Frage. Wenn es keine wahrhaft glückliche Familie gibt, so ist es besser, wenn kein Kind da ist. Ich bin schon ein alter Mann, und sicher habe ich veraltete Ansichten. Trotzdem kann ich nicht dafür sein, daß zwei Menschen unglücklich werden, damit ihr Kind glücklich wird."

Marias Blick erlosch von neuem.

„Ihrer Meinung nach sollten wir abwarten, ja?“ flüsterte sie.

„Ja, wenigstens zehn Tage. Wenn ich ehrlich sein soll, sehe ich die Sache optimistisch. Die beiden werden getrennt voneinander nicht auskommen können.“

Das Gespräch schien damit beendet zu sein. Das erfüllte Urumow plötzlich mit Angst.

„Hat Ihnen der Kaffee gestern geschmeckt?“

„Er war ausgezeichnet!“ antwortete Maria aufrichtig.

„Ich mache uns gleich welchen“, sagte der Professor und erhob sich von seinem Platz, ohne die Antwort abgewartet zu haben. Das erschien Maria jedoch nicht sonderlich merkwürdig. Was machte es schon, daß er Professor und Akademiemitglied war? Jeder kann Kaffee kochen. Er war außerdem Witwer und mußte für sich selbst sorgen können. Maria wäre sicher erstaunt gewesen, wenn sie gewußt hätte, daß dies der erste Kaffee in seinem Leben sein würde, den er eigenhändig zubereiten wollte.

Sie blieb allein im Arbeitszimmer zurück und merkte nicht einmal, wie ihr Blick in dieses wundersame blaue Bild hinter dem Schreibtisch versank. Sie hatte das Bild schon bei ihrem ersten Besuch bemerkt und den Wunsch verspürt, es näher zu betrachten, aber es wäre natürlich unhöflich gewesen, während des Gesprächs die Wände anzustarren. Nun hatte sie Gelegenheit dazu. Sie war beeindruckt. Sie fühlte dunkel, daß die Wirklichkeit nie so schön sein konnte wie die Phantasie und daß die von den Menschen erdachten Farben viel reichhaltiger und intensiver als die natürlichen sind.

In diesem Augenblick kehrte Urumow in das Arbeitszimmer zurück. Er schien sehr verwirrt zu sein.

„Etwas ganz Dummes ist passiert, ich kann den Kaffee nicht finden“, entschuldigte er sich.

„Das macht doch nichts“, erwiderte sie.

„Ich hatte Ihnen aber einen Kaffee versprochen“, murmelte er vor sich hin. „Es gibt übrigens einen Ausweg: Wir können den Kaffee im Russischen Klub trinken.“

Der Vorschlag kam für Maria so unerwartet, daß sie den Professor mit weit geöffneten Augen anstarrte. Warum eigentlich nicht, dachte sie im nächsten Moment, wo sie beide doch Verschwörer waren, vielleicht gar Verwandte wurden? Urumow merkte, daß sie zögerte, und er fügte eilig hinzu:

„Wir haben unser Gespräch noch nicht beendet. Eigentlich weiß ich ja überhaupt nichts über Christa. Wie soll ich mir dann ein Urteil über sie bilden?"

Also gingen sie in den Russischen Klub. Sie aßen Bœuf Stroganoff und tranken ein leichtes polnisches Bier dazu. Obgleich das Bier wirklich leicht war, brachte es die Frau völlig durcheinander. Sie schilderte nicht nur die traurige Kindheit ihrer einzigen Tochter, sondern sprach auch über ihr eigenes unglückliches und zerstörtes Leben.

Erst als sie ihre Erzählung beendet hatte, begriff sie, daß sie viel zuviel gesagt hatte, zu viel zu einem fast unbekannten Menschen. Und um ihre Verlegenheit irgendwie zu überspielen, fragte sie mit unpassend erscheinender Lässigkeit:

„Es ist zwar nicht taktvoll, aber warum haben Sie eigentlich keine Kinder?"

Das war wirklich nicht sehr feinfühlig, und Urumow wäre beinahe rot geworden.

„Da Sie danach fragen – wegen einer frühen unglücklichen Abtreibung, die meine Frau gemacht hat."

„Es tut mir sehr leid!" sagte Maria leise.

„Ich muß Ihnen gestehen, daß die Kinderlosigkeit in unserem Leben kein großes Problem war. Wahrscheinlich überhaupt kein Problem. Ich habe mich stets voll und ganz meiner Arbeit gewidmet und angenommen, daß sie in der Lage wäre, mir alles übrige zu ersetzen. Ich habe erst viel zu spät begriffen, daß ich mit meiner Einsamkeit allein geblieben bin."

Jetzt wurde sich Maria ihres Fehlers voll bewußt. Sie wollte sofort aufstehen und unter irgendeinem Vorwand nach Hause gehen, aber sie hatte nicht die Kraft dazu.

„Wir wollen lieber von etwas anderem sprechen", schlug sie vor.

„Ja, natürlich." Er erklärte sich sofort dazu bereit.

„Sagen Sie mir, woher Sie das wunderschöne Bild in Ihrem Arbeitszimmer haben?"

Urumow begann zu erzählen, wobei er mit dem vierblättrigen Kleeblatt und dem glücklichen Ausgang der Flugzeughavarie begann. Währenddessen wurden „speziell für den Herrn Professor" russische Plinzen mit Sahne zubereitet. Die Geschichte endete damit, wie er in das Wochenendhaus kam. Er schilderte, wie er Christas Bekanntschaft gemacht hatte und wie schwierig es gewesen war, das Bild von diesem verrückten unnachgiebigen Maler zu erstehen.

Inzwischen brachte man die Plinzen, doch Maria würdigte sie keines Blickes.

„Und was ist aus dem Kleeblatt geworden?" wollte sie wissen.

„Ich habe es noch. Ich trage es immer bei mir."

„Darf ich es sehen?"

„Natürlich", antwortete Urumow, erfreut, ihr einen Gefallen tun zu können.

Er nahm seinen Notizblock aus der Tasche, der sich genau auf der Seite öffnete, wo sich seit fast einem Jahr das zarte Blatt befand. Maria sah es verzückt an, als ob hier das wahre menschliche Glück vor ihr läge.

„Ich sehe zum erstenmal ein vierblättriges Kleeblatt!" sagte sie dann. „Und wie sah sie aus?"

„Welche ‚sie'?"

„Diejenige, die das Kleeblatt für Sie gefunden hat."

„Sie war bezaubernd", entgegnete er spontan und aufrichtig.

Der appetitliche Duft von Butter und Sahne stieg ihnen in die Nase. Sie aßen mit gutem Appetit die Plinzen und lächelten sich gegenseitig zu. Dann begleitete Urumow Maria bis zur nächsten Bushaltestelle.

Auch diese Nacht verbrachte er unruhig. Er träumte von Schimmeln, die über eine wie das Meer wogende, mit Kleeblättern übersäte Steppe galoppierten. Am nächsten Tag gegen zehn rief ihn Maria an.

„Ich habe einen Brief von Christa bekommen“, sagte sie leicht erregt. „Soll ich ihn mal vorlesen?“

„Am Telefon? Nein“, meinte Urumow. „Es ist besser, wenn Sie zu mir kommen.“

„Gut“, willigte Maria ein.

Sie verabredeten sich auf gleich. Dadurch konnte Professor Urumow die Einladung an den Nobelpreisträger Harold Whitlow immer noch nicht verfassen, obwohl er es dem Vizepräsidenten versprochen hatte.

8 Auch an diesem Abend versammelten sich die Freunde in ihrem Stammcafé. Alle drei waren unrasiert und übel gelaunt, sahen überhaupt ziemlich mitgenommen aus. Sogar die Kellnerinnen wurden bei ihrem Anblick vom Mitleid ergriffen und bedienten sie besonders schnell, aber auch das war den dreien nicht recht.

Wenig später erhoben sie sich, bestiegen Kischos armseligen Trabant und fuhren zum Restaurant „Schumako“. Ihnen war plötzlich in den Sinn gekommen, daß nur ein gebackener Lammkopf ihr Leben wieder einigermaßen ins Lot bringen würde.

Übrigens ließ Harry am meisten den Kopf hängen, obwohl er gar keinen Grund dafür hatte. Im Gegenteil. Seit einem Monat arbeitete seine Frau als Designer für ein Werk in Gabrowo. Sie fuhr jeden Monat für fünf bis sechs Tage dorthin und gab ihm somit die Möglichkeit, sich fast wieder als Junggeselle zu fühlen. Auch am heutigen Morgen war sie, mit Tränen in den Augen und nachdem sie Hunderte von Aufträgen und Ermahnungen ausgesprochen hatte, abgefahren. Harry war mit leerem Herzen und leerem Kopf auf dem Bahnsteig zurückgeblieben. Er hatte nur einen einzigen Wunsch verspürt: nach Hause zu gehen und die fünf oder sechs Tage bis zu ihrer Rückkehr zu verschlafen. Das Alleinsein war ihm langweilig.

Im Laufe des letzten halben Jahres hatten sich viele Dinge in Harrys Leben ereignet. Manches war anders geworden, aber sein Äußeres war wie vorher geblieben. Er trug immer noch seinen Vollbart, sah bedauernswert mager aus, war krumm und stets hungrig, obwohl er inzwischen stinkreich geworden war, wie Kischo es bezeichnete. In letzter Zeit hatte Harry wirklich Glück gehabt. Besonders mit einer Ausstellung, die alle in Überraschung versetzt hatte, am meisten übrigens ihn selbst. Harry hatte sie im April in einem kleinen, kalten Saal eröffnet und mit Müh und Not das Geld für die Eröffnungsfeier zusammengekratzt. Die Mehrzahl der Gäste hatte sich sofort auf die alkoholischen Getränke gestürzt, ohne die Bilder auch nur eines einzigen Blickes zu würdigen. Auch ein offizieller Gutachter war zugegen gewesen, obendrein völlig nüchtern. Er war im Eiltempo durch den Saal gelaufen, gefolgt von Harry, der unwillig blinzelte, weil man ihn von seinem Getränk weggeholt hatte. Schließlich war der Gutachter stehengeblieben und hatte gesagt:

„Du hast ja keine Ahnung, was du da gemalt hast!"

„Doch!" erwiderte Harry.

„Du weißt es nicht! Jetzt kann ich es dir nicht erklären, weil ich keine Zeit habe, aber ich werde es der entsprechenden Stelle melden."

So hatte alles seinen Anfang genommen. Zunächst waren von zwei sehr angesehenen Persönlichkeiten Bilder gekauft worden, was rasch das Ansehen des Künstlers steigen ließ und viele andere, nicht ganz so wichtige Persönlichkeiten in die Ausstellung trieb. Zu guter Letzt wurden fast alle Bilder verkauft, wenn auch die Hälfte nur auf Abzahlung. In den Zeitungen fand die Ausstellung nicht allzugroßen Widerhall, weil Harry über keine einflußreichen Freunde bei der Presse verfügte. Als Ausgleich dazu erwähnte jedoch der Vorsitzende des Künstlerverbandes bei einem Fernsehinterview Harry als die

Überraschung der Saison. Das war auch nicht wenig, denn diejenigen, die ein offenes Ohr dafür hatten, vernahmen es.

Der Erfolg schien Harry wie ein Jagdhund auf den Fersen zu folgen. Er schloß einen soliden Vertrag ab, man wählte drei seiner Bilder für die Biennale in Venedig und noch ein paar weitere für eine Ausstellung in Berlin aus. Außerdem wurde er sofort in die Wohnungsbaugenossenschaft des Künstlerverbandes aufgenommen und erhielt die Möglichkeit, ein Auto zu kaufen. Doch all das erschreckte Harry, denn zuviel des Guten würde seiner Meinung nach zu keinem guten Ende führen.

Er war etwas abergläubisch und hatte Angst, sein Schicksal herauszufordern. Kischo hatte ihm übrigens ein Horoskop gestellt, dem jedoch – wie üblich – nichts oder fast nichts zu entnehmen war. Es gab lediglich irgendeine Urlaubsreise ins Ausland und eine Auseinandersetzung mit einer hochgestellten Persönlichkeit. Vielleicht war damit Harrys Gönner gemeint, der ihn ohnehin wegen seines ungekämmten Bartes und der vor Schmutz steifen Hosen schief ansah.

Das „Schumako" war ziemlich leer. Die drei nahmen an zwei zusammengerückten Tischen Platz. Sofort stürzte ein Kellner auf sie zu und leierte ihnen schnell das Menü herunter. Nur Kischo gelang es, diesem Wortschwall das Wesentlichste zu entnehmen.

„Ich werde mal bestellen", sagte er, zu den anderen gewandt. „Zuerst also für jeden ein tschechisches Bierchen und gebackene Lammkaldaunen. Dann je einen Lammkopf. Für mich den kleinsten, bitte!"

Der Kellner merkte gleich, daß hier ein Kenner und Genießer vor ihm saß, und rechnete sich aus, was für ihn dabei abfallen könnte.

„Ich werde zu Ihrer Zufriedenheit auswählen", sagte er zuvorkommend.

„Warum willst du den kleinsten?" fragte Sascho mißtrauisch.

„Ich habe festgestellt, daß die kleinen Köpfe besonders gut schmecken. Sie sind am besten durchgebacken."

„Dann sollen alle drei klein sein", sagte Sascho empört.

„Natürlich, wie Sie wünschen", versicherte der Kellner.

Nachdem das Bier gebracht worden war, trank Kischo vorsichtig einen Schluck ab und schmatzte zufrieden.

„Es ist ganz nach Wunsch gekühlt", sagte er. „Hört zu, Jungs, ich gebe heute einen aus."

„Warum du?"

„Weil ich einen Grund dazu habe: Man hat mich entlassen."

„Na bitte", rief Sascho voller Genugtuung. „Und du hast gedacht, Jahrhunderte dort zubringen zu können. Was für einen Grund hat man für deine Entlassung genannt?"

„Den legitimsten! Es seien nur sechs Apparate vorhanden, wodurch ich nicht voll beschäftigt sei. Wißt ihr, was mir diese Idioten vorgeschlagen haben? Die Arbeit auf Honorarbasis weiterzuführen: fünf Lewa je Tag unter der Bedingung, daß es nicht mehr als fünfzehn Tage im Monat sein werden. So entspräche es der staatlichen Norm."

„Stimmt das?" fragte Sascho.

„Ach wo! Bei uns gibt es doch jetzt zum erstenmal solche Automaten, wann wollen sie da staatliche Normen aufgestellt haben? Diese Hornochsen sind einfach neidisch. Sie denken den ganzen Tag darüber nach, was sie noch aushecken könnten, um das Gehalt, das sie bekommen, zu rechtfertigen. Ich habe jedenfalls meine Siebensachen gepackt und bin gegangen. Sie haben sich schrecklich darüber gefreut."

„Und die Automaten?" fragte Sascho mit zusammengezogenen Brauen.

„Die Automaten werden zum Teufel gehen. Diese Typen interessieren sich doch überhaupt nicht dafür. Heute wird einer und morgen der nächste seinen Geist aufgeben. Und am Wochenende sind alle sechs dahin. Dabei kosten sie . . . zig Tausende und würden ihrer beschissenen Direktion einen Riesengewinn bringen. Na, diese Leute werden noch auf Knien zu mir gerutscht kommen."

„So ein Optimist!" sagte Harry herablassend.

„Nein, diesmal nicht. Diesmal werde ich nicht nachgeben", erklärte Kischo boshaft. „Es reicht schon, wenn ich einen Artikel unter, sagen wir, folgender Überschrift loslasse: ‚Warum stehen sie untätig herum?' oder: ‚Mücken seihen – Kamele verschlingen'."

„Weißt du, was dann geschehen wird?" fragte Sascho.

„Nichts Besonderes! Sie werden etwas Ärger bekommen, und jemand wird vielleicht rausfliegen."

„Da irrst du dich!" sagte Sascho. „Den Artikel wird dein Wunderkind lesen und sofort angerannt kommen."

„Weißt du, daß du recht haben könntest?" brummte Kischo resigniert. „Aber vielleicht kommt der Junge auch nicht, weil er nämlich keine Zeitung liest. Er ist ein Schmalspurmathematiker."

„Vielleicht macht ihn dann jemand anders auf den Artikel aufmerksam."

„In Primorsko gibt es doch überhaupt keine Zeitungen."

„Hast du das Wunderkind etwa dorthin geschickt?" Sascho lachte.

„Das war das erste, was ich tat. Ich habe dem Jungen selbst die Fahrkarte gekauft und ihn zum Bahnhof gebracht. Dieser Dummkopf wäre sogar bereit gewesen, unentgeltlich zu arbeiten, so sehr gefällt ihm die Elektronik. Gott sei Dank spielt der Sex bei ihm aber auch eine große Rolle, was ich mir zunutze gemacht und ihm die vielversprechendsten Perspektiven ausgemalt habe."

„Und wer gibt ihm das entsprechende Kleingeld?"

„Ich habe doch neuerdings meine Spendierhosen an. Dieser Geschäftsmann vom Rummel hat auf Heller und Pfennig bezahlt. Er wollte sogar, daß ich mich weiterhin um die Apparate kümmere. Ich habe aber nur mein Geld geholt, und nun ist Schluß! Er wird mich nie mehr zu Gesicht kriegen."

Die beiden anderen warfen sich einen vielsagenden Blick zu.

„Hör mal gut zu“, meldete sich Harry. „Wenn du Wort hältst, darfst du dir bei mir ein Bild aussuchen. Ich schenke es dir. Sascho ist Zeuge, daß ich es ernst meine.“

„Gib schon her!“ sagte Kischo erfreut.

„Was für eine Garantie habe ich?“

„Sobald du mir das Bild gegeben hast, fahre ich auch nach Primorsko! Dort kann ich mich gleich ein bißchen um das Wunderkind kümmern, falls es kein Glück in der Liebe haben sollte.“

Dieser Vorschlag fand allgemeine Zustimmung, und Kischo erzählte alles, was er über den Jungen wußte. Die Eltern waren geschieden und hatten das Kind seinem Schicksal überlassen, ohne die leiseste Ahnung zu haben, daß er ihrem Namen eines Tages alle Ehre machen würde. Wie das gewöhnlich so ist, hatte der Junge bei seiner Oma Zuflucht gesucht. Sie war ein sehr gutmütiges Mütterchen, das aufopfernd für ihn sorgte, nur leider verstand sie nichts von Literatur.

„Warum muß sie etwas von Literatur verstehen?“ Harry sah Kischo erstaunt an.

„Weil das eben die Achillesferse unseres Wunderkindes ist!“ antwortete Kischo. „Er bringt es in diesem Fach zu keiner anständigen Zensur, die Vieren hageln nur so. Ich habe mal in seinen Heften geblättert und wäre beinahe vor Lachen geplatzt. Wißt ihr, wie er Don Quichotte schreibt?

Donqui Chot . . . Nicht schlecht, was? Und Schiller ist für ihn einfach Schil. Wahrscheinlich hat er obendrein auch noch einen Gehörfehler.“

„Also wird er die Aufnahmeprüfung für die Uni wohl nicht bestehen“, sagte Sascho besorgt.

„Das ist sicher! Er fällt schon bei der schriftlichen Prüfung durch“, bestätigte Harry diese Meinung.

Die drei Freunde wurden nachdenklich. Man würde das Wunderkind durchfallen lassen, und es hätte keinen

Sinn, der Kommission zu erklären, daß der Junge ein technisches Genie sei. Das würde sie nur noch mehr verärgern. Man mußte etwas für das Wunderkind tun. Vielleicht Nachhilfeunterricht in Literatur? Aber wer sollte den erteilen? Christa? Sie war sehr gutmütig und würde sich sofort dazu bereit erklären. Sascho, dem diese Variante gar nicht so sehr gefiel, hatte einen anderen Vorschlag parat.

„Am besten wäre es, wenn Kischo wieder in die Uni zurückkehrte“, meinte er.

„Ich gehe nicht wieder hin. Ich habe dort sowieso viel zu lange den Dummen gemacht.“

„Du könntest es wenigstens für kurze Zeit tun. Wenn du erst mal drin bist, läßt sich einiges regeln. Du könntest beispielsweise die schriftliche Arbeit des Jungen austauschen. Dann wird er auch gleich von der mündlichen Prüfung befreit, und es kann nichts mehr passieren.“

Aber Kischo ließ sich nicht erweichen.

„Du wirst doch nicht dein Leben lang von irgendwelchen Strolchen abhängig sein wollen“, bohrte Sascho ärgerlich weiter.

„Ich habe einige sehr gute Angebote“, brummte Kischo unwillig, „und sehr gut bezahlte. Das beste kommt aus dem Transistorenwerk in Botewgrad.“

Sascho schwieg. Immerhin war es besser, in der Produktion tätig zu sein, als seine Zeit auf einem Rummel zu vertrödeln. In einem Konstruktionsbüro zu arbeiten wäre auch nicht schlecht. Es war ganz was anderes, Maschinen zu projektieren, als sie zu reparieren! In diesem Moment brachte man ihnen die gebackenen Kaldaunen. Der Kellner hatte sich auch dieses Mal viel Mühe gegeben und ihnen die knusprigsten vom Blechrand herausgesucht. Sie schlangen sie hinunter, ohne dabei ein Wort zu verlieren, und bestellten noch mehr Bier. Wie Kischo angenommen hatte, war die Stimmung bedeutend besser geworden. Lediglich Harrys Blick war keinesfalls lustig, und seine Stimme klang immer noch abweisend.

„Ich kann nicht verstehen, warum gerade du so sauer bist", murrte Kischo.

„Ich war heute zu einer Beerdigung." Harry blickte düster vor sich hin.

„Na und? Gewöhnlich kommen die Leute fröhlich von einer Beerdigung zurück. Hast du das noch nicht bemerkt? Die beste Art und Weise, sich zu überzeugen, daß man lebt, ist, einen Toten zu sehen."

„Ich habe ihn ja nicht mal gesehen", sagte Harry.

„Wieso?"

„Er lag in einem plombierten Sarg."

Harry erzählte ihnen etwas verzagt eine eigentümliche Geschichte, die sich vor etwa zehn Tagen in Sosopol zugetragen hatte. Eine Gruppe Kollegen von ihm, natürlich betrunken, war um Mitternacht mit einem Motorboot durch die kleine Bucht vor Kornja gefahren. Unterwegs hatte ein gewisser Gena unglücklicherweise Wasser lassen müssen. Und da, wie es bei solchen Gelagen üblich ist, Frauen mit von der Partie waren, war er zum Steuer gegangen. Er hatte sich gerade die Hose aufgeknöpft, als eine große Welle das Vorderteil des Bootes anhob. Gena war ins Wanken geraten und hatte versucht, sich an der Flagge festzuhalten, sie aber schließlich auch mit in die Tiefe gerissen. Der Bootsmann hatte ihn am Fuß zu packen versucht, aber nur den Schuh in der Hand behalten. Er hatte sofort gewendet, aber umsonst. Es war so dunkel gewesen, daß man absolut nichts erkennen konnte. Wie verrückt seien sie mit dem Boot umhergefahren, bis ihnen der Treibstoff ausgegangen war. Vergeblich. Erst eine Woche später hätte das Meer Gena ans Land gespült.

„Wirklich tragisch!" Harry beendete seine Erzählung. „Er hat eine Frau mit zwei Kindern hinterlassen. Und die Idioten, die mit ihm im Boot gewesen sind, haben es nicht gewagt, zur Beerdigung zu erscheinen. Obendrein ist auch Manew, der Verbandssekretär, nicht gekommen, der ein paar Worte an seinem Grab sprechen sollte."

Es sei zu einem kleinen Hin und Her gekommen,

einer habe sich hinter dem anderen versteckt, bis man zum Schluß ihn, Harry, nach vorn geschubst hatte. Was hätte er tun sollen? Er war auf die fetten, rutschigen Erdklumpen gestiegen, mit einem Kopf, der leerer als das Grab war, das frisch ausgehoben vor ihm lag. Schließlich sei ihm eingefallen, was er sagen könnte. Er formulierte es etwa folgendermaßen:

„Genossinnen und Genossen, wollen wir uns vor unserem verstorbenen Freund verneigen! Sein Tod ist kein Zufall, wie mancher zu glauben meint. Noch zu seinen Lebzeiten trug er den Tod in sich, weil er ein gutes und empfindsames Herz hatte, das voller Liebe zu den Menschen war. Ihm war der Kampf um den Knochen, ich meine um Verträge und um Dienstreisen, fremd. Er haßte es, sich den Weg mit den Ellenbogen zu bahnen, seinen Freunden zur Last zu fallen oder sie aufs Glatteis zu führen. Er war weder geldgierig, noch strebte er nach besonderem Ruhm. Sein Herz war nicht für diese grobe und boshafte Welt geschaffen, es war ein wahrhaft menschliches Herz. Und so ist er unbemerkt von dannen gegangen, wie er auch unbemerkt auf die Welt gekommen war. Laßt uns an seinem Grabe schwören, Freunde, daß wir stets seinem Beispiel folgen werden."

Bei diesen Worten seien die Witwe und die beiden Waisen in lautes Geheul ausgebrochen, während einige Typen, die gerade ihre Verträge abgeschlossen hatten, schuldbewußt den Kopf gesenkt hätten. Andere, die es zu keinem Kontrakt gebracht hatten, hätten beinahe vor Begeisterung applaudiert.

„Und der Verstorbene?" fragte Kischo.

„Was soll mit ihm sein?"

„Hatte er einen Kontrakt?"

„Ja, natürlich, einen ziemlich fetten sogar, fast soviel wert wie meiner. Dabei war Gena ziemlich unbegabt, nur fürchterlich hinter dem Geld und dem Ruhm her. Nach der Beerdigung habe ich erfahren, daß er mit dem ersten Flugzeug nach Burgas geflogen war, sobald er das Geld bekommen hatte, und daß er seiner Frau keinen

Pfennig zurückgelassen hat. Sie weiß auch heute noch nichts von diesem Vertragsabschluß, die Arme. Sie ist nur Krankenschwester und ernährt mit ihrem erbärmlichen Gehalt die ganze Familie. Schön, nicht wahr? Und ich mußte zu seiner Beerdigung und noch dazu eine Grabrede halten! Ober, einen doppelten Wodka!"

„Ich denke, wir trinken heute nur Bier?" fragte Kischo unsicher.

„Ich muß diese widerwärtige Geschichte vergessen", sagte Harry entschlossen.

Als sein dritter Wodka vor ihm stand, konnte man in der engen Gaststätte kaum noch vor Menschen treten. Es roch nach Zigarettenqualm, nach Gegrilltem, Paprika, nach Meerrettich, sauren Gurken, Lammfett und billigem Parfüm. Ein Tonbandgerät spielte kitschige Schlager aus der Vorkriegszeit. Sogar in den Gängen zwischen den Tischen saßen Menschen. Der Raum glich einem Schlachthof. Aber Harry schien das überhaupt nicht zu bemerken. Nach den drei Wodkas machte er einen völlig nüchternen Eindruck und war dreimal düsterer als zuvor. Jetzt beklagte er mit ruhiger und monotoner Stimme sein eigenes Schicksal.

„Irgendwas haut in den letzten Monaten nicht hin! Ich male wie besessen, um so etwas wie die ‚Schimmel' hinzukriegen, aber es will und will nicht werden. Es ist, als ob ich ein Stück von mir selbst verloren hätte, etwas Wichtiges, vielleicht sogar das Wichtigste, obwohl ich nicht weiß, was."

„Wenn der Bart weg wäre, könnte ich dir sagen, was dir fehlt", erwiderte Kischo teilnahmsvoll, der gerade erst beim zweiten Wodka angelangt war.

„Es ist nicht gut, wenn die anderen zuviel von einem halten", fuhr Harry fort, ohne Kischos Bemerkung zu beachten. „Man hat dann auf einmal den Wunsch, um jeden Preis den anderen zu gefallen, und fängt an, eine niedliche und seichte Kunst zu schaffen, die nur zum Verbrauch bestimmt ist."

„Darin liegt doch gerade deine Stärke, du Holzkopf!"

sagte Sascho ärgerlich, der noch beim Bier war. „Du schaffst eben Schönes, vielleicht sogar unwillkürlich."

„Die Designer bringen auch Schönes zustande", zischte Harry verächtlich. „Aber das ist die unpersönliche und gefühllose Schönheit des Standards; sie ist wie die Schminke der Ballerinen. In wahrer Schönheit aber muß auch etwas Leid enthalten sein, sonst ist es keine Kunst, sondern eine Kremtorte mit Schokoladenüberzug."

„In den ‚Schimmeln' ist kein Leid", sagte Sascho.

„Dann hast du meine Pferde nicht begriffen!" Harry wurde wütend. „In den ‚Schimmeln' steckt Sehnsucht, merkt man das denn nicht? Und was heißt Sehnsucht? Trauer um das Unerreichte! Aber gut, ich versteh dich. Was für eine Trauer soll schon in mir sein, da ich ein Sparbuch habe und das Geld für dic Eigentumswohnung und das Auto bereits eingezahlt ist!"

Harry bestellte noch zwei Wodka.

„Heute lege ich das feierliche Versprechen ab, ein Jahr lang nichts zu verkaufen!" fuhr er mit seiner monotonen Stimme fort. „Auch kein Bild auszustellen! Gestern habe ich zum Beispiel erstmalig eine Kundin weggeschickt. Wirklich."

Und da ihn die anderen mißtrauisch ansahen, setzte er seine Erzählung fort.

„Eine Dame, so um die Fünfzig, kam zu mir ins Atelier. Sie hatte einen Mund wie ein Hühnerafter, wie meine Großmutter immer zu sagen pflegte, obgleich ihr eigenes Maul dem eines Esels glich. Anscheinend hatte diese Dame etwas von meinen neuesten Arbeiten gehört, weil sie, wie sie es ausdrückte, die wertvollsten davon sehen wollte. Mir war, als ob sie mir mit dem Finger ins Auge führe. Wer war sie denn überhaupt? Das habe ich sie dann auch gefragt. Da sah mich diese Frau herablassend an und sagte: ‚Warum interessiert Sie das? Ich bezahle doch!' ‚Es interessiert mich', sagte ich, ‚weil die Bilder kein Geld, sondern Nerven kosten. Wenn Dürer gewußt hätte, daß Göring seine Bilder anstarren würde, hätte er sie sicher alle verbrannt!' Daraufhin hat die

Dame bald einen Tobsuchtsanfall gekriegt, mir aber trotzdem nicht verraten, wer ihr Mann ist."

„Früher warst du nicht so anspruchsvoll!" brummte Kischo.

„Wann früher?" fragte Harry feindselig.

„Beispielsweise, als du der amerikanischen Puffmutter dein Bild verkauft hast."

„Ich habe doch nicht gewußt, daß sie eine Puffmutter ist."

„Urumow hatte es dir gesagt! Du hast ihr trotzdem die ‚Schimmel' gegeben, wenn auch nur das Zweitbild."

Harry machte ein böses Gesicht.

„Um so schlimmer für mich!" sagte er. „Also, ein ganzes Jahr lang werde ich keinen einzigen Lew nehmen!"

„Da sieht man's wieder mal." Kischo zuckte mit den Schultern. „Nur der Reiche kann sich den Luxus erlauben, Ehrgefühl zu zeigen."

„Hast du das jetzt erst kapiert?" fragte Sascho ironisch.

„Ich muß wohl oder übel ins Werk nach Botewgrad", jammerte Kischo, „sonst wird sich hier noch jeder mit mir den Hintern wischen! Warum trinkst du nicht auch einen Wodka, es ist inzwischen doch klar, daß . . ."

„Ich mache mich auf den Heimweg!" sagte Sascho entschlossen.

„Wieso? Wir sind zusammen hergekommen, also gehen wir auch zusammen."

„Mein Onkel wartet auf mich, ich muß auf einen Sprung zu ihm, bevor er schlafen geht."

„Er schnarcht sicher schon lange."

„Nein!" sagte Sascho kategorisch.

Und er ging wirklich. Aber während er auf den Bus wartete, wurde sein Kopf allmählich klar, und er begriff, daß er einen Fehler machte. Er durfte die beiden nicht allein lassen. Sie würden noch ein paar Wodka kippen, sich wie Schlappschwänze gehenlassen, und keiner würde sagen können, wie es enden würde. Es könnte sogar passieren, daß Sie sich in den Trabi setzten. Das wäre das schlimmste. Kischo gehörte nicht zu denen, die lange überlegten. Und wenn ihnen unterwegs etwas zustieße, würde es sicher bald ein drittes Opfer geben, Sascho selbst nämlich, wenn die kleine Fifi erführe, daß er die Freunde einfach verlassen hatte.

Das beste wäre umzukehren! Aber wie sollte er das tun, da sich in seinem Kopf seit einer Stunde der idiotische Gedanke verankert hatte, Christa sei plötzlich in Sofia eingetroffen? Wenn sie nun einsam im Café saß? Anfangs gelang es Sascho, gegen diese Vorstellung anzukämpfen, aber allmählich ergriff sie völlig von ihm Besitz. Warum sollte er mit diesen Säufern mithalten, während sich das Mädchen dort Sorgen machte! Sie hatten schließlich vorher ausdrücklich ausgemacht, nur Bier zu trinken.

Zum Glück brauchte Sascho nicht lange auf den Autobus zu warten, doch er hatte alle Mühe einzusteigen, weil dieser kaum hielt und dann wie wild den Abhang hinuntersauste. Der Fahrer fuhr sicher im Leerlauf, weil kein Motorengeräusch zu vernehmen war. Wenn jetzt etwas passieren sollte, würden sie erst im Stadtzentrum zum Stehen kommen, falls sie nicht an irgendeiner der zahlreichen Kreuzungen zermalmt würden. Hin und wieder tauchten die Lichter der entgegenkommenden Fahrzeuge auf, und an der Seite huschten wie im Film erleuchtete Fenster vorbei. So verlief die Fahrt bis zur Kreuzung mit der Umgehungsstraße von Sofia, wo der Fahrer endlich die Geschwindigkeit verringerte und den Bus vor dem Haltezeichen zum Stehen brachte.

Erst jetzt konnte Sascho wieder zu seinem halbverrückten Traum zurückkehren. Aber warum halbverrückt, wo man doch von Christa alles erwarten konnte? Er geht in das Café, sie lächelt ihn an, als ob nichts gewesen ist, ihr ganzes Gesicht leuchtet. Er nimmt am Tisch Platz, schüchtern und verwirrt; sie lächelt immer noch und berührt mit den Fingerspitzen seine Hand. Warum hast du dich verspätet, Mäuschen? Als ob nichts gewesen wäre, als ob sie sich nie zerstritten hätten. Genau so würde sie sich verhalten, falls sie wirklich da wäre. Das entspräche voll und ganz ihrem Charakter.

Als er eine Viertelstunde später die Tür der Konditorei öffnete, saß an ihrem Tisch tatsächlich ein Mädchen, das freudig zusammenzuckte, als es ihn sah. Aber das war nicht Christa, sondern Donka. Sie trug eine neue orangefarbene Hose und hatte eine geradezu idiotische Frisur, eine Art Afrika-Look.

„Wartest du auf jemanden?“ fragte Sascho.

„Auf dich natürlich! Was stehst du so herum, setz dich, ich werde dich schon nicht fressen!“

Sascho nahm vorsichtig Platz.

„Brauchst du mich?“

„Ich habe heute einen Brief von Christa bekommen“, antwortete Donka.

„Und was schreibt sie?“ Es durchfuhr ihn.

„Sie schreibt mir, wie sehr du sie gekränkt hast. Du bist wie ein Elefant im Porzellanladen. Das hätte ich wirklich nicht von dir erwartet.“

„Nun hör aber auf!“

„Du hast nichts von den Urumows geerbt. Sie sind zumindest wohlerzogene Leute.“

„Laß mich mal den Brief sehen“, sagte Sascho, sichtlich bemüht, seiner Stimme einen gleichgültigen Ton zu verleihen.

„Ausgeschlossen!“ erwiderte Donka. „Christa hat es mir ausdrücklich verboten, auf Leben und Tod!“

Aber nachdem er ihr eine Viertelstunde lang zugesetzt und zwei Pfefferminzschnäpse bestellt hatte, ließ sie sich doch dazu herab, ihm „eine kurze Passage“ vorzulesen. Sie kramte den Brief heraus, faltete ihn direkt an dem vorzulesenden Absatz zusammen und lehnte sich leicht zurück.

„Hör zu!“ befahl sie.

„‚Ich bitte dich inständig, einen guten Gynäkologen für mich aufzutreiben. Aber es muß unbedingt eine Frau sein.‘ Frau ist doppelt unterstrichen. ‚Wenn ich zurückkomme, muß ich endgültig diese Angelegenheit aus der

Welt schaffen. Wahrscheinlich gerät jede Frau einmal in so eine Situation, so daß man nicht gleich daran sterben wird. Ich möchte aber um keinen Preis Sascho gegenüber verpflichtet sein und ihn mit meinen Angelegenheiten belästigen."

„Das war's!" sagte Donka.

„Und wirst du so eine Gynäkologin ausfindig machen?"

„Ich bin doch nicht verrückt! Kann ich das etwa, ohne dich zu fragen? Das ist doch nicht nur ihr Kind, sondern auch deins."

Sascho schwieg.

„Was würdest du an meiner Stelle tun?" fragte er sie kurz darauf.

„So oder so werdet ihr heiraten, warum solltet ihr also das Kind beseitigen! Das ist eine Sache, bei der man nicht immer Glück hat. Weißt du, was für Komplikationen es manchmal bei diesen Abtreibungen gibt?"

„Ich weiß", erwiderte Sascho.

„Du mußt das selbst entscheiden! Es ist deine Angelegenheit."

Sascho schwieg abermals. Sein Gesicht war aschfahl geworden.

„Sie hat ihren Entschluß gefaßt", sagte er schließlich. „Ohne mich zu fragen . . ."

„Wieso ohne dich zu fragen? Sie hat dich doch gefragt, gleich zu Anfang."

„Also ist die Sache erledigt."

Donka machte ein böses Gesicht.

„Aus euch wird nichts", sagte sie dann. „Aber falls ihr auseinandergeht und sie einen anderen findet, bin ich die nächste Anwärterin auf dich."

Er mußte lachen.

9 Der Professor entspannte sich. Genauer gesagt, er lag mit geschlossenen Augen auf der Liege in seinem Arbeitszimmer. Die schweren Vorhänge, die er

wegen der Mittagshitze zugezogen hatte, schienen die Schwüle und die Gerüche – unzählige Gerüche, die es anscheinend nur zu dieser Tageszeit gab – noch zu vermehren. Die Manuskripte rochen nach Papier und Staub, während der alte Schreibtisch einen schwachen Tabakgeruch, der aus den Zeiten von Urumows Vater an ihm haftengeblieben war, ausströmte. Der Professor konnte nicht einschlafen, er wollte aber wenigstens bis fünfzehn Uhr ruhen. Das wichtigste war, nicht nachzudenken, sich zu entspannen und Kraft für den langen Sommernachmittag zu schöpfen.

Doch genau um halb drei, als Urumow leicht eingenickt war, klingelte das Telefon. Er wartete ein wenig, ob der Anrufer nicht vielleicht den Hörer auflegen würde, aber das lästige Läuten dauerte an. Gewöhnlich zog der Professor, wenn er ungestört sein wollte, den Stecker heraus, aber dieses Mal hatte er es regelrecht vergessen. Plötzlich fiel ihm ein, daß ihn Maria anrufen könnte, weil sich vielleicht etwas Unangenehmes oder Unerwartetes ereignet hatte. Er stand so ruckartig auf, daß ihm plötzlich das Herz weh tat und ein paar Schläge ausließ. Als er den Hörer abnahm, vernahm er jedoch nur die aufgeregte Stimme seines Neffen.

„Onkel, entschuldige, daß ich dich zu dieser Zeit störe, aber ich habe eine außerordentlich wichtige Neuigkeit für dich."

„Hat sie etwas mit Christa zu tun?" fragte der Professor erschrocken.

„Mit Christa? Nein. Sie hängt mit unserer Arbeit zusammen."

„Eure Arbeit hätte sicher noch eine halbe Stunde Zeit gehabt", erwiderte Urumow vorwurfsvoll.

„Onkel, die Neuigkeit ist außerordentlich interessant!" sagte der Neffe fast bittend. „Ich rufe aus dem Arbeitszimmer des Chefs an."

„Also gut, kommt her", forderte sie der Professor auf.

Zehn Minuten später waren sie bei ihm, wahrscheinlich hatten sie ein Taxi genommen. Awramow glich mit seinem alten Schantungsakko, seiner zu kurz gewordenen ungebügelten Hose und den Riemensandalen einem Kellner aus der Provinz oder einem reisenden Musiker. Aber in den letzten Wochen hatte er beachtliches Selbstbewußtsein entwickelt, besonders nachdem er von der erfolgreichen Augenoperation seiner Tochter erfahren hatte. Urumow führte sie in sein Arbeitszimmer. Sie waren von ihrer Neuigkeit ganz außer sich, anscheinend hatten sie wirklich etwas erreicht. Awramow hüstelte. Nachdem er tief Luft geholt hatte, erklärte er feierlich:

„Sie hatten recht, Genosse Urumow. Soeben haben wir erfahren, daß es uns gelungen ist, eine der weißen Mäuse, denen der Katalysator injiziert wurde, mit Lungenkrebs zu infizieren."

Urumows Atem stockte für Sekunden, obgleich er diese Nachricht seit langem erwartet hatte.

„Welche Gruppe?" fragte er leise.

„Gruppe C, laufende Nummer sechshundertsechsundvierzig. Eine weibliche weiße Maus, die schon Junge hat."

Zur Gruppe C gehörten die Versuchstiere, die sie in einer sauerstoffarmen Umwelt, vermischt mit Industrieabgasen, hielten.

„Ich habe es einfach nicht für möglich gehalten!" sagte Awramow aufgeregt und wischte sich unbewußt die schweißüberströmte Stirn mit der Hand ab. „Krebs, hervorgerufen von den natürlichen Zusammensetzungen des Organismus! Das hat man noch nie gehört! Wenn wir einen entsprechenden wissenschaftlichen Beitrag veröffentlichen, werden wir alle Biologen in Verwirrung bringen."

„Sicher", sagte Urumow gelassen. „Aber wir werden keine derartige Mitteilung veröffentlichen."

Beide sahen ihn überrascht an.

„Warum?" fragte Awramow. Seine Stimme klang dumpf und ein wenig feindselig.

„Warum? Ja, seid ihr euch denn nicht bewußt, daß eure

Versuche nicht rein genug sind? In eurem Material gibt es auf jeden Fall Beimischungen!"

Das stimmte, und sie wußten es nur zu genau.

„Aber Genosse Urumow", rief Awramow diesmal fast bittend, „unser Material ist zumindest zu siebenundneunzig Komma fünf Prozent rein. Das bedeutet, daß unser Ergebnis ungefähr im gleichen Maße stimmt."

„Nein, Awramow, das ist keinesfalls eine gesunde wissenschaftliche Logik!" gab der Professor ziemlich reserviert zu bedenken.

Er bemerkte aus den Augenwinkeln, wie Sascho unwillkürlich zurückfuhr. Diese Kritik war auch an ihn gerichtet. Trotzdem machte er jetzt keinen beleidigten Eindruck, sondern wirkte eher ein wenig beschämt.

„Überlegt doch mal, welche Maus ihr angesteckt habt! Die sechshundertundsoundsovielte! Ein Gesetz kann doch nicht aus Ausnahmen bestehen."

Jetzt zog sich auch Awramow zurück, innerlich.

„Aber Sie meinen, daß gerade durch die Beimischungen dieses Ergebnis erzielt wurde?" fragte er.

„Ja, bestimmt!" sagte der Professor überzeugt, „obwohl ihr die Pflicht habt, auch eure Hypothese zu überprüfen." „Also haben wir Ihres Erachtens nichts erreicht?" Awramows Stimme klang verzweifelt.

„Warum wollen Sie mich nicht verstehen, Awramow! Genau das Gegenteil ist der Fall! Ihr beide habt das erreicht, was ich mit so immenser Hoffnung von euch erwartet habe. Obwohl der Versuch noch lange nicht abgeschlossen ist."

„Ich verstehe Sie wirklich nicht", murmelte Awramow verwirrt.

„Aber das ist doch ganz einfach", meldete sich Sascho plötzlich. „Mein Onkel will damit sagen, daß es auch hier um den gegenseitigen Austausch der Strukturen geht."

„So ist es." Der Professor nickte. „Praktisch verursacht weder Katalysator Krebs, noch beschleunigen die Beimischungen biochemische Reaktionen. Und trotzdem findet ein Austausch statt. Jetzt müßt ihr herausfinden, unter welchen Bedingungen ein Organismus geneigt ist, diesen fatalen Fehler zu begehen."

„Natürlich!" rief Awramow aus. „Wir müssen nach und nach die Möglichkeiten einengen. Bis wir zum optimalen Ergebnis gelangt sind."

Der Professor erhob sich von seinem Platz und schritt aufgeregt hin und her. Sein Gehirn arbeitete fieberhaft.

„Offensichtlich geschieht der Fehler bei einer stark veränderten biochemischen Umwelt!" ergänzte Awramow, während er sich noch einmal die Stirn wischte. „Diese Schlußfolgerung drängt sich geradezu auf."

„Sie mögen recht haben." Urumow lächelte. „Wenn es so ist, haben wir vielleicht das Wichtigste in Erfahrung gebracht, was wir über die Entstehung des Krebses wissen müssen."

„Ich habe mich hinreißen lassen." Awramow seufzte. „Aber es war wirklich verblüffend, zu sehen, wie sich der Organismus selbst zerstört."

In diesem Augenblick glaubte Urumow gehört zu haben, daß die Tür geöffnet wurde und jemand die Wohnung betrat. Anscheinend hatte das auch Sascho wahrgenommen, weil er sofort fragte:

„Ist noch jemand hier?"

„Es könnte höchstens deine Mutter sein."

Da erschien auch schon Angelinas Kopf im Türspalt. Sie blinzelte neugierig und sagte dann verlegen:

„Ach, ihr seid es. Ich habe nur mal reingesehen."

Die Gäste blieben fast eine Stunde. Ihre Entdeckung rückte den Besuch Whitlows zweifelsohne in ein ganz neues Licht. Sie hatten nun etwas, womit sie ihn überraschen konnten.

„Jetzt wird es erst richtig interessant", sagte Awramow lächelnd, als er sich schließlich von Urumow verabschiedete.

„Das kann man wohl sagen!" stimmte dieser ihm zu.

Als er die beiden hinausgebracht hatte, glaubte er, aus dem Wohnzimmer Stimmen zu hören. Überrascht öffnete er die Tür. Angelina hatte es sich in seinem Sessel gemütlich gemacht und sah zerstreut fern. Es war Sonnabend, die Menschen schluckten alles, was man ihnen anbot.

„Ich weiß nicht einmal, ob ihr zu Hause einen Fernseher habt", sagte Urumow schuldbewußt.

„Natürlich haben wir einen", entgegnete Angelina erstaunt. „Ich selbst brauchte ihn nicht, aber wenn er nicht wäre, würde mein Herumtreiber überhaupt nicht mehr heimkommen."

Ihr Bruder ging weiter zu seinem Arbeitszimmer. Sie sah ihm mitleidvoll nach. In solchen Augenblicken verglich sie ihn stets mit einem braven Ochsen, der seinen durchgescheuerten Hals selbst in das Joch schob.

„Warte, ich will noch etwas von dir", rief sie ihm nach.

„Brauchst du etwas?"

„Nein, ich möchte mit dir reden."

Ob sie vielleicht etwas gemerkt hatte? Ihm schien, daß seine Schwester, immer wenn Maria da war, wie eine alte Katze um die Türschwellen schlich. Das war natürlich bedeutungslos, er hätte ruhigen Gewissens sogar die Tür offenlassen können, denn alles, was sie sich bisher gesagt hatten, hätte Angelina getrost hören können. Aber was war mit dem, was sie nicht gesagt hatten? Verwirrt nahm er auf dem Diwan Platz und sah zu Angelina hin. Sie war irgendwie unruhig, als ob sie ein heikles Gespräch führen müßte. Nachdem sie sich einige Male geräuspert hatte, sagte sie schließlich: „Ich weiß nicht, Michail, aber vielleicht hast du es vergessen: Morgen jährt sich der Todestag deiner Frau."

Urumow durchschauerte es.

„Der wievielte ist denn morgen?"

„Es stimmt schon, du kannst es mir glauben. Ich wollte dich nur daran erinnert haben, falls du etwas zu unternehmen gedenkst."

Ihm schien, als sei es im Zimmer plötzlich dunkel geworden. Er fühlte sich hilflos.

„Was macht man in solchen Fällen?"

„Man läßt eine Totenmesse am Grab lesen." Sie zögerte einen Augenblick lang und fügte dann hinzu: „Es gehört sich so."

„Ich verstehe." Er nickte. „Aber es ist schon zu spät, wir haben keine Zeit mehr, die Einladungen zu verschikken."

„Das stimmt", sagte sie, „aber die Zeit würde noch reichen, um einen Nachruf drucken zu lassen. Die Leute sollen ihn lesen und ihrer gedenken."

Was wußte schon seine Schwester von seinem gemeinsamen Leben mit Natalia? Nichts! Ohne dabei grob oder taktlos zu sein, hatte seine Frau ihn geschickt von all seinen Verwandten ferngehalten. Würde es etwa seinen wahren Empfindungen entsprechen, wenn er schriebe: Ein Jahr ist seit dem Tode meiner teuren Lebenskameradin und unvergessenen Gattin Natalia Urumowa, geborene Logofetowa, vergangen, und es dann noch in die Zeitung setzte?

„Es hat keinen Sinn, Angelina!" sagte er leise. „Die Urumows haben sie sowieso nicht gemocht, und die Logofetows sind alle tot."

Das stimmte wirklich. Der Einflußreichste der Logofetows war vom Volksgericht* zum Tode verurteilt worden. Die Nachkommenschaft hatte sich beizeiten andere Namen zugelegt.

„Du wirst ins Gerede kommen", murmelte Angelina.

„Bei wem?"

„Zumindest bei den Nachbarn."

Sie wollte ihm nicht offen sagen, daß die bucklige alte Logofetowa in ganz Sofia über ihn herziehen würde.

„Das spielt keine Rolle", sagte Urumow mit zusammengezogenen Augenbrauen. Er ging in sein Arbeitszimmer und ließ sich kraftlos auf den alten Stuhl mit den gewundenen Holzbeinen fallen. So hing er seinen Gedanken nach, bis er vom Zuschlagen der Wohnungstür aufgeschreckt wurde. Seine Schwester war gegangen.

* nach der sozialistischen Revolution in Bulgarien durchgeführte Prozesse gegen Feinde des Volkes

Arbeiten konnte Urumow jetzt nicht, er war nicht dazu in Stimmung. Er fühlte sich absolut nicht verpflichtet, seiner Schwester gegenüber zu beichten, aber er mußte vor sich selbst Rechenschaft ablegen. Wie immer, wie in seinem ganzen Leben. Unvergessene Gattin! Das wäre eine Lüge. Aber dennoch war es nicht die Lüge, die ihn daran hinderte, morgen diesen unglückseligen Nachruf zu veröffentlichen. Der wirkliche Grund war weniger edel, vielleicht sogar egoistisch: Sie, Maria, durfte auf keinen Fall dieses Wort „unvergessene" lesen! Warum eigentlich, konnte und wollte er sich selbst nicht erklären. Er spürte nur, daß er nicht das Recht hatte, auch nur die geringste Bitterkeit dem hinzuzufügen, was Maria erlebt hatte.

Er beschloß, einen kleinen Spaziergang zu unternehmen, um auf andere Gedanken zu kommen. Seit Jahren war er nicht mehr im Park gewesen. Er hatte sogar schon vergessen, wie es dort aussah. Eine halbe Stunde später schritt er schon wie im Taumel die Allee entlang, genoß die Stille und das viele Grün ringsum. Aber schon fünfzig Meter weiter war es mit der Ruhe vorbei. Aus dem Schwimmbad drang Lärm, von der Radrennbahn Getute und vom Stadion ohrenbetäubendes Gebrüll herüber. Zurück, nur zurück zur einsamen Wohnung! So lief er außer Atem, mit klopfendem Herzen und am Rücken klebendem Hemd nach Hause.

In dieser Nacht schlief er schlecht ein. Trauer überkam ihn. War nur ein Jahr seit jenem schrecklichen Augenblick vergangen, da er das kalte, glatte Gesicht seiner Frau berührt hatte? Urumow erinnerte sich, wie er in der Dunkelheit auf ihr Bett gestarrt hatte, wo im schwachen Schein der Nacht ihr Profil kaum zu erkennen gewesen war. Ihm war zunächst dieser Gedanke, daß sie tot sein könnte, nicht einmal in den Sinn gekommen. Das hatte er für so unmöglich, ja, man konnte direkt sagen, für absurd gehalten ... Die heutige Nacht war viel dunkler, es waren kaum die schmalen Lichtstreifen am Rand der Möbel und an den Lampen zu erkennen. Aber trotzdem war sie lebendiger. Das leere Bett rief keine Gedanken an die Vergangenheit wach, aber die kleinen Lichtstreifen schienen es zu tun – sie begannen sich zu sammeln, sich mit ihren Halbschatten zu vermischen, bis sie ein einziges riesiges Gesicht – weiß und schrecklich, mit fest zusammengepreßten Lippen – entstehen ließen.

Urumow hielt den Atem an und schloß die Augen, um dieses Gesicht in der inneren Finsternis untertauchen zu lassen. Vielleicht hatte er die Unglückselige in den letzten zehn oder fünfzehn Jahren sogar geliebt. Er hatte sie geliebt, ohne sich dessen bewußt zu sein und trotz all des Bösen, das sie ihm angetan hatte. Sicher liebten sich alle Eheleute, sogar die unglücklichsten, wenn sich ihr Leben dem Ende zuneigt und alles Äußere bis zur Unkenntlichkeit verblaßt. Sie bemerkten und berührten einander kaum, fühlten aber stets das Nebeneinander, vielleicht gar ein Ineinander. Nur der Tod konnte sie trennen oder vernichten.

Ob sie ihn auch geliebt hatte? Wohl kaum. Dieses Raubtier konnte nicht lieben. Aber es konnte auch nicht hassen. Das Raubtier ist stets unschuldig, selbst wenn es einen warmen menschlichen Körper zerreißt und seine blutbeschmierte Schnauze ableckt. Das Raubtier frißt so, wie die Kuh weidet und wie der Vogel aus der nach dem Regen in der Sonne glänzenden Pfütze trinkt. Aber sogar das Raubtier kann sich zu dem Menschen, der ihm mit Peitschenhieben auf die Nase Schmerzen zufügt, hingezogen fühlen ... Schlaf weiter, Unglückselige, verzeih mir, daß ich dich in meiner Erinnerung wachgerufen habe. Ich habe dich trotz allem geliebt.

10 Urumow erwachte sehr früh und überraschend gut gelaunt. Er verspürte eine ungewöhnliche Erleichterung und keinen einzigen Schatten auf seinem Gewissen. Das Leben erschien ihm genau so, wie es vielleicht vor zwanzig Jahren hätte sein müssen. Draußen

war es recht kühl und alles wie von einem rosafarbenen Schleier umhüllt. Und in diesem durchsichtigen Rosa glitzerte grünlich wie ein Türkis der Morgenstern. Urumow betrachtete ihn erstaunt. Er hatte noch nie gehört, daß dieser glänzende und schöne Stern, der hellste am nächtlichen Himmel, einen grünlichen Schimmer haben konnte. Unverwandt sah er ihn an, bis ihm die Augen weh taten und das Rosa zu einem bläulichen Schimmer verblaßte. Dann zog er sich lächelnd vom Fenster zurück. Seit langem hatte er sich nicht mehr so ausgeglichen und selbstsicher gefühlt.

Gegen halb zehn jedoch begann er unruhig zu werden. Er hatte mit seinem Fahrer abgesprochen, daß dieser sie vor zehn mit dem Auto abholen und zur Talsperre fahren sollte. Drei Viertel zehn war er jedoch immer noch nicht da. Fünf vor zehn wurde Urumow klar, daß der Mann überhaupt nicht mehr kommen würde. Dafür konnte aber Maria jeden Augenblick vor der Tür stehen. Ihn erfaßte auf einmal Panik, daß dieser herrliche Morgen wie eine Seifenblase platzen könnte. Das durfte er auf gar keinen Fall zulassen, er mußte sich etwas ausdenken. Aber er hatte nicht mehr viel Zeit dazu, denn Maria traf pünktlich um zehn ein. Sie trug einen sportlichen Rock und die neue österreichische Bluse. Sie schien ebenfalls gut gelaunt zu sein und beobachtete interessiert durch das Fenster das Treiben auf der Straße.

„Heute werden wir sehr schönes Wetter haben, den ganzen Tag über“, sagte sie.

„Das glaube ich auch“, entgegnete Urumow und faßte einen Entschluß.

Während sie die Treppe hinunterstiegen, versuchte er sich zu erinnern, wie man den Wagen startete. Wo die Gänge lagen, wußte er auch nicht mehr. Aber nein, er durfte nicht nachdenken, weil er auf diese Weise ganz bestimmt durcheinandergeraten würde. Er mußte nach Welshs Prinzip handeln – intuitiv! Also schaltete er ganz mechanisch und war deshalb um so mehr erstaunt, daß sich das Auto langsam nach vorn in Bewegung setzte. Ja, es fuhr, und zwar sehr schön.

In seiner Verwirrung bemerkte Urumow nicht, daß er von einer Frau auf dem Bürgersteig fortwährend angestarrt wurde. Diese Frau war von dem, was sie sah, entsetzt: Urumow hatte das Lenkrad so fest umklammert, als ob es der einzige Faden war, der ihn mit dem Leben verband, und seine Augen hatte er vor Anstrengung unnatürlich weit aufgerissen. Waren die beiden denn von Sinnen? Wohin wollten sie? Wenn er schon verrückt war, so war sie doch vollkommen normal, warum ließ sie es zu, von einem Unzurechnungsfähigen ins Jenseits befördert zu werden? Urumow und Maria fuhren an ihr vorbei, sie wollte schreien, hielt sich aber im letzten Augenblick zurück. Es war Angelina, die mit einem Strauß frischer Blumen zum Friedhof wollte.

Am Ende der kleinen Straße mußte Urumow nach rechts abbiegen und dann über die erste Brücke links fahren, um auf die Fernverkehrsstraße nach Plowdiw zu gelangen. Aus Versehen bog er jedoch nach links ab. Im selben Moment wurde er sich des Fehlers bewußt, doch es war schon zu spät. Ein Fiat-Sportkabriolett, grün wie eine Eidechse, kam direkt auf sie zu. Urumow betätigte die Hupe, der Fahrer des Fiat bremste scharf, tippte sich mit dem Zeigefinger an die Stirn und fuhr langsam an ihnen vorbei. Der Professor wendete, bog richtig nach rechts ab und passierte die erste Brücke. Danach kam die Linkskurve, und sie gelangten glücklich auf die richtige Straße. Urumows Hände zitterten leicht von der durchstandenen Aufregung, doch er erholte sich rasch. Der heutige Tag gehörte ihm, heute würde ihm nichts zustoßen, selbst wenn er ein Flugzeug steuern sollte. Das Auto kroch im Vierzigstundenkilometertempo dahin.

„Ist alles in Ordnung?“ fragte Maria nach einiger Zeit.

Ihre Stimme klang etwas dumpf, aber das kam sicher vom Motorenlärm. Ob sie wohl seinen Fehler bemerkt hatte? Hoffentlich nicht!

„Völlig", antwortete er mit leicht trockenem Hals. „Wir steuern direkt auf das Ziel zu."

Bald danach bogen sie in die Straße nach Samokow ein. Beide waren noch nie an der Iskar-Talsperre gewesen. Urumow war lediglich einmal mit dem Auto daran vorbeigefahren. Er fühlte sich übrigens als Chauffeur schon viel sicherer. Die Kurven wurden zahlreicher und schärfer, das Tal immer enger, aber das ängstigte ihn nicht im geringsten. Der grüne Zeiger des Tachometers schlug ab und zu sogar bis zur Sechzig aus, und trotzdem brachte es der Professor fertig, das Gespräch mit seiner Beifahrerin aufrechtzuerhalten.

„Sie scheinen das Autofahren nicht zu mögen?"

„Das ist unterschiedlich", erwiderte sie. „Ich mag keine neuen Städte und neuen Menschen. Wahrscheinlich bin ich nicht neugierig."

„Ich glaube, die meisten Frauen sind nicht besonders reiselustig", pflichtete er ihr bei. „Bestenfalls lassen sie sich durch Paris oder, genauer gesagt, durch die Pariser Mode verlocken."

„Ich bin auch keine Modeanhängerin."

„Dabei sind Sie völlig modern gekleidet", sagte Urumow und umfuhr einen Stein.

„Ich meine nicht unbedingt die Kleidung, das ist nicht das wichtigste ... Ich liebe zum Beispiel die Natur. Sie darf aber nicht von Menschen bevölkert sein, denn die Menschen zerstören alles. Als Christa kleiner war, habe ich mit ihr jeden Sonntag einen Ausflug ins Witoscha-Gebirge gemacht, sommers wie winters. Sie hat auch die Natur liebengelernt, wahrscheinlich noch mehr als ich selbst."

„Gehen Sie jetzt auch manchmal ins Witoscha?"

„Jetzt ist es Christa mit mir zu langweilig, und allein zu wandern, habe ich keine Lust. Es ist schon eine ganze Weile her, seitdem ich das letztemal im Gebirge war. Der heutige Tag ist deshalb für mich geradezu ein Festtag."

„Für mich auch", sagte Urumow.

Er hätte sich diese dumme Offenbarung sparen können. Obwohl er Maria nicht angesehen hatte, glaubte er, daß ein Schatten über ihr Gesicht gehuscht war. Er beeilte sich hinzuzufügen:

„Ich habe überhaupt eine Schwäche für Flüsse und Seen. Seit meiner Kindheit ist für mich das Wort ‚See' eins der schönsten. Vielleicht, weil es in der Umgebung Sofias keine Seen gibt."

„Ja, Seen sind wirklich schön." Maria nickte. „Wie habe ich bloß bei dem kitschigen Film ‚Gespenst am blauen See' geweint!"

„Aber Sie haben nie Lust bekommen, zur Talsperre zu fahren?" Urumow wunderte sich. „Sie ist doch gar nicht so weit von Sofia entfernt, nur etwa vierzig Kilometer."

„Schon, aber man muß mit dem Autobus fahren. Ich steige nie in eine Straßenbahn oder einen Bus. Ich bekomme Platzangst und möchte dann am liebsten schreien. Zum Witoscha-Gebirge sind wir immer zu Fuß gegangen, hin und zurück. Christa hat deshalb oft geweint."

Ihr gleicht also das Mädchen. Darum ist Christa, von panischer Angst getrieben, aus dem Operationsraum geflüchtet: Sie hat es einfach nervlich nicht durchgestanden, ging es Urumow durch den Sinn.

„Ich weiß, woran Sie gedacht haben", sagte Maria.

„Woran denn?"

„Sie haben gedacht, daß Christa mir ähnlich ist."

Zum erstenmal, seitdem sie unterwegs waren, wandte er den Blick vom Weg ab und sah erstaunt zu Maria hin.

„Genauso ist es!" gab er zu. „Sie haben mich verblüfft."

„Nun werden Sie auch vermuten, daß ich genauso empfindlich wie Christa bin."

„Sicher."

„Ich bin Christa nicht ähnlich. Ich bin weder so empfindlich noch so schwach wie sie. Und sie hat auch nicht meine, wie soll ich es nennen, meine Menschenkenntnis. Anscheinend macht sie sich nie große Gedanken über die Menschen."

„Und wie erklären Sie sich das?"

„Ich kann es mir nicht erklären. Ich habe zeit meines Lebens wenig Umgang mit Menschen gehabt. Meistens habe ich allein gelebt. Dabei ist es mir einfach zur Gewohnheit geworden, mir selbst die Frage zu stellen, was die Menschen wohl von mir halten. Einfach aus Angst, sie könnten schlecht von mir denken. Sicher bin ich sehr vom Urteil der anderen abhängig oder ehrgeizig gewesen."

Sie hielt erschrocken inne. Während ihres ganzen Lebens hatte sie sicher nur Urumow so viel über sich selbst erzählt, nicht einmal ihrem geflohenen Mann hatte sie sich derartig anvertraut. Trotzdem war ihr immer noch nicht bewußt, daß dies: vor dem anderen frei und ungezwungen über sich sprechen zu können, das sicherste Merkmal einer echten Freundschaft war. So konnte man auch sich selbst am besten erkennen, denn es war ganz und gar nicht gleichgültig, ob man etwas nur dachte oder es dann auch aussprach.

Kurze Zeit danach erreichten sie das hohe Plateau neben der Sperrmauer. Vor ihren Augen lag der Stausee ausgebreitet, dessen entferntes Ufer in dem bläulichen Sommerdunst mit bloßem Auge kaum wahrzunehmen war. Auf der blanken Oberfläche des Wassers spiegelten sich der Himmel, die steilen Ufer, die Wolken und jeder einzelne Baum mit äußerster Klarheit wider. Bald entschwand dieses Bild jedoch ihren Augen, weil das Auto durch einen lichten Birkenwald fuhr, der von so frischem Grün war, daß man glauben konnte, die Blätter hätten sich gerade erst geöffnet. Urumow, den dieser Anblick begeisterte, verlangsamte die Fahrt. Ein Rebhuhn, gefolgt von seinen aufgeplusterten Kleinen, überquerte direkt vor ihnen die Landstraße. Urumow sah plötzlich einen Waldweg, der nach links abzweigte, und bog in ihn ein. Jetzt fuhren sie durch einen niedrigen Kiefernwald, der so dicht war, daß sogar eine Ziege Mühe haben würde, sich hindurchzuschlängeln. Als auch dieser Wald lichter wurde und sie sich wieder dem Ufer genähert hatten, lenkte Urumow den Wagen in einen grünen Tunnel und hielt.

Nach etwa zehn Schritten erreichten sie eine freie Fläche. Hier war der See nicht allzu breit, aber seine glatte Oberfläche glitzerte immer noch wie ein Spiegel, in dem man die Ufer und die Wolken betrachten konnte. Das Gras war trocken, das Ufer sehr steil. Maria und Urumow saßen schweigend nebeneinander und genossen den Anblick. Schließlich sagte sie:

„Wie ich gehört habe, haben Sie eine sehr große Entdeckung begonnen. Eine einmalige Entdeckung, wie meine Tochter sich ausgedrückt hat."

„Leider entspricht das nicht der Wahrheit", sagte Urumow. „Es gibt zwar unvollendete Bücher oder Symphonien, aber es kann keine unvollendeten Entdeckungen geben. Entweder existiert eine Entdeckung oder nicht – ein Mittelding wird in der Wissenschaft nie anerkannt."

„Sie sind zu bescheiden."

„Wohl kaum. Übrigens ist nach der Auffassung meines Neffen zu große Bescheidenheit in der Wissenschaft ein Laster."

„Ich denke, daß er nicht unter diesem Laster zu leiden hat", meinte Maria.

„Nein, wirklich nicht, da haben Sie recht. Aber ich kann Ihnen verraten, daß er, was die Entdeckung betrifft, den ersten ernsthaften Schritt getan hat."

„In seinem Alter, ist denn das möglich?"

„Gerade in diesem Alter sind Ideen und Phantasie in vollem Schwunge!" entgegnete Urumow.

„Ideen zu haben ist eine sehr schöne Sache", sagte Maria. „Und worin bestehen Ihre Ideen, wenn es kein Geheimnis ist?"

Der Professor wurde nachdenklich.

„Das läßt sich nicht mit wenigen Worten erklären", bemerkte er. „Wissen Sie, was ein Katalysator ist?"

„Natürlich!" Maria lächelte. „Ich bin doch Lehrerin gewesen. Die Katalysatoren sind chemische Stoffe, die chemische Prozesse beschleunigen oder verzögern, ohne aktiv an ihnen teilzunehmen."

„Richtig!“ sagte Urumow zufrieden. „Trotzdem läßt es sich anhand eines Beispiels besser erklären. Passen Sie auf! Ich bin ein alter Mann und lebe allein. Nehmen wir zum Beispiel an, meine Schwester setzt sich in den Kopf, das dürfte nicht so weitergehen. Allein zu leben fällt einem schwer, und warum soll sie mir den Haushalt führen, wo das doch jemand anders tun könnte? Sie beschließt, ein Abendessen zu veranstalten!“

„Hat es das wirklich gegeben?“ fragte Maria lächelnd.

„Aber nein, das ist nur ein Beispiel. Es wird nicht kommentiert, sondern dient nur zur Veranschaulichung ... An dem Abendessen soll also auch eine Dame teilnehmen, geschieden oder verwitwet, das spielt keine Rolle, mittleren Alters und vorher fürsorglich von meiner Schwester unterrichtet. Eingeladen werden auch noch einige andere Personen, um die Gesellschaft zu vervollständigen. Es werden Rebhühner zubereitet und guter Wein gekauft. Meine Schwester weiß sehr wohl, daß man mit vollem Bauch und leicht verwirrtem Kopf alle Ziele viel leichter erreichen kann.“

„Und in diesem Augenblick erscheinen Sie!“ unterbrach ihn Maria.

„Ja, genau, im grauen englischen Hut und nichts ahnend. Die anderen haben schon ein paar Gläschen Euxinograder Schnaps getrunken, so daß die Stimmung leicht gehoben ist. Ich begreife sofort, daß ich in eine mir fremde oder für mich unpassende Umgebung geraten bin. Das familiäre Gehabe ist mir lästig, und die Schmeicheleien verdrießen mich. Ich lasse mich trotzdem nieder und nehme ein paar Happen zu mir, aber plötzlich fällt mir ein, daß ich einer Abstimmung im akademischen Rat beiwohnen muß. Das hatte ich ganz vergessen. Ich greife also zu meinem grauen Hut und verschwinde, ohne zu ahnen, welch einer Gefahr ich entronnen bin! Was würde Ihrer Meinung nach die betreffende Dame tun?“

„Nun, sie wäre gekränkt!“

„Gut. Und dann?“

„Dann würde sie sich am Rebhuhn oder am Kalbsbraten, das hängt von der Anzahl der Gänge ab, ein Gütchen tun ...“

„... und sich ein paar Glas Wein genehmigen. Und dann wird ihr plötzlich auffallen, daß der Herr ihr gegenüber nicht zu verachten ist. Obgleich er schon eine Glatze hat, verfügt er schließlich über die gleichen äußeren Merkmale wie ich, das heißt, er ist ein Mann. So richtet sie sofort ihren verklärten Blick auf ihn. Die Dame ist so hingerissen, daß sie das Zwinkern und die Grimassen meiner Schwester überhaupt nicht bemerkt. In der Aufregung entgeht ihr sogar die Tatsache, daß auch die Gattin des fraglichen Herrn an diesem Abendessen teilnimmt. So kommt es schließlich anstatt zu einer beschleunigten Reaktion zu einem erstklassigen Skandal. Haben Sie diese Geschichte begriffen?“

„Ja, natürlich. Ihre Schwester hat die Absicht, Sie zu verheiraten.“

„So wäre es nach der Logik der Frauen. Aber wir reden hier von der Wissenschaft. Also: Der Katalysator gelangt in die Zelle. Dort findet er aus ungeklärten Gründen eine stark veränderte biochemische Umgebung vor, die nicht dem Ziel entspricht, mit dem er gekommen ist. So zieht er sich rechtzeitig zurück. Da beschließt die Zelle trotzdem, ihre Arbeit zu vollenden, ohne die ihre Existenz nicht möglich ist. Ihr Blick fällt auf einen anderen Herrn, der offensichtlich die gleiche Struktur aufweist wie der launische Katalysator. Dieser Herr trägt aber leider den Namen ‚kanzerogener Stoff‘. Der Skandal, zu dem es kommt, heißt Krebs.“

Maria blieb lange Zeit still. Ihr Gesicht hatte einen nachdenklichen Ausdruck angenommen.

„Das ist tatsächlich interessant!“ sagte sie dann. „Falls Sie aber an der einsamen Dame Gefallen gefunden hätten, was wäre dann passiert?“

„Möglicherweise überhaupt nichts.“ Urumow lächelte. „Doch für gewöhnlich sucht sich die Natur fähige und, was am wichtigsten ist, nicht launische Katalysatoren aus. Sonst wäre schon die ganze Menschheit vom Krebs heimgesucht worden!"

„Und was ist mit der Ungarin?" wollte Maria wissen.

„Welche Ungarin?"

„Nun, diese Halbungarin/Halbbulgarin mit dem vierblättrigen Kleeblatt."

„Das war eine Zelle aus einem völlig anderen Organismus", antwortete Urumow. „Dort werden andere Katalysatoren wirksam."

Kaum hatte er das ausgesprochen, als plötzlich ein Wachtmeister der Miliz auftauchte. Er trug eine ganz neue und gutgebügelte Uniform, dafür waren aber seine Schuhe ziemlich alt und abgestoßen. Er zog ein Gesicht, als ob er Urumow und Maria in flagranti ertappt hätte.

„Zeigen Sie mal Ihre Ausweise!" sagte er knapp, wobei seine Stimme eine leichte Erregung verriet.

„Warum denn?" fragte Urumow und sah ihn erstaunt an.

„Wissen Sie nicht, daß das hier ein Wasserversorgungsgebiet ist", explodierte der Milizionär, „und daß das Befahren oder Betreten verboten ist?"

„Woher sollte ich das wissen?" erwiderte der Professor gelassen.

„Woher, woher?" Das Kinn des Milizionärs zitterte. „Den Weg entlang gibt es haufenweise Schilder in allen Sprachen . . . Es wird ohne Warnung geschossen", log er und fuchtelte verärgert mit der Pistole vor den beiden herum.

„Dann schießen Sie doch!"

„Schießen Sie, schießen Sie! Sie sollten sich schämen, als ältere Menschen gegen das Gesetz zu verstoßen und hier wie die Turteltäubchen zu sitzen. In dem verbotenen Gebiet! Haben Sie denn die große Tafel am Weg nicht gelesen?"

„Warum soll ich den Weg entlanggucken, wenn ich auf den Weg vor mir aufpassen muß. Mir wäre fast ein Rebhuhn ins Auto gelaufen."

„Schön, Sie müssen auf den Weg achten. Aber wohin

hat die Frau geguckt? Hat Sie die Aufschrift auch nicht bemerkt?"

„Doch", gestand Maria verwirrt, „aber ich dachte, daß sie den Professor nicht betrifft."

„Das kann sogar sein", murmelte Urumow.

„Zeigen Sie mal Ihre Papiere!" sagte der Wachtmeister wieder geschäftig.

Urumow reichte ihm seine Mitgliedskarte vom Nationalen Friedensrat. Der Milizionär betrachtete sie lange, und sein Gesicht nahm einen milderen Ausdruck an.

„Nun gut", sagte er schließlich. „Sie können hierbleiben." Er grüßte höflich und ging davon.

Sie blieben noch ein wenig sitzen, um ihn nicht zu kränken, dann aber verließen auch sie diesen Fleck und gingen zum Auto. Urumow mußte ein Stück zurückfahren, um wieder auf den Weg zu gelangen. Wo aber war der Rückwärtsgang? Etwas nach hinten wohl, und dann zur Seite! Aber es wollte nicht gehen. Erst nachdem der Professor einige Minuten stöhnend hantiert hatte, gelang es ihm, ohne daß er selbst wußte, wie, den Gang einzulegen. Der Wagen sprang nervös zurück, und der Motor ging aus. Urumow startete erneut und gelangte schließlich schlecht und recht auf den Waldweg.

„Das war aber eine Plagerei!" sagte Maria mitfühlend.

„Ich verstehe das nicht", erwiderte er verlegen. „Ich hatte den Gang richtig eingelegt, aber er muß irgendwie herausgesprungen sein."

„Sicher! Wie lange haben Sie das Auto nicht mehr gefahren?"

„Das müssen etwa zehn Jahre sein. Warum fragen Sie, hat man es gemerkt?"

„Nur am Anfang!" log sie kaltblütig.

Urumow zog es vor, nichts mehr dazu zu sagen. Er besaß ja nicht einmal eine Fahrerlaubnis. Es fehlte nur noch, daß man ihn irgendwo anhielt! Sie erreichten die Landstraße, und dieses Mal sah er sich vorsichtig nach allen Seiten um und bog erst dann nach links ab. Ihm war eingefallen, daß es in der Nähe ein Restaurant gab.

Er fand es tatsächlich, aber auf dem Parkplatz standen so viele Wagen, daß er daran zweifelte, ob sie hier überhaupt etwas zu essen bekommen würden. Der Gastraum war auch wirklich bis auf den letzten Platz besetzt. Ein Kellner bot ihnen an, in die sogenannte Bierhalle zu gehen. Also stiegen sie in einen ziemlich schmalen und verrauchten Saal hinab. Die Gestalten, die hier um die Tische herumlümmelten, sahen keineswegs vertrauenerweckend aus. Maria schüttelte sich.

„Ich bitte Sie inständig, lassen Sie uns woandershin gehen", sagte sie leise zu Urumow.

Sie verließen das Lokal und fuhren weiter, bis sie den Kiosk beim Bären erreichten. Dort waren noch freie Tische vorhanden, leider aber nur in der Sonne. Vor der Essenausgabe stand eine Schlange: dicke Frauen, ungeduldige Kinder und stark behaarte Männer in kurzen Hosen, die schon beim bloßen Anblick des zu erwartenden Essens schluckten. Urumow wollte sich sofort anstellen, aber Maria hielt ihn zurück.

„Sie doch nicht", sagte sie entschlossen.

„Warum nicht?" fragte er verdutzt.

„Das geht nicht! Ein Professor darf nicht Schlange stehen! Die Leute kennen Sie doch!"

„Na und? Das ist doch nichts Beschämendes."

Aber Maria blieb fest. Sie brachte ihn an einem gerade erst frei gewordenen Tisch unter, der sich im Schatten des Kiosks befand, und reihte sich brav in die Reihe ein. Von dort konnte sie den Professor beobachten, wie er still dasaß und ab und zu von den bläulichen Wölkchen des nach Buletten riechenden Rauchs überflutet wurde. Wenn sie ihm doch wenigstens eine kalte Limonade bringen könnte! Aber eisgekühlte Limonade gab es nicht. Dafür brannten aber die Buletten durchs Papier, so daß sie sie kaum zum Tisch brachte. Urumow schien jetzt etwas deprimiert zu sein. Nicht einmal der appetitliche Geruch des gegrillten Fleisches ließ ihn lebhafter werden. Lustlos biß er ein Stück von seiner Bulette ab.

„Sie schmecken ausgezeichnet", sagte Maria, als sie gekostet hatte.

„Stimmt . . ."

„Der Kioskverkäufer hat erzählt, daß sie ihr Fleisch auf eine besondere Art vorbereiten, darum schmeckt es so gut."

Erst jetzt konzentrierte sich Urumow auf den Geschmack des gegrillten Fleisches. Es kam ihm etwas säuerlicher und zäher als die gewöhnlichen Sofioter Buletten vor.

„Ja, es schmeckt wirklich gut", log er.

„Sie sind mir wohl noch böse?" fragte Maria.

„Nein, böse bin ich nicht. Aber was bleibt einem Mann, dem man das Recht abspricht, Kavalier zu sein?"

„Warum soll ich von meinem Recht als Frau nicht Gebrauch machen können?"

„Weil derartiges nicht Recht der Frau, sondern Recht des Mannes ist."

„Hören Sie, Professor, Sie wissen, daß ich aus einer alten und bekannten Familie stamme. Wir sind so erzogen worden, daß der Mann nicht die Frau bedienen soll."

„Ich stamme auch aus einer alten Familie", sagte Urumow.

„Was wollen Sie dann? Haben Sie etwa Ihren Großvater oder Vater jemals den Tisch decken sehen?"

„Das mag alles stimmen, was Sie sagen", murmelte Urumow, „aber wir alten Leute scheinen in dieser Hinsicht zu empfindlich zu sein."

„Sie sind nicht alt", sagte sie verärgert. „Jemand, der fast soviel wie zweihundert dieser jungen wissenschaftlichen Taugenichtse arbeitet, kann nicht alt sein, er ist in seiner Blütezeit. Sie wissen doch, daß Sokrates im Alter von sechzig Jahren gesagt hat, er befände sich am Scheitelpunkt seines Lebensweges."

Urumow wußte das nicht, und er wollte dem auch keine Bedeutung beimessen. Immerhin hatte sich Dante viel früher über die gleiche Tatsache beklagt.

Kurz darauf bemerkte er: „Die Buletten sind wirklich gut. Sie schmecken richtig nach Fleisch."

„Ich habe es Ihnen doch gleich gesagt.“ Maria nickte erfreut, als ob sie das Fleisch eigenhändig zubereitet hätte.

Überhaupt war es ein gelungenes Mittagessen, obwohl vom Grill her immer noch von Zeit zu Zeit stinkender Rauch zu ihnen zog. Doch der leichte Wind vertrieb ihn schnell wieder und wehte ihnen erneut den Duft der Wiesenblumen zu. Und die lauwarme Limonade schmeckte ihnen auch.

Nachdem sie gegessen hatten, stiegen sie zum Fluß hinab. Der Lärm war hier geradezu unerträglich: Kinder schrien wild durcheinander, Frauen stauchten ihre Teppiche im klaren Flußwasser – in demselben Wasser, das ein Stück weiter eifrig vom Milizionär bewacht wurde –, und ein Fettwanst mit hochgekrempelten Hosenbeinen versuchte im Fluß sein Auto zu waschen. Aber da schalteten sich schreiend und fluchend die Angler ein, bis sie den Dicken vertrieben hatten. Ein gelbhaariger Alter drehte müde einige Fleischspieße auf dem Grill. Seine Augen hatten sich vom Qualm stark gerötet. Seine beiden Söhne, Besitzer zweier großer schwarzer Wolgas, spielten neben ihm Karten und forderten ihn ab und zu mit nervösen Zurufen zum Drehen des Schaschlyks auf. Die Großmutter betrachtete, auf ihrer zerschlissenen Decke sitzend, mit leeren Augen das rege Treiben der Menschen um sie herum. Und mitten in diesem Menschengewühl fand Maria drei wunderbare Champignons.

„Ich schenke sie Ihnen“, sagte sie zu Urumow. „Sie sind zwar nicht vierblättrig, aber statt dessen von ausgezeichnetem Geschmack.“

Er murmelte, daß es sehr schwierig sein würde, sie in seinem Notizblock unterzubringen.

„Warum im Notizblock? Herr Professor, Sie übertreiben allmählich mit den Souvenirs, die Ihnen die Frauen schenken. Diese Pilze müssen Sie mit Salz bestreuen und im Ofen backen.“

Sie ließen sich noch ein wenig unter einem abseits stehenden Baum nieder, aber gegen vier schlug Maria vor aufzubrechen.

„Warum?“ fragte Urumow bestürzt. „Es ist doch noch so früh.“

„Christa ruft meistens gegen sechs an. Sie würde sich Sorgen machen, wenn ich mich nicht melde.“

Der Weg nach Sofia verging wie im Traum. Urumow war nun ausgesprochen ruhig. Er hatte sich zurückgelehnt und die Hände lässig auf das Lenkrad gelegt. Am liebsten hätte er seinen linken Ellenbogen auf das heruntergelassene Seitenfenster gestützt, wie er es bei manchen jungen Angebern bemerkt hatte, aber das schien ihm dann doch etwas übertrieben. In Sofia angekommen, brachte er zunächst Maria nach Hause. Als er dann das Auto vor seinem Haus parkte, klirrten die Radkappen und Felgen unheilvoll. Doch der Schaden mußte unbedeutend sein, zumindest konnte Urumow nichts Auffälliges entdecken. Es würde sicher keiner merken, daß der Wagen benutzt worden war. Urumow fühlte sich wie ein Junge, der das Fahrrad seines Vaters für eine halbe Stunde gestohlen hatte. Beschwingt stieg er zu seiner Etage hoch. Doch kaum hatte er die Tür hinter sich geschlossen, wurde er traurig. Er ging in sein Arbeitszimmer. Die Sonne schien voll auf dessen Fensterfront, wodurch die Schimmel im Bild wie lebendig aussahen. Der heutige Tag war so schön gewesen, daß er nie zu Ende gehen dürfte.

11 Wahrscheinlich konnte man nur noch in den kleinen Provinzstädten auf so lächerlich herausgeputzte Häuser stoßen. Das Haus der Obretenows hatte die gelbe Farbe der Quitten, rosa Konsolen und auf jeder Dachseite zwei kleine gezackte Türme, in denen jetzt die Tauben brüteten. Außerdem waren da noch abgebröckelte Ziergiebel aus Gips über den Fenstern, über einem kleinen Balkon unter dem Dachbogen und ein Wetterhahn, der schon längst nicht mehr funktionierte. Aber trotz dieser Häßlichkeit war das Haus sehr be-

quem. Außer Mutter und Tochter wohnten hier noch zwei Schülerinnen, die aus nahe gelegenen Dörfern stammten. Juliana vermietete nicht des Geldes wegen an sie, sondern eher, weil so ab und an Naturalien ins Haus kamen – mal ein Lämmchen, mal ein Kilo weiße Bohnen, und zwar immer von der besten Sorte.

Christa bewohnte ein kleines Zimmer in der zweiten Etage, das von zwei Gobelins und unzähligen alten Familienfotos in schwarzlackierten Rahmen geschmückt war.

Sie lebte hier sehr ruhig, hatte völlig abgeschaltet und achtete nur äußerst selten darauf, ob sich „das da" nicht melden würde. Aber es verhielt sich natürlich ruhig. Christa spürte es überhaupt nicht, nur daß sich sein Hunger zu dem ihrigen gesellt hatte. Im übrigen fühlte sie sich hervorragend und hatte einen großen Arbeits- und Lebensdrang. Einmal traf die Tante sie dabei an, wie sie sich wie ein kleines Mädchen mit Seilspringen die Zeit vertrieb.

„Du wirst es noch verlieren!" tadelte sie Christa.

„Die Gefahr besteht nicht!" Das Mädchen lachte. „Was hast du da im Netz?"

Die Tante brachte magere Hähnchen oder auch fette Schweinekoteletts und verfluchte dabei die örtlichen Versorgungsorgane. Sie gaben sich wirklich nicht die geringste Mühe! Weshalb sollten sie übrigens, wo doch jeder irgendwie zurechtkam, besonders die Stadtbewohner. Und was für Städter waren das schon, deren Eltern auf dem Lande lebten, in der Genossenschaft arbeiteten und obendrein individuell viele Tierarten züchteten, so daß sie immer frisches Fleisch hatten.

Christa hörte sich Julianas Schimpfkanonaden an und bemühte sich, an nichts zu denken und sich um nichts Sorgen zu machen. Vor allem die Gedanken an Sascho und an sein Kind verscheuchte sie mit aller Hartnäckigkeit. Aber nachdem einige Tage verstrichen waren und sie sich ganz beruhigt hatte, begann sie plötzlich Zärtlichkeit für das Kleine, für das zum Knäuel geballte unglückselige Lebewesen, zu empfinden, das nicht ahnte, daß es zum Tode verurteilt war. Oder war es etwa nicht dazu verurteilt?

Tagelang verließ sie das Haus nicht und las wie verrückt Romane. Echte Romane, nicht solche langweiligen Abhandlungen, die sie in der Universität lesen und auswerten mußten. Diese hier hatte ihre Tante aus den Zeitungen der dreißiger Jahre herausgeschnitten und mit Hilfe von Schusterahle und Wachsschnur gebunden. Im Laufe der Jahre hatte das schlechte Zeitungspapier zu bröckeln angefangen, aber die Schrift war noch gut lesbar. Es waren ausschließlich Liebesromane. Das ist das einzig Wahre, dachte Christa. Hatte es überhaupt Sinn, über etwas anderes zu schreiben? Alles andere war doch langweilig. Die Liebe natürlich auch, aber bei ihr gab es wenigstens einen kleinen Reiz! Diese Liebe ergoß sich übrigens von den vergilbten Seiten wie aus Eimern; es gab Untreue, Flucht mit fremden Männern, Ertrunkene, Morde und vieles mehr. Christa verschlang zwei von diesen Romanen je Tag, bis sie zum Schluß Helden, Titel und Vorkommnisse völlig durcheinanderbrachte. Aber das schadete nichts. Sie war nun wenigstens mit Liebe übersättigt. Eines Tages konnte die Tante nicht mehr an sich halten und sagte zu ihr:

„Hör zu, Tina, laß diese Romane! Du mußt dich mehr bewegen, Spaziergänge machen. Besonders wenn du dieses Kind zur Welt bringen willst."

„Ich will es nicht zur Welt bringen", antwortete das Mädchen streng.

„Aber wenn er seine Meinung ändern sollte und es auf einmal haben will?"

„Das wäre mir egal!"

„Warum wäre dir das egal?"

„Es interessiert mich eben nicht. Soll ich mich um ihn kümmern oder um mich? Wozu braucht eine moderne Frau einen Ehemann? Man muß ihn doch nur bedienen, denn die Männer sind heutzutage so faul wie die Maharadschas."

„Du und die Mimi . . .", setzte die Tante unzufrieden an.

„Warum ich und Mimi? Was ist denn mit dir? Geht es dir etwa schlecht ohne Mann? Auf mich warten Prüfungen und das Staatsexamen, ganz zu schweigen davon, daß ich danach auf dem Land als Lehrerin arbeiten muß. Übrigens, sieh bloß zu, daß du mich hier in der Nähe unterbringen kannst. Weil ich doch nicht kochen kann, verhungere ich sonst."

„Deine Mutter verdient eine Tracht Prügel!" sagte die Tante. „Aber du solltest noch einmal über diese Sache nachdenken. Ohne Ehemann kann man auskommen, aber ohne Kind nicht."

„Nein, ich brauche kein Kind!" erwiderte Christa entschlossen.

Sie sprach ruhig, aber gleichzeitig zog sich ihr das Herz zusammen. Und zwar nicht aus Angst vor der abscheulichen Abtreibung. Sie hatte plötzlich Mitleid mit diesem Embryo. Er würde von der Welt verschwinden, ohne sie je kennengelernt zu haben. Christa kam das Leben auf einmal traurig und sinnlos vor, und das dumme Spiel in den Romanen schien ihr unwirklich und kitschig.

Diese Wedsley sollte entschuldigen, aber wahrscheinlich hatte man sie selbst nie auf den Operationstisch gelegt und rasiert.

Zwei oder drei Tage lang blies Christa Trübsal, sie verlor sogar ihren Appetit dabei. Am dritten Tag führte Mimi sie geradezu unter Zwang in ihren Keller, in ihre unbezwingbare Festung, wie sie ihn nannte. Vor ihrem Fenster torkelte ein betrunkener Hahn auf und ab, der wie ein Aufseher seine Hennen, die sich an einem beschädigten Weinfaß hatten vollaufen lassen, beobachtete. Mit Alkohol getränkte Pfingstrosen, groß wie Kinderköpfe, feurig, duftend und vor Lebendigkeit sprühend, blühten in der Nähe. In Mimis Arbeitszimmer lagerten auf einer großen Regalwand Weinflaschen, dicht nebeneinander und mit weißen Schildchen versehen. Auch mit Wein und Chemikalien gefüllte Reagenzgläser standen dort herum. Mimi demonstrierte Christa, wie sie die Weine verkostete. Sie machte dabei irgend etwas mit der Zunge am Gaumen, so daß sogar ihre großen Ohren in Bewegung gerieten, und sah nachdenklich zur Decke.

Dann erschien ein Sekretär aus der Bezirksleitung, ein ganz junger Mann mit überaus blassem und bartlosem Gesicht. Christa riß die Augen weit auf, denn bisher hatte sie noch nie einen bartlosen Parteisekretär gesehen. Aber der hier war sehr sympathisch. Er legte ein großes Paket auf den Tisch. Es war ganz frischer Schinken darin. Mimi packte ihn begeistert aus. Danach betrachtete sie intensiv die auf den Regalen stehenden Weinflaschen und nahm schließlich eine herunter. Wehmütig seufzend zog sie den Korken heraus.

„Das ist mein Meisterwerk“, sagte sie. „Zezo, ich öffne sie nur Tina zuliebe. Du mußt schon entschuldigen, aber sie ist zum erstenmal bei mir zu Besuch, da möchte ich mich nicht blamieren.“

Christa trank zwei Glas von dem Meisterwerk. Wenig später rannte sie zur Toilette und erbrach alles wieder. Die Tränen liefen ihr über die Wangen, was sie der Cousine gegenüber mit Zahnschmerzen entschuldigte.

Am nächsten Tag mußte die Tante Christa geradezu zwingen, mit ihr nach Schipka zu fahren, um das Denkmal zu besichtigen. Es beeindruckte Christa nicht sonderlich, da sie es unzählige Male auf Bildern gesehen hatte. Aber das Wolkenspiel hier im Gebirge fand sie sehr schön. Sie meinte, mit den Wolken über die Felsklüfte zu fliegen, so daß sie schon beim bloßen Gedanken daran vor Angst zitterte. Auf der Rückfahrt hielten sie im Dorf Schipka an, um einen Blick in die alte russische Gedächtniskirche zu werfen. Es war düster und so still darin, daß die beiden Frauen ihren eigenen Atem hörten. Außer ihnen war niemand weiter da. Es mußte allerdings vor kurzem jemand hiergewesen sein, denn auf dem patinierten Messingleuchter brannten zwei dünne Kerzen. Christa sah lange auf diese blassen Lichter, und ihr Gesicht wurde traurig.

„Tante, wo werden die Kerzen verkauft?" fragte sie.

„In der Vorhalle der Kirche."

„Dort war doch niemand."

„Das macht nichts. Die Leute legen das Geld hin und nehmen sich selbst die Kerzen."

Christa ging hinaus und kehrte kurz darauf mit einer schönen weißen Kerze, die sie nervös umklammert hielt, zurück. Der Tante stockte vor Überraschung der Atem. Soweit sie sich erinnern konnte, hatte es in ihrer Familie keine religiösen Leute gegeben, und sie selbst zündete nur ab und an bei Beerdigungen Kerzen an, um die Hinterbliebenen nicht zu kränken. Christa befestigte ihre Kerze vorsichtig auf dem Ständer. In diesem Licht entkrampfte sich allmählich ihr Gesicht und wurde erneut ruhig und gelassen.

Draußen, im klaren Tageslicht, sagte wenig später Juliana aus Spaß:

„Warum hast du das gemacht? Die Ungläubigen dürfen Gott nicht herausfordern."

„Ich habe die Kerze nicht für Gott angezündet!" entgegnete Christa trocken.

„Bist du sicher?"

„Natürlich." Ihre Stimme klang nicht sehr überzeugend. „Hier brennt man Kerzen zum Gedenken an die Gefallenen an."

Sie ging langsam den schattigen Weg hinab. Juliana beeilte sich nicht, sie einzuholen – das Mädchen sollte sich erst beruhigen. Sie hatte jedenfalls sehr ungeschickt gelogen. Sie wird wohl kaum an die Gefallenen gedacht haben bei all dem Kummer, der über sie selbst gekommen war. Wahrscheinlich hatte sie ein eigenes Gebet vor diesem kleinen flackernden Licht verrichtet oder eine leise Hoffnung damit verbunden.

Gegen Abend sagte Christa plötzlich:

„Ich möchte meine Oma sehen."

„Dann müssen wir sie besuchen", erwiderte Juliana mit

vorgetäuschter Gleichgültigkeit. „Wenn du nach Sofia zurückkehrst, machen wir einen Abstecher zu ihr."

„Nein, ich möchte gleich morgen hin!" widersprach Christa entschlossen.

Am nächsten Tag machten sie sich wirklich auf die Reise. Christa fühlte sich ausgeruht und zufrieden. Auch Juliana war bei bester Laune, es machte ihr Spaß, wieder einmal mit dem Auto zu fahren.

In Karlowo fanden sie nach viel Fragerei das Haus der alten Drashewa. Aber je näher sie ihm kamen, um so unruhiger wurde Christa, bis sie schließlich flüsterte:

„Ich fürchte mich!"

„Ich muß doch sehr bitten, mit mir kannst du das nicht machen! Wir sind auch schon da."

„Was ist denn dabei, wenn wir da sind", sagte das Mädchen hastig. „Ich habe eben Angst!"

Die Großmutter wohnte in einem echten alten Karlowoer Haus, das sicher restauriert worden war, weil es eine kleine Tafel aufwies: „Architektonisches Denkmal." Auch der Hof entsprach den Karlowoer Traditionen. Der Architekt hatte einen kleinen, klaren Gebirgsbach durch ihn geleitet, und weil der Boden bewässert wurde, grünte und blühte es überall. An der Frontseite des Hauses rankte sich eine Waldrebe hoch, auch Winden waren da, die zu dieser Tageszeit ihre Blüten aber noch nicht entfaltet hatten. Im Schatten der alten Zypressen, die windgeschützt neben dem Zaun aufgewachsen waren, stand eine Bank aus Ahornästen, und auf ihr saß die alte Frau. Um ihren kleinen Kopf hatte sie ein schwarzes Seidentuch gebunden. Sie war schmächtig und knöchern, ihr Gesicht hager, finster und ganz zerfurcht. Christa blieb erschrocken stehen. War das von der hübschen älteren Frau übriggeblieben, die damals im Park geweint und ihre Hände geküßt hatte? Vielleicht waren sie in das falsche Haus geraten? Diese Alte hier glich einer Mumie. Eine feindselige Flamme flackerte in ihren eingefallenen Augen, als sie die beiden Frauen erblickte. Sie stand auf und krächzte:

„Ich hab es euch schon gesagt! Ich hab keins und gebe keins ab!"

„Wir sind nicht die, für die du uns hältst, Tante Sija", sagte Juliana mit sanfter Stimme.

„Wer ihr auch sein mögt, ich habe es schon gesagt! Ich vermiete nicht!"

„Tante Sija, ich bin die Schwester deiner Schwiegertochter. Wir kennen uns doch. Dieses Mädchen, das ich mitgebracht habe, ist deine Enkelin Christina."

Die Alte starrte sie an. Vor ihren erloschenen Augen schien etwas aufzutauchen – vielleicht eine Erinnerung, ein Funken Hoffnung. Christa spürte, wie die alte Frau gegen die Trauer und Finsternis anzukämpfen versuchte und das Böse aus ihren Augen schwand. Es ging in Gleichgültigkeit über.

„Ihr seid es? Dann setzt euch", forderte sie die Gäste auf.

Sie machte ihnen auf der Bank neben sich Platz. Juliana setzte sich links neben die Großmutter. Offensichtlich hätte Christa sich an ihre rechte Seite setzen müssen, aber sie quetschte sich lieber neben Juliana an den Rand. Die Alte senkte den Kopf. Jetzt brauchten sie ihr nicht mehr in die leeren Augen zu sehen.

„Was führt euch zu mir?" fragte die alte Frau dumpf.

„Wir sind hier vorbeigekommen und haben beschlossen, nach dir zu sehen. Bei der Gelegenheit kriegst du auch deine Enkelin zu Gesicht und weißt, daß du nicht allein auf der Welt bist."

„Wir sind alle allein auf der Welt", sagte die Großmutter leise. „Allein und einsam!"

Anscheinend war wieder ein Funke in ihr entfacht worden, weil ihre Stimme ganz klar klang. Ihr hageres kleines Kinn zitterte.

„So ist es", bemerkte Juliana.

„Christinchen habe ich oft gesehen, solange ich noch in Sofia wohnte. Sie hat mich auch einmal gesehen, aber sie wird sich sicher nicht mehr daran erinnern."

„Doch", meinte das Mädchen.

„Weißt du noch, daß du davongelaufen bist?“ fragte die Großmutter, wobei wieder ein böser Unterton in ihrer Stimme war.

„Ja, aber ich . . ., ich habe mich gefürchtet. Woher sollte ich wissen, daß du meine Oma bist?“

„Siehst du! Deine Mutter hat an allem schuld! Sie hat auch meinen Sohn davongejagt“, sagte die alte Frau haßerfüllt.

„So darfst du nicht reden!“ widersprach das Mädchen. „Warum sollte sie ihn vertrieben haben? Meinst du, daß es ihr damals leichtgefallen ist, sich allein mit einem Kleinkind durchzuschlagen?“

„Warum allein? Hat sie je nach mir gefragt? Sie hat dir nicht einmal erzählt, daß du eine Großmutter hast!“

„Ich bin damals noch sehr klein gewesen.“

„Und wie hast du dann von mir erfahren?“

„Neulich hat sie es mir gebeichtet.“

Die Alte schwieg. Auch Juliana und Christa sagten nichts. Der Bach rauschte, die weiße Nieswurz verbreitete ihren Duft, die Äste der alten Zypresse knirschten leicht. Es war sogar ein bißchen unheimlich in diesem leeren, sonnigen Hof, in den keine Vögel zu kommen schienen. Schließlich fragte die Alte:

„Schreibt dir dein Vater?“

„Nein.“

„Ich dachte, daß er wenigstens dir ein Lebenszeichen von sich gäbe. Weißt du überhaupt, wo er sich aufhält?“

„Nein“, antwortete Christa.

Sie unterhielten sich noch kurze Zeit, aber die Stimme der alten Frau wurde immer müder und leiser. Zum Schluß schwieg sie nur noch. So saßen sie etwa zehn Minuten lang nebeneinander, bis Christa derart unruhig wurde, daß sie zum Aufbruch drängte. Sie wußte, daß sie beim Abschied der Großmutter die Hand küssen mußte, aber sie ließ es trotzdem bleiben. Es war nicht so sehr diese welke, häßliche Hand, die sie abstieß, sondern vor allem der gleichgültige Blick der Alten. Als sie den Hof verlassen hatten, stiegen dem Mädchen Tränen in die Augen. Ihre Tante machte auch einen verstimmten Eindruck. Weshalb hatten sie bloß diesen unsinnigen Besuch gemacht?

„Hör schon auf zu weinen!“ forderte Juliana die Nichte auf. „Heul nicht, damit ich nicht auch noch anfange!“

„Warum liebt sie mich eigentlich nicht?“ fragte Christa.

„Liebst du sie denn?“

„Ich bin doch die Unschuldigste in der ganzen Geschichte und habe am meisten darunter zu leiden.“

„Nun hör aber auf, langsam maßt du dir zuviel an! Am meisten hat die Oma zu leiden. Siehst du nicht, wie sehr sie das alles mitgenommen hat?“

Christas Ruhe war schnell wiederhergestellt, schon wenig später aß sie mit gutem Appetit in dem örtlichen Lokal von „Balkantourist“ zu Mittag. Die Gaststätte war voll von sowjetischen Reisegruppen, Usbeken oder Tadshiken, die sich ruhig und gehorsam wie Zöglinge eines Mädchenpensionats verhielten. Sie wurden von Mädchen aus den umliegenden armen Dörfern bedient und dabei scheel von ihnen angesehen: Von solchen Reisegruppen hatten die Serviererinnen keinen Nutzen, denn alles wurde nach Rechnung bezahlt. Die anderen Gäste ließen wenigstens ab und an ein Trinkgeld springen. Während Juliana und Christa auf ihre Suppe warteten, sagte das Mädchen plötzlich:

„Morgen fahre ich nach Hause! Meine arme Mutter wird sich sicher langweilen ohne mich. Sie war noch nie allein.“

Es war Montag, und genau um diese Zeit kaute Maria geistesabwesend an aufgewärmten Nudeln mit geriebenem Käse herum. Es ließ sich vieles über sie sagen, nur nicht, daß sie sich langweilte. Ihr gingen sehr bittere Gedanken durch den Kopf, bitterer als das angebrannteste Essen.

„Nun gut.“ Juliana war einverstanden. „Dann fahre ich dich morgen nach Sofia.“

„Ich kann auch den Zug nehmen.“

„Das kommt überhaupt nicht in Frage“, sagte die Tante

erschrocken. „Ich muß dich ihr lebend übergeben, sonst kann ich mich gleich selbst umbringen."

Unmittelbar nachdem sie gegessen hatten, verließen sie das Lokal. Im Auto war es jetzt heiß und stickig, Juliana versengte sich sogar die Hände am Lenkrad, auf das direkt die Mittagssonne schien.

„Ein scheußliches Reisewetter haben wir uns ausgesucht", brummte sie unzufrieden.

„Gibt es in der Nähe nicht irgendwo ein Freibad?" fragte Christa.

„Doch, schon, aber wir haben keine Badeanzüge mit. Fahren wir also nach Hause."

Sie öffneten alle Fenster und fuhren los. Als sie die Stadt hinter sich gelassen hatten, kühlte sie der starke Luftzug sofort ab. Aber der Dunst zitterte geradezu über den Feldern. Es duftete stark nach Lavendel, vermischt mit etwas Pfefferminze. Es war ein angenehmes, starkes und berauschendes Aroma, das bei Christa jedoch eine leichte Übelkeit hervorrief. Nach etwa zehn Minuten tauchte der Wagen im tiefen Schatten der Höhen von Kalofer unter. Hier war die Landstraße sehr steil und wies eine Vielzahl von scharfen Kurven auf. Aber Juliana fuhr vorsichtig und hielt sich dicht an den rechten Randstreifen. Das war auch notwendig, denn aus den Kurven kamen hier und da Lastkraftwagen geschossen, die Kies für ein nahe gelegenes Bauobjekt beförderten.

Kalofer war zu dieser heißen und frühen Nachmittagsstunde wie ausgestorben. Nur eine alte Frau humpelte, auf ihre Krücke gestützt, über die einsame Straße. Juliana sah auf die Benzinuhr. Ihr war plötzlich eingefallen, daß es an der Abzweigung zum Bahnhof eine Tankstelle gab.

„Vielleicht sollten wir tanken", sagte sie.

Sie hatten zwar noch genug Benzin, um bis Kasanlak zu kommen, aber hier lag die Tankstelle so günstig direkt am Weg.

„Ja, es wäre besser", stimmte Christa zu, obwohl sie nicht ganz bei der Sache war.

Und diese flüchtig dahingesagten Worte entschieden über ihr Schicksal.

Als sie sich der Tankstelle näherten, nahm Juliana das Gas fast ganz weg. Dort stand schon ein Lastzug mit zwei Anhängern. Der Zapfschlauch stak im Tank, und der Kraftstoff floß und floß. Der Tankwart stand daneben und hing seinen Gedanken nach, während er darauf wartete, daß der Automat klickte. Als Julianas Lada hinten hielt, bewegte er sich gemächlich auf ihn zu.

„Welches Benzin?" fragte er die Neuankömmlinge.

„Neunziger", antwortete Juliana.

„Dort drüben, an der einzeln stehenden Tanksäule!"

Juliana mußte ein Stück zurückstoßen, um den breiten Anhänger des Lasters zu umfahren. Dabei geriet sie, ohne es zu merken, mit dem Heck auf die Straße. In dem Augenblick, da ihr das bewußt wurde und sie auf die Bremse trat, stürzte auch schon ein Kipper, der mit großer Geschwindigkeit den Hang heruntergefahren kam, auf sie zu. Ein ohrenbetäubendes Krachen war zu hören, vermischt mit dem Kreischen der Bremsen.

Danach war es still.

12 Am Montagnachmittag, genau zu der Zeit, als sich der Unfall ereignete, gab es eine Neuigkeit im Institut, die vielleicht von schicksalhafter Bedeutung für die Menschheit sein konnte. Sascho wollte gerade zu den Versuchstieren gehen, als einer der Laboranten zu ihm ins Zimmer kam. Der Mann glich in seinem Aussehen und seinem Gang ohnehin einem Zirkusclown, und zudem strahlte er jetzt so sehr, daß man meinen konnte, sein Mund reiche vom einen Ohr bis zum anderen.

„Wir haben noch eine Maus von der C-Gruppe infiziert", sagte er feierlich.

„Womit denn, mit Schnupfen?" fragte Sascho beherrscht.

„Mit Krebs!" sagte der Laborant zufrieden und hielt Sascho eine Schachtel Zigaretten unter die Nase.

„Nein, danke", lehnte Sascho ab und fügte gereizt hinzu: „Und grins nicht so, es geht um Krebs und nicht um Tripper!"

Der Laborant war natürlich gekränkt. Er warf die Aufzeichnungen seiner Versuchsergebnisse auf den Tisch und ging zur Tür zurück. Diese Wissenschaftler konnte man nicht verstehen! Mal waren sie himmelhoch jauchzend, mal zu Tode betrübt, und das beim gleichen Ergebnis! Wer fragte ihn denn danach, wie ihm zumute war, wenn er Hunderte oder gar Tausende Male nein sagen mußte? Vor der Schwelle blieb er dennoch stehen, blies etwas Zigarettenrauch aus und sog ihn dann mit unwahrscheinlicher Geschicklichkeit wieder in seinen Clownmund ein.

„Es gibt aber wahrscheinlich noch eine Kranke", bemerkte er dann trocken. „Ebenfalls von der Gruppe C, ich bin gerade dabei, die Ergebnisse auszuwerten."

„Ich warte solange", sagte Sascho.

Der Laborant verließ das Zimmer. Sascho lehnte sich gegen den Schreibtisch. Was für eine Nachricht! Eine infizierte Maus – das ist ausgezeichnet, zwei – nun ja, aber drei – das könnte direkt auf eine Katastrophe hindeuten! Kurz darauf saß Sascho schon auf diesem abscheulichen Kunstlederstuhl, der immer noch nach Mäusedreck roch. Die Unruhe ging auch auf Awramow über.

„Zuviel des Guten ist nicht gut!" sagte er finster. „Wenn sich nun alle Mäuse anstecken sollten, was würde das bedeuten? Doch wohl, daß der Katalysator kanzerogen ist."

„Nicht unbedingt", antwortete Sascho zögernd. „Es könnte genauso bedeuten, daß wir zufällig die optimalen Bedingungen für den gegenseitigen Austausch geschaffen haben."

„Ich weiß nicht!" Awramow zuckte mit den Schultern. „Ich kriege es mit der Angst zu tun. Wenn sich unsere erste Vermutung bestätigen sollte, so wäre das geradezu schrecklich! Das wäre so, als ob tausend Pestseuchen über die Menschheit kämen. Sogar schlimmer."

„Nun, wenn die Menschen bisher noch nicht davon befallen sind ..."

„Du tust ja schon so wie Asmanow!" sagte Awramow gereizt. „Eigentlich weiß keiner, woher das Unglück kommen kann!"

„Und trotzdem ist der böse Geist immer noch in der Flasche. Ich weiß sogar, in welcher!" erwiderte Sascho.

„Wissen, wissen!" murmelte Awramow. „Aber wir können ihn nicht wie irgendwelche Zauberer verschwinden lassen."

Er rief im Labor an und gab die Weisung, so lange zu arbeiten, bis das Ergebnis vorlag. Es sollten nur diejenigen pünktlich nach Hause gehen, die nichts mit den Versuchen zu tun hatten. Awramow selbst und Sascho warteten verschwitzt und nervös im Direktorenzimmer auf die Resultate. Gegen sechs kam endlich der Laborant. Er machte einen halb erfreuten, halb erschrockenen Eindruck.

„Die dritte Maus hat sich auch angesteckt!" berichtete er. „Es ist ein männliches Tier der Gruppe C. Hier sind die Ergebnisse."

Awramow und Sascho stürzten sich auf die Unterlagen. Sie waren fehlerfrei. Es war erschreckend.

„Beraten wir uns erst einmal mit Urumow. So oder so müssen wir ihm sagen, was passiert ist", schlug Awramow vor.

Sascho sah unschlüssig aus. Nach kurzem Zögern sagte er:

„Heute noch nicht, er könnte uns wieder für voreilig halten."

„Das ist doch nicht voreilig! Heute ist es noch eine Maus, aber morgen kann schon ein Mensch an Krebs erkranken."

„Das stimmt, aber es ist trotzdem besser, nichts zu überstürzen."

Sascho konnte zu dieser Zeit nicht wissen, daß er schon in einer Viertelstunde anderer Meinung sein würde. Die Arbeitszeit war längst zu Ende, als er endlich in sein Arbeitszimmer ging, um seine Jacke zu holen. Da läutete das Telefon. Sascho, immer noch in Gedanken, hob den Hörer ab und hörte eine etwas aufgeregte Frauenstimme.

„Herr Iliew? Entschuldigen Sie die Störung. Hier ist Christinas Tante. Ich rufe aus dem Krankenhaus in Karlowo an. Ich wollte Ihnen mitteilen, daß wir heute einen Unfall hatten."

„Einen Unfall?" rief er erschrocken.

„Es ist nichts Schlimmes passiert", sagte Juliana schnell. „Aber leider hat Christa durch die Erschütterung einen spontanen Abort gehabt, mit sehr starken Blutungen."

„Dauern sie noch an?" Sascho traute seinen Ohren nicht.

„Ja. Christa ist ziemlich durcheinander. Ob es von dem Unfall ist oder von den Blutungen, kann ich nicht sagen."

„Was meinen die Ärzte?" fragte Sascho und wischte sich nervös die verschwitzte Stirn.

„Die Ärzte sagen, daß keine Lebensgefahr besteht. Aber Sie kennen ja Christa besser als ich. Sie hat Angst und möchte Sie sehen."

„Ich fahre sofort los! Wo befindet sich denn dieses Krankenhaus?"

„Das kann Ihnen hier in Karlowo jeder zeigen. Aber beruhigen Sie sich, sicher ist nichts mehr zu befürchten. Christa wird es auch gleich besser gehen, wenn sie erfährt, daß Sie kommen. Womit fahren Sie, mit dem Zug?"

„Nein, mit dem Wagen meines Onkels. Aber sprechen Sie bitte noch einmal mit dem Arzt. Er soll sie schon mit ein paar Worten beruhigen."

„Wenn Sie wüßten ...", sagte Juliana empört. „Ich habe noch nie so einen Arzt wie den erlebt. Es wäre leichter, ihm die Mandeln aus dem Hals zu ziehen, als auch nur ein einziges Wort daraus hervorzulocken. Nur gut, daß die Schwester sehr redselig ist."

Kurz danach legte Sascho auf und zog schnell seine Jacke über. Der erste Schreck war vergangen und hatte sogar einer gewissen Schadenfreude Platz gemacht: So ist es, wenn man nicht hören will! Das hat sie davon, daß sie aus dem Operationssaal davongelaufen ist! Daß sie sich am Ende der Welt vor ihm verstecken wollte! Es wäre alles ganz anders gekommen, wenn sie auf ihn gehört hätte.

Sascho merkte nicht, wie er ins Freie gelangt war. Unwillkürlich sah er sich nach einem Auto um. Ein tomatenroter Volkswagen fuhr gerade auf den Ausgang zu. Sascho hob instinktiv die Hand, aber schon im nächsten Augenblick war er drauf und dran, sich selbst zum Teufel zu jagen, weil der Wagen prompt hielt und am Seitenfenster das Gesicht Asmanows zum Vorschein kam.

„Womit kann ich dienen, Kollege?" fragte Asmanow höflich.

Erstaunlich war dieser Ton nicht, denn wenn sie sich in den Fluren begegneten, grüßten sie einander auch immer sehr zuvorkommend.

„Wissen Sie, wo Professor Urumow wohnt?" fragte Sascho.

„Aber natürlich!"

„Wenn es auf Ihrem Weg liegt, würde ich Sie bitten, mich mitzunehmen."

„Mit dem größten Vergnügen", antwortete Asmanow honigsüß. „Steigen Sie ein!"

Er öffnete die Wagentür, und Sascho mußte wohl oder übel neben ihm Platz nehmen. Der gut eingestellte Motor brummte kaum hörbar, und sie fuhren an. Als wohlerzogener Mensch müßte Sascho nun ein Gespräch anknüpfen, aber sein Kopf war wie leer. Plötzlich entfuhr es ihm:

„Ihre Nichte hat heute einen Unfall gehabt."

„Ich habe keine Nichte", erwiderte Asmanow höflich.

„O ja, natürlich, wenn Sie keinen Bruder haben, haben Sie auch keine Nichte."

Asmanow schien das zu überhören und fragte betont gleichgültig:

„Ich hoffe, es ist nichts Ernstes?"

„Nein. Aber trotzdem muß ich hinfahren und brauche nun den Wagen meines Onkels."

„Ja, ich verstehe Sie, was sollte man ohne den Onkel machen?" Asmanow lächelte wohlwollend. „Doch Sie sind ein kluger und geschickter junger Mann, Sie könnten auch allein ihren Weg gehen."

Sascho sagte nichts. Was für ein idiotischer Reflex von ihm, sich in die Höhle des Löwen zu begeben! Gewöhnlich machte er nicht solche Fehler, er war stets wachsam. Anscheinend hatte ihn Christa aus dem Gleichgewicht gebracht oder diese dritte Maus ... Auf Asmanows Schlips glänzte ab und an eine Krawattennadel auf. Das war natürlich sehr altmodisch, aber viele Karrieristen waren etwas altmodisch, das gab ihnen einen seriösen Anstrich. Asmanow fuhr mit seinem Auto auf einige Tauben zu, denen es gerade noch gelang, aufzufliegen.

Dann setzte er Sascho vor Urumows Haus ab. Der junge Mann bedankte sich eilig und stürzte die Treppe hinauf. Bald verlangsamte er aber seinen Gang, um nachzudenken. Es wäre sicher nicht günstig, mit Christas Unfall anzufangen. Zuerst mußte er dem Onkel die Sache mit den weißen Mäusen erzählen. Natürlich äußerst vorsichtig und ohne Kommentar. Das wichtigste war, die Befürchtungen, die Awramow und er hegten, nicht zu erwähnen ... Der Professor nahm die Neuigkeit sehr gelassen auf. Er lächelte dabei sogar ein wenig.

Sascho lächelte auch, allerdings etwas gezwungen.

„Onkel, beunruhigt dich gar nichts an dieser Geschichte?" fragte er.

„In welcher Hinsicht?"

„Nehmen wir an, es würden plötzlich alle Mäuse sterben, was würde das bedeuten? Sicher doch, daß der Katalysator kanzerogen ist. Oder schließt du diese Möglichkeit aus?"

„Durchaus nicht, aber ich rechne nicht mit ihr. Die Natur ist zwar nicht fehlerfrei, mein Junge, aber sie ist auf ihre Art vollkommen."

„Obwohl sie über keinen Verstand verfügt?" Saschos Stimme klang belustigt.

„Gerade darum. Verstand braucht nur derjenige, der nicht alle Möglichkeiten besitzt. Er braucht ihn, um eine der Möglichkeiten als die wahrscheinlichste Wahrheit herauszufinden. Die Natur aber überprüft einfach alle Möglichkeiten und entscheidet dann."

Sascho wurde verlegen.

„Ja, so muß es wohl sein. Aber auf der Versammlung hast du, glaube ich, etwas anderes behauptet."

„Das stimmt nicht!" erwiderte der Professor gekränkt. „Während der Versammlung habe ich gesagt, daß der Mensch seine eigene Existenz aufs Spiel setzt, wenn er die Naturgesetze bricht. Das ist eine ganz andere Sache."

Die Nachricht vom Unfall nahm Urumow weitaus aufgeregter auf. Sascho schien das rätselhaft. Warum nahm sich der Onkel diese Geschichte so zu Herzen, wo es ihn doch überhaupt nichts anging? Schließlich war dieses dumme Mädchen nicht seine Tochter.

„Ihre Tante hat mir mehrmals versichert, daß der Unfall nicht so schlimm gewesen ist", sagte Sascho beruhigend. „Was die Fehlgeburt angeht . . ."

„Warte!" unterbrach ihn der Onkel.

Er griff zum Telefon und rief einen bekannten Gynäkologen an, dem er das Geschehene ausführlich darlegte. Dann hörte er lange zu, bedankte sich und legte auf.

„Anscheinend besteht wirklich keine Gefahr!" sagte er unsicher. „Es hängt natürlich auch immer von dem Arzt ab, der die Kürettage vornimmt. Meiner Meinung nach sind die schweigsamen Ärzte besser als die redseligen. Dein Großvater zum Beispiel war einer der größten

Schweiger in der ganzen Stadt und zugleich ein ganz ausgezeichneter Arzt."

„Also ist alles in Ordnung! Falls sich Christas Mutter zufällig melden sollte, erwähne ihr gegenüber bitte kein Wort! Die Tante hat es mir besonders ans Herz gelegt. Allem Anschein nach hat in dieser Familie nur sie einigermaßen Courage. Alle anderen sind Hasenfüße."

Urumow zog die Stirn in Falten.

„Die Mutter liebt Christa nun mal sehr!" sagte er zurückhaltend. „Das ist alles. Aber nun fahr los. Hast du Geld?"

„Ich denke, ja."

„Steck für jeden Fall noch etwas ein, es kann ja alles mögliche passieren."

Er reichte dem Neffen fünf neue Zehnlewascheine.

„Onkel, ich wollte dich noch bitten, mich bei Awramow nicht zu verraten. Tu so, als ob du von ihm zum erstenmal von diesen Mäusen hörst."

„Ich werde mir Mühe geben ... Und du ruf mich morgen früh gleich an! Das schlimmste ist immer die Ungewißheit."

Eine Viertelstunde später schoß der alte Taunus die Hauptstraße entlang. Sascho hatte schon eine ganze Weile nicht mehr am Lenkrad gesessen, und das Fahren machte ihm Spaß. Es kam ihm gar nicht in den Sinn, daß er Christa blaß, blutarm und zerquält vorfinden würde. Er wollte nicht einmal daran denken. Hatte es denn Zweck, sich irgendwelchen Blödsinn zusammenzureimen, wo man doch die Sache wenig später mit eigenen Augen sehen konnte? Sascho hatte sich nicht einmal bei der Tante erkundigt, was für ein Unfall das gewesen war. Sicher hatte ein Hund das Auto angekläfft, und sie hat vor Schreck das Lenkrad losgelassen, so daß sie im Straßengraben gelandet sind. Gewöhnlich kommt es dann zu leichten Prellungen.

Sicher wäre er zu Tode erschrocken gewesen, wenn er so wie der Tankwart das Geschehen direkt verfolgt hätte. Dem Mann war es nicht einmal gelungen, auch nur einen einzigen Laut von sich zu geben, so blitzschnell hatte sich alles ereignet. Der Kipper hatte einfach das Heck des Wagens überrollt, ihn erfaßt und mit sich geschleift. An der Kurve war der Lada nach rechts geflogen, hatte sich um seine eigene Achse gedreht und war dann wie durch ein Wunder auf seinen vier Rädern stehengeblieben. Ein Motorradfahrer, der neben der Tankstelle seine Reifen aufpumpte, hatte von der ganzen Geschichte gar nichts mitbekommen. Er hatte nur den schrecklichen Krach gehört, und als er sich umdrehte, standen sich die beiden Autos schon frontal gegenüber.

Zuerst hatte sich natürlich Juliana von dem Schreck erholt. Während das Auto herumgewirbelt worden war, hatte sie geglaubt, dem Tod entgegenzufliegen. Sie war so überrascht gewesen, daß der Schreck einfach an ihr abprallte. Dann stand das Auto auch schon wieder unbeweglich, die Welt um sie herum schien ruhig, hell und klar wie immer. Sie verspürte keinen Schmerz. Nicht einmal Angst. Schnell sah sie zu Christa hinüber. Das Mädchen saß unbeweglich neben ihr. Es hatte nicht einmal einen winzigen Kratzer abbekommen, obwohl die Windschutzscheibe fast zu Staub zermalmt worden war. Christa starrte mit weit aufgerissenen Augen vor sich hin. Ihr Gesicht war totenbleich.

„Was fehlt dir?“ fragte Juliana mit heiserer Stimme. „Bist du okay?“

Was für eine Frage, warum sollte sie nicht okay sein, wo sie doch seelenruhig dasaß. Aber offensichtlich war sie nicht ganz bei Sinnen. Juliana hatte noch nie einen so wirren Blick gesehen. Darin schien kein Fünkchen Bewußtsein enthalten zu sein.

„Was hast du, Christa?“ fragte die Tante, diesmal wirklich erschrocken. „Sag doch was, Kind!“

Aber Christa schien sie weder zu sehen noch zu hören. Ob sie wirklich den Verstand verloren hatte? Juliana fiel bei dem bloßen Gedanken daran fast in Ohnmacht. Sie tastete das Mädchen fieberhaft ab, nein, anscheinend war alles in Ordnung. Aber warum antwortete Christa nicht? Warum sah sie sie immer noch mit diesen irren Augen an? Das erste Wort, das sie mühevoll herausbrachte, war „nein". Juliana umarmte sie, küßte ihr das blasse Gesicht und fragte unaufhörlich: „Was fehlt dir, mein Kind? Hast du Schmerzen?" Nach einer ganzen Weile gelang es Christa, ihr zweites Nein hervorzubringen.

Zuerst kam ein Wolga aus Kasanlyk vorbei. Darin saß zufällig ein entfernter Verwandter von Juliana, ein Werkdirektor. Er war sehr erschrocken und befreite unter äußerster Anstrengung Christa aus Julianas Umarmung.

„Das Mädchen hat einen Schock erlitten! Vielleicht hat es auch eine Gehirnerschütterung. Ich muß euch sofort ins Krankenhaus bringen", redete er auf Juliana ein.

„In welches Krankenhaus?"

„In das von Karlowo, das ist das nächste."

Er beförderte sie in den Wolga, und sie fuhren los. Christa schloß jedesmal angsterfüllt die Augen, wenn sie einem Auto begegneten, und öffnete sie erst, wenn sie hörte, daß das Fahrzeug an ihnen vorbeigesaust war. Sie konnte immer noch keinen zusammenhängenden Satz von sich geben, sondern sprach nur mit kreischender Stimme einzelne Wörter oder wirre Phrasen aus. Aber ihr schien nichts weh zu tun. Juliana erlangte allmählich ihre alte Fassung wieder. Vielleicht hatte Christa gar keine Gehirnerschütterung, sondern ihr war der Schreck nur allzusehr in die Glieder gefahren. Was konnte man anderes von einem Mädchen erwarten, das schon beim Anblick eines Rosengartens durchdrehte.

Endlich hatten sie das Krankenhaus erreicht. Zwei Ärzte untersuchten die beiden Frauen. Sie schienen durch Christas jämmerlichen Gesichtsausdruck eher belustigt als besorgt zu sein. Das Mädchen war völlig unversehrt geblieben, und Juliana hatte mehr Prellungen aufzuweisen. Der Neurologe allerdings, ein sehr hagerer junger Mann, nahm sich Christas länger an. Nachdem er all ihre Reaktionen überprüft hatte, sagte er leise zu Juliana:

„Das ist eine typische Psychasthenie! Sie darf das Krankenhaus auf keinen Fall vor morgen früh verlassen. Wir legen sie in ein Einzelzimmer. Sie muß sich erst erholen, sonst fällt sie an der nächsten Ecke in Ohnmacht."

Man brachte Christa in ein großes weißes Zimmer, in dem nur zwei Betten standen, und übergab ihr einen Schlafanzug. Christa hatte sich schon ein wenig beruhigt. Als sie gerade in die langen Hosenbeine des Schlafanzugs schlüpfen wollte, geschah das Schreckliche. Plötzlich ergossen sich Blut und Gerinnsel aus ihr, beschmierten ihre dünnen, blassen Beine und flossen über das Linoleum. Christa blieb unbeweglich stehen, starr und sprachlos. Man brachte sie sofort in den Operationssaal und nahm die Kürettage vor. Doch Christa hörte nicht auf zu bluten, so daß man sie tamponieren mußte. Danach wurde sie wieder in ihr Zimmer gebracht. Während der ganzen Zeit hatte Juliana weinend im Korridor gesessen. Dann wurde sie zu der Nichte gerufen, die mit ängstlicher Stimme bat, Sascho kommen zu lassen. Das waren die ersten zusammenhängenden Worte, die sie nach dem Unfall überhaupt ausgesprochen hatte. Juliana lief sofort zum nächsten Telefon.

Gegen halb acht näherte sich Sascho Karlowo. Er war durch das wilde Gegen-die-Zeit-Fahren überhaupt nicht müde geworden, im Gegenteil, er fühlte sich so frisch und munter wie vor der Abfahrt. In der Stadt stieg ein kleiner Junge zu ihm in den Wagen, um ihm den Weg zum Krankenhaus zu weisen. Es war überhaupt nicht weit. Als sie in den Hof einfuhren, der in Finsternis und Kühle versunken war, flog ein Glühwürmchen an ihnen vorbei. Ein Glühwürmchen ist ein gutes Vorzeichen, ging es Sascho durch den Sinn. Ja, alles würde gut ausgehen; wie seine Mutter sagte, war er unter einem Glücksstern geboren worden. Aber er glaubte nicht an solche Dinge. Letzten Endes vertraute er einzig und allein seinem Verstand.

Am Eingang wurde er aufgehalten. Eine ältere Frau mit Brille erkundigte sich nach seinem Namen. Sascho sagte ihn und auch, wen er besuchen wollte. Die Frau warf ihm einen unfreundlichen Blick zu.

„Ich weiß schon", brummte sie. „Warte ein bißchen."

Sie verschwand und kehrte dann mit Juliana, die einen weißen Kittel und irgendein Buch trug, zurück. Juliana hatte sich inzwischen beruhigt, und bei Saschos Anblick hellte sich ihr Gesicht vollends auf.

„Ich freue mich, daß Sie gekommen sind! Ich muß gestehen, daß ich Sie mir gar nicht so jung vorgestellt habe", sagte sie.

„So jung bin ich auch nicht", erwiderte er erstaunt.

„Ich bringe Sie jetzt zu ihr. Sie müssen aber vorsichtig sein. Ein paar Stunden lang war sie einfach nicht bei Sinnen." Juliana schwieg einen Moment und fügte dann hinzu: „Später werde ich Ihnen alles ausführlich erzählen."

(Sie erfüllte dieses Versprechen übrigens nicht. Sascho erfuhr nie den genauen Hergang des Unfalls, denn beide Frauen wagten es später nicht, sich an das Erlebte zu erinnern, und noch viel weniger, es zu erzählen.)

Sascho betrat das Krankenzimmer und blieb erschüttert an der Tür stehen. Im schwachen Lampenlicht schien er ein fremdes Mädchen vor sich zu sehen. Christa kam ihm in diesem Augenblick viel kleiner vor als sonst, und ihr blasses Gesicht war besonders schmal. Von ihm waren fast nur die Augen übriggeblieben, und in diesen Augen lag alles – Hoffnung, Liebe und Erwartung, aber auch Angst und Unsicherheit darüber, wie Sascho das alles aufnehmen würde, ob er sie noch liebte oder ob er jetzt vielleicht bedrückt und angewidert davonging.

Sascho versuchte ein ermutigendes Lächeln, aber es ging daneben. Dann setzte er zu einem aufmunternden Satz an, doch die Worte blieben ihm in der Kehle stekken. Er begriff, daß jetzt jedes Wort überflüssig und unaufrichtig wäre. Vielleicht war Christa in dieser Lage gar nicht sie selbst, vielleicht stellte sie ein zu Tode erschrockenes verwundetes Tier dar. Ja, so mochte es wohl sein: Sie war das kleine Kätzchen, das er einst aus dem Fenster geworfen hatte. Als er die Tür geöffnet hatte, hatte es entsetzt und unglücklich vor ihm gestanden; es hatte keinen anderen Ausweg gewußt, als zu seinem Peiniger zurückzukehren. Und jetzt zeigte es ihm noch einmal seine verwundete Tatze, um wenigstens ein bißchen Mitleid in ihm zu erwecken.

Sascho ging langsam auf Christas Bett zu und setzte sich auf den niedrigen weißen Hocker. Dann ergriff er ihre blutleere Hand. Sie war kalt und schmal. Er strich mit der anderen Hand darüber, seine Lippen begannen zu zittern. Ihm war, als ob nie so viele Gefühle auf einmal in seiner Seele zusammengetroffen wären, als ob sie ihn zu ersticken drohten. Trotzdem schien jedoch eine Trennwand dazusein, die sie zurückhielt, ein Damm aus nassen, moosbewachsenen Steinen. Er hatte selbst diesen Damm in seinem Inneren errichtet, um sich vor den beklemmenden Schuldgefühlen zu bewahren – das war in jenen Monaten geschehen, als er sich erschrocken vor Susi verbarg.

„Ich dachte, du würdest nicht kommen, mein Liebling", sagte sie so leise, daß er es kaum vernahm, „daß dir etwas zustoßen könnte."

„Warum sollte ich nicht kommen!" sagte Sascho erstaunt.

Sie verstand ihn und nahm seine Hand, die sie auf ihre kühle Wange legte. Dann küßte sie diese starke Hand und weinte, glücklich und beruhigt. Ihre Tränen fielen auf seine Finger, die sie immer noch an ihr Gesicht gepreßt hielt. Sascho brachte vor Rührung kein einziges Wort heraus. Ihm wurde bewußt, daß dies sein unabwendbares Urteil war. Sicher ein gerechtes und von vornherein feststehendes Urteil, vielleicht auch ein schönes und angenehmes Urteil, gegen das er nicht protestierte und keine Berufung einlegte. Trotzdem aber blieb es ein Urteil.

13 Die Ereignisse waren so schnell über Urumow hereingestürzt, daß er noch nicht dazu gekommen war, sich zu besinnen. Um ruhiger zu werden, stellte er sich – wie stets in solchen Situationen – an das Fenster. Die Sonne hatte sich stark nach dem Westen geneigt. Auf dem unebenen Kamm des Witoscha glänzten hier und da die Fensterscheiben der Gebirgshütten. Den Professor beschäftigte jetzt nur ein einziger Gedanke: Was bedeuteten diese unerwarteten Ereignisse? Es war etwas sehr Wichtiges passiert, das Kind existierte nicht mehr. Das war also das Ende einer Sache. Oder gar der Beginn von etwas ganz Unerwartetem? Was es auch sein mochte, er fühlte, daß er noch nicht bereit war, es aufzunehmen.

Dabei war der gestrige Tag so glücklich und ruhig verlaufen. Urumow sah Maria mit den Champignons in der Hand lächelnd und stolz auf sich zukommen. Sie setzten sich in den spärlichen Schatten des Wasserahorns, der seine toten weißen Blüten über das steile Ufer gestreut hatte. Sie sahen alles wie auf einer Handfläche ausgebreitet – die Stromschnelle, die jungen Pappeln und am anderen Ufer die Wasserbecken des Fischzuchtbetriebes. Urumow hatte den Wunsch verspürt einzunicken, für immer beim Rauschen des Flusses einzuschlafen, für ewig ein und derselbe zu bleiben. Der Wasserahorn würde für ihn nie seine Blüten ansetzen, und die Erdbeeren würden nie reifen. Dafür aber würde sein Tag nie enden. Es würde weder einen Sonnenuntergang noch einen Sonnenaufgang für ihn geben. Der Professor fürchtete sich vor jedem kommenden Tag, vor jedem Schritt ins Ungewisse. Er mochte keinerlei Änderung, jede Änderung war ihm unheimlich.

Das Läuten des Telefons schreckte ihn aus seinen Gedanken auf. Urumow drehte sich um und ging ins Wohnzimmer. Er haßte diesen schwarzen Hörer, der so konstruiert war, daß man ihn bequem und leicht halten konnte. Warum waren die Menschen derartig bemüht, jede schlechte Nachricht, jedes Unglück, ja sogar jede

Todesart – den elektrischen Stuhl oder den unterirdischen Luftschutzraum zum Beispiel – angenehmer zu machen? Dadurch wird weder die schlechte Nachricht besser noch der Tod gnädiger ... Aus der Membrane erklang eine etwas heisere Männerstimme. Urumow atmete auf.

„Trifon ist hier, Herr Professor. Ich rufe aus einer Telefonzelle an."

Trifon war sein alter Kraftfahrer. Er war jetzt mit dem Dienstwagen des Instituts gekommen.

„Gut, Trifon, aber ist es nicht noch etwas früh?"

„Je früher, um so besser. Bis ich die Zeitung gelesen habe, wird es Zeit geworden sein."

Er hatte recht, bis er mit seiner Zeitung fertig war, würden Stunden vergehen, obgleich er nur das Sofioter Lokalblatt las, und auch da nur die kleinen Annoncen. Aber er las sie gründlich. Am meisten interessierte er sich für die An- und Verkäufe. Über jede Anzeige dachte er lange und gern nach, als ob er mit der gleichen Bereitschaft ein Tonbandgerät, einen Flügel oder gar einen Kinderwagen kaufen würde.

„Und was machen die Nieren?" erkundigte sich Urumow.

„Welche Nieren? Ach so, ja, sie tun ein bißchen weh."

Heute morgen hatte Trifon geklagt, daß er am Sonntag eine Nierenkolik gehabt habe und darum nicht gekommen sei. Jetzt wurde Urumow klar, daß ihn Trifon angelogen hatte. Sicher hatte er am Abend zuvor zuviel getrunken, und da er ein einsamer Witwer war, hatte ihn am Morgen niemand geweckt. Seine Schwiegertochter hielt es nicht für notwendig, sich um ihn zu kümmern, obwohl sie umsonst in seinem Hause wohnte, das auf unzähligen kleinen Fahrerlügen erbaut worden war.

„Gut, warte, bis ich komme, Trifon!" sagte Urumow.

„Wird gemacht", antwortete Trifon eifrig.

Nachdem Urumow aufgelegt hatte, kehrte er abermals ans Fenster zurück. Der Anblick des nahen Gebirges wirkte immer beruhigend auf ihn und half ihm, seine

Sorgen zu vergessen. Doch heute berührte es ihn nicht. Der Professor wollte an die infizierten weißen Mäuse denken, aber es gelang ihm nicht. Er wollte besorgt sein, hatte aber nicht die Kraft dazu. Heute interessierte ihn einfach nichts, was den morgigen Tag betraf.

Warum eigentlich? Urumow wußte sehr wohl, daß das, was den Menschen mit der Vergangenheit verbindet, sich nicht so sehr von dem unterscheidet, was ihn mit der Zukunft vereint. Beide Verbindungen sind stark und sicher, und das Wichtigste – gleichermaßen real. Nur ein Dummkopf glaubt, daß der heutige Tag der einzig wahre sei. Urumow mußte zur Ruhe kommen und sich entspannen. Und er entspannte sich wirklich. Die Zärtlichkeit, die in den letzten Tagen von ihm Besitz ergriffen hatte, kam wieder über ihn. Er verspürte Fingerspitzen, die sein Gesicht leicht berührten; er dachte an die Morgenstunden, da der grünliche Stern aufging. Nein, nicht der weiße, der aus dem Meeresschaum kam, sondern sein eigener, der, der am blaßroten Hintergrund erstrahlte.

Als die Uhr halb sieben schlug, nahm Urumow am Schreibtisch Platz. Umsonst versuchte er, in den Bulletins, den dünnen Broschüren und den Mitteilungen zu lesen. Er sah einfach nichts – weder Wörter noch Buchstaben. Jetzt brachen die schwersten Minuten an, die wie Tausendfüßler dahinkrochen. Sie hatte um halb sieben kommen wollen, war aber immer noch nicht da. Inzwischen waren bereits zehn Minuten vergangen. Ihn erfaßte leichte Panik – es würde doch nichts passiert sein? Ob ihr vielleicht jemand etwas von Christas Unfall gesagt hatte und sie vielleicht wie von Sinnen nach Karlowo gefahren war? Aber nein, das war nicht möglich. Eine Frau wie sie würde nicht wegfahren, ohne ihm vorher Bescheid zu geben. Sie verehrte ihn viel mehr, als ihm selbst lieb war, weil jeder Respekt eine gewisse Distanz bedeutete.

Maria traf ein Viertel vor acht ein. Sie war sehr gut gekleidet, schien aber ein wenig nachdenklich und traurig zu sein. Das war aber sicher nicht schlimm, denn einer richtigen Freude ging man immer etwas traurig entgegen, vielleicht aus Furcht, man könnte sie verlieren. Maria setzte sich in einen Sessel und lächelte ihm zu.

„Wissen Sie“, begann sie, „gestern sind wir doch nur ein kleines Stück zu Fuß gelaufen, aber ich fühle mich wie gerädert.“

„So?“ fragte er erstaunt. „Mir fehlt nichts.“

„Na bitte“, sagte sie erfreut, als ob sie erwartet hatte, gerade das zu hören.

„Das kommt nicht vom Laufen, sondern vom Anstehen“, bemerkte Urumow.

Maria lachte, dieses Mal völlig zwanglos.

„Dafür haben die Buletten um so besser geschmeckt. Heute mußtc ich wieder daran denken. Bei der bloßen Erinnerung daran fühle ich mich schon satt.“

„Sie haben doch nicht etwa schon zu Abend gegessen?“ fragte Urumow argwöhnisch.

„Warum sollte ich, wo Sie mich doch zum Essen eingeladen haben.“

„Sie könnten es vergessen haben.“

Sie sah ihn irgendwie merkwürdig an.

„Ich vergesse nie etwas. Vielleicht ist das eine meiner schlechtesten Eigenschaften.“

Ja, das mußte ihm gesagt werden, er hatte es verdient. Am besten würde es sein, sofort das Thema zu wechseln.

„Wo essen Sie eigentlich gewöhnlich, in der Kantine?“

„Wieso in der Kantine? Ich muß doch auch für Christa kochen.“

„Und was haben Sie sich heute Mittag gemacht?“

Sie mußte lächeln.

„Gebackene Kartoffeln.“

Vielleicht sollte sie erklären, daß es nur Kartoffeln waren, ohne Fleisch, und daß sie sie zur Bäckerei zum Backen bringen mußte, weil sie zu Hause keinen Herd besaßen.

„Ich hoffe, daß Sie das Essen inzwischen verdaut haben." Der Professor lächelte nun auch.

„Warum? Wohin wollen Sie mich führen?"

„In ein nettes kleines Folklorelokal. Es ist nicht allzu weit weg, es gehört fast noch zu Sofia."

Ihr Gesicht wurde auf einmal fahl. Kleine Fältchen bedeckten jetzt ihre Stirn, die er bislang immer nur glatt gesehen hatte.

„Das dürfen Sie nicht, das wäre zuviel", meinte sie.

„Warum?"

„Das wissen Sie selbst am besten."

„Aber dort riskieren Sie wirklich nichts!" versuchte er sie zu überzeugen. „Dorthin fahren vorwiegend Direktoren mit ihren Sekretärinnen und nehmen hin und wieder einen Ausländer zur Tarnung mit."

„Um so schlimmer!" behauptete Maria. „Ich würde etwas vorziehen, wo bescheidenere Leute verkehren."

„Aber ich habe doch schon einen Tisch bestellt!"

Maria dachte nach.

„Nun, zum Teufel", sagte sie mit einer Stimme, die unerwartet und fremd klang. „Fahren wir also!"

Der Wagen wartete natürlich auf sie. Hinter der staubigen Frontscheibe las Trifon immer noch stotternd und halblaut seine kleinen Anzeigen. Er war gerade dabei, über eine Trockenhaube nachzudenken und darüber, was er mit ihr eigentlich anfangen würde, wo er doch bloß noch ein paar Haare auf seinem Kopf hatte. Als Maria und der Professor sich näherten, gaffte er die Dame ziemlich dreist an. Allem Anschein nach befand er sie für gut. Beide nahmen im Fond des Wagens Platz, und sie fuhren los.

Als sie am Restaurant anlangten, war es noch hell. Urumow gab dem Fahrer bis dreiundzwanzig Uhr frei, und sie gingen in die Gaststätte hinein. Man hatte, wie es sich bei einem Professor gehörte, einen guten, ziemlich abseits stehenden Tisch reserviert. Der Kellner kam auch sofort und empfahl ihnen Blaufisch, auf Ziegelstein gebacken. Urumow sah ihn mißtrauisch an.

„Richtiger frischer Blaufisch?“ fragte er ungläubig.

„Wir haben natürlich keine genauen Angaben über seinen Tod“, entgegnete der Kellner, „aber Ihnen ist doch bekannt, daß der Blaufisch der König der Fische ist. Wir servieren ihn nicht immer und nicht jedem.“

„Und haben Sie auch einen geeigneten Wein dazu? Den Sie auch nicht immer und nicht jedem vorsetzen?“

Der Kellner sah ihn zögernd an. Offensichtlich wollte er nicht zuviel versprechen.

„Wir haben eventuell einen weißen Mawrud aus Stanimaka, ich muß aber erst noch einmal nachfragen.“

Als der Kellner gegangen war, flüsterte Maria:

„Denken Sie bitte daran, daß ich kein Weintrinker bin.“

„Ich auch nicht.“ Der Professor lächelte. „Aber weißen Mawrud kriegt man seltener zu sehen als eine weiße Krähe, fast so selten wie eine weiße Schwalbe.“

„Sie würden sich gut zum Werbeagenten eignen . . . Ich muß Ihnen gestehen, daß ich seit meiner Hochzeit keinen Tropfen Wein getrunken habe. Nicht etwa, weil ich Abstinenzlerin bin, sondern weil mich der Wein immer traurig stimmt und ich dann gewöhnlich in Tränen ausbreche, wie es übrigens auch bei meiner Hochzeit war.“

„Das ist nur die schlechte Vorahnung gewesen“, sagte Urumow. „Ein wenig müssen Sie mir schon helfen. Ich würde mich vor Trifon blamieren, wenn ich die Flasche allein austrinken müßte.“

Maria behielt recht. Bereits als sie ein Glas von dem starken, aromatischen und leicht süßlichen Weißwein getrunken hatte, füllten sich ihre Augen mit Tränen. Sie trocknete sie fast erschrocken und versuchte zu lächeln.

„Da sehen Sie es!“ sagte sie schuldbewußt.

Der Professor versuchte, sie zu beruhigen. „Hier ist es doch sowieso ziemlich dunkel“, meinte er, „es fällt also gar nicht auf.“

Da geschah etwas Unerwartetes. Plötzlich ergoß sich über sie ein Schwall von Tönen, so rein und klar, daß beide zusammenzuckten. Der Zimbelspieler probierte sein Instrument aus. Inzwischen nahmen auch die anderen Mitglieder der Zigeunerkapelle ihren Platz ein. Die paillettenbesetzte Kleidung des Dirigenten glitzerte leicht, und die farbigen Scheinwerfer wurden eingeschaltet. Jetzt sahen die weißen Hemdsärmel der Zigeuner phosphorgrün aus. Urumow mußte unwillkürlich an das kleine Restaurant in Buda, an den großen hageren Zimbelspieler und das verliebte Pärchen am Nebentisch denken, das ihm in seiner späten Zärtlichkeit so bedauernswert erschienen war. Er merkte, daß ihn ein Schauer durchrieselte. Schnell blickte er um sich. Nein, keiner achtete auf sie, sie wurden weder belächelt noch mit Argwohn betrachtet. Jener Ungar mit der krummen Nase war bestimmt fünf bis sechs Jahre jünger als er gewesen. Warum war er ihm so hilflos und lächerlich erschienen? Und warum sah er sich selbst jetzt so ganz anders?

„Was ist mit Ihnen?" fragte Maria verwundert. „Sie machen den Eindruck, als ob sie gerade an etwas sehr Unangenehmes gedacht hätten."

„Ja, das habe ich auch, aber es hat nicht im geringsten mit Ihnen zu tun."

Das Orchester spielte plötzlich los, zunächst die Zigeunertänze aus dem „Troubadour", laut, feierlich, fast frohlockend. Urumow spürte, wie seine Spannung langsam wich. Als der Kellner endlich den Fisch servierte, fragte der Professor leise:

„Darf ich ein Lied beim Orchester bestellen?"

Er konnte nicht ahnen, daß dies das Schlimmste war, was er an diesem Abend hatte tun können. Aber er gab sich einfach einem Impuls hin.

„Aber ja, es darf bloß nicht ‚Lilli Marlen' sein", erwiderte der Kellner bereitwillig.

„Nein, es ist ein viel älteres Lied, ‚Solveig'."

„‚Solveig'? Ach ja, sie kennen es, es ist sehr schön", sagte der Kellner freundlich.

Sie werden es immer kennen und immer spielen, wahrscheinlich auch in tausend Jahren, sofern es dann noch Menschen auf der Welt geben sollte, dachte Urumow.

„Sie knüpfen sicher eine Erinnerung daran?" fragte Maria.

„Fast!" gab Urumow ungern zu.

„Wenn ich Sie so ansehe, dürfte sie nicht allzu angenehm sein."

Der Professor sah erstaunt zu Maria hin. Sie hatte richtig getippt. Eigenartig, sie merkte so etwas immer, als ob sie ein Gespür dafür hätte.

„Wie soll ich es Ihnen erklären ... Es läßt sich so ausdrücken, aber man könnte auch genau das Gegenteil behaupten."

„Erzählen Sie mir doch bitte davon", bat sie.

Urumow sah sie unschlüssig an. Wie sollte er ihr diese Geschichte erzählen? Sein Verhalten könnte von ihr als taktlos und dumm aufgefaßt werden. Ja, so würde es wohl kommen.

„Erzählen Sie es doch!" wiederholte Maria.

Sie richtete zum erstenmal eine Bitte an ihn. Sicher hätte er sie gewissenlos belogen, wenn er gerade eine Lüge parat gehabt hätte. Aber da das nicht der Fall war, mußte er sich an die Wahrheit halten.

„Wissen Sie", begann er widerstrebend, „etwa vor einem Jahr saß ich einmal in einem Restaurant in Ungarn, genauer gesagt, im alten Buda. Es war ein sehr schönes Restaurant, wo es Tokajer und gebackenen Fasan gab."

„Das fängt gar nicht so schlecht an." Maria lächelte.

„Dort spielte eine Zigeunerkapelle ‚Solveig'. Am Nebentisch saßen zwei ältere Menschen, offensichtlich kein Ehepaar. Sie waren sehr verliebt und sicher sehr unglücklich. Aber damals begriff ich das nicht, sie erschienen mir eher lächerlich, um nicht zu sagen – absurd."

„Und nun wollen Sie noch einmal darüber nachdenken?"

Urumow hätte beinahe zu stottern begonnen, so sehr verwirrte ihn Marias Frage.

„Ja, so ungefähr. Ich will wissen, ob das Lied der Grund für meinen damaligen Eindruck war, den ich jetzt nicht mehr begreife. Oder habe ich mich selbst so unglaublich verändert?“

Maria schwieg, ihr Gesicht war im Schatten.

„Das Lied war nicht die Ursache“, sagte sie dann dumpf. Sie trank nervös einen Schluck Wein und fügte hinzu: „Das, was Sie beobachtet haben, ist wirklich absurd gewesen ... so wie wir beide jetzt.“

„Sie haben mich nicht verstanden!“ entgegnete Urumow etwas verkrampft. „Man kann das nicht miteinander vergleichen, sie sind doch noch so jung.“

„Ich spreche nicht vom Alter!“ rief Maria und begann zu weinen. „Eher von der Situation selbst.“

„Was für eine Situation? Was ist schon dabei, wenn zwei Menschen gemeinsam zu Abend essen?“

Sie wischte sich mit dem kleinen Finger die Tränen von den Augen. Danach klang ihre Stimme beherrscht.

„Sie wissen schon, was ich meine. Erinnern Sie sich, weshalb wir uns eigentlich getroffen haben? Wir sind doch einfach nur als Eltern zusammengekommen. Wir wollten zwei dumme junge Leute zur Räson bringen. Wir wollten ihnen Hoffnung machen und den Weg ins Leben weisen. Ist es nicht so, Herr Professor?“

„Reden Sie ruhig weiter!“ murmelte er.

„Und was haben wir getan? Wir haben vergessen, mit welchem Ziel wir zusammengetroffen sind. Es kam zu Ausflügen, zu Besuchen von Gaststätten ... Das waren ganz einfach Rendezvous, Herr Professor. Das war nicht nur absurd, sondern meiner Meinung nach unmoralisch!“

„Warum sind Sie dann gekommen?“ fragte Urumow.

„Weil ich ein Mensch bin!“ schrie sie beinahe heraus. „Weil ich es wollte.“

Wieder begann sie zu weinen. Ihre Schultern zuckten.

„Beruhigen Sie sich!“ bat er leise.

„Entschuldigen Sie, ich wollte Sie keinesfalls beschuldigen“, begann sie erneut, nachdem sie ihre Tränen getrocknet hatte. „Sascho ist ein Junge, und er ist vor allem nicht Ihr Sohn, so daß Sie weniger Verantwortung tragen. Aber ich bin eine Mutter. Wissen Sie, was das heißt?"

„Das weiß ich", sagte Urumow, obwohl er es nicht wußte.

„Ich möchte Sie bitten, mich nicht mehr einzuladen, auf gar keinen Fall! Denn wenn Sie es tun, werde ich sicher wieder kommen. Bringen Sie mich nicht dazu, mich als Verbrecherin fühlen zu müssen."

Urumow war zu keiner Antwort fähig. Er war hilflos und verwirrt. Nur eins wußte er: daß er nichts versprechen durfte. Er war sehr erleichtert, als sich gerade in diesem Augenblick der Kellner dem Tisch näherte.

„Hat Ihnen der Fisch nicht geschmeckt?" fragte er.

Die Fische standen wirklich fast unberührt vor ihnen.

„Es hat sich herausgestellt, daß wir beide keine Fischesser sind. Bringen Sie uns etwas Einfacheres", antwortete der Professor und war selbst erstaunt, wie natürlich seine Stimme klang.

„Hausgemachte Bratwürste vielleicht? Wir bereiten sie hier selbst zu", erläuterte der Kellner.

„Gut." Urumow nickte.

Nein, er glich keinesfalls jenem unglücklichen Ungarn. Er kam sich zwar in diesem Augenblick hilflos vor, aber er war nicht hoffnungslos. Er fühlte sich schwach, aber nicht machtlos. Letzten Endes schien der Sieg viel größer als die Niederlage zu sein. Er hatte in Maria hineinsehen können – zum erstenmal, seit sie sich kannten. Und er hatte dort Wichtiges gesehen.

Das Orchester begann in diesem Moment „Solveig" zu spielen. Der Dirigent hatte sich gerade umgedreht und vor dem Professor verbeugt. Jetzt schien sein Gesicht grün zu sein, und die Pailletten glitzerten wie grüne Sterne. Urumow sah auf einmal auch die Sängerin, und er erschrak. Sie glich seiner verstorbenen Frau, war groß, von starkem Knochenbau und hatte stark geschminkte, fast unbewegliche Augen. Ihr Gesicht sah aus wie eine

Totenmaske, aber das lag vielleicht am Scheinwerferlicht. Sie sang recht gut, und als sie geendet hatte, spendeten nur Urumow und Maria keinen Beifall, obwohl gerade sie das Lied bestellt hatten.

Erst jetzt fiel dem Professor auf, daß die Gaststätte voll war, voller Menschen und voller Zigarettenqualm. Alles sah ungefähr so aus, wie es Sascho angedeutet hatte: aufgeschwemmte Männer mit kurzen, dicken Hälsen, westliche Kunden, deren weiche, aufgedunsene Gesichter einen anwiderten, und recht unglücklich dreinblickende Dolmetscherinnen, die all ihre Künste aufbieten mußten, um die groben Scherze und die Zweideutigkeiten ihrer Chefs abzuschwächen. Urumow wandte angeekelt den Blick ab. Der Kellner brachte das Bestellte. Nachdem Urumow seine ganze Kraft zusammengenommen hatte, sagte er zu Maria:

„Wissen Sie was? Schneiden Sie die Wurst in kleine Stücke. Ich packe sie dann in die Zeitung und stecke sie in die Tasche."

„Warum denn, haben Sie einen Hund zu Hause?"

Ihre Stimme verriet, daß sie noch bedrückter war als er.

„Ich habe keinen Hund. Aber ich will nicht, daß wir uns vor dem Kellner lächerlich machen."

„Gut. Dann bemühe ich mich, etwas zu essen", sagte Maria leise.

Sie mußte sich wirklich überwinden, es fiel ihr unendlich schwer, die Happen hinunterzuschlucken. Mit Urumow wechselte sie nur noch wenige Worte. Dann gab er dem Kellner und dem Orchester großzügig Trinkgelder, und sie verließen die Gaststätte. Draußen wehte ein schwacher, aber ziemlich kühler Wind. Die Luft war kristallklar, und das Gebirge schien an Größe zugenommen zu haben. Trifon erwartete sie schon, und sie fuhren sofort los. Auch im Auto sprachen sie wenig miteinander. Aber Urumow hatte es nicht anders erwartet, es auch nicht anders gewollt. Das, was ihm Maria in der Gaststätte gesagt hatte, klang ihm jetzt noch in den Ohren: „Weil ich ein Mensch bin! Weil ich es wollte!" Heute abend brauchte er nichts weiter. Morgen oder in einem Monat oder einem Jahr würden sich auch die anderen Sachen einrenken. Er wußte etwas, was ihr nicht bekannt war und wozu er nicht das Recht hatte, es ihr zu sagen: Das Kind, das sie verband und trennte, das ungeborene Kind war tot.

14

Am nächsten Morgen mußte sich Urumow regelrecht zur Arbeit zwingen. Er konnte sich nicht konzentrieren, wartete nur immer auf Saschos Anruf. Doch bis zum Mittag läutete das Telefon kein einziges Mal, es war, als ob alle Welt Urumow vergessen hätte. Nur Angelina kroch in der Wohnung umher. Obwohl sie sich mehrere Male in der Küche und im Wohnzimmer begegneten, sprachen sie einander nicht an, ja, sie tauschten nicht einmal einen Blick. Auf Urumow lastete noch ihr letztes Gespräch, er fühlte sich der Schwester gegenüber schuldig. Angelina hatte auch ihre Sorgen, die sie vorerst mit niemandem teilen wollte. Sie hatte begriffen, daß ihr Bruder sich wie ein junger Mann verliebt hatte, und teils freute sie sich darüber, teils bereitete ihr diese Sache Kopfzerbrechen. Dabei dachte sie nicht nur an ihren Bruder, sondern auch an sich selbst. Nach dem Tod der Schwägerin war sie, Angelina, wie zu neuem Leben erwacht. Sie hatte nun wieder jemanden, um den sie sich kümmern, für den sie einkaufen und kochen konnte. Vorher hatte sie zwar ihre Pflicht gegenüber dem Sohn erfüllt, aber keine rechte Freude dabei empfunden, da sie kaum Dankbarkeit geerntet hatte.

Und nun dachte sie darüber nach, was wohl geschehen würde, wenn ihr Bruder noch einmal heiraten sollte. Sicher müßte sie dann in ihre einsame Wohnung zurückkehren und wieder ihr unausgefülltes Witwenleben führen. Dabei war es ihr so wichtig, daß jemand ihrer bedurfte.

Angelina merkte, daß ihr Bruder dieses Mal von dem Essen kaum kostete, aber sie wagte nicht, etwas zu sagen. Es hätte sicher auch keinen Sinn gehabt. Sie ahnte, daß sich etwas Unerfreuliches ereignet hatte. Aber was? Konnte es denn zwischen zwei älteren und vernünftigen Menschen Mißverständnisse geben? Auf welche Hindernisse sollten sie stoßen? Ihr war das rätselhaft.

Nach dem Essen wollte sich Urumow nach alter Gewohnheit ein wenig hinlegen, doch in diesem Moment rief Sascho an. Seine Worte klangen ein wenig überstürzt.

„Onkel, entschuldige, daß ich dich um diese Zeit störe, aber du weißt, wie lange man auf der Post warten muß, bis ein Gespräch durchkommt und so weiter ..."

„Wie geht es Christa?" unterbrach ihn Urumow ungeduldig.

„Sehr gut! Es ist überstanden, sie ist fast gesund. Nur psychisch hat sie einen kleinen Knacks, aber es ist nicht schlimm, glaube ich. Heute nachmittag wird sie entlassen, und ich bringe sie mit dem Wagen nach Kasanlyk."

„Du solltest mich doch schon heute morgen anrufen. Ich habe mir Sorgen gemacht", sagte der Professor mit leicht vorwurfsvoller Stimme.

„Entschuldige, Onkel", erwiderte Sascho. „Ich hatte so vieles zu erledigen. Zuerst mußte ich den Unfallwagen abschleppen lassen; du kannst dir gar nicht vorstellen, wie er zugerichtet ist, er sieht aus wie ein plattgedrückter Frosch. Danach mußte ich zur Verkehrspolizei und zur Versicherung – ich hatte hundert Sorgen und Unannehmlichkeiten."

„Wann kommt ihr zurück?"

„Wann wir zurückkommen?" Anscheinend war sich Sascho darüber nicht ganz im klaren. „Ich sicher morgen, aber sie wird wohl noch ein paar Tage hierbleiben müssen. Schließlich kann ihre Mutter ..." Aber er sprach den Satz nicht zu Ende.

„Was denn, ihr werdet doch vor ihr nicht verheimlichen wollen, daß Christa eine Fehlgeburt hatte?“

„Das natürlich nicht! Aber sie wollen ihrer Mutter nichts von dem Unfall erzählen. Man dürfe sie nicht beunruhigen, meinen sie, was ich übrigens für übertrieben halte. Christa will auch lieber mit dem Zug nach Hause fahren. Sie fängt schon beim bloßen Anblick eines Autos an zu zittern.“

„Das kann ich mir denken“, sagte Urumow.

„Hat sich Awramow inzwischen gemeldet?“

„Ja, er hat mich angerufen, um sich nach dir zu erkundigen. Aber über die bewußte Angelegenheit hat er kein Wort verlauten lassen.“

„Auf ihn ist wirklich Verlaß! Es macht richtig Spaß, mit so einem Menschen zu arbeiten.“

„Rufst du vor deiner Abreise noch einmal an?“

„Warum? Ich fahre einfach los. Übrigens, Onkel, der Wagen macht im Rückwärtsgang nicht mit, dein Rentner scheint langsam zu verkalken, er hat was mit der Gangschaltung angestellt.“

„Das macht nichts, wir lassen sie wieder in Ordnung bringen. Auf Wiedersehen“, murmelte Urumow und legte auf.

In der heutigen Welt scheint ein kaputter Wagen mehr wert zu sein als ein alter Onkel, dachte er gekränkt. Im selben Augenblick kam seine Schwester ins Wohnzimmer und sah ihn argwöhnisch an.

„War das Sascho?“ fragte sie kurz.

„Ja, Sascho.“

„Und was hat dieser Bengel in Karlowo zu suchen?“

„Ich habe es dir doch schon gesagt“, erwiderte Urumow, leicht verärgert.

„Das hast du zwar, aber ... Von was für einer Fehlgeburt habt ihr gesprochen?“

Urumows Gesicht verfinsterte sich. Es war ihm zuwider, seine Schwester zu belügen.

„Besser eine Fehlgeburt als eine Entbindung“, sagte er unwillig.

Er merkte, wie seine Schwester erschrak. Sie schwieg eine Weile und brummte dann feindselig:

„Mit ihm hat man nur Scherereien!"

„Der Junge ist in Ordnung, laß gut sein", widersprach er leise.

Seine Worte kamen Angelina so aufrichtig vor, daß sie nur abwinkte und aus dem Zimmer ging. Der Professor legte sich wieder auf sein Sofa, doch ihm wurde sofort klar, daß er keine Minute lang würde schlafen können. Also stand er wieder auf, und zwar so schnell, daß abermals sein Herz einige Schläge ausließ. Er mußte dieses Herz, das ihm sein ganzes Leben lang nicht die geringste Schwierigkeit bereitet hatte, unbedingt schonen. Dennoch arbeitete der Professor bis zum Dunkelwerden. Jetzt war es angenehm kühl, aber er fühlte sich müde und abgearbeitet. Immerhin hatte er jedoch einige Zeilen zu Papier gebracht, die noch keiner auf dieser Welt geschrieben hatte. Sie betrafen Dinge, über die nur er selbst Bescheid wußte und die er sicher bald mit eigenen Augen sehen würde. Doch genug für heute. Morgen würde er alles auf der alten Remington abtippen und in die Mappe einheften. Wenn Whitlow kam, mußten alle Materialien vorliegen.

Gegen Abend wurde Urumow erneut mutlos. Es schien alles doch nicht so zu sein, wie es ihm gestern erschienen war. Ihn befiel etwas, was man mit dem abgeschmackten Wort Sehnsucht bezeichnen könnte. Die Schimmel kamen ihm wieder in den Sinn, zuerst das Pferd, das seine wunderbar geformten Nüstern zum Himmel gehoben hatte, und dann auch das andere, das den Kopf abwandte, vielleicht weil es erschrocken war oder ihm die Kräfte schwanden? Doch sie waren wenigstens zusammen, während er allein hier saß. Aber selbst das war kein Zufall. Er war seit jenem schrecklichen Abend, als sein Vater ihn in das Sprechzimmer gerufen hatte, eigentlich immer allein gewesen.

Gegen zehn ging Urumow ins Wohnzimmer. Er setzte sich in den Sessel und starrte lange auf das Telefon. Doch nein, er würde den Hörer nicht abheben. Jetzt war er ganz sicher. Er wollte seine Würde bewahren, die sowohl seine Stärke als auch gleichzeitig sein Gefängnis war.

Am nächsten Morgen machte er sich wie besessen sofort an die Arbeit. Er schrieb, bis Awramow eintraf. Awramow schien abgehetzt und nervös zu sein, er berichtete schnell von seiner neuen Idee, und zwar bezüglich der nicht mechanischen, sondern biochemischen Materialreinigung „bis zu den absoluten einhundert Prozent", und erst dann erzählte er dem Professor von den weißen Mäusen. Zum Glück waren nur diese drei gestorben, allen anderen ging es normal. Urumow griff das Thema auf, und sie diskutierten annähernd zwei Stunden.

„Ich glaube, daß auch Whitlow etwas dazu zu sagen haben wird", meinte Urumow schließlich. „Er hat schon einige Male erwähnt, daß man künftighin mit reinen Materialien rechnen könnte."

„Glauben Sie, daß er schon reale Ergebnisse hat?" fragte Awramow, unangenehm überrascht.

„Das ist wenig wahrscheinlich", entgegnete der Professor, „während deine Idee eine Tatsache ist, und zwar eine erstaunliche! Erstaunlich hauptsächlich durch ihre Einfachheit!"

„Whitlow ist natürlich ein großer Wissenschaftler, und sicher ist ihm meine einfache Idee, wie Sie sie genannt haben, schon längst durch den Kopf gegangen." Awramows Stimme klang niedergedrückt.

„Es ist aber auch möglich, daß Whitlow nur die neue Zentrifuge gemeint hat, denn in seinem Brief deutet er nichts anderes an", sagte der Professor.

Awramow Gesicht hellte sich ein wenig auf. Er wollte gerade antworten, als plötzlich das Telefon klingelte. Urumow hob den Hörer ab. Es meldete sich Sascho. Seine Stimme klang etwas verwirrt und schuldbewußt.

„Ich rufe aus Kasanlyk an, Onkel. Ich habe dir eine erfreuliche Mitteilung zu machen. Christa und ich haben heute morgen geheiratet, ich wollte sagen, wir haben die Ehe geschlossen."

„Warum so plötzlich?" fragte der Professor.

Sascho schwieg einen Moment. Wahrscheinlich hatte er von seinem Onkel einen Freudenausbruch erwartet.

„Woher soll ich das wissen?" meldete er sich dann verlegen. „Uns ist einfach heute morgen dieser idiotische Gedanke gekommen, und um elf war schon alles vorbei. Ich mußte etwas für sie tun, Onkel, nachdem ich ihr so viel Kummer zugefügt hatte."

„Nur darum hast du geheiratet?"

„Nein, natürlich nicht. Du weißt doch, Onkel, daß ich keine bessere Frau als Christa finden kann."

„Das weiß ich sehr gut", antwortete Urumow. „Aber ist dir auch klar, daß das möglichst für immer sein soll?"

„Aber, Onkel, warum willst du mich schon am Hochzeitstag erschrecken?" Sascho versuchte das Ganze ins Lächerliche zu ziehen, doch sein Lachen klang etwas gekünstelt.

„Ich mache keinen Spaß, mein Junge. Du mußt dir ein für allemal im klaren sein, was du tust. Und zwar von Anfang an."

„Ich weiß, Onkel."

„Was weißt du?" fragte Urumow etwas ungeduldig.

„Ich weiß zum Beispiel, daß sie schwach ist und keine seelischen Erschütterungen ertragen kann."

„Also hast du offensichtlich das Wichtigste begriffen. Nun gut, ich gratuliere. Ich habe ein sehr schönes Geschenk für deine Frau." Der Hals schnürte sich Urumow zusammen, als er die letzten Worte aussprach.

„Danke, Onkel ... Ich rufe auch noch aus einem anderen Grund an: Wir werden für ein paar Tage verreisen, so wie es sich für Jungvermählte gehört. Ich wollte dich bitten, mich bei Awramow zu entschuldigen."

„Er ist gerade hier."

„So? Und was ist aus den Mäusen geworden?"

„Sie leben."

„Gott sei Dank. Grüße ihn von mir. Und vielleicht könntest du auch Christas Mutter benachrichtigen?"

„Wegen des Unfalls?"

„Nein, das heißt doch! Das hängt ganz davon ab, wie sie die Sache aufnehmen wird. Christas Tante hat ja Bedenken, sie sagt, wir sollen selbst auslöffeln, was wir uns eingebrockt haben. Aber unserer Meinung nach wäre es günstig . . ."

„Daß ich ihr die bittere Pille zu schlucken gebe? Na gut. Das ist nicht sonderlich gerecht, aber ich werde mein Bestes tun. Von wem stammt eigentlich diese Idee, von Christa?"

„Du hast es erraten! Nun, das war alles! Jetzt trinken wir im Restaurant ein Glas Wein auf dein Wohl."

„Danke schön!"

„Auf Wiedersehen, Onkel!"

Urumow wischte sich den Schweiß von der Stirn. Als er ins Arbeitszimmer zurückkam, fragte Awramow überrascht:

„Was fehlt Ihnen? Sie sind auf einmal so blaß!"

„Es geht schon", entgegnete der Professor ruhig. „Ich bin zu schnell vom Stuhl aufgestanden, und dabei ist mir schwindlig geworden."

„In Ihrem Alter dürfen Sie nichts schnell und abrupt machen!"

„Ich weiß", bestätigte der Professor, aber seine Stimme klang gleichgültig.

Wenige Minuten später verabschiedete sich Awramow. Nachdem er gegangen war, ging Urumow, in Gedanken versunken, im Wohnzimmer auf und ab. Er war sich immer noch nicht über seinen nächsten Schritt im klaren. Sascho hatte kein Wort bezüglich seiner Mutter verloren. Sie hatte er anscheinend völlig vergessen. Aber er, Urumow, mußte sie informieren. Doch lieber erst morgen, er fühlte, daß er heute nicht die Kraft besaß, noch zwei Gespräche zu führen. Als jedoch bald danach Angelina nach Hause gehen wollte, begriff er, daß sie es ihm wohl nie verzeihen würde, wenn er nicht zuerst ihr die Neuigkeit erzählte. Er durfte der Nichtachtung ihres Sohnes nicht noch seine eigene hinzufügen.

„Angelina!" rief er zögernd.

Die Schwester sah ihn fragend an. Er gab ihr, so genau er konnte, das Telefongespräch wieder. Sie hörte schweigend zu und unterbrach ihn kein einziges Mal. Als er geendet hatte, meinte sie nur:

„So ein Dickkopf!“

Urumow widersprach nicht, er wußte, daß sie jetzt erst einmal die Kränkung überwinden mußte. Ja, sie sah weder böse noch verärgert aus – nur gekränkt.

„So sind sie, alles Egoisten!“ sagte sie finster. „Sie sehen nichts anderes als sich selbst.“

„Wir dürfen ihnen das nicht verübeln“, entgegnete er beschwichtigend. „Wir sind vielleicht auch so gewesen.“

„Über mich selbst kann ich nicht urteilen“, sagte Angelina streng. „Aber du warst nicht so. Weder du noch unser Vater.“

Angelina setzte sich verärgert den Seidenhut mit den künstlichen Kirschen auf und bemerkte:

„Wenn sie nicht fragen, sollen sie sehen, wie sie fertig werden. Mich läßt das alles kalt.“

Sie knallte die Tür wütend hinter sich zu. In diesem Augenblick hätte sie nichts Besseres tun können, nichts, was sie mehr erleichtert hätte. Aber was für eine Tür sollte er ins Schloß werfen? Keine. Er konnte nur noch eine weitere öffnen – die letzte. Es gab keinen anderen Ausweg, er mußte das tun. Maria mußte diese Nachricht aus seinem Munde hören. Er ging zum Telefon.

„Maria, sind Sie es? Hier ist Urumow.“

Ein kurzes Schweigen, dann ihre Stimme, die wie die einer Kranken klang: „Guten Tag, Herr Professor!“

„Ich habe eine Neuigkeit für Sie, Maria. Entschuldigen Sie, daß ich Sie so überrumpeln muß. Mit mir hat man es genauso getan. Unsere beiden haben heute in Kasanlyk mit dem Segen Ihrer Schwester die Ehe geschlossen.“

Urumow staunte wiederum über die Natürlichkeit seiner Stimme. Doch vom anderen Ende der Leitung bekam er lange Zeit keine Antwort, als ob die Verbindung plötzlich zusammengebrochen wäre.

„Hallo!“ rief er beunruhigt.

„Ja, ich höre Sie“, meldete sich Maria ganz leise. „Woher wissen Sie von der Heirat?“

„Vor kurzem hat Sascho angerufen. Sie bitten um Entschuldigung, daß sie es ohne unser Wissen getan haben. Ich denke, daß es so vielleicht sogar besser war. Ich wollte sagen, ohne unser Wissen.“

„Aber warum so plötzlich? Es ist doch nichts passiert?“

„Doch! Christa hat das Kind verloren. Anscheinend hat sie dieses Unglück einander nähergebracht.“

„Christa wird sich sehr erschrocken haben. Sicher hatte sie die Geistesgegenwart verloren“, sagte Maria kraftlos.

Erst jetzt wurde Urumow bewußt, daß es tatsächlich so gewesen sein könnte. In ihrer Angst hatte sich Christa einfach an etwas klammern wollen.

„Sie werden noch ein paar Tage verreisen und erst dann nach Sofia zurückkommen. Bereiten Sie inzwischen die Hochzeitsfeier vor!“

„Sagen Sie nicht so etwas!“ schnitt ihm Maria das Wort ab.

„Es ist unumgänglich, Maria, daß Sie mit ihnen zusammenkommen. Sie müssen sich seelisch darauf vorbereiten.“

„Aber sie hatten kein Recht dazu, ohne uns vorher zu fragen“, antwortete sie mit zitternder Stimme.

Sicher hatte sie das nicht sagen wollen, doch zurücknehmen konnte sie es auch nicht. Sie legte den Hörer auf, ohne auch nur ein weiteres Wort von sich zu geben. Vielleicht weinte sie jetzt. Urumow ging langsam wieder in sein Arbeitszimmer. Seine Beine trugen ihn kaum noch, und er legte sich auf das Sofa. Ihm war etwas übel. Eine Hand schien ihm die Kehle zuzuschnüren, eine unsichtbare Hand, die sich hinter dem Brustkorb verbarg. Wenn es doch ein Schicksal geben sollte, so war es die bösartigste Erscheinung auf dieser ganzen chaotischen Welt, dachte er. Die einzige Rettung wäre vielleicht, gegen es anzukämpfen ...

Aber Urumow spürte, daß er nicht mehr die Kraft

zum Kämpfen besaß. Er begriff, daß alles, wovon er in den letzten Tagen geträumt hatte, nicht mehr eintreffen konnte. Die jetzige Situation schloß derartiges aus. Nun wurden sie vier nahe Verwandte. Aber wie war es mit der Moral? Worin würde sich ihre Verwandtschaft ausdrücken? Doch unmöglich in dem, was Maria als unmoralisch und absurd bezeichnet hatte! Urumow hatte sich mit ihrer Abwesenheit schon fast abgefunden. Aber wie sollte er jetzt mit ihrer Nähe fertig werden?

Etwa eine Stunde lang grübelte er, ohne Ergebnis. Dann stand er auf und rief Spassow an.

„Hier ist Urumow. Ich muß Sie für zehn Minuten aufsuchen", begann er das Gespräch.

„Geht es nicht morgen, Genosse Urumow? Ich stecke heute bis zum Hals in Arbeit."

„Nein. Aber ich werde Sie nicht länger als zehn Minuten stören."

„Also gut."

„Ich mache mich sofort auf den Weg", kündigte Urumow an.

Doch er ging nicht gleich los. Er begab sich erst einmal ins Schlafzimmer, öffnete den Kleiderschrank und zog sich völlig um. Er wechselte die Unterwäsche, das Hemd, und er band eine neue Krawatte um, deren Existenz er ganz vergessen hatte. Auf dem Weg zur Wohnungstür warf er noch einen Blick in den Wandspiegel im Flur. Er sah ganz normal aus, lediglich ein wenig blaß. Eine halbe Stunde später saß er schon in Spassows großem Arbeitszimmer, das um diese Tageszeit so hell war, daß ihn die Augen schmerzten. Der kleine weiche und glatte Mann saß gelangweilt vor ihm und wartete. Urumow fand es schrecklich, daß er alles in dessen wohlgepflegte, ein wenig fleischige Hände legen mußte. Dennoch begann er ohne Umschweife:

„Ich muß Ihnen ein Geständnis machen, Genosse Vizepräsident!"

„Wenn es angenehmer Art ist – warum nicht", sagte Spassow, verbindlich lächelnd.

„Das ist es kaum! Es hängt natürlich davon ab, wie Sie die Sache auffassen werden."

„Erzählen Sie!"

Der Professor berichtete langsam und mit ruhiger Stimme, unter welchen Umständen der Artikel für die Zeitschrift „Prostori" geschrieben worden war. Das Gesicht des Vizepräsidenten wurde verblüfft, dann traurig, bis es schließlich empört aussah. Urumow ergriff unwillkürlich Mitleid.

„Natürlich beruhen alle Schlußfolgerungen meines Neffen und seine ganze Hypothese auf meinen wissenschaftlichen Werken", sagte er beruhigend. „Ich habe mich in meiner Arbeit selbst von ähnlichen Vermutungen leiten lassen, und er hat keinesfalls willkürlich oder blind geschlußfolgert. Gleichzeitig muß ich allerdings zugeben, daß ich selbst es nie gewagt hätte, schwarz auf weiß eine derartige, ich würde sogar meinen, unglaubliche Hypothese aufzustellen, ohne genügend Beweise für sie in der Hand zu haben. Also habe ich wohl kaum den moralischen Anspruch auf die Priorität der Idee und auf den Mut, den Whitlow in seinem Brief erwähnte. Die wahre Priorität gebührt dem Aspiranten unseres Instituts, Alexander Iliew."

„So ein Blödsinn!" Spassow schrie es fast.

„Nein, Genosse Vizepräsident, es ist die reine Wahrheit."

„Was für eine Wahrheit?" Spassow explodierte abermals. „Wie kann ein Professor, ein Akademiemitglied, so etwas sagen? Stellen Sie sich einmal vor, daß man eines Tages beispielsweise tatsächlich diese idiotische Zeitmaschine konstruiert. Wird die Welt dann etwa behaupten, daß Herbert Wells ihr Erfinder sei, nur weil er als erster die entsprechende Idee gehabt und diesen lächerlichen Ausdruck verwendet hat? Es gibt noch eine ganze Reihe von Schriftstellern und Blödlingen, die sich als Futurologen bezeichnen und den größten Stuß zusammenreden. Sie liefern nur leeres Geschwätz, sie sind überhaupt keine Entdecker und noch viel weniger Wissenschaftler."

Spassow schien so von dieser Meinung überzeugt zu sein, daß der Professor plötzlich meinte, seine Zeit hier umsonst zu vergeuden. Doch nein, er mußte unbedingt einen Weg zu ihm finden, koste es, was es wolle!

„Mein Neffe ist kein Schwätzer, sondern ein außerordentlich begabter junger Wissenschaftler", sagte er fest.

„Ein Wissenschaftler? Das wäre ja ganz was Neues! Er ist ein Junge und noch ganz grün hinter den Ohren. Ich kann gar nicht verstehen, warum Sie mir das alles erzählen. Selbst wenn es wahr sein sollte! Wollen Sie, daß ich die moralische Verantwortung übernehme? Wenn es lediglich darum geht, bitte sehr! Aber Sie dürfen nirgendwo anders diesen Blödsinn von sich geben, wenn Sie wirklich Wert auf Ihre Arbeit legen! Sonst kompromittieren Sie Ihre wissenschaftliche Theorie, die ohnehin wenig Anhänger hat."

Urumow war erleichtert. Er sah wieder einen Weg. Jetzt würde es nicht mehr so schwierig sein, eine Brücke zu schlagen.

„Genosse Spassow, ich glaube, Sie haben mich mißverstanden", sagte er. „Ich will doch nicht losziehen und diese Dinge ausposaunen."

„Was dann?"

„Verstehen Sie mich wirklich nicht? Ich habe moralisch nicht länger das Recht, diese Tatsache zu verheimlichen. Aber ich überlasse alles Ihnen. Sie können selbst entscheiden, ob Sie mit jemandem darüber sprechen wollen! Und wann!"

„Nie!" erklärte Spassow entschlossen.

„So denken Sie momentan, weil Sie nicht an diese Entdeckung glauben. Aber wenn sie zur Tatsache werden sollte, die die ganze Welt erschüttert, werden Sie vielleicht anders entscheiden. Doch das ist nicht das wichtigste. Diese Dinge hätte ich ja auch zu Papier bringen und durch meine eigenhändige Unterschrift erhärten können. Mich führte noch etwas ganz anderes zu Ihnen."

Spassow verzweifelte fast.

„Was denn noch!"

„Sie werden es gleich hören. Ich bin, wie Sie sehen, ein alter Mann. Ich frage mich, was aus meinem Werk wird, wenn ich eines Tages sterbe."

Spassow zog die Stirn in Falten.

„Unsinn!" sagte er.

„Das ist kein Unsinn", widersprach Urumow. „Sehen Sie, wenn Sie zum Beispiel wissen, daß irgendwo ein Schatz vergraben liegt, werden Sie doch einem engen Vertrauten davon erzählen, weil ja alles mögliche passieren kann. Mich könnte ein Auto überfahren, wenn ich nachher nach Hause gehe. Wer wird dann der Welt von meinen Erkenntnissen berichten? Ich habe Ihnen diese ganze Geschichte erzählt, damit Sie wissen, daß mein Neffe als einziger die Probleme, mit denen ich mich befasse, tiefgründig und umfassend kennt. Oder genauer gesagt: das Kollektiv Awramow–Iliew, obwohl meines Erachtens der Junge mehr kann und es weiter bringen wird als Awramow. Aber die beiden arbeiten sehr gut zusammen und haben einige erstaunliche Ergebnisse zu verzeichnen. Whitlow wird allerhand von ihnen erfahren können!"

„Whitlow wird nur mit Ihnen persönlich konferieren, mit keinem anderen!" Spassows Stimme klang hart.

„Natürlich mit mir", antwortete Urumow. „Aber man muß auf jeden Fall umsichtig sein. Ihnen, Genosse Spassow, scheint diese Eigenschaft leider abhanden zu gehen. Vielleicht hat Ihnen das noch keiner gesagt, aber ich erlaube mir, in Anbetracht meines Alters und meiner Stellung ganz offen meine Meinung zu äußern. Sie sind zwar ein guter Mathematiker, aber ein schlechter Administrator, Genosse Professor! Unter Ihrer Leitung sind viele Dinge aus dem Lot geraten. Sicher hätte auch unser Institut gelitten, aber es befindet sich momentan, Gott sei Dank, in guten Händen."

Spassow, der mit düsterem Gesicht zuhörte, fragte schroff:

„Und auf wessen Vorschlag? Soll ich Ihnen die Unterlagen zeigen?“ Er begann nervös in seinem Schreibtisch zu wühlen.

„Lassen Sie das, ich glaube Ihnen auch so“, sagte Urumow müde. „Hören Sie mir bitte weiterhin zu und tun Sie dann, was Ihnen beliebt. Wenn mir etwas zustoßen sollte, darf der Besuch von Whitlow keinesfalls abgesagt werden. Er ist ein großartiger Biochemiker, ohne den wir nur schwer auskommen können.“

Spassow schien auf einmal besorgt zu werden.

„Was ist mit Ihnen? Warum reden Sie von Ihrem Tod?“ fragte er.

„Das ist nichts weiter als eine ganz gewöhnliche Vorsorge!“ entgegnete Urumow trocken.

Als Urumow den Heimweg antrat, stand die Sonne bereits tief im Westen. Obwohl es jetzt viel schattiger und kühler war, merkte der Professor, daß ihm die Kräfte schwanden. Eine heiße Welle ergoß sich über sein Gesicht, die ihm den Schweiß heraustrieb. Besonders matt fühlte er sich, während er die Treppe zu seiner Wohnung hinaufstieg. Er mußte immer wieder stehenbleiben, um Luft zu holen. Am besten wäre es wohl, Professor Puchlew anzurufen. Sie waren alte Freunde, und Puchlew würde schon das Richtige einleiten, er war ein ausgezeichneter Arzt. Aber andererseits war es vielleicht doch nicht nötig ... In der Wohnung herrschte eine drückende Schwüle. Die Sonne überströmte die Wände, und im Arbeitszimmer roch es nach alten und staubigen Büchern. Urumow öffnete die Fenster des Arbeitszimmers und die hinteren Fenster des Wohnzimmers, so daß ein schwacher Luftzug entstand. Es wurde etwas kühler im Raum, doch trotzdem konnte sich der Professor schon nicht mehr auf den Beinen halten. Sie zitterten immer noch vom Treppensteigen.

Er ließ sich auf das Sofa fallen und wollte sich die beiden Kissen in den Rücken schieben, fühlte jedoch, daß er nicht mehr die Kraft dazu hatte. Das machte nichts, er würde eine Weile so sitzen bleiben und sich dann hinlegen – vielleicht für immer. Sein Blick versank ins Blau des Bildes. Er glaubte mitten darin zu sein, in der Nacht, neben den Pferden, die ihn das ganze Leben über geführt hatten. Er hörte ihren Atem, ihr leichtes Schnauben, während sie den Hang hinunterliefen. Er sah ihre Rücken, die sich leicht auf- und abwärts bewegten, er sah die weißen Spitzen ihrer Ohren. Aber sie trabten wie im Traum – es war weder das Aufschlagen der Hufe noch das Klirren der Geschirre zu hören, genau wie in jener gespenstigen Nacht. Und er saß allein in diesem schrecklichen Wagen, kein Mensch war in seiner Nähe. Nicht einmal seine Mutter spürte er noch, als ob sie sich in der Kühle der Nacht aufgelöst hätte. Er glaubte, eine Ewigkeit diesen steilen Abhang hinunterzufahren, und wußte schon nicht mehr, wohin die Reise ging. Ins Nichts? Oder vielleicht doch zu hellen, mondbeschienenen Feldern, zu Dörfern, die in der Finsternis versanken? Aber auch diese Felder und Dörfer schienen wie ausgestorben, es war nicht einmal das leise Rauschen der Flüsse zu hören. Plötzlich bekam es Urumow mit der Angst zu tun, er wollte aus dem Bild heraus, aber das ging nicht, es hatte ihn verschlungen.

Er konnte nicht wissen, daß er gerettet gewesen wäre, wenn er weiterhin so unbeweglich gesessen hätte. Aber ihn hatte die Angst vor der unendlichen dunklen und kühlen Nacht gepackt; er wollte in die Realität zurückkehren. Und er kehrte wirklich zurück, wenn auch mit äußerster Anstrengung. Nun war das Bild wieder weit weg, er sah es wie gewöhnlich an der Wand hängen. Er wollte sich die Schuhe ausziehen, sich hinlegen und beruhigen. Also beugte er sich hinunter, schnürte die Schuhe auf, zog sie langsam aus, ohne mit den Händen nachzuhelfen. Dann atmete er erleichtert auf und streckte sich. Im selben Augenblick schien sein Herz zu zerspringen – so leicht und lautlos, wie die Regenblasen auf den Pfützen platzten. Und er begriff: Es war aus.

Ja, das war wirklich das Ende. Im ersten Moment verspürte er nur grenzenlose Hoffnungslosigkeit – ein bitteres und schreckliches Gefühl, das vielleicht eine Sekunde lang anhielt, aber er hatte schon kein Zeitgefühl mehr. Anscheinend war er auf das Sofa gestürzt, weil er nur die Gardinenstange und einen Teil der Decke sah. Aber warum war ihm das, was ihn umgab, noch bewußt? Ja, natürlich, sicher lebte das Gehirn noch, das Bewußtsein arbeitete. Jetzt vergaß er alles andere – der Wissenschaftler in ihm beobachtete atemlos das große und schreckliche Wunder des Todes. Aber das schien auch nur Sekunden zu währen. Alles um ihn herum wurde schnell düster, verlor seine Farben und Konturen. Hinzu kamen noch einige andere unklare und deformierte Gestalten, die er nicht zu deuten wußte. Auf einmal sah er den runden Kleiderständer vom „Alkazar“, die taubengrauen Pelerinen der Offiziere, die emaillierten Kokarden, die Mützen vor sich; er sah den Polizeioffizier in der blauen Uniform, zweigeteilt wie mit einem Säbelhieb, augenlos und schrecklich; er sah *sie.* Und mit dem letzten Hauch seines erlöschenden Bewußtseins begriff er, daß alles, was sich seit jenem späten Abend bis heute ereignet hatte, ein langgezogener Augenblick der Hoffnung und der Selbsttäuschung gewesen war.

Am nächsten Morgen fand ihn seine Schwester unnatürlich hingestreckt vor. Auf den ersten Blick schien sein Gesicht ruhig, und Angelina erfaßte eher gefühlsmäßig als visuell, daß eine bittere Trauer in seinen Zügen stand, die aber immer mehr verblaßte und verschwand.

15 Die Friedhofskapelle war überfüllt. Trotz des heißen Sommertages gab es viele dunkle Anzüge, viele Krawatten und viele traurige Gesichter, auch viele Vertreter wichtiger Einrichtungen. Obgleich der Tod des Bruders Angelina sehr mitgenommen hatte, beobachtete sie alles genau; sie nahm sogar die geringsten Einzelheiten wahr. Sie wußte, daß ihr das als einziger Trost bleiben würde. Angelina war unglücklich, doch zur selben Zeit zufrieden, verzweifelt, aber auch stolz, traurig und

doch froh. Bisher war niemand von den Urumows mit solcher Würde, von so vielen Leuten und so feierlich, mit so vielen Blumen und Kränzen, mit so vielen Nachrufen, die sie in der Nacht vorher fast bis zum Morgengrauen gelesen hatte, zu Grabe getragen worden. Das war viel, viel mehr, als sie zu erwarten gehofft hatte, obwohl es keine Weihrauchfässer und Kirchenfahnen und auch keine goldenen Gebetsstolen der Priester gab. Ihr fehlten zwar die Kerzen und der traurigstimmende Geruch des Weihrauchs, aber gleichzeitig spürte sie, daß das Leid so echter und natürlicher war. Während sich die Menschen in die nicht enden wollende Reihe eingliederten, um ihr zu kondolieren, fühlte sie, daß ihr noch nie im Leben so hohe Ehre zuteil geworden war. Viele Leute wischten sich die Augen, während sie von Urumow Abschied nahmen. Ein älterer Mann schluchzte gar. Und nun weinte auch Angelina. Zu ihrem Bruder sah sie nur noch selten hinüber. Warum auch? Er lag sicher und beschützt inmitten eines Blumenmeeres und glich jetzt wirklich einem Toten. Die Knochen auf seinen blassen Händen waren spitz hervorgetreten, das Gesicht war zusammengefallen, faltig, von einer tiefen wächsernen Leblosigkeit, kühl und hohl – von dem lebenden Menschen war nur seine schwache, schutzlose Hülle übriggeblieben.

Um den Sarg standen nur die nächsten Angehörigen des Verstorbenen, an erster Stelle natürlich Angelina in ihrer verschlissenen Trauerkleidung, die sie innerlich verfluchte; daneben dann ihr Sohn, tief erschüttert und stumm, seine kleine erschrockene Frau und deren Mutter.

Angelina hatte den ganzen Tag über Sascho kaum angesehen, da sie noch immer nicht ihren Ärger wegen seiner überstürzten Heirat überwunden hatte. Aber dem Unglücklichen schien das nicht weiter aufzufallen. Er schien überhaupt nichts zu bemerken, er war völlig in sich gekehrt. Seine Frau sah ihn hilflos an und strich ihm über die kalte Hand. Er war Christa für diese stille Zärtlichkeit dankbar, wenngleich er wußte, daß ihre Geste bedeutungslos war, sie hatte nicht die Kraft, ihm irgendwelchen Trost zu bringen. Sein Onkel war tot, und keine Kraft der Welt konnte ihn zurückbringen.

Awramow und Spassow hatten genau gegenüber von Sascho Aufstellung genommen. Awramow war totenbleich. In seinen hageren Händen zitterten einige Blätter Papier, wahrscheinlich eine Grabrede. Sascho wagte nicht mehr, ihn anzublicken, um nicht die Beherrschung zu verlieren. Aber er traute sich ebensowenig, zu seinem Onkel hinüberzusehen. Dann begann zu allem Unglück der Chor zu singen. Sascho merkte nicht einmal, wie er zu schluchzen anfing. Sein ganzer Körper krampfte sich zusammen, er konnte sich lange nicht beruhigen.

Alles Weitere verlief wie im Traum. Es wurden Reden gehalten und viele Kränze gebracht. Danach wurde der Sarg zum Katafalk hinausgetragen. Am Grab sprach Awramow. Er war sehr bewegt und konnte seine Rede nicht einmal beenden. Christa ließ auf einmal Saschos Hände los und ging zu ihrer Mutter. Die Totengräber legten die Seile unter den Sarg und ließen ihn dann langsam in das frisch ausgehobene Grab hinab. Sascho wandte den Blick ab. Christa und ihre Mutter entfernten sich langsam und waren bald zwischen den Bäumen verschwunden. Er versuchte, das dumpfe Geräusch der auf den Sarg fallenden Erdklumpen nicht zu hören.

Sascho blieb mit seiner Mutter so lange, bis die Totengräber das Grab zugeschüttet hatten und die vielen Kränze darauf lagen. Dann machten sie sich gemeinsam auf den Heimweg. Die Augen seiner Mutter waren immer noch trocken und hart, ihr Gesicht war blaß. Sie sah Sascho nicht an und redete kein einziges Wort mit ihm. Schließlich konnte sie aber doch nicht mehr an sich halten.

„Ich kenne seine Kollegen nicht. Du mußt es übernehmen, sie zur Totenfeier einzuladen."

„Ich lade sie nicht ein!" Sascho verzog das Gesicht.

„Warum?“ fragte Angelina feindselig.

„Eben so!“ erwiderte er nervös. „Weil ich mir den Anblick ersparen will, sie in seinem Hause fressen zu sehen! Als sie für ihn eintreten sollten, waren sie nicht da. Eigentlich sind sie diejenigen, die ihm das Leben verkürzt haben.“

„Es brauchen nicht sie gewesen zu sein!“ sagte Angelina finster. „Und du sollst auch nicht alle einladen, nur einige.“

„Auf keinen Fall!“ sagte Sascho entschieden.

„Dann verschwindest auch du!“ schrie sie ihn plötzlich an. „Geh mir aus den Augen, und laß dich nie wieder blicken!“

Sie war am Wegrand stehengeblieben. Ihr Gesicht war weiß, und die Augen blickten haßerfüllt. Sascho hatte sie noch nie so erlebt.

„Was ist mit dir?“ fragte er erschrocken.

„Verschwinde, verschwinde!“ schrie sie wie von Sinnen. „Sie kannst du auch gleich mitnehmen. Und daß ihr es nicht wagt, mein Haus zu betreten! Ihr habt ja jetzt eine Wohnung, ihr habt es geschafft. Lebt darin und macht, was ihr wollt!“

Sascho sah sie erschüttert an.

„Mutter, ich bitte dich! Was fehlt dir denn?“ fragte er verzweifelt.

Angelina ließ ihn einfach stehen und lief wie gejagt an den Gräbern vorbei. Sascho hatte Mühe, sie einzuholen.

„Beruhige dich doch! Es sind noch Leute da, die uns sehen können. Bereite seinem Andenken keine Schande“, bat er sie leise.

Erst seine letzten Worte schienen sie zur Besinnung kommen zu lassen. Sie sah sich mit wirrem Blick um und stöhnte dann:

„Ihr Unglückseligen!“

„Ich verstehe dich nicht!“ sagte er. „Was ist denn passiert?“

„Ihr Unglückseligen!“ wiederholte sie, aber diesmal eher zu sich. „Was passiert ist! Ihr habt ihn getötet, das ist passiert! Bist du etwa blind? Du und deine Frau, ihr habt ihn getötet!"

„Wieso wir? Begreifst du überhaupt, was du da sagst?"

„Natürlich wart ihr es, ich bin es doch nicht gewesen."

„Mutter!" flüsterte Sascho. „Du bist nicht bei Trost, Mutter! Warum sollen wir ihn umgebracht haben?"

„Weil ihr ihnen Steine in den Weg gelegt habt, darum! Ihr seid Egoisten, seht nur euch selbst. Als ob die anderen keine Menschen wären."

Obwohl alles so seltsam war, begriff Sascho auf einmal das Benehmen und die Andeutungen seiner Mutter. Ihre Gedanken kamen ihm völlig unwahrscheinlich und häßlich vor, er hielt sie für eine Beleidigung des Toten durch einen geisteskranken Menschen.

„Das kann nicht wahr sein!" sagte er dumpf. „Du bist nicht bei Trost!"

Dieses Mal gab sie keine Antwort, sondern weinte los, wie sie es bislang noch nie getan hatte. Sie glich jetzt einem Kind, über das ein großes Unglück hereingebrochen war.

Dann gingen sie weiter die Allee entlang. Sascho lief neben der Mutter her, war aber immer noch nicht über ihre Worte hinweggekommen. Jetzt, da sie nicht mehr tobte, sondern so unglücklich weinte, begann er die Wahrheit zu verstehen. Nein, sie hatte es sich nicht eingebildet! Sie wußte etwas, was keiner erfahren hatte, und sie hatte diesen Tod wie kein anderer miterlebt. Er versuchte, sich bei ihr einzuhaken, doch sie riß sich los und heulte nur noch lauter. Aber Sascho spürte, daß dieser plötzliche Tränenausbruch die Wut gelöscht und den Haß erstickt hatte. Jetzt war sie nur noch unglücklich, nichts weiter.

„Bedenk doch, Mutter", redete er leise auf sie ein, „woher sollte ich das wissen? Ich habe sie nie zusammen gesehen."

Angelina blieb plötzlich stehen, sah ihm ins Gesicht und stellte ihm die Frage, die ihr seit zwei Tagen durch den Kopf ging:

„Seit wann kannten sie sich?"

„Ich weiß es nicht genau. Aber es kann noch nicht lange sein. Seit etwa zehn Tagen vielleicht."

Diese Worte verschafften ihr Erleichterung. Also war ihr Sohn tatsächlich schuldlos am Tod des Onkels, da ja alles während seiner Abwesenheit geschehen war.

„Gut", sagte sie leise. „Das, was ich dir erzählt habe, ist die reine Wahrheit! Aber ich bitte dich, mich nicht mehr danach zu fragen, weil ich nichts mehr dazu zu sagen habe."

Sie gingen weiter. Die Sonne brannte auf ihre schwarzen und zu engen Kleider.

„Weißt du", sagte Sascho zu seiner Mutter. „Ich werde jetzt diejenigen einladen, die es verdienen."

„Ja! Aber wenn sie nicht kommen mag, besteh nicht darauf! Es wäre besser, wenn sie nicht käme, es wäre für uns alle leichter."

Aber sie kam. Und es kamen viel mehr Leute, als Angelina erwartet hatte. Es waren vorwiegend Männer, von denen sie fast niemanden kannte. Aber Angelina gehörte nicht zu denjenigen, die schnell den Kopf verlieren. Sie übernahm sofort die Pflichten der Gastgeberin und brachte alle unter. Nach den Tränen und der häßlichen Szene auf dem Friedhof fühlte sie sich erleichtert, aber auch ein wenig schuldbewußt, so daß sie es nicht wagte, ihren Sohn anzusehen. Im übrigen hatte sie auch gar keine Zeit dazu, die Bewirtung der Gäste nahm sie ganz in Anspruch. Maria wollte helfen, aber Angelina setzte sie und Christa resolut an den kleinen Tisch im Wohnzimmer.

„Mach dir keine Sorgen, es ist schon jemand da, der helfen wird", sagte sie.

Das stimmte, denn die drei ehemaligen Mitschülerinnen von Natalia, die auch an ihrer Beerdigung teilgenommen hatten, waren wieder erschienen. Angelina führte sie heimlich in die Küche und bat sie, ihr beim Servieren zu helfen. Die drei Frauen freuten sich richtig darüber, weil sie glaubten, so als zum Hause gehörig zu gelten. Sie machten sich sofort an die Arbeit und bereiteten die belegten Brote vor. Mit ihren betrübt dreinschauenden Gesichtern und schwarzen Kleidern waren sie geradezu geschaffen dafür, Serviererinnen bei einer Trauerfeier zu sein.

Sascho saß auf demselben Stuhl, auf dem sein Onkel vor einem Jahr gesessen hatte. Er hatte sich beruhigt, war aber schweigsamer als gewöhnlich und sehr zerstreut. Rechts und links von ihm saßen Spassow und Awramow. Zum Erstaunen Saschos sah Awramow jetzt schon viel ruhiger aus und war sogar gesprächig. Praktisch hatte er die Rolle des Gastgebers im verwaisten Haus übernommen und versuchte, das Gespräch in Fluß zu halten. Sicher fiel ihm das nicht leicht, aber er hatte offensichtlich gemerkt, daß sein junger Kollege heute nicht in der Lage war zu reden. Trotzdem wandte sich Sascho, als das Gespräch einmal stockte, an Spassow.

„Entschuldigen Sie, aber wie ich erfahren habe, hat mein Onkel Sie zuletzt noch aufgesucht."

„Ja, er war bei mir", Spassow nickte leicht, „eine oder zwei Stunden vor seinem Tod."

„Welchen Eindruck hat er auf Sie gemacht? Er stand doch direkt vor dem Infarkt."

„Das hat man nicht gemerkt!" murmelte Spassow. „Er hatte zwar eine Art Vorahnung, aber die war sehr allgemein. Doch darüber unterhalten wir uns ein andermal."

„Hat er nicht etwas gesagt, was Ihnen eigenartig vorgekommen ist?"

Sascho und Spassow sahen sich sekundenlang in die Augen. In diesem Augenblick dachten sie an völlig verschiedene Dinge. Sascho jedenfalls dachte an seine weißen Mäuse.

„Wir haben von der Zusammenkunft mit Whitlow gesprochen", antwortete Spassow, dieses Mal besonders ungern und fast finster. „Ich werde Sie zu mir rufen, wir müssen uns darüber verständigen. Soweit es von mir abhängt, wird dieses Treffen auch unter den neuen Bedingungen stattfinden. Awramow und Sie werden daran teilnehmen."

„Ich danke Ihnen", sagte Sascho.

Von seinem Platz aus konnte er Christa und ihre Mutter unauffällig beobachten. Sie wechselten kaum ein Wort miteinander, nahmen auch keinen Happen zu sich, und die Gesellschaft um sie herum, vorwiegend Frauen, schien ihnen eine Qual zu sein. Je länger Sascho zu Maria hinsah, desto mehr freundete er sich mit dem Gedanken an, der ihm anfangs so unwahrscheinlich und häßlich vorgekommen war. Er begriff, daß seine eigenen Gedanken verwerflich waren, und er fühlte sich unglücklich und elend.

In diesem Augenblick beugte sich Christa zu ihrer Mutter und flüsterte:

„Mutti, ich bin müde!"

„Du mußt durchhalten, Kind!"

„Ich habe es doch bisher getan."

„Du mußt bis zum Schluß durchhalten", sagte die Mutter. „Das wird sicher dein Haus werden, und du mußt dich an seine Vor- und Nachteile gewöhnen."

„Ich möchte mich nur etwas hinlegen, vielleicht eine halbe Stunde."

„Also gut", sagte Maria.

Sie redete kurz mit Angelina, und dann brachten sie Christa ins Schlafzimmer der Urumows. Aber als Christa das Bett sah, wich sie sofort zurück.

„Mutti, hier hat er gelegen!"

„Wer?" Maria zuckte zusammen.

„Sein Onkel! Ich fürchte mich!"

„Du solltest dich schämen! Ruh dich jetzt aus! Und zu fürchten brauchst du dich nicht, sein Leichnam hat überhaupt nicht auf diesem Bett gelegen."

Sie verließ schnell das Schlafzimmer, ohne noch einmal zu Christa zu sehen, und kehrte zu ihrem Platz zurück. Von nun an war jede Minute für sie noch qualvoller, aber sie blieb. Sie hatte die Pflicht auszuharren. Irgendwann würde dieser Alptraum schon enden. Einige der Gäste machten sich wirklich bald auf den Heimweg. Die leer gewordenen Plätze wurden jedoch gleich von Natalias ehemaligen Mitschülerinnen eingenommen. Im Laufe dieses einen Jahres hatte sich nichts an ihnen verändert, außer daß sie jetzt öfter zu den Gläsern als zum Essen griffen. Anscheinend hatten sie sich auf den Hochzeiten und Beerdigungen, von denen sie sich keine entgehen ließen, das Trinken angewöhnt. Schließlich stand Sascho auf und lief unruhig durch die Wohnung. Maria hatte sich auch von ihrem Platz zurückgezogen. Sie saß jetzt auf dem Sofa und sah schweigend aus dem Fenster. Die Dunkelheit senkte sich langsam über die Stadt, der Rücken des Witoscha-Gebirges war im tiefen Schatten versunken. Sascho fürchtete sich, Maria anzusehen, und er zog sich in das Arbeitszimmer seines Onkels zurück. Trotz der Belastungen, die durch Urumows Tod auf Angelinas Schultern lasteten, hatte sie es geschafft, gründlich aufzuräumen, alles strahlte vor Sauberkeit. Aber jetzt war die Schreibtischplatte leer, es standen nur ein Aschenbecher und eine wundervolle Kristallvase darauf. Im letzten Jahr hatte Angelina immer dafür gesorgt, daß Blumen darin waren. Auch heute steckte eine frische weiße Nelke in dieser Vase. Während Sascho sie unwillkürlich betrachtete, wurde die Tür hinter ihm geöffnet, und jemand betrat das Zimmer.

Er wandte sich langsam um. Vor der nun wieder geschlossenen Tür stand Maria. Sie sah sowohl verwirrt als auch entschlossen aus. Sicher hatte er sich durch irgend etwas verraten, das war ihren Augen anzusehen. Sascho wußte nicht, was er tun sollte, als sie ihn bereits ansprach:

„Entschuldigen sie, daß ich, ohne anzuklopfen, hereingekommen bin."

„In diesem Haus brauchen Sie nicht anzuklopfen", entgegnete Sascho.

Er hatte das ohne jeglichen Hintergedanken gesagt, aber sie schien seine Bemerkung mißverstanden zu haben. Sie sah ihn aufmerksam an.

„Ich nehme an, daß Ihnen jemand etwas gesagt hat. Wahrscheinlich Ihre Mutter?“

„Das mag schon sein“, antwortete er leise und etwas unsicher.

„Sind Sie überzeugt, daß es der Wahrheit entspricht?“ Marias Stimme bebte leicht.

„Jetzt bin ich dessen schon sicher!“

„Warum?“

„Weil es mir schwerfällt, zu glauben, daß es anständigere und wertvollere Menschen als euch gibt!“ sagte Sascho tapfer, wobei ihm die Stimme den Dienst versagen wollte.

Diese Worte brachten sie anscheinend außer Fassung.

„Ich möchte nicht mit Ihnen streiten“, sagte sie mühsam. „Jedes Wort würde jetzt nur sein Andenken kränken. Darf ich aber wenigstens hoffen, daß Christa nichts davon erfahren wird?“

Erst jetzt wagte Sascho, ihr in die Augen zu sehen. Wie er es befürchtet hatte, lag darin Verzweiflung, nichts weiter. Was sollte er ihr antworten? Ihren Schmerz noch vergrößern? Er sah keine andere Möglichkeit.

„Verzeihen Sie, aber ich kann nichts versprechen.“

„Warum? Was für einen Sinn hätte das?“ fragte Maria kaum hörbar.

„Sie fragen nach dem Sinn? Alles andere wäre doch sinnlos und . . . schrecklich!“

„Schrecklich ist, daß er tot ist!“

„Ja, es ist schrecklich. Aber es darf nicht sinnlos sein! Und es ist nicht sinnlos!“

„Es ist zu spät“, erwiderte Maria, und ihr traten die Tränen in die Augen.

„So dürfen Sie nicht sprechen“, sagte Sascho. „Es ist nicht zu spät. Ich hoffe sehr, daß Sie uns einmal vergeben werden. Aber das können Sie nur, wenn Christa alles erfährt.“

Maria weinte immer noch.

„Es ist zu spät, es ist für alles viel zu spät“, flüsterte sie niedergeschlagen.

„Nein!“ sagte Sascho entschlossen. Impulsiv griff er nach Marias Händen und drückte sie ganz sacht.

In diesem Augenblick erschien Christa schlaftrunken in der Tür des Arbeitszimmers. Sie blieb wie angewurzelt stehen.

Nachwort

Ich glaube, daß ich meinen Lesern eine Erklärung schuldig bin. Die wissenschaftlichen Hypothesen und Andeutungen in diesem Buch beruhen nicht auf realen Erkenntnissen. Wie in jedem Kunstwerk muß man die wissenschaftlichen Ideen als künstlerische Ideen betrachten. Ihr Ziel ist es, die Entwicklung des Sujets, die Entfaltung der Konflikte, den Aufbau der Gestalten und überhaupt alles, was zur künstlerischen Praxis gehört, zu unterstützen. Sie können teilweise oder völlig erdacht sein, wenn sie nur nicht im Widerspruch zur Wissenschaft stehen. Aber auch das ist relativ, wenn man die schnelle Entwicklung der Wissenschaft bedenkt und sich vor Augen führt, wie viele wissenschaftliche Ideen, von Schriftstellern angedeutet, zur realen Wirklichkeit geworden sind. In unserem Fall hat der Autor jedoch keinerlei derartige Ambitionen gehabt. Die Wahrheit und jegliche Erkenntnisse sind in diesem Buch lediglich auf den Gebieten zu suchen, die der Literatur angehören, das heißt bei der Gestaltung des Innenlebens der Menschen und der zwischenmenschlichen Beziehungen.

Aufgrund dessen fühlt sich der Autor verpflichtet zu erklären, daß keine Ähnlichkeit oder Analogien zu wirklichen Personen, Einrichtungen und Instituten vorhanden sind. Das bedeutet jedoch nicht, daß das Dargestellte ausgedacht ist, sondern daß sich die Beobachtungen auf einen sehr großen Kreis von Objekten erstreckten und hier ihre spezifisch literarische Verkörperung gefunden haben.

Sofia, den 15. Februar 1975 *Pawel Weshinow*